A E
& I

# El asesinato de Sócrates

Autores Españoles e Iberoamericanos

# Marcos Chicot

# El asesinato de Sócrates

*Finalista Premio Planeta*

*2016*

Planeta

Obra editada en colaboración con Editorial Planeta – España

Diseño de colección: © Compañía
Diseño de portada: Planeta Arte & Diseño
Fotografía de portada: © Cover Kitchen
Fotografía del autor: © Nines Mínguez

Primera edición impresa en España: noviembre de 2016
ISBN: 978-84-08-16318-3

Primera edición impresa en México: abril de 2017
Primera reimpresión impresa en México: agosto de 2017
ISBN: 978-607-07-4041-1

Impreso en los talleres de Litográfica Ingramex, S.A. de C.V.
Centeno núm. 162-1, colonia Granjas Esmeralda, Ciudad de México
Impreso en México – *Printed in Mexico*

*A mi hija Lucía,*
*porque tu luz es la más brillante.*

*A todas las personas con discapacidad,*
*a sus familiares y amigos,*
*y a todos los que nos hacen la vida un poco más fácil.*

La capacidad otorga responsabilidades.

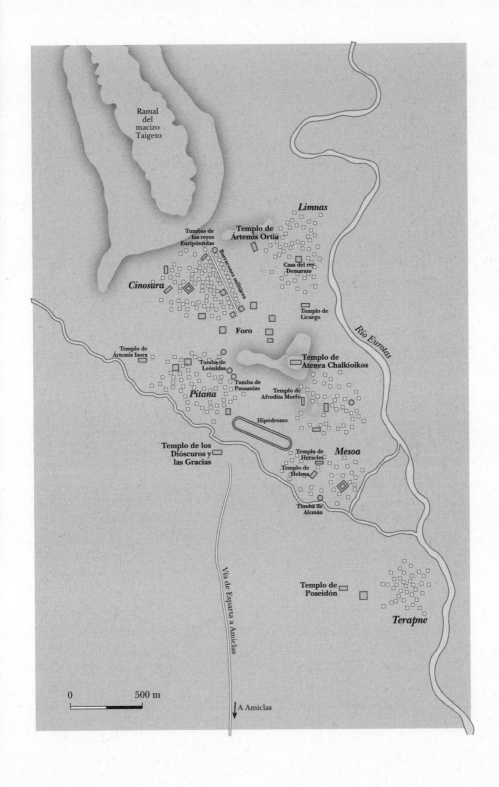

Ramal
del
macizo
Taigeto

*Limnas*

Templo de
Ártemis Ortia

Tumbas de
los reyes
Euripóntidas

Casa del rey
Demarato

Barracones militares

*Cinosura*

Templo de
Licurgo

Río Eurotas

**Foro**

Templo de
Ártemis Isora

Tumba de
Leónidas

Templo de
Atenea Chalkíoikos

Tumba de
Pausanias

Templo de
Afrodita Morfo

*Pitana*

Hipódromo

Templo de los
Dióscuros y
las Gracias

Templo de
Heracles

*Mesoa*

Templo de
Helena

Tumba de
Alcmán

Vía de Esparta a Amiclas

Templo de
Poseidón

*Terapne*

0        500 m

↓ A Amiclas

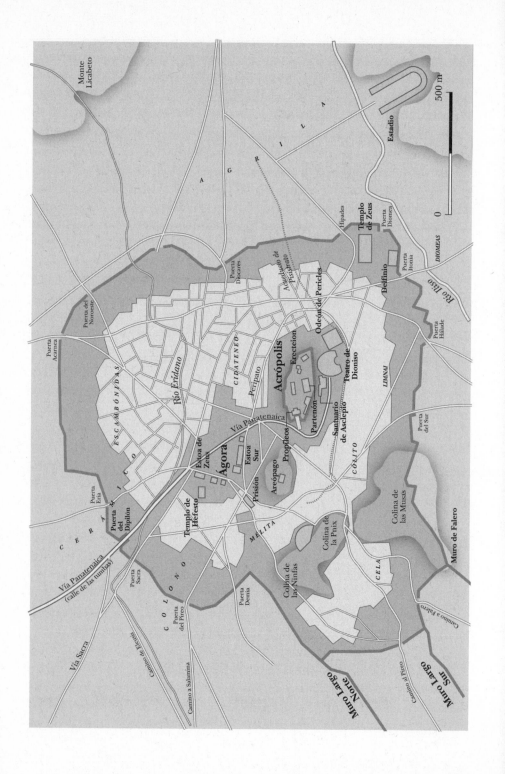

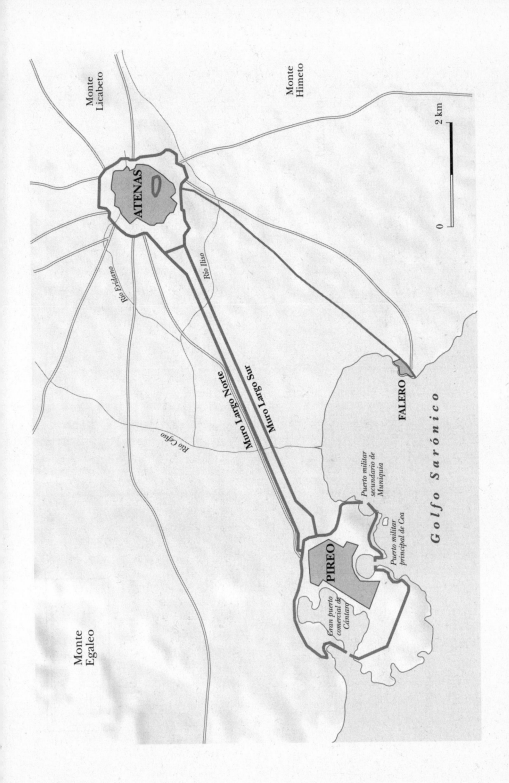

Monte Licabeto

Monte Himeto

ATENAS

Río Erídano

Río Iliso

Muro Largo Norte

Muro Largo Sur

Río Cefiso

Monte Egaleo

FALERO

Golfo Sarónico

Puerto militar secundario de Muniquia

Puerto militar principal de Cea

PIREO

Gran puerto comercial de Cántaro

0        2 km

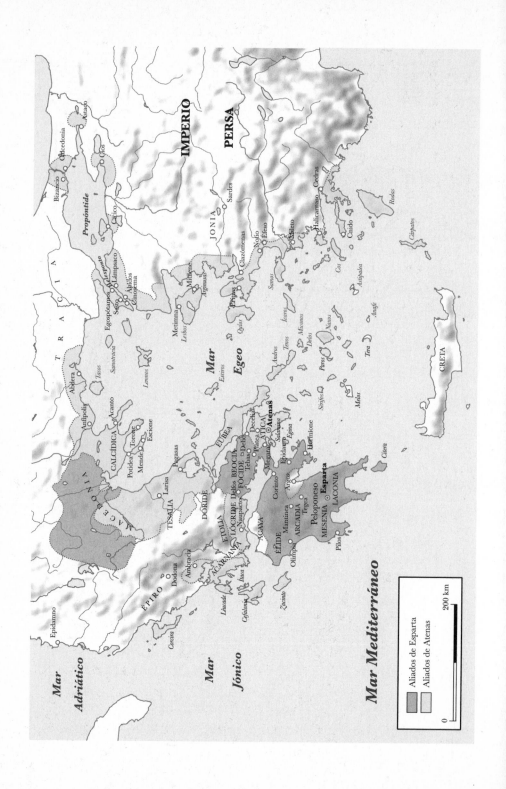

## Nota preliminar

La mayoría de los personajes y hechos descritos en esta novela son reales y han sido recreados de acuerdo a la documentación disponible sobre la Época Clásica. La trama también contiene un hilo de ficción, cuyos elementos han sido elaborados en concordancia con las fuentes históricas. De este modo, todo lo que se narra ocurrió o pudo haber ocurrido tal como se relata.

# Grecia Clásica

La Época Clásica (499 a.C. - 323 a.C.) es quizá el período más extraordinario de la historia de la humanidad.

En tan sólo unos años, como si hubieran recibido una iluminación repentina, los griegos de aquella época crearon varios de los elementos que forman la base de nuestra civilización. La medicina alcanzó el rango de ciencia de la mano de Hipócrates, en arquitectura se erigieron algunas de las obras cumbre del arte universal —como el Partenón de la Acrópolis de Atenas—, y en el campo de la escultura surgieron genios artísticos de la talla de Fidias y Mirón, cuyas obras se convertirían en el modelo a imitar por parte de los artistas romanos y del Renacimiento. Por su parte, en la literatura apareció el teatro y los grandes autores que alcanzarían fama eterna: Esquilo, Sófocles, Eurípides y Aristófanes. En cuanto a la política, los griegos sorprendieron al mundo desarrollando un sistema de gobierno que ningún pueblo había conocido hasta entonces: la democracia.

Atenas fue el centro artístico e intelectual de la Época Clásica. Allí vivieron los filósofos más importantes de todos los tiempos, cuyas ideas dominaron la historia del pensamiento durante los siguientes dos mil años: Sócrates, su discípulo Platón, y el discípulo de éste: Aristóteles.

Sócrates, el primero de los tres grandes filósofos, fue un genio singular y extravagante que despertaba entre sus contemporáneos tanto recelo como admiración. En su juventud estudió la filosofía de su época, pero le resultó insatisfactoria e inició su propio camino en la búsqueda de conocimiento. Se convirtió en el maestro de varios de los principales filósofos de la siguiente generación, y en el padre de algunas de las corrientes de pensamiento más relevantes que han llegado hasta nuestra época.

La famosa máxima «Sólo sé que no sé nada» está detrás del proceso de búsqueda al que dedicó su vida, y que le ocasionó tantos enemigos.

*Enciclopedia Universal*, Socram Ofisis, 1931

# Prólogo
*437 a. C.*

Sócrates ascendió los peldaños de piedra de la muralla de Atenas. Cuando alcanzó el pasillo elevado que coronaba los muros, se detuvo para contemplar desde allí el interior de la ciudad.

El sol del amanecer había convertido la capa de nubes en un incendio rojo que hacía fulgurar las viviendas encaladas y el mármol de los templos. Atenas se mostraba bella y adormecida, pero el filósofo esbozó una sonrisa al anticipar el bullicio que se extendería cuando la mañana avanzara un poco. No existía en el mundo otra ciudad en la que pasear por sus calles resultara tan enriquecedor.

De pronto, una sensación de alarma tensó su cuerpo y se giró bruscamente hacia el noroeste. «Querefonte ya habrá llegado a Delfos. —Entornó los ojos con el ceño fruncido—. En su santuario entrará en contacto con un enorme poder, ruego a los dioses que sea prudente.»

Se pasó la mano por la barba negra y enmarañada y suspiró preocupado sin dejar de escrutar el horizonte. Querefonte tenía su misma edad y era un hombre inteligente, pero acostumbraba a pedirle su parecer antes de tomar una decisión importante.

«Aunque en esta ocasión no ha sido así», se dijo al recordar que se había enterado por casualidad de que su amigo iba a acudir al oráculo de Delfos.

—Querefonte, nunca imaginé que consultarías al oráculo —le había dicho tras enterarse—. ¿Quieres asegurarte de que vas a encontrar esposa?

Su amigo sonrió ante la aparente broma, pero se percató

de que en su voz además de curiosidad había preocupación. Dudó un momento, y finalmente se limitó a encogerse de hombros. Mucha gente acudía a Delfos para consultar sobre un posible matrimonio, si tendrían hijos, o por la marcha de sus negocios; con su silencio, Querefonte daba a entender que quería preguntar al oráculo por una cuestión cotidiana y que se avergonzaba de ello.

«Prefirió no responder antes que mentirme directamente.»

Sócrates se apoyó en el reborde de piedra y negó en silencio. Consultar el futuro entrañaba peligros, pero su amigo era demasiado impetuoso para que eso lo detuviera.

«¿Qué secretos del destino pretendes desvelar, Querefonte?»

«Perdonadme, dioses.»

Querefonte contuvo el aliento mientras contemplaba el santuario amurallado de Apolo. A sus treinta y tres años era la primera vez que acudía a Delfos para consultar al oráculo, algo que todos los griegos procuraban hacer al menos una vez en la vida. Aunque siempre había pensado que sería un momento de esperanza, en su interior bullían la angustia y el miedo.

«Voy a hacer al dios la pregunta que no debe hacerse...» Apoyó una mano sobre la túnica que le cubría el vientre y estrujó la tela mientras una náusea le recorría el estómago.

El monte Parnaso se alzaba por encima del santuario como un centinela severo y silencioso. Querefonte alzó una mirada reverente hasta su lejana cima, cuyas rocas desnudas resplandecían con la luz anaranjada del alba.

«El poder de la montaña es un reflejo del poder de los dioses.»

La fuerza espiritual de aquel lugar le resultaba opresiva y se dio la vuelta para librarse de la sensación. El terreno que acababa de recorrer descendía con fuerte pendiente hacia un valle frondoso, que se transformaba más al oeste en una prolongada llanura de olivares hasta las aguas del golfo de Corinto. Unas águilas sobrevolaban el valle por debajo de donde él se encontraba. Cerró los ojos y se quedó atento a una posible señal divina, tal vez un susurro de advertencia que le hiciera olvidar aquella locura y regresar a Atenas.

«Decidme que me vaya, y os obedeceré al momento.»

Aguardó con el espíritu expectante, pero los dioses ignoraron su súplica.

Apretó los dientes e inició el ascenso hacia el santuario a través de la ciudad de Delfos. Aquella ciudad estaba salpicada de templos consagrados a todos los dioses en los que podía creer un hombre. Al pasar frente a un pequeño templo dedicado a Asclepio, una voz a sus pies le hizo dar un salto.

—¿Quieres que te revele el porvenir?

Una anciana de pelo desgreñado, sentada sobre una tela raída, le dirigía una sonrisa en la que sólo sobrevivían dos dientes. Se había pintado con ceniza alrededor de los ojos y parecía mirarlo desde dos grandes agujeros.

—Por sólo un óbolo te respondo a tres preguntas.

Entre los pies roñosos de la anciana se veían algunos dados hechos con hueso que mostraban letras griegas en cada cara. También había una vasija rellena de judías blancas y negras que servían para dar respuestas afirmativas o negativas.

Querefonte negó en silencio y se alejó de la anciana.

—Veo sombras en tu destino —graznó ella a su espalda—. Deberías averiguar cómo deshacerlas.

Querefonte intentó no prestar atención a aquellas palabras, pero las arrugas de su ceño se volvieron más profundas. En Delfos eran innumerables los adivinos que proporcionaban respuestas sobre el futuro, ya fuese descifrando las combinaciones de los juegos de suerte o dándole un sentido revelador a cualquier suceso natural.

«Yo no necesito un intérprete de signos, necesito la respuesta directa del dios.»

Además, él no iba a consultar a Apolo sobre su porvenir. De hecho, ni siquiera iba a preguntar sobre sí mismo.

Levantó hacia el santuario una mirada cargada de remordimiento.

«Voy a preguntar al dios sobre Sócrates.»

Hacía una semana, cuando estaba a punto de partir de Atenas, le había ocultado su propósito a Sócrates. Era la primera vez que no era sincero con su amigo desde que a la edad de siete años habían comenzado a estudiar con el mismo pedagogo.

«Que los dioses me permitan regresar a Atenas y revelarte sus respuestas.»

Incluso en el caso de que su temeridad no acarreara consecuencias negativas, Sócrates se enojaría y volvería a decirle que era demasiado testarudo.

«Tendrá razón», se dijo resignado. Si se le metía una idea en la cabeza, le resultaba muy difícil no intentar llevarla a cabo. Tanto en sus juegos de infancia como cuando habían hecho juntos el servicio militar, Sócrates había tenido que ayudarlo en varias situaciones comprometidas a las que le había conducido su carácter obstinado.

Recordar su relación hizo que la tensión de su rostro se atenuara. Su padre había muerto cuando él sólo tenía ocho años, dejándolo con un vértigo de soledad y desamparo que mantenía sus ojos completamente abiertos noche tras noche. Su madre era una mujer retraída que al enviudar se volvió más taciturna, y durante meses él sintió que toda posibilidad de ser feliz o experimentar un momento de alegría había quedado sepultada en el pasado. Sócrates tenía su misma edad, pero supo llegar hasta él y hacerle salir de aquel estado de extravío, unas veces con su habilidad para las palabras, y otras, con su presencia silenciosa y constante. Después de aquella época, Querefonte acabó sintiendo que Sócrates era el puntal que daba seguridad a su vida de huérfano, una especie de hermano sabio y protector cuyos consejos siempre resultaban valiosos. A aquel afecto tan especial se le añadió antes de la adolescencia un enorme respeto por el intelecto de su amigo: al escuchar a Sócrates, era como si una luz surgiera en la mente de Querefonte, revelando todos los matices e implicaciones de ideas que reflexionadas en solitario resultaban ambiguas o confusas.

«Incluso los pedagogos lo escuchaban con la boca abierta, o le hacían callar porque no sabían responder a sus preguntas.»

La admiración de Querefonte por Sócrates se había incrementado todavía más en el ejército, cuando su amigo demostró ser tan recio y austero que era capaz de realizar descalzo unas maniobras militares en pleno invierno. En cualquier caso, era su cabeza privilegiada lo que desde hacía años le llevaba a pensar en él casi como un dios entre los hombres; y no le cabía duda de que, pese a tener poco más de treinta años, Sócrates ya era el mejor filósofo de Atenas.

Una racha de viento le lanzó un remolino de polvo y entrecerró los ojos arrugando su nariz de púgil. Cruzó la puerta abierta en el muro del santuario y se detuvo al inicio de la concurrida vía sacra, que ascendía en zigzag hacia el templo de Apolo.

«Ya estoy dentro del recinto sagrado.» De repente experimentó una premonición difusa y oscura, un atisbo de catástrofe que le hizo desear salir corriendo. Se giró hacia atrás sintiendo que era su última oportunidad para evitar el desastre, pero pensó en la pregunta que quería hacer, tragó saliva y continuó.

A ambos lados de la vía se alzaban estatuas donadas al santuario, la mayoría de mármol o de bronce. También había numerosos «tesoros», edificios construidos para albergar las espléndidas donaciones de algunas ciudades. Querefonte caminó más despacio al pasar junto al tesoro de los sifnios, una especie de pequeño templo realizado enteramente en mármol de Paros, de blancura inigualable. Al llegar a su extremo occidental, descubrió que las únicas columnas de su acceso eran dos mujeres de mármol que sostenían el edificio sin esfuerzo aparente. Se apartó conforme volvía la vista atrás, siguiendo el recodo que hacía en ese punto la vía sacra, y en ese momento lo adelantaron dos hombres.

Uno de ellos lo golpeó con el hombro haciendo que cayera al suelo.

Ni siquiera se molestaron en mirarlo mientras se alejaban.

Querefonte sintió el impulso de lanzarse a por el hombre que lo había empujado, pero eso pondría en peligro la misión que lo había llevado a Delfos y se limitó a mirarlos con odio.

«Espartanos», se dijo al tiempo que se incorporaba. La túnica basta que llevaban como única vestimenta revelaba su origen. No sabía si lo habían empujado al darse cuenta de que era ateniense, pero no le habría extrañado. El incremento del poder de Atenas había puesto en entredicho la hegemonía de Esparta. El recelo entre ambas ciudades no dejaba de aumentar, pese a que habían firmado hacía menos de una década la llamada «Paz de los Treinta Años».

«Es sólo cuestión de tiempo que estalle una gran guerra entre nosotros.»

Aguardó hasta que los espartanos se alejaron y reanudó su avance por la vía sagrada.

«Ya me queda poco», se dijo notando que su desazón aumentaba. El templo de Apolo apareció a su izquierda, y al verlo recordó la respuesta que el rey Creso de Lidia había recibido al consultar al oráculo. El rey quería saber si era el momento adecuado para atravesar el río Halis, frontera natural entre Persia y Lidia, y lanzarse a la conquista del Imperio persa.

«Creso, si cruzas el río Halis, destruirás un gran imperio.»

El rey Creso había dado por hecho que con esas palabras el oráculo había bendecido sus planes de conquista, pero los acontecimientos demostraron que el gran imperio al que se refería era el suyo. Lidia había caído en manos de los persas y aquel oráculo había quedado como ejemplo de la ambigüedad de muchas de sus respuestas.

«¿Qué me dirá a mí?», pensó Querefonte cada vez más preocupado.

Se unió a la muchedumbre que se congregaba alrededor del gran altar exterior de piedra. Estaban sacrificando una oveja que había llevado una embajada de Corinto, formada por tres hombres, que al acabar entraron en el templo. Se aproximó a un sacerdote y éste le dijo que todavía faltaba un rato para iniciar el sorteo del turno de los consultantes particulares; aun así, tomó sus datos y le indicó que no se alejara mucho.

Querefonte vagó por los alrededores y se acercó a contemplar una estatua. Intentaba no pensar en la imprudencia que estaba a punto de cometer ante el oráculo, pero aquella figura representaba a Apolo y le pareció que el dios le dirigía una expresión adusta. Se dio la vuelta y encontró la mirada de los espartanos que lo habían empujado. Como casi todos los guerreros de Esparta, los dos eran muy fornidos, su cabellera y su barba eran largas y no tenían bigote. Querefonte simuló indiferencia ante su presencia amenazadora, se alejó de ellos y caminó por el lateral del templo de Apolo.

«¿Qué habrán venido a preguntarle al dios esos espartanos?», se dijo frunciendo el entrecejo. Las ciudades solían consultar el parecer del dios —y si era posible recibir su bendición— sobre acciones militares que querían llevar a cabo. Además, Esparta era una de las ciudades más devotas de Apolo.

En el pasillo que bordeaba el templo había varias personas. La tensión era evidente en los rostros y en las escasas conversaciones. Todos iban a consultar al oráculo sobre algún asunto trascendental para ellos, y ante los dioses daba igual que fueran hombres ricos con túnicas plisadas de color púrpura y anillos de oro, como algunos de los que se cruzaban con Querefonte, o individuos humildes con sencillas túnicas de lana como la suya.

Cruzó los brazos estrechando su cuerpo delgado y fibroso y le molestó comprobar que estaba temblando. Miró la pared del templo, entre dos de las columnas acanaladas, y pensó que al otro lado la pitonisa estaría transmitiendo los mensajes del dios a la embajada de Corinto que había entrado hacía un rato. Pasó entre las columnas, levantó una mano y apoyó la palma en la pared de bloques de mármol. Notó su ligera aspereza y sintió una corriente cálida que fluía a través de sus dedos. Acercó la cara a la pared y cerró los ojos para concentrarse en el resto de los sentidos. Los oráculos permitían a los hombres conocer aquello que sólo los dioses sabían.

«Aquello que quizá los hombres no debamos conocer.»

Abrió los ojos sobresaltado y se alejó de la pared del templo. Algunos hombres lo miraron y temió dar la impresión de que estaba intentando espiar lo que el oráculo revelaba a la embajada. Bajó los ojos y se alejó por el pasillo.

—¡Delfios, espartanos y atenienses!

Querefonte se apresuró a acudir a la llamada. En total comparecieron catorce hombres que se agruparon en torno a un sacerdote, mientras el resto se mantenía a distancia. No había ninguna mujer, no les estaba permitido consultar al oráculo.

El sacerdote iba acompañado de un joven ayudante que sostenía una pequeña vasija pintada de rojo.

—Según lea vuestros nombres, él irá sacando fichas que indicarán el orden en el que entraréis.

El sacerdote comenzó a nombrarlos y el ayudante extraía trozos de terracota con un número pintado y se los entregaba. Querefonte inspiró hondo y levantó la vista. El frontón del templo de Apolo estaba ornamentado con esculturas que representaban la llegada del dios al santuario. Antes de su venida, la gran serpiente Pitón, hija de la diosa Tierra, profetizaba en aquel lugar. Apolo había matado a Pitón y había ocupado el oráculo, pero en honor a la serpiente su sacerdotisa se llamaba Pitia o pitonisa.

—¡Querefonte de Atenas!

El ayudante volteó la vasija sobre una mano. La última ficha tenía grabado el número uno.

—Acompáñame.

Querefonte siguió al sacerdote mientras sacaba una bolsa de monedas con una mano que no podía disimular su agitación. Pagó una dracma por el pastel sagrado que hacía las veces de tasa de consulta al oráculo, y tres óbolos —media dracma— por una paloma que el sacerdote sacrificó con rapidez en el altar exterior. Después entregó al sacerdote, como donación adicional, el resto de la bolsa. Contenía cerca de cuarenta dracmas de plata, una insignificancia comparado con el león de oro que había donado el rey Creso, pero suponía que los dioses tenían en cuenta el esfuerzo de cada uno —así se lo había manifestado Sócrates en varias ocasiones—, y cuarenta dracmas era mucho dinero para él.

Pasaron entre las columnas y llegaron al *pronaos* o vestíbulo del templo. El sacerdote le pidió que esperara y desapareció en el interior. En la soledad del vestíbulo, Querefonte sintió una repentina aprensión. Estaba en el templo de Apolo, en el lugar que Zeus, rey de los dioses, había dictaminado que era el centro del mundo. Notó una presencia junto a él y al girarse descubrió una estatua de Homero. Le habían hablado de esa estatua, pero lo había olvidado. Homero era —junto con Hesíodo— el poeta al que todos los griegos estudiaban, el hombre que les había transmitido la mayoría de lo que sabían sobre los dioses y los héroes.

En el pedestal de la estatua, una inscripción mostraba el famoso oráculo que había recibido Homero.

—...patria no tienes, sino tierra materna... —leyó Querefonte en voz baja. Aquel oráculo resultaba muy conveniente, pues muchas ciudades griegas se disputaban ser la patria de Homero. Al indicar que no tenía patria, el oráculo había contribuido a que todos los griegos lo veneraran por igual.

El sacerdote se asomó por la puerta del templo.

—Sígueme.

Querefonte echó a andar, y en el momento de acceder al interior distinguió una inscripción sobre su cabeza.

«Conócete a ti mismo.»

Se estremeció mientras seguía al sacerdote. Los Siete Sabios de Grecia habían acudido al santuario para hacer entrega de aquella máxima. Entre otras cosas, esas palabras aconsejaban hacer un examen de conciencia para asegurarse de que se estaba obrando de acuerdo con los preceptos de los dioses. Querefonte miró en su interior y apretó los dientes.

«Si lo que estoy a punto de hacer os indigna, oh dioses, abatid vuestra cólera sobre mí y no sobre Sócrates, el más justo de todos los hombres.»

Llegaron a una pared con una pequeña puerta, tapada con una cortina, que daba acceso al *adyton*, el recinto sagrado donde la pitonisa entraba en contacto con el dios. El sacerdote apartó brevemente la cortina y desapareció tras ella. Querefonte se quedó fuera, con otros dos sacerdotes que hacían guardia junto a la puerta. No le dijeron nada, pero era evidente que le impedirían mirar en el recinto de la sacerdotisa en caso de que intentara semejante sacrilegio.

Desde el interior le llegó una voz cansada de mujer mayor.

—Haz tu pregunta.

Querefonte miró de reojo a los sacerdotes y luego dirigió la vista hacia la cortina.

—¿Hay algún hombre más sabio que el ateniense Sócrates, hijo de Sofronisco?

Se hizo el silencio.

Querefonte percibió una sombra tenue en la cortina, quizá la de la propia sacerdotisa moviéndose en su asiento. Oyó una respiración que se volvía pesada y trabajosa. Observó la reacción de los sacerdotes, pero éstos permanecían con la vista al frente como si no prestaran atención.

La respuesta de la pitonisa llegó con una energía que lo sorprendió:

—No.

Una oleada de intensa satisfacción recorrió el cuerpo de Querefonte.

«¡El propio dios ha proclamado que Sócrates es el hombre más sabio!»

Miró fijamente hacia la cortina con la respiración agitada, dudando si marcharse.

De pronto la sacerdotisa volvió a hablar:

—Tienes una segunda pregunta.

Mientras se desvanecía el eco de aquellas palabras, Querefonte notó que el frescor del templo se transformaba en un frío gélido.

«La pregunta que no debe hacerse.»

Pensó en irse, en escapar corriendo, pero el dios sabía a qué había venido. Debía de haber visto sus pensamientos, sabría qué quería preguntar y quizá ya tenía la respuesta.

Estaba demasiado cerca, no podía renunciar a saberlo.

—¿Qué...? —Su garganta se había secado y sólo se oyó un gemido áspero. Tragó saliva y volvió a hablar—: ¿Qué muerte le aguarda a Sócrates?

Los dos sacerdotes se giraron rápidamente hacia él. La voz ronca de la pitonisa murmuró algo incomprensible. La sombra se movió en la cortina a la vez que el murmullo se repetía con más fuerza. De repente se oyó un largo chisporroteo. Por los laterales de la cortina salieron hilillos de humo y se extendió el aroma intenso del laurel.

La piel de Querefonte se erizó cuando la sacerdotisa de Apolo profirió un gemido prolongado que terminó quebrándose. La Pitia jadeó como si se ahogara y comenzó a articular algo con el fondo de la garganta. Exclamó varias palabras casi gritando y luego inició un susurro veloz.

Querefonte no era capaz de distinguir lo que decía. Se acercó a la cortina y los sacerdotes lo agarraron de los hombros. La voz de la sacerdotisa se extinguió. Los dos hombres lo hicieron retroceder al tiempo que la cortina se apartaba lo justo para que saliera el sacerdote que acompañaba a la pitonisa. Lo miró en silencio durante un segundo y él sintió que le estaba recriminando su insensatez.

—Ven.

El sacerdote se alejó del *adyton* y Querefonte lo siguió hasta que llegaron a una cámara adosada al muro interior del templo. Allí había otro sacerdote colocando rollos de papiro y pliegos de pergamino. Supuso que se trataba del archivo del templo.

—Espera aquí.

Los sacerdotes hablaron entre sí mirándolo de vez en cuando. El que lo había acompañado desde el principio escribió algo en dos pequeños pergaminos. Guardó uno de ellos y se quedó de pie leyendo el otro, como si dudara si debía entregárselo.

Querefonte agachó la cabeza y cerró los ojos, casi deseando no conocer la respuesta de Apolo. Pretender conocer el secreto de la muerte a menudo acarreaba consecuencias funestas.

«Y aún resulta más peligroso querer alterar su curso.»

La voz del sacerdote lo sobresaltó.

—Aquí tienes tu respuesta. —Le tendió el pergamino—. Que los dioses acompañen tu viaje de regreso.

Querefonte murmuró un agradecimiento y se dirigió a la salida del templo, leyendo con avidez el pergamino.

El oráculo lo dejó sin aliento.

Continuó caminando y chocó con un hombre. Miró alrededor, desorientado. Estaba junto al altar exterior. Se alejó del templo de Apolo y bajó dando tumbos por la vía sacra. Unas lágrimas incipientes emborronaron su vista y se detuvo junto al tesoro de los sifnios. Se apoyó en su pared de mármol y abrió el puño en el que había estrujado el pergamino con el oráculo.

Las palabras del dios Apolo sobre su amigo Sócrates, el más sabio de todos los hombres, seguían ahí.

«Su muerte será violenta...»

Apretó los párpados para hacer caer las lágrimas.

«Su muerte será violenta, a manos del hombre de la mirada más clara.»

Un grupo de espartanos pasaron junto a él, mirando sus lágrimas con desprecio. Se fijó en sus rostros, uno a uno, pero todos tenían los ojos oscuros. Se apartó del tesoro de los sifnios y echó a correr descendiendo la fuerte pendiente de la vía sacra.

Debía encontrar al «hombre de la mirada más clara» antes de que matase a Sócrates.

Un día, habiendo partido para Delfos, Querefonte tuvo el atrevimiento de preguntar al oráculo si había en el mundo un hombre más sabio que yo; la Pitia le respondió que no había ninguno.

PLATÓN,
*Apología de Sócrates*

# PRIMERA PARTE

—

## 437 a. C.

# Capítulo 1
*Esparta, 437 a. C.*

Deyanira respiró con rapidez varias veces, tratando de reunir algo de fuerza en medio de aquel dolor inmisericorde. Olía a sudor y sangre. Hinchó los pulmones, elevando su pecho desnudo, y empujó de nuevo para que el bebé avanzara a través de sus entrañas.

—Vas bien.

El esfuerzo la hizo gruñir mientras miraba entre sus piernas abiertas a la mujer que tenía delante, sentada con expresión ceñuda a los pies de su lecho. Desplazó la mirada hacia la otra mujer que había en la alcoba. En una mano sostenía unos trapos limpios y con la otra acercaba una lámpara de aceite para que la partera hiciese su trabajo. Los ojos de la mujer rehuyeron los suyos.

Deyanira se dejó caer jadeando sobre el colchón de lana, empapado con sus fluidos, y su vista se perdió en las penumbras del techo.

«Protege a mi hijo, Ártemis Ortia, no dejes que le pase nada.»

Aunque había visto mucha sangre, el parto estaba siendo más rápido que el primero. Habían transcurrido cuatro años, pero nunca olvidaría la resistencia del robusto Calícrates a abandonar su interior, como si se agarrara a sus tripas con sus manos regordetas. También recordaba la emoción que en aquel parto se respiraba a su alrededor, una alerta inquieta pero también alegre por asistir al milagro de dar a luz. En aquella ocasión, en algún lugar de su casa aguardaba orgulloso su marido Euxeno.

«Mi difunto marido», se dijo con amargura.

Cerró los ojos, deseando poder hacer que su hijo se quedara dentro de ella. Su cuerpo le indicó que tenía que seguir apretando, se irguió y al empujar notó que el bebé se deslizaba, un pez inocente abandonando sus aguas cálidas.

La partera terminó de extraer al niño y los ojos grises de Deyanira se llenaron de lágrimas.

«Ya no podré protegerte.»

El bebé lloró débilmente, apenas una queja. Sus brazos tiritaban mientras la comadrona lo limpiaba y lo envolvía en una tela limpia. La ausencia de emoción en el rostro de la mujer llenaba de angustia el corazón de Deyanira, que alzó una mano hacia su hijo.

La partera hizo un gesto a la otra mujer para que se ocupara de Deyanira y se giró hacia la puerta con el bebé en brazos.

—¡No! —Deyanira intentó incorporarse en vano, había perdido demasiada sangre—. ¡Déjame verlo, déjame tocarlo!

La mujer se detuvo. La miró y se volvió de nuevo hacia la puerta abierta. Sacudiendo la cabeza, se acercó a la cama y dejó al bebé en el pecho sudoroso de Deyanira, que se apresuró a besarlo.

—Mi hijo. Mi bebé...

El niño sacó una manita y la apoyó en la piel mojada de su madre. Su cabeza se movió hacia ambos lados como si olfateara con torpeza. Deyanira rozó con el dorso de un dedo su pequeña mandíbula y el recién nacido separó los párpados. Sus ojos eran grises como los de su madre, pero tan claros que parecían transparentes.

Deyanira lo contempló extasiada.

—Lo siento. —Los dedos de la partera envolvieron a su hijo y lo apartaron.

—No. —Deyanira mantuvo las manos alrededor de él, pero tuvo miedo de hacerle daño y cedió—. ¡No! —La partera le dio la espalda y se alejó—. ¡Decidle que es su hijo!

La mujer cruzó la puerta y desapareció de su vista.

—¡Decidle que es su hijo!

Intentó ponerse de pie y el mundo se convirtió en negru-

34

ra. Notó que su cabeza golpeaba contra el suelo de tierra. Tomó aire y trató de gritar mientras se desvanecía.

—¡Es tu hijo, Aristón!... Es tu hijo...


El rey Arquidamo cogió la copa de vino por ambas asas y la levantó. Era una vasija ancha y chata, de pie largo y decorada con sencillos dibujos geométricos. El olor dulce impregnó su olfato mientras se mojaba los labios y observaba con disimulo a su sobrino Aristón.

«¿Qué responsabilidad tendré que asumir ante los dioses?», se preguntó con inquietud.

Él era uno de los dos reyes que gobernaban conjuntamente Esparta. También formaba parte del Consejo de Ancianos, un órgano de poder con treinta miembros: los dos monarcas más veintiocho espartanos mayores de sesenta años pertenecientes a las mejores familias.

En ese momento, su sobrino Aristón estaba sirviendo vino a uno de los ancianos del Consejo. Arquidamo no consiguió leer en su expresión pétrea, mientras le veía hacer una ligera inclinación de cabeza y pasar a atender al siguiente anciano.

«Aún no ha cumplido los veinticinco años, pero ya está casado y a punto de tener un hijo.»

Los espartanos realizaban el servicio militar entre los veinte y los treinta años. Desde los veinte podían dejarse crecer el pelo y participar de las comidas comunales con el resto de los espartanos, pero hasta los treinta no podían contraer matrimonio. En el caso de su sobrino, se había hecho una excepción porque su hermano Euxeno había muerto sin otros parientes varones y dejando esposa y un hijo. Aristón había heredado su casa y sus tierras, se había casado con su viuda y se había hecho cargo de Calícrates, su hijo de cuatro años.

«Le honra haberse hecho cargo de la familia de su hermano. Sin embargo...»

Los pensamientos de Arquidamo se interrumpieron cuando apareció una mujer en el salón de la vivienda. Las conversaciones se apagaron y los ancianos rodearon a la recién llegada. Eran una docena, aunque para la tarea que los aguardaba hubiera bastado con tres o cuatro.

La mujer dejó sobre una mesa el bulto que llevaba en los brazos. Uno de los ancianos apartó las telas que lo envolvían, y dejó a la vista un bebé, que sacudía los brazos y las piernas al perder el calor y la seguridad de su envoltura. Las manos de más ancianos se extendieron, tocaron al niño y lo hicieron girar en uno y otro sentido.

El rey Arquidamo presenció el examen al tiempo que miraba furtivamente a su sobrino. Aristón no despegaba la mirada de la criatura. Apretaba los labios y su cuerpo estaba tenso bajo el manto de paño oscuro que vestía. Sus brazos eran musculosos y gruesos como muslos, lo que unido a que era una cabeza más alto que cualquier otro espartano le daba un aspecto temible. Arquidamo recordó de pronto a Tirteo. Los poemas de Homero y Hesíodo eran el pilar de la educación de todos los griegos, pero para los espartanos el poeta Tirteo tenía la misma importancia. Sus poemas ensalzaban el valor y el sacrificio en el campo de batalla puestos al servicio del bien común, mientras que en los poemas homéricos los héroes buscaban la gloria personal.

«No me imagino a Aristón como un héroe de Tirteo.»

Los ancianos se apartaron del bebé. Uno de ellos se volvió hacia Arquidamo.

—Es pequeño...

Se quedó callado, y Arquidamo completó la frase en su cabeza: «... pero es válido».

Dio un paso adelante y se quedó frente al bebé. Ciertamente tenía un tamaño menor de lo habitual y sus miembros eran muy delgados. No obstante, había visto antes niños así, por lo general nacidos antes de tiempo, que luego crecían hasta alcanzar a los niños de su edad.

Los ancianos aguardaban con respeto a que se pronunciara. No sólo era su monarca, sino que también tenía edad suficiente para pertenecer al Consejo de Ancianos.

El rey suspiró y miró un instante a Aristón. Su sobrino se apresuró a hacer un gesto de repulsa.

«Es su propio hijo.» Arquidamo permaneció en silencio. El bebé separó los párpados y miró hacia él como si pudiera verlo, con unos ojos tan claros que parecía una criatura acuática.

Arquidamo apartó la mirada.

—¿Cómo está Deyanira? —le preguntó a la partera.

—Ha perdido bastante sangre, pero sobrevivirá. Es fuerte.

—¿Podrá tener más hijos?

—Yo no veo ningún problema, pero eso está en manos de Ártemis Ortia.

«Ártemis no estará muy contenta con lo que vamos a hacer. Habrá que buscar el modo de purificar este acto.»

Dio un paso hacia atrás mientras el bebé movía los brazos sobre la mesa.

—Llévatelo.

La mujer tardó un momento en reaccionar. Luego asintió con hosquedad, envolvió al pequeño y salió con él al exterior de la vivienda.

Durante un rato todos se mantuvieron inmóviles, sin apartar la vista de la puerta por la que había desaparecido la comadrona. Al final, uno de los ancianos murmuró algo y abandonó la casa seguido por los demás. Arquidamo aguardó a que salieran y se acercó a su sobrino.

—Necesitamos hombres —dijo procurando no mostrar su recriminación.

—Eso nunca lo sería. —Aristón se quedó en silencio y su tío notó el esfuerzo que hacía por controlarse antes de volver a hablar—. El año que viene Deyanira volverá a parir.

El rey asintió lentamente, con la vista fija en la mesa en la que se había decidido el destino del bebé.

—Que así sea.

Se alejó de su sobrino y traspasó el umbral de la vivienda para adentrarse en la noche de Esparta.

La comadrona dejó atrás las últimas viviendas y continuó caminando con el niño en brazos, rumbo al macizo montañoso del Taigeto. La tierra crujía bajo sus sandalias de cuero y la luna hacía resplandecer la nieve que perduraba en las lejanas cumbres.

El bebé se removió contra su pecho. Reprimió el impulso de mirarlo.

«Apenas pesa, pero es un niño sano. —Cerró los ojos sin

dejar de caminar—. No me va a hacer ningún bien pensar en ello.»

Había tenido que llevar al Taigeto a algunos niños defectuosos y a varias niñas, pero era la primera vez que llevaba a un niño que aparentemente habría podido convertirse en un buen soldado espartano. Visualizó el rostro desesperado de Deyanira extendiendo la mano hacia su hijo y negó con la cabeza. La joven Deyanira era una buena mujer, y con su hijo Calícrates había demostrado ser también una buena madre.

Volvió a reprocharse sus pensamientos. En ningún caso iba a rebelarse contra la decisión de los ancianos... y si hubiera querido hacerlo, se lo habrían impedido los dos soldados que caminaban unos pasos por detrás de ella.

El terreno comenzó a ascender y distinguió una oquedad a su derecha. Se acercó y comprobó que era una grieta de apenas un brazo de profundidad. Muchas parteras despeñaban a los niños, pero ella prefería que fueran los dioses o las bestias quienes les arrebataran la vida.

Depositó al niño en el suelo, evitando mirar su rostro, y se dio la vuelta. Uno de los soldados pasó a su lado con la lanza apuntando hacia delante, se detuvo junto al bebé y bajó la punta del arma.

La garganta de la partera se cerró cortándole la respiración. Algunos soldados aprovechaban cualquier ocasión para herir o matar. La punta de hierro rozó la tela, apartándola para dejar al pequeño expuesto.

La mujer creyó ver que los puñitos cerrados del bebé se agitaban en el aire fresco de la noche. El soldado regresó junto a su compañero y ella los siguió de vuelta a Esparta.

«Alguien me dijo que en Atenas el Estado se hace cargo de los niños abandonados...» La partera rechazó el pensamiento y se apresuró a escupir en el suelo. Los atenienses eran débiles y traicioneros, y sus costumbres habían corrompido su sociedad.

En cualquier caso, sentía el estómago revuelto mientras se alejaba del Taigeto.

El aire no se movía y el olor que emanaba del bebé se acumulaba en su pequeña oquedad. Durante la siguiente hora cruzaron a poca distancia algunos roedores, una lechuza de pico afilado y una loba en busca de una presa. Ninguno se aproximó lo suficiente a su posición.

El pequeño estuvo relativamente a salvo hasta que el hambre hizo que comenzara a gemir.

Todavía transcurrieron diez minutos antes de que se oyera un husmear poderoso a unos pasos de él. Para entonces el bebé movía los brazos y las piernas produciendo un sonido de roce contra la tela. Su difusa consciencia se percató de que se acercaba una presencia, algo grande como podía serlo su madre. Al tratar de llorar emitió un gemido débil que enseguida quedó sepultado por el gruñido que retumbó en la oquedad.

Un hocico negro y húmedo olisqueó las piernas del bebé. Lo empujó un par de veces, haciendo que el lloro se intensificara. Dos hileras de colmillos tan grandes como la mano del pequeño se cerraron en torno a su frágil cuerpo, y tiraron desgarrando la carne.

## Capítulo 2
*Entre Argos y Tegea, 437 a. C.*

Eurímaco recorrió con la mirada el camino que tenían delante. Serpenteaba a través del espeso bosque como una culebra que huyera, lo que le impedía ver dónde estarían al cabo de cien pasos. Giró la cabeza hacia su esposa, Altea, que se bamboleaba lentamente a lomos del burro. Cuando sus ojos se encontraron, Eurímaco sonrió a través de su encrespada barba castaña y se volvió de nuevo al frente.

«Espero que no quede mucho. —La cara de Altea estaba pálida como la cera y cubierta de gotas de sudor, a pesar de que entre los árboles se filtraba una brisa bastante fresca con olor a resina y agujas de pino—. Como el niño se adelante, no sé qué vamos a hacer.»

Tras varios años intentándolo, su esposa había quedado encinta por primera vez. Aunque faltaba alrededor de un mes para que el niño naciera, desde hacía algunas semanas Altea se agotaba con los esfuerzos más livianos.

El esclavo que los estaba guiando marchaba unos pasos por delante. Era un libio de piel oscura llamado Tarik, con los hombros anchos, paso felino y varias cicatrices en su cabeza rapada. Eurímaco sintió el impulso de acercarse a él y preguntarle si sabía traer niños al mundo, pero se contuvo y se volvió de nuevo hacia su esposa.

—Dentro de una semana estaremos otra vez en Atenas. —Esperaba que su tono despreocupado no sonara forzado—. Arreglaré nuestra casa, tendremos un taller bien surtido y ahorros para varios meses.

Altea tomó aire antes de responder, pero no consiguió evitar que su voz dulce temblara.

—Espero que Atenea nos permita regresar a tiempo para que el niño nazca en Atenas.

—No lo dudes, mujer, en una semana estaremos en casa.

Apoyó una mano en el muslo de Altea. Le pareció más caliente de lo normal, pero no demasiado. Le dio un apretón suave y continuaron avanzando en silencio por aquel sendero, tan estrecho e irregular que un carro no podría circular por él, aunque los cascos del burro se acomodaban sin problema a los surcos de las recientes lluvias.

Hacía justo un año que habían abandonado Atenas, la ciudad en la que ambos habían nacido y vivido hasta entonces. Después de una mala racha se habían quedado sin dinero, y él ni siquiera había podido seguir comprando materiales para su taller de cerámica. «En ese momento los dioses nos trajeron a Pisandro», recordó agradecido. Pisandro era un ceramista de Argos, propietario de algunas tierras que heredaría su primogénito. Su segundo hijo recibiría en herencia el taller de cerámica, y Pisandro quería que Eurímaco le enseñara a su vástago las técnicas y el estilo de cerámica de Atenas, más demandado que el que se practicaba en Argos.

Eurímaco apartó la mano de la pierna de su mujer y palmeó con mimo las abultadas alforjas. «Todo ha salido mejor de lo previsto.» En la ropa y en las alforjas ocultaba pequeñas bolsas de cuero llenas de monedas de plata que sumaban la cantidad pactada por un año de trabajo, pero además había llegado a un acuerdo por el que Pisandro le había permitido elaborar en su taller cinco vasijas de buen tamaño. Había trabajado en ellas durante semanas y eran las mejores que había hecho en su vida. Estaba especialmente orgulloso de los dibujos y de la composición de las figuras en la superficie curva de las vasijas. Dos de ellas representaban la guerra de Troya, otras dos mostraban escenas de jóvenes atletas compitiendo, y la última, a Odiseo atado al mástil de su barco para resistir el canto de las sirenas en su regreso a Ítaca.[1]

---

1. Odiseo, cuya leyenda se narra en la *Odisea* de Homero, es el más famoso de los héroes antiguos. Hoy en día es más conocido por su nombre latino: Ulises.

Su intención inicial había sido venderlas cuando regresara a Atenas —se había comprometido con Pisandro a no hacerle la competencia en Argos—; sin embargo, un aristócrata de Tegea visitó el taller y le ofreció mucho más de lo que habría sacado por ellas en Atenas. La única condición había sido que cuando las terminara se las llevara a Tegea, a dos jornadas de marcha de Argos. «Y a medio camino entre Argos y Esparta», se dijo con expresión sombría. No le hacía ninguna gracia acercarse a la ciudad de los espartanos. La Paz de los Treinta Años era una quimera y no tardaría mucho en producirse un nuevo enfrentamiento armado entre Atenas y Esparta.

La luz que se filtraba entre las ramas de los árboles se volvía más tenue por momentos. Eurímaco escudriñó la maleza a ambos lados del camino y luego siguió atento a las irregularidades del suelo. Por fortuna para ellos, los espartanos habían hecho de la austeridad casi una religión y en consecuencia su producción artística —incluyendo la cerámica— era muy pobre. A cambio dedicaban todo su tiempo al entrenamiento físico y militar, lo que los convertía en los soldados de infantería más temibles que existían.

Acarició instintivamente el pomo de su espada. Le hubiera gustado tener a su lado a alguno de los atenienses con los que había hecho el servicio militar, como sus amigos Querefonte y Sócrates. Miró la espalda robusta del esclavo. Tarik era un hombre de confianza del ceramista de Argos, casi un miembro de la familia de Pisandro pese a su condición de esclavo. Iba armado con una espada y conocía el terreno, pues había viajado varias veces a Tegea.

«Entre los dos podríamos defendernos bien de un ataque... siempre que no sea muy numeroso.»

Altea intentó contener un gemido sin conseguirlo. Cuando Eurímaco se volvió, ella se apresuró a sonreír, con los brazos envolviendo su vientre hinchado. Sus labios tiritaban y en la luz declinante las ojeras se le marcaban más que nunca.

Eurímaco sintió la primera punzada del miedo.

## Capítulo 3
### Esparta, 437 a. C.

—CA-LÍ-CRA-TES.

Deyanira pronunció muy despacio el nombre de su hijo al tiempo que lo escribía con un palo en el suelo de tierra de la cocina. El fuego del hogar iluminaba su rostro armonioso y se reflejaba en sus cabellos negros, que llevaba tan cortos como los de Calícrates. Su hijo observaba con mucho interés las formas que iba trazando el palo. A continuación, comenzó a copiar lentamente su nombre, cada letra debajo de las que había dibujado su madre.

«Aparenta más de cuatro años. —Deyanira sonrió con orgullo. La mirada atenta de Calícrates le recordaba a la de Euxeno, el padre del pequeño—. No se parece a mí, tiene los mismos ojos oscuros que Euxeno y es igual de silencioso.»

Calícrates hablaba poco, pero era curioso e inteligente. Deyanira se alegraba de haber recibido una educación que le permitiera enseñar a su hijo a leer y escribir. Era consciente de que en muchas ciudades griegas casi ninguna mujer sabía leer. En la misma Atenas las mujeres recibían menos formación que en Esparta, además de tener menos libertad.

«Yo podré enseñar a Calícrates antes de que lo aparten de mi lado.» A los siete años se llevaban a todos los varones libres a vivir a barracones comunales. A esa edad comenzaban la *agogé*, la austera y exigente educación espartana que acababa convirtiéndolos en los mejores soldados del mundo.

Calícrates pasó la mano por la tierra para borrar una letra que le había salido mal, frunció los labios e intentó volver a hacerla. Deyanira notó una oleada súbita de cariño mientras contemplaba sus esfuerzos. Por vía paterna, su hijo pertenecía a una rama colateral de la dinastía del rey Arquidamo. «Si fuera el heredero directo al trono, no tendría que pasar la *agogé*.» Así era desde hacía siglos: los niños destinados a ser reyes no debían aprender a obedecer sino a mandar.

Su hijo se incorporó y la miró con un brillo expectante en los ojos.

—Muy bien. Lo has hecho mejor que... —Se calló al ver que la expresión de Calícrates se enfriaba como las brasas bajo el agua. Estaba mirando detrás de ella.

«Aristón.»

—Ve a tu dormitorio.

Calícrates la obedeció de inmediato y pasó junto a su padrastro pegándose a la pared. Deyanira sintió que su vientre se tensaba al encarar a Aristón, que rozaba con la cabeza las vigas de madera del techo y pesaba el triple que ella.

«Quiere lo mismo de siempre.»

Su marido solía dormir en los barracones militares, como todos los espartanos, y pasaba la mayor parte del tiempo con sus compañeros. Las pocas veces que se acercaba a la residencia familiar era para acostarse con ella.

La garganta de Aristón emitió un sonido ronco de satisfacción y anhelo. Echó a andar hacia Deyanira despacio, como un depredador que sabe que su presa no puede escapar. Sólo había transcurrido una semana desde que ella había dado a luz, pero ya habían llevado a cabo los rituales de purificación por el nacimiento, así como por la muerte del bebé.

Aristón la había deseado desde que ella se casó con su hermano, hacía seis años, y todavía disfrutaba con la novedad de que Deyanira fuese suya. Se detuvo a un paso y recorrió con la mirada el cuerpo de su esposa. El fuego del hogar prestaba un tono cobrizo a la piel oscura de sus piernas, que la túnica corta revelaba en casi toda su longitud. Sus huesos esbeltos hacían que las rodillas y los tobillos fueran delgados, mientras que en las pantorrillas la carne era generosa y compacta, igual que en los muslos. Todavía era joven —sólo tenía un año más que él— y como buena espartana practicaba ejercicio con frecuencia, lo que mantenía su cuerpo ágil y musculoso.

Agarró a Deyanira por los hombros, ignorando la mirada

de repulsa de sus ojos grises, le dio la vuelta y la atrajo hacia sí. Metió una mano por el cuello de su túnica y agarró un pecho todavía henchido por el embarazo.

—La partera ha dicho que hay que esperar una luna —dijo fríamente Deyanira.

La mano de Aristón se detuvo, sin dejar de apretar el pecho. Notó que su erección perdía fuerza y se despegó del cuerpo de su mujer. Sacó la mano de la túnica y retrocedió un paso sin que ella se diera la vuelta, aunque Aristón notaba su desprecio.

Ya habían vivido una situación similar, hacía ocho meses, cuando su hermano murió y el rey accedió a su petición de hacerse cargo de la viuda y el huérfano. Arquidamo los desposó tres días después de que Deyanira enviudara y esa misma noche él acudió a su cama. Deyanira estaba llorando cuando de pronto lo sintió entrar. Se incorporó y lo miró sorprendida. Hasta hacía unos días Aristón sólo era para ella el hermano pequeño e impulsivo de su marido, un hombre muy joven con un cuerpo de coloso que a veces la miraba con una intensidad incómoda. Él le acarició el pelo y los brazos y ella pensó que quizá sólo pretendía consolarla, pero Aristón apartó la manta, envolvió con una mano enorme la parte interior de un muslo y apretó con avidez.

—Me haces daño.

Deyanira se retorció intentando apartarse, pero Aristón no pensaba desperdiciar su noche de bodas: dejó que girara sobre el lecho hasta darle la espalda, le aferró la cadera y se apretó contra ella. Se escupió en una mano y la pasó entre las piernas de su esposa. Después la penetró con brusquedad. Deyanira gimió de dolor y eso excitó más a Aristón, que sacudió su cuerpo violentamente contra ella una, dos, tres veces y llegó al clímax con un rugido de conquista que se transformó en una carcajada.

Cuando terminó de reír, salió de su cuerpo y abandonó la alcoba sin decirle nada.

«Aquella noche no respetó el duelo por mi esposo muerto, por su hermano muerto, pero esta vez tiene que esperar. —Deyanira sentía la respiración agitada de Aristón detrás de ella—. Sabe que si no lo hace, puedo denunciarlo.»

45

Cerró los ojos esperando la reacción de su marido. El calor que desprendían las llamas del hogar le quemaba las piernas, pero se hubiera metido en el fuego antes que retroceder hacia él.

La tierra crujió a su espalda. Temió que la golpeara y tensó el cuerpo.

Los crujidos se repitieron, alejándose de ella.

Al cabo de unos segundos, abrió los ojos y soltó el aliento retenido.

Aristón dejó atrás su vivienda familiar y caminó entre casas hechas con ladrillos de adobe sobre cimientos de piedra. En algunas construcciones de Esparta, las paredes se habían levantado íntegramente con bloques de piedra, como en la suya, pero ni siquiera los reyes poseían grandes mansiones.

El espacio entre las edificaciones aumentó y enseguida se encontró en campo abierto, caminando hacia la siguiente agrupación de viviendas y edificios públicos. Antiguamente se habían formado cuatro aldeas —Limnas, Cinosura, Pitana y Mesoa— aprovechando el terreno favorable que dejaban entre sí dos brazos del río Eurotas. Con el tiempo, las cuatro aldeas se habían integrado formando la ciudad-estado de Esparta, y poco después se había incorporado una quinta aldea —Amiclas— situada más al sur. Sin embargo, se mantenía la primitiva dispersión de aldeas y tampoco había un centro urbano común a todas ellas.

Pasó junto al templo de Ártemis Ortia, rodeado de vegetación boscosa. Aunque se trataba del santuario más importante de Esparta, su tamaño era reducido comparado con los templos de los arrogantes atenienses. La mirada de Aristón se dirigió hacia el santuario pero rápidamente lo rehuyó. Entre las atribuciones de Ártemis Ortia se encontraba ser la diosa de la fertilidad.

«Hay hombres que son incapaces de tener hijos, y yo dejé embarazada a Deyanira la primera vez que me acosté con ella.»

En realidad, podía haber sido en cualquiera del primer centenar de ocasiones, pues durante las primeras semanas de matrimonio disfrutaba de ella tres o cuatro veces al día. Había pasado años deseando a su cuñada, y tenerla en su lecho le pareció un sueño que tenía que aprovechar antes de despertar. Sea como fuere, a los dos meses ya sabían que Deyanira estaba embarazada. Eso le produjo a él una gran alegría, era otra manera de sepultar el recuerdo de su hermano.

Poco después, la alegría se tornó preocupación.

—Así que tu hermano te dejó una sorpresa antes de morir —le había dicho sonriendo Dexagóridas, un compañero del dormitorio comunal de su misma edad—. Debe de estarte muy agradecido desde el reino de los muertos.

Hasta ese momento Aristón no se había dado cuenta de que podían pensar que el hijo no era suyo sino de su hermano, y rogó a Ártemis que no naciera antes de que pasaran diez meses desde que había desposado a Deyanira. Pese a sus plegarias, el niño nació antes de que se cumpliera el octavo mes.

«Los dioses lo condenaron. Ellos sabían lo que ocurriría. Ellos lo decidieron. —Asintió un par de veces sin dejar de caminar—. Si al menos hubiera sido una niña...» Pero no podía permitir la existencia de otro niño que todos creyeran de su hermano. Ya le resultaba insufrible ver a Calícrates, que con cuatro años se asemejaba tanto a Euxeno que le parecía ver en sus ojos serios la misma mirada triste y recriminatoria.

«Los dioses me han otorgado un cuerpo más fuerte y una mayor determinación que a mi hermano, pero él era el favorito de nuestro padre. El muy desgraciado decía que Euxeno era el espartano perfecto. —Curvó media boca en una mueca parecida a una sonrisa—. También lo prefería Deyanira, pero ahora me tiene a mí.»

La sonrisa se desvaneció cuando recordó que Euxeno había sido asimismo el predilecto del rey Arquidamo. «Seguramente tenía grandes designios para él. Por fortuna la muerte tampoco respeta los planes de los reyes.» Hizo para sí los cálculos que había realizado muchas veces desde antes de que muriera su hermano. En ese momento, él era el cuarto en la línea de sucesión al trono de Arquidamo. «Y si no estuviera Calícrates, sería el tercero.» Sus posibilidades no parecían muy altas, pero las guerras y los desastres naturales podían cambiarlo todo de golpe. Hacía una generación, un terremoto había derrumbado casi todos los edificios de Esparta y había matado a la mitad de los habitantes.

No tenía sentido aceptar un hijo que pudiera usurparle su derecho al trono porque otros creyeran que era hijo de su hermano. «O porque lo pensara él mismo. —Vislumbró por un momento a su hijo siendo examinado sobre una mesa, un animal diminuto que miraba a sus jueces con unos ojos extrañamente claros—. Los niños más inocentes pueden convertirse en los hombres más ambiciosos.»

Llegó a un edificio alargado de una sola planta e inclinó el cuerpo para cruzar el umbral. Se trataba de uno de los comedores donde cada anochecer tenía lugar la *syssitía*, la comida comunal en la que participan todos los varones espartanos mayores de veinte años. Las conversaciones eran un bullicio confuso que flotaba en la humedad cálida de la sala. «Caldo negro», pensó al percibir el olor ácido de la cena de aquel día. Avanzó por el comedor, acostumbrado a que lo siguieran algunas miradas de reojo. Se encaminó directamente a una de las tres hileras de mesas, saludó a algunos hombres y tomó asiento en el espacio que le habían reservado a poca distancia del rey Arquidamo.

En otra de las mesas se encontraba Cleómenes, el segundo rey de Esparta. Desde hacía ocho años ocupaba el trono en sustitución de su hermano Plistoanacte, al cual habían enviado al exilio acusado de dejarse sobornar por los atenienses para que interrumpiera una invasión. Después de aquellos hechos humillantes, se había firmado con Atenas la Paz de los Treinta Años.

«Plistoanacte es un traidor y un cobarde —Aristón negó en silencio—, es increíble que lleve la misma sangre que Leónidas.»

El rey Leónidas era el mayor héroe de la historia reciente de Esparta. Con trescientos espartanos había contenido durante dos días, en el estrecho paso de las Termópilas, los ataques en oleadas del inmenso ejército persa de Jerjes.

«Resistieron hasta que murió el último de los espartanos», recordó con orgullo. Atenas y Esparta se disputaban la primacía en el honor y la gloria de la guerra contra los persas. Atenas tenía a sus héroes de Maratón y de la batalla naval de Salamina, sin duda grandes victorias, pero Esparta contaba con Leónidas y sus trescientos espartanos de las Termópilas, además de con los soldados de la batalla de Platea en la que los persas fueron expulsados definitivamente. Era cierto que en Platea los atenienses y los espartanos habían combatido juntos, pero el comandante en jefe del ejército aliado griego había sido un espartano, y la clave de la victoria fue la superior disciplina y experiencia de los guerreros de Esparta.

Aristón se dedicó a escuchar en silencio las conversaciones de sus compañeros de mesa mientras esperaba a que le llenaran el cuenco de comida. Pese a que él ya estaba casado y con un hijo a su cargo, hasta que cumpliera treinta años no pasaría a ser uno de los *homoioi*, uno de «los iguales», ciudadanos con plenitud de derechos que formaban parte de la Asamblea y podían ocupar cargos públicos. A partir de los treinta años, los espartanos participaban en las campañas del ejército de hoplitas —soldados de infantería pesada, que combatían con coraza, escudo y yelmo de bronce—. Además, a esa edad recibían un lote de tierra que les permitía no tener que trabajar para así dedicarse a la vida pública y al ejército, y debían contribuir de un modo equitativo a la comida comunal.

Un cocinero colocó una olla sobre la mesa y le llenó el cuenco de caldo negro, el famoso guiso espartano elaborado con sangre, vino avinagrado y vísceras de cerdo. Se llevó el cuenco a la boca y dio un largo trago, sintiendo que el líquido salado y espeso le calentaba el estómago. Sacó con los dedos un trozo de tripa y lo masticó mientras prestaba atención a las palabras de Arquidamo.

—A mí también me preocupa el creciente poder de Atenas —el rey estaba respondiendo a Brásidas, el oficial con el que mejor se llevaba Aristón—, pero si atacamos a los atenienses sin haber llegado a un acuerdo con nuestros aliados, lucharíamos nosotros en solitario contra Atenas y todos los suyos.

—Su poderío crece con mayor rapidez que el nuestro —insistió Brásidas—. Prolongar esta paz absurda, fruto de los sobornos de los atenienses a Plistoanacte, empeora nuestra posición en una guerra que tendrá lugar antes o después.

Aristón se unió a los gruñidos de asentimiento de la mesa.

—Muchos atenienses viven fuera de las murallas de Atenas —continuó Brásidas—. Su líder Pericles sabe que podemos invadir su territorio con un gran ejército, y que eso dejaría en la miseria a miles de atenienses que ahora lo apoyan. No puede permitírselo.

La cabellera entrecana de Arquidamo se agitó cuando movió la cabeza exasperado.

—Pericles podría convencer a sus ciudadanos de que se alimentaran de aire y volvería a recibir sus votos.

Se alzaron varias voces mostrándose de acuerdo. La prosperidad de Atenas en las últimas décadas se debía en buena parte a Pericles. Muchos espartanos lo admiraban tanto como lo odiaban, conscientes de su perspicacia y de su poder de persuasión.

«Si dependiera de mí, Atenas estaría ardiendo dentro de dos meses», se dijo Aristón apretando los puños. No entendía las reticencias del rey Arquidamo. Su padre —que además era primo de Arquidamo— había muerto en su lecho hacía diez años, pero durante la década anterior había sido un tullido que arrastraba vergonzosamente una pierna inútil por las calles de Esparta, a causa de las heridas sufridas en una batalla contra los atenienses. Muchos decían que aquello era un motivo de orgullo, pero para Aristón su padre se había convertido en un ser patético al que procuraba evitar.

Inspiró hondo y se quedó mirando los restos de comida de su cuenco. Todavía no era uno de los iguales, se suponía que debía escuchar para aprender o en todo caso intervenir respetuosamente, pero no se sentía con ánimo de mostrarse respetuoso ante ideas tan cortas de miras y cobardes. Volvió a llenar los pulmones, despacio. Desde los siete años hasta los veinte, el Estado se había hecho cargo de su educación, igual que de la del resto de los espartanos libres, y le habían sometido a una disciplina extrema.

«Yo no he nacido para obedecer, sino para mandar.» Se había repetido aquello día tras día. Tenía sangre real, y con su padre y su hermano muertos, se convertiría en rey si su rama de la dinastía recuperaba el trono.

«De momento sería el regente de Calícrates, con tiempo de sobra para librarme de él.» Recorrió con la mirada los rostros de la mesa y terminó en Arquidamo. Ya no era un niño, tenía que ser práctico y procurarse una red de aliados. «Incluso entre los cobardes.»

Cuando los primeros hombres se marcharon, se despidió de los miembros de su mesa y abandonó el comedor. Caminó ensimismado, sin dirigirse a los barracones militares ni a la casa donde dormían Deyanira y Calícrates. La luna lo miraba con media cara resplandeciente en lo alto de un cielo estrellado. De pronto se percató de que el terreno se había vuelto más abrupto y se detuvo para mirar alrededor. Al advertir dónde estaba se le erizó la piel de los brazos. Tenía frente a él los primeros repechos del Taigeto. Estaba recorriendo el mismo camino que hacía una semana, cuando una hora antes del alba había interrogado a uno de los soldados que habían escoltado a la partera.

—¿Dónde dejasteis al niño? —Ni su tono ni su semblante reflejaban la atormentadora culpabilidad que experimentaba—. Me gustaría asegurarme de que ya...

El soldado, un hombre de unos cincuenta años al que la barba le cubría el cuello, enarcó las cejas y lo observó en silencio. Pensó que aquel bebé debía de llevar horas en el estómago de algún animal, miró hacia el Taigeto y se volvió de nuevo hacia Aristón.

—Te acompañaré. La partera lo dejó en una pequeña hondonada y no te sería fácil localizarlo, en caso de que quede algo. Yo mismo aparté la tela que lo cubría para que todo fuera más rápido.

Aristón asintió sin decir nada y se pusieron en marcha. Al cabo de un rato llegaron a los pies del Taigeto.

—Es ahí —el hombre señaló al frente con la lanza—, un poco más adelante.

La oquedad estaba parcialmente tapada por unos arbustos y no distinguieron su interior hasta que estuvieron encima.

Se encontraba vacía.

Aristón se agachó, examinó la tierra y se dio cuenta de que estaba removida.

«Lobos. —Pasó dos dedos por unas marcas de arañazos en la pared reseca de la oquedad—. Al menos uno, bastante grande.»

El horizonte había palidecido y el terreno mostraba diferentes tonalidades pardas. Tomó una pizca de tierra más oscura, la frotó entre el índice y el pulgar y se la llevó a la nariz. No percibió el olor de la sangre, pero tuvo la certeza de que era sangre de su hijo.

—Mira. Aquí.

Al girarse vio que el soldado se inclinaba sobre unos arbustos y se levantaba sosteniendo algo claro en una mano.

—Esto es sangre —afirmó el hombre al tiempo que se acercaba.

«Es la tela que envolvía al niño.» Aristón la cogió y la extendió para examinarla. Tenía varias manchas de sangre y un largo desgarrón.

Durante varios segundos la contempló en silencio.

—Ya podemos regresar.

Se dio la vuelta sin esperar al soldado y echó a andar hacia Esparta.

## Capítulo 4
*Entre Argos y Tegea, 437 a. C.*

El bosque estaba cada vez más oscuro.

Tarik se volvió hacia Eurímaco y Altea, apretó los labios sin decir nada y siguió caminando.

«Lo sé, vamos demasiado despacio. —Eurímaco miró preocupado a su mujer. Altea cabeceaba con los ojos entrecerrados, varios mechones de su larga cabellera morena se pegaban a su frente mojada—. No podemos ir más rápido.»

Habían salido de Argos al amanecer y habían hecho un par de paradas cortas para descansar. Antes del anochecer deberían haber llegado a la posada que había a medio camino de Tegea, pero cada vez que Altea gemía, Eurímaco hacía que el burro fuera un poco más despacio.

Su mujer murmuró algo sin abrir los ojos. Eurímaco puso una mano en su pierna y la notó más caliente que antes.

«Está delirando.»

Abrió la boca para preguntarle al esclavo cuánto faltaba.

En ese momento, Tarik se derrumbó.

«¡¿Qué...?!»

Al instante siguiente la maleza se abrió cerca de Tarik. Varios hombres armados con espadas saltaron al camino profiriendo gritos y echaron a correr hacia ellos. Eurímaco retrocedió un paso mientras intentaba sacar su arma, resbaló y cayó hacia atrás. Su espalda chocó contra el lomo del burro y consiguió mantenerse en pie. Uno de los asaltantes llegó a su altura y volteó la espada contra su cara. Eurímaco recordó su instrucción militar y se impulsó hacia el hombre con un brazo en alto. La base de la espada se clavó en su antebrazo y la hoja afilada golpeó débilmente contra su cabeza. Altea gritaba detrás de él. Eurímaco levantó el puño con todas sus fuerzas y encontró la mandíbula de su contrincante, que se desplomó como un fardo. Agarró el pomo de su espada y la desenvainó de un tirón al tiempo que se daba la vuelta.

Su mujer lanzaba patadas desde el burro a otro de los asaltantes, que había agarrado su túnica y tiraba con fuerza. Eurímaco avanzó hacia ellos. Altea se sujetó con las manos y las piernas a su montura para no caer, pero el hombre siguió tirando y el burro trastabilló y se derrumbó de costado. Altea impactó contra el suelo y las vasijas crujieron al romperse dentro de las alforjas. La pierna derecha de Altea quedó atrapada debajo del animal. Su esposo tuvo que esquivar al burro para atacar a aquel asaltante, que levantó la espada y consiguió detenerlo.

Eurímaco golpeó de nuevo e hizo retroceder a su enemigo, una y otra vez, alejándolo de Altea. Una estocada baja del salteador estuvo a punto de alcanzarlo, pero logró esquivarla y reanudó su ataque. El rostro de su oponente estaba sucio y enflaquecido. Su barba y su pelambrera enmarañadas eran grisáceas y por su mirada asustada Eurímaco presintió que iba a vencerlo. Describió un arco con su arma hacia el costado del salteador. Cuando el hombre la paró con dificultad, él atacó con la espada en punta y lo hirió en un hombro. Su enemigo gritó y lo miró con rabia.

Eurímaco advirtió que los ojos del salteador se desviaban ligeramente para mirar a su espalda. Dio un paso atrás, giró la cabeza y se quedó helado. Un tercer hombre se encontraba de pie junto a Altea. Su espada estaba manchada con la sangre de Tarik, al que había rematado. Eurímaco se lanzó hacia él, consciente de que su anterior adversario comenzaba a perseguirlo.

—¡Eurímaco!

El grito de terror de Altea se cortó en seco cuando el salteador incrustó la espada con ambas manos en su costado. De inmediato la sacó y detuvo el arma de Eurímaco, pero el golpe llevaba tanta fuerza que su brazo descendió. Eurímaco atacó de revés y su espada hizo crujir la cara de su adversario. Al momento se dio la vuelta. El atacante del pelo gris se detuvo a un paso de él con el hombro ensangrentado y la espada en alto. Bajó el arma y echó a andar hacia atrás. Eurímaco se giró de nuevo; el otro hombre se apretaba con una mano el lateral de la cara, que le chorreaba sangre. Intentaba mantener la espada levantada, pero se tambaleaba mirando al suelo. Eurímaco le atravesó la garganta y el hombre se desplomó.

—Altea. —Se arrodilló junto a ella mientras el único asaltante en pie desaparecía entre los árboles—. Altea... —La llamada de Eurímaco se convirtió en un sollozo y sus manos comenzaron a temblar. La túnica de su mujer estaba empapada de sangre, sus ojos permanecían cerrados.

El burro aún seguía tumbado sobre la pierna de Altea. Eurímaco se puso en pie, tiró del animal hasta conseguir que se incorporara y se arrodilló de nuevo junto a su esposa.

—¿Me oyes, Altea? —Tomó su cara entre las manos y se acercó a ella. Apenas percibía su respiración.

Oyó un roce lento detrás de él y al volverse advirtió que el hombre al que había derribado de un puñetazo estaba recuperando la consciencia. Se puso en pie, cogió su espada y se la clavó en el corazón. El cuerpo del salteador se estremeció y luego se quedó inmóvil.

Eurímaco envainó la espada, pasó los brazos por debajo de Altea y la levantó. Dudó si colocarla sobre el burro, pero no podía dejarla sobre el vientre con el embarazo tan avanzado y las heridas internas que le habría causado la espada. Agarró las riendas con los dedos y echó a andar llevando a su mujer en brazos. Al pasar junto a Tarik vio que le sobresalía una flecha de la espalda. En el cuello tenía un corte tan profundo que casi estaba decapitado.

Avanzó un largo trecho mientras la noche se cerraba, procurando no dar un traspié con las irregularidades del terreno. Le dolía el corte del brazo y la sangre que le manaba de la frente le había cegado un ojo. Observó angustiado el semblante de Altea y acercó la oreja a sus labios pálidos.

Todavía respiraba.

«La posada no puede estar lejos. —El brazo herido se le estaba entumeciendo, la sangre de Altea le bajaba por las piernas—. Allí quizá haya alguien que pueda curarla.»

El burro caminaba a su lado con paso dócil. Eurímaco miró su lomo, pensando en subirse a él con Altea en brazos. «Seguramente se me caería.» Pero tenía que hacer algo, el brazo dañado estaba perdiendo fuerza y Altea se le estaba resbalando.

Se detuvo y apoyó la espalda de su mujer en el lomo del asno sin dejar de sujetarla. Agachó la cabeza y cerró los ojos. Por su cara se deslizaban hilillos de sangre y sudor, que goteaban sobre el vientre de Altea.

Imaginó al bebé dentro de su esposa.

«Perseo...»

Si era un niño, habían decidido llamarlo Perseo, como su padre. Y si era una niña, Elara, como la madre de Altea.

«¿Le habrá alcanzado la espada?»

Hizo fuerza para levantar a su mujer, pero fue en vano. La apoyó de nuevo sobre el burro y miró hacia el camino oscuro.

«¿Dónde está la maldita posada?»

La oscuridad osciló ante sus ojos y temió desmayarse en medio del sendero. Ahora hasta un niño podría acabar con ellos.

Examinó la maleza que los rodeaba. Logró levantar a su mujer y se metió entre dos árboles, aunque apenas consiguió alejarse del camino una veintena de pasos antes de caer de rodillas. Dejó a Altea en el suelo y se tumbó a su lado.

La tierra cubierta de hojas era blanda como un lecho.

—Vamos a descansar un momento —murmuró.

Cerró los ojos.

Algo olfateó junto a su cabeza.

Eurímaco separó los párpados y vio un hocico y una cabeza enormes. Se apartó de golpe y el animal gruñó mientras enseñaba los dientes.

—¡Chsss! Cállate.

Eurímaco se giró hacia la voz. Había una anciana inclinada sobre Altea. Una cabellera rala de pelo blanco enmarcaba su rostro cadavérico. El animal al que había chistado era un perro oscuro, robusto y de gran alzada, que la miró antes de sentarse junto a Eurímaco.

—¿Puedes levantarte? —La voz de la anciana era sorprendentemente firme para la delgadez de su cuerpo.

Eurímaco se incorporó y luego se puso de pie. Se tambaleó, pero consiguió no caerse.

—¿Está... viva?

La anciana lo observó sin responder durante un segundo.

—Sí, pero no durará mucho si no la curo. Colócala en el burro.

—Pero... Está embarazada.

—El niño ha muerto. —La anciana apartó la mirada—. Lo siento.

Eurímaco sintió que caía dentro de sí mismo. Tardó un rato en reaccionar, dio unos pasos torpes hacia Altea e intentó levantarla. Necesitó la ayuda de la anciana para lograrlo, y entre los dos la dejaron cruzada sobre el burro.

—Agárrala para que no se caiga.

La anciana cogió las riendas y echó a andar con el perro a su lado. Eurímaco caminó al otro lado del burro sujetando a su mujer. Deseaba susurrarle algo a Altea, pero lo único que había en su cabeza era la muerte de su hijo y no quería que ella lo supiera.

Avanzaron durante algunos minutos, alejándose cada vez más del camino, hasta que la anciana se detuvo.

—Ya hemos llegado.

Eurímaco observó el entorno desconcertado. No era capaz de distinguir nada aparte de la vegetación espesa que los rodeaba. La enigmática mujer se acercó a la maleza, metió las manos y apartó de un tirón varias ramas entrelazadas. Por el hueco que se abrió surgió con andar pesado otro perro tan grande como el que los había acompañado.

—Son mis guardianes. —La mujer cogió de nuevo las riendas del burro y miró dubitativa a Altea—. Vas a tener que sostenerla en brazos para entrar.

Levantó a su esposa mientras la anciana agachaba la cabeza y pasaba tirando del burro por el hueco que había abierto. Uno de los perros la siguió y el otro se quedó fuera, con su enorme cabeza ladeada hacia Eurímaco, que se apresuró a internarse en la maleza procurando que a Altea no se le enganchara el pelo en el ramaje.

El muro de vegetación que acababan de atravesar ocultaba

un pequeño calvero rodeado por una muralla de árboles gruesos. Su anchura no era mayor de cinco o seis pasos. Eurímaco vio algo que parecía una caja de madera labrada y supuso que sería un altar. «Espero que el influjo de Asclepio sea fuerte en la anciana.» Asclepio era el dios de la medicina, además de un dios profético. Aquella mujer debía de ganarse la vida como curandera y adivina... aunque parecía muy autosuficiente, quizá vivía con sus enormes perros al margen de los hombres.

En aquel espacio oculto también había un saco de tela, un par de bolsas grandes de cuero, una cacerola y una manta, que la anciana extendió en el suelo.

—Túmbala ahí.

Eurímaco depositó a Altea con mucho cuidado sobre la manta. Un momento después, se extendió por el calvero una luz suave que hizo que las manchas pardas de la túnica de su mujer se volvieran rojizas. La anciana colocó una pequeña lámpara a un lado de Altea y le alzó la túnica. El perrazo se acercó a husmear, pero ella lo apartó de un empujón y se inclinó para examinar a Altea.

—Es una herida fea. Muy fea. —Eurímaco sintió un pánico helado al ver la enorme raja abierta como una boca en el vientre de su mujer—. Pero puedo curarla.

«¿Cómo puede curarse una herida semejante, por todos los dioses?»

Siguió a la anciana con la mirada mientras ésta abría una de las bolsas y extraía una aguja curva de la que colgaba un hilo grueso. Se acercó a Altea, juntó con los dedos los bordes de la herida y los cosió con pulso firme. Altea no abrió los ojos, pero su respiración se agitó mientras la aguja la atravesaba.

Eurímaco apoyó con suavidad una mano en la frente de su mujer. Estaba mojada y fría. La anciana cogió un cuenco de madera, mezcló agua con varias sustancias e hizo una pasta espesa de color ocre, que untó con los dedos sobre la herida de Altea.

—Déjame ver tu brazo —dijo cuando terminó.

Eurímaco lo acercó a la lámpara. La espada le había golpeado en mitad del antebrazo y tenía un corte profundo con los bordes hinchados. «Es un rasguño comparado con la herida de Altea.» La anciana untó el corte con la pasta y él notó un escozor intenso.

—Agacha la cabeza.

La mujer cubrió con pasta el corte que tenía en la frente. Después del escozor, la zona se le quedó insensible.

—Os voy a dar algo para que no entren por vuestras heridas espíritus dañinos. También os ayudará a dormir.

Sacó otro cuenco y mezcló agua con un pellizco de polvo que tomó de una cajita de metal.

—Levántale la cabeza.

Eurímaco hizo lo que le pedía y la anciana vertió el líquido poco a poco entre los labios de Altea. Después de vaciar algo menos de la mitad, le alargó el cuenco a él.

—Bébete el resto.

Eurímaco se llevó el cuenco a los labios. Cuando tenía la boca llena de líquido, advirtió la mirada atenta de la anciana y dejó que el líquido saliera de su boca y retornara al cuenco. Hizo como si tragara antes de hablar:

—En el burro llevo bastante plata. —La anciana miró hacia el animal y Eurímaco aprovechó para tirar el contenido del cuenco detrás de su espalda—. Te pagaré generosamente, y si mi mujer sobrevive, te daré la mitad de lo que tengo.

La anciana hizo un gesto desdeñoso.

—No hablemos ahora de plata. Lo importante en este momento es que descanséis. —Guardó en la bolsa de cuero todo lo que había sacado y se quedó sentada junto a la pared del calvero. Uno de los perros se acostó a sus pies mientras el otro permanecía fuera.

Eurímaco se tumbó en la tierra al lado de Altea. El burro, como si entendiera que había llegado la hora de dormir, se acomodó en el suelo junto a sus cabezas. Durante mucho rato Eurímaco se esforzó por mantenerse despierto, aunque en un par de ocasiones se sobresaltó seguro de que acababa de despertarse. La vegetación que los rodeaba amortiguaba los sonidos nocturnos del bosque y sólo se oían las respiraciones profundas del burro y del perro. De repente, Eurímaco notó que algo se movía despacio dentro del calvero. Él estaba tumbado boca arriba, con los ojos cerrados, y los entreabrió intentando distinguir algo sin apenas separar los párpados. La anciana se estaba poniendo de pie lentamente. Tocó el lomo del perro, que también se levantó, y los dos se acercaron.

«Lleva algo en la mano. —Eurímaco separó un poco más las pestañas, procurando fingir que dormía con una respiración lenta y regular—. ¡Es un cuchillo!»

La anciana se arrodilló junto a él con el enorme perro a su lado. Agarró el cuchillo con ambas manos, lo alzó para coger impulso y lo bajó hacia su pecho imprimiendo toda su fuerza. Eurímaco se movió con una rapidez desesperada. Sujetó las muñecas de la anciana con una mano y con la otra le aferró la garganta. El movimiento brusco sobresaltó al perro, que comenzó a gruñir aguardando la orden de ataque de su dueña. La anciana giró los ojos hacia el animal, sin poder mover el cuello ni emitir sonido alguno mientras la mano de Eurímaco le aplastaba la garganta. Impulsó el cuerpo hacia delante para aumentar la presión de sus manos, que descendieron haciendo que la punta del cuchillo atravesara la tela y penetrara en la carne de Eurímaco.

El perro estaba nervioso, pero no recibía ninguna orden y el pelo de su ama le impedía ver la mano que la estaba estrangulando. Mordió la túnica de Eurímaco, dio un tirón y la soltó sin dejar de gruñir. La anciana abrió la boca y emitió un sonido débil y agudo.

Eurímaco oyó al segundo animal atravesando el muro de vegetación que los separaba del bosque. Intentó apretar con más fuerza, sabiendo que cualquier signo evidente de violencia provocaría el ataque de los perros.

El animal que acababa de entrar se acercó a ellos.

«¡Vamos... Vamos...!»

Eurímaco cerró los ojos y apretó con todas sus fuerzas. Sintió un chasquido en la mano que aferraba el cuello y el cuerpo de la anciana se relajó. Uno de los perros soltó un ladrido potente. Eurímaco tumbó el cuerpo de la anciana en el suelo moviéndose despacio.

—Chsss —dijo con mucha suavidad—. Está durmiendo.

Los dos animales se acercaron gruñendo. Uno de ellos empujó con la cabeza el cuerpo de su dueña. Eurímaco se puso de pie entre la anciana y Altea y agarró la empuñadura de su espada sin llegar a sacarla.

«Me despedazarían en un momento.» Soltó el pomo de la espada, se acercó lentamente a las bolsas de la anciana y abrió una de ellas. Había un animal muerto, sin pelo, parecía un cerdo pequeño. De pronto le vio la cabeza y el horror hizo que se estremeciera. Se trataba de un bebé humano, un bebé muy pequeño con heridas en la espalda y el hombro.

«¡Le ha sacado el niño a Altea! —Miró hacia atrás sintiendo ganas de vomitar. Los perros daban con el hocico a su ama y Altea estaba tumbada al otro lado—. No es posible. No puede haberlo hecho sin que me haya enterado.»

Se enjugó el sudor que se le metía en los ojos y abrió la otra bolsa. Estaba llena de recipientes: frascos, pequeños paquetes de tela o cuero y un par de cajitas metálicas.

«Era una de éstas.» Cogió las cajitas y se puso de pie al tiempo que se le acercaba un perro ladrando con el lomo erizado. El otro perro los miró aumentando la intensidad de sus gruñidos. Eurímaco abrió una de las cajitas, su contenido parecía el mismo polvo que había utilizado la anciana.

«¿Cómo consigo que se lo coman?»

El segundo perro se aproximó y comenzó a ladrar furioso, un sonido grave y poderoso que resultaba espeluznante. Eurímaco se quedó muy quieto, planteándose si lanzar el polvo hacia la boca de los animales, pero se dio cuenta de que eso sólo lograría enfurecerlos más. Uno de los perros amagó un ataque hacia su ingle y Eurímaco retrocedió de un salto. Acercó la mano a la espada. Eran más rápidos que él, probablemente ni siquiera conseguiría herir a uno, pero ya no tenía otra opción.

Al otro lado del claro, el burro se había despertado y pisoteaba el suelo resoplando. Una de las bestias fue hacia él y el asno agachó las orejas e intentó apartarse, pero la pared de vegetación del calvero se lo impidió. El perro ladró varias veces mostrando los colmillos y el burro le lanzó una coz que lo alcanzó de refilón, haciendo que enloqueciera de rabia. Aunque el burro intentó defenderse dando coces, el animal que arremetía contra él era mucho más ágil y logró rodearlo evitando sus intentos de protegerse. La poderosa mandíbula del perro apresó una pata delantera y el asno rebuznó aterrado. El otro perro reaccionó uniéndose al ataque, saltó hacia el burro y le clavó los dientes en la parte baja del cuello.

Eurímaco se agachó y abrió el saco de la anciana con las manos temblándole. Encontró unas telas, fruta, algunos tacos de tocino... Los gritos de miedo y dolor del burro resultaban tan escalofriantes como los de una persona. Clavó el pulgar en dos trozos de tocino e intentó volcar en los agujeros el polvo de la cajita metálica; el temblor de sus manos hizo que se le derramara una buena cantidad. Apretó con los dedos intentando embutir más polvo dentro del tocino y levantó la mirada.

El burro estaba caído en el suelo y ya sólo emitía un gemido ahogado. Uno de los perros tenía las fauces cerradas alrededor de su garganta y el otro le mordía debajo de la nuca. Eurímaco se colocó detrás de la anciana y arrojó los trozos de tocino hacia los animales.

—Chsss. Tomad —susurró muy suavemente.

Los perros se volvieron hacia él y comenzaron a avanzar con los hocicos ensangrentados. Uno de ellos se agachó y olfateó alrededor de la anciana. Encontró un trozo de tocino, lo masticó un par de veces y se lo tragó. Después olisqueó el suelo con avidez y Eurímaco temió que se comiera también el segundo trozo, pero el otro perro lo descubrió antes y lo engulló.

Los animales continuaron olisqueando mientras Eurímaco permanecía inmóvil, agazapado detrás de la anciana muerta. Volvieron a empujar con los hocicos el cuerpo de su dueña y se pusieron nerviosos al ver que no reaccionaba. Entonces empezaron a ladrar de nuevo y a gruñir a Eurímaco con una agresividad creciente.

«No ha funcionado.»

Eurímaco mantenía a la anciana entre él y las bestias como si fuera un escudo. Poco a poco, uno de los perros convirtió sus gruñidos en un ronroneo grave y se tumbó. Al poco rato el otro también se acostó y unos minutos más tarde los dos estaban dormidos.

Eurímaco se abalanzó sobre Altea. El rostro de su esposa tenía la palidez de la nieve en la oscuridad. Puso la cara junto a sus labios y advirtió que no respiraba. Le abrió la túnica, pegó la oreja a su pecho y contuvo el aliento.

Su corazón no latía.

—Altea. Oh, dioses...

Sus ojos se llenaron de lágrimas mientras abrazaba el cuerpo frío. Esa misma tarde le había asegurado que en una semana estarían en Atenas, comenzando una nueva vida...

—Te prometí que nuestro hijo nacería en Atenas —susurró llorando.

Pasó una mano por el vientre herido de Altea. «No es posible. —Nunca volvería a oír a su esposa, a sentirla, su hijo no nacería...—. No es posible.»

De pronto le asaltó una duda y se incorporó. Levantó la túnica de Altea y observó su cuerpo desnudo a la luz de la luna. La única raja era la del costado, que seguía cosida. La anciana no le había abierto la tripa para sacar al niño.

«El bebé de la bolsa no es el nuestro.»

Contempló el escenario de muerte que lo rodeaba, sacó la espada y golpeó con furia a los perros, una y otra vez hasta casi decapitarlos. Después se dejó caer de rodillas junto a su mujer y lloró en silencio durante largo rato.

«No puedo llevarme el cuerpo de Altea, tengo que enterrarla. —Cerró los ojos y respiró hondo—. Enterrarlos.»

Cruzó la pared de vegetación y salió del calvero, se alejó unos pasos y rascó la tierra con los dedos. Era blanda y húmeda. Ayudándose con la espada avanzó con mayor rapidez, pero la herida del brazo se le abrió de nuevo y el agotamiento estuvo a punto de hacer que se desvaneciera en un par de ocasiones. Le llevó más de dos horas lograr un agujero capaz de proteger el cuerpo de su mujer de los animales del bosque. Cuando terminó, volvió al claro para coger a Altea y la llevó en brazos hasta su tumba. Al estrecharla por última vez lloró de nuevo, y siguió llorando mientras la depositaba con delicadeza en el fondo de tierra oscura.

Regresó al calvero, cogió las alforjas que había llevado el burro y las arrastró al exterior. Allí desenvolvió las vasijas rotas y fue colocando los fragmentos en la tumba. Una de las cerámicas no se había roto. Se trataba de la que había pintado con Odiseo atado al mástil de su barco, regresando a su patria.

«Era la que más te gustaba. —Volvió a meterla en las alforjas—. La conservaré en tu recuerdo.»

También sacó una figura de terracota de la diosa Atenea. La llevaban consigo desde que salieron de Atenas, para que la patrona de su ciudad los protegiera. La depositó con ambas manos al lado de su mujer.

—Espero que te proteja mejor en el reino de los muertos.

Dirigió a su esposa una larga mirada de despedida y le tapó la cara con una tela. Cuando iba a echar el primer puñado de tierra, un pensamiento repentino frenó su mano. Entró de nuevo en el calvero, cogió la bolsa de cuero con el bebé muerto y la llevó hasta la tumba.

—Podéis hacer el viaje juntos.

Sacó el pequeño cuerpo de la bolsa, se arrodilló para dejarlo con Altea y el bebé gimió. El sobresalto hizo que Eurímaco estuviera a punto de dejarlo caer. El bebé movió levemente un brazo y volvió a gemir, con tanta debilidad que apenas se le oía.

Eurímaco se dio cuenta de que las heridas que el pequeño tenía en un hombro y la espalda estaban cicatrizando. «¿Por qué lo habrá mantenido con vida?» Al momento imaginó la respuesta. Los vaticinios realizados leyendo las vísceras de un niño sacrificado podían proporcionar una fortuna a un adivino sin escrúpulos.

El pequeño estaba frío. Eurímaco lo metió dentro de su túnica, pegado al pecho, y fue a rebuscar en las pertenencias de la anciana hasta que halló un odre de piel relleno de leche. Le ofreció al pequeño, pero parecía que todo el líquido se le salía de la boca.

Se acercó a la tumba de su mujer y apartó la tela que le cubría la cara.

«Altea, he encontrado un bebé vivo. —Estiró la mano y acarició su rostro por última vez—. Voy a intentar salvarlo.»

Llenó la tumba con la tierra, la aplanó y la cubrió de hojas. Después volvió a intentar que el bebé comiera. La leche se derramaba de su boca, pero el niño movía un poco los labios.

Guardó el pellejo de leche en las alforjas, junto a la cerámica de Odiseo y las monedas de plata de Argos. Se las colgó de un hombro, se acomodó el bebé en la tela de la túnica y contempló su rostro diminuto. Mientras lo miraba, el pequeño abrió un momento los ojos, un parpadeo enfermizo que permitió a Eurímaco apreciar que eran de color gris, del tono más claro que hubiera visto nunca.

Se detuvo junto a la tumba de Altea, contemplando las hojas que la cubrían, y rogó a la diosa Tierra y al resplandeciente Zeus que velaran por el alma de su esposa. Luego echó a andar en la dirección en la que creía que hallaría el camino.

Estaba amaneciendo.

# SEGUNDA PARTE

—

## 430 a. C. - 429 a. C.

Tucídides el ateniense relató la guerra entre los peloponesios y los atenienses describiendo cómo lucharon unos contra otros, y se puso a ello apenas fue declarada por considerar que iba a ser más grande y más famosa que todas las anteriores; se fundaba en que ambos bandos estaban en muy buena situación para ella gracias a sus preparativos de todas clases, y en que veía que el resto de los griegos se aliaba a uno u otro partido, unos inmediatamente y otros retrasando el momento. Pues fue éste, efectivamente, el mayor desastre que haya sobrevenido a los griegos y a una parte de los bárbaros, y, por así decirlo, a la mayoría de los hombres.

TUCÍDIDES,[2]
*Historia de la guerra del Peloponeso*

2. Tucídides fue el historiador más importante de la Antigüedad, además de un testigo de excepción al haber combatido él mismo en la guerra que tan minuciosamente relató.

## Capítulo 5
*Esparta, abril de 430 a. C.*

«Se muere de ganas de vencerme.»

Deyanira observó a Clitágora mientras ésta se agachaba para coger la jabalina y gruñía al incorporarse con ella en la mano. Aquella espartana, de unos cuarenta años, era la más fornida de las veinte mujeres que estaban compitiendo. Se trataba de un juego informal, pero en Esparta el deseo de victoria de las mujeres era tan fuerte como el de los hombres.

El rostro de Clitágora se mantuvo en tensión mientras contemplaba la marca que señalaba el más lejano de todos los lanzamientos: el último que había hecho Deyanira.

«Está pensando que a mí también me queda un lanzamiento.»

La mujer sujetó la jabalina con ambas manos y echó hacia atrás los brazos, estirándose. En su espalda desnuda la musculatura se dibujó con claridad. Había dejado la túnica junto a la orilla del río Eurotas, igual que las demás mujeres. Cuando el tiempo lo permitía se ejercitaban desnudas y luego se bañaban en las aguas frías del río.

Clitágora relajó el cuerpo, inspiró profundamente y comenzó a andar hacia la línea de tiro con la jabalina en alto. Aceleró en los últimos pasos y realizó un lanzamiento potente con un grito de rabia.

La jabalina voló como si la transportara el viento. Dibujó una curva amplia y se clavó en la hierba, varios pasos a la derecha de la marca de Deyanira. Todas permanecieron en silencio mientras la mujer que hacía de juez calculaba la distancia. Cuando levantó un brazo para indicar que aquel lanzamiento era el más largo, las espartanas más jóvenes gritaron.

Clitágora asintió levemente y se retiró a esperar el lanzamiento de Deyanira, que sería el último de todos.

—¡Vamos, Deyanira!

—¡Por Ártemis, haz volar tu dardo!

A las jóvenes les divertía la competencia entre Clitágora y Deyanira. La mujer mayor solía ganar cuando disputaban lanzando el disco, mientras que Deyanira casi siempre vencía en las carreras. En jabalina las victorias estaban equilibradas.

«Nuestra rivalidad las estimula. Eso es bueno.» Deyanira cogió su jabalina y la sopesó buscando el centro de gravedad. La brisa acarició su piel desnuda, refrescándola al evaporar el sudor. Antes de iniciar la competición de jabalina habían corrido durante una hora ascendiendo el curso del Eurotas. Dedicaban buena parte del día a ejercitarse, debían mantener sus cuerpos en forma para parir buenos guerreros. Era su principal deber como mujeres espartanas.

«Yo llevo varios años sin cumplir con mi deber.» Su rostro se ensombreció. Calícrates tenía ya once años, y habían transcurrido siete desde que le arrebataron a su precioso bebé de ojos grises.

«Aristón hizo que lo mataran.»

El odio la atenazó por dentro y se quedó inmóvil. Cerró los ojos y respiró despacio. Tenía que soltar los músculos o no sería capaz de lanzar.

Levantó una mano y se palpó la carne dolorida encima de la oreja. Hacía una semana, su marido la había agarrado por el pelo y le había sacudido la cabeza de forma brutal antes de arrojarla al suelo. Cuando acudía a la vivienda familiar, una o dos veces por semana, solía limitarse a fornicar con ella salvajemente y se marchaba sin haber dicho una palabra. En otras ocasiones aquello no le bastaba para liberar la frustración y el resentimiento de su naturaleza miserable. La empujaba de repente contra la pared, la derribaba de una bofetada o le daba una patada que le dejaba un muslo amoratado. Después ella tenía que ocultar su cuerpo durante semanas para evitar los semblantes apenados de las demás mujeres o, lo que era peor, sus miradas recriminatorias.

Hasta ahora aquellos episodios no habían ocurrido más de

dos veces en el mismo año, pero bastaba para que le tuviera tanto miedo como odio.

«Aristón... —Inspiró profundamente—. No tengo que pensar en él.»

De la jabalina pendía una fina correa de cuero. Deyanira la enrolló alrededor del asta y pasó los dedos índice y corazón por la lazada final. Aquella correa imprimía a la jabalina un movimiento de rotación que daba estabilidad a su vuelo. Al mismo tiempo, producía un efecto de palanca que duplicaba la fuerza del lanzamiento.

Utilizó la otra mano para completar la rotación del asta y tensar la correa.

«Me entreno más que cualquier mujer, pero Ártemis Ortia no ha querido que tenga más hijos.»

Había vuelto a quedarse embarazada un año después de que se llevaran a su bebé al Taigeto; sin embargo, a los cuatro meses había abortado. De aquello hacía seis años, y su vientre no parecía capaz de engendrar una nueva vida.

Aunque sabía que tenía que centrarse en el lanzamiento, se volvió hacia Clitágora. La estaba observando de pie, firme con las manos en las caderas y aquellos pechos voluminosos de pezones oscuros. Con ellos había alimentado a cinco hijos, dos de los cuales ya servían en el ejército.

Se concentró en la línea de lanzamiento que habían trazado en la tierra. Iba a vencer en aquella competición. Las victorias le proporcionaban cierto consuelo —triste bálsamo— mientras seguía rezando para traer al mundo a otro pequeño. Si volviera a ser madre, podría empezar a olvidar a aquella criatura indefensa a la que había podido dar un único beso, aquel niño cuya ausencia sentía a menudo con más intensidad que la presencia de cuantos la rodeaban.

Echó hacia atrás el brazo de la jabalina y curvó el cuerpo para estirar los músculos. Después fijó la vista en el punto al que quería llegar con su lanzamiento.

—¡Mirad, ahí regresan!

Desvió la mirada hacia la izquierda. Un centenar de soldados espartanos bordeaba las faldas del Taigeto, avanzando en su dirección. Volvían de realizar unas maniobras a las que habían partido hacía unos días para preparar la nueva campaña militar. El año anterior se había iniciado la guerra entre Atenas y Esparta, cada una apoyada por sus respectivos aliados. Esparta lideraba la liga del Peloponeso, mientras que Atenas encabezaba la liga de Delos, en la que más de doscientas ciudades obedecían sus órdenes.

Algunas mujeres se adelantaron hasta la posición de Deyanira. Mantenían un respetuoso silencio mientras contemplaban a los hoplitas que se acercaban. Las leyes de Licurgo —el más importante estadista de Esparta, cuya leyenda se perdía en las brumas del mito— habían regulado hacía cuatro siglos casi todos los aspectos de la vida de los espartanos. Para favorecer la igualdad, todos debían vestir con sobriedad, de modo que no se distinguiera entre los que tenían mayor o menor riqueza. Además de un excelente estado físico, los hombres debían llevar una cabellera larga para parecer «más altos, más libres, más fieros».

Todos los pueblos sabían que la vida de los espartanos estaba dedicada al entrenamiento militar. Ellos mismos se consideraban heraclidas, descendientes de Heracles. Fuese o no cierto, las mujeres de Esparta se enorgullecían del terror que inspiraba su mera presencia en el campo de batalla, con sus inconfundibles capas púrpura, sus armas lustradas y sus cuerpos untados de aceite.

—Ahí está tu marido —dijo una voz detrás de Deyanira.

Ella ya lo había visto. La cabeza de Aristón sobresalía por encima del resto de los soldados. Su cuerpo descomunal le hacía parecer un hombre en medio de un grupo de niños.

La mano de Deyanira envolvió el asta de la jabalina.

Los hoplitas siguieron acercándose, ya estaban casi a la altura de las mujeres. Marchaban con sus corazas de bronce, la espada corta envainada y la lanza en la mano derecha. Los seguía un grupo de esclavos que transportaba sus yelmos y sus escudos. Los rostros de los soldados estaban sucios, algunos ensangrentados. El de Aristón se giró ligeramente y su mirada se detuvo en Deyanira. Ella distinguió la habitual recriminación que tanto detestaba y sintió de nuevo que la dominaba el odio.

—Tienes suerte —murmuró alguna mujer.

Deyanira notó la correa de la jabalina alrededor de sus dedos, el peso del arma perfectamente equilibrado.

«Mataste a mi hijo.»

Aristón apartó la mirada y continuó avanzando con el resto de los soldados, una marea de pisadas que hacía retemblar la tierra. Deyanira fijó la mirada en el cuello de su esposo, grueso como el del Minotauro. Recordó cómo usaba su cuerpo con lujuria y brutalidad, expresando sin palabras un rencor cruel por su primer matrimonio y su infertilidad.

Apretó con más fuerza la jabalina, su respiración se ralentizó y se le erizó la piel al evocar el placer que iba a sentir al matarlo.

# Capítulo 6
*Atenas, abril de 430 a. C.*

Eurímaco sonrió mientras observaba a Perseo.

El pequeño deslizó el punzón de madera por la cera de la tablilla, sin apenas marcar la superficie, y después levantó la mirada hacia la vasija que tenía delante. Examinó con detenimiento el dibujo y acercó de nuevo el punzón a la capa de cera.

—Recuerda —lo contuvo Eurímaco—: sujétalo, pero no lo aprietes.

Perseo asintió sin alterar la expresión seria de su cara y repasó en la cera blanda la línea que acababa de hacer, profundizando el dibujo.

—Muy bien —comentó Eurímaco con sinceridad. Perseo sólo tenía siete años, pero dibujaba mejor que muchos aprendices que le doblaban la edad.

Estaban sentados alrededor de la mesa de la cocina, que también hacía las veces de comedor y de cuarto de estudios de Perseo. Recibían la luz de una pequeña ventana abierta y de dos lámparas de aceite situadas en cada extremo de la mesa. El dibujo que estaba realizando Perseo era una sirena, una mujer con cuerpo de ave, que estaba copiando de una vasija negra con figuras rojas.

Mientras Perseo dibujaba, Eurímaco contempló la cerámica con el mito de Odiseo resistiendo el canto de las sirenas. Era la que había llevado en el escaso equipaje con el que había regresado a Atenas hacía siete años.

«Junto a un bebé de pocos días que no era mío.»

Cerró los ojos al experimentar la habitual punzada de dolor cuando recordaba a Altea, su esposa brutalmente asesinada.

—Papá —la voz infantil de Perseo lo sobresaltó—, como tú dibujas tan bien, ¿por qué no haces un dibujo de mamá? Así sabría mejor cómo era.

Eurímaco fue incapaz de reaccionar durante un momento. Frente a él tenía los ojos insólitos de Perseo resplandeciendo de ilusión, y al mismo tiempo el recuerdo del rostro de Altea, tan dolorosamente joven. «Dejó de existir con sólo veintidós años.» Intentó verla como sabía que había sido, alegre y llena de vida, pero las imágenes más intensas siempre se imponían a las demás: su semblante sudoroso y crispado de las últimas horas, su inexpresividad lívida cuando yacía en la tumba.

—Quizá otro día, hoy tengo que irme a la Asamblea. —La luz se debilitó en el rostro de Perseo y Eurímaco alargó una mano hacia él—. Era muy hermosa, con un pelo negro y ondulado como el tuyo. —Acarició un rizo del pequeño, que ahora lo escuchaba extasiado—. Se reía mucho y lograba que a su alrededor todo el mundo estuviera alegre. Me hacía muy feliz.

La garganta se le cerró. Había corrido hacia su esposa tan rápido como había sido capaz, pero no había podido evitar que aquella espada se clavara en sus entrañas llenas de vida.

—Ella te quería muchísimo. Le gustaba cantarte cuando todavía estabas en su vientre. A veces te movías tanto que decía que estabas danzando dentro de ella.

Perseo rio, alegría pura de niño para el que su madre eran aquellas palabras: recuerdos tomados de un hijo cuyo puesto había ocupado sin saberlo. Eurímaco siguió dejándose llevar por el bálsamo de su propia fabulación.

—Si hubieras sido niña te habrías llamado Elara, como tu abuela materna. Pero tu madre a veces ponía las manos en su tripa embarazada y me decía que sabía que eras un niño.

Los ojos enormes de Perseo lo envolvían, perplejos en el éxtasis de la unión especial que había tenido con su madre.

—¿Qué dijo cuando me vio? —El anhelo había convertido la voz de Perseo en un susurro.

Eurímaco le había contado que había nacido en el camino entre Argos y Tegea, y que su madre había muerto al día siguiente, cuando los atacaron unos salteadores. Era la misma versión que Eurímaco había difundido al llegar a Atenas: Perseo era hijo suyo y de Altea; es decir, hijo de atenienses. Si alguien se enteraba de que eso no era cierto, el niño perdería la ciudadanía. Pericles había hecho aprobar una ley por la que sólo eran ciudadanos de pleno derecho los nacidos de padre y madre ateniense.

—Tu madre dijo que nunca había habido un niño tan bonito, y que estaba segura de que siempre la llenarías de orgullo. —Perseo asintió resuelto—. Sólo estuvo contigo un día, pero te dio más besos de los que reciben la mayoría de los niños en toda su vida.

Eurímaco se quedó en silencio. Altea no había recobrado la consciencia después de que aquella espada la atravesara y matara al niño de su vientre. La espantosa herida y el veneno de la anciana habían acabado con ella. Tras enterrarla en aquel bosque, él consiguió llegar a una posada donde encontró a unos comerciantes con los que dos días después embarcó hacia Atenas. Desde allí se puso en contacto con Pisandro, el ceramista de Argos, y le comunicó que tras tener al bebé los habían atacado en el camino y habían matado a Altea, así como al esclavo y al burro. La historia quedaba corroborada por el cadáver del esclavo y de dos de los salteadores en mitad del camino, así como por el bebé y las heridas que varios marineros habían podido ver a Eurímaco en su trayecto desde el puerto de Argos hasta el Pireo, el puerto de Atenas.

«Perseo es mi hijo», pensó mientras sentía una necesidad de protegerlo tan intensa que le dolía.

Le revolvía las entrañas que Altea permaneciera sepultada en una tierra extranjera, pero si alguien la encontraba y se daba cuenta de que al enterrarla todavía tenía un niño en el vientre, Perseo perdería al momento todos sus derechos. Peor aún, por la región donde lo había encontrado, probablemente sus padres fueran de alguna de las ciudades de la alianza espartana.

«Puede que incluso sean de Esparta. —Eurímaco meneó la cabeza preocupado—. Si alguien de Atenas averigua su origen, Perseo será considerado un enemigo.»

Perseo abrió la boca para hacer otra pregunta sobre su madre, pero se interrumpió y miró hacia atrás al oír que entraba alguien. Se trataba de Ismenias, el esclavo tesalio de Eurímaco, que agachó la cabeza antes de hablar.

—Mi señor, ha venido Querefonte. ¿Lo hago pasar?

—Sí, dile que entre.

Ismenias se retiró y en la entrada de la cocina apareció Querefonte vestido con su habitual túnica de lana gris. Rondaba los cuarenta años, como Eurímaco, y su cuerpo delgado daba una impresión equivocada, pues en realidad era bastante fuerte y además poseía una notable habilidad para el combate. Su nariz aplastada era el resultado de una pelea de la infancia con un chico mayor que él, al que finalmente dejó tendido en el suelo, y en su rostro afeitado destacaba la barbilla cuadrada y un tanto prominente.

Eurímaco se levantó de su asiento y le hizo un gesto para que se acercara.

—Entra, no te quedes ahí parado.

Querefonte no se movió. Sus ojos saltaron de Eurímaco a Perseo y respondió desde el umbral.

—Vamos a llegar tarde a la Asamblea. Deberíamos irnos.

—Sólo será un momento. Quiero que veas el dibujo que ha hecho mi hijo.

Querefonte se mordió un lateral del labio y entró en la estancia forzando una sonrisa.

—Buenos días, Perseo.

—Hola, Querefonte.

—Mira. —Eurímaco cogió la tablilla con el dibujo de la sirena y se la tendió a su amigo—. La ha copiado de mi vasija de Odiseo. ¿Qué te parece?

Querefonte tomó la tablilla de madera y procuró mostrar interés por la figura esbozada en la cera. Su mirada se desvió un instante hacia Perseo, que lo observaba sin parpadear con una expresión cándida y aquellos ojos que lo sobrecogían desde que era un bebé en brazos de Eurímaco.

«Sócrates me dijo que me mostrara cariñoso con el chiquillo», se recriminó.

Siete años atrás, cuando había regresado de Delfos y le

había transmitido a Sócrates las dos respuestas del oráculo —que era el hombre más sabio y que tendría una muerte violenta a manos del hombre de la mirada más clara—, su amigo le había reprendido vivamente:

—Por Zeus, Querefonte, eres un insensato. De nada te sirve ser inteligente si no gobiernas tus actos con el sentido común. —Sócrates se quedó un rato pensativo antes de volver a hablar—: No quiero que le cuentes a nadie más ninguno de los dos oráculos. ¿Serás capaz de someter tu lengua?

Querefonte lo miró sorprendido.

—¿Es que no piensas hacer nada? El oráculo ha dicho...

Sócrates alzó ambas manos para que se detuviera.

—¿Pretendes que busque por toda Atenas al hombre con los ojos más claros y lo denuncie acusándolo de tener intención de asesinarme? ¿O de que en el futuro vaya a querer hacerlo? —Pese a sus palabras de reproche, la mirada que dirigía a su amigo seguía siendo cálida—. No, Querefonte, hubiera preferido no conocer este atisbo de mi destino, y lo único que voy a hacer ahora que lo conozco es pedirte que no hagas ninguna locura y que no lo compartas con nadie.

Querefonte accedió a regañadientes, y unos días más tarde se enteraron de que su amigo Eurímaco había regresado tras pasar un año en Argos. Acudieron juntos a verlo y lo encontraron en su vivienda, completamente desolado. Sentados alrededor de una mesa del patio, Eurímaco les contó que habían asesinado a su esposa hacía tan sólo una semana.

—Mi pobre Altea... acababa de dar a luz... —Los recuerdos le arrancaban sollozos profundos—. Deseaba tanto ser madre...

Eurímaco rompió a llorar y Sócrates lo abrazó. Querefonte se acercó con los ojos humedecidos y puso una mano en su hombro sintiéndose torpe.

—Lo siento mucho —murmuró.

Cuando Eurímaco se repuso, les contó el resto de su historia y después señaló hacia la puerta de la cocina. En su semblante afligido se atisbó brevemente una sonrisa.

—¿Queréis ver a nuestro hijo? Ahora está comiendo. He conseguido una nodriza, una de las esclavas del calderero Menandro.

Los tres entraron en la cocina y vieron en la esquina más oscura de la estancia a una esclava rolliza, de unos veinte años, con un niño en el pecho. Eurímaco le hizo un gesto para que se acercara.

—Se llama Perseo. —Eurímaco volvió a sonreír y alargó las manos hacia la mujer, que le entregó al bebé.

Querefonte observó con una mezcla de curiosidad y ternura a aquella criatura adormecida en brazos de su padre. Nunca había visto un bebé tan pequeño. Se inclinó hacia él sonriendo.

—Hola, Perseo —susurró.

El pequeño movió ligeramente la cabeza en su dirección. Sus párpados se separaron hasta formar una mínima abertura, volvieron a cerrarse, y luego se abrieron por completo.

La expresión de Querefonte se congeló al ver aquellos ojos casi transparentes. Desde el día del oráculo se fijaba de forma obsesiva en los ojos de la gente y jamás había visto unos tan claros como aquéllos. Notó que se mareaba, que la tierra se abría y lo envolvía la risa atronadora de los seres del inframundo. Apartó la vista y encontró el rostro de Sócrates vuelto hacia él. La expresión de su amigo era imperturbable, salvo por la advertencia o recriminación que distinguió en su mirada dura.

A partir de ese momento Querefonte apenas pudo decir una palabra. Sócrates se ocupó de que no se notara, pese a que pasaron toda la tarde en casa de Eurímaco. Cuando salieron de allí, el filósofo caminó en silencio hasta que estuvieron solos en la calle y entonces se volvió hacia él.

—Querefonte, escucha bien, porque lo que voy a decirte es de gran importancia. —El tono grave de Sócrates sorprendió a Querefonte, que nunca había visto a su amigo tan serio—. Debes tratar al hijo de nuestro amigo Eurímaco igual que si sus ojos fueran oscuros como carbones. —Su mirada se intensificó todavía más—. Lo contrario sería una injusticia terrible.

Querefonte agachó la cabeza. En su rostro crispado se debatían diferentes emociones. Separó los labios, que le estaban temblando, y los volvió a cerrar sin decir nada.

Finalmente encaró a su amigo:

—Sócrates, no puedes pretender que sea una casualidad que nada más pronunciarse el oráculo aparezca en tu entorno un niño con unos ojos tan extraordinarios.

El filósofo se encogió de hombros con calma.

—Ni tú ni yo podemos descifrar el sentido del oráculo. —Querefonte tomó aire para replicar, pero Sócrates prosiguió antes de que lo hiciera—: Además, si no recuerdo mal, tu oráculo decía que mi muerte se produciría a manos del «hombre» de la mirada más clara. Y Perseo, ese pobre niño, no es más que un bebé.

Querefonte comprendió que sería imposible hacerle cambiar de postura. Sus ojos bajaron poco a poco, asintió casi imperceptiblemente y continuó andando. Cuando llegaron al cruce en el que sus caminos se separaban, se despidió con un saludo débil y evitó la mirada de su amigo.

Sócrates observó su figura triste alejándose en la noche de Atenas. Se apartó unos pasos de aquel cruce y miró alrededor. Comprobó que no lo veía nadie, apoyó una mano en el muro de una vivienda y se inclinó doblando la espalda. Sus ojos se abrieron hasta volverse redondos y respiró varias veces a través de la boca abierta.

«Los dioses se complacen en jugar con los hombres.»

Movió la cabeza de un lado a otro, negando varias veces. Había tenido que hacer uso de toda su voluntad para no exteriorizar el impacto que le habían producido los ojos de Perseo. Resultaba alarmante ver aquellos ojos casi incoloros después de oír que iba a morir a manos del hombre de la mirada más clara, pero además, por la información de que disponía, era posible que el nacimiento de Perseo se hubiera producido el mismo día en el que la sacerdotisa pronunciaba el oráculo.

«Quizá hubiera un día de diferencia. —Volvió a negar con la cabeza, era difícil no ver en aquella sucesión de acontecimientos la intervención de los dioses—. No lo sé, y no voy a averiguarlo.»

Irguió el cuerpo, manteniendo la mano apoyada en el muro, y sus ojos vagaron por la calle oscura.

«¿Qué pretenden los dioses, cargando a la más inocente

criatura con el peso de un crimen... de un crimen que no se ha cometido?»

Sócrates no sabía si con su actitud llevaba la contraria a los dioses, pero tenía claro lo que iba a hacer. Lo había tenido claro desde el instante en que había visto los ojos del pequeño. Eurímaco era uno de sus mejores amigos y Perseo era su hijo, un niño que acababa de llegar al mundo y ya había perdido a su madre.

«El tiempo dirá si se convierte en mi asesino, pero sólo hay una manera correcta de actuar. —Apartó la mano del muro y comenzó a andar hacia su casa—. Lo trataré con el mismo cariño que si no hubiera oído el maldito oráculo.»

«Sócrates tenía razón: Perseo sólo era un bebé. —Querefonte observó un momento al pequeño y devolvió la mirada al dibujo de la sirena—. Y ahora es sólo un niño... *De momento* es sólo un niño.»

—Es un dibujo excelente. —Siguió mirando la tablilla de cera—. Desde luego, mucho mejor de lo que yo sería capaz de hacer.

Le devolvió la tablilla a Eurímaco. Desde que había recibido el oráculo dedicaba buena parte de su tiempo a indagar sobre las pocas personas que había en Atenas con los ojos claros. En aquellos momentos, no obstante, poco podía hacer: Sócrates llevaba dos años sirviendo en el ejército fuera de Atenas, formando parte de las tropas que estaban asediando la ciudad de Potidea.

Querefonte se acercó de nuevo a la puerta.

—Está claro, Eurímaco, que tu hijo seguirá tus pasos sin dificultad. —Dirigió una sonrisa a Perseo. Le apenaba experimentar esa aprensión hacia el chiquillo, que por otra parte parecía poseer una naturaleza tan bondadosa como su padre—. ¿Nos vamos a la Asamblea?

Eurímaco se agachó a dar un beso en la frente de Perseo, y Querefonte se obligó a recordarse que la ambigüedad de los oráculos hacía casi imposible su interpretación. Había preguntado sobre la muerte de Sócrates para intentar alterar el curso de los acontecimientos en caso de que hubiera algún peligro destinado a acabar con la vida de su amigo y maestro. Sin embargo, el propio Sócrates le había recordado el oráculo acerca de la muerte del dramaturgo Esquilo. La pitonisa había afirmado que moriría porque le caería una casa encima. Esquilo había abandonado la ciudad y no había permitido que hubiera sobre su cabeza un techo más pesado que una simple hilera de cañas. Un año después, mientras estaba sentado en medio del campo, un águila soltó un caparazón de tortuga sobre su cabeza —quizá confundiendo su calva con una roca en la que partirlo— y la «casa de la tortuga» terminó con su vida.

Eurímaco le revolvió el pelo a Perseo.

—Obedece a Ismenias.

—Sí, papá. —El pequeño respondió torciendo el gesto. Además de ser el esclavo de confianza de Eurímaco desde hacía cinco años, Ismenias era el pedagogo de Perseo—. Pero cuando acabe los ejercicios de lectura, ¿puedo salir a jugar?

—De acuerdo, siempre que no te alejes de Ismenias y le obedezcas en todo.

—Vale.

Eurímaco y Querefonte dejaron a Perseo apresurándose con sus ejercicios. Abandonaron la vivienda y caminaron por las calles estrechas y retorcidas del barrio del Cerámico. Se dirigían a la colina de la Pnix, donde se celebraban las Asambleas en Atenas.

—¿Tu hermano Querécrates continúa en Eubea? —preguntó Eurímaco.

—Sí, va a quedarse allí. —Querefonte se puso de lado para cruzarse con un grupo de hombres—. Su mujer está a punto de dar a luz. Las últimas semanas del embarazo han sido complicadas y ha preferido no viajar.

Querefonte compartía con su hermano la propiedad de una granja en la isla de Eubea, frente a las costas del Ática. La decisión de comprarla la había tomado él al poco de regresar del oráculo de Delfos, pensando en la posibilidad de que estallara una nueva guerra con Esparta. Primero vendió a buen precio la granja que su difunto padre había adquirido en el Ática décadas atrás, y con lo que obtuvo compró la nueva granja y una amplia superficie de pastos que la circundaban. Al comenzar la guerra, la isla de Eubea había sustituido al Ática como terreno de pasto y suministro de alimentos de Atenas.

«Ahora nos va mejor que nunca —alquilaban parte de sus tierras a ganaderos que habían huido a la isla y no tenían pastos propios—, pero preferiría que firmáramos una nueva paz.»

—Creo que esta Asamblea va a ser la última oportunidad para detener la guerra —dijo mirando a los hombres que avanzaban en su misma dirección.

Eurímaco asintió pensativo.

—Tienes razón, pero me temo que será una oportunidad desaprovechada. Pericles volverá a convencer a la mayoría de que no cedamos a las exigencias espartanas y nos dejemos invadir. —Llegaron a la vía Panatenaica y Eurímaco recorrió con la mirada la amplia avenida. Le sorprendió cuánto había aumentado el número de personas que se refugiaban tras los muros de la ciudad—. Tantos amontonados en tan poco espacio... no puede acabar bien —comentó en tono sombrío.

Continuaron su camino en silencio, sorteando grupos de refugiados que buscaban un lugar en el que asentarse. Eurímaco observó sus expresiones tensas y miró hacia atrás preocupado.

«Debería haber hecho que Perseo se quedara encerrado en casa hasta que yo volviera.»

## Capítulo 7
*Potidea, abril de 430 a. C.*

Timágoras esquivó a un grupo de soldados sentados desordenadamente en el suelo, con expresiones adustas en los rostros demacrados, y continuó avanzando por el campamento ateniense de Potidea. El aire era húmedo y se oía de fondo el fuerte oleaje golpeando contra las rocas de la costa. Echó un vistazo hacia las oscuras murallas de la ciudad y sólo distinguió a un anciano entre dos almenas: una presencia frágil de larga cabellera blanca a la que el viento agitaba la túnica como si no hubiera nada dentro.

«Es sorprendente que todavía quede alguien vivo.»

Potidea llevaba dos años sitiada por tierra y mar. Timágoras suponía que de vez en cuando algún potideata conseguía burlar el cerco ateniense y meter algo de comida en la ciudad, pero difícilmente sería más de lo necesario para mantener a unas pocas familias durante algunos días.

Le dio la impresión de que el anciano de Potidea lo estaba mirando. Apartó la vista y siguió caminando hasta alcanzar el extremo del campamento. Allí divisó a Hileo, un soldado de infantería ligera con el que había trabado amistad en los dos meses que llevaba allí. Había llegado con las primeras tropas que lucharon en Potidea. Se le marcaban los huesos del rostro como a la mayor parte de los veteranos, y el invierno anterior un sabañón ulcerado le había hecho perder la mitad de la oreja izquierda.

Se detuvo junto a Hileo, cuyos ojos cansados se posaron un momento en él a modo de saludo. Timágoras ejercía de correo dentro del ejército ateniense y en poco tiempo estaría de regreso en Atenas; Hileo, en cambio, había dejado atrás una esposa embarazada y ahora tenía un hijo de dos años al que no conocía.

Timágoras se dio cuenta de que Hileo y otros soldados estaban observando a Sócrates, hijo de Sofronisco. Se encontraba de pie a unos veinte pasos, con los ojos cerrados y el ceño ligeramente fruncido. No llevaba su yelmo ni su escudo, pero sí la coraza de bronce propia de su categoría de hoplita, así como la lanza larga en la que estaba apoyado.

—¿Cuánto tiempo lleva así? —Le habían dicho que a veces se quedaba abstraído durante un par de horas.

—Desde ayer por la tarde.

—¡Por Apolo! ¿Lleva un día entero ahí de pie, sin comer ni dormir?

Hileo asintió sin mirarlo y Timágoras se unió a los hombres que lo contemplaban. Había oído hablar de él en Atenas, pero no lo había conocido hasta llegar a Potidea. Sócrates era un hombre más bien bajito aunque bastante robusto. Ni en su barba embrollada ni en su pelo negro se apreciaban canas, pero sí unas incipientes entradas. Tenía la nariz muy chata, los labios gruesos y unos ojos algo saltones, lo que daba a su rostro una expresión peculiar. No parecía un gran soldado, pero Hileo le había contado a Timágoras que Sócrates se había comportado como un héroe en la batalla más importante que había tenido lugar en Potidea.

—Luchaba con bravura al lado del caballo del joven Alcibíades, que es uno de sus discípulos. —Hileo había sido testigo directo de aquella acción—. Alcibíades cayó herido al suelo y tres enemigos se le echaron encima, pero Sócrates los rechazó a todos. A continuación cargó con el joven y consiguió ponerlo a salvo. —Escupió en el suelo—. Después de eso, los generales entregaron a Alcibíades una distinción al valor. Admito que luchó bien aquel día, es tan temerario y ambicioso que no podía ser de otra manera, pero se llevó la distinción porque es aristócrata y Sócrates no.

Timágoras observó un rato a Sócrates, como hacían con reverencia todos aquellos soldados, y luego se volvió hacia Hileo.

—En Atenas oí un rumor sobre él. —Hileo lo miró con

curiosidad—. Decía que el oráculo de Delfos había declarado que Sócrates es el más sabio de todos los hombres.

Hileo tardó unos segundos en responder.

—No lo había oído, pero no me extrañaría. Creo que cuando se queda absorto, como ahora, ve cosas que los demás no vemos.

La mente de Sócrates se había desligado de su cuerpo y transitaba por el espacio inmaterial e ilimitado del pensamiento. En ocasiones como aquélla, su consciencia se alejaba más y más en pos de alguna conclusión particularmente esquiva y se olvidaba del mundo que lo rodeaba.

Antes de partir para Potidea, Querefonte había vuelto a hablar del oráculo relativo a su muerte y de nuevo él le había quitado importancia, sin querer traslucir el oscuro desasosiego que le producía. Los oráculos solían ser más perturbadores que útiles. Lamentaba que Querefonte hubiese consultado a la sacerdotisa de Delfos sobre su muerte, pero procuraba no perder tiempo pensando en ello. Su decisión al respecto estaba tomada desde el momento en que había visto a Perseo.

Lo que ocupaba ahora su mente era el primer oráculo, el que afirmaba que él era el más sabio de todos los hombres. Se había preguntado sobre ello en varias ocasiones, y esta vez estaba resuelto a encontrar una respuesta.

«No tiene ningún sentido, ¿por qué afirmó que soy el hombre más sabio? —Tantos años entregado a la búsqueda de conocimiento lo habían convencido precisamente de lo contrario—: Sólo sé que no sé nada.» Ésa era su única certeza: que no poseía ningún conocimiento absoluto. Se consideraba a sí mismo un filósofo, alguien que quiere saber, y no un sabio, alguien que ya posee el conocimiento.

«¿Qué quiso decir el dios?»

Los dioses no podían equivocarse ni tampoco mentían, pero a menudo sus palabras —sobre todo las transmitidas a través de oráculos— no podían interpretarse literalmente. Dado que era evidente que él no era el hombre más sabio, y que tampoco podían desecharse sin más las palabras de un dios, estaba obligado a descubrir el sentido oculto de aquel oráculo en el que Apolo le había nombrado.

El viento agitó sus cabellos y el faldón de la túnica que llevaba bajo la coraza, pero fue tan poco consciente de ello como de que el sol se había ocultado y vuelto a salir mientras intentaba encontrar respuestas.

Cuando era un joven había estudiado las enseñanzas de aquellos hombres que llamaban físicos, dedicados a estudiar la naturaleza. Arquelao, discípulo del mismísimo Anaxágoras, había sido uno de sus maestros. Le había enseñado que Tales de Mileto afirmaba que el principio común de toda la materia era el agua, que Anaxímenes aseguraba que era el aire, y Heráclito, que sin duda se trataba del fuego. Sócrates había llegado a la conclusión de que aquellas especulaciones no eran sino opiniones, y que además el hecho de ser contradictorias les restaba toda credibilidad. Abandonó esos estudios, convencido de que había que utilizar la razón para encontrar respuestas que no fueran meras opiniones.

«¿Qué quiere de mí el dios?»

Mantenía su mente receptiva a cualquier asociación libre o intuición que le señalara un camino que seguir, un hilo del que tirar. «Los oráculos suelen requerir una interpretación...» Tal vez Apolo le estaba encomendando alguna misión. Cuando había abandonado el estudio de la naturaleza, su interés se había volcado en el hombre y en la sociedad. No era un sabio, pero tenía habilidad para la enseñanza y muchos querían aprender con él. Creía que una de las mejores cosas que podía hacer para su ciudad era fomentar el apego a una conducta buena y justa de los jóvenes destinados a ser los futuros gobernantes de Atenas.

Pensó en Alcibíades, compañero suyo de tienda, que a veces se acercaba rogando que lo instruyera y que le hablara de las virtudes de la austeridad, y otras veces lo rehuía y se entregaba a todo tipo de excesos. Era tan bello como Apolo, pero también tan inteligente, apasionado y ambicioso como un dios. Tenía un magnetismo al que ni los hombres ni las mujeres podían resistirse. «Sin duda se convertirá en uno de los hombres más fuertes de la Asamblea.» Por eso les había asegurado a los generales que Alcibíades merecía los honores en aquella batalla en la que le había salvado la vida. Quería modular la excesiva ambición del joven, estimulando su deseo de obtener la gloria por medio de un comportamiento noble.

¿Sería ésa su misión, formar a los futuros estadistas? No, eso estaba bien, pero tenía que haber algo más.

De pronto le llegó un pensamiento con la claridad de una revelación:

«Quizá Apolo quiera que encuentre al hombre más sabio».

El flujo de su mente se detuvo un instante; luego se reanudó con una fuerza todavía mayor. Tendría que reunirse con aquellos que fuesen los más reputados por su sabiduría, e indagar con ellos en lo más profundo de su conocimiento hasta hallar al que estuviese por encima de todos.

Examinó aquellos pensamientos y dejó que se desplegaran, cada vez más convencido. Él guiaba con destreza a los jóvenes a través de sus propias ideas, y les hacía distinguir entre lo que eran opiniones sin una base que las sustentara y conocimientos bien fundamentados. Haciendo uso de esa habilidad, tal vez podría diferenciar entre aquellos hombres que sólo tenían opiniones y los que eran realmente sabios.

Sus ojos parpadearon y regresó poco a poco a la realidad que lo rodeaba.

«El dios no ha querido decir que soy el hombre más sabio. —Volvió a parpadear y alzó la cabeza, todavía sin apreciar el mundo exterior—. Transmitió su oráculo a la Pitia para encomendarme la búsqueda del hombre más sabio.»

Movió el cuello muy despacio. Le dolía el cuerpo.

«¿Cuánto tiempo llevo aquí?»

Oyó un rumor a su derecha. Había un grupo numeroso de soldados atenienses que lo miraban atentamente y hablaban entre sí en voz baja. Los saludó con una ligera inclinación de cabeza y se internó en el campamento.

# Capítulo 8
*Esparta, abril de 430 a. C.*

Deyanira aferraba la jabalina sin apartar la mirada del cuello musculoso de su marido.

«Puede que no consiga matarlo, pero al menos lo heriré de gravedad.»

Observó con el rabillo del ojo el cuerpo desnudo y robusto de Clitágora, que permanecía junto a ella. Como el resto de la veintena de mujeres, había interrumpido la competición de jabalina y contemplaba con admiración el paso de los hoplitas, ajena a su deseo de venganza.

«Si alguna de ellas se percata de lo que pretendo, saltará encima de mí.»

Dio un paso apartándose de las mujeres. La distancia con Aristón se incrementaba, no podía demorarse más. Movió ligeramente el dedo para comprobar la tensión de la correa que multiplicaba el impulso de la jabalina, y evocó el dolor que le producía su marido cuando la forzaba, la sensación ardiente que le duraba horas, el asco.

El odio.

Ordenó al brazo de la jabalina que se balanceara hacia atrás.

El miedo.

Su cuerpo permaneció inmóvil. Le daba igual que la ejecutaran por matar a Aristón, pero le aterraba lo que le haría su marido si no conseguía matarlo, y lo que le haría a Calícrates.

Aristón siguió alejándose a la cabeza de las tropas, haciendo el tiro imposible.

Deyanira relajó la mano y cerró los ojos mientras pasaban frente a ellas los demás soldados.

—Creo que están a punto de partir hacia Atenas —comentó excitada una de las chicas más jóvenes.

Deyanira abrió de nuevo los ojos. Aristón y ella no hablaban, pero otras mujeres la habían informado de que se estaban terminando los preparativos para la nueva campaña militar contra los atenienses, incluyendo provisiones para poder abastecer a las tropas durante más tiempo que el año anterior.

«Con suerte, estaré un par de meses a salvo de Aristón.»

Unas horas más tarde, en los barracones militares, Aristón estaba sentado en el borde de su catre pensando en Deyanira.

«Le haría feliz que me atravesara la espada de un ateniense.»

La estaba visualizando como la había visto esa mañana, desnuda con una jabalina en la mano y un odio intenso entrecerrando sus ojos.

Se removió inquieto en el catre. Él tenía más motivos para despreciarla. Deyanira había conseguido no darle otro hijo en los siete años que habían pasado desde que había tenido que rechazar a aquel primer bebé nacido antes de tiempo.

«No quiere que se borre la culpa.»

El resentimiento le arrugó el ceño. Una nueva vida acabaría con el estigma de la muerte, así como con las recriminaciones que veía en las miradas del rey y de algunos miembros del Consejo de Ancianos.

Entrelazó los dedos y los apretó contra la boca.

«Si no me da un hijo pronto...»

—¡Aristón!

Se giró de golpe y encontró al general Brásidas junto a la puerta.

—¿Has olvidado que celebramos Asamblea?

En ese momento se percató de que el barracón estaba vacío. Se levantó rápidamente y agachó la cabeza para salir al exterior.

Deyanira había estado a punto de hacer que llegara tarde a una Asamblea con la que llevaba días soñando. Quedaban sólo unos minutos para que sus dos mayores deseos comenzaran a cumplirse o se desmoronaran.

«Si la votación es favorable, podríamos destruir Atenas... y quizá me convierta en rey de Esparta.»

—Por Heracles, Aristón, nos jugamos demasiado para que estés distraído. —Brásidas lo miró inquisitivo—. No creo que haga falta que te recuerde tu papel en la Asamblea de hoy.

—No te preocupes, he dispuesto todo lo necesario.

Avanzaron a paso rápido entre dos hileras de barracones. Brásidas era corpulento, y su talla, superior a la media de los espartanos, pero tenía que dar tres pasos por cada dos de Aristón. Al llegar al final de los barracones se encontraron frente al promontorio en el que se alzaba el templo de Atenea Chalkíoikos —la de la casa de bronce—. Había sido erigido por Tindáreo, el mítico rey de Esparta, y su interior estaba recubierto por placas de bronce. A los pies del promontorio se hallaba la explanada de la Asamblea, donde ya se habían congregado cerca de cuatro mil espartanos.

Brásidas se despidió con un gesto y se internó en la masa de hombres. Aristón sintió una punzada de resentimiento al ver que todos se apartaban para dejarle avanzar hasta los primeros puestos. «La Asamblea de hoy me dará la oportunidad de alcanzar la misma gloria que él.»

Ese año estaba previsto que participara a las órdenes de Brásidas en la invasión del Ática, la península en la que se ubicaba la ciudad de Atenas. Se resarciría de la humillación del año anterior, el primero de la nueva guerra. Entonces lo habían enviado a patrullar con las tropas que vigilaban a los esclavos que cultivaban los campos espartanos de Mesenia. Su misión era evitar que los esclavos se rebelaran aprovechando que la mayoría de los hoplitas se marchaba a invadir el Ática.

«Estuve un mes patrullando entre campesinos. —Recordó disgustado que no había podido participar en ningún combate—. En cambio, Brásidas se convirtió en el héroe del primer año de la guerra.»

Mientras el ejército de la alianza espartana devastaba el Ática, los atenienses y algunos de sus aliados habían enviado ciento cincuenta trirremes al Peloponeso. Arrasaron algunas regiones y atacaron varias ciudades, como Metone. Brásidas comandaba una fuerza de vigilancia de cien hombres que en ese momento se encontraba en aquella zona. Aprovechó que las tropas atenienses estaban diseminadas alrededor de las murallas de Metone, se lanzó audazmente a través de las tropas enemigas y consiguió entrar en la ciudad. Una vez dentro, organizó su defensa e impidió que cayera ante los atenienses, que tuvieron que regresar a sus barcos.

Aristón dirigió una última mirada al general Brásidas y se encaminó a su posición. Todavía no había tenido ocasión de demostrar su valor en la batalla, pero al cruzar entre sus ciudadanos pudo sentir su respeto. El año anterior, al cumplir los treinta, se había convertido en un *homoioi* —«un igual», ciudadano de pleno derecho—. Ya era como cualquier otro *espartiata*, con el añadido de que tenía sangre real y los demás iguales apenas le llegaban a los hombros.

Se detuvo al alcanzar la primera línea y cruzó una mirada con varios de los hombres que lo rodeaban. Algunos asintieron discretamente.

«No deberíamos tener ningún problema en la votación.»

Al otro lado del círculo de asistentes a la Asamblea divisó al rey Arquidamo. Inclinaba la cabeza para conversar con un miembro del Consejo de Ancianos y su cabellera gris le ocultaba la mayor parte del rostro. Cerca de ellos se encontraba el rey Cleómenes, aunque todos esperaban que los discursos más relevantes fueran los de Arquidamo y los de los éforos, los cinco magistrados que la Asamblea elegía cada año para representarlos. Los éforos también controlaban la actuación de los reyes; podían imponerles una multa, enviarlos al exilio e incluso decretar su muerte.

Aquélla no era una Asamblea especial, sino la que se celebraba de forma regular todos los meses. La decisión de continuar la guerra y el modo de hacerlo no tenían que ser sometidos a votación ciudadana, a menos que se dieran circunstancias extraordinarias. No obstante, muchos sospechaban que el pacifista Arquidamo utilizaría aquella Asamblea como última oportunidad de evitar que comenzara la segunda expedición contra Atenas.

«Ya está planificado que sea mucho más agresiva que la del

año anterior —se dijo Aristón—. Debemos evitar que Arquidamo consiga que se cancele.»

El rumor de conversaciones desapareció cuando uno de los éforos se subió al pequeño estrado de madera que colocaban para celebrar las Asambleas. Sacó un pergamino y empezó a hacer una relación de los grandes preparativos llevados a cabo durante el invierno para la invasión de ese año.

«Es buena señal que comience así.»

Aristón escuchó el relato del éforo con satisfacción, pero no se engañaba. Sabía que lo relevante de aquella Asamblea sería la jugada sorpresa que debía de tener preparada el rey Arquidamo para influir en la votación.

«Mi tío no puede engañarnos con sus argumentos cobardes. Si atacamos con todas nuestras fuerzas, podemos aplastar Atenas en cuestión de semanas.»

El rey había dicho que si la guerra se iniciaba, la heredaría la siguiente generación, pero Aristón estaba convencido de que podían vencer con rapidez.

«Además, los dioses tendrán en cuenta que nosotros no provocamos la ruptura del tratado de paz.»

El causante directo del fin prematuro de la Paz de los Treinta Años había sido Corinto, uno de los aliados más poderosos de Esparta, que había mantenido con Atenas una sucesión de conflictos. Hacía dos veranos, en una Asamblea a la que Aristón no había podido asistir por no haber cumplido aún treinta años, los embajadores de Corinto y otras ciudades aliadas de Esparta habían pedido que se celebrara una votación para decidir si se declaraba la guerra a Atenas.

«La guerra venció por una mayoría aplastante. —Aristón fijó la mirada en Arquidamo, silencioso entre los ancianos que lo rodeaban—. Pero el rey ha hecho después todo lo posible por oponerse a la voluntad de su pueblo.»

Tras aquella votación, su tío se había pasado casi un año enviando embajadas a Pericles para intentar evitar la guerra.

«Su amigo Pericles se rio en su cara rechazando todas las propuestas.»

El rey Arquidamo se decidió finalmente a llevar a cabo la invasión, pero entonces condujo las tropas de un lado al otro del Ática, devastando los campos sin acercarse mucho a las murallas de Atenas.

«Los éforos estuvieron a punto de decretar el exilio de Arquidamo. Esta vez tendrá que lanzar el ejército directamente contra Atenas... a menos que hoy logre que la Asamblea vote la suspensión del plan de ataque.» Escudriñó los semblantes de sus iguales. Brásidas y él se habían puesto de acuerdo con cientos de hombres, y había otros tantos que nunca se separarían de la postura de Arquidamo. Tenía la impresión de que controlaban más votos que el rey, pero al menos la mitad de la Asamblea votaría sin dejarse influir por ninguno de ellos, por lo que podía ocurrir cualquier cosa.

El éforo terminó su relación y bajó los escalones del estrado. Aristón esperaba que a continuación interviniera Arquidamo, por lo que le sorprendió que subiera al estrado uno de los sacerdotes de Apolo Carneo.

«Por Heracles, ¿qué significa esto?» Buscó a Brásidas con la mirada. El general tenía los ojos clavados en el sacerdote y una expresión rígida.

—Espartanos, acabamos de escuchar que todo está dispuesto para invadir las tierras de nuestros enemigos. —El sacerdote era un hombre mayor, algo encorvado, aunque su voz era potente—. Hemos consultado las señales de los dioses. El águila de Zeus nos invita a marchar, pero el lobo de Apolo nos señala la puesta de sol como el lugar donde debemos dirigir nuestra mirada.

—Miserable —masculló Aristón.

Estaba seguro de que el rey Arquidamo se encontraba detrás de cada una de aquellas palabras. El pueblo de Esparta era muy religioso, y resultaba habitual consultar a los dioses antes de cada decisión, en especial en lo concerniente a la guerra. El Ática se hallaba hacia al este, pero el sacerdote les estaba diciendo que debían preocuparse por los peligros del oeste.

«Al oeste se encuentran los mesenios», se dijo Aristón soltando un resoplido. La población esclavizada de Mesenia trabajaba los campos para que los espartanos pudieran dedicarse exclusivamente a la vida militar. Su modo de vida dependía de que mantuvieran la región sometida. Ya había habido tres guerras con los mesenios, y la amenaza de un nuevo levantamiento general, que aquel sacerdote estaba recordando, era la mayor preocupación de los espartanos.

Cuando el sacerdote de Apolo terminó de hablar, en la Asamblea se alzó un murmullo inquieto. De pronto, Brásidas se adelantó.

—Pido permiso para intervenir.

Los éforos se lo concedieron y el general subió al estrado. Desde allí recorrió la audiencia con la mirada, en medio de un silencio sepulcral.

«Todos lo admiran. —Aristón observó la reacción de la Asamblea con una sombra de envidia—. En este momento tiene más influencia que el propio Arquidamo.»

La brisa que soplaba al iniciarse la Asamblea se había calmado, como si el viento se hubiera detenido a escuchar.

—Espartanos, no sé interpretar las señales de los dioses, pero estoy de acuerdo con las precauciones que nos ha señalado el sacerdote de Apolo Carneo. No hace falta que os recuerde que Metone se encuentra al oeste, y que el año pasado un centenar de valerosos espartanos arriesgaron sus vidas para evitar que la ciudad fuera arrasada por los atenienses.

Aristón reconoció la habilidad de Brásidas. Al no mencionar que él mismo era el oficial de esos hombres, su humildad incrementaba la gloria de su propia acción.

—Los trirremes de los atenienses y de sus aliados volverán a invadir las costas del Peloponeso, y tienen que encontrar tropas que se les opongan. No obstante, el principal modo de debilitar los ataques a nuestras costas es obligarlos a mantener el mayor número de soldados en su territorio... —alzó sus puños cerrados—, ¡para lo cual debemos atacarlos con toda la rapidez y fuerza que seamos capaces!

La Asamblea rugió y Aristón se giró para ver la reacción de Arquidamo. Estaba mirando a Brásidas, como los demás hombres, y lo único que se distinguía en su rostro era cierto cansancio.

«Vas a estar en primera línea de combate, querido tío, y si algún ateniense acaba contigo, yo seré el primero de los iguales en la línea de sucesión.»

Aunque por delante de él se hallaban los hijos de Arquidamo —Agis y Agesilao—, que aún no habían llegado a la treintena. También estaba por delante Calícrates, el hijo que su hermano Euxeno había tenido con Deyanira —sintió una oleada momentánea de ira al pensar de nuevo en ella—. Sin embargo, Calícrates sólo tenía once años. Con un poco de suerte, la guerra le proporcionaría la gloria en el combate y el trono de Esparta.

Brásidas concluyó su brillante alegato y su lugar en el estrado lo ocupó otro de los éforos.

—Varones de Esparta, manifestaos aquellos que consideréis que los planes de guerra deben mantener su curso fijado, de modo que dos tercios de nuestro ejército partan de inmediato a invadir el Ática.

Miles de gargantas gritaron al unísono.

—Ahora, aquellos que consideréis que el ejército al completo debe permanecer en el Peloponeso para conjurar el peligro de una rebelión mesenia.

Todos buscaron con la mirada al rey Arquidamo, pero ni siquiera él alzó la voz públicamente para defender esa postura.

«Ya está.»

Aristón cerró los ojos, aislándose de los comentarios excitados que crecían a su alrededor. De repente tuvo frente a sí, como lo había visto tantas veces, el rostro de su padre deformado por el dolor. De niño lo consideraba un héroe, un semidiós a la altura de Heracles... hasta que regresó de una batalla agarrado a aquellas muletas que nunca abandonaría.

Abrió los ojos y alzó la vista al cielo, dando gracias a Zeus. Habían pasado veinte años desde el día en que había visto a su padre inválido y había tenido que esconderse para llorar.

Veinte años deseando empapar la tierra de sangre ateniense.

## Capítulo 9
*Atenas, abril de 430 a. C.*


Perseo atravesó el patio corriendo con una sonrisa radiante. Sus sandalias de cuero se deslizaron sobre la tierra de la calle al detenerse y se volvió hacia el interior de la vivienda.

—¡Vamos, Ismenias!

El esclavo cruzó el umbral y tiró de la argolla de bronce para cerrar la pesada puerta. Llevaba la túnica a medio muslo y el pelo corto propio de los esclavos, y en su mano derecha sostenía el bastón largo de pomo curvo que lo caracterizaba como pedagogo. Realizaba diversas tareas para Eurímaco, pero su función principal era cuidar de Perseo y encargarse de su educación.

—Perseo, no corras o volvemos a casa. Y no te alejes de mí. —El niño hizo un gesto de fastidio y se acercó a Ismenias—. Hay mucha gente en la calle; si corres, te chocarás con alguien.

—De acuerdo, iremos a tu paso de tortuga.

Echó a andar seguido por el esclavo, avanzando por la calle que hacía un rato habían recorrido su padre y Querefonte para ir a la Asamblea. Muchas personas caminaban en su misma dirección, y otras tantas estaban sentadas en el suelo con la espalda apoyada en las paredes de las casas. En los últimos días estaban llegando a la ciudad miles de campesinos, así como habitantes de otras poblaciones del Ática que no contaban con murallas poderosas como Atenas. Los que disfrutaban la suerte de tener parientes que los acogieran dormían bajo techo, pero la mayoría se hacinaba en las calles, en los edificios públicos e incluso en los templos.

«Nunca había visto tanta gente en Atenas», se dijo Ismenias. Llevaba tres décadas en la ciudad, desde que a los cuatro años sus padres lo habían vendido a unos mercaderes de esclavos porque una mala cosecha los había arruinado. Recordaba que había nacido en Tesalia, pero la imagen de sus padres era un recuerdo difuso y ni siquiera sabía dónde estaba ni cómo se llamaba la aldea de la que procedía. La primera vez lo habían comprado los padres de un niño de su edad, a quien él tenía que entretener y servir. Su pequeño amo era huraño y caprichoso, y la frialdad con que lo trataba se convirtió en hostilidad cuando el padre hizo que estudiaran juntos y se puso de manifiesto que él aprendía con mayor facilidad. Al morir el padre, su joven amo lo envió a trabajar al campo, hasta que hacía cinco años, por una deuda de juego, tuvo que vender a la mayoría de sus esclavos y él había acabado en manos de Eurímaco. El alfarero lo trataba con respeto, casi como si fuera parte de la familia, y él le había cogido mucho cariño a Perseo. Rezaba para que sus circunstancias actuales se mantuvieran durante mucho tiempo.

Cuando llegaron a la primera esquina, Ismenias apoyó una mano en el hombro de Perseo y señaló con su bastón en otra dirección.

—Vamos por ahí, más cerca de las murallas. Creo que si nos acercamos al ágora, será imposible avanzar.

Perseo asintió y se desviaron por donde decía Ismenias. El ágora —la gran plaza del mercado rodeada de edificios públicos— era el lugar de la ciudad que atraía a más personas. Al igual que la casa de Perseo, el ágora se ubicaba en el barrio del Cerámico, donde las callejuelas eran tan estrechas y tortuosas como en casi toda la ciudad intramuros. Las viviendas y travesías habían surgido desordenadamente según crecía Atenas. Sólo existía una avenida amplia y recta: la vía Panatenaica, que conectaba la más importante de las quince puertas de las murallas, la puerta del Dipilón, con el ágora y con la Acrópolis.

Recorrieron el laberinto de calles manteniendo a su derecha las murallas salpicadas de torreones. Tras ascender la pendiente de la colina de las Ninfas, se detuvieron y miraron hacia el interior de Atenas.

—¡Parece un hormiguero! —exclamó Perseo.

Una riada lenta de refugiados discurría por la vía Panatenaica, llenaba la explanada del ágora y envolvía el promontorio de la Acrópolis. Allí resplandecía en lo alto el mármol blanco de los magníficos templos construidos en los últimos años, algunos de ellos inacabados porque la guerra había paralizado las obras. También destacaba la imponente estatua de bronce de Atenea Prómacos, que surgía entre los templos de la Acrópolis equipada con yelmo, coraza y escudo, y tenía la lanza levantada en posición de ataque para proteger a los atenienses de sus enemigos.

«Necesitaremos toda la ayuda de los dioses», se dijo Ismenias contemplándola.

Se volvió para mirar más allá de las murallas de Atenas, hacia la llanura por la que previsiblemente llegaría el ejército de los espartanos. Las granjas habían sido despobladas y los cultivos abandonados. Cientos de hombres, mujeres y niños cruzaban el campo como ratoncillos apresurados, todos rumbo a la ciudad.

«Parece imposible que quepan tantas personas dentro de las murallas.»

Junto a la colina de las Ninfas se encontraba la colina de la Pnix, en cuya ladera se celebraban las Asambleas de Atenas. Ismenias buscó a Eurímaco entre la multitud que se había congregado. Al cabo de un rato desistió. En el conjunto del Ática había unos cuarenta mil ciudadanos —varones libres, de padres atenienses—. En una Asamblea habitual acudían unos seis mil, pero aquella tarde había bastante más del doble. Muchos hombres que normalmente no asistían por tener que ocuparse de los cultivos o del ganado aprovechaban su estancia forzosa en la ciudad para participar en aquella Asamblea.

—¡Ismenias!

Perseo tiró de su túnica y el esclavo sonrió.

«Quién fuera niño para pensar sólo en jugar.»

Descendieron por la otra ladera de la colina de las Ninfas hacia una puerta abierta en las murallas. Atenas no sólo estaba completamente rodeada por un muro de treinta pies de altura y doce de espesor. Adosados a esta muralla, al otro lado de la puerta a la que se dirigían, surgían dos muros paralelos que se prolongaban hasta el puerto del Pireo. Se conocían como los Muros Largos, tenían más de treinta estadios de longitud y entre ellos se formaba un pasillo de casi un estadio de anchura.[3]

A Perseo le gustaba ir a jugar con otros niños en el exterior de las murallas, en las arcillosas riberas del río Erídano, de donde los ceramistas como su padre obtenían una excelente materia prima. Sin embargo, Eurímaco había insistido a Ismenias en que se mantuvieran dentro de la protección de las murallas, y a su pupilo no le importaba, porque muchos niños se habían acostumbrado a acudir a los Muros Largos al terminar sus lecciones.

Cuando traspasaron la muralla, el trote alegre de Perseo se ralentizó y se aproximó a su esclavo para caminar junto a él, impresionado por lo que estaba viendo. La alargada explanada comprendida entre los Muros Largos normalmente estaba desierta, pero ahora había en ella miles y miles de refugiados. Habían construido endebles chamizos de cañas y telas, contra los muros o apoyados unos en los otros. Observaban con desconfianza a los hombres que los rodeaban y se mantenían cerca de las pocas pertenencias que habían podido llevar consigo. Al lado de muchas chabolas podían verse extraños apilamientos de madera: puertas, marcos y contraventanas que los refugiados habían desmontado de sus casas. La madera era un bien escaso en el Ática, y resultaba tan fácil robarla o quemarla que los campesinos arrastraban la carpintería de sus viviendas cada vez que tenían que abandonarlas.

Las mujeres de los refugiados se ocupaban de sus bebés o preparaban algo de comida, mientras que los hombres se limitaban a permanecer sentados en aquel inmenso asentamiento, sumidos en un silencio hosco. Muchos no acudían a la Asamblea por no separarse de sus bienes, y otros porque al no tener la ciudadanía ateniense no les estaba permitido asistir.

---

3. El pie ático tenía una longitud de 29 centímetros, lo que significa que las murallas contaban con una altura de 8 metros y un grosor de 3. En cuanto al estadio ático, equivalía a 600 pies; es decir, 174 metros. Ésa era la anchura aproximada del pasillo que formaban entre sí los Muros Largos durante sus casi 6 kilómetros de longitud.

Perseo se sobresaltó cuando pasó gritando un grupo numeroso de chiquillos, jugando a perseguirse. Eran hijos de campesinos encantados con la nueva situación: no debían ayudar a sus padres en las tareas del campo y tenían todo el tiempo del mundo para conocer a otros niños y divertirse.

Continuaron avanzando y al cabo de un rato encontraron a varios niños de edades parecidas a la de Perseo. Él se acercó a uno de los grupos e Ismenias se mantuvo a cierta distancia, igual que los esclavos que acompañaban a los otros niños. Sólo alguien acomodado, como un artesano próspero o un terrateniente, podía permitirse un esclavo doméstico que acompañara a sus hijos cuando salían a la calle.

Ismenias saludó con una inclinación de cabeza a dos esclavas, y luego inició una conversación banal con otro pedagogo sin dejar de vigilar a Perseo.

—Hola, Dameto —saludó Perseo a uno de los niños.

—Hola, Perseo. ¡Tienes que participar, que está ganando una chica!

—¿Qué hay que hacer? —Perseo echó un vistazo de reojo a las dos chicas del grupo. A una de ellas la había visto algunas veces, aunque no recordaba su nombre. La otra sabía que se llamaba Casandra. No había hablado con ella, pero se había fijado en su larga melena negra y en sus ojos marrones y grandes como los de un cervatillo.

—Gana el que meta dos piedras en esa cacerola rota. Hemos jugado como mil veces y siempre gana Jantipa.

Perseo miró a Jantipa, que sonrió de medio lado con su boca de labios finos. La habían peinado con una diadema de madera para contener su exuberante cabellera rojiza, si bien la mitad de los rizos ya se habían liberado. Perseo calculaba que tenía dos años más que él.

—Empezamos otra vez. —Jantipa escogió una piedra del suelo, miró a la cacerola de cobre situada a una distancia de diez pasos y lanzó con suavidad. La piedra dibujó una curva en el aire y entró limpiamente—. Ahí está la primera. —Se rascó la nariz manchándosela de polvo. Luego tomó del suelo una segunda piedra, balanceó varias veces la mano en dirección a su objetivo y la soltó.

La piedra tintineó en el interior de la cazuela.

—No falla nunca —suspiró Dameto mientras Jantipa reía.

En el grupo había dos hermanos, que fueron los siguientes en lanzar. Uno tenía sólo cinco años y sus lanzamientos cayeron a varios pies de la cacerola. El otro metió la primera piedra, pero falló la segunda. Durante los lanzamientos, Perseo observó con disimulo a Casandra. La niña contemplaba el juego con expresión seria, parecía la mayor del grupo pese a ser más pequeña que Jantipa. A diferencia de su amiga, que estaba tan manchada como los otros niños, ella tenía las manos y la túnica corta perfectamente limpias, y sus cabellos se mantenían recogidos en una esmerada trenza.

Dameto lanzó a continuación. Su piedra golpeó en el borde de la olla y cayó fuera.

—¡Por Apolo, otra vez! —Se volvió hacia su amigo—. Inténtalo tú.

Perseo escogió una piedra, pero antes de lanzar se dirigió a Casandra.

—Tú primero.

—No, gracias, no sé tirar piedras.

Perseo se quedó turbado. Bajó la mirada y se dio la vuelta para encarar la cazuela de cobre. Se colocó en la línea que habían trazado para lanzar y balanceó la mano como había hecho Jantipa. A la niña le había funcionado ese método. Soltó la piedra, y cuando entró en la cacerola dio un grito de alegría.

Dameto le palmeó la espalda y los otros niños también lo animaron. Jantipa le dijo que iba a fallar el siguiente, pero no le hizo caso, sabía que trataba de ponerlo nervioso. Escogió otra piedra, un poco más grande que la anterior, y volvió a balancear la mano.

Cuando estaba a punto de soltar la piedra, apareció un chico mayor y cogió la cacerola de cobre.

—Esto puede servirnos.

Tenía unos doce años, y lo acompañaban dos chicos algo mayores que él.

—¡Eh! —protestó Dameto—. La tenemos nosotros.

—La teníais —dijo el chico con expresión divertida.

Ismenias interrumpió la conversación con el otro pedagogo. Al igual que los demás esclavos, se quedó observando la escena en un silencio tenso. Los muchachos que acababan de llegar eran hijos de ciudadanos atenienses de la alta sociedad.

«Si alguno de nosotros los toca, puede darse por muerto.»

En lo alto de los Muros Largos hacían guardia cientos de soldados. Ismenias se fijó en los que estaban más cerca y le pareció que miraban hacia el exterior. Luego se percató de que a cierta distancia había una patrulla de escitas, los esclavos públicos que realizaban funciones de policía.

Jantipa se adelantó hecha una furia.

—¡Déjala en el suelo, idiota!

El chico la miró un tanto sorprendido.

—Ten cuidado con lo que dices, niña, si no quieres que te la ponga de sombrero.

Casandra intervino sin levantar la voz, como si estuviera citando una obra:

—El abuso es el modo de actuar de los cobardes.

El muchacho la miró enrojeciendo. Iba a replicar, pero se le adelantó uno de sus amigos.

—Vaya, tú eres Casandra, hija de Eurípides. Utilizas palabras demasiado grandes para ti, igual que hacen los personajes de tu padre.

Casandra se ruborizó y miró a su interlocutor con los labios apretados. El chico que había cogido la cacerola se rio y dio una palmada en el hombro de su amigo.

—Buena respuesta, Aristófanes.

Los tres muchachos se desentendieron de los niños y comenzaron a alejarse. Perseo distinguió en los ojos de Casandra el brillo de unas lágrimas. Apretó entre los dedos la piedra con la que estaba jugando, contuvo la respiración y, siguiendo un impulso, la lanzó.

La piedra impactó encima de la oreja de Aristófanes.

El chico soltó una exclamación y se llevó la mano a la cabeza. Su amigo lo miró sorprendido hasta que se dio cuenta de lo que había pasado, entonces se abalanzó sobre Perseo y lo derribó de un bofetón.

Un instante después, el bastón de Ismenias golpeó con fuerza el brazo del joven aristócrata.

## Capítulo 10
*Atenas, abril de 430 a. C.*

«Espero que Ismenias cuide bien de Perseo.»

Eurímaco estiró el cuello y miró por encima del apretado gentío que había acudido a la Asamblea. Sus ojos recorrieron las murallas hasta detenerse en la colina de las Ninfas.

«Seguro que cruzan por ahí.»

—Hay más gente que el año pasado —comentó Querefonte en tono sombrío.

Eurímaco asintió en silencio, con la vista aún fija en la colina. Se habían situado en la parte alta de la ladera de la Pnix, más allá de las filas de asientos talladas en la roca, y como ellos miles de ciudadanos aguardaban de pie, envueltos en un rumor tenso que se incrementaba minuto a minuto. Un cordón de esclavos escitas trataba de controlar que sólo los ciudadanos accedieran a la Pnix, pero estaban desbordados por la oleada de asistentes. En la Asamblea se iba a decidir la estrategia que seguirían en aquel segundo año de guerra: capitular ante los espartanos, combatir con ellos en campo abierto, o permanecer ocultos tras las murallas de Atenas. Esto último era lo que habían hecho el año anterior, y la postura que de nuevo defendía Pericles.

De pronto se oyeron unos gritos violentos. Eurímaco y Querefonte se volvieron sobresaltados y vieron a varios hombres peleándose a puñetazos. Por sus ropas de lana barata y cuero era obvio que uno de los grupos estaba formado por campesinos, mientras que sus oponentes eran habitantes de la ciudad. En circunstancias normales, los esclavos escitas atajaban con sus bastones largos las peleas de la Asamblea, pero ahora no se los veía por ninguna parte. Muchos hombres corrieron alejándose de la reyerta y algunos se unieron a ella. Eurímaco vio que uno de los contendientes caía al suelo y otro comenzaba a darle patadas en la cabeza. Se lanzó sin pensarlo, agarró por detrás la túnica del que estaba de pie y tiró de él hacia atrás. A continuación, se metió en medio de otros dos hombres que se golpeaban con saña.

—¡Quietos! —Seguían lanzándose puñetazos a la cara, esquivándolo como si fuera un árbol que hubiera brotado entre ellos—. ¡Por Zeus, ya basta!

Consiguió separarlos y en ese momento apareció Querefonte con otros hombres y los sujetaron. Uno de los contendientes se zafó tras darle a Querefonte un codazo en el estómago. Eurímaco vio que su amigo se encogía con el rostro crispado, se erguía de nuevo y asestaba un fuerte puñetazo en la cara del que lo había golpeado. El hombre se quedó aturdido y Querefonte volvió a echar el puño hacia atrás. Su expresión de fiereza salvaje impresionó a Eurímaco. Antes de que descargara el golpe, sus miradas se cruzaron por un instante. La rabia se enfrió en el rostro de Querefonte, que al mirar de nuevo a su adversario reparó en que apenas se mantenía en pie y se limitó a inmovilizarlo.

Eurímaco vio que acudía más gente para intentar parar la pelea; de repente un puño lo golpeó en el pómulo derecho dejándolo mareado. Alzó los brazos y agachó la cabeza para protegerse. A su alrededor había un caos de túnicas y pies levantando polvo. Sintió otro golpe en el hombro y distinguió a quien la había tomado con él, un campesino delgado al que sacaba media cabeza. Cuando el hombre trató de volver a golpearlo, Eurímaco desvió su puño de un manotazo, se echó encima de él y lo envolvió con los brazos.

El campesino se sacudió en vano mientras lo apartaba de la pelea. Se oyó el sonido característico de los bastonazos y Eurímaco vio que habían llegado varios escitas. Soltó al campesino y éste se revolvió contra él, pero se escabulló en cuanto vio a los escitas imponiendo la paz con contundencia.

Querefonte apareció a su lado y regresaron al lugar que ocupaban anteriormente. Eurímaco observó de reojo a su amigo, pensando en su expresión salvaje durante la pelea. No le había visto esa expresión desde que era un niño, cuando acababa de quedarse huérfano y alternaba ratos de llanto con oleadas de ira que descargaba en cualquiera que hubiese a su alrededor, con excepción de Sócrates.

Decidió no decirle nada.

—Te han dado un buen golpe. —Querefonte torció el gesto y le señaló la cara—. Estás sangrando.

Eurímaco se tocó la herida y el escozor le hizo entornar los ojos. La punta de los dedos se quedó ensangrentada. Vio que tenía la túnica manchada de sangre y meneó la cabeza.

—Podemos matarnos entre nosotros antes de que lleguen los espartanos. —Utilizó el cuello de su túnica para limpiarse la sangre de la cara y apretar la herida. Después señaló hacia la multitud—. Aquí hay miles de hombres que han tenido que dejar atrás sus granjas, sus altares e incluso las tumbas de sus familiares. Hay demasiada rabia acumulada. Si la tensión aumenta, puede producirse una matanza.

La espera se prolongó todavía un rato hasta que al fin vieron que en la base de la colina aparecía el presidente del Consejo de los Quinientos. Los miembros del Consejo, elegidos anualmente entre todos los ciudadanos, dirigían los asuntos del Estado y encabezaban la Asamblea. El presidente subió la escalinata de piedra del estrado, esperó a que el público guardara silencio y abrió la sesión.

—El único punto que trataremos en la Asamblea de hoy es si mantenemos o modificamos la estrategia que estamos siguiendo en la guerra. En primer lugar, tomará la palabra Pericles, hijo de Jantipo.

La muchedumbre que recubría la Pnix se sumió en un silencio expectante.

—Ahí está —musitó Querefonte.

Pericles subió lentamente la escalera del estrado. Tenía sesenta y cinco años y sus movimientos poseían un aplomo sereno. Su cabeza alargada estaba cubierta por una cabellera del mismo tono plateado que su barba bien recortada. Se echó el manto hacia atrás en un gesto elegante y recorrió a su audiencia con una mirada firme.

Eurímaco notó que el silencio se hacía más profundo. Pericles comenzó a hablar y su voz pareció disipar la tensión de la Asamblea.

—Varones atenienses, por segundo año consecutivo se cierne una amenaza sobre nuestro imperio. Algunos hombres pueden subir a este estrado y afirmar que esa amenaza son los ejércitos peloponesios que marchan contra nuestra tierra, y que nuestra mejor alternativa es enfrentarnos a ellos antes de que avancen más. Sin embargo, sabéis tan bien como yo que el verdadero peligro es prescindir de la templanza y ceder a esas propuestas irreflexivas. Os pueden decir que resulta insufrible contemplar desde las murallas la destrucción de nuestros campos, pero, frente a nuestro gran imperio, ¿qué son unos campos que volveremos a cultivar y unas granjas que podemos reconstruir? —Hizo una pausa y prosiguió con una voz fuerte y segura que ascendía por la ladera hasta los últimos hombres—. Si meramente actuáramos por impulsos, sin pensar en las consecuencias, sufriríamos una grave derrota. Una derrota que nos arrebataría todo lo que nuestros padres, y muchos de nosotros, levantamos en el pasado durante largos días en los que no permitimos que el sufrimiento restara serenidad a nuestras decisiones. También ahora nos aguardan momentos difíciles, donde sólo la sangre fría nos conducirá a la victoria, y con ella a la época de mayor seguridad, riqueza y gloria para Atenas.

«Está tocado por los dioses», se asombró Eurímaco al tiempo que miraba alrededor. La mayoría de los hombres asentía con convicción mientras escuchaba a su líder. El extraordinario carisma con el que los estaba convenciendo para que aguantaran cualquier sufrimiento era el mismo que le había permitido dirigir durante tres décadas los destinos de los atenienses. Nominalmente sólo era uno de los diez estrategos, los cargos que se elegían cada año para dirigir el ejército, pero los ciudadanos siempre votaban a favor de sus propuestas. Los aristócratas lo valoraban por su origen noble y su comportamiento sobrio y distinguido; las clases más bajas lo apoyaban porque favorecía la ampliación de la democracia; y todos coincidían en reconocerle una gran capacidad para cualquier materia y una honradez sin fisuras.

—Igual que no debemos enfrentarnos al ejército enemigo en campo abierto —continuó Pericles—, tampoco debemos ceder a las demandas espartanas. Gracias a nuestra flota, les devolveremos duplicado el daño que hagan en nuestras tierras, y finalmente su alianza pedirá firmar la paz al entender que sólo los atenienses podemos tomar decisiones sobre el imperio de Atenas.

Su exhortación a favor de una política exterior férrea arrancó una ovación de la Asamblea que sobrecogió a Eurímaco. «Estamos decidiendo el destino de cientos de ciudades», se dijo sin participar de la exaltación generalizada. La alianza ateniense en realidad era un imperio en el que más de doscientas ciudades pagaban tributo a Atenas y obedecían sus órdenes. Las decisiones sobre política exterior las tomaban tan sólo los ciudadanos de Atenas en su Asamblea, lo que convertía su democracia en un régimen dictatorial para el resto del imperio. En cambio, en la Asamblea de la liga del Peloponeso, Esparta se reunía con sus aliados y tomaban conjuntamente las decisiones relativas a la política exterior de la liga. Debido a ello, los espartanos habían lanzado una campaña de propaganda proclamando que ellos luchaban para conseguir la libertad para todos los griegos frente a la tiranía ateniense. Aquello era una burda falacia, si se tenía en cuenta que Esparta mantenía esclavizado a todo el pueblo griego de Mesenia desde hacía siglos.

Pericles continuó asegurando que gracias a la justicia de su causa contarían con el apoyo de los dioses, y al decir aquello señaló hacia la Acrópolis. Con su gesto consiguió que miles de hombres se volvieran en esa dirección. Eurímaco también lo hizo, y contempló el mármol blanco del Partenón recortándose contra el cielo azul.

«Nadie puede negar que Pericles es el hombre que más ha engrandecido Atenas.» El genial político había atraído a la ciudad a los principales artistas e intelectuales del mundo, y había destinado una enorme cantidad de plata de los tributos a monumentales obras públicas que le habían valido el sobrenombre de Pericles Olímpico. Aquellas construcciones despertaban la admiración de todos los pueblos y engrandecían

Atenas, además de haber supuesto una importante fuente de ingresos para los miles de hombres que habían trabajado en ellas.

Eurímaco apartó la tela con la que se apretaba el pómulo y constató que todavía sangraba. «Debemos mucho a Pericles. —Hizo una mueca mientras volvía a presionar la túnica contra la herida—. Pero si algo no sale como él espera, puede estar a punto de hacer que lo perdamos todo.»

# Capítulo 11
*Atenas, abril de 430 a. C.*

El joven aristócrata se agarró el brazo con el rostro crispado de dolor y se volvió hacia su atacante.

—¡Un maldito esclavo! —Miró hacia sus compañeros y gritó con fuerza—. ¡Me ha golpeado un maldito esclavo!

Ismenias ayudó a levantarse a Perseo, lo colocó detrás de él y se quedó quieto con la cabeza agachada. Los gritos habían llamado la atención de varias personas.

«Zeus, Atenea, que no me detengan.» Ismenias sabía que las leyes de Atenas eran diferentes para los ciudadanos que para los extranjeros y los esclavos. Si un esclavo entraba en un tribunal por haber atacado a un ateniense, lo mínimo que podía esperar era una condena a trabajos forzados en las minas de plata, donde las condiciones inhumanas lo llevarían a la muerte en cuestión de meses.

El muchacho lo miraba con una mezcla de incredulidad y odio.

—Vas a pagar por esto, lo juro.

Se volvió de nuevo hacia sus compañeros. Aristófanes se frotó la cabeza, donde le había golpeado la piedra de Perseo, y se miró los dedos en busca de sangre.

—Déjalos. —Perseo se dio cuenta de que parecía avergonzado—. Son sólo unos niños.

—Pero...

—¡Vámonos!

El chico cerró de inmediato la boca con expresión dolida. Antes de marcharse, miró a Ismenias y luego a Perseo rezumando inquina.

—Tú pareces un monstruo con esos ojos. Debes de ser hijo de Medusa.

Perseo agachó la cabeza para esconder los ojos mientras los chicos se alejaban. Apretó los párpados y dos lagrimones cayeron al suelo. Sabía que el color de sus ojos llamaba la atención, a veces otros niños habían bromeado al respecto, pero nunca le habían dicho nada que hiciera referencia a su madre.

—Mi madre no era Medusa —sollozó sin que nadie lo oyera. Medusa era un monstruo mitológico, una mujer con cabellera de serpientes cuya mirada convertía en piedra a todo el que la veía.

—Será mejor que nos vayamos. —Ismenias lo tomó de los hombros y él se dejó conducir.

—Perseo.

Se detuvo al oír la voz de Casandra.

—Quería darte las gracias. —La niña llegó a su lado y él bajó la mirada, le daba vergüenza que lo viera llorar—. También quería decirte que ese chico tiene envidia de tus ojos. Están llenos de luz.

Perseo levantó la cabeza y sus labios se contagiaron de la sonrisa de Casandra. Una extraña alegría le subió desde el estómago. Se quedaron mirándose en silencio, hasta que ella se dio la vuelta y volvió con Jantipa.

En el camino de regreso, Ismenias observó la expresión feliz de Perseo y continuó avanzando con el ánimo oprimido.

«Cuando Eurímaco vuelva de la Asamblea le contaré lo que ha ocurrido.» Quizá su dueño fuera capaz de evitar que la denuncia prosperara... aunque hasta donde él sabía, Eurímaco no tenía amigos poderosos en Atenas.

Recorrieron la llanura de los Muros Largos en dirección a la muralla que rodeaba la ciudad. El aire estaba estancado y a veces los envolvía un olor intenso a basura y excrementos humanos. Los refugiados en aquella explanada amurallada se contaban por decenas de miles, desparramados sin que apenas se hubiera logrado alguna organización. También había una gran cantidad de perros, vagando entre las chabolas inclinadas y las familias sentadas en el suelo polvoriento.

Al llegar a lo alto de la colina de las Ninfas, Ismenias se volvió para contemplar la aglomeración que dejaban atrás. Después miró hacia el interior de la ciudad, igualmente abarrotado. Le invadió una sensación de peligro inminente tan intensa que por un momento se olvidó de la amenaza que se cernía sobre él.

«Ruego a los dioses que se mantenga el orden dentro de nuestras murallas.»

A pesar de sus rezos, una semana más tarde estallaría la peste.

## Capítulo 12
*Atenas, abril de 430 a. C.*

Pericles continuaba hablando en lo alto del estrado, pero Querefonte llevaba un rato sin escuchar sus palabras.

Miró de soslayo a Eurímaco, que seguía apretándose la herida del pómulo con el borde de la túnica, y luego bajó la mirada negando una y otra vez. En la pelea que había habido antes de la Asamblea se había comportado como un animal, y se había estado preguntando por qué se había descontrolado de ese modo. Finalmente se había dado cuenta de que estaba tan alterado porque al ver al hijo de Eurímaco había recordado el oráculo de la muerte de Sócrates y la primera vez que había visto los ojos de Perseo.

Volvió a mirar a Eurímaco.

«Tengo que decírselo. —La necesidad de revelarle el oráculo le resultaba cada vez más acuciante—. Debe compartir conmigo la responsabilidad de salvarle la vida a Sócrates.»

Quizá Eurímaco estaría dispuesto a emigrar a alguna de las colonias griegas de la península itálica o de Asia Menor. Allí podría criar a su hijo e impedir que regresara algún día a Atenas.

—Eurímaco...

El público estaba aclamando algo que había dicho Pericles y su amigo no le oyó. Querefonte levantó una mano hacia su hombro, se quedó dudando y la bajó antes de rozar su túnica.

«Sócrates insistió en que no se lo dijera a nadie... pero Apolo me transmitió el oráculo sobre su muerte por algún motivo.»

Cerró los párpados y volvió a estar frente a la cortina que ocultaba a la sacerdotisa de Apolo. Sintió el frescor del templo, el olor dulce y pegajoso del laurel, de nuevo se estremeció con el gemido prolongado de la pitonisa antes de susurrar las palabras del dios.

Abrió los ojos y contempló a Eurímaco con los dientes apretados.

Después se alejó un paso sintiéndose culpable.

Por el momento no le revelaría a Eurímaco el oráculo sobre la muerte de Sócrates, seguiría obedeciendo al filósofo en cuanto a lo de no contarle a nadie el oráculo. No obstante, en su interior guardaba otro secreto que ni siquiera había compartido con Sócrates.

«Lo siento, pero no puedes impedirme que trate de salvarte la vida.»

Siguiendo el dictado de su intuición, había viajado a Argos y Tegea, donde Eurímaco les había dicho que había nacido su hijo.

Allí había estado investigando el misterio que rodeaba al origen de Perseo.


Los atenienses ovacionaron con fervor la estrategia de mantenerse encerrados en el interior de las murallas. Pericles permaneció en el estrado mientras lo aclamaban, con el extremo de la túnica recogido en el brazo izquierdo. Después bajó la escalinata y regresó junto a los miembros más destacados de la facción demócrata.

Uno de los hombres se apartó del grupo y se dirigió a la tribuna, agitando la túnica con su andar apresurado. Bajo la barba negra y descuidada se divisaba su piel enrojecida.

«Cleón, por supuesto. —Pericles lo observó con frialdad. El año anterior Cleón se había enfrentado con discursos agresivos a su estrategia de permanecer tras las murallas mientras los espartanos saqueaban el Ática—. Si hubiera convencido a nuestros ciudadanos de que salieran a luchar, Atenas ya no existiría.»

—¡Habitantes del Ática, ciudadanos de Atenas, Pericles acaba de afirmar que mostrarnos cobardes nos hará fuertes! —La voz de Cleón siempre era tensa y un poco aguda. Parecía que estaba chillando aun cuando no lo hacía, y ahora sí estaba haciéndolo—. ¿Qué locura es ésa, atenienses? ¿Acaso la cobardía no es una muestra de debilidad, y fortalece siempre el ánimo del enemigo? Sólo estoy de acuerdo con Pericles cuando afirma que conservar a nuestros aliados, y los tributos que nos envían, es absolutamente imprescindible en nuestras circunstancias actuales. Pero ¿creéis que van a seguir enviándonos su plata, tras ver que cada vez que se acercan los espartanos nos escondemos detrás de las murallas como niños asustados?

Pericles permaneció atento a la masa de atenienses que recubría la ladera de la Pnix, observando su reacción a los aspavientos de Cleón y a su insistencia en que atacaran a los espartanos antes de que se internaran en el Ática. El político hizo una pausa en su discurso y algunos hombres gritaron enardecidos, pero eran una minoría.

«Cleón sabe que ahora no puede hacerlos cambiar de opinión. Está preparando el terreno para atacarme de verdad si la situación se complica.»

Sobre el estrado, Cleón gesticulaba de tal modo que había comenzado a sudar. Se detuvo un momento, aflojó su túnica y pasó un extremo de la tela por debajo de la axila, dejando el brazo derecho y parte del pecho al descubierto. Pericles reprimió una mueca ante la grosería de Cleón y se desentendió de la voz chillona de su oponente, que se embarcó en una larga y vana perorata.

La estrategia de Pericles se basaba en la diferencia de fuerzas entre la alianza de Atenas y la de Esparta. Atenas era dueña de los mares con trescientos barcos de guerra preparados y otro centenar que podía estar disponible en poco tiempo, mientras que la armada de la alianza espartana era tres veces menor. Además, las tácticas navales y las tripulaciones atenienses eran muy superiores a las de sus enemigos.

«Somos tan superiores en el mar como inferiores en tierra —se dijo Pericles—. Los atenienses nunca deben olvidar eso, por mucho que insistan locos como Cleón.»

Atenas disponía de unos quince mil hombres de infantería, quizá el doble si se incluía a los adolescentes y a los hombres mayores que podían llegar a combatir en caso de necesidad. El ejército de la alianza espartana que había invadido el

Ática el año anterior, y que suponían que sería similar ese año, contaba con el doble de efectivos.

«Combatir en campo abierto sería un suicidio.»

La mayor parte de la Asamblea escuchaba a Cleón con frialdad. Ahora no había peligro, pero a Pericles le inquietaba que en una situación extrema los atenienses no actuaran racionalmente. Se había percatado de la pelea multitudinaria que se había producido en lo alto de la ladera antes de que comenzara la Asamblea. Era inevitable que aumentara la tensión al apiñarse tantos habitantes en el interior de la ciudad, pero confiaba en que imperara la cordura.

«Es imprescindible que mantengamos la estrategia del año pasado. Si nos quedamos en el interior de la ciudad, no nos sucederá nada.» Las murallas eran inexpugnables, y gracias a los Muros Largos, que conectaban la ciudad con el puerto del Pireo, un asedio terrestre no bastaría para asfixiar Atenas. La ciudad se nutría a través de los Muros Largos de las mercancías que llegaban al Pireo, y nada podía evitar que los trirremes atenienses salieran una y otra vez para atacar el territorio enemigo.

Pericles se permitió una leve sonrisa al pensar en el último elemento que marcaba la diferencia en aquel conflicto: la riqueza. Los aliados de Esparta no pagaban tributo y Esparta no tenía tesoro. Por su parte, Atenas había acumulado antes de comenzar la guerra más de seis mil talentos e ingresaba seiscientos más al año en tributos.[4] Poseía una enorme riqueza, si bien resultaba muy oneroso mantener activa una flota tan grande y a miles de soldados en el sitio de Potidea.

«El año pasado gastamos alrededor de dos mil talentos. —A ese ritmo sólo podrían aguantar tres años de guerra, pero esperaba que los costes se redujeran pronto—. La mitad del gasto se debió al sitio de Potidea. Si conseguimos que la ciudad caiga, se multiplicará nuestra capacidad de resistencia.»

Pericles sabía que la alianza espartana había confiado en

4. Un talento son seis mil dracmas, unos 26 kilos de plata. Como referencia, una dracma era el sueldo diario de un soldado, y un talento, la cantidad necesaria para mantener un trirreme en activo durante un mes.

una victoria rápida. Ese año, sin duda, los espartanos los provocarían desde enfrente de las murallas para que salieran a combatir; sin embargo, si mantenían las puertas cerradas y enviaban la armada a atacar el territorio enemigo, la facción pacifista de Esparta cobraría fuerza y quizá retomaría el control de su Asamblea.

«El rey Arquidamo no quiere la guerra, pero necesita más apoyo interno», se dijo convencido. Necesitaban que la Asamblea espartana comprendiera que sus incursiones en el Ática no podían hacer tanto daño a los atenienses como el que podía sufrir Esparta con los ataques a sus costas. Eso daría a Arquidamo la fuerza política precisa para retomar la senda del diálogo. En cualquier caso, Pericles no se engañaba. Sabía que para mitigar los ataques que recibía dentro de Esparta, Arquidamo haría ese año una demostración de fuerza y conduciría a sus ejércitos con mayor agresividad que el año anterior.

«Nuestros ataques navales también deben ser más agresivos —reflexionó—. Si la armada no obtiene este año éxitos notables, mis enemigos se harán con el control de la Asamblea.» Llevaban décadas intentando apartarlo del poder, pero hasta ahora se habían tenido que conformar atacando a sus allegados. Meneó lentamente la cabeza al pensar en cuántos habían sido. El músico y filósofo Damón fue el primero en caer. Él le había enseñado los principios de la armonía y la importancia de la educación musical en los jóvenes. También le había dado el excelente consejo de ganarse el favor del pueblo extendiendo la retribución por ejercer funciones públicas.

Hacía quince años, la Asamblea había decretado el destierro de Damón.

Pericles miró a Cleón con resentimiento. Con objeto de minar su posición, Cleón había acusado de impiedad a otro de sus maestros, el filósofo Anaxágoras. La mente poderosa de Anaxágoras investigaba la naturaleza y había encontrado explicaciones racionales para los eclipses y otros muchos fenómenos naturales. Cleón consiguió que se iniciara un proceso contra él por afirmar que el sol no era de naturaleza divina, sino una masa ardiente. Sólo la intervención de Pericles había conseguido que Anaxágoras escapara de Atenas antes de ser condenado a muerte.

«Aun así, la mayor injusticia de todas la cometieron con Fidias.»

El genial escultor había llenado Atenas de estatuas maravillosas, como la de marfil y oro de Atenea que ocupaba el interior de su templo, o la de bronce de cincuenta pies de altura que defendía la ciudad desde lo alto de la Acrópolis. También había supervisado los trabajos de reconstrucción de la Acrópolis, y había dirigido las obras del templo que era el mayor orgullo de Pericles y de toda Atenas: el Partenón.

«Era uno de mis principales protegidos, por eso inventaron acusaciones contra él.» Cerró los ojos al recordarlo. Sus enemigos habían logrado que Fidias huyera como un criminal de la ciudad que tanto había embellecido.

El ataque más personal, no obstante, se había perpetrado contra Aspasia, la segunda mujer de Pericles. Habían lanzado contra ella todo tipo de rumores: influir en su marido para iniciar la guerra de Samos de hacía una década, convencerlo de que mantuviera las exigencias que habían conducido al actual conflicto contra Esparta, corromper a las mujeres de Atenas... Finalmente la habían juzgado por impiedad, y sólo las súplicas de Pericles ante el tribunal habían conseguido que la declararan inocente.

Cleón concluyó su intervención en ese momento y bajó del estrado evitando mirar a Pericles, que lo siguió con una mirada inquieta.

«Si la fortuna nos da la espalda, la próxima vez Cleón no se limitará a atacar a mis allegados. —Pericles observó con preocupación la expresión satisfecha de su enemigo político—. Primero pedirá mi cabeza en los tribunales, y después lanzará a los atenienses contra Esparta en una guerra suicida.»

## Capítulo 13
### Ática, mayo de 430 a. C.

Aristón levantó su enorme hacha y la hoja de bronce relució contra el sol del Ática. Tensó los músculos de los brazos e impulsó el arma contra el tronco de un olivo. El filo lo seccionó limpiamente y el árbol se derrumbó como un soldado abatido en el campo de batalla.

Irguió su cuerpo de titán y se enjugó el sudor de la frente con el dorso de una mano. En la atmósfera cálida que lo envolvía flotaba un repiqueteo de golpes secos: el afán de un ejército dedicado a talar la campiña ateniense.

«Vamos demasiado despacio.» Las vides eran fáciles de quebrar o aplastar, pero requería mucho más trabajo talar un olivo o un frutal crecido, y no tenían hachas para todos los hombres.

Se apartó del árbol caído y se acercó a otro olivo, al que un par de soldados arrancaban esquirlas de madera con sus hachas. Dos hombres aguardaban detrás para relevarlos, pues sólo disponían de espadas con las que apenas podían arañar los troncos.

—Apartad.

Los soldados obedecieron de inmediato. Aristón no se encontraba por encima de ellos en la jerarquía militar, pero estaba emparentado con el rey Arquidamo y su tamaño le proporcionaba una autoridad adicional. Además, manejaba con soltura aquella hacha descomunal que se había hecho fabricar en Esparta, y que otros hombres apenas podían despegar del suelo.

Aristón rugió cuando la hoja partió el tronco. Le dolían los brazos, pero de momento la única manera de causar daño a los atenienses era exterminando sus cultivos.

La expedición avanzaba con una lentitud exasperante desde el principio. Antes de abandonar Esparta, con el ejército ya dispuesto para la marcha, el rey Arquidamo había organizado meticulosamente los preceptivos sacrificios a Zeus, a Cástor y a Pólux. Por supuesto, también habían celebrado sacrificios antes de cruzar la frontera, en esta ocasión a Zeus y a Atenea.

«Todos los días organiza algún sacrificio, como si este ejército no bastara para aplastar a los atenienses.»

Los soldados cubrían la campiña hasta el horizonte: infantería pesada de Esparta, batallones de Tebas, infantería ligera de Corinto y Megara... parecían una plaga enviada por los dioses sobre las plantaciones atenienses. Los campesinos se habían llevado las puertas y los marcos de sus viviendas, pero con las vigas de los techos bastaba para hacerlas arder. Las columnas de humo manchaban el cielo en cualquier dirección que se mirara. «Deben de ser visibles desde Atenas», pensó mirando hacia el monte que los separaba de la ciudad.

El sonido de una trompeta lo hizo girarse.

«Nos vamos.»

Sintió rabia porque quedaban en pie la mitad de los árboles, pero un momento después se extendió una agradable excitación en la boca de su estómago.

Su siguiente destino era la ciudad de los atenienses.

Al cabo de una hora, el grueso del ejército comenzó a desplegarse por la llanura de Atenas. Aristón contempló la ciudad mientras se acercaban. Nunca había imaginado que pudiera haber tantas casas juntas. Formaban una masa compacta en el interior de una muralla, tan alta como cinco hombres, que rodeaba completamente la población. Siguió avanzando con el ejército sin poder evitar sentirse impresionado. Le habían hablado de los Muros Largos, pero con la imaginación no había podido componer lo que ahora estaba viendo: dos larguísimas murallas paralelas que recorrían la llanura hasta llegar al mar. Unían Atenas con su puerto, el Pireo, al que también protegían unas murallas poderosas.

«Brásidas tenía razón, no tiene sentido establecer un asedio.»

A pesar de la extensión de las murallas, con un ejército tan numeroso podían conseguir que por tierra no entrara ni saliera mercancía alguna de la ciudad, pero los mares pertenecían a Atenas.

«Debemos lograr que salgan de la ciudad... o conseguir abrir una de sus puertas.»

El rey Arquidamo hizo que los cincuenta mil hombres de aquel ejército de aliados avanzaran en línea recta hacia Atenas. La mirada de Aristón fue atrapada por la Acrópolis, una isla de mármol resplandeciendo sobre la ciudad.

«El símbolo de la arrogancia de los atenienses.»

Sus labios se curvaron con desprecio al contemplar las inmensas columnas, pero en sus ojos apareció una sombra de temor. Observó con disimulo los rostros de los hombres que lo rodeaban. Todos miraban con reverencia hacia los templos de la Acrópolis.

«No volveremos a ser el pueblo griego más poderoso hasta que destruyamos Atenas.»

# Capítulo 14
*Atenas, mayo de 430 a. C.*

«¿A cuántos hombres habrá matado hoy la peste?», se preguntó Eurímaco mientras hacía guardia en lo alto de las murallas.

La epidemia había comenzado en el Pireo hacía dos semanas. Nadie dio importancia a que algunos marineros cogieran un resfriado que pronto se les agarró en el pecho, pero se desató la alarma cuando la piel se les llenó de pequeñas pústulas y aumentó el número de enfermos.

«Al principio pensamos que un enviado de los espartanos había entrado en la ciudad y había envenenado los pozos del Pireo. —Eurímaco meneó la cabeza angustiado—. Ojalá se hubiera tratado de eso.» Por desgracia, enseguida había corrido la noticia de que en Lemnos, Esciros y otras regiones estaban sufriendo una enfermedad que se contagiaba fácilmente y provocaba una mortandad muy alta. Se habló de tomar medidas, de restringir el paso en las puertas que conectaban la muralla del Pireo con los Muros Largos, pero sólo sirvió para que se acelerara el flujo de personas que huían del puerto hacia la ciudad. La peste se había propagado en la abarrotada Atenas con una virulencia aún mayor que en el Pireo.

Los ojos cansados de Eurímaco recorrieron el exterior, que apenas conseguía distinguir en la penumbra de la noche: aglomeraciones oscuras donde sabía que había vegetación, el sendero espectral que nacía en la puerta cerrada y se alejaba hacia el campamento que el enemigo había establecido a treinta estadios de la ciudad... No detectó ningún movimiento, pero llevaba dos días sin dormir y temía que los espartanos pudieran estar acercándose sin que él se percatara.

Avanzó hasta el final del pasillo y entró en un torreón cuadrado. Allí ascendió un tramo recto de escalera y llegó al nivel superior. Se encontraba en lo alto de una de las torres de la entrada principal de Atenas: la puerta del Dipilón. Apoyado en una almena había otro guardia, que se volvió sobresaltado y lo miró con la mano en el pomo de la espada antes de saludarlo con un gesto hosco.

«Maldita sea, estaba dormido. —Eurímaco se asomó entre las almenas y escrutó las sombras. Luego se volvió hacia el soldado, que permaneció mirando hacia fuera con el cuerpo rígido—. Sabe que si lo denuncio, probablemente lo condenen a muerte.» De todos modos, no iba a hacerlo. Aquel hombre llevaba de servicio ininterrumpido un día y medio, igual que él. Ellos no tenían la culpa de que se multiplicaran las ausencias en el relevo de la guardia de las murallas.

Se volvió para mirar hacia el este y comprobó que las estrellas cercanas al horizonte habían desaparecido. Cuando llegara al alba podría regresar a casa. Iba a dormir todo el día y por la noche volvería a las murallas.

Suspiró con tristeza al pensar en Perseo, que llevaba semanas encerrado en casa. La última vez que había estado con él, hacía dos días, casi se le saltan las lágrimas al ver los esfuerzos del pequeño por mostrarse valiente.

«Todos estamos asustados, hijo mío.»

Sintió el impulso de correr a casa para asegurarse de que Perseo se encontraba bien, pero debía esperar a que amaneciera. Cruzó la azotea del torreón para asomarse por el lateral que daba a las puertas. Por el camino observó de reojo al otro guardia. Le pareció que el sudor hacía relucir su frente y decidió no acercarse a él.

La muralla de Atenas hacía un repliegue en la puerta del Dipilón, adentrándose en forma de U hacia el interior de la ciudad. De ese modo formaba un pasillo de cincuenta por veinticinco pasos, al fondo del cual se hallaban dos gruesas puertas de madera y bronce. Si algún enemigo intentaba llegar a ellas, estaría rodeado por tres de sus lados de murallas desde las que le lloverían flechas, piedras y brea hirviendo.

Siguió con la mirada el sendero que nacía en las puertas. Se trataba de la vía Panatenaica, el principal camino que unía

Atenas con el resto de Grecia. El terreno más próximo a las murallas era el cementerio del Cerámico, el más importante de Atenas. Al tramo de la vía Panatenaica que lo atravesaba se lo conocía como calle de las tumbas, y en sus lados se alzaban las lápidas y los monumentos funerarios de los ciudadanos más notables.

Eurímaco forzó la vista. Más allá de la calle de las tumbas se encontraba uno de los tres grandes gimnasios de Atenas: la Academia, el recinto amurallado en cuyo terreno también se realizaban maniobras de infantería y caballería. Eurímaco creyó ver unas sombras moviéndose junto a la valla de piedra del gimnasio. Apoyó las manos en el borde de piedra y se inclinó hacia delante.

Al cabo de un rato estuvo seguro de que algo se estaba moviendo. Se apartó de la almena y llamó la atención del otro guardia.

—Mira hacia la Academia. —El hombre se volvió hacia él con ojos vidriosos y luego se asomó al exterior—. ¿Ves algún movimiento?

Permanecieron un rato en silencio, escudriñando las sombras.

—¡Allí! —Eurímaco señaló con el dedo—. ¿Lo has visto?

—Está demasiado oscuro —rezongó el hombre—. No se puede ver nada.

Eurímaco continuó vigilando con una ansiedad creciente. Entre los defensores de Atenas corrían rumores sobre terribles máquinas de asedio con las que los persas habían conseguido derrotar al rey Creso de Lidia, tomando con facilidad ciudades consideradas inexpugnables. Toda la estrategia de Pericles se basaba en que los espartanos no tenían modo de superar las murallas de Atenas, pero algunos hombres aseguraban que el ejército enemigo contaba con esas máquinas.

De repente se oyó un golpe lejano. Eurímaco dejó de respirar y unos segundos después el golpe se repitió. En el siguiente torreón un guardia corrió a asomarse en esa dirección. Se oyeron nuevos golpes mientras las sombras se acercaban, ahora claramente distinguibles.

—¡Nos atacan! —gritó un soldado joven desde su izquierda.

El enemigo no parecía muy numeroso, quizá se trataba de una avanzadilla para evaluar sus fuerzas.

«También puede ser una maniobra de distracción.» Eurímaco inspeccionó rápidamente las murallas. Había soldados cada pocos pasos, todos pendientes de las sombras que se aproximaban.

—¿Qué ocurre? —preguntó una voz apremiante desde el interior de la ciudad.

—Se acercan varios soldados, señor. Son hoplitas espartanos. —El soldado que hablaba tenía mejor vista que Eurímaco.

—¡¿Qué significa varios soldados?! —gritó el oficial desde tierra. Corrió a lo alto de la muralla sin esperar respuesta y comprobó personalmente que sólo eran una docena.

—¡Están rompiendo las lápidas! —exclamó alguien.

Ahora todos podían identificar las manchas oscuras de las capas espartanas, que avanzaban hacia la ciudad por los márgenes de la calle de las tumbas. El sonido de piedra rota acompañaba su avance.

—Miserables —masculló el oficial—. ¡Preparad los caballos!

Eurímaco oyó carreras apresuradas y gritos a sus pies. Pericles había partido del Pireo unos días antes de iniciarse la epidemia, llevando consigo un centenar de trirremes y varios miles de los mejores hoplitas de Atenas. Su intención era causar la mayor devastación posible a lo largo del Peloponeso, y al mismo tiempo impedir que triunfara la postura de Cleón, que abogaba por dejar de ocultarse tras las murallas y atacar al enemigo que estaba arrasando sus campos.

«Pericles no imaginaba que la peste eliminaría cualquier posibilidad de que nos organicemos para atacar.» Eurímaco ni siquiera estaba seguro de que fueran capaces de defender todo el perímetro de las murallas y los Muros Largos. Al menos parecía que en la puerta del Dipilón se mantenía la disciplina. En la azotea del torreón donde él se encontraba aparecieron varios arqueros que se repartieron entre las almenas. En tierra se multiplicaron los relinchos de los caballos y el resplandor de las antorchas.

Se apartó para hacer sitio a los arqueros y miró sobre el hombro de uno de ellos. Los espartanos se encontraban a unos quinientos pasos de las murallas. Algunos derribaban las estelas de las tumbas a patadas, otros las utilizaban como mazas para destruir estatuas y cerámicas funerarias.

Un espartano enorme se adelantó a los demás y gritó hacia las murallas.

—¡Perros atenienses, sois unos cobardes! —Tenía una voz potente, áspera y llena de odio—. Abandonáis vuestra tierra y también a vuestros muertos.

Le respondieron gritos e insultos desde las murallas. El espartano avanzó varios pasos, como si fuera a atacar las murallas él solo.

—Vuestros ancestros lloran de rabia y vergüenza. —Se aproximó a un conjunto funerario de una de las familias más ricas de Atenas; había cinco generaciones enterradas debajo de aquellas magníficas esculturas. Levantó una estatua de mármol de tamaño natural y la arrojó contra el resto del conjunto. El estrépito conmocionó a todos los atenienses apostados en las murallas.

Un arquero alzó el arco y disparó, pero la flecha apenas recorrió la mitad de la distancia. Eurímaco vio que tras las puertas cerradas ya había varios caballeros subidos a sus monturas. Pericles había ordenado utilizar la caballería en caso de que se produjeran incursiones demasiado cercanas, pero el oficial al mando no se decidía a abrir las puertas. Corría por lo alto de las murallas para asomarse en todas direcciones, tratando de asegurarse de que no había un comando más numeroso escondido. Si el enemigo conseguía tomar una sola de las puertas, se produciría un exterminio.

El espartano utilizó una de las estelas para terminar de destruir el conjunto. Acto seguido, se levantó la túnica y comenzó a orinar encima de los restos. Desde las murallas podían oír su risa salvaje.

—¡Abrid las puertas!

Las dos puertas se desplazaron a un tiempo y surgieron dos filas de soldados a caballo. Dejaron atrás el torreón en el que se encontraba Eurímaco y continuaron a toda velocidad hacia los espartanos, que echaron a correr en dirección a su campamento. El hoplita enorme iba cincuenta pasos por detrás de sus compañeros.

«Bien, van a alcanzarlo.» Eurímaco apretó el puño con rabia, deseando que el jinete que iba en cabeza atravesara con su lanza al gigante espartano.

En ese momento se percató de que desde el campamento enemigo se aproximaba una masa oscura y extensa.

—Dad la vuelta —murmuró.

Los jinetes detuvieron sus monturas y volvieron grupas como si lo hubieran oído. Todos iniciaron el regreso, menos uno que parecía dudar mientras contemplaba a miles de soldados peloponesios avanzando en su dirección. De pronto el espartano que había orinado sobre las tumbas tropezó y cayó al suelo. El jinete espoleó inmediatamente su montura contra él.

Eurímaco calculó la velocidad a la que avanzaba el ejército enemigo hacia el jinete. «Le da tiempo.» Vio que el gigante se incorporaba pero no salía corriendo, y supuso que se habría herido al caer.

El espartano se puso de lado en mitad del camino. El jinete ateniense bajó la lanza al llegar a su altura, pero su enemigo rodó sobre sí mismo y volvió a incorporarse mientras el caballo daba la vuelta. Antes de que el jinete reanudara el ataque, el gigante se abalanzó sobre él y derrumbó al animal de un puñetazo en la cabeza.

El jinete consiguió caer de pie y sacó su espada. El espartano desenvainó la suya y rodeó el caballo para quedar frente a su adversario.

—Por Zeus, es enorme —murmuró el guardia que parecía enfermo.

Eurímaco contemplaba la escena sin parpadear. El jinete ateniense parecía tener la talla del pequeño Perseo frente a aquel hoplita espartano. Detrás de él se acercaba el ejército enemigo con un murmullo creciente. El ateniense trató de llevar la iniciativa, pero el gigante golpeó su espada y lo desarmó. Desde la muralla los atenienses vieron que su compañero levantaba las manos para rendirse.

El gigante espartano lo decapitó con un solo golpe de espada.

A continuación, el gigante se agachó para coger la cabeza por el pelo y la sacudió hacia las murallas soltando una larga risotada. Después se dio la vuelta y caminó hacia su ejército llevando la cabeza en la mano.

## Capítulo 15
*Atenas, mayo de 430 a. C.*

Perseo acomodó la tablilla de cera sobre las rodillas, repasó la última letra de su nombre y levantó la cabeza hacia Ismenias. El esclavo estaba sentado en un taburete de madera, con expresión taciturna y la vista perdida en algún punto de la pared. Perseo recolocó la tablilla para asegurarse de que Ismenias no podía verla y rascó la cera con el punzón de madera.

«Ca... san... dra.»

Se acordaba a menudo de ella, de su mirada dulce de cervatillo y sobre todo de que le había dicho que tenía los ojos llenos de luz. Sonrió al recordarlo, pero su sonrisa se apagó enseguida. Llevaba sin verla desde aquel día en los Muros Largos en el que había dado una pedrada en la cabeza a un chico llamado Aristófanes, e Ismenias había golpeado a uno de sus amigos aristócratas para defenderlo.

«Espero que no le pase nada a Ismenias», pensó alzando la vista para mirarlo. No habían tenido noticias desde entonces, si bien el tiempo parecía haberse detenido desde que la gente había comenzado a ponerse enferma y a él le habían prohibido salir de casa. Todos los días parecían iguales entre aquellas paredes.

Repasó con el punzón el nombre de Casandra, al tiempo que recordaba lo que había dicho Aristófanes para meterse con ella. «Utilizas palabras demasiado grandes para ti, igual que hacen los personajes de tu padre.»

Aquel día, en los Muros Largos, él no había comprendido la pulla; no sabía a qué se dedicaba el padre de Casandra, sólo conocía su nombre. Ahora ya sabía que era escritor, pues en cuanto su padre había llegado de la Asamblea le había preguntado por él.

—Papá, ¿quién es Eurípides?

—¿Qué Eurípides? ¿El escritor?

—Sí. ¿Lo conoces?

—Claro, todo el mundo lo conoce. El año pasado estrenó una obra que me gustó mucho, creo que se llamaba *Medea*. ¿Por qué lo preguntas?

—Por nada. He oído su nombre. ¿Es amigo tuyo?

—Sí, aunque hace tiempo que no hablo con él. Es muy amigo de Sócrates. ¿Te acuerdas de Sócrates?

Perseo asintió.

—El señor que me hacía tantas preguntas. Hace mucho que no viene a casa.

Eurímaco bajó los ojos entristecido.

—Lleva dos años con el ejército, en Potidea. Cuando se fue, tú sólo tenías cinco años. —Hizo que Perseo se riera haciéndole cosquillas en la tripa—. ¿Recuerdas que te reías mucho con él?

—Ay, sí, para. —Perseo se retorció para escabullirse—. Es que Sócrates decía cosas muy raras, era muy divertido. ¿Cuándo va a volver?

—No lo sé, hijo. Espero que dentro de poco.

Ismenias interrumpió sus recuerdos golpeando con el nudillo en la mesa.

—¿Has terminado?

Perseo levantó rápidamente la tablilla, preguntándose si el esclavo habría visto el nombre de Casandra.

—No, todavía no.

Le dio la vuelta al punzón de madera y utilizó la parte plana para alisar la cera y borrar el nombre de la niña. Después escribió encima el suyo.

—Ya está.

Le alargó la tablilla a Ismenias, pero antes de que la cogiera oyeron pasos en el patio y Perseo se levantó de un salto.

—¡Papá!

Corrió hasta la puerta y se abrazó a Eurímaco. Éste apoyó una mano en la cabeza del pequeño, cruzó una mirada con el pedagogo y sus ojos recorrieron la estancia. Le resultaba extraña la atmósfera tranquila que envolvían esas cuatro paredes, cuando a pocos pasos el horror de la peste se había apoderado de la ciudad. «Y al otro lado de las murallas los espartanos destruyen impunemente las lápidas de nuestro cementerio.» Acarició el pelo de Perseo mientras recordaba al coloso espartano que de un puñetazo había derribado a un caballo y después había decapitado al jinete con un solo golpe de su espada. «Harían falta diez hombres para acabar con ese guerrero.»

Perseo se apartó para mirarlo.

—Dijiste que ibas a llegar al amanecer. ¿Qué ha pasado, papá? Tienes cara de cansado.

Eurímaco sonrió sin que sus labios se movieran apenas.

—He tenido que quedarme un poco más en la puerta del Dipilón.

El pequeño asintió y Eurímaco se alegró de que no comprendiera la amenaza que suponía que aquel ejército enorme estuviera acampado tan cerca de las murallas.

—¿La gente sigue poniéndose mala?

—Sí, hijo. Ya sabes que es una enfermedad muy contagiosa, tienes que permanecer en casa.

Perseo volvió a abrazarlo.

—Quiero que tú también te quedes.

Eurímaco iba a decir que sí, que al menos hasta que volviera a hacerse de noche no tenía que salir; sin embargo, sintió los huesos en los bracitos delgados de Perseo y levantó la vista hacia Ismenias.

—¿Qué nos queda en la despensa?

—Un poco de trigo y aceite, señor.

«Trigo y aceite. —Perseo llevaba tres semanas sin comer otra cosa que cereal, y su excesiva delgadez revelaba que no era suficiente—. Si se debilita, a la peste le resultará más fácil entrar en su cuerpo.»

Desde que habían cerrado las murallas, se había organizado un reparto de trigo público para que nadie pasara hambre. Para conseguir otros alimentos había que acudir a los mercados y pagar un precio cada vez mayor. En los últimos días, la virulencia con la que se había cebado la epidemia en la ciudad había vuelto irregular el reparto de trigo y había desbaratado el mercado del ágora. Ahora sólo se mantenía abastecido el mercado del Pireo.

«Tengo que conseguir carne.» Cerró los ojos tratando de reunir energías. Le parecía que podría quedarse dormido allí mismo, de pie, y que si se dormía, no despertaría hasta el día siguiente.

—Ismenias —dijo abriendo los ojos—, quédate con Perseo y no salgáis. Voy a ir al Pireo a vender una vasija.

Los que comerciaban con alimento estaban llenando sus bolsas de plata, pero nadie compraba cerámicas refinadas en una ciudad sitiada. El banquero al que Eurímaco había confiado sus ahorros había desaparecido, y el resto de su dinero se había volatilizado con rapidez en las últimas semanas. Sólo le quedaba rezar a los dioses para encontrar un barco que fuera a partir, en el que su dueño valorara la posibilidad de vender una cerámica de buena calidad en otra ciudad.

«O al menos que alguien me la cambie por un buen trozo de carne.»

Apartó con suavidad a Perseo y le dio un beso en la frente.

—Vengo dentro de un rato. —Perseo lo miró apenado. En su rostro demacrado los ojos claros parecían más grandes que nunca.

Antes de salir de la cocina, Eurímaco se quedó mirando la cerámica de Odiseo, la que tanto le había gustado a su querida Altea. Apartó la mirada, no iba a deshacerse de ella si podía evitarlo, pero tenía que llevar algo valioso. Salió al pequeño patio interior, ocupado en gran parte por el horno en el que cocía la cerámica, y entró en la habitación que utilizaba como taller. A lo largo de una pared lateral se alineaban varias cerámicas de distinto tamaño. Escogió una vasija grande, una crátera para mezclar el vino y el agua en los banquetes. Estaba decorada con una escena festiva en la que dos esclavas tocaban instrumentos musicales mientras unos hombres reclinados en triclinios las observaban.

Al levantarla le sorprendió el peso de la vasija.

«No puede haber aumentado de peso... debo de estar más

débil. —Como les ocurría a todos los habitantes de Atenas, imaginó que aquel síntoma de debilidad se debía a la peste. Eso le hizo recordar al guardia sudoroso del torreón—. No, sólo estoy cansado, llevo dos días sin dormir.»

Abandonó el taller con la crátera en brazos, salió a la calle y se dirigió a la vía Panatenaica para llegar al ágora. En los márgenes de la amplia avenida había algunos cadáveres. Se cruzó con un grupo de esclavos escitas y le alegró que la policía mantuviera su actividad, pero el modo en que uno de ellos se quedó mirando su valiosa cerámica le hizo acelerar el paso.

Al llegar a la explanada triangular del ágora, la impresión le hizo detenerse. En contraste con el habitual bullicio alegre de los comerciantes ofreciendo su mercancía y los compradores regateando, reinaba un ambiente sobrecogedor: gritos desesperados de hombres y mujeres que sabían que se estaban muriendo; gemidos de moribundos que trataban de ir a algún sitio, apenas capaces de arrastrarse; jóvenes y ancianos que habían muerto hacía días, retorcidos en el suelo sobre sus últimos vómitos de bilis.

Eurímaco apretó la cerámica contra el pecho, como si le sirviera de escudo contra la peste, y torció a la derecha para bordear la explanada. Algunos hombres sanos se apresuraban de un lado a otro como él, y un grupo numeroso estaba entrando en el edificio del Consejo con pañuelos en la boca. Pasó junto al recinto que albergaba el altar de los doce dioses y vio a varios hombres agonizando a los pies del altar de piedra. Dejó a su derecha la Estoa Real y la Estoa de Zeus. Aquellos pórticos, elegantes como templos con sus esbeltas columnas, se utilizaban para conversar protegidos del sol del verano o del viento frío del invierno. Los filósofos y los políticos solían aleccionar allí a sus seguidores, pero ahora no había nadie.

Un movimiento entre las columnas de la Estoa de Zeus hizo que se fijara mejor. Tres jóvenes con las túnicas mugrientas se inclinaban sobre un anciano tumbado en el suelo. Pensó que intentaban ayudarlo, pero dos de ellos se incorporaron con las sortijas del hombre y el tercero lo despojó de su túnica púrpura. Se la puso por encima y los otros dos rieron. Luego se agacharon junto al siguiente moribundo.

Al otro extremo del ágora se encontraba la casa de la fuente, la mayor fuente pública de Atenas. Algunos de los enfermos se arrastraban en esa dirección. La peste daba una sed insoportable y ya habían muerto varias personas ahogadas al caer en los pozos o meterse dentro de las fuentes.

Eurímaco abandonó el ágora con una sensación opresiva de angustia y continuó hacia la colina de las Ninfas. Cuando la superó se mantuvo pegado a las murallas para evitar la estrechez de la maraña de pasadizos que discurría entre las casas. Decían que algunas calles habían quedado bloqueadas por la acumulación de cadáveres, y que en algunas zonas de Atenas costaba tanto encontrar una salida despejada como en el laberinto del Minotauro.

Llegó al tramo de muralla que separaba los Muros Largos de la ciudad, lo recorrió hasta alcanzar la puerta y la atravesó.

No había estado en los Muros Largos desde los primeros días de la epidemia. Entonces aquella llanura alargada era un mar de chabolas en el que flotaba un olor penetrante a orina y heces. No era un espacio pensado para ser habitado y no contaba con conductos de desagüe como Atenas. Ahora muchas chabolas se habían desmoronado sin que nadie se ocupara de ponerlas de nuevo en pie, y el olor predominante era el de la putrefacción de los cadáveres.

Se alejó de la muralla y comenzó a recorrer el único sendero despejado que conducía al Pireo. En una chabola a la que le faltaba uno de los lados vio los cuerpos inertes de dos adultos y dos niños, unos encima de otros. Poco después reparó en el gran número de perros muertos entre los cadáveres humanos que salpicaban la llanura. Había oído que la enfermedad afectaba también a los animales que se alimentaban de los fallecidos.

Muchas personas sanas estaban sentadas o tumbadas en el suelo, mirando al cielo. «La desesperación les ha arrebatado la voluntad», se dijo observando sus ojos inmóviles. Otros lloriqueaban abrazados a sus rodillas y algunos vagaban sin rumbo entre las chabolas. Los soldados comentaban en las guardias de las murallas que la mayor parte de los que no estaban enfermos permanecían encerrados en sus casas, racionando el poco alimento que les quedaba o muriéndose de hambre antes que salir y arriesgarse a contagiarse.

«Nadie atiende a los enfermos —pensó al ver a un niño tosiendo violentamente junto al camino. Era más pequeño que Perseo y se encontraba solo—. Quizá ha muerto toda su familia.» Se apartó de él, mirándolo de reojo y sintiéndose miserable.

Un gimoteo a sus pies hizo que casi se le cayera la vasija.

—Agua, por favor.

Eurímaco saltó hacia atrás para evitar la mano que se extendía hacia él. Pertenecía a una mujer rolliza tumbada en el camino, desnuda y con todo el cuerpo cubierto de pústulas.

—No puedo ayudarte. —La rodeó para continuar—. Lo siento.

—¡Por favor! —La mujer rompió a llorar mientras la dejaba atrás.

A lo largo de la explanada vio a otras personas caminando a paso vivo. Todos evitaban acercarse a los enfermos. Al empezar la epidemia, los médicos de la ciudad se habían apresurado a atender a los primeros infectados. Poco después comenzaron a morir muchos de los propios médicos, y los pocos que quedaron se negaron a atender más pacientes. Los templos, oráculos y adivinos también tuvieron mucho trabajo los primeros días, pero la epidemia se intensificó y se vio que caían por igual los que se encomendaban a los dioses y los que no, por lo que los hombres habían dejado de creer tanto en una salvación humana como en una divina.

El sendero describía una curva a mitad del trayecto hacia el Pireo, junto al muro occidental. Eurímaco vio que habían apilado varias puertas y tablones de madera para levantar una pira funeraria. El fuego se alzaba con fuerza, envolviendo un bulto oscuro que ya no se distinguía si era un hombre o una mujer. Varias personas rodeaban la pira y miraban en silencio hacia el fuego. De pronto aparecieron tres jóvenes que llevaban sobre sus cabezas el cadáver de un anciano. Los dueños de la pira se interpusieron para bloquear su avance, pero ellos embistieron para abrirse paso y arrojaron el cuerpo del anciano, que se quedó en lo alto de la pira con la cabeza colgando del borde.

Eurímaco no se detuvo a ver cómo acababa aquello. Para un ateniense tenía una enorme importancia enterrar de manera adecuada a sus muertos, pero la peste había acabado con todas las normas.

Media hora después llegó al final de los Muros Largos. Enfrente de él se encontraba la muralla que lo separaba del Pireo, con una única puerta abierta y fuertemente custodiada. Eurímaco pasó entre los guardias sin que le dijeran nada y se internó en la estructura ordenada de las calles del Pireo, tan diferente del desorden caótico de Atenas. Descendió por una de las avenidas hacia el mar notando los brazos cada vez más pesados, y tan amodorrado que de nuevo temió haberse contagiado.

«Sólo necesito dormir.»

De pronto sintió que el mundo se volvía negro y sus piernas se doblaron ajenas a su voluntad. Apoyó una mano en el suelo, sujetando con el otro brazo la cerámica, y bajó la cabeza hasta tocar la tierra con la frente. Poco a poco recobró la visión, pero no las fuerzas. Se tumbó de lado y dejó que se extendiera por su interior aquel entumecimiento, cálido y confortable.

«Perseo...» Recordó su cuerpo huesudo abrazándolo. Se puso boca abajo y se incorporó con una intensa sensación de vértigo.

Levantó la crátera y avanzó tambaleándose hacia el mercado del puerto.

# Capítulo 16
*Ática, junio de 430 a. C.*

—Hemos atrapado a unos atenienses que escapaban de la ciudad.

El rostro de Aristón se distendió en una sonrisa al escuchar aquellas palabras.

—Llevadlos a la tienda. —Cuando el soldado iba a darse la vuelta, alzó una mano para retenerlo—. Espera, ¿cómo son?

—No son esclavos, sino hombres libres. —Casi todos los que huían de Atenas eran esclavos—. Dos hombres y un chico. Escaparon anoche y estaban tratando de encontrar una embarcación.

La sonrisa de Aristón se acentuó.

—Llévame sólo al chico.

El soldado se alejó y Aristón se dirigió a la tienda donde interrogaba a los prisioneros. Le habían asignado esa tarea al comprobar que su tamaño favorecía notablemente la cooperación de los interrogados. Apartó la lona que cubría la entrada de la tienda, se internó en la penumbra cálida y esperó de pie. Estaba cansado de pasar todo el día talando árboles, pero prefería que los prisioneros tuviesen que levantar la cabeza al mirarlo por primera vez.

Cruzó los brazos y se quedó pensativo. Llevaban ya tres semanas devastando las tierras orientales del Ática, pues el rey Arquidamo había decidido rodear Atenas y conducir los ejércitos hacia el este.

«Ni siquiera ha atacado las murallas una vez.»

Al contrario de lo que había pensado antes de salir de Esparta, las diferencias con su tío Arquidamo habían aumentado a lo largo de aquella campaña. El peor momento había sido cuando, tras destrozar las tumbas de los atenienses, había regresado llevando en la mano la cabeza de uno de ellos.

—¡Has puesto en peligro a cientos de soldados! —le gritó Arquidamo delante de varios oficiales.

Aristón había sido el cabecilla de aquella escaramuza, para la que había convencido a una docena de hombres. Al enterarse, el rey había enviado un regimiento para protegerlos.

—Desde un punto de vista militar, ha sido una absoluta estupidez. —Arquidamo clavó sus ojos de anciano en su sobrino—. Pero todavía es peor el sacrilegio que has cometido, rompiendo las tumbas y meando en ellas como si fueras un perro. Debería enviarte a Atenas cargado de cadenas.

Aristón tensó el cuerpo. Si alguien intentaba hacer aquello lo mataría. Aunque fuera el mismo rey.

—Me avergüenzo de que seas de mi familia. —Arquidamo bajó el tono y se le acercó—. Ni tu padre ni tu hermano habrían hecho jamás algo parecido. Apártate de mi vista.

Desde aquel día Arquidamo y él no habían vuelto a hablar, pero la garganta de Aristón seguía llenándose de bilis al recordar las palabras de su tío.

La lona de la tienda se retiró dejando entrar la luz del sol.

—Traigo al prisionero.

El soldado empujó al chico, que cayó de rodillas a los pies de Aristón.

Deyanira procuró moldear la masa de harina, miel y aceite con la forma de la estatua del templo de Ártemis Ortia. Alargó un poco más la figura aplanada y después pellizcó con los dedos para formar el cinto que le ceñía el talle. Cuando quedó satisfecha, la metió en el horno.

—No entres en la cocina hasta que salga yo —le había dicho a la esclava antes de empezar.

Por supuesto, la mujer no hizo preguntas, pero Deyanira leyó en su semblante que le parecía extraño que quisiera estar a solas en la cocina. No es que fuera peligroso que la esclava viese lo que estaba haciendo, pensaría que se trataba de una ofrenda para pedir quedarse embarazada de nuevo, pero Deyanira necesitaba intimidad.

Esperó sentada en el suelo de tierra, con la mirada perdida en el fuego. Aquellas semanas que Aristón llevaba fuera de Esparta habían sido una bendición, y ella había rogado a todos los dioses que el ejército regresara con la noticia de la victoria sobre Atenas y la muerte de su marido.

Pero no era eso lo que iba a pedir con la ofrenda que estaba preparando.

«Ya han pasado siete años.»

Cada año hacía una ofrenda especial a Ártemis para que cuidara de su bebé de ojos grises. Sabía que no debía pensar en él, los Ancianos y el propio rey habían aceptado que Aristón lo rechazara, pero la unía a ese bebé un sentimiento más fuerte que su temor a las leyes de los hombres y de los dioses.

Cuando la ofrenda terminó de cocinarse, la sacó con un paño y la dejó en el suelo para que se enfriara. Al cabo de un rato la envolvió en el paño y la metió debajo de su túnica, que dejó un poco suelta. Abandonó la vivienda y dirigió sus pasos hacia el santuario de Ártemis Ortia. Aunque durante la campaña militar había muchos menos hombres en Esparta, le pareció que la seguían cien ojos.

«No pueden ver mis pensamientos, nadie sabe que estoy cometiendo una impiedad.» Siguió avanzando con la mirada en el suelo. El crimen de impiedad podía llegar a castigarse con la muerte.

Al llegar al espacio despejado entre las antiguas aldeas de Limnas y Cinosura vio a un grupo de chicos de entre diez y doce años formando de pie bajo el sol intenso, desnudos y descalzos. Llevaban allí desde el amanecer, y ya había quedado atrás el mediodía.

Se detuvo al distinguir una figura conocida.

«Calícrates.»

Su hijo se mantenía firme, con el mentón levantado hacia el macizo del Taigeto. Tenía un cuerpo delgado y fuerte de piel oscura. Sus ojos se desviaron un momento hacia su madre, y una sonrisa leve asomó a los labios de Deyanira, pero Calícrates apartó la mirada sin variar la expresión.

«Es un soldado», se dijo con una mezcla de orgullo y tristeza. Se alejó de la compañía de muchachos y llegó al templo de Ártemis. En su interior se encontraba la antiquísima estatua de madera de la diosa, pero Deyanira se dirigió al altar exterior de piedra. Cada año se celebraba en él una ceremonia en la que varios jóvenes competían para mostrar quién aguantaba más mientras los flagelaban con varas de mimbre. La sangre que regaba el altar aplacaba a la diosa, y los padres de los jóvenes los animaban a gritos para que no desfallecieran.

Deyanira extrajo la ofrenda con forma de Ártemis y la depositó a los pies del altar, entre una figura similar realizada en madera y otra de plomo. Manteniendo las manos sobre la ofrenda, cerró los ojos y rogó a la diosa.

«Ártemis Ortia, tú que hiciste mi vientre fecundo para que diera vida a aquel bebé... —lo recordó apartándose de ella, deslizándose entre sus dedos mientras la partera se lo quitaba para llevárselo a Aristón y a los Ancianos—, cuida de él en el reino de los muertos; cuida de mi pequeño, diosa Ártemis.»

Mantuvo los ojos cerrados. Sólo lo había visto durante unos segundos, pero lo había sentido crecer en su interior, había sido parte de ella misma durante meses. Había muerto pero seguía siendo su hijo, tan real como Calícrates, aunque no creciera con el paso de los años. La muerte lo había apartado del tiempo y en su corazón siempre sería un bebé, pestañeando hacia ella sin poder entender qué ocurría.

«Cuida de mi hijo, Ártemis Ortia, allá donde esté.»


Aristón contempló al chico que yacía ante él a cuatro patas, sin atreverse a levantar la cabeza.

—Ponte de pie —le dijo en un tono amable.

El muchacho se irguió con torpeza. Tenía unos dieciséis años, el cuerpo grande y desmañado y un rostro delicado en el que la mandíbula no dejaba de temblar. Su túnica de suave lino revelaba que pertenecía a una familia acomodada.

—Déjanos solos. —El soldado que había llevado al prisionero salió de la tienda. Aristón se dirigió al chico—: ¿Eres ateniense?

—Sí, señor.

—¿Quiénes son los hombres que te acompañaban?

El chico tardó un segundo en contestar. Su valentía no daba para más.

—Mi tío y mi primo. Mis padres han muerto en la epidemia, y también mi tía. Queríamos llegar a algún sitio donde no hubiera peste.

Aristón se inclinó sobre él y susurró junto a su oído:

—Quiero que me digas todo lo que sepas sobre las fuerzas que tenéis en la ciudad, su estado, su disposición...

El prisionero se quedó en silencio. Sus ojos se llenaron de lágrimas y Aristón sintió asco al advertir que iba a ponerse a sollozar.

Le golpeó en la cara con el dorso de la mano.

El muchacho cayó al suelo y se cubrió el rostro, boqueando aterrado. Aristón agarró su túnica a la altura del pecho y lo puso de pie.

—Yo no soy soldado, señor. —El lado derecho de la cara se le estaba enrojeciendo y no era capaz de abrir ese ojo—. No puedo saber...

Esta vez lo golpeó de frente. Su puño enorme le rompió los labios contra los dientes y le quebró la nariz. Una tormenta de dolor se desató en el rostro del chico, que se retorció gritando en el suelo. Aristón lo agarró de un brazo y volvió a ponerlo de pie. Notaba que la respiración se le había acelerado, debía hacer un esfuerzo para contener la marea de violencia que sentía crecer en su interior o destrozaría al muchacho.

—Baja las manos. —El chico las apartó sin llegar a bajarlas, encogiendo el cuerpo—. Ponte firme. ¡Vamos!

Su grito hizo que el prisionero se enderezara sin dejar de llorar. La sangre de su nariz se mezclaba con la que le salía de la boca y goteaba al llegar a la barbilla, trazando en el blanco de su túnica de lino rayas rojas que resaltaban con intensidad.

—Empieza a hablar, y procura dejarme satisfecho.

—La peste ha matado a mucha gente, no sé a cuántos. Nadie lo sabe —se apresuró a añadir. Su pecho subía y bajaba agitadamente mientras intentaba pensar—. Las murallas están vigiladas todo el tiempo, sobre todo las puertas, aunque faltan hombres y los guardias tienen que hacer varios turnos seguidos.

—Lo estás haciendo muy bien. —Aristón le sonrió—. Sigue.

—Pericles se llevó cien trirremes con cuatro mil hoplitas. Creo que han enviado mensajeros para avisarle de la epidemia, pero no sé si han contactado con él.

—¿Pericles va a regresar?

—No lo sé, señor. —Sacudió la cabeza salpicando sangre—. De verdad que no lo sé.

Aristón se dio la vuelta. Ya había interrogado a varios prisioneros que habían escapado de Atenas, la mayoría esclavos, y conocía la situación de la ciudad bastante bien. Aquel chico no iba a aportarle ninguna información adicional, y quería buscar al rey para transmitirle el plan que había desarrollado con todos los datos que había recabado. «Si consigo convencer a Arquidamo, entraremos en Atenas en cuestión de horas.»

Encaró al muchacho y le golpeó en la boca con hastío. Notó que se rompían algunos dientes y el chico se derrumbó dando alaridos.

«Chilla como un cerdo.»

Apartó la lona que cerraba la tienda y se agachó para salir.

—Llévate al prisionero —ordenó al soldado que aguardaba junto a la entrada.

El campamento se había establecido cerca de la costa y se extendía a lo largo de decenas de estadios. Aristón echó a correr para atravesarlo cuanto antes. Todavía quedaban tres horas para que se pusiera el sol, su plan podía ponerse en marcha aquella misma noche.

Al cabo de media hora llegó al extremo occidental y se dirigió a la tienda del rey. Al acercarse advirtió que Arquidamo departía con varios oficiales en terreno descubierto, mirando hacia las murallas de Atenas, que se encontraba a una distancia de cincuenta estadios.

—Aristón —lo recibió Brásidas—, ¿alguna novedad con los prisioneros?

—Todos repiten lo que ya sabemos. Muchos han muerto o enfermado por la epidemia, y las fuerzas que defienden las murallas están débiles y desorganizadas. —Se aproximaron otros oficiales—. También coinciden en que Pericles se llevó cien trirremes con cuatro mil de los mejores hoplitas atenienses.

Mientras hablaba, Aristón era consciente de que el rey Arquidamo lo ignoraba premeditadamente. Estaba conversando con uno de los éforos, que había acompañado al ejército en representación de la Asamblea. Aristón creía saber de qué estaban hablando y subió el tono de voz para que pudieran escucharlo con claridad.

—Sé que un ejército tan numeroso como el nuestro es difícil de abastecer, y que no nos quedan muchos víveres, pero creo que podríamos tomar la ciudad en pocos días, quizá esta misma noche. Una vez dentro, dispondríamos de todo su trigo.

Se percató de que el rey estaba escuchando, aunque seguía sin mirarlo. Sabía que la estrategia que quería sugerir debía tener en cuenta que el ejército no podía tardar mucho en regresar a Esparta, o corrían el riesgo de que volviera a levantarse la población esclavizada de Mesenia.

—Faltan hombres en los relevos de las murallas de Atenas, y sus fuerzas de caballería son limitadas. Creo que tendríamos éxito si esta noche lanzáramos un ataque simultáneo contra todas las puertas. Si cae alguna, reagruparíamos todo el ejército contra esa puerta y entraríamos en tromba. Una vez dentro, bastaría con dejar una parte de las tropas y el resto podría regresar a Esparta.

—Aristón —el rey Arquidamo se dirigió a él sin mirarlo y señaló hacia las murallas de Atenas—, ¿qué ves?

—Unas murallas con unas puertas, mi señor.

—¿Y qué hay a los pies de esas murallas? Cerca de las puertas.

No se apreciaba a esa distancia, pero Aristón sabía a qué se refería.

—Cadáveres, señor. Piras funerarias, tumbas.

—Cadáveres quemados, cadáveres enterrados, cadáveres amontonados. Mueren a cientos, quizá a miles.

—Así es, mi señor. Ahora sería más sencillo derrotarlos que nunca.

Arquidamo asintió despacio.

—Creo que tienes razón, si esta noche atacáramos todas las puertas, probablemente alguna caería. —El tono del rey hizo que Aristón no sonriera—. Entraríamos en la ciudad, y entonces esa epidemia que los dioses han mantenido hasta ahora alejada de nuestro ejército se propagaría entre nuestros hombres. Creo que caeríamos a cientos, quizá a miles. —Arquidamo se giró hacia su sobrino con una mirada fría—. Ya supone un riesgo elevado contactar con los atenienses que escapan de la ciudad. Ha sido una buena campaña, llevamos siete semanas devastando sus tierras y la epidemia ha debilitado aún más su posición. Aceptarán nuestros términos para firmar un acuerdo de paz. —Se volvió de nuevo hacia Atenas—. Mañana regresaremos a Esparta.

Aristón también miró hacia la ciudad. Los dioses habían enviado una epidemia sobre los atenienses —los sacerdotes decían que había sido el dios Apolo—, pero eso no acabaría con ellos. Contempló la espalda de Arquidamo y sintió una corriente de odio. «Va a ofrecerles la paz.» Le daba igual qué términos se acordaran, tenían al enemigo herido a sus pies, no debían dejarlo vivo.

«El rey es un cobarde y un traidor. —Su mirada recorrió las poderosas murallas de Atenas y se detuvo en la estatua de Atenea de la Acrópolis, bajo la que morían sus protegidos—. Espero que la maldición de Apolo consiga matar hasta al último de los atenienses.»

Cerró el puño y se miró los nudillos.

Todavía estaban manchados con la sangre del muchacho.

# Capítulo 17
*Potidea, julio de 430 a. C.*

«¿Qué ocurre ahí?»

Sócrates advirtió que en un extremo de su campamento, cerca de las murallas de Potidea, se había congregado un grupo numeroso de soldados. Al acercarse descubrió que el célebre adivino Aminias estaba hablando en medio del grupo. Aminias viajaba con el ejército para aconsejar a los generales, ya fuera interpretando el modo en que se comportaban los animales o los signos que los dioses enviaban mediante fenómenos naturales. Cuando no estaba trabajando para los generales, conseguía que buena parte de los soldados acudiera a él en busca de presagios y vaticinios sobre sus vidas.

«Entre los jugadores profesionales de dados y los adivinos, muchos hombres vuelven de las campañas militares más pobres que cuando salieron de Atenas.»

Sócrates se internó en el grupo con su espada y su pesada coraza de bronce. La voz de Aminias era fuerte y rezumaba confianza a pesar de su juventud. Llevaba el pelo más largo de lo habitual, la barba afeitada, y era el único de los presentes que no portaba armas ni protecciones de ningún tipo. Su túnica larga estaba teñida de amarillo y tenía un vistoso ribete rojizo que hacía ondular al mover los brazos.

«Su puesta en escena es muy buena. —Los labios de Sócrates esbozaron bajo su barba una mueca de contrariedad—. Sin duda le procurará muchos clientes.»

Aminias estaba explicando que su conexión especial con los dioses le permitía saber qué actos debían llevar a cabo los hombres para obtener su gracia.

Sócrates carraspeó con fuerza y el adivino se interrumpió.

—¿Puedo hacerte una pregunta, Aminias?

Se oyeron algunas protestas entre los soldados, pero al ver que quien intervenía era Sócrates, las protestas cesaron y todos prestaron atención.

—Habla, Sócrates. Si tienes dudas en alguna materia relacionada con los dioses, mi conocimiento sobre ellos servirá para resolverlas.

—Estoy seguro de ello, y por eso me he permitido interrumpirte. Estabas diciendo que sabes qué actos son piadosos y cuáles impíos. Para poder hacer esa distinción en todo momento, es necesario tener profundos conocimientos sobre la piedad, ¿no es así?

—Por supuesto, Sócrates; de otro modo, yo no sería capaz de interpretar a los dioses.

—Te ruego, entonces, que nos aclares a todos qué es la piedad.

El adivino respondió al momento.

—Perseguir a un asesino o a un sacrílego es un buen ejemplo de piedad, aunque quien cometa el crimen sea tu mismo padre. No en vano sabemos que Zeus, el mejor y el más justo de los dioses, encadenó a su padre porque devoraba a sus hijos contra razón y justicia.

Sócrates enarcó sus cejas espesas.

—Ah, es una gran respuesta, Aminias... pero lo que te he pedido no es que proporciones algún ejemplo de acto piadoso, sino una idea clara y distinta de la piedad, de aquello que está presente en todos los actos piadosos y los convierte en tales. Si nos das esa idea, podremos utilizarla para juzgar si cualquier acto es piadoso o impío.

Aminias tomó aire y lo soltó mirando a Sócrates con una sonrisa algo rígida.

—Si eso es lo que quieres, no tendré problema en satisfacerte.

—Eso es lo que me gustaría que nos dieras, Aminias.

—Lo que agrada a los dioses, Sócrates; eso es la piedad. —El adivino se giró a ambos lados, mirando satisfecho a su audiencia.

—Te agradezco, Aminias, la precisión de tu respuesta. —Sócrates ladeó ligeramente la cabeza—. Sin embargo, creo que ahora debemos examinar si es cierta. ¿No es verdad que entre los dioses hay disputas y desacuerdos?

—Sí, así es.

—Hay cosas que a unos les parecen buenas y a otros malas, ¿no es cierto?

—Lo es —respondió Aminias con gravedad.

—Pero, entonces, puede haber algunos actos que llevemos a cabo los humanos que a unos dioses les parezcan impíos y a otros piadosos. Eso me llena de confusión; ¿acaso hay acciones que puedan ser al mismo tiempo piadosas e impías?

Se alzó un rumor entre los soldados. En el rostro de Aminias había desaparecido la cordialidad.

—No, Sócrates, no las hay.

—En ese caso, es preciso que comencemos de nuevo a indagar qué es la piedad. No dudo que tú lo sabes mejor que nadie, así que te ruego que hagas un esfuerzo por aclarármelo, mi querido Aminias.

—Así lo haré en otra ocasión, ahora debo reunirme con los generales. Te saludo, Sócrates.

Aminias inclinó rápidamente la cabeza hacia los numerosos soldados que los rodeaban y se marchó haciendo ondear su túnica colorida. Algunos hombres miraron con disgusto a Sócrates y siguieron al adivino.

Hileo, uno de los soldados veteranos de Potidea, se acercó con un gesto divertido en su rostro ojeroso.

—Yo diría que acabas de causar un buen perjuicio al bolsillo de Aminias.

Sócrates respondió sin apartar la mirada de la espalda del adivino.

—Hubiera preferido que fuese capaz de demostrar que es un experto en aquello en que asegura serlo, pero parece que sus afirmaciones contienen más atractivo que sabiduría.

Varios soldados se estaban congregando a su alrededor.

—¿Eres capaz de interpretar los signos de los dioses?

—Sócrates, ¿puedes decirme cuándo regresaré a Atenas?

—Te pagaré si...

Sócrates levantó las manos para detener el torrente de preguntas.

—Yo no soy un adivino, ni un sabio. No puedo mostraros la voluntad de los dioses ni ofreceros magníficas respuestas. Ya sabéis que me gusta conversar y reflexionar con quien quiera hacerlo; si poseo alguna habilidad, ésta consiste en formular preguntas más que en encontrar respuestas.

—¿De qué sirve preguntar, si no es para hallar la respuesta? —intervino con aspereza un hoplita de barba rojiza.

—Amigo mío, la mente de los hombres habita en un mundo de espejismos y tinieblas. No te será difícil encontrar a alguien que te prometa el sol y te cobre una fortuna por ello. El sol prometido no saldrá, pero las palabras que te entreguen a cambio de tu dinero tal vez consigan deslumbrarte. Mis preguntas tan sólo son un farolillo que quizá logre indicarte en qué dirección avanzar entre las sombras, pero ni siquiera puedo decirte cuán largo es el camino, ni si llegarás a su término.

—¿Y pretendes cobrarnos por eso?

—Que cobren los sabios, o los que afirmen serlo. Yo sólo soy un filósofo que indaga, ¿por qué motivo iba a cobrar a mis compañeros de búsqueda?

Los interrumpió una voz de mando a su espalda.

—¡Soldados! —Se trataba de uno de los capitanes más jóvenes. Siempre daba las órdenes a gritos, y Sócrates se preguntó si lo haría para compensar su aspecto aniñado—. Están llegando los trirremes de Atenas. Id al puerto para ayudar en las tareas de desembarco e instalación de las nuevas tropas.

Obedecieron al capitán y se pusieron en marcha. Días atrás habían recibido la noticia de la llegada de un centenar de naves cargadas de hoplitas. Aquello parecía presagiar el fin del asedio, y el ambiente del campamento había mejorado mucho con la esperanza de regresar pronto a Atenas.

«Todo el mundo espera que con estas tropas Potidea caiga en cuestión de días», suspiró Sócrates.

En total iban a llegar cuatro mil hoplitas, los mismos que habían ido con Pericles a devastar las costas de Peloponeso mientras el ejército espartano asolaba la campiña ateniense. Los espartanos se habían ido del Ática tras causar grandes daños; en cambio, Pericles no había cumplido sus objetivos en el Peloponeso y había regresado a Atenas al enterarse de la epidemia de peste. Al llegar allí, decidió quedarse en la ciudad y enviar a Potidea las fuerzas que había llevado al Peloponeso, con la esperanza de lograr aquel año alguna gran victoria. Lo acusaban de haber hacinado a la población y que eso multiplicara la mortandad de la plaga de peste; necesitaba algún éxito notable para evitar que Cleón lo derrotara en la Asamblea.

Mientras recorrían el campamento, Sócrates observó en lo alto de los muros de Potidea a un anciano alto y delgado de largos cabellos blancos.

«El espíritu de la ciudad.»

Aquel hombre pasaba horas asomado entre las almenas, mirando hacia el campamento ateniense. Los soldados decían que se trataba del espíritu de Potidea, y que la ciudad no caería en manos de Atenas hasta que el anciano muriera.

El anciano retiró de la superficie negra y áspera de la almena una mano que ya no era más que huesos y piel. Se la llevó a la cara y apartó los mechones blancos que el viento se empeñaba en poner delante de sus ojos.

El mar se había llenado de barcos atenienses. Había intentado contarlos, pero su mente agotada había perdido la cuenta dos veces y había desistido. En cualquier caso, eran más que los setenta que cercaban la ciudad por mar desde hacía dos años.

«¿Cuántos soldados transportará una armada tan numerosa? —Imaginó miles de hoplitas frescos para el combate, nuevos generales hambrientos de gloria, quizá máquinas de asedio—. Se acerca nuestro final.»

El campamento ateniense se extendía enfrente de los muros de Potidea, a un par de estadios de distancia. Podía ver la agitación que había despertado la inminente llegada de los refuerzos: oficiales dando instrucciones, soldados dirigiéndose hacia el puerto, sirvientes aguardando en la costa a que atracaran las primeras naves. Hasta su posición en las murallas ascendía el rumor excitado de los miles de atenienses que salían de la rutina y soñaban con regresar pronto a casa.

«Regresar a casa...» Aquellos hombres tenían una ciudad a la que regresar. Él ya estaba en la suya.

Recorrió el campamento de los atenienses con la mirada. Un grupo de soldados enemigos había estado congregado cerca de las murallas, un poco más allá del alcance de las flechas. Ahora se dirigían al puerto, y vio que estaba mirando en su dirección el hombre al que los demás habían estado escuchando.

Se desentendió de aquellos soldados y giró la cabeza hacia el puerto. Acababan de amarrar los primeros trirremes y estaban colocando las planchas de desembarque. Cuatro marineros descendieron de una de las naves con un bulto envuelto en tela. El anciano se dio cuenta de que se trataba de un cadáver. Su rostro apergaminado no llegó a alterarse, pero se alegró de que hubiera muerto un ateniense.

El estómago se le retorció de hambre y estuvo un momento sin respirar. Sabía que su hija le esperaba para comer, pero no quería ir. Del trirreme bajaron más marineros cargados con bultos similares al primero.

Contó siete cadáveres.

«Siete muertos en una ruta de apenas una semana.» La única explicación que se le ocurría era que durante la travesía se hubiese declarado una epidemia, y pidió a los dioses que se extendiera por el campamento ateniense hasta matar a todos los soldados.

Los hombres de tierra colaboraron en el desembarco cargando los cadáveres en carros. Un rato después eran decenas los barcos de los que descendían cadáveres envueltos en telas, así como marineros y hoplitas enfermos. Eran muchos más, no obstante, los que estaban sanos, y el anciano supuso que antes de un mes Potidea habría caído. Pensó en su hija y en su nieto y cerró los ojos.

«Nos queda poco tiempo juntos.»

Volvió a retirarse el pelo de la cara y bajó los escalones de piedra. Las piernas le temblaban, pero las tenía tan delgadas que ya era un milagro que lo sostuviesen.

Al llegar al suelo arrugó la nariz. Cuando descendía de las murallas el olor a excrementos y cadáveres pudriéndose siempre parecía más fuerte, pero se acostumbraba enseguida, y cada vez había menos cadáveres.

Caminó despacio, apoyándose en las paredes de las casas. Su yerno había muerto en los primeros días de combate, cuando estuvieron a punto de expulsar al ejército ateniense gracias a la ayuda de las tropas de Corinto.

«Lo habríamos conseguido si Esparta nos hubiera ayudado como prometió. —Sólo Corinto había enviado hombres, que al ser derrotados en el campo de batalla se habían refugiado tras las murallas de Potidea, contribuyendo a que en poco tiempo se agotaran las provisiones—. Después se acabaron los perros, las ratas...» Hasta las gaviotas habían aprendido que no debían posarse en los muros de la ciudad.

Se detuvo frente a la puerta de su casa y abrió la puerta. El olor a carne asada le provocó una arcada. Tragó la bilis, cruzó el patio interior y entró en la cocina. Su hija y su nieto de cinco años estaban sentados en el suelo, cogiendo de una bandeja tiras finas de carne churruscada.

—Hola, abuelo.

—Hola, pequeño.

Se inclinó con dificultad para besar la frente del niño y cruzó una mirada con su hija.

—No sabía si ibas a venir y hemos comenzado.

Asintió, mirando la carne, preguntándose a quién pertenecería.

—¿Por qué no comes, abuelo?

Sonrió a su nieto. Estaba delgado, pero en sus ojos aleteaba tanta vida que le dolió. Se sentó a su lado y cogió un trozo de carne de la bandeja. Había tal cantidad que casi era un banquete.

Contempló el trozo de carne rosada, humeando entre sus dedos. Al otro lado de las murallas, un segundo ejército había llegado para tomar la ciudad. Probablemente sería un acto de misericordia sacar la espada, quitarle la vida a su nieto y a su hija y luego dejarse caer sobre la hoja afilada.

Notó la mirada atenta de su nieto, tratando de averiguar en qué estaba pensando.

Se metió en la boca el trozo de carne humana y masticó.

## Sócrates, padre del Racionalismo

El Racionalismo es la corriente filosófica que considera que la razón es la única fuente segura de conocimiento. La corriente que se le opone es el Empirismo, que estima que los únicos conocimientos válidos son los que nos proporcionan los sentidos. Para el Racionalismo es fundamental la distinción entre el conocimiento verdadero —aquel que se alcanza mediante un proceso de razonamiento que respete las reglas de la lógica—, y las simples opiniones o creencias.

René Descartes, en el siglo XVII, creó el primer sistema racionalista de los tiempos modernos. Sin embargo, dos milenios antes, Sócrates sorprendió a sus contemporáneos utilizando para debatir con ellos un método en el que se encuentran las semillas de los procedimientos racionalistas, hasta el punto de que podemos considerar a Sócrates el padre del Racionalismo.

Aristóteles señaló con acierto que las dos mayores aportaciones de Sócrates a la filosofía fueron el argumento inductivo —por el que se intenta alcanzar una ley o concepto general a partir de casos particulares— y las definiciones universales —Sócrates solía buscar definiciones de términos como *belleza*, *justicia* o *piedad* que recogieran la esencia de cada concepto, más allá de los ejemplos que pudieran enunciarse o de las personas que los definieran.

Una de las técnicas que más utilizaba era un tipo de ironía que hoy conocemos como ironía socrática. Con ella, adoptaba una postura de ignorancia e interrogaba a quienes afirmaban poseer conocimientos irrebatibles, encadenando una serie de preguntas y refutaciones que terminaban demostrando la invalidez de las afirmaciones de sus interlocutores.

Otra técnica complementaria a la anterior era la mayéutica —el arte de dar a luz—, mediante la cual guiaba a sus discípulos con una serie de preguntas cuyas respuestas conducían a alguna conclusión o conocimiento verdadero. De este modo, la ironía socrática servía para demostrar la ignorancia de quienes pretendían ser sabios, y la mayéutica servía para que quienes se consideraban ignorantes alcanzaran el conocimiento mediante conclusiones propias.

*Enciclopedia Universal*, Socram Ofisis, 1931

## Capítulo 18
*Atenas, noviembre de 430 a. C.*

En Atenas murieron miles de personas antes de que la peste remitiera.

La plaga no se atenuó hasta que se retiró el ejército enemigo, abrieron las puertas de las murallas y decenas de miles de refugiados abandonaron la ciudad como una riada humana. Como tantos atenienses, Eurímaco había temido durante las semanas de asedio que sus síntomas de debilidad física estuvieran causados por la peste, pero descubrió con alivio que sólo estaba extenuado por la tensión y las noches sin dormir.

Después de que se fueran las tropas peloponesias, Atenas inició negociaciones con Esparta. Los meses transcurrieron y al comienzo del invierno aún no habían obtenido ningún resultado. Eurímaco temía que la situación no se desbloqueara, y que cuando regresara el buen tiempo los espartanos los invadieran por tercer año consecutivo.

«Ahora somos demasiado débiles. Tenemos que alcanzar un acuerdo de paz como sea.»

—Papá, ¿en qué piensas?

Eurímaco miró a Perseo, tratando de alejar los pensamientos que lo inquietaban.

—Perdona, hijo, me he distraído.

Se encontraban en el patio de su vivienda, sentados frente a un soporte de madera en el que había colocado una pequeña vasija de arcilla. Sonrió y se inclinó sobre la vasija.

—Fíjate bien.

Perseo abrió mucho los ojos. Eurímaco sujetó la pieza con cuidado por el borde superior, mojó un pincel dentro de un cuenco y lo acercó a la superficie de arcilla rojiza.

De repente sonaron unos golpes rápidos en la puerta de la calle. Perseo y Eurímaco se miraron y luego éste hizo un gesto hacia Ismenias, que acababa de aparecer desde el interior de la vivienda.

—Mira quién es.

Ismenias pasó entre ellos y el horno de cerámica y entreabrió la puerta.

—Déjame pasar, Ismenias.

Querefonte entró en el patio y se acercó agitado.

—Supongo que no has oído las noticias. Se ha convocado una Asamblea extraordinaria, para dos horas antes de la puesta de sol.

Eurímaco apartó la mano de la vasija. Igual que en otras ocasiones, le pareció que Querefonte evitaba mirar a Perseo.

—¿Qué ha ocurrido?

—Una embajada de Esparta se dirigía a Persia para pedir ayuda al Gran Rey. Por Zeus, ¿te lo puedes creer? No han dudado en intentar unirse a Persia, el mayor enemigo de los griegos a lo largo de los siglos. —Querefonte resopló indignado—. Pero los hemos detenido en Tracia, antes de que cruzaran el Egeo. Los están interrogando y los llevarán a la Asamblea de esta tarde.

—Bien... —Eurímaco miró el pincel que todavía sostenía y de nuevo a Querefonte—. Quedan unas horas. ¿Nos encontramos en el ágora un rato antes de la Asamblea?

—De acuerdo. Voy a seguir avisando.

Salió por la puerta tan apresurado como había entrado. Ismenias cerró tras él y se fue a la cocina. Perseo había estado escuchando con la boca entreabierta, y ahora advirtió que el pincel temblaba un poco en la mano de su padre.

—¿Qué ocurre, papá?

—Nada, hijo.

Se esforzó en aparentar tranquilidad mientras sostenía la mirada atenta de Perseo. «Ya tiene siete años, sabe lo que es la guerra.» Bajó la mirada y dejó el pincel en el cuenco.

—Me preocupa lo que pase en la Asamblea de esta tarde. La gente está muy alterada y puede que esos hombres, los espartanos que hemos detenido, no tengan un juicio justo.

—Perseo lo escuchaba sin parpadear—. Si se responde a la violencia con violencia, la guerra no se detendrá nunca. Y los dioses pueden enfurecerse si no actuamos con justicia. —Señaló la vasija—. Ya te contaré lo que ocurra en la Asamblea, vamos a seguir con nuestro trabajo.

Cogió de nuevo el pincel, apoyó dos dedos en el borde del vaso y, con los ojos entornados, comenzó a dibujar el contorno de una figura.

—Todo lo que pinte con esto se transformará en el horno en un esmalte negro. —Realizó unas líneas en silencio. Perseo advirtió fascinado que en la superficie curva surgía una figura de mujer—. Lo más importante es la proporción, y hay que tener en cuenta la curvatura de la vasija, tanto hacia los lados como de arriba abajo. En este vaso tan pequeño no puedo dibujar una figura reclinada, o para verla entera tendrías que girarlo. ¿Te das cuenta?

Perseo imaginó sobre la vasija la sirena que tan bien le salía en la tablilla de cera y comprendió lo que le decía. Eurímaco humedeció el pincel en el cuenco y dibujó en la boca de la mujer un *aulós*, la flauta doble de sonido penetrante.

—Ya tenemos la silueta. Voy a dibujarle el cabello... unos pendientes... y ahora... —Trazó una pequeña curva en el rostro de la mujer y pareció que estaba hinchando los carrillos al tocar el *aulós*—. Estos detalles son los que dotan de expresión y volumen a las pinturas. Si eres capaz de dominar esta técnica, podrás trasladar a las vasijas lo que tengas en la cabeza, y pasarás de ser sólo un pintor a ser un pintor demandado. —Otras dos pequeñas curvas en los tobillos y las rodillas llenaron de vida las piernas de la mujer.

—Parece fácil cuando lo haces tú, papá, pero yo no puedo.

—Pero podrás. Dibujas mejor que yo a tu edad. Sólo tienes que practicar y contar con alguien que te enseñe. —Le guiñó un ojo y Perseo sonrió.

—¿Me vas a dejar pintar una vasija?

—El siguiente vaso que haga lo pintarás tú. ¿Qué te parece?

Perseo asintió rápidamente, abrumado de satisfacción. Eurímaco volvió a mojar el pincel y delineó los brazos de la flautista. Luego realizó varias líneas curvas para representar los pliegues de una túnica ajustada.

—¿Le ponemos una corona de olivo para que esté más guapa? —Perseo se rio y Eurímaco tomó un pincel de otro cuenco. Contenía una solución que en el horno se volvería roja. Dio varios toques sobre el cabello de la mujer hasta completar la corona—. Y ahora, una pulsera blanca. —Tomó el pincel de un tercer cuenco y habló mientras realizaba varios puntitos alrededor de las muñecas de la mujer—: También tienes que aprender a hacer las disoluciones con las que obtener los distintos colores.

—¿Se pueden conseguir todos los colores?

—¿Todavía no has cogido un pincel y ya quieres dibujar el arcoíris? —rio Eurímaco.

—Me gustan los colores. —Perseo lo miró con sus grandes ojos colmados de inocencia—. En el mundo hay muchos colores.

—Se pueden conseguir casi todos, pero en las cerámicas quedan mejor los diseños sencillos. —Señaló el vaso de arcilla—. Algunos de mis clientes prefieren que ni siquiera incluya detalles en blanco.

—Pero en los cuadros se usan más colores.

—Es cierto, en los cuadros sí. —Se encogió de hombros—. Y también en las esculturas, pero en las vasijas normalmente no.

—Cuando sea mayor, haré unas vasijas con muchos colores y todo el mundo querrá comprármelas.

—¡Por Hermes, qué chico tan ambicioso! Me parece muy bien, pero será mejor que vayamos paso a paso. —Cogió un pincel más grueso y lo mojó en el primer cuenco, el de la disolución que el calor convertiría en un esmalte vidriado de color negro—. Ahora hay que pintar con mucho cuidado alrededor de la figura. —Recorrió el contorno de la flautista con pinceladas lentas, y luego extendió la disolución con mayor rapidez. Por último, tomó un pincel más ancho y comenzó a untar el resto del vaso.

—Papá...

—¿Sí?

—¿Me llevas luego a la Acrópolis a ver los cuadros?

—Pero si ya te los sabes de memoria. —Dio las últimas pinceladas—. Ya está. Con éste ya podemos encender el horno. —Se volvió hacia Perseo—. De acuerdo, iremos un rato a la pinacoteca.

—¡Bien! Muchas gracias, papá.

Eurímaco entró en la sala que utilizaba como taller. Icario, su ayudante desde hacía tres años, estaba haciendo girar el torno con un pie al tiempo que moldeaba un vaso sencillo. Era incapaz de tornear un ánfora, pero controlaba perfectamente el proceso de cocción en el horno de Eurímaco, lo que lo convertía en un ayudante valioso.

—Icario, ya he terminado de pintar el vaso, lo he dejado secándose en el patio. Cuando termines con eso, lo metes en el horno con los demás y lo enciendes. Esta tarde iré a una Asamblea. —El padre de Icario no era ateniense, por lo que él no tenía la ciudadanía y no podía asistir—. Cuando regrese me ocuparé de la última parte de la cocción.

Salió de nuevo al patio y miró al cielo despejado. Los días estaban siendo más cálidos y secos de lo habitual a esas alturas del año, lo que hacía que las vasijas se secaran antes y le estaba permitiendo producir más de lo que había estimado.

Perseo estaba subido al escalón que había en la entrada del horno, asomado al interior. La puerta de la cámara de cocción era más alta que él.

—¿Qué haces, Perseo?

El pequeño sacó la cabeza.

—¿Por qué no se queman las vasijas?

—Ven, que te lo explico.

Perseo bajó de un salto y se colocó junto a Eurímaco.

—Si el fuego tocara las vasijas, o la temperatura subiera demasiado, se quebrarían. —Señaló una pequeña puerta en un lateral del horno, por debajo del nivel del suelo. Se había excavado una pequeña rampa para acceder a ella—. Ya has visto que ahí es donde se mete la leña. Es importante saber cuánta hay que meter, y cuándo reponerla, y eso depende de cada horno. Éste es muy bueno, lo construyó mi abuelo, y mi padre, es decir, tu abuelo, le ayudó a repararlo después de que los persas saquearan Atenas.

Eurímaco se quedó callado y su sonrisa se disolvió poco a poco. El horno había funcionado de forma ininterrumpida durante varias décadas, hasta que una crisis económica, y probablemente su mala gestión, habían hecho que tuviera que cerrarlo para irse un año a Argos con su esposa.

«Lo siento, Altea.»

En el semblante infantil de Perseo apareció una sombra de tristeza y Eurímaco se apresuró a continuar.

—Como te decía, es importante la temperatura, pero también hay que jugar con la cantidad de humo y aire limpio. En la primera parte de la cocción, la tapa de arriba del horno se mantiene abierta, el aire circula con rapidez haciendo que la madera se queme deprisa, y las vasijas adquieren un tono rojizo oscuro. Después cerramos la tapa y añadimos leña verde. Baja un poco la temperatura y el humo impregna los barnices de las vasijas, que se vuelven negras. Por último, se vuelve a abrir la tapa y cada barniz adquiere su color definitivo.

Perseo frunció el ceño

—Me parece muy difícil.

—Bueno, es cuestión de conocer bien la técnica, tener un buen horno y practicar mucho. Es más difícil moldear bien las vasijas grandes, y más todavía dibujar en ellas pinturas que dejen a la gente boquiabierta. Tú tienes el don de la pintura, pero es importante que aprendas a moldear y a cocer. La mayoría de los alfareros no saben dibujar y contratan a pintores para sus vasijas. Son tareas que requieren habilidades muy diferentes, y lo habitual es especializarse en una de ellas.

—Pero yo sólo quiero pintar. Puedo contratar a alguien para que haga las vasijas y yo las pinto.

—Ay, Perseo, más vale que aprendas un oficio que te sirva para toda la vida. Para pintar hay que forzar demasiado la vista, es difícil que puedas seguir haciéndolo con más de cuarenta años.

El pequeño no respondió, pero le parecía tan lejano tener cuarenta años como cuatrocientos.

—Aquí ya hemos terminado —dijo Eurímaco—, ¿vamos a la Acrópolis?

Perseo pasó corriendo junto a la vasija de la flautista y abrió la puerta de la calle.

Sócrates salió al pequeño patio de su vivienda y contempló con satisfacción el cielo despejado de nubes. Había regresado de Potidea hacía un mes, en un reemplazo de tropas, junto con Alcibíades y algunos centenares de soldados que también habían pasado más de dos años en aquella campaña.

Se disponía a salir de su casa para ir al ágora cuando apareció Querefonte, con las novedades. Sócrates se alegraba de que hubieran evitado que la embajada espartana llegara a Persia, pero lamentó que fuesen a llevar a la Asamblea a aquellos embajadores.

—Ah, Querefonte, el pueblo quiere venganza, un deseo que casi nunca es bueno satisfacer. —Sus cejas descendieron en un gesto de preocupación—. Y menos aún en nuestras circunstancias actuales.

Su amigo se quedó mirándolo de un modo que él conocía muy bien.

—¿Quieres decirme algo más? —Sócrates suspiró, temiéndose de qué se trataba.

Querefonte esbozó una sonrisa triste y asintió. Hacía mucho tiempo que no hablaban del tema, desde antes de que Sócrates se marchara a Potidea, pero desde su regreso no podía dejar de pensar en el oráculo de la muerte de su amigo.

—¿No sería más razonable que se lo contáramos a Eurímaco? —Lamentó que su voz sonara más desesperada que convincente. Sócrates lo miró en silencio unos segundos antes de responder con un tono tan afectuoso como firme.

—¿No te parece que Eurímaco ya ha sufrido demasiado? Mataron a su mujer delante de él, y por no querer volver a casarse ha criado a Perseo con la única ayuda de una nodriza.

Querefonte se retorció las manos buscando el modo de transmitir lo que para él resultaba tan evidente. Los ojos del pequeño poseían una claridad sobrenatural, no entendía que Sócrates dudara de que el oráculo se refiriera a Perseo. Y cuantos más fueran los allegados que conocieran el oráculo, incluyendo el propio padre de Perseo, mayor sería la probabilidad de que consiguieran evitar que se cumpliese.

—No, Querefonte —sentenció Sócrates—. No quiero que Eurímaco tenga más preocupación sobre su hijo que la natural de un padre. Además, querido amigo —añadió con un tono más suave—, no sabemos qué quería decir Apolo con sus palabras. Podemos estar seguros de que se refería a mí cuando afirmó que moriría de una muerte violenta, pero no conocemos la identidad de mi asesino. Por otra parte, debes juzgar a un hombre por sus actos, no por lo que puede llegar a hacer. Estemos pendientes de que Perseo se convierta en un hombre justo —le hizo un guiño—, y yo trataré de que no considere que con justicia merezco un castigo.

Querefonte apartó la mirada y se sumió en un silencio sombrío. Después se despidió diciendo que iba a avisar a Eurípides de la Asamblea que se celebraría aquella tarde. Cuando salió de la casa de Sócrates, éste se quedó mirando la puerta cerrada. Se daba cuenta de que su amigo no volvería a hablarle del oráculo en mucho tiempo, pero también de que en su interior escondía algo que no quería compartir con él.

## Capítulo 19
*Atenas, noviembre de 430 a. C.*

Querefonte recorría a grandes zancadas el trayecto entre la casa de Sócrates y la de Eurípides. La mayoría de las personas con las que se cruzaba mantenía enardecidas conversaciones sobre la Asamblea que tendría lugar en unas horas. Querefonte iba tan apresurado que algunos hombres se quedaban mirándolo, aunque él no se daba cuenta. Lo único que ocupaba su mente era el secreto que una vez más le había ocultado a Sócrates, y que lo reconcomía día tras día.

«No puedo limitarme a contárselo, tengo que mostrarle pruebas.»

Unos meses después de que Eurímaco regresara a Atenas, viudo y con un bebé recién nacido, Querefonte había viajado a Argos para averiguar si la historia que contaba era cierta. Eurímaco era su amigo, y se sentía muy mal haciendo preguntas en secreto sobre él y el pequeño Perseo, pero no creía que el oráculo y el nacimiento simultáneo del crío fueran una casualidad. Además, le resultaba extraño que Perseo tuviera unos ojos tan claros, cuando los de Eurímaco y Altea eran de un marrón muy oscuro.

Cuando llegó a Argos se dedicó a pasear por el barrio de los ceramistas, observando la mercancía, hasta que localizó un taller con varias piezas similares al estilo ateniense de figuras rojas sobre fondo negro.

—Son muy bonitas estas piezas —le dijo al hombre sentado junto al mostrador—. Yo soy de Atenas, y no las distinguiría de las que se hacen allí.

El comerciante se puso de pie, sonriendo con orgullo.

—Las hace mi hijo, que aprendió con uno de los mejores ceramistas de Atenas.

Querefonte cogió una copa, fina y ligera, y procuró que su siguiente pregunta sonara casual:

—¿No se trataría de Eurímaco?

—¡Así es! ¿Lo conoces?

—Sí, somos amigos desde hace muchos años —respondió evitando dar su nombre—. Sabía que había pasado un tiempo en un taller de Argos, y al ver estas cerámicas me he imaginado que había sido aquí.

—Estuvo un año con nosotros. —La alegría de Pisandro se transformó en pesadumbre—. Una lástima lo que le ocurrió a su esposa. Altea era una joven encantadora. —Se quedó un momento ensimismado—. ¿Eurímaco y su hijo están bien?

—Él ha vuelto a abrir su taller de cerámica y tiene bastantes clientes. Y el pequeño está creciendo rápido. —Se rascó la nariz chafada mientras hacía una pausa—. ¿Llegaste a ver al hijo de Eurímaco? ¿Había nacido antes de que salieran de Argos?

Pisandro frunció el ceño.

—No. Altea debió de tener el bebé en el camino a Tegea, antes de llegar a una posada que hay a mitad de trayecto. Salió de aquí embarazada, y a la mañana siguiente Eurímaco llegó a la posada herido y con el bebé recién nacido. Imagino que Altea se puso de parto en el camino y los salteadores aprovecharon que estaba naciendo el niño para atacarlos. —Meneó la cabeza con los labios apretados—. Espero que las almas de esos miserables sufran eternamente en el Tártaro.

—¿Eurímaco volvió aquí después del ataque?

—No... y ciertamente no entiendo por qué no lo hizo, estando herido. —Se encogió de hombros—. Supongo que quería regresar a Atenas cuanto antes.

—Claro, después de una experiencia tan terrible... —Querefonte se sentía fatal por lo que estaba haciendo, pero ahora ya no iba a detenerse—. ¿Qué hizo Eurímaco con el cadáver de Altea? No lo llevó a Atenas, y como todo aquello le resulta muy doloroso no he querido preguntarle.

Pisandro se quedó pensativo.

—No lo sé, imagino que lo enterraría cerca de donde los

atacaron. Tampoco podía demorarse mucho con un niño recién nacido. Unos días después de irse me envió un mensaje, pero era bastante escueto y no mencionaba qué había hecho con su esposa. Nadie puede saberlo excepto él, porque mi esclavo de confianza, que los acompañaba en el viaje, también murió en el ataque. Quizá se lo dijo a alguien cuando llegó a la posada, o igual allí encontró algún hombre que le ayudara a enterrarla.

Querefonte asintió reflexivo y cogió otra pieza. Mientras la examinaba con simulado interés, decidió que al día siguiente iría a esa posada.

En Atenas, el edificio de la cárcel estaba a mitad de camino entre el ágora y la colina de la Pnix, donde esa tarde comenzaría la Asamblea. Los seis prisioneros que habían formado la embajada espartana compartían una misma celda. Sus túnicas estaban rotas y todos tenían moratones y heridas abiertas. Aguardaban en silencio, sentados en el suelo con grilletes en los tobillos.

Los seis levantaron la vista al oír pasos que se acercaban. Cuando vieron de quién se trataba, bajaron la mirada.

—¡Es la hora de la visita!

El capitán encargado de su custodia esperó sonriente mientras un guardia abría la cerradura. Era un hombre de unos cuarenta años, con los ojos pequeños y el cuerpo tan peludo que parecía un jabalí. Por la mejilla derecha le bajaba una cicatriz profunda que le partía en dos la barba. Varios soldados entraron con él y comenzaron a unir los grilletes de los prisioneros con una cadena.

—Embajadores, ya quedan pocas horas para que os presentéis ante el pueblo de Atenas. —El capitán empezó a pasear delante de los prisioneros, que mantenían la cabeza agachada—. No sólo es un gran honor para vosotros, sino que comprobaréis que los atenienses somos los hombres más justos.

Se detuvo junto a uno de los prisioneros y le dio una patada en la cara. La pesada bota de cuero le rompió la nariz y el hombre se tapó el rostro con un gruñido de dolor.

—Parece que esta visita se os va a hacer larga. —El capitán soltó una risita desagradable—. Tranquilos, me han pedido que podáis presentaros ante la Asamblea caminando. —Se detuvo ante otro prisionero—. Aunque para eso basta con que no os rompa las piernas.

## Capítulo 20
*Atenas, noviembre de 430 a. C.*

Casandra pasó las manos lentamente sobre el papiro, disfrutando del tacto fibroso que percibía en las puntas de los dedos. Contempló con una sonrisa la superficie pálida, todavía limpia de tinta, y levantó la mirada.

Al otro lado de la mesa Policles escribía en silencio, inclinando su rostro displicente sobre un rollo de papiro. Era uno de los dos trabajadores que había contratado su padre para que realizaran copias de sus obras, y estaba terminando una de *Medea*. Casandra observó el vuelo de su mano delgada sobre el papiro, la pluma entintada trazando las letras con un sonido de roce preciso.

«Algún día escribiré tan bien como Policles.»

Oyó que llamaban a la puerta de la calle. Un esclavo abrió y enseguida reconoció la voz de Querefonte:

—Eurípides, me alegra encontrarte en casa.

Las voces se alejaron y no pudo distinguir su significado, pero le inquietó que el tono agitado de las palabras de Querefonte se transmitiera enseguida a la voz de su padre.

«¿Qué ocurrirá?»

Se quedó escuchando. Al poco rato, Querefonte y su padre salieron al patio y se despidieron. Casandra alcanzó a oír que iba a tener lugar una Asamblea extraordinaria. No entendía qué podía significar, pero cuando se producían esas Asambleas su padre solía estar preocupado.

Aguardó un poco más. La casa se mantuvo en silencio y decidió continuar con sus ejercicios de escritura. La iluminación de la sala procedía de la ventana abierta al patio que se hallaba detrás de Policles, y de dos lámparas de aceite colocadas sobre la mesa entre el copista y ella. Su papiro sólo era una hoja suelta procedente del Egeo, con un valor despreciable frente al rollo de papiro egipcio de Policles. El extremo del valioso rollo estaba pegado a una varilla de madera a la que se habían añadido dos discos en las puntas para enrollar y desenrollar cómodamente, y su reverso iba untado con aceite de cedro para protegerlo.

Casandra tomó un cálamo, una sencilla caña de junco afilada, y estiró el cuerpo para meter la punta en el tintero. En el papiro se escribía con una tinta negra elaborada con tres partes de hollín y una de savia espesa. Resultaba muy diferente a realizar surcos en una tablilla de cera con el punzón. Acercó la punta entintada al papiro, pero volvió a alejarla y miró a Policles, que seguía concentrado en su trabajo. No era la primera vez que ella escribía en papiro, pero sólo habían sido palabras sueltas en trozos llenos de texto y desechados. Ni siquiera a los diez años los niños solían disponer de hojas enteras de papiro para ellos, y Casandra estaba segura de que en toda Atenas no había otra niña con ocho años que tuviera su suerte.

Echó un vistazo a la mano de Policles, fijándose en cómo sujetaba su cálamo. Corrigió la posición de sus propios dedos y comenzó a escribir:

*Canta, oh diosa, la cólera del Pelida Aquiles; cólera funesta que causó infinitos males...*

Metió de nuevo el cálamo en el tintero y continuó, más atenta a los trazos que a las palabras de Homero que estaba escribiendo. Se trataba del comienzo de la *Ilíada*, un texto del que muchos atenienses acomodados aprendían largos pasajes, pero que pocas mujeres, y mucho menos niñas, serían capaces de recitar. Casandra sabía que era afortunada por que su padre le permitiera recibir una educación similar a la de los niños. Con tres años la sentaba en sus rodillas y le leía pasajes de sus propias obras, a los cinco años era ella la que comenzaba a leerlos y a los siete él le había enseñado a escribir en tablillas de cera.

«Cuando sea mayor, escribiremos juntos obras de teatro.» No había oído hablar de ninguna mujer que lo hiciera, pero tenía la idea de que algunas hacían cosas poco frecuentes. Con el apoyo de su padre, ella sería una de esas mujeres.

En ese momento Eurípides apareció en el umbral.

—¿Has acabado la segunda copia?

—No, señor —respondió Policles—. Aún tardaré un par de horas.

Eurípides se situó junto al copista y echó una ojeada a su trabajo.

—Déjalo, tengo que salir ya. Coge la otra copia y vamos al ágora.

Policles se levantó de la mesa y tomó varios cilindros de cuero endurecido que contenían otra copia de *Medea*. Casandra observaba a su padre, esperando que se fijara en su propio pergamino. Le había quedado bastante bien lo que había escrito, pero Eurípides rodeó la mesa dispuesto a marcharse.

—Papá, ¿puedo acompañaros?

Eurípides titubeó un momento.

—Sólo vamos al ágora a vender una copia, y luego tengo que acudir a la Asamblea.

—Yanira puede venir con nosotros y cuando tengas que irte vuelvo a casa con ella.

Yanira era la esclava que acompañaba a Casandra cuando salía de casa. Eurípides accedió y un minuto después abandonaron la vivienda. Policles y Eurípides comenzaron a hablar de la bajada de precio que habían experimentado las copias de las obras de teatro. Un par de pasos por detrás, Casandra y la esclava los seguían en silencio.

En medio del estrecho camino que llevaba al ágora vieron a un hombre arrodillado que cogía puñados de tierra y se los echaba en la cabeza. Casandra se había acostumbrado a ver personas a las que la peste había enloquecido, pero le dio miedo aquel hombre. Su maraña de cabellos estaba cubierta de tierra y lo envolvía una nube de polvo que ocupaba el ancho del sendero. La pequeña se detuvo y de pronto notó que la cogían de la mano. Era su padre, que la llevó pegada a él mientras pasaban junto a aquel perturbado.

En el recinto del ágora había numerosos tenderetes y puestos provisionales; en cambio, en las calles adyacentes las tiendas se ubicaban en edificaciones permanentes. Algunas eran a su vez talleres en donde se elaboraban las mercancías y otras eran simplemente almacenes, pero casi todas contaban con expositores junto a las puertas.

Eurípides se detuvo en una de las tiendas. En su mostrador de madera había cilindros de cuero similares a los que llevaba Policles, y Casandra se fijó en los nombres escritos en las cintas de piel que colgaban de los cilindros.

«Sófocles, *Antígona*... Homero, *Odisea*... Esquilo, *Los persas*... Eurípides, *Alcestis*.» En el rostro de Casandra apareció una sonrisa radiante. La llenaba de orgullo que las obras de su padre se vendieran junto a las de los autores más importantes.

El empleado que atendía avisó al dueño, un hombre bajito de rostro aceitoso que nada más salir saludó a Eurípides con grandes aspavientos. Iniciaron una conversación y Casandra se distrajo mirando alrededor. Por la vía Panatenaica llegaban muchos hombres de fuera de la ciudad, bordeaban el ágora y continuaban hacia la Pnix. Ella miró hacia la colina en la que se celebraban las Asambleas, aún bastante despejada. Sin saber por qué, se sintió inquieta y se pegó más a su padre.

Un momento después, advirtió que un hombre obeso y de rostro amable se detenía a unos pasos.

«Se llama Critón», recordó. Nunca lo había visto en casa, pero sí hablando alguna vez con su padre en la calle. Era uno de esos hombres que solían caminar junto a Sócrates como si lo escoltaran.

Cuando Eurípides terminó de hablar con el comerciante, éste le entregó unas monedas de plata a cambio de los rollos de papiro que llevaba Policles. Critón se acercó entonces a saludar, y tras cruzar unas palabras señaló hacia un punto del ágora. Casandra miró en aquella dirección y vio a un grupo de personas junto a la Estoa Real.

Un hombre joven atrapó toda su atención.

«Alcibíades, qué guapo es.»

El joven miró hacia la tienda con una sonrisa. Ella apartó la mirada avergonzada y vio que su esclava Yanira lo estaba contemplando embobada. Recordó que su amiga Jantipa, que era la niña mejor informada de toda Atenas, le había dicho que la mitad de los atenienses, hombres o mujeres, estaban enamorados de Alcibíades.

«Él los trata a todos fatal —había añadido Jantipa—. Me han contado —así comenzaban todas sus historias— que el curtidor Anito, hijo de Antemión, hace poco lo invitó a una cena que organizó en su casa. Alcibíades dijo que no iría, pero por la noche apareció acompañado de varios sirvientes, completamente borracho, y se llevó la mitad de la comida. Cuando los invitados se quejaron a Anito, éste les dijo que Alcibíades había sido bueno, ¡porque se había llevado sólo la mitad! —Jantipa meneó la cabeza mofándose de Anito—. Por muy guapo que sea Alcibíades, a mí no me engatusa un hombre así.»

Casandra volvió a mirar al hermoso joven. Jantipa tenía mucha seguridad, pero a ella la impresionaba un hombre que ejercía tanta influencia sobre los demás.

Se giró hacia su esclava.

—Yanira, vamos un momento a la casa de la fuente. —Era posible que Jantipa estuviera ahí, su amiga acompañaba con frecuencia a las esclavas de su casa cuando iban a por agua. En las fuentes las esclavas se entretenían para charlar, y los oídos de Jantipa se llenaban de los chismorreos que tanto le gustaban.

Yanira miró hacia Eurípides titubeando.

—Es mejor que le pidas permiso a tu padre.

Casandra se acercó a Eurípides, y éste hizo una pausa para preguntarle qué quería.

—¿Puedo ir un momento con Yanira a la fuente?

Su padre le dio permiso, pero pidió a Policles que, en lugar de regresar a casa para terminar la copia de *Medea*, las acompañara.

Casandra se alejó hacia el sur del ágora seguida por la esclava y el empleado de su padre. La casa de la fuente era un edificio que albergaba dos pilones y varios caños. Un sistema de canalización conducía el agua procedente de un manantial del monte Licabeto. Había varias mujeres charlando en el exterior, unas con los cántaros bajo el brazo y otras sosteniéndolos sobre la cabeza en rodetes hechos de tela.

«No está Jantipa.»

Pasó entre las columnas de la entrada y miró dentro del

edificio. Una pequeña cola de mujeres aguardaba para llenar sus cántaros con los chorrillos de agua que salían de los caños. Algunas llevaban de la mano niños pequeños, y una esclava muy joven aprovechaba para amamantar a su bebé, al que sostenía con una mano contra la tela de la túnica.

Encontró a Jantipa en el otro lado, junto a uno de los pilones, escuchando la conversación que sostenía una de las esclavas de su casa con otras mujeres.

—Hola, Jantipa.

Su amiga se acercó rápidamente a darle un beso.

—Casandra, me alegro de verte.

Hacía un poco de frío en el interior, así que salieron para conversar bajo el sol. Yanira se puso a hablar con otras esclavas sin perderla de vista, y Policles se quedó apoyado en una pared con aire aburrido.

Casandra le preguntó a su amiga si sabía por qué iba a haber una Asamblea extraordinaria.

—Claro, pero si no se habla de otra cosa. —El aire de enterada de Jantipa hizo sonreír a Casandra—. Han detenido a una embajada espartana que iba a Persia para pedir al rey Artajerjes que ayudara a Esparta en la guerra. ¿Te imaginas que tuviéramos que luchar contra Esparta y Persia a la vez? Y no sólo eso —añadió sin tiempo a que Casandra respondiera—, sino que también pidieron al rey de Tracia que rompiera su alianza con Atenas y nos atacara.

—Si convencen a todos los pueblos para que nos ataquen, no creo que podamos vencer.

—Claro que no. Por eso es tan bueno que hayamos detenido a los embajadores espartanos. Van a llevarlos a la Asamblea de hoy y tendrán que responder por sus crímenes. —Acababa de oír esa frase en boca de una de las esclavas y le había gustado cómo sonaba.

Casandra no compartía el entusiasmo de su amiga. Aquellas palabras sólo le evocaban violencia, y una sombra pesada oprimió su ánimo. La piel suave de su entrecejo se arrugó al tiempo que se volvía hacia la muchedumbre que comenzaba a congregarse en la Pnix.

«Ay, papá, ojalá no fueras a esa Asamblea.»

## Capítulo 21
*Esparta, noviembre de 430 a. C.*

Aristón se desplazó lentamente, con todo el cuerpo en tensión, hasta que vio que Brásidas dejaba un hueco en su guardia. Se adelantó un paso y atacó con la espada, pero el general movió el escudo con rapidez y detuvo su arma.

«Es bastante rápido. —Aristón retrocedió y observó a Brásidas a través del yelmo—. Tengo que ser paciente.»

Estaban luchando con sus protecciones de bronce, aunque las espadas eran de madera. A un lado del campo de entrenamiento había dos docenas de soldados de veinte años, contemplando boquiabiertos el combate entre los dos mejores soldados de Esparta.

Brásidas amagó un ataque a sus piernas, Aristón bajó el escudo y acometió a su vez. Las espadas impactaron con un chasquido encima del yelmo de Brásidas, luego junto a su costado y de nuevo sobre su yelmo.

«Ahora.»

Aristón se abalanzó con el escudo por delante y empujó el de Brásidas. El general se desequilibró y él lanzó un ataque fulgurante contra su pierna. Le golpeó en el muslo con la hoja de madera y luego alzó la espada y desvió la del general.

Retrocedió un paso y Brásidas levantó su arma, reconociendo la derrota.

—Has vuelto a ganarme. —Se quitó el yelmo y echó un vistazo a la franja encarnada de su muslo.

«Una buena victoria», se dijo Aristón. Siempre procuraba que el general terminara consciente y, a ser posible, de pie. Entre los espartanos que no tenían sangre real, sin duda Brásidas era el hombre con quien resultaba más conveniente tener una buena relación. Se descubrió el rostro y en ese momento un hoplita se acercó corriendo al general.

—El rey Arquidamo solicita su presencia. Han llegado noticias.

Brásidas se despidió con un gesto de la cabeza y Aristón apretó los dientes viendo cómo se alejaba.

«El viejo sigue enfadado conmigo.»

Su tío Arquidamo unas veces lo convocaba a reuniones como ésa y otras lo humillaba dejándolo fuera. Se dio la vuelta y encaró al grupo de jóvenes tratando de disimular su ira.

—Tres de vosotros podéis luchar conmigo. —Los soldados se miraron entre sí sin decidirse, Aristón era el doble de voluminoso que cualquiera de ellos—. Lucharéis los tres juntos.

Ahora varios se apresuraron a adelantarse y él escogió a los tres primeros. Se colocaron yelmos y corazas y cogieron espadas de madera antes de situarse frente a él en posición de ataque.

—Deberíais abriros para rodearme.

En cuanto el primero se movió, Aristón se abalanzó sobre él. El soldado levantó el escudo, pero Aristón golpeó con rabia y lo derribó. Inmediatamente se giró, paró con su escudo el ataque de otro adversario y le golpeó detrás de las rodillas haciendo que sus pies se levantaran del suelo, diera media vuelta en el aire y cayera de espaldas quedándose sin respiración. El tercer soldado acometió al ver el brazo de Aristón desprotegido, pero éste se movió con una velocidad que lo sorprendió y paró su espada con tanta fuerza que las armas de ambos se quebraron.

El soldado lanzó la empuñadura contra la cabeza de Aristón, que sintió que el yelmo le golpeaba en la boca. Pasó la lengua entre los dientes y el labio superior y notó el sabor de la sangre.

«Muy bien, muchacho, ahora te toca a ti sangrar.»

Dejó caer su espada rota, se agachó con rapidez y metió una mano entre el yelmo y la coraza del soldado para aferrarle la garganta. Con la otra mano le agarró el borde inferior de la coraza y lo alzó por encima de la cabeza. Su primer instinto fue voltearlo para que cayera con el yelmo por delante y se partiera el cuello. En lugar de eso, lo arrojó encima del primer soldado, que comenzaba a levantarse.

—Seguid sin mí.

Se alejó del campo de entrenamiento agradeciendo no haber herido de gravedad a ningún soldado. Sabía que no siempre era capaz de controlarse cuando algo lo irritaba, y su tío Arquidamo cada vez lo ponía más furioso.

Mientras caminaba miró hacia su vivienda y se planteó ir a desahogarse con Deyanira.

«Más tarde, primero tengo que saber qué ha ocurrido.»

Continuó hacia los barracones y allí encontró a Brásidas.

—Espero que mi tío no te haya prohibido hablar conmigo.

El general le dirigió una sonrisa burlona.

—Todavía no. Eso lo reserva para la próxima vez que lo enfades.

—¿Eran buenas noticias?

—Por desgracia no. Se trata de los embajadores que enviamos a Persia. Los atenienses los capturaron en Tracia y los han enviado a Atenas.

Aristón frunció el ceño pensando en las implicaciones.

—¿Sabemos qué van a hacer con ellos?

—El rey Arquidamo piensa que los atenienses pueden usarlos para negociar una tregua. —Brásidas arrugó la nariz—. Es una posibilidad, pero no creo que lo hagan.

Aristón desvió la mirada mientras disimulaba una sonrisa.

«Espero que los atenienses maten a los embajadores. La mayoría de los espartanos pedirían venganza, nadie se atrevería a discutir que nos lanzáramos contra Atenas en cuanto pase el invierno.»

# Capítulo 22
## Atenas, noviembre de 430 a. C.

Eurímaco avanzaba en silencio, pensando que en ese momento debían de estar interrogando a los prisioneros espartanos.

«Podríamos utilizarlos para negociar, Esparta valoraría mucho recuperar a sus embajadores.»

Negó con la cabeza, los ánimos estaban demasiado excitados para que eso ocurriera. Casi nadie se había librado de perder algún amigo o familiar en la epidemia.

Perseo se pegó a él cuando pasaron junto a un hombre arrodillado al borde de la avenida. Dirigía hacia ellos una mano en la que sólo quedaban dos dedos y en su rostro habían desaparecido los ojos. A los pocos pasos otro hombre estaba sentado en el suelo con las piernas extendidas y la túnica subida. Tenía unas cicatrices oscuras en el lugar donde deberían haber estado los dedos de los pies, y entre lo que le había arrebatado la peste se incluían los genitales. La vía Panatenaica era la más transitada de Atenas, los mutilados por la plaga acudían a mendigar allí por docenas.

«Es mejor no sobrevivir a esta enfermedad.»

Decían que quienes superaban la peste no volvían a contagiarse; no obstante, la mayoría de los supervivientes quedaban con el intestino ulcerado y una diarrea sanguinolenta terminaba de consumirlos. Otros se sumían en las tinieblas de la locura, o perdían la memoria hasta el punto de olvidar quiénes eran.

Cuando se acercaron al ágora, el bullicio del mercado mejoró el ánimo de Eurímaco. La ciudad se estaba recuperando a pesar de todos los infortunios.

«Hemos sobrevivido a la peste, a los espartanos a nuestras puertas, al desastre de Potidea...»

Los cien trirremes que Pericles había enviado a Potidea habían zarpado desde Atenas llevando entre sus cuatro mil hoplitas el caballo de Troya de la peste. Al llegar a Potidea, desembarcaron varios cadáveres de la mayoría de los barcos y allí siguieron cayendo como chinches. Los intentos de organizar un ataque que terminara con la resistencia de la ciudad resultaron infructuosos, y los barcos regresaron con la noticia del fracaso militar... y de que la epidemia había matado a más de un millar de hoplitas.

«Al menos Sócrates regresó sano.»

Lo buscó en vano a través del ágora. La parte central de la plaza se consideraba recinto sagrado y sus límites estaban señalados por unos mojones de piedra. Allí no podían entrar las mujeres ni los niños. Siguió caminando por el borde del recinto, pasando junto a varias tiendas, y de pronto se dio cuenta de que Perseo no estaba a su lado.

Retrocedió rápidamente, escudriñando la multitud. Un momento después lo localizó mirando con mucho interés las pequeñas vasijas que se exponían en una tienda de cerámica.

—¡Perseo! —El pequeño se giró hacia él. Le hizo un gesto para que acudiera y se acercó corriendo—. No vuelvas a detenerte sin avisarme.

—Perdona, papá. —Señaló la tienda de cerámica—. ¿Tú por qué no vendes las vasijas en el ágora?

—Porque afortunadamente no me hace falta. —Echó a andar de nuevo hacia la Acrópolis—. ¿Has visto que a veces viene gente a casa a comprar? —Perseo asintió—. Eso es porque me he ganado una buena reputación como alfarero.

«En realidad, sobre todo como pintor», puntualizó para sí; no podía decirle eso a Perseo, o estimularía su idea de aprender sólo a pintar.

—Pero a veces te llevas alguna cerámica para venderla. Alguna de las grandes.

—Las grandes muchas veces las hago por encargo, y las compran ricos a quienes les gusta que se las lleve a su casa. Allí paso un rato con ellos hablándoles de la vasija y de los dibujos que la adornan; eso les encanta, y les sirve para hacerse los entendidos cuando se las enseñan a sus conocidos. —Recalcó las siguientes palabras levantando un dedo hacia Perseo—. Dejar a los clientes contentos es muy importante en el oficio de ceramista, esto también tienes que aprenderlo.

Cuando estaban a punto de salir del ágora, Eurímaco distinguió entre las columnas de uno de los pórticos a Sócrates hablando animadamente con un grupo de hombres. Perseo también lo vio.

—¿Por qué siempre hay tanta gente que quiere hablar con Sócrates?

—Porque es un hombre sabio. Bueno, él prefiere que lo llamen filósofo, y creo que es el mejor de todos los que hay en Atenas, pero también es el hombre más sabio. —Lo había dicho el oráculo de Delfos y no sería él quien lo negara.

Se quedó un rato pensativo antes de volver a hablar.

—Perseo.

—¿Sí, papá?

—Sócrates es la persona en la que más confío. Si alguna vez necesitaras algo... —Un escalofrío le recorrió la espina dorsal al imaginar lo vulnerable que sería Perseo sin él—. Si alguna vez necesitas algo, búscalo y pídele que te ayude. No es sólo un hombre sabio, sino también el más bueno de los hombres.

—Vale —respondió Perseo en voz baja.

Eurímaco lo atrajo hacia sí y continuó andando con una mano en su hombro.

Enseguida llegaron a la inmensa escalinata de piedra que ascendía hasta la Acrópolis. Tenía una longitud de cien pasos y una anchura de treinta, y estaba dividida en dos por una rampa lisa por la que subían los carros. Eurímaco y Perseo comenzaron a ascender los escalones con la mirada puesta en los Propíleos, la monumental puerta de entrada a la Acrópolis. Las obras se habían interrumpido bruscamente hacía un par de años, pero el conjunto estaba casi terminado. Los Propíleos semejaban la entrada a un templo, con seis grandes columnas y un frontón construidos con mármol del monte Pentélico. Aunque carecían de decoración escultórica en el friso y el frontón, su apariencia era similar a la de la fachada principal del Partenón y eso incrementaba la sensación de armonía que transmitía el conjunto de la Acrópolis.

Los atenienses que ascendían la escalinata junto a ellos iban en silencio o conversaban en voz baja. A través de los Propíleos se penetraba en el recinto sacro de la Acrópolis, y aquella puerta parecida a un templo reforzaba la impresión de acercarse a un área sagrada.

La estructura de los Propíleos incluía una prolongación perpendicular en cada lateral: dos edificaciones más pequeñas que flanqueaban el portal de entrada y a las que también se accedía a través de columnas.

Eurímaco señaló uno de los muros del conjunto.

—¿Ves esos salientes en los bloques de mármol de la pared?

—Sí, parecen adornos.

—Puede ser, pero no deberían estar ahí. Los obreros no los quitaron porque los trabajos de construcción se pararon de golpe cuando comenzó la guerra. ¿Sabes para qué sirven?

—Perseo negó y esperó a que continuara. Le encantaba que su padre le explicara cosas—. Se pasa una cuerda por debajo de ellos y así se levantan los bloques para ponerlos en su sitio. Los salientes se tallan en la cantera de mármol, en el Pentélico, cuando se da forma a los bloques. Después de colocarlos en su posición definitiva, hay que quitar los salientes para que el muro quede liso.

Perseo observó con detenimiento los bloques de mármol y luego se volvió hacia la parte inferior de la escalinata.

—¿Cómo suben hasta aquí esas piedras tan grandes? ¿Y cómo las traen desde el Pentélico?, ¿en carros?

—Muchas veces en carros, y otras veces rodando.

—¡¿Cómo van a traer rodando bloques cuadrados?! —Perseo estaba seguro de que su padre le estaba tomando el pelo.

—No es como te imaginas. —Eurímaco rio—. Tú mismo lo has visto alguna vez, lo que pasa es que eras muy pequeño y no te acuerdas. Se puede encajar un disco de madera en cada extremo del bloque, luego se meten unas pequeñas barras de metal en los laterales, a modo de eje central, y se pone en una estructura de madera de la que pueden tirar unos bueyes haciendo que el bloque de mármol ruede.

Perseo trató de imaginarlo.

—Creo que tengo que verlo para entenderlo bien.

—Espero que lleguemos a un acuerdo de paz —suspiró Eurímaco— y volvamos a ver las obras en marcha dentro de poco.

Ascendieron los últimos escalones, pasaron entre dos de las columnas y accedieron a un gran vestíbulo. Al fondo había una pared de mármol en la que se abrían cinco puertas, la de en medio con una anchura de cuatro pasos para facilitar el acceso de grandes carretas. Dos filas de tres columnas, muy altas y estilizadas, discurrían a los lados de la rampa central destinada a los carros y sostenían la sala.

Perseo levantó la cabeza y contempló con la boca entreabierta el artesonado de madera del techo.

—No tenemos mucho tiempo —le apremió Eurímaco al cabo de un momento.

Se dirigieron al ala izquierda de los Propíleos, alejándose de las puertas que daban acceso a la Acrópolis. El edificio de ese lateral se utilizaba ocasionalmente como sala de banquetes oficiales, pero se había hecho popular por las pinturas sobre tabla que adornaban sus muros.

Perseo cruzó el umbral. En la base de las paredes, una plataforma de unos dedos de altura rodeaba toda la sala. Acogía una fila de triclinios para que se reclinaran los asistentes a los banquetes oficiales. Por encima de los triclinios había una fina cornisa, y sobre ella se encontraban los cuadros.

Perseo se detuvo frente al primer cuadro de la pared de la izquierda.

«Polígnoto», se dijo sintiendo un gran respeto. Era su pintor favorito, el que había hecho que la pintura fuera un arte tan apreciado como la escultura. Su padre le había contado que Polígnoto se había esforzado tanto por no ser visto como un artesano, sino como un intelectual, que se había negado a cobrar por sus cuadros. El Estado le había encargado varios de los que decoraban esa sala, y Polígnoto había recibido por ellos prebendas y honores, pero nunca dinero.

Perseo se acercó más a la pintura. La tarde había comenzado, era la hora en la que aquella sala recibía la mejor luz. Se apreciaba el ligero rubor de las mejillas de Dafne, y acercándose tras ella estaba Apolo. Aunque las figuras tenían el mismo tamaño, el pintor había señalado los diferentes planos de la escena con líneas onduladas, lo que otorgaba una sensación de profundidad que sobrecogía al espectador. Polígnoto era el autor más imitado por los pintores de vasijas.

Eurímaco avanzó por detrás de Perseo hasta la siguiente tabla pintada. El autor era Agatarco, cuyas escenas mostraban figuras con diferentes tamaños. Recordó que hacía años había visto aquel cuadro en uno de los pórticos del ágora donde también se exponían pinturas. Al inaugurar la pinacoteca de los Propíleos habían trasladado algunos cuadros desde aquel pórtico. Intentó comprender cómo había calculado el pintor el tamaño adecuado para las distintas figuras, pero acabó desistiendo. La técnica de Agatarco resultaba muy compleja, quizá por eso no era tan imitado como Polígnoto.

Eurímaco pasó al siguiente cuadro. No conseguía dejar de pensar en la Asamblea, pero intentó distraerse fijándose en la pintura. También era de Polígnoto, y mostraba a un guerrero al que se le veían los dientes a través de los labios entreabiertos. Observó el rostro del guerrero, consciente de que él no era capaz de hacer que los rostros de sus vasijas mostraran de ese modo el estado de ánimo de sus personajes.

Regresó junto a Perseo, que seguía contemplando la primera pintura de la sala. El cuerpo de Dafne se transparentaba perfectamente a través de sus vestiduras, un efecto que muy pocos pintores eran capaces de conseguir.

Perseo se alejó despacio de la pintura y fue a la siguiente de Polígnoto. Eurímaco se fijó en su semblante concentrado e hizo una mueca. «Los mejores pintores de vasijas intentan pasarse a la pintura sobre tabla.» Quizá debería hacer que Perseo dejara de pintar durante un tiempo y se dedicara sólo a moldear. Lo consideró un momento y al final decidió esperar un par de años.

Acompañó a Perseo durante un rato, luego salió de la sala y se asomó entre las columnas para comprobar la altura del sol.

«Aún queda tiempo para la Asamblea.»

Tres hombres pasaron por delante de él y descendieron apresuradamente la escalinata. Eurímaco captó algunas de sus palabras llenas de ira:

—... espartanos... pagarán por todos...

Regresó a la pinacoteca y caminó lentamente alrededor de la sala, sin apenas fijarse en los cuadros.

«Sin Pericles al mando, puede pasar cualquier cosa.»

El más importante de los ciudadanos, aquel que los había dirigido con mano segura durante tres décadas, había sido condenado. Su estrategia de mantenerse a salvo tras las murallas, y atacar el Peloponeso con la armada mientras los espartanos invadían el Ática dejó de convencer a la mayoría de la Asamblea cuando la peste comenzó a causar estragos. Por añadidura, la invasión espartana había ocasionado mucho más daño que el año anterior, mientras que las naves enviadas al Peloponeso no habían logrado nada reseñable. «Si al menos hubiéramos tomado Potidea, no se habrían atrevido a acusarlo.» Pero ni siquiera eso había salido bien. Los potideatas seguían sin capitular, pese a que se decía que habían llegado a recurrir al canibalismo.

A través de la puerta de la pinacoteca, Eurímaco vio a otro hombre que abandonaba la Acrópolis y bajaba hacia la ciudad. Quedaba casi una hora para la Asamblea, pero el pueblo estaba ansioso por ver a los prisioneros espartanos.

«Cleón va a manejar la Asamblea a su antojo.»

Aquel político, agresivo en sus formas y en sus propuestas, seguía utilizando la peste para debilitar a los partidarios de Pericles. Se había encargado de que todo el mundo conociera la historia sobre el oráculo que habían recibido los espartanos al consultar al dios de Delfos si debían entrar en guerra.

«Según la versión de Cleón —no tenía ninguna duda de que procedía de él—, el oráculo les dijo que si entraban con todo su poder, él los ayudaría.» No había noticias de que la peste hubiera afectado al Peloponeso, por lo que la interpretación más extendida del oráculo era que Apolo había enviado la plaga sobre Atenas para apoyar la causa de los espartanos.

Se acercó a Perseo, que estaba ensimismado en un cuadro. Decidió dejarlo un poco más y paseó por la sala mirando distraídamente las pinturas.

«Ni siquiera Cleón se ha atrevido a pedir la cabeza de Pericles. Habría sido como solicitar la ejecución de un dios.» Lo habían acusado de malversación de fondos, algo chocante cuando todo el mundo sabía que la hacienda de Pericles no había aumentado en las tres décadas que llevaba gobernando Atenas. Incluso tenía fama de administrar los gastos de su casa con tacañería. Sin embargo, el sufrimiento que había provocado la peste, y que los numerosos inválidos que vagaban por las calles recordaban continuamente, había bastado para que el tribunal le impusiera una fuerte multa. Además, lo habían desposeído de su cargo de estratego, para el que había sido elegido durante quince años consecutivos.

Eurímaco dejó de dar vueltas como un animal encerrado y se detuvo junto a Perseo.

—Tenemos que irnos ya.

El pequeño se apartó de los cuadros sin discutir. Cuando salió de la pinacoteca, en lugar de caminar hacia la escalinata se dirigió hacia la entrada de la Acrópolis. Un guardia lo miró ceñudo mientras se acercaba a la puerta.

—¡Perseo! —Eurímaco se apresuró a alcanzarlo—. ¿Adónde vas? No puedes entrar en la Acrópolis.

—Sólo quiero mirar desde la puerta.

Eurímaco dirigió al guardia una sonrisa de disculpa y se acercó a la puerta con las manos en los hombros de Perseo. Subieron cuatro de los cinco escalones y se detuvieron. Delante de ellos tenían el segundo vestíbulo de los Propíleos, y más allá las columnas del frontal que daba a la Acrópolis, similar a la fachada que daba a la ciudad. Perseo apenas respiraba mientras contemplaba entre las columnas la gran estatua de bronce de Atenea con su lanza. Eurímaco, en cambio, se quedó mirando el Partenón, cuyas columnas relucían bajo los rayos del sol. Sabía que en su interior se encontraba la Atenea de marfil y cuarenta talentos[5] de oro que había realizado Fidias antes de que lo expulsaran de Atenas.

Había tenido la suerte de que el propio Fidias le comprara una de sus cerámicas, y habían mantenido alguna conversación en la que éste le preguntaba sobre las técnicas de la cerámica y él a su vez le preguntaba sobre el Partenón. Estaba con-

5. Más de una tonelada.

vencido de que Fidias era un genio. Además de ser el mejor escultor de todos los tiempos, se había ocupado con una maestría inigualable del encargo que le había hecho Pericles de dirigir las obras de reconstrucción de la Acrópolis, comenzando por el Partenón.

—¿Crees que la base del Partenón es recta? —le había preguntado Fidias.

Eurímaco se había fijado con mucha atención, igual que hacía ahora, y había respondido afirmativamente. Fidias se había reído.

—Si fuera recta, tú la verías hundida. —Ante la mirada de incomprensión de Eurímaco, continuó con una sonrisa divertida—: Nuestra vista no percibe las cosas como son, y mi trabajo no consiste en hacer templos de líneas rectas. Lo que yo hago es diseñarlos de modo que se perciban como yo pretendo: repletos de armonía y belleza. —Fidias dio unos pasos hasta situarse junto al Partenón—. Agáchate y mira el perfil de la base.

Eurímaco hizo lo que le pedía. Comprobó que desde esa perspectiva la base parecía abombada hacia arriba. Se alejaron de nuevo y Fidias siguió asombrándolo.

—¿Crees que las columnas están rectas, son completamente verticales?

—Diría que sí, pero estoy seguro de que vas a volver a sorprenderme.

Fidias acercó sus manos, una a otra, hasta casi formar un triángulo.

—Las columnas están inclinadas hacia dentro, todas ellas, para aligerar la sensación de pesadez del conjunto. Además, se ensanchan un poco hasta llegar a un tercio de la altura y luego se estrechan de nuevo.

Eurímaco se había quedado tan perplejo entonces como ahora que contemplaba el Partenón junto a Perseo. «Tengo que explicarle todo lo que me contó Fidias antes de que se me olvide... o de que una espada espartana me lo impida.»

De pronto recordó otro de los secretos del Partenón, y temió que ya se le hubieran olvidado algunos. «Las columnas de las esquinas son más gruesas que el resto.» Por lo visto, al ser las únicas que se recortaban contra el cielo, el ojo las veía más delgadas y había que tallarlas más gruesas para compensar ese extraño efecto.

«Hacer cerámicas es más sencillo que construir templos.»

Apretó los hombros de Perseo e intentó que su voz no reflejara su ansiedad.

—¿Nos vamos ya?

Perseo asintió en silencio y cruzaron el vestíbulo en dirección a la escalinata. Al pasar entre las columnas, la ciudad apareció ante ellos: un manto de casas desordenadas rodeado de altas murallas, un mar de gente que se estaba concentrando alrededor de la colina de la Pnix.

Descendieron los primeros escalones y divisaron en las murallas la puerta Sacra y la Dipilón, ambas abiertas. Por el ancho camino que recorría el campo hasta la entrada principal de Atenas se acercaba un río interminable de ciudadanos que no residían en la ciudad.

Eurímaco ralentizó la marcha hasta detenerse.

«Nunca acuden tantos a la Asamblea.»

## Capítulo 23
*Atenas, noviembre de 430 a. C.*

Ismenias los estaba esperando en un cruce de la vía Panatenaica. Eurímaco le había pedido al esclavo que aguardara allí para acompañar a Perseo a casa mientras él acudía a la Asamblea. Bordearon el ágora los tres juntos, y Perseo vio a Casandra hablando con Jantipa cerca de la casa de la fuente.

—Papá, ¿puedo quedarme un rato en la calle?

Eurímaco tardó unos segundos en salir de sus pensamientos.

—¿Con quién quieres quedarte?

—Con... —miró de reojo hacia la casa de la fuente— unos amigos.

Eurímaco levantó la mirada hacia las dos niñas y la tensión de su rostro se redujo momentáneamente.

—Bueno, pero quédate por aquí y obedece a Ismenias. —Se volvió hacia el esclavo—. Llévalo a casa antes de que comience la Asamblea. Dentro de media hora o así.

—Sí, señor.

Eurímaco cruzó el ágora en dirección norte, donde esperaba encontrar a Querefonte y a Sócrates para ir juntos a la Asamblea. Perseo siguió con la mirada su figura cabizbaja hasta que desapareció entre el gentío, y entonces se acercó a la casa de la fuente.

—Hola —saludó levantando la mano. Desde que la ciudad había vuelto a una relativa normalidad se veían con frecuencia, pero seguía sintiéndose nervioso en presencia de Casandra.

Jantipa se apresuró a informarle de las circunstancias de la Asamblea que iba a celebrarse y a Perseo le dio vergüenza lo poco que sabía comparado con ella. Su padre casi nunca le hablaba de la guerra. Se preguntó si Casandra sabría tanto como Jantipa, y mientras escuchaba en silencio decidió que le pediría a su padre que le explicara más cosas.

Cuando Jantipa acabó de contar todo lo que sabía, enlazó sin pausa con otro tema:

—¿Sabes que Casandra está haciendo una copia en papiro de la *Ilíada*?

Casandra enrojeció y se apresuró a replicar:

—No es cierto. —Lanzó una mirada de recriminación a Jantipa—. Sólo estoy practicando la escritura en papiro, en una hoja suelta. Y he empezado hoy mismo.

—¿Es difícil escribir en papiro? —Perseo intentó que no se notara que estaba impresionado. Él no comenzaría a escribir en papiro hasta al cabo de dos o tres años por lo menos. De momento lo único que sabía hacer era escribir con bastante lentitud en una tablilla de cera.

—Es diferente —Casandra se encogió de hombros—, hay que hacer menos fuerza que en la cera, y con el cálamo la tinta se puede correr.

Perseo recordó que el padre de Casandra, Eurípides, era un autor de tragedias muy famoso. Tanto los escritores como los alfareros trabajaban con las manos, por lo que ambos eran considerados artesanos, un término que los aristócratas pronunciaban con desprecio.

«Pero todo el mundo admira a los grandes escritores, y no a los alfareros. —También gozaban de prestigio los grandes pintores, como Polígnoto—. Yo no seré alfarero —se dijo una vez más—, seré pintor.»

La esclava de Jantipa salió de la casa de la fuente. Llevaba un cántaro lleno de agua y lo colocó con ambas manos sobre el rodete que coronaba su cabeza.

—Vámonos, Jantipa. Si no volvemos ya, tu madre me va a regañar.

La niña se despidió de ellos y se alejó con la esclava.

—¿Quieres ver la tienda que vende las obras de mi padre? —preguntó Casandra.

Perseo asintió y caminaron hacia la tienda. Unos pasos por

detrás los seguían Ismenias, Yanira y Policles. El mercado del ágora se encontraba más silencioso de lo normal, casi todos los ciudadanos se habían ido a la Asamblea.

Casandra señaló unos cilindros de cuero alineados en un expositor de madera, a la entrada de una de las tiendas.

—Mira, ésta es una copia de *Medea* que hemos traído hoy.

Perseo cogió uno de los cilindros, lo sopesó y lo dejó con cuidado junto a los otros. En su casa no había ninguno, pero sabía que algunos ciudadanos acomodados los compraban para que algún sirviente se los leyera en voz alta.

—Se venden más si son obras que se han representado en las Grandes Dionisias. —Era el principal festival de teatro de Atenas, en donde distintos autores competían entre sí—. *Medea* es una de las que más se venden, aunque sólo quedó tercera el año pasado.

Perseo asintió, como si ya lo supiera. Casandra iba a continuar, pero de pronto se quedó callada mirando detrás de él y su semblante se ensombreció.

Perseo se dio la vuelta.

«¡Aristófanes!»

Aunque lo había visto de lejos alguna vez, no se habían encontrado cara a cara desde aquella ocasión en los Muros Largos, cuando le había dado una pedrada en la cabeza por meterse con Casandra. Notó que se le hacía un nudo el estómago. Aristófanes estaba pagando al dependiente. Perseo bajó la mirada, rezando por que no los hubiera visto, pero Aristófanes se giró hacia ellos sonriendo. En esta ocasión lo acompañaban dos chicos que, al igual que él, tendrían unos catorce años.

—¡Qué casualidad! —exclamó de buen humor—. Me encuentro a la hija de Eurípides al tiempo que compro una de sus obras.

Aristófanes se giró hacia uno de sus amigos, que cargaba con varios cilindros de cuero, y cogió dos de ellos. Luego se inclinó hacia Perseo.

—No te extrañes, se puede aprender de los aciertos de otros escritores. —Le puso delante de los ojos el primer cilindro, del que colgaba una cinta con el nombre de Esquilo—.

Y también de sus errores. —Levantó el segundo, que llevaba el nombre de Eurípides. Después sonrió y se incorporó fingiendo asustarse.

»Sólo te he dado un buen consejo, espero que no quieras abrirme de nuevo la cabeza.

Perseo enrojeció y Aristófanes realizó una inclinación de cabeza hacia Casandra antes de alejarse con sus amigos.

—Es un arrogante —dijo ella.

Perseo apretó los labios y se quedó callado. Después del incidente de los Muros Largos, Ismenias había hablado con él y le había hecho comprender que no debería haberle tirado la piedra a Aristófanes. El esclavo había tenido que defenderlo cuando el amigo de Aristófanes lo había abofeteado, y eso había puesto su vida en peligro. Perseo se había sentido muy mal, y desde entonces intentaba recordar lo que le había dicho Ismenias: que cuando se enfadara pensara en las consecuencias antes de actuar.

Miró de reojo a su esclavo, que asintió disimuladamente haciendo que se sintiera orgulloso. Le alegraba que Ismenias fuera su pedagogo. A pesar de que aquella vez su vida había quedado amenazada, se había sentado a hablar con él con calma en lugar de reprenderle.

«Menos mal que al final no lo denunciaron.» Los primeros días tras el incidente, Perseo temblaba cada vez que llamaban a la puerta, y estaba seguro de que Ismenias tenía tanto miedo como él aunque no dijera nada. La terrible peste hizo que después resultara imposible pensar en otra cosa, y cuando la epidemia remitió se enteraron de que aquel chico había sido uno de los que habían muerto.

Se volvió hacia Casandra siguiendo un impulso.

—¿Quieres venir a mi casa y te enseño un dibujo que he hecho?

Ella asintió sonriente.

—Claro... pero espera, tengo que pedir permiso.

Se lo preguntó a Yanira, que a su vez consultó a Policles. El copista la miró dudando.

—Sus padres son amigos —intervino Ismenias.

Policles asintió sin responder y se volvió hacia el ágora.

Eurípides estaba yéndose a la Asamblea con algunos amigos. El copista echó a correr, le dio alcance y habló con él.

Casandra y Perseo vieron que Eurípides miraba hacia ellos. Parecía indeciso. Eurímaco se acercó a él, le dio una palmada en el hombro y dijo algo riendo. Entonces Eurípides habló con Policles y éste regresó con los niños.

—De acuerdo, pero tu padre quiere que regreses a casa enseguida.

La pequeña comitiva descendió por la vía Panatenaica hacia la doble puerta del Dipilón, por la que todavía entraban algunos hombres que se cruzaban con ellos apresuradamente camino de la Pnix. Antes de llegar a las murallas se internaron en las callejuelas y llegaron a la vivienda de Perseo.

Casandra se quedó impresionada al ver el horno de cerámica.

—Ahora se están cociendo las vasijas. —Perseo se alegraba de que su padre se lo hubiera explicado ese mismo día—. Luego hay que meter más madera y cerrar la tapa de arriba para que el humo las vuelva negras. —Casandra lo escuchaba con los ojos muy abiertos—. Y después se abre la tapa otra vez y las pinturas... —dudó un momento, no estaba seguro de haber entendido bien aquello—, las pinturas se ponen del color que tienen al final.

Se alejó del horno antes de que Casandra le hiciera alguna pregunta que no fuera capaz de responder. Entraron en la sala donde hacía sus ejercicios de escritura y se acercó a la cerámica de Odiseo. En la pequeña columna de piedra que sostenía la vasija había una tablilla de cera puesta de pie.

—Mira, es una sirena. —Cogió la tablilla y se la entregó a su amiga.

—Está muy bien dibujada. —Casandra pasó un dedo sobre las alas, sin apenas rozar la cera—. Me encanta.

—Mi padre la guarda porque es la que mejor me ha salido. La he copiado del dibujo que hizo él en esta vasija.

Casandra puso la tablilla de cera al lado del dibujo de la cerámica y las comparó.

—Odiseo resistiendo el canto de las sirenas... Tu dibujo es igual que la sirena que ha hecho tu padre.

Se quedaron en silencio contemplando los dibujos. Al cabo de un rato, Casandra dejó la tablilla en su sitio.

—Es una cerámica muy bonita.

—Sí. —Perseo se quedó un momento en silencio y luego continuó—. La tenemos aquí para recordar a mi madre.

Casandra vio que la alegría estaba desapareciendo del semblante de Perseo, que se puso serio y después triste.

—¿Qué le pasó a tu madre?

En la puerta de la sala estaban los adultos. Ismenias les pidió que se alejaran.

—Murió el día después de que yo naciera. Mis padres estaban viajando, y en un camino los atacaron unos ladrones y la mataron. —Los ojos de Perseo se humedecieron, ya no se distinguía ningún color en ellos—. Llevaban unas vasijas para vender y se rompieron todas menos ésta, que era la favorita de mi madre.

Perseo colocó las manos sobre las asas de la cerámica.

—Me gusta pensar que ella cogió la vasija. —Sus párpados se cerraron y dos lágrimas cayeron por sus mejillas—. Así es como si me estuviera dando la mano.

Los labios de Perseo dibujaron una sonrisa mientras agarraba la vasija con los ojos cerrados. Cuando soltó las asas, Casandra se acercó sin decir nada y lo abrazó.

El capitán encargado de los prisioneros se limpió la sangre de las manos con el faldón de su túnica. Sintió escozor en un nudillo y al mirarlo vio que le estaba sangrando.

Sonrió.

—Hemos pasado dos días juntos que nunca olvidaré. —Caminó despacio delante de los seis prisioneros. Estaban hechos un ovillo en el suelo, tratando de protegerse el rostro ensangrentado con un brazo y la entrepierna con el otro—. Estoy seguro de que vosotros tampoco os olvidaréis de mí.

Los soldados desengancharon a los prisioneros de la pared y el capitán se detuvo ante uno de ellos. Se trataba del hombre que había encabezado la embajada, un corintio de casi sesenta años, cuerpo menudo y cabellos blancos llamado Aristeo.

—Ponedlo de pie.

Dos de los soldados se apresuraron a obedecer.

—Aristeo de Corinto, mírame. —El prisionero alzó sus ojos oscuros e inteligentes, cargados de un odio frío—. Ay, Aristeo, si hay algo que odie más que a un espartano, es a un corintio de mierda como tú.

El puñetazo del capitán impactó de lleno en la boca de Aristeo, que cayó al suelo de la celda con un ruido de cadenas. Se incorporó hasta quedar a cuatro patas. Tenía el rostro crispado de dolor pero no emitía ningún sonido mientras la sangre bajaba por su barba blanca.

—Levántate, miserable. —El capitán escupió sobre el prisionero—. La Asamblea de Atenas te espera.

## Capítulo 24
*Atenas, noviembre de 430 a. C.*

El rugido sordo que emanaba de la Asamblea le puso a Eurímaco la piel de gallina.

—La ciudad quiere sangre —murmuró sobrecogido.

A su lado, Sócrates señaló hacia la primera fila de los asistentes.

—Ahí tiene a su carnicero, dispuesto a complacerlos.

—Cleón aguardaba de pie sin dejar de moverse, ansioso por intervenir.

Querefonte se irguió para mirar a ambos lados.

—Parece que nadie ha querido perderse el espectáculo.

—Su tono hizo que Eurímaco se estirara para mirar. La muchedumbre se extendía hasta las casas adyacentes a la colina—. Ya va a empezar.

El hombre que presidía el Consejo de los Quinientos subió al estrado, levantó las manos para pedir silencio y comenzó a hablar. Desde la zona alta de la colina en la que se encontraba el grupo de Eurímaco apenas se distinguía lo que decía, pero la Asamblea estalló en una aclamación furiosa. Al cabo de un momento, aparecieron unos guardias escoltando a seis hombres con grilletes en los tobillos que apenas se mantenían en pie.

—Por todos los dioses... —susurró Eurímaco al ver sus rostros magullados y sus túnicas ensangrentadas.

Una pesada cadena de hierro unía los grilletes de los prisioneros. Los hicieron arrodillarse frente al estrado de piedra y el presidente del Consejo cedió la palabra a Cleón.

Sócrates negó con la cabeza mientras el líder de la facción belicista comenzaba a gritar nada más subirse a la tribuna.

—¡Varones atenienses! Contemplad a los hombres que querían traeros la muerte mediante la peor de las traiciones. —Señaló con un vigoroso ademán a los prisioneros y la muchedumbre rugió—. Estos seis enemigos de nuestra ciudad, y de todos los griegos justos, se dirigían a solicitar al rey de Persia que los ayudara en la guerra que sostienen contra nosotros. ¡Iban a pedir ayuda a los mismos bárbaros a quienes nuestros padres, los héroes de Maratón y Salamina, expulsaron de nuestra tierra sagrada!

Eurímaco se estremeció con los gritos enfervorizados de la multitud.

«La única posibilidad de que esos hombres reciban un juicio justo es que el debate se aplace hasta mañana.»

Cleón había planificado cada detalle meticulosamente. No sólo se había asegurado de que se difundiera la información que a él le interesaba sobre aquel asunto, sino que también había hecho que la Asamblea se convocara en el momento de la primera reacción pasional, sin tiempo de que se calmaran los ánimos. Además, los había congregado a una hora en la que no había tiempo para largos debates antes de que se pusiera el sol.

La Asamblea bramó de nuevo cuando Cleón mencionó que los embajadores habían pedido a Sitalces, rey de Tracia y aliado de Atenas, que se pasara al bando de los espartanos.

Eurímaco localizó en la primera fila a Nicias, el más influyente de los políticos moderados, y le inquietó darse cuenta de que no iba a intervenir. Nicias estaba cruzado de brazos y ni siquiera miraba a Cleón. Sus planteamientos dialogantes habían sido deslegitimados en los últimos meses, cuando Esparta había rechazado las embajadas que les habían enviado en busca de un acuerdo que pusiera fin a la contienda. Los espartanos, conscientes de su actual posición ventajosa, se habían negado a escuchar toda opción que no fuera la renuncia de Atenas a su imperio marítimo.

«Cualquiera que se oponga ahora a Cleón se arriesga a que caiga sobre él toda la rabia de la Asamblea.»

A una orden de Cleón, los guardias pusieron a los seis prisioneros de pie. Dos de ellos se tambaleaban de tal modo que hubo que sostenerlos para que no se desplomaran. Cleón enumeró todos los males de los últimos dos años como si hubieran sido una acción personal de aquellos hombres: la destrucción de los campos y las granjas del Ática; el gasto de más de la mitad del tesoro en la guerra; y, para finalizar, lo que más presente estaba en el ánimo de todos los atenienses: la epidemia de peste.

Eurímaco se estiró para buscar a Pericles. Tardó en encontrarlo porque ya no se colocaba en su posición habitual de la primera línea, sino varios puestos por detrás. Tenía una expresión adusta y tampoco parecía que fuera a intervenir.

—Hace un año Pericles no hubiera permitido esto —le comentó a Sócrates—, pero ahora no parece que vaya a hacer nada por evitarlo.

—Pericles debe de estar agradecido. —Sócrates señaló hacia los prisioneros—. La ira y la frustración que ha ocasionado la epidemia van a dirigirse contra esos hombres, en lugar de contra él.

Eurímaco asintió. Sólo la deuda de gratitud de la ciudad con Pericles le había salvado la vida en su reciente juicio, donde se habían limitado a multarlo y a destituirlo como estratego.

«No se va a exponer a la opinión pública en mucho tiempo», se dijo frunciendo el ceño. La desaparición de Pericles de la escena política podía resultar dramática para Atenas. Si Cleón se convertía en el único hombre al que escuchaba el pueblo, su naturaleza agresiva conduciría a la ciudad a una política belicosa y vengativa que alejaría toda posibilidad de paz.

Cleón nombró a los seis prisioneros uno a uno. El primero era un aristócrata de Argos que se había unido a la embajada a título particular. Los cuatro siguientes eran ciudadanos de Esparta, y el último fue el que arrancó los gritos más apasionados.

—Aquí tenéis al corintio Aristeo, hijo de Adimanto: el capitán de las fuerzas que se unieron a los rebeldes de Potidea, el hombre causante de ese ruinoso asedio que por más de dos años se prolonga ya. —Cleón lo señalaba como si quisiera atravesarlo con el dedo—. No hará falta que os recuerde que, en la batalla de Potidea, Aristeo derrotó a un ala de nuestro ejército; ni que después entró en la ciudad y organizó su defensa; ni que más tarde burló nuestro cerco, se unió a los calcídeos y asesinó a muchos ciudadanos de nuestro imperio. Si los dioses no lo hubieran puesto hoy en nuestras manos, ¿cuántos males adicionales nos causaría?

Cleón hizo una pausa y dejó que los hombres que lo escuchaban gritaran mientras se imaginaban los daños que podía causar Aristeo si lo liberaban. Eurímaco se fijó en el prisionero, que en aquel momento sólo parecía un anciano con expresión aturdida y la barba apelmazada de sangre.

Cleón levantó los brazos para que los gritos remitieran; tomó aire, y declamó con mayor potencia:

—¿Qué debemos hacer con estos hombres, atenienses? —Algunas voces pedían un juicio, pero la mayoría gritaba «matadlos»—. ¿Debemos responder con una misericordia que nos debilitaría, o actuar como hacen ellos cuando apresan una nave nuestra o de nuestros aliados, aunque sean simples mercaderes?

La Asamblea vibró con gritos de muerte. Era bien conocido que cuando los espartanos atrapaban una nave afín a Atenas, ejecutaban a todos sus tripulantes.

—¡¿Qué debemos hacer, atenienses?!

—¡MATADLOS! ¡MATADLOS! ¡MATADLOS!

Eurímaco se giró hacia Sócrates. Habían hablado muchas veces sobre la justicia, y su amigo le había hecho comprender la importancia para una sociedad de anteponer el respeto a las leyes a todo lo demás. Si aquellos hombres tenían que morir, debía ser un tribunal el que lo dictaminara, no una masa espoleada por un agitador.

Sócrates le devolvió una mirada de profunda tristeza y se giró de nuevo hacia el estrado. Eurímaco esperaba que dijera algo, pero su amigo se mantuvo en silencio.

La masa comenzó a descender la colina y Eurímaco trató de distinguir qué pasaba. Ya no veía a los prisioneros. La multitud continuó avanzando y desde las primeras filas se extendió un grito que a cada momento coreaban más gargantas:

—¡A las murallas! ¡A las murallas!

La Asamblea se convirtió en una marea imparable que se desplazaba hacia el ágora. Algunos ciudadanos corrían para llegar antes a la puerta del Dipilón.

El grupo de Sócrates se quedó solo en la ladera de la Pnix.

—Hoy es un día aciago. —El filósofo hablaba sin mirar a ninguno de sus acompañantes—. La ciudad ha actuado contrariamente a las leyes y a los dioses. Recemos para que no haya consecuencias.

Sócrates se alejó visiblemente abatido y los demás se dispersaron. Eurímaco cruzó el ágora y enfiló la vía Panatenaica. Al fondo vio a la muchedumbre concentrándose alrededor de las puertas de las murallas. Cuando él iba a desviarse para adentrarse en la callejuela que lo llevaría a su casa, una aclamación exaltada hizo que se detuviera.

Había tanta gente subiendo a las murallas que temió que se derrumbaran. Los hombres que había en el suelo se estaban pasando algo unos a otros con los brazos levantados.

«Son los embajadores», comprendió. El sol cercano al horizonte le daba de frente y alzó una mano para hacerse sombra. Los cuerpos, desnudos y ensangrentados, llegaron a la base de las murallas y los subieron dándoles tirones y puñetazos hasta llegar a lo más alto. Allí los sostenían mientras se revolvían por última vez, y finalmente los despeñaban en medio de un griterío enloquecido.

Eurímaco se obligó a mirar hasta que cayó el último embajador de Esparta.

De pronto imaginó lo que ocurriría si aquella multitud furibunda descubría que los verdaderos padres de Perseo quizá fueran espartanos.

Un escalofrío le recorrió la espalda mientras se apresuraba hacia su casa.

## Capítulo 25
*Esparta, abril de 429 a. C.*

Deyanira cogió un paño grueso y retiró de las brasas del hogar una plancha con una docena de pasteles. Acercó la cara e inspiró el aroma a miel y piñones tostados.

—Qué bien huelen —murmuró.

El olor le recordó a la época en que Calícrates aún vivía en casa. Aquéllos eran sus pasteles favoritos. Dejó la plancha en el suelo de tierra, se levantó y estiró la espalda.

Iba a ser la primera noche que Calícrates durmiera en casa desde que había completado el primer estadio de la *agogé*. Entre los siete y los doce años había recibido una educación básica, y lo habían entrenado para que fortaleciera el cuerpo y el carácter. A partir de los doce se le destinaría a una compañía de muchachos de su edad y recibiría una instrucción puramente militar.

Dejó el paño sobre la mesa de la cocina y tomó asiento en un taburete. Estaba cansada, los nervios llevaban dos noches sin dejarla dormir. Hacía meses que no estaba a solas con su hijo y temía que no se encontraran a gusto. Calícrates había sido un niño adorable, y estaba orgullosa de que se convirtiera en un gran soldado, pero le inquietaba la sensación de pérdida que había tenido las últimas veces que lo había visto.

Se levantó de nuevo y se asomó por la puerta de la cocina. Su mayor temor era que apareciera Aristón. Llevaba una semana colocando ofrendas en varios templos para pedir que no se presentara esa noche.

No se oía ningún ruido en el exterior y le sorprendió que ya hubiera oscurecido.

«Seguro que está a punto de llegar.»

Se apoyó en la mesa y sus ojos grises reflejaron el baile de las llamas. Aunque no fuera ese día, se temía que antes o después Calícrates y Aristón tuvieran un encontronazo. Su marido era malvado y odiaba a su hijo, y Calícrates estaba desarrollando el orgullo de los soldados. Esperaba que su prudencia creciera con mayor rapidez que su orgullo, porque por muy buen guerrero que llegara a ser, nunca podría enfrentarse a Aristón.

Se giró de golpe al sentir que su marido estaba detrás de ella.

«No hay nadie. —Procuró calmar el sobresalto de su respiración—. Tranquilízate, estás sola.»

En ese momento oyó la puerta.

Se quedó muy quieta, tratando de identificar los pasos que se acercaban. El sonido cruzó el patio y llegó a la entrada de la cocina.

—¡Calícrates!

Deyanira se abalanzó hacia él y lo abrazó.

«Qué alto está, casi me ha alcanzado.»

Su hijo colocó las manos en su espalda sin llegar a estrecharla. Deyanira se apartó y lo contempló a la luz del hogar.

«Se parece a Euxeno más que nunca.» Su cabello ya no era tan fino como antes y sus facciones se habían vuelto un poco más cuadradas, pero seguía teniendo una mirada amable en sus ojos marrones, aunque ahora estuviera serio.

—Estás muy alto. Y te pareces a tu padre.

Un destello de orgullo brilló fugazmente en los ojos de su hijo.

—Gracias, madre.

Calícrates apartó la mirada. Deyanira titubeó un momento y se giró para coger la bandeja de pasteles.

—De miel y piñones, eran tus favoritos.

—Por eso olía tan bien cuando he entrado. —En el rostro de Calícrates se vislumbró por un instante el chiquillo que había sido. Se metió en la boca medio pastel y cerró los ojos con una expresión de placer, pero la sobriedad regresó a su rostro como un viento de invierno.

—¿Estás bien, hijo?

Calícrates siguió masticando despacio.

—Ya han nombrado los instructores para cada compañía. —Alzó una mirada que llenó de congoja el corazón de Deyanira—. Mi instructor va a ser Aristón.

# Capítulo 26
*Esparta, abril de 429 a. C.*

Aristón reprimió una sonrisa al darse cuenta, nada más entrar en la sala, de que Arquidamo estaba exhausto.

«No durarás mucho, viejo.»

El rey Arquidamo se apretó los ojos con los dedos y luego parpadeó mientras miraba el mapa. Tomó la copa negra que tenía en el borde de la mesa, dio un sorbo y continuó en silencio.

En el aire flotaba el olor a sebo quemado de las velas que ardían en el candelabro de bronce de siete brazos que habían colocado junto al mapa. Siete hombres aguardaban las palabras del rey. Los habían convocado para tomar las últimas decisiones sobre la expedición militar de ese año, que comenzaría al cabo de una semana.

Aristón cruzó los brazos y observó a los asistentes. «Podría acabar con cualquiera usando sólo una mano.» Se imaginó qué ocurriría si tuviera que luchar a muerte con todos ellos. A su derecha se encontraba Brásidas, el único por el que sentía cierto respeto. «Sería el primero al que mataría.» Era el hombre que más se le resistía en los combates de entrenamiento, pero no le duraba más de cuatro o cinco estocadas. Para mantener el factor sorpresa, le partiría el cuello de un tajo y luego atacaría a los otros dos generales que había junto a él.

«El siguiente sería el viejo. —Su tío Arquidamo había sido un gran guerrero, pero ahora daba la impresión de que se derrumbaría si dejaba de apoyarse en la mesa. A su derecha se encontraba su hijo Agis—. Es rápido con la espada, quizá me parara un par de golpes.»

Después atravesaría al blando Cleómenes, el segundo rey

de Esparta. «Por mucha coraza que te pongas, seguirás pareciendo un campesino.»

Miró al otro lado de la mesa. Su primo Agesilao, el segundo hijo de Arquidamo, apartó la vista cohibido. «Pobre, sólo tiene quince años, tal vez se moriría del susto y no tendría que manchar más mi espada.» Si ocurriera aquello, saldría de esa sala como único rey de Esparta. «No, durante un rato sólo sería el regente de Calícrates, hasta que cayera en mis manos.»

Se le escapó el aire por la nariz al reprimir la risa y Brásidas giró la cabeza para mirarlo. Aristón lo ignoró y siguió esperando a que Arquidamo hablara. Sabía que no le había perdonado que profanara las tumbas de los atenienses. Si estaba en aquella reunión era porque pertenecía a la familia real y porque se había convertido en uno de los hombres de confianza de su primo Agis, el heredero de Arquidamo. El primogénito del rey, que en ese momento contaba veintiséis años, no parecía tan apocado como su padre.

En el umbral de la sala apareció un soldado. Arquidamo salió para hablar con él y los demás aguardaron en silencio. Aristón se adelantó un paso para echar un vistazo al mapa de cuero flexible. Contenía un dibujo tosco de la mayor parte de Grecia.

«No llega a mostrar Potidea», observó malhumorado. Finalmente, Potidea había capitulado ante el ejército de Atenas. Durante el invierno se había hablado de preparar una gran expedición para romper el asedio ateniense cuando regresara el buen tiempo; sin embargo, los potideatas no habían podido resistir más y habían aceptado abandonar la ciudad a cambio de que se les perdonara la vida.

«Tenemos que entrar en Atenas como sea. Sólo destruyendo la ciudad acabaremos con su armada, que es donde reside su poder.»

Pensó en los embajadores que habían enviado al rey persa, a los que los atenienses habían hecho prisioneros.

«Los arrojaron desde las murallas y dejaron que los cadáveres se pudrieran sin darles sepultura. —Si él comandara las fuerzas que entraran en Atenas, les haría pagar aquello con creces, y empezaría por el ateniense que parecía haberse puesto a la cabeza de todos ellos: el político Cleón. Su mirada se concentró en el punto del mapa que representaba Atenas—. Empalaría a sus habitantes y me aseguraría de que agonizaban durante el mayor tiempo posible.»

Arquidamo regresó a la sala. Llevaba el ceño arrugado en un gesto reflexivo y tardó unos segundos en hablarles.

—Acaban de llegar noticias desde Atenas. Han vuelto a encerrarse tras las murallas para protegerse de una nueva invasión, y al parecer ha vuelto a atacarlos la peste. —Se acercó a la mesa y observó el mapa—. Hasta ahora los dioses nos han protegido de esa plaga, pero no debemos forzar su voluntad. Evitaremos Atenas y dirigiremos todas nuestras fuerzas a Platea. —Señaló aquella ciudad en el mapa y los miró uno por uno.

Aristón mantuvo el semblante inexpresivo mientras la mirada de Arquidamo pasaba rápidamente por encima de él.

—Majestad —intervino Brásidas—, ¿vamos a atacar Platea?

Arquidamo frunció los labios. Brásidas era un oficial audaz y sin duda estaba pensando en los elementos que interferían con un ataque sorpresa.

—Hicimos el juramento de defender Platea si alguien los atacaba. —Aquello había sido hacía muchos años, pero un juramento no se debilitaba con el tiempo—. No podemos lanzarnos contra la ciudad sin parlamentar antes con ellos.

—Sí, majestad —respondió Brásidas con una inclinación respetuosa.

Aristón bajó la mirada haciendo un esfuerzo por mantenerse en silencio. Platea era una ciudad que interesaba a los tebanos para dominar completamente la región de Beocia y tener libre la comunicación con el Peloponeso. Por otra parte, Tebas poseía el segundo ejército de infantería más potente de la alianza tras el espartano.

«Entiendo que para reforzar la alianza con Tebas nos dirijamos a Platea —Aristón apretó la mandíbula—, pero deberíamos aplastar a sus habitantes mientras duermen si fuera posible.» Las palabras de los poetas sonaban bien en los coros de música, pero el honor lo proporcionaba la victoria.

Una hora después de la reunión en la casa del rey, Aristón entró en el patio de su vivienda.

—¡Deyanira!

Oyó un roce de pasos escabulléndose, imaginó que sería la esclava.

—¡Deyanira!

Recorrió la casa sin encontrarla y volvió al patio irritado. Dos días antes le habían informado de que iba a ser instructor de una de las compañías de muchachos. Se consideraba un puesto de mucha responsabilidad y los instructores gozaban de gran respeto en la sociedad espartana, pero para él había supuesto una frustración enorme.

«Los instructores no van de campaña con el ejército.» Iba a comenzar el tercer año de la guerra y esta vez ni siquiera saldría de Esparta. Por supuesto, el responsable de su marginación era su viejo tío Arquidamo. Sacudió la cabeza, deseando que su tío muriera pronto y le sucediera su primo Agis.

Regresó al interior de la vivienda sin querer resignarse a no poder aliviar su tensión con Deyanira. Revisó de nuevo las habitaciones y terminó en la alcoba en donde dormía con ella las pocas noches que pasaba en casa.

«Hace más de un año que no duermo aquí —se dijo un poco sorprendido—, quizá dos.» Se acostaba con ella varias veces al mes, con la esperanza cada vez más débil de que se quedara embarazada, pero ya nunca pasaba la noche allí. Según transcurrían los años le desagradaba más la mirada de Deyanira, cuyos ojos grises parecían leer en su interior y le hacían sentirse culpable.

Su atención se dirigió a una esquina de la alcoba y se quedó mirando un pequeño cofre de madera oscura y cerradura de bronce. Se arrodilló junto a él y lo levantó dejando una marca rectangular en el suelo de tierra. Rascó en el centro de esa marca y a tres dedos de profundidad encontró la llave, la hizo girar en la cerradura y abrió la tapa.

En el interior del cofre sólo había dos cosas: un puñal de hierro que había pertenecido a su padre, y el manto de tela, roto y sucio de sangre, que había envuelto a su hijo durante sus escasas horas de vida.

Permaneció un rato contemplando el manto. Finalmente lo sacó, cerró el cofre y enterró la llave.

«Tendría que haber hecho esto hace mucho tiempo.»

Se puso de pie y metió la tela ensangrentada entre los pliegues de su túnica. Atravesó la vivienda, salió al patio y al abrir la puerta de la calle estuvo a punto de darse de bruces con su esposa.

—Deyanira...

Como le ocurría a veces, le pareció más atractiva de lo que recordaba. Ya tenía treinta y tres años, pero bajo la túnica sencilla se intuía un cuerpo ágil y fuerte como el de un animal salvaje. Experimentó un ramalazo de deseo, la cogió del brazo y la hizo entrar en la casa. El rostro de su esposa había pasado de la sorpresa a una expresión dura que no sabía interpretar, ni le importaba.

La condujo directamente a la alcoba e hizo que se apoyara contra la pared. Se había acostumbrado a hacerlo así.

—Súbete la túnica.

Su esposa llevaba el pelo corto, y Aristón vio que los músculos de la parte alta de su espalda se tensaban antes de obedecer. Sin volver la cabeza, Deyanira cogió el borde de la túnica y lo levantó por encima de las caderas. Aristón notó que su cuerpo reaccionaba y sonrió enseñando los dientes. Seguía funcionando imaginarse que era la mujer de su hermano y disponía de ella por primera vez.

Flexionó las rodillas, hizo que curvara la espalda y la penetró. Deyanira gruñó de dolor. Él salió y volvió a entrar bruscamente. Colocó las manos en los flancos de su mujer e inició un fuerte movimiento de vaivén. El manto que había envuelto al bebé apareció de pronto en el borde de su túnica, a punto de caer sobre Deyanira. Con una mano lo hizo desaparecer entre los pliegues y siguió moviéndose. Ella debía de pensar en aquel hijo, igual que él. Si siguiese vivo, ahora sería un niño de ocho años con unos ojos que le harían parecer una criatura sobrenatural.

«¿Por qué nacería con esos ojos? —Quizá Zeus o Hera habían querido que fuera diferente por alguna razón—. De haber vivido, tal vez habría sido capaz de ver lo que otros no pueden. Igual estaba destinado a convertirse en un gran adivino.» De pronto percibió a su hijo a su espalda, de pie con una túnica corta y sus ojos grises resplandeciendo con una luz propia. Giró la cabeza en ambas direcciones y dejó de mover la cadera.

Deyanira notó que él perdía la excitación y estuvo a punto de volver la cabeza, pero se contuvo a tiempo. En otra ocasión había sucedido algo similar, y al mirarlo le había dado una bofetada que le había arrancado una muela. Cerró los ojos y aguardó. Aristón tenía una mente retorcida y torturada, cualquier cosa que hiciera podía enfurecerlo. Su esposo se inclinó sobre ella y le levantó más la túnica, tapándole la cabeza con la tela. Agarró sus pechos con ambas manos y los apretó con rudeza. Al cabo de un rato, Deyanira sintió que el sexo de Aristón crecía en su interior. Su marido le soltó los pechos, la aferró por la cintura y reanudó las sacudidas contra su cuerpo.

Aristón se concentró en no perder la erección. Su maldita esposa hacía todo lo posible para impedir que la dejara embarazada. «Seguro que también toma algún tipo de hierbas para evitarlo. Debería denunciarla.»

Envolvió sus caderas con las manos y embistió con más ímpetu. «¿Quieres castigarme por matar a tu hijo? —La agarró más fuerte, clavando en su vientre las puntas de los dedos, y estiró las piernas alzándola en vilo—. Volvería a hacerlo, maldita seas, no iba a dejar que nadie pensara que era hijo de Euxeno. —Sintió la habitual rabia hacia su hermano al tiempo que comenzaba a eyacular dentro de su esposa—. ¡Lo mataría mil veces! ¡Mil veces!»

La dejó caer y Deyanira se quedó acurrucada en el suelo con la túnica cubriéndole la cabeza. Aristón la contempló, quieta como una muerta. Se colocó el manto sin dejar de mirarla y se alejó de ella. Cruzó el patio, y al salir a la calle se acordó de que unos meses atrás un hoplita de su compañía se había ofrecido a acostarse con Deyanira para dejarla embarazada. Era algo común en casos como el suyo, pero Aristón lo había dejado inconsciente de un puñetazo.

«Yo ya he tenido un hijo, es culpa de Deyanira, o de los dioses, que no tenga más.»

La caída incesante en el número de hoplitas espartanos había llevado a que se permitiera que un hombre tuviese hijos con distintas mujeres. Además, era obligatorio casarse y tener descendencia. A los infractores se les hacía pagar una fuerte multa, se los excluía de algunos festivales religiosos y se los sometía a toda suerte de vejaciones.

Aristón había oído que en tiempos de Licurgo había alrededor de diez mil hoplitas. Era un dato que se perdía en la bruma del tiempo, pero lo que sí sabían con certeza era que medio siglo atrás, cuando lucharon contra los persas, rondaban los ocho mil y ahora no alcanzaban la mitad de esa cifra.

Llegó al promontorio del santuario de Atenea Chalkíoikos y comenzó a subir hacia el templo. El terremoto de hacía veinticinco años había matado a más de dos mil hoplitas, y las numerosas guerras producían un goteo de víctimas. Por otra parte, muchos soldados nunca salían de los barracones militares para visitar a sus esposas, y había bastantes que se limitaban a desahogarse entre ellos o con los adolescentes que tutelaban.

«Necesitamos hombres.» Eso era lo que Arquidamo le había dicho cuando él había rechazado al bebé que acababa de tener Deyanira. «Eso nunca será un hombre», le había respondido él, pero si no lo hubiera rechazado, ahora el niño estaría en su segundo año de *agogé*, y al cabo de unos años aprendería a combatir.

«Sería mi enemigo», se recordó. El niño había nacido sólo ocho meses después de que muriera Euxeno, podría decirse que era hijo de su hermano y eso lo colocaría por delante de él en la línea de sucesión.

«El recuerdo de mi hermano tiene que desaparecer de Esparta», se dijo pensando en Calícrates.

Se ocuparía de él en breve, ahora tenía que zanjar otro asunto.

Frente al templo de Atenea había un altar de piedra. Esa tarde habían sacrificado un cabrito, y en el brasero de bronce que se encontraba junto al altar todavía se apreciaban unos rescoldos. Los asistentes al sacrificio ya se habían ido y la sacerdotisa debía de estar dentro del templo. Aristón se agachó para soplar y consiguió que brotaran unas llamitas. Miró alrededor, sacó el manto con la sangre de su hijo y lo colocó doblado sobre el brasero. Cuando sopló de nuevo, el manto se prendió y las llamas lo envolvieron con un chisporroteo suave.

Se quedó de pie, contemplando cómo la tela y la sangre se convertían lentamente en ceniza. Junto a él, a los pies del altar, se encontraba la última ofrenda que Deyanira había hecho para que la diosa cuidara de su hijo.

## Capítulo 27
*Atenas, junio de 429 a. C.*

Perseo cerró los ojos cuando el fuego alcanzó el cuerpo de Ismenias.

Había tardado ocho días en morir, y lo único que había pedido con insistencia era que él no lo tocara para no contagiarse.

Notó que su padre le apoyaba una mano en el hombro y levantó la cabeza para mirarlo. Le impresionó ver que también había lágrimas en sus ojos. Su padre le dirigió una sonrisa de ánimo con los labios apretados y él se giró de nuevo hacia las llamas.

Le parecía increíble que todo lo que quedara de Ismenias fuera ese cuerpo que las llamas envolvían con voracidad. Tenía la sensación de que al regresar a casa lo encontraría con su bastón de pedagogo y le indicaría con su tono siempre tranquilo que se sentara para repasar la lección del día.

Veinte pasos a la derecha ardía otra pira, y un poco más allá una tercera con los cuerpos de una niña y su madre. Todas estaban cerca de la muralla, por si los guardias de las torres veían que se aproximaban tropas enemigas y había que regresar corriendo a la ciudad antes de que cerraran las puertas.

Permanecieron frente al fuego hasta que el sol rozó el horizonte. Entonces les gritaron desde lo alto de las murallas que tenían que entrar.

Eurímaco oprimió suavemente el hombro de Perseo, pero él se resistió a alejarse. ¿Cómo iba a dejar solo a Ismenias, en mitad del campo mientras anochecía? Su padre insistió y él sintió que el corazón se le encogía.

208

—Adiós —susurró con un hilo de voz llorosa. Sollozó profundamente y se alejó de la pira a medio consumir.

Cruzaron las puertas del Dipilón junto a varias personas silenciosas. Todos se miraban de reojo en busca de indicios de la enfermedad. Ascendieron un centenar de pasos por la vía Panatenaica y se internaron por una calle estrecha que se abría a la izquierda.

Icario estaba cargando el horno cuando entraron en la vivienda. Se detuvo con dos leños apoyados en el pecho, los saludó con una leve inclinación de cabeza y continuó su tarea.

—Tengo que descansar un poco. —Eurímaco tenía una voz ronca y pastosa—. ¿Puedes ayudar a Icario a terminar?

—Sí, papá. —La claridad grisácea del crepúsculo no evitó que se fijara en los ojos enrojecidos de su padre—. Todavía tengo que terminar una vasija; ¿quieres que te despierte para cenar?

—No. —Perseo vio que su padre tragaba con dificultad—. Necesito dormir hasta que salga el sol.

Se alejó con la espalda encorvada y a Perseo le pareció un anciano.

«Se va a dormir porque sabe que casi no queda comida», se dijo sintiéndose culpable. Su padre había pasado las últimas tres noches cuidando de Ismenias, y tampoco había comido en ese tiempo más que dos o tres cuencos de gachas de cebada. La poca comida que tenían se la había dejado a Perseo con la excusa de que él no tenía hambre.

«Sólo quedan gachas para un día y el reparto público de trigo sigue sin funcionar. Tenemos que vender alguna vasija.»

Entró en el taller y se sentó frente al vaso en el que estaba trabajando. En invierno su padre le había encomendado la tarea de untar algunas vasijas pequeñas con la disolución que se volvía negra en el horno. Hacía un mes había dado un nuevo paso al comenzar a trazar sencillas cenefas alrededor de algunos vasos. Los primeros intentos habían resultado descorazonadores y al final había tenido que pintar el vaso completamente de negro. Sin embargo, la última vasija había quedado bastante bien. Ya se había acostumbrado a realizar trazos sencillos con el pincel fino en una superficie curva, y cada vez le costaba menos visualizar lo que debía hacer para plasmar en el vaso el diseño que tenía en su cabeza.

Cogió el pincel y removió la disolución del cuenco que tenía junto al vaso. En la pared de enfrente había una larga repisa de madera con varias vasijas pintadas que Icario empezó a llevarse al horno. En otra repisa se secaban unos cuantos vasos pequeños recién torneados. En el suelo se encontraba el último trabajo de su padre: una crátera en la que se podía mezclar una buena cantidad de vino con agua, con forma de campana y asas moldeadas con un bonito ondulado que facilitaba el agarre. La enfermedad de Ismenias había impedido que su padre la pintara, y la superficie mostraba el tono de la arcilla seca.

Jugó con la idea de pintar aquella crátera de negro y adornarla sólo con cenefas.

«Quizá una gruesa en el cuello y otra en la base.»

Negó con la cabeza. Pintarla él sería aceptar que su padre estaba enfermo y no sólo agotado. Además, casi todo el valor de las cerámicas grandes se debía a la pintura que las decoraba.

Acercó una lámpara de aceite, cogió el pequeño vaso y reanudó el dibujo de la cenefa. El brillo amarillento de la llama le recordó la pira de Ismenias y sus labios comenzaron a temblar mientras dibujaba.

—Sólo queda tu vasija —le dijo Icario al cabo de un rato.

—Ya estoy terminando la cenefa. Voy a pintar el resto de negro.

Icario se quedó en silencio mientras Perseo pasaba el pincel con cuidado alrededor de la cenefa.

—Métela tú cuando acabes —dijo finalmente—. Encenderé el horno mañana, esta noche quiero dormir en casa.

Perseo asintió cohibido. No encender el horno esa noche implicaba estar un día más sin piezas que vender. Cuando pudieran sacar las vasijas del horno ya se les habría acabado la comida.

La puerta del patio se cerró y él siguió pintando en el taller, cuyo silencio de pronto le resultaba opresivo. En cuanto terminó, cruzó el patio oscuro y colocó el vaso boca abajo en el horno, encima de otros que ya había apilados, separándolo con trocitos de madera para que no se pegara durante la cocción. Después cogió la lámpara y entró en el dormitorio de su padre.

El lecho de Eurímaco era un estrecho armazón de madera y tiras de cuero entrelazadas, con un par de mantas de lana a modo de colchón. Estaba pegado a la pared que había enfrente de la puerta. Perseo se aproximó procurando no hacer ruido. Eurímaco se removió sobre el lecho, murmuró algo y se quedó boca arriba, con una respiración agitada que sonaba a piedras arrastradas por el agua.

Perseo se arrodilló junto a su padre, acercó la lámpara y contuvo el aliento mientras le examinaba el cuello, la piel de las axilas... allí habían aparecido las primeras llagas en el cuerpo de Ismenias, pero su padre no tenía marcas.

Se puso en pie y sus sandalias de cuero hicieron crujir suavemente la tierra del suelo a medida que se alejaba. Entró en la cocina, echó un cazo de harina de cebada en una olla con agua y añadió unas ramitas a las brasas del hogar. Al terminar se sentó frente a la vasija de Odiseo.

«Mamá, haz que papá se ponga bueno. —Colocó las manos en las asas y cerró los ojos—. Por favor, mamá, haz que se cure.»

Cuando el agua comenzó a hervir, casi se había dormido. Esperó a que la harina estuviera cocida, dejó que se enfriara un poco y comió entre cabezadas antes de acostarse en su habitación.

En mitad de la noche se despertó de golpe, convencido de que lo había despertado un ruido fuerte. Permaneció atento con los ojos muy abiertos. ¿El ruido había procedido del cuarto de su padre o de otro lugar? Abandonó el lecho y entornó con cautela la puerta de su dormitorio. En el patio silencioso, el horno se alzaba como un espectro orondo a la luz de la luna.

Avanzó descalzo, metió la cabeza en la alcoba de su padre y escuchó. A través del aire cargado percibió su respiración como un oleaje constante. Regresó a su lecho y tardó bastante tiempo en sumergirse en un sueño inquieto y vacío.

Por la mañana descubrió que la vasija de Odiseo había desaparecido.

Se quedó paralizado en el umbral de la cocina, contemplando con incredulidad el espacio vacío sobre la columna de adobe.

—Mamá...

Sus ojos saltaron por la estancia. Luego se volvió y escrutó atemorizado la soledad del patio. Su pequeño cuerpo comenzó a temblar y entró en el dormitorio de su padre para contarle lo que había pasado.

Se acercó despacio a su lecho.

—¿Papá?

Eurímaco siguió tumbado de lado como si no lo hubiera oído. Cuando Perseo se arrodilló junto él, la impresión estuvo a punto de hacer que se desmayara.

Había una erupción rojiza detrás de la oreja de su padre.

«¡Es igual que las que le salieron a Ismenias!»

En ese momento su padre se giró entre gemidos y le habló con un ronquido espeso que apenas se entendía.

—Tengo mucha sed, Perseo. —Entre sus párpados hinchados se vislumbraban unos ojos enrojecidos como ascuas—. Necesito agua.

—Sí, papá.

El llanto que anunciaba su voz se desbordó en cuanto salió de la alcoba.

## Capítulo 28
*Atenas, junio de 429 a. C.*

—Éste es un buen sitio para que descansemos.

Sócrates se sentó en la falda del pequeño promontorio, a poca distancia de los escalones del templo de Hefesto. Aquella pendiente al oeste del ágora era uno de los pocos lugares de la ciudad donde se podía estar tranquilo.

Observó la reducida actividad del ágora. La maldición de la peste había caído sobre Atenas por segundo año consecutivo, y en la calle sólo había unas cuantas personas que se apresuraban a realizar aquello que los hubiera sacado de sus viviendas.

«La mayor parte de la población permanece encerrada en sus casas.»

También había algunos cadáveres que los esclavos públicos aún no habían retirado, y enfermos deambulando a los que nadie se atrevía a acercarse. Alzó la vista y advirtió que muchos infectados se concentraban en la casa de la fuente.

«Dicen que la peste produce una sed que no se sacia por mucho que se beba.»

En ese momento se percató de que los dos amigos que lo acompañaban estaban esperando a que reanudara la conversación. Solía rodearlo al menos una docena de hombres, pero esa mañana sólo estaban el joven Alcibíades y Critias, un aristócrata de treinta años con una gran afición por la escritura y un moderado talento.

«Ninguna epidemia hubiera impedido a Querefonte estar todo el día conmigo.»

Sócrates esbozó una sonrisa melancólica. En invierno Querefonte había partido con una flota de veinte trirremes comandada por el almirante Formión. Su destino era Naupacto, una ciudad a la entrada del golfo de Corinto desde donde debían restringir el movimiento de las fuerzas navales de la alianza enemiga.

«Que los dioses te protejan, amigo.»

Se centró de nuevo en sus jóvenes acompañantes.

—Sigamos analizando el asunto de Platea. Veamos, Alcibíades, ¿crees que la respuesta que hemos dado a la embajada de Platea, diciéndoles que no permitiremos que sufran ningún agravio, ha sido un acto justo?

—Sin duda, Sócrates.

—¿Crees que ha sido justo porque es bueno que no capitulen ante el rey Arquidamo?

—Así lo creo, Sócrates.

El filósofo asintió. El rey Arquidamo había pedido a los habitantes de Platea que les cedieran la ciudad hasta que la guerra finalizara, y los plateenses habían respondido que accederían si los atenienses les daban su permiso. La respuesta de Atenas, sin embargo, había sido que resistieran a los enemigos porque ellos los ayudarían con todo su poder.

—No obstante —insistió Sócrates—, no será bueno para ellos cuando los ataque el ejército peloponesio y nosotros no enviemos fuerzas en su ayuda, pues no estamos en condiciones de hacerlo.

Alcibíades reflexionó un momento antes de responder.

—Es probable que no podamos ayudarlos, pero ahora ellos resistirán con más vigor. El efecto de nuestra respuesta será positivo, así que con más motivo reitero que ha sido una acción justa.

Critias se volvió con interés hacia Sócrates, que replicó al momento:

—Imagina entonces que fueras un ciudadano plateense, y supieras, como nosotros sabemos, que Atenas no va a enviar tropas para defenderlos si los ataca el ejército de Arquidamo. ¿Te parecería justa la respuesta que hemos dado a la embajada, afirmando que usaríamos todo nuestro poder y nuestras fuerzas para evitarles todo agravio?

—Quizá no, Sócrates, pero no puedes basar tu argumentación en hechos que no son ciertos. Yo no soy plateense, sino ateniense, y no puedo sino juzgar la justicia de una acción por los resultados que va a proporcionar a mi ciudad.

El filósofo le hizo un gesto interrogativo a Critias para que diera su parecer. El aristócrata, tras reflexionar un momento, asintió mostrando su conformidad.

«Alcibíades sólo tiene veintitrés años —se dijo Sócrates—, pero ya hay muy pocos que se le opongan. O, peor aún, Critias está genuinamente de acuerdo con su afirmación.» Los dos aristócratas pertenecían a familias poderosas y serían hombres prominentes en la Asamblea. El mayor bien que él podía proporcionar a la ciudad era guiarlos en el uso de la razón para que alcanzaran por sí mismos conocimientos verdaderos. Estaba convencido de que si desarrollaban un conocimiento profundo de qué es justo y qué no lo es, no podrían sino conducirse con justicia.

—Alcibíades, Critias, me temo que habéis prestado demasiada atención a los embrollados discursos de los sofistas...

Se detuvo cuando vio que Alcibíades miraba hacia el ágora con expresión preocupada.

—Pericles —murmuró el joven aristócrata.

El hombre más importante de la historia reciente de Atenas avanzaba por la vía Panatenaica procedente de la Acrópolis. Iba acompañado por Aspasia de Mileto, su segunda esposa, así como por media docena de hombres influyentes. Sócrates se admiró de la serenidad que mostraba el rostro cansado de Pericles. Seguía siendo un hombre al que nadie había visto alterarse, pese a que en los últimos meses la peste le había arrebatado a su hermana y a Jantipo, el mayor de los dos hijos que había tenido con su primera esposa.

—¿Quieres ir con él? —le preguntó a Alcibíades. Pericles era su tío, además de su tutor desde que había quedado huérfano de padre siendo un niño.

Alcibíades negó sin dejar de mirar a Pericles. Incluso los enfermos que vagaban por el ágora lo seguían con la mirada. Su aspecto sobrio quizá ya no transmitía la fuerza de antaño, pero su destitución había sido sólo una sombra pasajera en el enorme poder que tenía en Atenas. Hacía dos meses habían vuelto a elegirlo para el cargo de estratego, que comenzaría a ejercer dentro de un mes. Aunque Cleón y sus seguidores continuarían oponiéndosele, la mayor parte de la Asamblea respaldaría sus propuestas.

—Está bien acompañado —dijo Alcibíades—. Luego iré a verlo.

Pericles desapareció de su vista y Alcibíades se quedó mirando hacia la calle por la que se había ido.

Al cabo de un rato, el joven se volvió hacia Sócrates.

—Perdona que te haya interrumpido. Sigo insistiendo en que la respuesta a los plateenses es una acción justa, pues se ha hecho pensando en el beneficio de los atenienses, y yo como ateniense no puedo juzgarla de otra manera.

—Ése es el argumento de los sofistas; sin embargo, al contrario de lo que éstos afirman, hay que dilucidar la justicia en sí misma, al margen de los intereses propios.

Critias profirió un suave gruñido reflexivo antes de intervenir.

—Sócrates, no entiendo qué es «la justicia en sí misma». Si en lugar de juzgar un hecho por cómo afecta a un ateniense, lo hago desde el punto de vista de un habitante de Platea, y la conclusión difiere... ¿Por qué la perspectiva de un plateense va a ser más válida que la de un ateniense?

—Estás asumiendo como válida la afirmación del sofista Protágoras cuando dice que «el hombre es la medida de todas las cosas». He debatido largamente con él, y sin duda es un gran orador, pero todo depende de lo interesado que estés en el conocimiento. Dime, Critias, ¿quieres avanzar por la senda del conocimiento?

—Por eso estoy aquí, Sócrates.

—¿Y cómo se puede adquirir mejor el conocimiento?, ¿atendiendo a las características superficiales de las palabras, como su número de letras o su sonido, o atendiendo a su significado?

—Indudablemente, atendiendo a su significado.

—Y en cuanto al significado, ¿crees que al conocimiento podemos llegar a través del significado aparente o del significado verdadero?

Critias se quedó pensativo, no queriendo caer en el lazo que solía tender Sócrates. En ese momento vieron que un muchacho cruzaba a la carrera el ágora hasta detenerse frente a ellos. Alcibíades se puso de pie rápidamente al reconocerlo como un esclavo de la casa de Pericles.

—Habla, muchacho, ¿qué ocurre?

—La señora Aspasia... —el chico se esforzó por recobrar el aliento— le pide que acuda lo antes posible.

Alcibíades echó a correr seguido por la mirada preocupada de Sócrates. Cruzó el ágora y un minuto después llegó jadeando a la casa de Pericles.

Al acceder al patio vio a dos esclavas deshechas en llanto y sintió que un puño helado le oprimía el corazón. Un sirviente le hizo gestos desde las columnas de la galería para que entrara en una de las alcobas. Allí encontró a Aspasia, que miraba hacia el lecho con ojos de espanto y las manos en la cara. Una docena de las personas más influyentes de Atenas, entre familiares y amigos de Pericles, rodeaba la cama. Sobre las sábanas, mirando hacia el techo con sus ojos sin vida, se encontraba Páralos, el segundo hijo de Pericles.

El hombre más poderoso de Atenas lloraba amargamente mientras sostenía la pequeña mano de su hijo, cubierta de llagas.

# Capítulo 29
*Mar Jónico, junio de 429 a. C.*

«Tienen cinco naves por cada dos nuestras.»

Querefonte, sentado sobre la cubierta bamboleante del trirreme, escudriñaba la negrura intentando divisar los barcos enemigos. El mar estaba más agitado de lo que le hubiera gustado, aunque había oído decir al almirante Formión que prefería combatir con un poco de oleaje.

«Por Zeus, no entiendo qué pretende. Somos veinte contra cuarenta y siete.»

El día anterior habían navegado a lo largo del litoral, en paralelo a la armada enemiga que avanzaba por la costa opuesta del golfo de Corinto. Querefonte había contado varias veces las naves enemigas, y estaba seguro de que eran cuarenta y siete.

Corinto había enviado esas embarcaciones, repletas de soldados, para apoyar las operaciones militares que Esparta estaba llevando a cabo en el noroeste de Grecia. El almirante Formión trataba de impedir que las naves corintias cruzaran el estrecho para desembarcar las tropas y unirse a las fuerzas de Esparta. La noche anterior, la flota enemiga había atracado en la otra orilla. Formión tenía la certeza de que pretendían cruzar al amanecer, por lo que antes de que saliera el sol había dado orden de dirigirse contra ellos.

«Espero que Poseidón se los haya tragado», se dijo Querefonte mirando a ambos lados.

Cada uno de los veinte trirremes atenienses llevaba diez hoplitas como él, cuatro arqueros y casi doscientos remeros, además de algunos marineros y un capitán, que en el caso de su barco era el propio Formión. La proporción entre soldados y remeros era la adecuada para combates navales que consistían básicamente en inutilizar los barcos enemigos embistiéndolos. Llevar más soldados suponía una ventaja en caso de abordaje pero a la vez reducía la velocidad de las maniobras, que era lo que marcaba la diferencia entre embestir o ser embestido.

Los más de doscientos tripulantes de su trirreme ni siquiera murmuraban un comentario al compañero más cercano. Sobresaliendo en la proa, su poderoso espolón de bronce abría las aguas en busca de una presa. Al roce del mar y el empuje de las palas de los remos sólo los acompañaban las notas regulares de las flautas, tocadas con suavidad para que su sonido no se propagara más allá de los remeros a quienes marcaban el ritmo.

Poco antes de que Querefonte partiera de Atenas para unirse a la armada, había tenido lugar la Asamblea que había terminado con los embajadores espartanos arrojados desde lo alto de las murallas. A la mañana siguiente, le había hecho a Sócrates una pregunta a la que había estado dando vueltas toda la noche.

—¿Por qué no has intervenido en la Asamblea? Muchos hombres te habrían escuchado y no habrían ejecutado a los embajadores sin un juicio previo.

—Me habrían escuchado muchos menos de los que crees —respondió Sócrates apesadumbrado—. Además, si quieres combatir por la justicia, no puedes blandirla ante una masa airada, o te aplastarán y ahí habrá acabado tu trabajo, y todo lo que hubieras podido hacer no será hecho. Una idea es más poderosa que cualquier hombre; bien sabes que lo que me propongo es que los gobernantes del día de mañana tengan ideas como la verdad, la justicia y el bien en su cabeza, y por lo tanto también en su conducta.

Querefonte reflexionó en la cubierta del trirreme sobre aquellas palabras de Sócrates. Al cabo de un rato se descubrió pensando con preocupación en la epidemia que había vuelto a desatarse en Atenas. Hacía dos días habían llegado noticias preocupantes que hablaban de cientos de muertos. En la flota de Naupacto aún no se había producido ningún caso, pero

Querefonte se preguntaba cuántos amigos se llevaría la plaga ese año.

«Al menos Querécrates y sus hijos están a salvo de la peste.»

Su hermano había vuelto a irse a la granja de Eubea antes de que los espartanos invadieran el Ática. La isla estaba bien protegida por treinta trirremes, pero si la guerra empeoraba, intentarían conquistarla tanto los espartanos como los tebanos, para quienes también era un objetivo prioritario. Y si Atenas daba muestras de debilidad, los propios eubeos podían rebelarse y atacar las propiedades de los atenienses en la isla.

«Si perdemos la granja, no nos quedará nada», se dijo arrugando el ceño.

Querécrates y él compartían la propiedad de la granja, aunque cuando su hermano se casó, él decidió que Querécrates recibiera un ingreso adicional que cubriese los gastos de manutención y educación de sus hijos. Eso reducía la renta de Querefonte, sobre todo ahora que acababa de nacer su tercer sobrino, pero seguía teniendo más que suficiente para costear los gastos de su vida austera.

«Dentro de unos meses necesitaré más dinero que ahora», pensó con una sonrisa titubeante. Al final del invierno había pactado un matrimonio de conveniencia que lo uniría a la hija del propietario de una granja que lindaba con la suya. La dote incluiría unas tierras que anexarían a las que ahora poseían, lo que incrementaría su renta en el equivalente al mantenimiento de dos o tres hijos que recibieran una buena educación.

—Melisa —murmuró en voz muy baja para que no lo oyera el hoplita sentado delante de él.

Sólo había visto de cerca a su prometida en una ocasión, una mujer menuda de veinte años que se esforzaba en sonreír a pesar de su evidente timidez. Su padre y su madre se alternaban ensalzando las virtudes de su hija y lo preparada que estaba para llevar una casa. Melisa bajaba la mirada mostrando la humildad y el respeto que se esperaban de ella, pero lo que más agradó a Querefonte fue detectar en sus ojos el brillo de la inteligencia.

Continuó mirando el espacio insondable que había frente

al trirreme. Al no tener puntos de referencia, le daba la sensación de que no avanzaban. Apoyó las manos en la cubierta y cerró los ojos para concentrarse en los sonidos. Las flautas silbaban como pájaros enjaulados, acompasadas con el chapoteo de los remos.

De repente, varios marineros gritaron para advertir de la presencia de barcos enemigos. La flota corintia había abandonado el puerto de Patras y estaba cruzando el brazo de mar hacia la otra orilla. Querefonte intentó en vano distinguir algo con la exigua claridad que proporcionaba el horizonte grisáceo. El almirante Formión comenzó a dar órdenes y la formación de los trirremes atenienses varió hasta convertirse en una hilera de barcos en fila de a uno.

Entonces los vio: una inmensa masa de naves surgiendo de la oscuridad frente a ellos.

La fila de trirremes atenienses modificó el rumbo por orden de Formión y se dirigió hacia uno de los flancos de la escuadra enemiga. Las naves de Corinto estaban formando un extenso círculo defensivo, con las proas hacia fuera y las popas hacia el interior. Dentro del círculo dejaron algunas embarcaciones pequeñas y los cinco trirremes más veloces, para acometer en cualquier punto si los atenienses conseguían romper su formación.

«¡Estamos dejando nuestros flancos descubiertos!», se alarmó Querefonte. Su trirreme pasó cerca del espolón de proa de una nave corintia, y después de otra y otra más a medida que los remeros hacían que la fila de barcos atenienses girara alrededor de la disposición circular de la flota enemiga.

Formión daba órdenes sin cesar; las naves atenienses batían los remos con destreza y se aproximaban a las corintias como si se dispusieran a atacar, pero lo único que hacían era estrechar el anillo que habían creado. Los barcos enemigos retrocedían paulatinamente sin decidirse a acometer, apretando su formación.

Poco a poco la claridad aumentó y comenzó a soplar el viento que Formión había estado esperando. La armada corintia empezó a desplazarse, cada nave en función del ángulo que su casco ofrecía al viento. Sus capitanes y jefes de remeros maldecían y gritaban cada vez más furiosos intentando que sus trirremes mantuvieran las posiciones. Las popas de algunos barcos se encontraron con las embarcaciones del centro de la formación. Querefonte vio que algunas naves se juntaban tanto que tenían que utilizar pértigas para no golpearse entre sí. En medio del griterío comenzó a oírse un repiqueteo de remos entrechocando.

Miró hacia atrás. El almirante Formión parecía un dios marino, de pie sobre su asiento de madera enclavado en la popa, con la coraza de bronce labrada, su cabellera larga y la espesa barba plateada. Su mirada experta escrutaba la progresión de las dos flotas, el movimiento de cada embarcación...

De pronto saltó a la cubierta del trirreme.

—¡Ahora!

Los flautistas incrementaron la cadencia de las notas que marcaban el ritmo a los remeros. Querefonte sintió que su barco aceleraba hasta deslizarse sobre el mar como una flecha. El timonel accionó el timón de popa y viraron de golpe contra una de las embarcaciones que comandaba la escuadra corintia. Querefonte se agarró con fuerza a la maroma que recorría la cubierta...

El espolón de su trirreme se incrustó en el casco enemigo y él estuvo a punto de salir despedido. La nave corintia se desplazó bruscamente, varios de sus hoplitas cayeron al mar y el peso de sus corazas hizo que se hundieran de inmediato. Los remeros atenienses bogaron hacia atrás y el agua entró por el enorme agujero del barco corintio, a través del cual se oían los gritos de sus remeros malheridos.

Cuando todavía se desplazaban hacia atrás, los pasó por estribor otro de los trirremes atenienses. Su espolón impactó contra la popa de la misma nave enemiga, abriendo un segundo boquete en la línea de flotación y aplastando a más remeros. Varias naves corintias trataron de acudir en ayuda de su nave capitana, pero sólo conseguían golpear los remos contra los de sus compañeras. Otras habían sufrido la embestida de los trirremes atenienses y la mayoría se limitaba a intentar escapar.

Formión ordenó avanzar contra una embarcación que había conseguido destrabarse y se dirigía hacia ellos. Parecía que iban a chocar espolón contra espolón, pero el almirante dio la orden de bogar sólo con los remos de estribor y levantar los de babor. El timonel favoreció que la nave girara repentinamente, como si intentaran eludir el choque.

«Van a embestir nuestro costado.» Querefonte se aferró de nuevo a la maroma al ver que se acercaba hacia él la proa enemiga. De pronto los remeros de babor volvieron a bogar y los de estribor se apresuraron a meter los remos en el interior del trirreme. Las dos naves pasaron una junto a otra, tan cerca que su casco quebró los remos de estribor de la corintia, aplastando a muchos de los hombres que los manejaban.

Sacaron todos los remos y viraron hasta orientar la proa de nuevo hacia la nave corintia, que había perdido la capacidad de maniobrar. Formión hizo que se mantuvieran quietos frente a ellos, a menos de un estadio de distancia, hasta que otro de los trirremes atenienses se acercó a la nave desde el costado opuesto. En ese instante dio la orden de embestir.

A medida que adquirían velocidad, Querefonte observó que los arqueros del otro trirreme ateniense disparaban a los hombres de cubierta de la nave corintia, que no podían prepararse para la tremenda embestida que iban a sufrir.

Impactaron en mitad del casco y estuvieron a punto de partir la nave en dos.

—¡Hoplitas, al abordaje! —ordenó Formión.

Querefonte se incorporó a toda velocidad con su lanza y su escudo y corrió hacia la proa en medio de la fila de soldados. Advirtió que los arqueros de su barco se unían a los del trirreme ateniense que había quedado al otro lado de la nave enemiga; aquello disminuía la probabilidad de que lo atravesara una flecha o una lanza corintia. Algunos de sus compañeros más jóvenes saltaron al alcanzar la proa, pero él se detuvo en el último momento. El espolón de bronce de su trirreme seguía encajado en el casco enemigo y su proa quedaba por encima de la otra cubierta. Aunque tenía que dar un salto corto, los barcos se movían y de pronto fue muy consciente del peso que llevaba encima. Si caía al agua, podría desengancharse el escudo y quitarse el yelmo con facilidad, pero la coraza lo arrastraría al fondo.

«¡Por Atenas!»

Se dio impulso y cayó en la cubierta de madera. Inmediatamente avanzó unos pasos y arrojó su lanza contra un corintio que combatía a espada con uno de sus compañeros. Su arma atravesó el faldellín de cuero y se clavó en el muslo del soldado. El dolor hizo que el corintio se quedara rígido un instante, lo suficiente para que el hoplita ateniense le hundiera la espada en el cuello.

Otro soldado se abalanzó sobre Querefonte, que desenvainó su espada al tiempo que paraba con el escudo la de su enemigo. Se trataba de un soldado de infantería ligera, sin yelmo y con un peto de cuero hervido en lugar de coraza de bronce. Querefonte se giró en la estrecha cubierta, haciendo que su adversario girara con él y ofreciera la espalda a los arqueros de su barco. Un segundo después, cayó con una flecha en la nuca y él lo remató.

El otro trirreme ateniense había lanzado garfios de abordaje y estaba aproximando su costado al de la nave corintia. Después de arrojar sus lanzas, los hoplitas saltaron a la cubierta y se unieron al grupo de Querefonte. En apenas un minuto, los soldados y marineros corintios flotaban en el mar sujetos a un trozo de madera o se hundían sin vida en las aguas oscuras.

—¡Tomad la nave! —le gritó Formión al capitán del otro trirreme—. ¡Mis hoplitas, a bordo!

Querefonte se agarró al brazo que le ofrecían y regresó a su trirreme. Miró alrededor y vio que las naves enemigas que no habían sido embestidas se dirigían hacia el horizonte en una huida desorganizada.

Los remeros bogaron para desencajar el espolón. En el barco corintio del que se alejaban, los hoplitas del otro trirreme ateniense bajaron con picas a la bodega y comenzaron el exterminio de remeros. A pesar de su número mucho mayor, eran hombres casi desnudos y desarmados; en el estrecho pasillo entre los bancos de remar sólo podían presentar un frente de cinco o seis hombres contra sus enemigos. Únicamente se salvaban los que conseguían subir por la escalera de popa y arrojarse al mar, así como los que salían buceando por algún agujero abierto en el casco.

El viento del amanecer era fresco, pero Querefonte sudaba dentro del yelmo mientras iniciaban la persecución. Apretaba la empuñadura de la espada con tanta fuerza que sus nudillos se habían vuelto blancos. Apenas oía el chapoteo del mar y los tonos rítmicos de las flautas. Poco a poco se acercaron a la flota enemiga en desbandada, mientras los trirremes atenienses que habían iniciado antes la persecución iban apresando las más lentas de aquellas naves.

Al cabo de media hora, Formión decidió dar la vuelta y regresaron al área del combate. Por el camino se detuvieron y ataron una soga a una de las naves apresadas para ayudar a remolcarla. Algunos marineros atenienses pasaron a esa nave, y durante la travesía fueron sacando de la bodega a los muertos y heridos y arrojándolos al mar.

Antes de regresar a Naupacto, desde donde seguirían defendiendo el estrecho, Formión ordenó que se detuvieran en un pueblo llamado Molicrión. Allí comprobaron el resultado de la batalla: habían perdido muy pocos hombres y ninguna nave, mientras que habían conseguido apresar doce embarcaciones enemigas. El almirante levantó un monumento conmemorativo por la victoria y entregó como ofrenda a Poseidón la primera embarcación que habían embestido.

Por la noche, en el campamento de Naupacto, casi todos los hombres disfrutaron de muy buen humor de su doble ración de vino y carne. Querefonte se alejó de las risas y las palabras enardecidas y se tumbó en su lecho con el estómago vacío. Ésa había sido la cuarta batalla en la que había participado a lo largo de su vida.

«Cuatro batallas, cinco muertos.»

Se quedó mirando el techo de piel de la tienda, negándose a dormir, pero eso no evitó que lo visitaran los fantasmas de los cinco hombres a los que había matado.

El agotamiento lo venció justo antes del amanecer. Cuando sus párpados se cerraron, vio a Sócrates agonizando en medio de la plaga que se había abatido sobre Atenas.

—¿La peste tiene la mirada clara? —musitó con los ojos cerrados.

En su mente la peste cobró vida como un monstruo del

inframundo. De pronto se volvió hacia él, y sus ojos espectrales se transformaron en los de Perseo.

A la mañana siguiente, Querefonte se acercó a las aguas del estrecho hasta que las olas salpicaron sus sandalias de cuero. Su mirada cansada recorrió la costa peloponesia y constató que no se divisaba ningún barco enemigo. Luego fue más allá, internándose en la tierra hasta alcanzar el horizonte montañoso.

Las pesadillas de la noche anterior continuaban oprimiendo su ánimo.

«En algún punto del Peloponeso está enterrada la mujer de Eurímaco», se dijo entornando los ojos.

Hacía siete años había viajado a Argos y había interrogado al ceramista que había contratado a Eurímaco. Dos días más tarde se había desplazado hasta la posada a la que había acudido su amigo con Perseo recién nacido.

—Sí, claro que me acuerdo de ellos. —El posadero era un hombre de mirada franca, con una expresión triste y bolsas bajo los ojos—. Ocurrió el verano pasado.[6] Pobre hombre. Lo habían asaltado en el camino y habían matado a su mujer. —Meneó la cabeza al rememorar aquello—. Entró por esa puerta, cubierto de sangre, cargando con unas alforjas y su hijo recién nacido. Pidió ayuda, cayó de rodillas y se agarró a una mesa para no desplomarse.

Querefonte continuó interrogándolo:

—Creo que en el lugar donde los atacaron quedaron los cadáveres de algunos asaltantes. ¿Sabes de alguien que los viera?

—Había tres muertos, es cierto. El esclavo que viajaba con el ateniense y dos asaltantes. Los vio mi hijo, que ese día tuvo que ir a Argos.

—¿Podrías llevarme hasta allí?

—¿Por qué quieres ir? —El posadero se rascó la barba—. ¿Qué es lo que quieres ver?

6. Los antiguos griegos llamaban *verano* al período comprendido entre principios de marzo y principios de noviembre, e invierno al resto del año.

—Mi amigo tuvo que enterrar a su esposa en los alrededores, y le disgusta mucho que sus restos no descansen en Atenas. Apenas habla de lo que ocurrió, todavía le resulta demasiado doloroso, pero sé que nos agradecería mucho que fuéramos capaces de localizar la tumba.

A Querefonte le extrañaba que Eurímaco no hiciera todo lo posible para que el cadáver de Altea reposara junto a los de sus antepasados. Estaba muy atareado ocupándose de un bebé y tratando de relanzar su negocio de cerámica, pero no había dicho ni una palabra sobre recuperar el cuerpo de su mujer. Ése era otro de los puntos oscuros relacionados con Perseo, y Querefonte tenía el presentimiento de que si ahondaba en ello, podría unir el misterio que enlazaba al hijo de Eurímaco con el oráculo de la muerte de Sócrates.

—Mi chico está sirviendo en el ejército —respondió el posadero—, y no regresará hasta dentro de tres meses. Me temo que no conozco a nadie más que pueda indicar el sitio exacto donde los asaltaron.

«Tres meses.»

Querefonte continuó mirando desde la orilla hacia el Peloponeso. Había tenido intención de regresar para que el hijo del posadero lo llevara al lugar del ataque e inspeccionar los alrededores en busca de la tumba de Altea. Sin embargo, durante un tiempo tuvo que demorarlo para cuidar de su madre enferma, y luego estalló la guerra entre Atenas y Esparta. Ahora resultaba demasiado peligroso para un ateniense viajar a través del Peloponeso.

«Cuando acabe esta maldita guerra, volveré.»

## Capítulo 30
*Atenas, junio de 429 a. C.*

—Ag...

La voz que surgía entre los labios ulcerados de Eurímaco era un gruñido débil, apenas inteligible.

—Agua...

Una tos violenta hizo que se doblara en dos sobre el colchón mojado. El dolor del pecho le hizo ver puntos de luz a través de los párpados apretados. Cuando recuperó la respiración, se llevó la mano a la boca con un gemido y enjugó la sangre de sus labios.

—Ismenias... —No, Ismenias había muerto. Habían quemado su cuerpo en una pira. El fuego lo había reducido a cenizas, igual que lo estaba devorando a él por dentro, haciendo que se retorciera sin cesar.

Llevaba días y noches sin dormir, no sabía cuántos. Se acordó de que había un cuenco con agua al lado de su cama, se giró hacia el borde y lo encontró junto a una manta de lana.

«Perseo... —Allí había estado tumbado Perseo. Lo recordó poniéndole paños húmedos en la frente, intentando que comiera algo, dándole agua—. ¿Dónde está?»

Estiró el brazo hacia el cuenco. Sus dedos temblorosos lo sujetaron por un momento, cedieron y el agua se derramó.

Sollozó y sus pulmones ardieron de dolor. Apretó los dientes, rodó y cayó a cuatro patas sobre la manta de lana de Perseo. Estaba desnudo, el cuerpo le ardía de tal modo que no soportaba que nada lo cubriera. Bajó la cabeza y apoyó la cara en la tierra húmeda que se había bebido su agua.

«Dioses, necesito agua.»

Apoyó las manos en el borde del lecho y trató de incorporarse. La cabeza le daba vueltas de un modo vertiginoso. Al cabo de varios intentos, consiguió ponerse de pie y avanzó trastabillando hacia la puerta abierta. Intentó tragar saliva, pero la sangre hacía que la lengua y la garganta estuvieran pegajosas y su sensación de ahogo se incrementó.

La luz intensa del mediodía lo obligó a detenerse en el umbral con la cabeza agachada. Levantó poco a poco sus ojos entrecerrados y entre brumas distinguió el horno encalado. Junto a él había un bulto oscuro. Parpadeó y el bulto se convirtió en el cuerpo de Perseo, yaciendo boca abajo.

«¡No!»

Se acercó dando tumbos y cayó de rodillas junto al pequeño.

—¡Perseo! —Su voz era un graznido roto—. ¡Hijo mío!

Lo agarró de un hombro y le dio la vuelta. La boca del pequeño se abrió y la mandíbula le quedó colgando sin que abriera los ojos.

—Despierta, hijo mío. —No veía llagas en su piel suave, pero parecía que no respiraba. Sintió el aguijón del pánico y lo agitó—. ¡Perseo!

El pequeño entreabrió los ojos.

—Papá —exhaló desfallecido.

Tenía tierra clavada en un lateral de la cara, la piel roja y sus rizos negros pegados al sudor de la frente. Cerró los ojos y tardó unos segundos en volver a abrirlos.

Eurímaco levantó la cabeza y miró desesperado hacia el taller.

«¿Dónde está Icario? —Lo recordó confusamente. Se había ido, Perseo se lo había contado—. Nos robó la vasija de Odiseo.»

Perseo se movió despacio, girando el cuerpo y haciendo un esfuerzo por incorporarse hasta ponerse de rodillas.

—Estoy bien, papá. —Apoyó una mano en el suelo, se levantó poco a poco y miró a Eurímaco como si no lo viera bien—. Espera, voy a traerte agua.

Perseo se tambaleó hacia la cocina. Al igual que le había ocurrido a Ismenias, su padre sufría una sed atroz desde que había caído enfermo hacía tres días. Estaban a punto de agotar su reserva de agua, y llevaban dos días sin comida.

Volcó la jarra con el resto de agua en un cuenco, llenándolo hasta la mitad. Contuvo el deseo de dar un sorbo y regresó al patio.

Eurímaco estaba haciendo esfuerzos por respirar, con un hilillo de baba sanguinolenta colgándole de la boca. Cogió el cuenco que le ofrecía Perseo y bebió con avidez. Después lo dejó caer y se quedó mirando al frente con los ojos vidriosos. De pronto su cuerpo se convulsionó y vomitó una cascada verdosa de agua y bilis. Cuando terminó, se inclinó sollozando hasta que su frente tocó el suelo de tierra.

—Agua. —Boqueó varias veces para tomar aire—. Por favor, necesito más agua.

Perseo contempló entre lágrimas su cuerpo desnudo, la piel repleta de pústulas que supuraban un pus rojizo.

—Se ha acabado, papá. No nos queda agua ni comida, y tampoco tenemos dinero. —Lo único de valor que quizá habrían podido vender era la cerámica de Odiseo, pero Icario la había robado. Se lo había contado a su padre, aunque a veces perdía la memoria y volvía a preguntarle por Icario—. Lo único que nos queda son las últimas cerámicas que he cocido.

Eurímaco levantó la cabeza, sin comprender lo que decía. Perseo se acercó al horno y abrió la puerta. El primer día tras la desaparición de Icario lo había estado esperando hasta el anochecer, cuidando de su padre mientras éste no dejaba de empeorar. Al final comprendió que Icario era el que les había robado y que no iba a regresar. Entonces decidió intentar cocer él las vasijas.

Entró en el horno y sintió que los pulmones le ardían, pese a que el fuego se había apagado hacía tiempo. Parecía que la cocción se había producido correctamente, los vasos eran negros, y las cenefas, rojas. Sabía que mientras la peste azotara la ciudad, no sería posible vender un plato o una sencilla copa; por eso había decidido meter también la gran crátera con forma de campana que había moldeado su padre.

Se acercó a ella, tocó una de sus asas onduladas y al instante retiró la mano. Se quitó la túnica, con cuidado de no tocar las paredes del horno, la plegó varias veces y la utilizó para levantar la cerámica. Dando pequeños pasos, salió del horno y se acercó a su padre.

—He pintado tu crátera, papá.

Eurímaco fijó la mirada en la vasija que Perseo había depositado en la tierra delante de él. El esmalte negro de la superficie reflejaba intensamente la luz del sol. En el centro de la vasija había una gran figura roja: la princesa Europa cabalgando a lomos del toro blanco en el que se había transformado Zeus para seducirla. Perseo había reflejado con trazos sencillos los pliegues de la túnica de Europa, mojada con las aguas del mar Egeo, y los músculos del toro que la transportaba de su Tiro natal a la isla de Creta, donde se convertiría en reina.[7]

—La he hecho de memoria, acordándome de la pintura de Polígnoto de la Acrópolis. —Primero había pensado dibujar una sirena, pero era un motivo demasiado sencillo para una vasija tan grande. Había pasado un día y una noche haciendo borradores de las distintas partes del dibujo de Europa y Zeus en un vaso pequeño, y luego las había repetido en la superficie de la crátera.

Eurímaco contempló el dibujo en silencio durante un rato.

—Es increíble —murmuró cerrando los párpados.

Su cabeza golpeó contra el suelo produciendo un ruido sordo.

Eurípides agarraba tan fuerte la mano de su hija que le hacía daño. Casandra no protestaba mientras corría a su lado para igualar sus zancadas apresuradas. Pasaron junto a un cadáver y su padre tiró de ella para que no lo tocara. Luego se cruzaron con tres hombres y se observaron unos a otros sin saludarse ni ralentizar el paso. Cuando los dejaron atrás, Casandra levantó la mirada hacia su padre y en su rostro vio una expresión más adusta que nunca.

«Pobre papá.»

Casi todos los esclavos de su casa se habían fugado dos días

7. El continente europeo recibe su nombre de la protagonista de este mito.

antes: Yanira, un hombre que hacía de guardia y dos mujeres que cocinaban y limpiaban. Sólo seguía con ellos un chico joven y corto de entendederas, y Casandra sospechaba que su padre no quería que se quedara sola en casa con él.

Al llegar al ágora, Eurípides tiró de su hija hacia la tienda de obras literarias, uno de los pocos establecimientos que se encontraban abiertos. La huida de los esclavos era doblemente fastidiosa para el dramaturgo porque su esposa se había ido de casa hacía tres meses. La excusa había sido que a su naturaleza enfermiza le sentaba mejor el clima de la casa de sus padres en Salamina. Él estaba casi seguro de que su mujer tenía un amante, y sospechaba que ni siquiera estaba viviendo en Salamina.

Forzó una sonrisa al llegar a la tienda.

—Mi buen Tiresias, me alegra verte lleno de salud.

El dueño del establecimiento apartó su atención de los rollos de papiro que estaba colocando y le dirigió una sonrisa mucho más experimentada que la suya.

—Elevado Eurípides, qué alegría me causa tu visita. —Se volvió sonriendo hacia Casandra, que se dio cuenta de que Tiresias examinaba rápidamente su rostro y su cuello, igual que Eurípides hacía con la piel aceitunada del comerciante.

—He venido a verte, Tiresias, porque he perdido la cuenta de las copias de mis obras que tienes en tu poder, y quisiera que me recordaras el dato.

—Aquí las ves, Eurípides. —Señaló los cilindros de cuero que había a la izquierda del mostrador—. Y son las mismas siete que hace una semana, porque no he vendido ninguna. Corren malos tiempos para casi todo, también para los que vivimos de las letras.

Eurípides apretó con más fuerza la mano de Casandra, que no había soltado desde que habían salido de casa.

—Son malos tiempos, nadie en su sano juicio lo negaría, pero tal vez hayas cambiado de parecer sobre lo de tener a la venta mis obras sin haber pagado ni siquiera una parte. De otro modo, quizá considerara más oportuno llevármelas para venderlas directamente, y así además obtendría por ellas un beneficio mayor.

—Ay, Eurípides, qué más quisiera que poder pagártelas

todas, y aun encargarte otras tantas y pagártelas por adelantado. Aquí las tienes, si consideras lo más apropiado llevártelas, aunque creo que es mejor que no lo hagas. Todo lo que puedo hacer es enviarte aviso en el momento en que se produzca una venta, y así cobrarás al mismo tiempo que yo.

Casandra dejó de prestar atención a la disputa cuando oyó el chirriar de una carretilla que se aproximaba. Unos esclavos públicos tiraban de ella por la vía Panatenaica transportando dos cadáveres. Se giró hacia ellos según pasaban a su lado y vio que los muertos eran un anciano y un joven de unos quince años, ambos desnudos y cubiertos de pústulas.

En el ágora había muy poca gente, y quienes se detenían para hablar vigilaban que no se les acercara ningún enfermo. Le llamó la atención una mujer vestida de negro que se aproximaba desde el otro extremo, proveniente de la Acrópolis.

«Es Aspasia.» La mujer de Pericles estaba acompañada por dos esclavas que también vestían de negro. Iban de luto por la muerte de Páralos, el segundo de los hijos que Pericles había tenido con su primera esposa.

Pericles había quedado destrozado por la muerte de su hijo. Los atenienses se habían conmovido hasta tal punto por el hombre que les había dado la grandeza, que no habían puesto reparos en hacer una excepción a la ley de ciudadanía ateniense que él mismo había promovido hacía dos décadas. De ese modo, Pericles el Joven, el único hijo que habían tenido Pericles y Aspasia, había obtenido la ciudadanía a pesar de que su madre no era ateniense.

Casandra se quedó mirando a la mujer. Su padre terminó de hablar con Tiresias y se alejaron de la tienda caminando hacia ella.

«Qué guapa es», pensó Casandra observándola de reojo al pasar. Su padre le dirigió una inclinación de cabeza y Aspasia le correspondió con una sonrisa triste.

—¿La conoces? —preguntó Casandra cuando se distanciaron unos pasos.

—¿A Aspasia? Sí, he estado en un par de reuniones que organizaba ella. Le gusta alternar con intelectuales y artistas. Es una mujer bastante inteligente.

Casandra sintió que crecía su admiración hacia Aspasia. Su padre hablaba de ella con un respeto que no le había visto mostrar hacia ninguna otra mujer.

—¿Por qué ella puede ir a reuniones como los hombres?

Su padre sonrió, un poco incómodo.

—Bueno, es la mujer de Pericles. —Titubeó un momento—. Es muy liberal, y a él le parece bien que lo sea. —Al igual que muchos ciudadanos, Eurípides desaprobaba algunos de los comportamientos de esa pareja, como besarse en público o que ella asistiera a banquetes a los que únicamente solían acudir hombres o cortesanas. La formación elevada de Aspasia y sus costumbres liberales eran habituales en Mileto, su ciudad natal, pero en Atenas el papel de la mujer era muy diferente.

Eurípides continuó caminando ensimismado. Aspasia era muy perspicaz y una gran conversadora; le agradaba debatir con ella, pero no aprobaría ese comportamiento en una mujer ateniense. «Quizá por eso mi esposa se ha ido de casa», se dijo frunciendo el ceño.

Al ver que su padre se mantenía en silencio, Casandra siguió preguntando.

—¿Es verdad lo que dicen de que a veces ella le dice a Pericles cómo tiene que gobernar?

Eurípides se detuvo sorprendido.

—¿Quién te ha dicho eso?

Había sido Jantipa, pero Casandra no quería confesarlo, por lo que se limitó a encogerse de hombros.

—No creas todo lo que oigas. —Su padre reanudó la marcha—. Ni lo repitas, que puede ser peligroso. Aspasia es una mujer inteligente además de bella, y eso es más que suficiente. —Se volvió hacia ella y esbozó una fugaz sonrisa—. Pero estoy seguro de que Aspasia no era tan guapa como tú cuando tenía tu edad.

Casandra se ruborizó de dicha. Aunque sabía que su padre la quería mucho, no era habitual que le hiciera elogios. Que la comparara con una mujer tan impresionante como Aspasia la hizo muy feliz.

Eurípides cambió de trayectoria para esquivar a un apestado y comenzó a refunfuñar.

—No volveremos a salir de casa hasta que remita la peste. Tenemos mucha comida almacenada, y dinero para enviar al esclavo a comprar si hace falta algo; no tenemos por qué aguantar...

Casandra dejó de escucharlo. Se giró para ver por última vez a Aspasia y distinguió a lo lejos sus vestiduras negras.

«No quiero ser como mi madre. —Había sido una figura triste y callada, siempre encerrada en casa hasta que de repente se había fugado como si fuera un esclavo—. Yo quiero ser como Aspasia.»

Unos pasos más allá de la mujer de Pericles, había alguien a quien identificó enseguida.

«¡Perseo!» Su amigo corría por el otro extremo del ágora con una expresión angustiada, cargando con una crátera tan grande que parecía que se le iba a caer en cualquier momento.

Eurípides hizo que se metieran por una calle lateral y perdió de vista a Perseo.

## Capítulo 31
*Esparta, junio de 429 a. C.*

—¡Espartanos, corred más rápido! ¡Más rápido!

Aristón había escogido con cuidado aquel paraje. Estaba al otro lado de un promontorio que los ocultaba de la vista de Esparta, y tenía tantas piedras entre la tierra blanda que caminar sin una suela rígida resultaba una temeridad.

—¡Corred!

Los muchachos obedecían ciegamente y caían una y otra vez. No obstante, el único que le interesaba a Aristón, el hijo de su hermano Euxeno, aún no había caído.

Calícrates tenía más velocidad y resistencia que los demás chicos de aquella compañía. Llegó al final de la pista que habían improvisado y de inmediato echó a correr en sentido contrario. Mientras lo contemplaba, Aristón sintió en la boca del estómago la vieja rabia. «Euxeno corría más rápido que yo.» Desde que tenía doce años —y su hermano diecinueve—, su tamaño y fuerza le habían permitido ganarlo en la lucha libre o combatiendo con armas, pero nunca pudo vencerlo en una carrera.

Los muchachos siempre se ejercitaban desnudos y descalzos, hiciera frío, calor o lloviera. Un buen soldado espartano debía forjarse desde la infancia. Para dormir tenían que preparar sus lechos solamente con cañas de la ribera del río Eurotas. Su única vestimenta permitida era un *tribón* —un manto de paño áspero—, y les daban raciones de comida tan escasas que se veían obligados a robar para sobrevivir. De ese modo aguzaban el ingenio, pues si los descubrían robando, recibían un castigo severo.

La mitad de los chicos avanzaba cojeando por la pista. Algunos tenían sangre en las rodillas, en los hombros o en la cara, pero ninguno dejaba de trotar.

«Por fin.» Su sobrino e hijastro acababa de caer. Se levantó con el rostro crispado, intentó volver a correr y cayó de nuevo. Se incorporó agarrándose el tobillo y permaneció un instante con la frente apoyada en la rodilla. Luego reanudó el avance tratando de no apoyar el peso en la pierna herida.

—¡Calícrates!

El muchacho lo miró sin detenerse y Aristón le hizo un gesto para que se acercara.

—Te has quedado quieto después de tropezar. —El tobillo derecho de Calícrates se estaba hinchando por momentos—. En una batalla hubiera sido suficiente para que el enemigo acabara con tu vida.

—Lo siento, señor. —El rostro del muchacho no revelaba dolor ni emoción alguna—. No volverá a ocurrir.

—En una batalla —continuó Aristón sin hacerle caso—, quedarte encogido en el suelo porque te duele un tobillo puede hacer que maten a compañeros tuyos, buenos soldados de Esparta. —Se aproximó hasta estar a un paso de Calícrates, que se mantuvo firme mirando al frente. Los ojos del muchacho quedaban a la altura del estómago de Aristón—. Todos nuestros enemigos se echan a temblar cuando divisan al otro lado del campo de batalla los mantos de los soldados espartanos. Mi deber es evitar que eso deje de ocurrir.

Aristón se apartó de Calícrates y observó al resto de la compañía. Enseguida supo a quién iba a seleccionar.

—¡Megareo, Calibio!

Mientras los muchachos se acercaban al trote, él se distrajo pensando en el cambio de actitud de Deyanira.

«Se ha vuelto muy amable desde que me han nombrado instructor de la compañía en la que está su hijo.» Ahora Deyanira siempre tenía comida preparada por si pasaba por casa, bajaba la mirada de un modo sumiso, y cuando se acostaba con ella hacía verdaderos esfuerzos para que su rostro no revelara el desprecio que sentía por él.

Desenganchó el látigo que llevaba en el cinto y se lo entregó a Calibio. El muchacho era bajito, corpulento como un pequeño toro, y gritaba de rabia cada vez que Calícrates lo vencía cuando combatían con espadas de madera.

—Calícrates necesita la disciplina del látigo. Le daréis cinco latigazos cada uno, y comenzarás tú.

—Sí, señor.

Aristón advirtió el destello de una sonrisa en el rostro redondo de Calibio. Se alejaron del resto de la compañía y se detuvieron junto a un árbol.

—Pon las manos en el tronco y no te muevas. —Calícrates obedeció y Aristón le hizo un gesto a Calibio—. Empieza.

El primer latigazo, seco y fuerte, consiguió que el cuerpo desnudo de Calícrates se estremeciera. De inmediato surgió una línea roja que le cruzaba la espalda en diagonal.

Aristón se colocó al lado de su sobrino y se agachó a la altura de su rostro. Calícrates aguardaba el siguiente golpe con la mirada fija en la corteza del árbol. Su cara se contrajo con el segundo latigazo y empezó a respirar con fuerza entre los dientes apretados. El tercer golpe hizo que comenzaran a descender gotas de sudor por su cara. Con el cuarto dejó los ojos cerrados y los abrió como un loco al recibir el quinto, que resonó con más fuerza que los anteriores.

Calibio le entregó el látigo a Megareo, un chico delgado y fibroso que se apresuraba a obedecer todas las órdenes. «Será un buen soldado», se dijo Aristón mientras contemplaba cómo echaba el brazo hacia atrás para dar el primero de sus latigazos.

Se alejó un par de pasos de Calícrates para ver su espalda mientras Megareo lo golpeaba. Algunas de las líneas rojas ya se habían hinchado, y un par de ellas habían abierto la piel por un extremo y goteaban sangre.

Megareo terminó sus golpes y bajó el látigo. Su respiración se había agitado. Se quedó aguardando a que Aristón hablara, igual que Calibio.

—¿Por qué os detenéis? Te toca de nuevo, Calibio. Son cinco golpes cada uno, hasta que yo diga que paréis.

El muchacho tomó el látigo y miró la espalda de Calícrates.

«Ya no sonríe —se dijo Aristón divertido—. Son demasiado blandos.»

Calibio asestó un nuevo latigazo, más débil que los anteriores. Aristón levantó una mano para que se detuviera.

—Si das un solo golpe menos fuerte que los demás, ocuparás su lugar. Puedes seguir.

El muchacho no corrió ningún riesgo. Cuando le pasó el látigo a Megareo, algunos hilillos de sangre habían atravesado las nalgas de Calícrates y bajaban por sus muslos.

—¡Señor!

Un muchacho se detuvo jadeando junto a Aristón. No pertenecía a su compañía.

—El general Brásidas le pide que acuda, señor. Ha llegado un mensajero.

«Por Heracles, qué inoportuno.»

—Muy bien, puedes irte. —Esperó a que el chico se alejara—. Vosotros continuad, volveré dentro de un rato.

Megareo titubeó antes de hablar.

—¿Hasta cuándo continuamos, señor?

Aristón se acercó a Calícrates para responder.

—Hasta que se deje caer, demostrando que es un cobarde.

## Capítulo 32
*Atenas, junio de 429 a. C.*

Perseo no podría sostener la crátera mucho más tiempo.

Era la segunda vez que recorría aquella calle de tiendas sin encontrar ninguna de cerámica. Llegó de nuevo al principio y miró alrededor consternado. Creía recordar que por ahí se ubicaba una tienda pequeña, en la que su padre le había enseñado hacía tiempo unas vasijas blancas que se utilizaban para guardar aceite perfumado.

«Debe de ser una de las que están cerradas.»

Dejó la vasija en el suelo y se frotó los brazos doloridos. La levantó de nuevo con un gemido y se encaminó hacia un tenderete que exponía trozos de pescado fresco y en salazón. El dependiente lo miró de reojo, terminó de atender a un cliente y se acercó. Perseo sintió que lo examinaba para ver si estaba sano, como la mayoría de las personas con las que se había cruzado.

—¿Qué quieres, chico?

—Necesito comida para mi padre. ¿Me cambia esta crátera por pescado?

—¿Y qué hago yo con una crátera? Lo siento, muchacho, sólo cambio mi pescado por dinero. Prueba en el mercado del Pireo.

Perseo agachó la cabeza y se alejó con la vasija. El Pireo se hallaba a más de treinta estadios, al otro extremo de los Muros Largos. Ni siquiera estaba seguro de poder cargar con la crátera otro centenar de pasos.

Se fijó en una tienda grande por la que ya había pasado. Tenía de todo: ollas de terracota, tapices de lana, cofres de madera de cedro...

—¿Qué tienes ahí? —El tendero lo había estado observando mientras se acercaba. Perseo dejó la cerámica en el suelo y la giró para que mostrara la pintura del rapto de Europa—. Un dibujo bonito, muy sencillo —comentó el hombre con poco interés.

—¿Me la compras?

El hombre negó con la cabeza. Luego chasqueó los labios como si lamentara no poder hacerlo.

—Yo me dedico a la compraventa, muchacho, y debo tener mucho cuidado con lo que compro. —Perseo suspiró y agarró las asas onduladas de la crátera—. Pero por hacerte un favor puedo darte media dracma.

Perseo se irguió con el rostro iluminado de esperanza, y entonces cayó en la cuenta de que con media dracma no podría alimentar a su padre. La comida había subido de precio, con esa cantidad sólo podría comprar dos trozos de pescado o cereal para un par de días. Su padre estaba muy enfermo, le harían falta más de dos días para curarse.

—Necesito más dinero. Págame un par de dracmas, por favor.

El tendero soltó una risita. Llevaba dos años haciéndose rico gracias a la peste. Durante la época de hacinamiento compraba por una cantidad despreciable productos robados o de personas desesperadas, que posteriormente vendía diez, veinte e incluso cincuenta veces más caros. Había tenido cientos de conversaciones como aquélla.

—¿Dos dracmas? Esa vasija no los vale. Media dracma o nada, chico, y si no aceptas rápido, retiraré mi oferta.

—Necesito dos dracmas, no tengo nada más que vender y mi padre necesita comida.

—Nadie te va a comprar esa cerámica. Es mejor media dracma que nada. —Perseo se quedó mirando la vasija y el dependiente aguardó. No iba a subir el precio, pero tampoco quería quedarse sin una crátera que tenía un aspecto excelente—. No puedo ofrecerte más. Tengo desde hace tiempo esta otra cerámica y nadie la quiere.

Señaló al suelo detrás de él. Perseo estiró la cabeza y vio la vasija de Odiseo que les había robado Icario.

—¡Esa cerámica es nuestra! Nos la robó hace tres días Icario, el ayudante de mi padre.

—Vete de aquí, chico.

El hombre miró alrededor mientras metía la mano debajo del mostrador.

—¡Es nuestra! —El llanto quebró la voz de Perseo—. Es la vasija con la que hablo con mi madre. Démela o le denuncio.

El hombre se estiró sobre el mostrador y lanzó un garrotazo contra su cabeza. Perseo se agachó y el garrote le golpeó de refilón en la sien. Se quedó aturdido y vio que el hombre se inclinaba para agarrar la crátera del rapto de Europa. Él la cogió por el borde y dio un tirón antes de que se la quitara.

El tendero se irguió con una expresión resuelta. Comenzó a rodear el mostrador y Perseo echó a correr con la crátera en brazos.

—¡Socorro! ¡Socorro! —Algunos dependientes lo miraron gritar, un par de hombres se echaron a un lado del camino. Nadie parecía tener intención de auxiliarlo.

Corrió todo lo rápido que pudo, temiendo que en cualquier momento el tendero le abriera la cabeza con el garrote, y de pronto tropezó. Intentó mantener el equilibrio durante varios pasos, pero finalmente se precipitó hacia delante.

Mientras caía logró girar el cuerpo lo suficiente para golpear el suelo con la cadera y el hombro. Rodó sobre la espalda, sin soltar la vasija, y miró aterrado hacia su perseguidor.

No había nadie.

Se levantó con el costado magullado y se alejó cojeando por la vía Panatenaica. Tenía sangre en la sien y en el hombro, que le dolía mucho. Al llegar a la altura de la casa de la fuente se acercó para entrar, pero se detuvo al ver tirados en el suelo a varios hombres, dos mujeres jóvenes y un niño de su edad. Tenían la piel llena de pústulas, como su padre, y sus cuerpos yacían desnudos sobre las baldosas de piedra.

«Sentirán que arden por dentro, como Ismenias y papá.»

Perseo apretó los labios y se acercó a los caños procurando no pisar a nadie. Dos de los hombres gemían y se movían lentamente.

El chorrillo de agua comenzó a llenar la crátera. Cuando

iba por la mitad, lo sobresaltó un movimiento brusco a su espalda. Un hombre grueso, con la piel reventada de llagas, acababa de entrar en la casa de la fuente. Avanzó hacia él dando tumbos, pisando los cuerpos del suelo como si no los viera. Apoyó una mano en la pared y colocó la boca abierta bajo el chorro del caño contiguo al suyo.

Perseo se apresuró a intentar levantar la crátera, pero no lo consiguió. El agua rebosaba por el borde. Tiró hacia atrás para arrastrarla y tampoco fue capaz. La inclinó haciendo que se saliera un poco de agua, y al final tuvo que derramar la mitad para poder arrastrarla caminando de espaldas. Al llegar al primer cuerpo tropezó y estuvo a punto de caer. Alzó la crátera por las asas para superarlo y avanzó con pasos muy cortos. Detrás de él, el hombre que lo había asustado se alejó de los caños y metió su cuerpo lleno de llagas en uno de los pilones.

Sólo había una distancia de tres estadios hasta su casa, pero a Perseo le llevó casi una hora recorrerlos. A veces levantaba la crátera y otras la arrastraba por el suelo de tierra, descascarillando el esmalte negro de la base. Cuando por fin llegó, dejó la crátera en el patio y entró en el dormitorio de su padre, que se removía sobre su lecho y gemía en sueños.

—Papá, voy a buscar comida.

Eurímaco no pareció oírle y Perseo salió de nuevo. Su padre le había dicho que acudiera a Sócrates en caso de necesidad. Atravesó Atenas en busca de su casa, manteniéndose alejado de los enfermos que yacían en el suelo o vagaban por las calles. Había estado en la pequeña vivienda de Sócrates en un par de ocasiones, pero era una zona que no conocía bien y le costó encontrarla.

—¡Sócrates! —Esperó unos segundos junto a la puerta, jadeando, y luego la golpeó con los puños—. ¡Sócrates, soy Perseo, el hijo de Eurímaco! ¡Abre, por favor!

Se alejó un par de pasos y miró a los lados. La calle estaba vacía. Se acercó de nuevo a la puerta y golpeó con la palma abierta.

—¡Sócrates, mi padre tiene la peste! ¡Necesitamos comida!

Aguardó un rato antes de ir a las casas adyacentes y preguntar a gritos si alguien sabía dónde estaba Sócrates. Nadie le respondió. Imaginó que estarían encerrados para protegerse de la peste... «O quizá en todas las casas sólo hay cadáveres.»

Miró hacia la puerta de Sócrates, preguntándose si el filósofo habría muerto, y echó a correr de regreso a su casa. Ya en su propia calle, se acercó a la primera puerta y llamó con insistencia.

—¡Ayudadme, por favor! Soy el hijo de Eurímaco. Mi padre está enfermo, necesito comida.

Esperó unos instantes y volvió a golpear en vano. A continuación, se acercó a otra vivienda y llamó sin que tampoco respondiera nadie.

Pasó por delante de su casa y aporreó las puertas de las siguientes dos viviendas, las últimas de la calle. Cuando había desistido y regresaba a su casa, abatido y exhausto, oyó una voz de mujer.

—Perseo, ven.

Se dio la vuelta y contempló la calle desierta. Avanzó hasta la última vivienda y oyó de nuevo su nombre.

—Soy Perseo —respondió a la puerta cerrada—. ¿Puedes ayudarnos?

Allí vivía Plexipo, un alfarero gordo de barba castaña que solía conversar con su padre. A su mujer la había visto muy pocas veces y no recordaba cómo se llamaba, sólo sabía que tenía un bebé de pocos meses.

—Tienes que quedarte en tu casa. La plaga es muy contagiosa.

—Mi padre ya está enfermo, y no tenemos comida ni dinero para comprarla.

La mujer se quedó callada.

—Entonces será lo que los dioses quieran —contestó al cabo de un momento—. Hay algunos que sanan, ya lo sabes. Pero deberías intentar no tocarlo. —Perseo sacudió la cabeza. ¿Cómo iba a cuidar de su padre sin tocarlo?—. Y tú tampoco deberías tocar a nadie, porque puedes contagiarles la peste. Enciérrate en tu casa, muchacho.

—No tenemos nada de comida. Si me quedo en casa, moriremos de hambre.

Esperó durante un rato, pensando que la mujer se había ido, hasta que ella habló de nuevo.

—Voy a darte un poco de cebada. Siento que no pueda ser más.

Por encima de la puerta voló una bolsita de tela que cayó a sus pies.

—Gracias.

Se apresuró a abrirla. Había sólo dos raciones. Tenía tanta hambre que se habría comido el doble de una sola vez.

—Siento que no sea más —repitió la mujer.

Perseo regresó a su casa y corrió a la habitación de su padre. Lo encontró tumbado en el lecho, retorciéndose con el rostro crispado y una respiración de jadeos espaciados.

—Papá, he traído agua y un poco de comida.

Eurímaco no pareció oírlo. Perseo cogió el cuenco vacío del suelo, lo llenó con el agua de la crátera y se arrodilló junto a él.

—Bebe, papá.

Eurímaco separó los labios con un sonido pastoso y murmuró algo ininteligible sin abrir los ojos. Perseo le apoyó una mano en la cabeza y se asustó al notarlo muy caliente. Tomó un paño del suelo, le echó un poco de agua del cuenco y se lo puso en la frente.

Su padre movió la cabeza y volvió a murmurar:

—La anciana... ¿Eres mi hijo? —Sacudió la cabeza y se le cayó el paño. Perseo trató de colocárselo—. ¡Cuidado, los perros!... —La voz se fue volviendo más débil—. Te arrancó... te arrancó de la tripa de tu madre...

# Capítulo 33
*Atenas, junio de 429 a. C.*

Casandra no se atrevía a dejar de correr.

Nunca antes había recorrido sola las calles de Atenas. Se dio cuenta de que se había perdido y regresó a la vía Panatenaica para orientarse.

«Creo que es por aquí.»

No conocía bien el barrio del Cerámico y sólo había estado una vez en la calle que buscaba, cuando Perseo le enseñó la cerámica con la que recordaban a su madre. Al mediodía y acompañada por varios adultos le había parecido una calle alegre, pero ahora llegó a la esquina y se quedó dudando. No había nadie, se estaba haciendo de noche y sentía miedo.

Se internó en el callejón. Era consciente de que su túnica corta de lino revelaba que pertenecía a una familia acomodada, lo que hacía más peligroso que anduviera sola por la ciudad. También comprendía que la epidemia había vuelto las calles de Atenas mucho más peligrosas.

Golpeó con su puño delgado en la puerta. Pegó la oreja a la madera, y al cabo de un momento volvió a golpear. Mientras esperaba se giró para mirar a ambos lados de la calle. El corazón le latía con fuerza en el pecho. Iba a golpear de nuevo cuando oyó la voz de Perseo.

—¿Quién es?

—Soy Casandra. —Llevaban semanas sin verse, hasta que esa mañana lo había divisado en el ágora corriendo con una vasija. Había querido hablar con él en aquel momento, pero su padre la había llevado a casa y no había podido escaparse hasta después de la cena.

Perseo abrió el pestillo de madera y entornó la puerta.

—¿Estás bien? —Sus ojos parecían brillar incluso en la penumbra del crepúsculo.

—Sí. ¿Puedo pasar?

Él no movió la puerta y habló desde la rendija.

—Es mejor que te vayas. Mi padre está muy enfermo. Tiene la peste.

Casandra asintió, era lo que había imaginado.

—Déjame pasar un momento.

Perseo negó con la cabeza.

—Ismenias murió hace unos días. —Se quedó callado, no sabía por qué había dicho eso. Quizá era como decir: «Ahora morirá mi padre y después yo»—. Vete, Casandra.

Ella levantó la mano, pero no llegó a apoyarla en la puerta mientras su amigo la cerraba.

Perseo regresó con su padre. Había encendido una lámpara de aceite y la llamita se movió haciendo oscilar sus sombras en la pared. Cuando la llama se quedó quieta, la sombra de su padre siguió moviéndose, retorciéndose lentamente como su dueño.

«No puede descansar nunca.» Tomó el paño de la frente de su padre para mojarlo en el cuenco y se detuvo al oír un golpe. Esperó un instante, sin que el ruido se repitiera, y se levantó para volver a decirle a Casandra que se fuera.

«No la acompañaba ninguno de sus esclavos», se percató de pronto. Ya era casi de noche, Casandra tenía que irse de inmediato a su casa.

Cuando salió al patio vio que delante de la puerta cerrada había algo. Al acercarse distinguió un hatillo de tela. Lo cogió, notando que era bastante pesado, y lo desenvolvió con el ceño fruncido.

Su olfato percibió antes que la vista las gruesas tiras de carne ahumada.

Aristón se alejó del sonido de los latigazos, atravesó el promontorio que lo separaba de Esparta y se internó entre las filas de barracones. En uno de los extremos había una construcción de piedra en la que celebraban reuniones militares. Allí encontró a Brásidas con otros oficiales que no habían salido de campaña, así como al rey Cleómenes y a tres de los éforos. Se quedó al fondo de la estancia y Brásidas le dedicó un breve gesto de reconocimiento sin dejar de hablar.

—...dos mil hoplitas atenienses y doscientos soldados de caballería. Son todas las fuerzas que Atenas ha enviado al exterior este año, y creemos que la peste les impedirá movilizar más. Después de que Potidea cayera...

Brásidas continuó informando sobre las últimas noticias que habían recibido. A pesar de que los atenienses habían tomado Potidea, otras ciudades de Tracia se habían rebelado contra ellos, lo que amenazaba los ingresos imperiales de Atenas. Los atenienses habían intentado tomar Espartolo, una ciudad cercana a Potidea. En la batalla que había tenido lugar, las tropas atenienses habían perdido a sus tres generales y a más de cuatrocientos hombres, y habían tenido que refugiarse tras los muros de Potidea. Al día siguiente, tras sepultar a sus muertos, habían regresado a Atenas.

Los asistentes a la reunión recibieron la noticia con gritos de júbilo. Aristón también se alegró, pero en cuando pudo se escabulló, ansioso por volver junto a Calícrates.

Encontró a su hijastro tumbado boca abajo, con la espalda convertida en una maraña de hinchazones y cortes. La sangre le había empapado hasta los pies antes de que se derrumbara, y ahora seguía fluyendo por muchas de las heridas.

—Ha aguantado mucho, señor.

Le irritó el fondo de admiración en la voz de Calibio.

—No se ha soltado del árbol hasta que se ha desmayado —añadió Megareo.

—¿Cómo sabéis que no os ha engañado? —Los muchachos lo miraron sorprendidos—. Un enemigo que finge estar muerto puede convertirse en un enemigo que os mata por la espalda.

Le echó un vistazo al rostro de Calícrates. Tenía los ojos cerrados y su respiración era irregular.

—Trae el agua.

Megareo corrió hacia la pista de entrenamiento, donde el resto de los muchachos seguía entrenándose, y al poco regresó con un balde de madera lleno de agua. Aristón vertió el líquido sobre la cabeza de su sobrino, que tosió y trató de incorporarse sobre los codos.

—¿Puedes levantarte, cobarde, o eres demasiado débil?

Calícrates se puso a cuatro patas, apoyó las manos en el tronco del árbol y se incorporó hasta quedar de rodillas. Aún tardó un rato en conseguir ponerse de pie, agarrándose al árbol con las manos crispadas.

—Deja las manos donde están. Seguid con los latigazos.

Los muchachos lo miraron atónitos. Megareo sostenía el látigo con tan poca fuerza que parecía que se le iba a caer.

—Megareo, continúa. Cinco cada uno.

El muchacho se colocó detrás de Calícrates y tragó saliva. Levantó el látigo y golpeó la espalda produciendo un débil sonido pastoso.

—¡¿Qué sois, niños jugando o soldados de Esparta?!

El siguiente latigazo chapoteó con fuerza entre las heridas de Calícrates, que retorció el cuerpo antes de volver a ofrecer la espalda. Aristón apoyó un hombro en el árbol para hablar junto a su oído.

—Tírate al suelo. Que veamos que eres tan cobarde como tu padre.

Calícrates no respondió. Sus brazos temblaban mientras aferraba el árbol y Megareo prosiguió con los latigazos. Cuando llegó al último, Calibio retomó la tarea con vigor, aunque se demoraba más que antes entre golpe y golpe. La sangre bajaba rápidamente por las piernas de Calícrates y enrojecía la tierra alrededor de sus pies.

Aristón sentía una excitación creciente. Al comenzar no había decidido hasta dónde quería llegar con el castigo, pero ahora veía que no faltaban muchos golpes para acabar con su hijastro y no pensaba detenerse. Observó a los muchachos que lo golpeaban y sintió deseos de tomar el látigo y rematarlo él mismo.

«Tengo que contenerme.»

Estaba establecido que los propios muchachos aplicaran los castigos disciplinarios. Nadie podría acusarlo por que se produjera una muerte accidental, no sería la primera vez que ocurría, pero si empuñaba el látigo, se metería en problemas.

«Deyanira se pondrá histérica cuando se entere de la muerte de su hijito. Me acusará, pero no ocurrirá nada. Un instructor debe ser firme.»

Observó el entorno. Los demás chicos giraban la cabeza hacia ellos mientras corrían agotados. «Que miren, sacarán una lección provechosa.» Con el rabillo del ojo distinguió que se acercaba alguien desde lo alto del promontorio. No quiso mirar directamente, pero se percató de que era uno de los éforos.

Contempló indeciso la espalda destrozada de Calícrates, que se había abrazado al árbol para no caer.

«Está perdiendo mucha sangre, no creo que sobreviva.»

Levantó la mano, aunque no habló hasta que Calibio le dio otro latigazo.

—Ya basta. —Cogió el látigo ensangrentado de las manos del muchacho—. Creo que ha aprendido la lección.

## Capítulo 34
*Atenas, septiembre de 429 a. C.*

Una semana después de que muriera su segundo hijo, Pericles enfermó.

Sus ojos enrojecieron y la piel se le cubrió de llagas como a todos los enfermos de peste, pero ni siquiera la sed abrasadora arrancó una queja de sus labios. Los primeros días atendía los asuntos del Estado en su casa, cubriendo su cuerpo con decoro pese a que sentía que le ardía. Algunos hombres dejaron de visitarlo; sin embargo, su cabeza se mantenía lúcida y su opinión seguía siendo la más importante de Atenas, por lo que eran más los que seguían acudiendo a su casa. Pericles departía con ellos desde el otro extremo de una sala grande, tosiendo de vez en cuando en un paño que iba tiñéndose con su sangre.

Aspasia quiso atenderlo personalmente cuando ya no pudo levantarse del lecho. Pericles se negó, y sólo permitía que lo tocara un esclavo que había estado enfermo de peste y había sobrevivido.

—Querida mía, no quiero que ninguno de vosotros enferméis por mi culpa. —Sabía que él no tendría que haber tocado a su hijo Páralos cuando estaba enfermo, pero el amor de padre lo había cegado—. Tú ocúpate de cuidar a nuestro pequeño Pericles. No me importa morir si sé que él está bien.

Pericles el Joven, que entonces contaba once años, se había convertido en su heredero al ser nombrado ciudadano por la Asamblea. Pensando que se había ocupado de todo lo que estaba en su mano, el gran Pericles se preparó para morir.

Dos semanas después de que apareciera la primera pústula, Aspasia empezó a concebir esperanzas. Los conocimientos de los médicos no alcanzaban para sanar esa enfermedad, pero no cesaban de estudiarla y afirmaban que si se llegaba vivo a la tercera semana, aumentaban considerablemente las posibilidades de recuperación.

Unos días más tarde, las pústulas se habían secado y las costras comenzaban a caerse. Sabían que a partir de ese instante la enfermedad ya no era contagiosa y Aspasia pudo abrazar a su marido. Aunque Pericles estaba agotado y desanimado, su intelecto no parecía afectado. La peste tampoco se había ensañado con sus extremidades, mutilándolo como a otros enfermos, y la única molestia reseñable era un dolor en el vientre y una diarrea incontenible que lo obligaba a envolverse las nalgas con bandas de tela.

Una de sus primeras acciones tras la enfermedad fue atender a unos ancianos plateenses que pedían que se cumplieran las promesas de ayudar a su ciudad. Los recibió en su propia casa, resultaba más práctico para cuando las telas de su trasero se empapaban de líquido marrón y tenía que cambiarlas. Lo que apenas podía disimular, untándose perfume como una mujer y quemando incienso, era la fetidez que hacía arrugar la nariz de los plateenses.

—Pericles, pedisteis a nuestros hombres que resistieran. —El anciano se inclinó hacia delante, su cabellera blanca enmarcando un rostro que la indignación teñía de rojo—. Les asegurasteis que los defenderíais con todo vuestro poder, pero nuestra ciudad lleva dos meses resistiendo a los espartanos y no nos parece que Atenas vaya a enviar su ejército.

Pericles asintió con los labios apretados. La situación de Platea resultaba muy complicada. Era una fiel aliada de los atenienses y ocupaba un emplazamiento estratégico, lo que la hacía tan interesante para Atenas como para los espartanos. No obstante, lo peor era que la poderosa Tebas se había empeñado en conquistarla a toda costa, y Esparta la había convertido en un objetivo prioritario para reforzar su alianza con los tebanos.

«Sienten que están sufriendo una doble traición, y los comprendo.» Después del papel crucial que habían desempeñado los plateenses en la victoria sobre los persas, Esparta había jurado que siempre protegería Platea, y ahora estaban atacándola. En cuanto a Atenas, él había asegurado que los defenderían, cuando lo cierto era que no tenían medios para hacerlo. Su situación militar era nefasta. La única buena noticia que habían recibido era que el almirante Formión había logrado una segunda victoria naval en las aguas del estrecho de Corinto, todavía más portentosa que la anterior, lo que les permitía conservar el control de los mares.

Carraspeó suavemente.

—Dijimos que defenderíamos Platea con todo nuestro poder, es cierto, pero es evidente que sería un desastre que abriéramos ahora las murallas. Además... —Un dolor agudo le recorrió las entrañas. Cerró los ojos un momento, intentando que su rostro no reflejara su sufrimiento, y notó un poco de diarrea saliendo de su cuerpo como fuego líquido. «Debo cambiarme las telas», se dijo antes de proseguir—: Además, la mayoría de los plateenses estáis ahora seguros tras nuestras murallas. Ése es el poder de Atenas que os está protegiendo en este momento.

El anciano plateense murmuró algo sobre «la condena de Atenas», pero lo hizo bajando la mirada y luego se mantuvo en silencio. Lo que decía Pericles era cierto. Hacía dos años, tras el infructuoso ataque de Tebas a Platea, Atenas había acogido a todos los ancianos, mujeres y niños plateenses, y desde entonces sólo habitaba la ciudad una guardia de trescientos soldados de Platea y ochenta atenienses, así como diez mujeres y cien esclavos para tareas de apoyo.

—Disculpadme un instante.

Pericles se levantó y salió de la estancia caminando despacio. Entró en una habitación de aseo, se levantó la ropa y desenrolló las bandas de tela. El agua que las mojaba ya no era completamente marrón.

«Sangre.»

Cerró los ojos y pensó en Aspasia y el pequeño Pericles. Los médicos no sabían curar la diarrea de sangre. La sufrían muchos de los que superaban la peste, y casi siempre resultaba mortal.

Se puso telas limpias y regresó con los plateenses.

La sangre se volvió más abundante cada día. Después de comer era como si un perro salvaje le devorara las entrañas, y en las bandas de tela aparecían luego los restos de sus tripas. Poco a poco dejó de comer.

Alcibíades lo visitó una tarde y lo encontró tumbado en su lecho, con las mejillas hundidas y la palidez de un espectro. Aunque Pericles tenía los párpados cerrados, la tensión de su rostro revelaba que estaba despierto.

En aquella estancia también se hallaba una docena de los principales políticos atenienses. Se había convertido en una costumbre tratar las principales decisiones alrededor del lecho de Pericles, que escuchaba en silencio hasta que murmuraba una opinión que todos se apresuraban a adoptar. A pesar de su debilidad, conseguía evitar que Cleón impusiera su política agresiva en la Asamblea, lo que en las circunstancias actuales probablemente llevaría a Atenas al desastre.

Alcibíades se acercó y besó la frente de su tío y mentor, que separó los párpados y los volvió a cerrar sin dar muestras de reconocerlo.

—Alcibíades —susurró al cabo de un momento—. Escúchame, Alcibíades. Posees un gran poder de seducción. Serás uno de los ciudadanos más influyentes de la Asamblea, pero debes seguir los consejos de Sócrates.

Alcibíades se sorprendió; Pericles y Sócrates mantenían entre sí una relación un tanto fría, aunque le reprendían por igual cuando se dejaba llevar por su naturaleza apasionada.

—Escúchame bien, Alcibíades. —Pericles tomó aire con visible esfuerzo y continuó con los ojos cerrados—: No debemos enfrentarnos a la infantería espartana, ni poner la ciudad en peligro. —Sus labios resecos apenas se movían al murmurar—. Debemos combatir por mar, sin añadir territorios al imperio hasta que concluya la guerra.

Alcibíades volvió a besarlo en la frente y se retiró del lecho con una sensación de amargura. Siempre había notado un fondo de desaprobación en la actitud de Pericles hacia él.

«Yo no puedo ser como tú. Nadie puede, tío.»

Pericles había gobernado el timón de Atenas durante más

de tres décadas sin que su riqueza se acrecentara, lo que resultaba insólito. La ciudad estaba para él muy por encima de sí mismo, y los atenienses sabían que era el único político que siempre decía lo que pensaba.

«Es el único que puede convencer con la verdad.»

Alcibíades sabía que él mismo era un hombre ambicioso, y que no dudaría a la hora de elegir entre decir la verdad o alcanzar sus fines personales. Cuando hablaba con Sócrates sentía que la verdad y la justicia eran los fines más elevados a los que podía aspirar, pero cuando se apartaba de él, su ambición de poder retomaba el control.

Con la espalda apoyada en una pared, observó la actitud de todos los presentes mientras se iba haciendo de noche.

«Lo veneran como si fuera un dios.»

Algunos cuchicheaban recordando las numerosas hazañas militares de Pericles. Otros aseguraban que era el único capaz de animar al pueblo en los momentos más duros, y de unirlos para hacer lo que él juzgaba más adecuado para la ciudad.

«Todos se consideran inferiores», se dijo Alcibíades con una sorpresa que enseguida se transformó en desprecio. Quizá Pericles fuera más inteligente y más honrado que los demás hombres, pero él sentía envidia, no ese sentimiento de orfandad que hacía que aquellos ancianos se miraran asustados.

«Cuando Pericles haya muerto, yo me convertiré en el más grande.»

Su tío había extendido la democracia a un mayor número de ciudadanos, había otorgado a Atenas el dominio de los mares y había consolidado un imperio que abarcaba más de doscientas ciudades. El resto del mundo admiraba su Acrópolis, la belleza única del Partenón, el florecimiento que Pericles había proporcionado al teatro, la escultura, la filosofía... Alcibíades esbozó una sonrisa. Él engrandecería Atenas aún más, y todo el pueblo lo idolatraría como aquellos hombres poderosos idolatraban a su tío.

La estancia se quedó en vilo cuando una tos débil hizo que Pericles se atragantara. Durante unos segundos angustiosos parecía que intentaba tragar para poder volver a respirar. Alcibíades se apartó de la pared y Aspasia apretó las manos de su marido.

Finalmente, el gran Pericles dejó de luchar.

Dos meses antes de morir Pericles, Perseo había cocinado la última ración de la carne que les había proporcionado Casandra.

Extrajo del caldo claro una tira de carne cocida, la troceó con un cuchillo y la aplastó en un mortero de madera. Luego echó la pasta de carne y grasa en un cuenco, añadió un poco de caldo y sopló para que se enfriara mientras lo removía.

Cuando entró en el cuarto de Eurímaco, lo encontró tumbado en posición fetal, mirando hacia la puerta. Sus ojos fueron lo único que se movió, siguiéndolo hasta que se arrodilló sobre la manta en la que dormía desde hacía dos semanas.

—Bébetelo, papá.

—Luego, hijo. —Ya no tosía, pero se le había quedado una voz ronca y desvaída. La enfermedad le había bajado a la tripa y decía que le dolía al comer. Además, el día anterior había comenzado a tener diarrea.

—No, ahora. Luego te sentará peor.

Eurímaco no replicó. Se había acostumbrado a que Perseo lo tratara con autoridad, pese a tener sólo ocho años. Incorporó su cuerpo cubierto de llagas secas y cogió el cuenco que le ofrecía. En la mano izquierda se le habían caído las uñas y sus dedos terminaban en unos muñones rojos.

Perseo esperó mientras su padre tomaba la sopa a pequeños sorbos. «Ya sólo nos queda para otro plato. —Él no había comido desde el día anterior, y el olor del caldo hacía que tuviera retortijones—. ¿Qué vamos a comer mañana?» Había salido de su casa cuatro o cinco veces sin conseguir comida, sólo agua. En una ocasión había vuelto a intentar encontrar a Sócrates, pero de nuevo había sido en vano, y tampoco le había servido de nada golpear otra vez todas las puertas de su calle.

Eurímaco le devolvió el cuenco y se tumbó en la cama con el rostro contraído de dolor. Perseo se quedó sentado sobre la manta del suelo, abrazado a las rodillas, pidiendo a todos los dioses que su padre dejara de sufrir.

Al cabo de media hora, Eurímaco se incorporó sobre un codo, con la mano sin uñas aferrándose la tripa y los dientes tan apretados que parecía que le iban a estallar. Miró a Perseo durante unos instantes con una expresión desesperada y se dejó caer sollozando. Los ataques de diarrea le resultaban cada vez más dolorosos.

«Por lo menos no tiene sangre», se dijo Perseo apoyando la boca contra la rodilla. Cuando empezó la diarrea, su padre le había dicho que era buena señal que no hubiera restos de sangre. Al parecer, la mayoría de los enfermos que llegaban a la fase en la que se les soltaba la tripa sobrevivían si la diarrea no era sanguinolenta. Perseo había colocado a su padre un manto a modo de taparrabos para que no se revolcara en sus heces, y la última vez que había abierto la tela sólo había restos de un tono amarillo oscuro.

Sintió la tentación de asegurarse de que seguía sin haber sangre, pero se detuvo al oír que golpeaban la puerta de la calle.

—¿Eurímaco? ¿Perseo?

Los golpes se repitieron cuando salía de la habitación de su padre.

—¿Estáis en casa?

Reconoció la voz grave de Sócrates. Corrió hasta la puerta y se contuvo para no abrir el pestillo.

—Sócrates, mi padre está enfermo. —Le entraron ganas de llorar al decirlo en voz alta—. Ismenias murió por la peste, y luego enfermó él.

—Dioses... Lo siento mucho, Perseo. —Sócrates se quedó unos segundos callado—. ¿Cuántos días lleva enfermo?

Perseo lo pensó un momento.

—No lo sé, unas dos semanas.

—¿Dos semanas?... ¿Está muy grave?

—Sufre mucho. Todo el tiempo se retuerce de dolor.

—Pero ¿se le han secado las llagas? —Antes de que Perseo respondiera, Sócrates continuó con un tono firme—: Ábreme la puerta. Déjame ver a tu padre.

Perseo miró dubitativo el cerrojo de madera. Decían que ni los médicos ni los sacerdotes eran capaces de curar la peste.

—No voy a abrir. Si entras, puedes contagiarte.

Oyó con claridad el suspiro de Sócrates.

—De acuerdo, muchacho. ¿Cómo puedo ayudaros? ¿Tenéis comida?

Perseo abrió unos ojos como platos.

—Sólo nos queda para hoy.

—No te preocupes, voy a traeros lo que os haga falta. ¿Necesitas algo más? ¿Agua?

—Mi padre bebe mucha agua, pero de vez en cuando salgo yo a por ella.

—No quiero que salgas tú solo. —Los delitos se habían multiplicado, como si la falta de esperanza quebrantara el respeto a las leyes—. Yo vendré todos los días con agua y la comida que necesitéis. ¿De acuerdo?

—De acuerdo. Muchas gracias, Sócrates.

Perseo regresó junto a su padre casi contento. El filósofo no había sido explícito, pero le había parecido entender que era buena señal que las llagas no supuraran.

—Era Sócrates, papá. Va a venir todos los días para traernos la comida y el agua que nos haga falta.

Eurímaco asintió sin abrir los ojos.

—Sócrates... —murmuró entre dientes. El sufrimiento crispaba su cara, donde las llagas resaltaban contra la palidez intensa de la piel.

«Le duele mucho la tripa.» Perseo separó con cuidado los pliegues de la tela que envolvía la cintura de Eurímaco. Apartó la última capa y se quedó paralizado al ver hilillos de sangre roja. Volvió a cerrar la tela con los dedos temblándole.

Sabía que la diarrea de sangre era una sentencia de muerte.

Sócrates regresó una hora más tarde. Llevaba cuatro tortas de cebada, un tarro lleno de lentejas y un pesado odre con agua. Dejó todo en el suelo junto a la puerta y se apartó para que Perseo abriera.

—Tiene la diarrea de sangre —sollozó Perseo desde el umbral.

Sócrates contempló al hijo de su amigo, sus ojos de ceniza clara derramando lágrimas que abrían surcos a través de la suciedad de su rostro de niño.

—Tengo que entrar para hablar con tu padre.

—¡No! —Perseo intentó cerrar la puerta, pero Sócrates ya había puesto una mano en ella y continuó avanzando. El pequeño se apartó para no rozarlo, tenía la sensación de que infectaría al instante a todo el que tocara.

Sócrates cruzó el patio, dejó atrás el horno de cerámica y entró en la habitación de Eurímaco. Perseo llevó la comida y el odre de agua a la cocina y después permaneció de pie junto a la puerta del dormitorio, escuchando los murmullos. Al principio hablaba sólo Sócrates, pero luego su padre comenzó a responderle con una voz extrañamente serena. Al final Eurímaco murmuró una prolongada letanía que Perseo escuchó con los ojos cerrados, incapaz de entender ni una palabra.

—Volveré mañana —le dijo Sócrates cuando salió. Después le dirigió una mirada prolongada que Perseo no supo interpretar, pero le pareció que el filósofo quería abrazarlo. Cuando volvió a hablar, en su voz había un fondo vibrante—: Estás siendo muy valiente, Perseo.

Durante las siguientes semanas, Sócrates acudió a diario. Perseo procuraba que su padre bebiera y lo alimentaba con puré de verduras y torta de cebada empapada en agua. Pese a sus esfuerzos por que repusiera el líquido que perdía con la diarrea, la piel que recubría su escasa carne se resecó como un pergamino abandonado al sol. Las costras de las llagas estaban desapareciendo, dejando manchas oscuras que resaltaban entre un manto de pequeñas escamas blanquecinas que se desprendían como si fueran nieve.

Una noche, Perseo despertó tumbado de lado y contempló aturdido la llama de la lámpara de aceite. Se la había dejado encendida, apoyada en el suelo de tierra junto a la manta en la que dormía. En ese momento, en una lujosa vivienda a cinco estadios de la suya, Pericles acababa de exhalar su último aliento.

Oyó ruido tras él y se giró.

—¿Qué haces, papá?

Eurímaco había incorporado el cuerpo y agachaba la cabeza hacia delante. Tardó unos segundos en responder.

—Quizá no debería decírtelo todavía, pero no me ha dolido la tripa después de la última comida y no he tenido diarrea. —Perseo se incorporó y vio que su padre había deshecho el taparrabos. Se apresuró a mirar entre las telas—. No hay restos de sangre, hijo mío.

Perseo escrutó con ansiedad el rostro de su padre, intentando saber si él creía que se había curado.

—Tengo un poco de hambre. —En el rostro demacrado de Eurímaco apareció una sonrisa—. ¿Me traes un cuenco de ese puré tan rico que preparas?

Perseo se abalanzó sobre su padre y lo abrazó llorando.

# TERCERA PARTE
—
## 424 a. C. - 421 a. C.

...el destino siempre ha querido que el débil quede sometido al poderoso.

Tucídides,
*Historia de la guerra del Peloponeso*

# Capítulo 35
*Delio, noviembre de 424 a. C.*

«Espero que hoy no tengamos que combatir.»

Eurímaco escrutó el horizonte sin encontrar indicios del ejército enemigo. Todo apuntaba a que podrían irse a casa sin entablar batalla.

Hinchó los pulmones y retuvo el aire mientras terminaba de ajustar los nudos laterales de su coraza. Al relajar los músculos, sintió cierta presión en el vientre.

«Yo no tenía esta tripa cuando era joven.» Palmeó las finas láminas de hierro cosidas sobre la coraza, formada por una veintena de capas de lino encoladas y endurecidas en una solución de vinagre y sal. Su coraza de lino tenía tres dedos de grosor, pero resultaba más ligera que las de metal. Por debajo del vientre lo protegía un faldellín de tiras gruesas, también de lino endurecido, y en las piernas, desde las rodillas hasta los tobillos, lo cubrían unas grebas de bronce.

Echó un vistazo al inmenso campamento militar. Sólo había soldados reposando junto a sus armas y conversaciones tranquilas. Pese a encontrarse en tierra enemiga, se respiraba la calma propia de un ejército seguro de que no va a entrar en combate.

«Ojalá no estemos equivocados. —Aquélla era una hermosa región, preñada de matas de orégano que perfumaban el aire, patos en las charcas y liebres a las que veían escapar a saltos cada vez que el ejército avanzaba—. Esta tierra debería regarla la lluvia, no la sangre.»

Se agachó para coger del suelo la cinta de cuero de la que colgaba la vaina de su espada. Se la pasó por encima de la cabeza y dejó la cinta cruzada a través del torso y la espada en el costado izquierdo. De ese modo resultaba más sencillo desenvainarla con la mano derecha.

Después de la comida había estado dormitando con la espalda apoyada en el tronco de un árbol grueso. Sobre las raíces se encontraba su escudo, que mostraba en la capa exterior de bronce la imagen de Medusa. Había querido aprovechar su habilidad con el pincel para pintar la misma cabeza temible que la diosa Atenea había colocado en su propio escudo. «No sé si dará miedo a alguien, pero a Perseo le gusta», se dijo con una sonrisa fugaz.

El cuerpo del escudo era de madera por debajo de la cubierta de bronce, mientras que su interior estaba forrado de piel de buey. Eurímaco pasó el antebrazo izquierdo por la tira de cuero que servía de asa central y luego cerró los dedos en torno al asidero del extremo. Levantó el pesado escudo, abrió la mano y se quedó mirando sus dedos sin uñas.

«No han vuelto a crecer. —Ya habían transcurrido cinco años, así que no esperaba que salieran otra vez. Además, la carne tenía un aspecto extraño, como si hubiera apretado los dedos contra un hierro al rojo. Chasqueó los labios mientras contemplaba los muñones—. Quieran los dioses que no regrese la maldita epidemia.»

La peste había aniquilado a un tercio de la población ateniense, incluyendo a Pericles. Afortunadamente llevaban tres años libres de la plaga, y quería creer que en adelante sólo tendrían que combatir con enemigos humanos.

Apoyó el hombro contra el interior cóncavo del escudo e imaginó que aguantaba el empuje de una falange enemiga. Después tomó del suelo su yelmo de bronce y se lo ajustó. En el interior había pegado unas tiras de fieltro para que no le hiciera llagas, pero si lo llevaba mucho tiempo, empezaba a dolerle la nuca y después toda la cabeza.

Inclinó el cuello hacia ambos lados, notando el peso del yelmo, y oyó un crujido. «Definitivamente, me estoy haciendo mayor.»

Se agachó de nuevo para coger su lanza de fresno y desplazó la mano por el asta para encontrar el punto de equilibrio. El peso de la hoja de hierro se compensaba con una pica de bronce en el otro extremo, que también servía para continuar combatiendo si se quebraba la punta.

El yelmo sólo permitía a Eurímaco ver lo que tenía enfrente, así que movió la cabeza de un lado a otro para examinar el entorno. A su derecha, a unos cien pasos, divisó a Sócrates sentado junto a otros hoplitas. Se dirigió hacia ellos cargado con sus armas y observó de nuevo el campamento. El ejército ateniense se extendía en todas direcciones, sumando un total de siete mil hoplitas y algunas fuerzas de infantería ligera, además de varios miles de sirvientes y empleados civiles encargados de aprovisionar y atender a las tropas. Dos semanas antes, en Atenas, el general Hipócrates había convocado a todos los hombres en disposición de luchar, ya fueran atenienses o extranjeros que residían en la ciudad. El propósito era servir de fuerza disuasoria mientras construían un fuerte en Delio, en la región de Beocia, que hacía frontera con el Ática. Para erigir la fortificación estaban utilizando de base los muros y las construcciones de un santuario dedicado a Apolo, así que en realidad estaban convirtiendo el santuario en una fortaleza ateniense.

«Los beocios verán esto como una afrenta grave. —Eurímaco apretó los labios bajo el yelmo—. Harán lo que sea para vengarse... y por sí mismos son casi tan peligrosos como los espartanos.» Las ciudades confederadas de Beocia, con la poderosa Tebas a la cabeza, eran enemigas tradicionales de Atenas y aliadas de Esparta. Poseían el ejército de infantería más temible tras el espartano, así como la mayor fuerza de caballería entre los griegos, con la que habían apoyado todas las invasiones del Ática que se habían producido durante la guerra.

Continuó avanzando lentamente hacia el grupo de Sócrates, sintiendo que a la pesadez de sus armas se añadía la de una digestión que no había terminado de hacer.

«Menudo soldado estoy hecho», pensó resoplando. Debía procurar mantenerse más en forma, ya había cumplido los cuarenta y cinco y todavía le tocaría combatir varios años más si la guerra no terminaba.

«Al menos, si a los dioses les es grato, hoy volveremos a casa. —Una mueca de desagrado alteró su rostro—. Aunque será por poco tiempo, mientras Cleón siga decidiendo la política de Atenas.»

Cleón llevaba cinco años como hombre fuerte de la Asamblea, desde la muerte de Pericles. Sólo Nicias era un rival de altura, pero unas veces estaba de acuerdo con él y otras no era capaz de evitar que Cleón convenciera a la mayoría de los ciudadanos de que apoyaran su línea beligerante, así como su política de terror con los vencidos.

«Menos mal que no sirvo a sus órdenes. —Decían que Cleón era tan agresivo de general como de político—. Me fío mucho más de Hipócrates.»

Conocía bastante bien a Hipócrates. Ese año había sido elegido estratego, pero su ocupación habitual era el comercio marítimo y había transportado algunas vasijas de Eurímaco a clientes etruscos. Se trataba de un hombre afable, al que no era raro ver en el Pireo paseando en brazos a su hija de cuatro años, a quien una enfermedad había dejado las piernas delgadas como palos y no podía caminar.

«Nisa —recordó que se llamaba la niña. Era una chiquilla avispada, que siempre se estaba riendo en brazos de su padre—. Ha tenido suerte, otros hombres la habrían encerrado donde no tuvieran que verla, y la niña no habría vuelto a ver el sol.»

Le gustaba charlar con Hipócrates cada vez que se encontraban en el Pireo, pero prefería no tener que averiguar su valía como general. En ese momento, Hipócrates estaba en el fuerte dando las últimas instrucciones y ellos se encontraban a diez estadios, junto a la frontera entre Beocia y el Ática, aguardándolo para que encabezara el regreso a Atenas.

Al acercarse al grupo, Eurímaco se fijó en Sócrates, que sólo vestía la túnica corta que solía llevar bajo su coraza de bronce. Ésta reposaba a sus pies junto a su espada y su lanza.

«Tiene un año más que yo y parece que fueran cinco menos. —Sócrates también había echado bastante tripa, pero estaba más fuerte y ágil que él—. Bueno, supongo que yo me conservaría mejor si no hubiera sufrido la peste.»

Junto a Sócrates se encontraba Querefonte, con su nariz aplastada y una barba de pocos días que le daba un aspecto un tanto siniestro. Hacía cinco años que había muerto Melisa, su prometida, en un brote de peste que se había desatado en Eubea. Querefonte decía que no iba a volver a plantearse el matrimonio, y que él ya contribuía al futuro de Atenas manteniendo a la mitad de los hijos de su hermano.

«En eso tiene razón», se dijo Eurímaco. Querécrates ya tenía cinco hijos y una hija, y Querefonte le cedía casi toda la renta que le proporcionaba la granja de Eubea cuya propiedad compartían.

Eurímaco entornó los ojos mientras lo observaba a través de la rendija del yelmo. Quizá por haber renunciado a formar una familia, en los últimos años Querefonte parecía haberse vuelto aún más devoto de Sócrates. En cambio, en alguna ocasión se había mostrado un tanto retraído con Eurímaco.

«Lo que más me inquieta es cómo mira a veces a Perseo.» Se había llegado a preguntar si Querefonte sospechaba que él no era el padre de Perseo.

Llegó junto al grupo, masculló un saludo y colocó su escudo con los demás, en el centro del círculo de hombres. Luego dejó su lanza en el suelo, se quitó el yelmo y se sentó enfrente de Sócrates. A su derecha se encontraba un hombre joven llamado Laques, mientras que a su izquierda Critón estaba hablando y el resto del grupo escuchaba. El ambiente era distendido, muy distinto del de hacía unos días, cuando pensaban en la posibilidad de combatir.

—Eurímaco, espero que hayas descansado —dijo Critón interrumpiéndose. Él respondió con un breve asentimiento, aunque notaba que le ardía la boca del estómago—. Hablábamos sobre Cleón; yo estaba diciendo que cuanto más apele a las pasiones más bajas y virulentas de los ciudadanos, más fácil le resultará mover a la Asamblea en la dirección que pretende. Por eso ocurrió lo de Mitilene, aunque aquella vez el pueblo reaccionara a tiempo.

Eurímaco se mostró de acuerdo. Mitilene, la principal ciudad de Lesbos, se había rebelado contra Atenas pero había terminado rindiéndose tras un asedio de dos años. Cleón había propuesto con ardor a la Asamblea que en represalia mataran a todos los ciudadanos varones de Mitilene, así como de las poblaciones de Lesbos que la habían apoyado: diez mil hombres en total. A las mujeres y a los niños los venderían como esclavos. La Asamblea había votado a favor. Sin embargo, y pese a la obstinación de Cleón, al día siguiente el pueblo se había arrepentido, había formado apresuradamente una nueva Asamblea, y la ejecución se había limitado al millar de hombres que entonces estaban prisioneros en Atenas.

Eurímaco se estremeció. Los recuerdos de lo que había presenciado al día siguiente en el Pireo no lo abandonarían nunca. Siguiendo la norma habitual entre los griegos, decidieron devolver los muertos a Mitilene para que fueran enterrados en su tierra. Durante toda la mañana estuvieron llegando al puerto carretas cargadas de cadáveres, hasta completar los mil que llenaron a rebosar las bodegas de varios barcos.

Critón continuó desarrollando su argumento, insistiendo en que tenían más éxito los políticos que lograban que sus oyentes no tomaran decisiones utilizando la razón, sino movidos por pasiones ciegas. Querefonte lo interrumpió:

—¿Quieres decir —preguntó con un leve tono irónico— que Cleón seguirá siendo el político con más influencia hasta que le arrebate la posición otro demagogo cuya mayor vileza lo haga más convincente?

Critón se echó hacia atrás.

—Sólo digo que el pueblo es más fácilmente excitable en aquellos sentimientos que mueven a la violencia. Y que eso es lo que hace Cleón, sí.

Eurímaco se percató de que Sócrates miraba hacia el suelo con el ceño fruncido.

«Seguro que está pensando en Alcibíades. Critón ha dado en la llaga. —Alcibíades, uno de los jóvenes más brillantes de Atenas, había sido seguidor de Sócrates durante varios años, hasta que había comenzado a despuntar en la Asamblea—. Es su proyecto fallido.»

Eurímaco dejó de mirar a Sócrates y alzó la vista con impaciencia hacia el fuerte de Delio, deseando que el general Hipócrates regresara de una vez y los enviase de vuelta a Atenas.

Hipócrates estaba caminando alrededor del fuerte, terminando de inspeccionarlo. Lo acompañaban los capitanes de la guarnición que iba a dejar para defenderlo cuando se retirara el grueso del ejército.

Se detuvo y contempló orgulloso el resultado. Más de veinte mil hombres habían trabajado para conseguir amurallar el recinto del santuario de Apolo en tan sólo tres días. Echó un vistazo al horizonte y calculó que el sol se pondría en un par de horas.

«Bien, pasado mañana estaremos en Atenas.»

Tenía ganas de regresar y ver a su pequeña Nisa. Estaba seguro de que esos días sólo la habría cogido en brazos y habría hablado con ella la esclava que había puesto a su cuidado. Las hermanas de Nisa, dos niñas presumidas de nueve y diez años, imitaban a su madre e ignoraban a la pequeña como si no existiera.

Advirtió que por el oeste se acercaba un caballo al galope.

«¿Serán noticias de Demóstenes?»

Aguardó mientras el jinete se aproximaba. El general Demóstenes tenía que tomar dos ciudades en el oeste de Beocia mientras en el este él ocupaba el templo de Delio y lo fortificaba. Al realizar ambas acciones de modo simultáneo, las fuerzas militares de Beocia tenían que dividirse en dos. El plan parecía haber funcionado perfectamente, pues ningún ejército se había atrevido a plantar cara a las numerosas tropas que había llevado Hipócrates.

«Otro año tan bueno como éste y ganaremos la guerra.»

El año anterior habían tomado y fortificado Pilos en el oeste del Peloponeso, y a principios de ese año habían añadido Citera en el sur y Tirea en el este. El Peloponeso había quedado rodeado por fortificaciones atenienses. Ahora estaban haciendo lo mismo en Beocia, flanqueando a Tebas, su principal ciudad, de plazas fuertes controladas por Atenas.

Cuando el caballo estaba a cincuenta pasos, Hipócrates se dio cuenta de que era uno de sus exploradores. El jinete continuó al galope hasta el último momento, tiró de las riendas con fuerza y saltó del caballo.

—Señor... un ejército enorme... están acercándose desde detrás de ese monte para que no los veamos.

Hipócrates sintió un vacío en el pecho al mirar hacia aquella colina, aparentemente solitaria, que se encontraba a menos de quince estadios. El soldado continuó hablando sin dejar de resollar:

—Su infantería pesada es tan numerosa como la nuestra, al menos siete mil hoplitas, pero los acompañan más de diez mil hombres de infantería ligera. —El corazón de Hipócrates se saltó un latido. El día anterior había enviado de regreso a Atenas a quince mil hombres que habían trabajado en la fortificación del recinto del templo, y que en caso de combate habrían luchado como tropas de infantería ligera—. Y tienen mil soldados de caballería —añadió el explorador.

Hipócrates se giró hacia el fuerte y luego hacia la colina notando la tensión de los capitanes que lo acompañaban. También estaban en inferioridad en cuanto a caballeros: no tenían ni la mitad de monturas que los beocios.

«Un ejército tan numeroso... No lo comprendo.»

La única explicación era que Demóstenes no se hubiese presentado en el oeste de Beocia, o que lo hubiera hecho mucho antes de lo acordado, dejando libre a todo el ejército beocio para enfrentarse a ellos.

«En cualquier caso, nuestras tropas están cerca de la frontera del Ática. Lo normal sería que se contentaran con vernos abandonar Beocia, aunque luego atacaran el fuerte.»

Miró de nuevo hacia las murallas del recinto fortificado y después se dirigió al explorador.

—Ve con nuestro ejército. Que se dispongan inmediatamente en formación de combate en el lado norte del campamento. En cuanto organice la defensa del fuerte, me uniré a vosotros y hablaré a los hombres antes de la batalla.

«Que ruego a Zeus que no se produzca.»

El mensajero clavó las espuelas y partió al galope hacia el campamento ateniense.

## Capítulo 36
*Delio, noviembre de 424 a. C.*

Eurímaco y sus compañeros no se percataron de que se acercaba un jinete levantando una nube de polvo. Sin embargo, en cuanto sonó la primera trompeta todos se incorporaron.

—¿Formación de combate? ¿Por qué? —Querefonte oteaba en todas direcciones mientras trataba de encajarse su yelmo picudo.

Sócrates se apresuró a ponerse la coraza y Critón le ayudó a abrochársela. Eurímaco se enganchó el escudo y cogió su lanza. Se volvió hacia el recinto fortificado del templo de Apolo y luego hacia la colina cercana.

—No se ve a nadie. —Levantó la lanza hacia sus amigos y ellos le devolvieron el gesto—. Que Atenea os proteja.

Eurímaco avanzó por el campamento a grandes zancadas dirigiéndose a su posición de combate. Los hoplitas atenienses se agrupaban por tribus, los diez grupos en los que el reformador Clístenes había dividido a los ciudadanos hacía siete décadas. De ese modo, los soldados combatían rodeados de hombres con quienes compartían relaciones de parentesco o vecindad, lo que favorecía que no abandonaran su posición. Eurímaco se guio por el estandarte de su tribu para calcular su ubicación, y cuando estuvo más cerca siguió las instrucciones de su jefe de fila. En cada tribu había uno para cada una de las ocho filas que componían la falange.

Eurímaco se colocó en la quinta línea. Generalmente los más jóvenes se ponían delante, junto con algunos veteranos y varios padres que querían combatir al lado de sus hijos. A su izquierda se encontraba un ceramista llamado Hipónico, que vivía a un par de calles de la suya, y a la derecha Menandro, un calderero cuya esclava había sido la nodriza de Perseo. Se hicieron un gesto de reconocimiento y se quedaron mirando en silencio hacia el otro extremo de la falange, el ala derecha, donde se colocaría el general Hipócrates.

De pronto se alzó un rumor entre las tropas y todo el mundo dirigió la mirada hacia lo alto de la colina. Una falange de hoplitas tan numerosa como la ateniense se recortó contra el horizonte. En las alas de aquella falange, ocupando su posición habitual, aparecieron tropas de infantería ligera y de caballería, pero cubrían una superficie tan extensa que Eurímaco las contempló con la boca abierta.

El ejército enemigo se detuvo en la cima de la colina, como si quisieran que los atenienses apreciaran bien su tamaño antes de caer sobre ellos.

—Ahí está Hipócrates —murmuró alguien detrás de Eurímaco.

El general se acercaba galopando desde el fuerte. Dio un tirón a las riendas de su caballo y comenzó a arengar a las tropas antes de que la montura se detuviera. La falange ateniense estaba formada por ocho filas de casi mil hombres cada una. Eurímaco estaba situado en el ala izquierda e Hipócrates había iniciado su arenga por el ala derecha, así que no conseguía oírlo pese a que los soldados guardaban un silencio casi absoluto.

Fue una arenga breve. Hipócrates hizo que su caballo trotara doscientos pasos hacia la izquierda de la falange y repitió sus palabras. Algunas rachas de viento llevaron la voz del general hasta Eurímaco. Sólo distinguió que mencionaba la gran victoria que el general Mirónides había obtenido hacía tres décadas contra los beocios.

Hipócrates llevó su caballo hasta el centro del ejército y Eurímaco aguzó el oído.

—¡Varones atenienses...!

No llegó a oír más. El sonido vibrante de las trompetas los sobrecogió a todos. A continuación, el aire se llenó con el canto de guerra de sus enemigos y vieron que el ejército beocio empezaba a descender la colina.

Eurímaco advirtió que Hipócrates espoleaba su montura para regresar a su posición en el ala derecha de la falange.

Después alzó la vista por encima de los yelmos de sus compañeros, contemplando el ejército que bajaba hacia ellos.

«Dioses, son muchísimos.»

Las trompetas atenienses dieron la orden de avanzar y los dos ejércitos se aproximaron con rapidez. La respiración de Eurímaco resonaba dentro del yelmo con tanta fuerza como el retumbar de una tormenta. Procuraba acompasar sus pasos con el sonido agudo de las flautas, pero el yelmo le cubría las orejas y apenas distinguía las notas. Las filas se mantenían compactas gracias a que los hombres contactaban en su avance con los brazos de los compañeros de ambos lados.

A través de la abertura de los ojos, Eurímaco veía las cuatro líneas de hoplitas que tenía delante: lanzas levantadas en posición de ataque, cascos de bronce redondos, otros picudos, algunos rematados con un penacho de crines de caballo... Entrecerró los ojos para distinguir mejor las tropas beocias que tenían enfrente, y lo que vio lo sobresaltó.

«¡Su falange tiene un fondo mucho mayor que ocho filas!»

El ala del ejército que ocupaba Eurímaco iba a chocar contra los hoplitas de Tebas, que además de ser los mejores soldados de todo el ejército beocio habían formado su falange con un fondo de veinticinco hombres. Eurímaco agarró con más fuerza el asidero del escudo. Los separaban menos de cien pasos. Las botas de cuero golpeaban el suelo al ritmo de las flautas. El himno guerrero de los beocios se oía cada vez más fuerte, con él marcaban su propio ritmo e intentaban que ellos no oyeran a sus músicos y desbarataran la formación. Eurímaco advirtió que no estaban avanzando en línea recta, se estaban desplazando ligeramente a la derecha. Pero siempre ocurría; cada hoplita protegía con la mitad de su escudo al soldado de su izquierda y con la otra mitad se protegía él. La tendencia a buscar la protección del escudo de la derecha hacía que toda la falange avanzara en oblicuo, sólo los espartanos eran capaces de mantener un avance completamente recto.

Estaban a sólo treinta pasos, veinte pasos... El corazón le latía con tanta fuerza que le parecía que iba a reventar.

—¡Por Zeus!

—¡Por Apolo!

—¡Por Atenas!

Las flautas multiplicaron el ritmo. Eurímaco apretó los dientes mirando la muralla de escudos y lanzas que se abalanzaba sobre ellos. Diez pasos. Apoyó el hombro contra su escudo, aferró la lanza con más fuerza y se inclinó hacia delante para ejercer más impulso.

«¡Por Perseo!»

# Capítulo 37
*Atenas, noviembre de 424 a. C.*

«Papá...»

Perseo se distrajo de las explicaciones del profesor de música y miró hacia la puerta del aula. La ausencia de su padre era un dolor constante en su pecho desde hacía días, pero de pronto experimentaba una añoranza tan intensa que no podía respirar.

Inclinó la cabeza y cerró los ojos. En la oscuridad aparecieron imágenes de su padre rodeado de soldados que querían matarlo y volvió a abrirlos. A pesar de que en el aula hacía frío, comenzó a sudar.

—Perseo... —No se dio cuenta de que el profesor lo llamaba—. ¡Perseo!

Levantó la mirada. El profesor estaba sentado y sostenía en las manos una cítara. Los otros cuatro alumnos habían cogido su instrumento como si fueran a practicar un ejercicio, pero ahora todos lo miraban en silencio.

—¿Te encuentras bien, Perseo? —El tono del profesor se había moderado al ver su rostro pálido y sudoroso.

—Sí... No, estoy un poco mareado.

El profesor frunció los labios y le dirigió una mirada comprensiva.

—Creo que será mejor que te vayas a descansar. Tienes muchas ojeras, deberías intentar dormir más.

Perseo murmuró un agradecimiento, salió del aula y avanzó por la calle pensando en su padre. Se había marchado hacía dos semanas, junto con gran parte de los hombres de Atenas, para llevar a cabo una operación militar en la cercana Beocia.

—Regresaremos en pocos días —le había dicho—, y no creo que tengamos que combatir.

«Por favor, Atenea —Perseo se giró para ver sobre los tejados la estatua de la diosa en la Acrópolis—, que sea cierto, que regrese sin tener que luchar.»

Imaginó que al llegar a casa se encontraba con que su padre ya había vuelto y aceleró el paso. Las calles estaban medio vacías, pero en el ágora había bastante actividad. En los dos últimos años no habían sufrido invasiones ni epidemias y la guerra les era favorable, lo que impulsaba el comercio. Bordeó la plaza y buscó con la mirada a Casandra, como hacía siempre. La posibilidad de verla, aunque fuera a lo lejos, hizo que su angustia remitiera momentáneamente. Al llegar a la esquina del ágora se detuvo y observó a la gente que caminaba entre las tiendas y los tenderetes.

No encontró a Casandra, y continuó hacia su casa.

Cuando era un niño a veces le hablaba a su padre sobre Casandra. Le decía que su amiga era inteligente, guapa, más hábil que casi todos los niños con la escritura y el estudio... Su padre le daba la razón con una gran sonrisa. Sin embargo, desde hacía un tiempo la sonrisa ya no era tan amplia e iba acompañada de un ligero fruncimiento del ceño. Perseo tenía ahora trece años, casi catorce, y ya no le contaba a su padre lo que sentía por Casandra. Quería compartir todo con él, pero el entrecejo arrugado de su padre le recordaba los obstáculos que había a que la amistad entre Casandra y él tuviera una continuidad, y prefería no pensar en ello.

Al acercarse a su casa revivió la esperanza de que su padre hubiera regresado y volvió a apretar el paso. Se daba cuenta de que no tenía sentido, Atenas seguía vacía de hombres, pero eso no evitó que el último tramo de calle lo hiciera corriendo. Entró en el patio, recorrió el taller y las habitaciones y terminó en el dormitorio de su padre, sintiéndose nuevamente abatido.

Se tendió sobre el lecho y se quedó tumbado de lado, con sus ojos claros dirigidos hacia la puerta abierta y el miedo creciendo en el pecho.

## Capítulo 38
*Delio, noviembre de 424 a. C.*

Siete mil atenienses estaban a punto de chocar contra las tropas de Beocia. El frente de ambas falanges tenía una longitud de casi un millar de hombres. El general Hipócrates se encontraba en la primera línea de su ala derecha, y mientras ascendían la falda de la colina había reparado en que los torrentes causados por las recientes lluvias estaban retrasando los extremos de ambos ejércitos.

«¡Por los dioses, ha funcionado!»

Aquellos torrentes eran el motivo de que hubiera ordenado avanzar hacia el enemigo en lugar de esperarlos al final de la ladera. Suponía cierta desventaja cargar en terreno ascendente, pero mucho peor hubiera sido que la infantería ligera de los beocios, muy superior en número, desbordara sus alas y los atacara por la retaguardia.

El avance de las falanges se convirtió en una embestida estruendosa, dos bestias inmensas rugiendo enloquecidas de rabia y pavor. En el último momento, Hipócrates agachó la cabeza para que el escudo le protegiera la garganta al tiempo que buscaba con su lanza el cuello de un hoplita beocio. La resistencia blanda que le transmitió la lanza reveló que había logrado su objetivo. En ese instante ocho hombres lo aplastaron por delante y siete por detrás en medio de un ensordecedor estrépito metálico. La presión le habría reventado el pecho si no hubiera llevado una coraza rígida. Su escudo se quedó apretado contra el de un beocio que lo miraba como un animal desquiciado, tan cerca que no podía enfocarlo.

La presión se relajó momentáneamente, el hoplita al que había herido cayó al suelo y de inmediato otro ocupó su lugar pisando al hombre caído. Hipócrates le asestó dos lanzazos rápidos que impactaron contra su yelmo antes de que la presión volviera a inmovilizarlo. Sintió varios golpes en el casco y de pronto un escozor en el brazo derecho. Intentó mirarlo de reojo, pero el yelmo no se lo permitía y se limitó a comprobar que aún podía moverlo. Por encima de su hombro, dos lanzas trataban de alcanzar al beocio que tenía delante. Se encogió y una de las puntas de hierro entró en el agujero del ojo izquierdo del yelmo enemigo. El hombre lanzó un grito de horror e intentó apartarse, lo cual resultaba imposible en medio de las falanges.

—¡Empujad!

Hipócrates apuntaló los pies e impulsó con todas sus fuerzas hacia delante. Los beocios retrocedieron un paso, pero lo recuperaron al instante. El baile torpe de las falanges se mantuvo equilibrado durante un rato, con innumerables lanzas aguijoneando frenéticamente las armaduras enemigas y a veces la carne.

—¡Matadlos! ¡Matadlos! —Hipócrates pretendía atemorizar a los beocios que tenía enfrente tanto como azuzar a sus hombres. Había visto que en el otro extremo de la falange enemiga los hoplitas de Tebas habían formado con un fondo tres veces más profundo que las ocho líneas habituales. «Si no conseguimos romper pronto su frente, los tebanos desbordarán nuestra ala izquierda y nos envolverán»—. ¡Por Atenas, matadlos!

Los mejores hoplitas estaban con él en el ala derecha y su habilidad con las lanzas se dejaba notar. Además de golpear con fuerza en busca de cuellos y hombros, las hojas de hierro cortaban las manos de los beocios haciendo que soltaran sus armas. Cada vez tenían enfrente más enemigos que sólo podían empujar y tratar de ocultar su carne a la mordedura de las lanzas.

Las líneas de las falanges se recomponían según caían los hoplitas. Hipócrates vio que a su izquierda, en segunda línea, aparecía el casco de bronce de Sócrates. Le alegró que combatiera cerca de él. El filósofo era un excelente soldado, además de ser junto con Eurímaco el único hombre que no trataba a su hija Nisa como a un perrillo.

«Estamos ganando terreno.»

—¡A por ellos!

Algunos beocios de las primeras líneas empujaban hacia atrás tratando de alejarse. No conseguían colarse entre la masa de soldados, pero restaban fuerza al empuje conjunto de su falange. Hipócrates pisó un cuerpo al avanzar un paso y miró hacia los lados. La línea del frente se estaba curvando hacia delante por su extremo. Dio otro paso y esbozó una sonrisa deformada de fiereza. Atisbaba el miedo tras los yelmos de los hoplitas beocios, que ejercían cada vez menos fuerza contra ellos.

—¡Se retiran! —Algunos beocios de las últimas líneas se alejaban corriendo, pero la situación no estaba ni mucho menos clara. No obstante, los gritos de Hipócrates contribuían a quebrar la decisión de los enemigos de las primeras filas—. ¡Se retiran, matadlos!

Sócrates avanzó un paso, pisó un cuerpo y estuvo a punto de tropezar. No sabía si se trataba de un hoplita enemigo o de uno de sus compañeros. La formación de las falanges ya no era tan compacta y las lanzas de ambos bandos aguijoneaban con mayor libertad.

—¡Despacio! —gritó un oficial beocio delante de él—. ¡Retroceded despacio!

El filósofo había comenzado el combate en la cuarta línea de la falange, pero ahora estaba en la segunda, al alcance de las armas de las primeras filas enemigas. De pronto una lanza golpeó en la placa de bronce que le protegía la nariz y su cabeza se echó hacia atrás violentamente, ofreciendo su cuello desnudo. Se apresuró a agacharse y dio varios lanzazos que impactaron contra las protecciones de metal de algún enemigo.

Avanzaron otro paso y siguió golpeando sin cesar, haciendo caso omiso a las quejas de su brazo. A través del yelmo oía un fragor de gritos de combate y de dolor mezclado con el repiqueteo constante de las lanzas contra el bronce de ambas falanges. Echó un vistazo rápido hacia el otro extremo del campo de batalla. Vio un mar de yelmos y brazos agitando lanzas, y al fondo su ala izquierda que perdía terreno frente a la inusual formación de los hoplitas de Tebas.

El soldado ateniense que Sócrates tenía delante levantó el brazo de la lanza. En ese momento, desde la derecha, apareció una lanza beocia y se clavó en su axila. El ateniense intentó bajar el brazo, pero el beocio apretó con saña incrustándole en el cuerpo un palmo de hierro. Sócrates consiguió pinchar con su lanza el brazo del hombre que había herido a su compañero. El beocio soltó el arma, pero ésta se quedó clavada en el cuerpo del hoplita ateniense, que se retorció contra la coraza de Sócrates mientras caía poco a poco hacia el suelo.

El filósofo se apresuró a ocupar el hueco antes de que lo hiciera algún beocio. Ya se encontraba en la primera fila y tenía el yelmo de un soldado enemigo a unos dedos de su cara.

Distinguió sus ojos castaños entrecerrados por el odio.

«Por Zeus, puede que no tenga los ojos claros —se dijo recordando el oráculo de Querefonte—, pero es mucho más joven y corpulento que yo.»

Dejó de mirarlo para concentrarse en algún beocio de otra fila, no era posible golpear a alguien que estuviera tan cerca. De repente, aquel hoplita echó hacia atrás la cabeza y descargó su yelmo de bronce contra él.

Sócrates se quedó aturdido, como si hubieran utilizado una campana para golpearlo. El beocio se irguió y volvió a atacarlo con la fuerza de un toro. Su yelmo estaba reforzado en la frente con una gruesa placa de metal. Asestó un tercer golpe y Sócrates notó que su visión se nublaba; agachó la cabeza, pero el beocio descargó un golpe tremendo en la parte alta de su yelmo haciendo que su cuello crujiera.

«¡Va a acabar conmigo!»

Su enemigo alzó de nuevo la cabeza con un rugido. Sócrates soltó la lanza, apoyó la mano en el yelmo del hoplita y empujó con todas sus fuerzas para impedir que lo bajara. Una lanza le arañó la muñeca. El beocio sacudió la cabeza sin conseguir echarla hacia delante. Gritó con rabia e intentó retroceder, pero sus compañeros lo aplastaban contra la falange de Atenas. Sócrates vio que la punta de una lanza ateniense golpeaba en el borde del yelmo del beocio, retrocedía, y se impulsaba de nuevo hacia delante. En esta ocasión encontró el hueco que él estaba abriendo entre el yelmo y la coraza de su enemigo.

La punta de metal le partió la garganta.

Sócrates soltó el yelmo, bajó su brazo desarmado para protegerlo tras los escudos y empujó intentando avanzar otro paso. El hoplita beocio se había llevado la mano al cuello y le chorreaba sangre por el brazo. En sus ojos desesperadamente abiertos latía la angustia de la muerte. Al cabo de un momento sus párpados se cerraron y su yelmo se ladeó, pero su cuerpo quedó en pie sostenido por la presión de las falanges.

—¡Ahora! —gritó el general Hipócrates junto a Sócrates—. ¡Avanzad, avanzad!

El filósofo apretó el hombro contra el escudo para transmitir toda la presión que recibía en su espalda. Los pasos se sucedieron lentamente... hasta que de pronto la presión desapareció y estuvo a punto de caer. Los beocios echaron a correr, unos ladera arriba y otros hacia el extremo opuesto de su ejército. No habían soltado sus pesados escudos, lo que indicaba que aún tenían esperanza de reagruparse. Su numerosa infantería ligera, que había estado aguardando tras ellos, también se alejó a la carrera, ya que no podían enfrentarse a los hoplitas cuando éstos atacaban.

Sócrates cogió una lanza del suelo y corrió junto a toda el ala derecha de su falange persiguiendo a los beocios. Abatir a un enemigo en desbandada resultaba relativamente sencillo, pero si se reagrupaban o se unían a nuevas fuerzas, la situación podía darse la vuelta en un instante.

Durante la carrera hacia el otro extremo del campo de batalla llegaron a una sección de la falange beocia que todavía no se había doblegado. El general Hipócrates se abalanzó sobre su retaguardia con la mayoría de las tropas que lo acompañaban, y ordenó a uno de sus capitanes que continuara con el resto para atacar la poderosa falange tebana. Sócrates iba a unirse a su general, pero vio que aquellos enemigos estaban cayendo rápidamente y se volvió hacia la otra punta de la batalla.

El ala izquierda ateniense estaba perdiendo mucho terreno frente a los hoplitas de Tebas.

«Ahí está Eurímaco», recordó.

—¡Venid conmigo! —gritó a otros soldados que tampoco estaban combatiendo—. Hay que atacar la retaguardia de los tebanos.

Los soldados se unieron a él y comenzaron a correr a través del campo de batalla.

Eurímaco sentía la presión de los hombres que empujaban tras él. Su coraza de lino era más flexible que las de bronce y cedía ligeramente, pero el mayor problema era tener que retroceder dos pasos por cada uno que avanzaban.

—¡Ahora!

Embistió contra el escudo, sin ganar terreno. Retrocedió otro paso y clavó los pies intentando mantener la posición. Cada vez que reculaban temía que algunos hombres de las últimas filas decidieran huir. El momento inicial de las desbandadas era cuando moría más gente, por eso nadie quería ser el último en salir corriendo. Por otra parte, al agruparse la falange por tribus, si alguien escapaba ponía en peligro a un vecino o familiar con el que tendría que convivir en la ciudad, y resultaba preferible exiliarse.

«¡Vamos, vamos!»

Estaban retrocediendo de tal modo ante los veinticinco de fondo de la falange tebana, que el frente ateniense se estaba arqueando peligrosamente. Los hoplitas situados en el centro de su ejército se veían obligados a retroceder con ellos para que no se abriera una brecha por la que entrara el enemigo.

La punta de una lanza tebana le golpeó con fuerza a la altura del pómulo. El yelmo paró el golpe, pero se quedó aturdido y se inclinó para protegerse con el escudo de su derecha. Habían perdido varios hombres, hacía rato que se había adelantado hasta quedar al alcance de las armas enemigas. Una de ellas le había herido en el hombro derecho y había perdido su lanza.

«No puedo levantar el brazo. Ni siquiera podré desenvainar la espada.» Conocía a algunos hombres capaces de defenderse blandiendo la espada con el brazo izquierdo. Él no era uno de ellos.

Empujó con fuerza y se irguió de nuevo. Al echar un vistazo hacia los extremos se llevó una enorme sorpresa.

—¡Su ala derecha se ha roto! —gritó a sus compañeros—. ¡Aguantad, el general Hipócrates está envolviéndolos!

Apuntaló el cuerpo para no ceder, pero tuvo que dar otro paso atrás.

—¡Vamos, estamos rodeándolos!

Las líneas se mantuvieron apretadas, hombro con hombro, las corazas aplastadas contra los escudos. Eurímaco miró de nuevo a la derecha y vio que las tropas de infantería ligera beocias corrían ladera arriba, perseguidas por algunos hoplitas atenienses que aprovechaban que no tenían coraza para alancearlos por la espalda. El grueso de los hombres del ala derecha de Atenas se había dedicado a exterminar a un grupo suelto de beocios. Ahora corrían hacia la retaguardia de los hoplitas de Tebas contra los que él combatía.

«Vamos a vencer», pensó con un alivio que lo llenó de energía.

Siguieron aguantando sin ceder un paso. Los lanzazos atenienses arreciaron, la mayoría deteniéndose contra el bronce de las protecciones enemigas. La siguiente vez que Eurímaco alzó la mirada distinguió al general Hipócrates acercándose por detrás de los tebanos. Tomó aire para gritar que estaba llegando su comandante, pero se le adelantó el grito de uno de sus compañeros:

—¡Nos ataca otro ejército!

El general Hipócrates corría hacia la falange tebana sin sentir apenas el peso del escudo y la coraza. Cientos de sus soldados, de sus conciudadanos atenienses, avanzaban con él a través de la ladera en un pelotón desordenado, enardeciéndose unos a otros con sus gritos.

De pronto notó un cambio en el griterío y se giró hacia los lados sin dejar de correr. Algunos de sus hombres se habían detenido y miraban hacia atrás.

«Por Zeus, ¿qué...?»

Al darse la vuelta descubrió un escuadrón de caballería beocia que galopaba hacia ellos, arrancando con sus cascos pedazos de hierba y barro de la colina.

Se volvió hacia el ala izquierda de su ejército. Un segundo

escuadrón avanzaba por la llanura contra la retaguardia de la falange ateniense.

—¡Agrupaos! ¡Agrupaos!

Agitó la lanza desesperado hacia los hombres que lo rodeaban. Varios corrieron hacia él, pero se detuvieron al ver que los caballos se acercaban demasiado rápido. Algunos hoplitas formaron pequeños grupos y apuntaron con sus lanzas a la caballería. Otros tiraron los escudos y huyeron.

Hipócrates apretó los dientes y echó a correr hacia uno de los grupos intentando que el miedo no lo dominara. El suelo vibraba bajo sus pies. Se dio cuenta de que no iba a llegar: varios jinetes cargaban contra él a sólo veinte pasos, quince, diez... Hincó la rodilla en la ladera, se parapetó tras el escudo y apuntaló su lanza en el suelo.

El arma se quebró al incrustarse en el pecho del primer caballo, que se desplomó arrollándolo.

...

Hipócrates parpadeó, se encontraba de espaldas sobre la hierba. El golpe le había arrancado el yelmo y contemplaba aturdido las nubes rojizas que tapizaban el cielo. Una creciente sensación de urgencia hizo que tratara de incorporarse, pero tras un par de intentos sólo pudo ponerse a cuatro patas, con la cabeza vencida hacia el suelo.

Advirtió que el jinete beocio se había levantado y avanzaba hacia él con la espada desenvainada.

Los ojos de Hipócrates se humedecieron.

«Nisa...»

Su último recuerdo fue la risa alegre de su pequeña.

# Capítulo 39
*Delio, noviembre de 424 a. C.*

Eurímaco contempló aterrado cómo el jinete beocio se acercaba a Hipócrates, levantaba la espada y le golpeaba en el cuello como si usara un hacha.

«¡No, por Zeus, no!»

Siguió empujando contra la falange tebana, pero notó que disminuía la presión sobre su espalda. Al mirar atrás vio otro escuadrón de caballería cabalgando hacia ellos.

Su vecino alfarero dejó caer el escudo y echó a correr.

«¡Podemos reagruparnos!», pensó Eurímaco. Pero no llegó a decirlo en voz alta. La onda de pánico se estaba extendiendo por toda la falange, era imposible detener la estampida. El empuje equilibrado entre los dos ejércitos se transformó en una presión brutal contra ellos y muchos hombres cayeron al suelo, tanto atenienses como tebanos que eran arrollados por sus compañeros. Eurímaco sintió que alguien chocaba contra él y un instante después trastabillaba corriendo colina abajo.

La caballería beocia que ascendía por la ladera derribó en la primera carga a decenas de atenienses. Eurímaco corría con el escudo levantado, temiendo un impacto que en aquel momento no se produjo. Al llegar a la llanura continuó la huida junto a miles de hoplitas, sirvientes, acemileros, médicos, cocineros y demás hombres que viajaban con el ejército. Los soldados y jinetes beocios los abatían a cientos.

Siguió avanzando tan rápido como era capaz, mientras presentía en su cuerpo el golpe que lo derribaría, el tajo que acabaría con su vida. Cuando llevaba un rato corriendo, cambió de rumbo para dirigirse hacia uno de los torrentes.

«Si lo cruzo y llego hasta la costa, encontraré barcos atenienses.»

Sudaba a chorros por debajo del yelmo y la coraza, y el escudo le pesaba tanto que parecía que iba a arrancarle el brazo, pero estaba decidido a no soltarlo. Algunos hombres se despojaban de la coraza para escapar con mayor rapidez; unos cobraban una ventaja que les salvaba la vida, otros lo lamentaban cuando los atravesaban.

La fuerza del agua estuvo a punto de arrastrarlo. Levantó el escudo para ofrecer menor resistencia, consiguió cruzar el torrente y se dejó caer en la otra orilla. En la llanura, los hoplitas beocios habían dejado de perseguirlos, pero su infantería ligera y su caballería continuaban la cacería de atenienses. Los cadáveres que ensangrentaban el campo eran innumerables.

«Dentro de poco se pondrá el sol. —Eurímaco miraba al cielo jadeando, no conseguía recobrar el aliento—. De noche dejarán de perseguirnos.»

Se incorporó para continuar alejándose. Echó un vistazo atrás y divisó al otro lado del torrente la inconfundible figura de Sócrates; su amigo se encontraba a unos doscientos pasos y avanzaba a grandes zancadas junto a Laques, mirando a ambos lados con gesto desafiante.

A su espalda, un jinete de la caballería beocia cargaba contra ellos.

—¡Cuidado! —Eurímaco gritó con todas sus fuerzas, pero Sócrates no le oyó.

En el último momento, el filósofo advirtió que se les echaba encima un caballo, alzó el escudo y levantó su lanza. Laques cayó al suelo al intentar esconderse detrás de Sócrates. El jinete beocio hizo que su montura pasara de largo y se fue en busca de una presa más fácil.

Sócrates continuó su avance en dirección a Eurímaco. Al cabo de unos pasos se percató de que se acercaba otro caballo y volvió a detenerse, pero un momento después levantaba una mano para saludar al jinete.

—Alcibíades —murmuró Eurímaco.

El joven aristócrata escoltó a Sócrates hasta el torrente, metió el caballo en el agua y cruzó con ellos.

—Eurímaco, me alegra verte con vida. —Los ojos de Sócrates lo contemplaron a través de la abertura de su yelmo—. Pero estás herido.

Eurímaco miró su brazo ensangrentado y volvió a reparar en que apenas podía moverlo.

—Hemos caído en su trampa —intervino Alcibíades desde lo alto de su montura—. Su comandante ha reservado parte de la caballería y la ha enviado después rodeando la colina para rompernos las líneas. Una estrategia brillante —añadió sin ocultar su admiración.

Sócrates giró el yelmo hacia él y lo miró en silencio durante varios segundos. Luego se volvió hacia Laques y Eurímaco.

—Será mejor que nos alejemos.

Eurímaco asintió y se pusieron en marcha hacia la costa. En el aire frío del incipiente anochecer, el rumor del torrente se mezclaba con los gritos de los hombres que agonizaban.

## Capítulo 40
*Tracia, diciembre de 424 a. C.*

La tensión mantenía a Aristón completamente despejado.

Se echó el aliento en las manos y las frotó para calentarlas. Había transcurrido la mitad de la noche y se encontraba con Brásidas en la residencia de uno de los oligarcas de Argilo. Aquella ciudad se había pasado a su bando hacía unas horas. Antes del amanecer, partirían para intentar tomar Anfípolis, la aliada más importante de Atenas en toda Tracia.

Oyó pasos en el patio y se quedó mirando hacia la entrada de la lujosa sala, pero no entró nadie. En cualquier momento tenía que llegarles el aviso de que en Anfípolis estaban preparados los hombres que traicionarían a los atenienses y les abrirían las puertas de la ciudad.

Se inclinó sobre la mesa y acercó una lámpara de aceite al pergamino que representaba el mapa de Anfípolis. El ancho río Estrimón rodeaba parte de la ciudad, sirviendo de protección natural. En el resto de su perímetro contaba con unas murallas inexpugnables.

«Una fortificación a la altura de su valor.»

Además de oro y plata, Anfípolis proporcionaba valiosa madera para los trirremes atenienses. También resultaba un emplazamiento estratégico en la ruta de los barcos que llevaban grano a Atenas desde el Helesponto.

Se giró de nuevo hacia la puerta y luego miró a Brásidas. El general estaba sentado en un triclinio, con la espalda apoyada en la pared y los ojos cerrados; no obstante, Aristón sabía que estaba tan alerta como él.

«Si esta campaña sale bien, Brásidas se convertirá en el hombre más importante de Esparta.» Contempló al general con una envidia que había aprendido a atemperar con el paso de los años. Después dejó la mirada perdida en el mapa de Anfípolis y pensó en Deyanira.

«Dentro de dos años cumplirá cuarenta. —Seguía sin quedarse embarazada, y pronto quedaría atrás su edad fértil—. Esta campaña puede prolongarse, quizá más de un año.»

Se imaginó a Deyanira en Esparta, aliviada al tenerle lejos durante tanto tiempo, y la ira le aceleró la respiración.

«Cuando regrese, recuperaré el tiempo perdido.»

Clavó una uña en el borde del mapa mientras contemplaba con desagrado la idea de no tener más herederos que Calícrates. Al pensar en él, le vino a la mente una conversación que había tenido con Brásidas hacía años, al poco de hacer que flagelaran al muchacho hasta destrozarle la espalda.

—Creo que tu hijastro sigue muy enfermo. —Las palabras de Brásidas habían hecho que Aristón se crispara. Imaginaba que Deyanira le había pedido a Brásidas, a través de su esposa, que protegiera a Calícrates, quizá incluso afirmando que él quería matarlo.

—Está bastante grave —respondió con aparente pesadumbre—, parece que los dioses están decidiendo sobre su vida. Tal vez puso demasiado empeño en resistir el látigo, y los chicos que lo castigaban lo golpearon con excesiva fuerza. —Le habían preguntado en más ocasiones por lo sucedido, y siempre contestaba que los muchachos se habían extralimitado mientras él estaba en una reunión.

Brásidas sonrió comprensivo.

—Me parece bien que disciplines a Calícrates, sin favorecerlo por ser el hijo de tu hermano, pero si sobrevive, te recomiendo como amigo que no permitas que vuelvan a golpearlo con tanta dureza. He oído algún comentario en el que se refieren a ti como Cronos.

Aristón le había devuelto la sonrisa a Brásidas, aunque sentía que le hervía la sangre. No sabía si aquel comentario también hacía referencia al bebé que había tenido con Deyanira. Cronos, padre de Zeus, devoraba a todos sus hijos porque una profecía aseguraba que uno de ellos lo destronaría.

Al final su hijastro Calícrates se había recuperado y ahora

era un muchacho de diecisiete años con el mismo aire reflexivo y el semblante hosco que tenía su hermano Euxeno. «Es como si se estuviera convirtiendo en él», se dijo Aristón con una mueca de desprecio. Afortunadamente lo veía poco, sobre todo desde que él había dejado de ser instructor y había vuelto a participar en las campañas militares.

En la primera campaña en la que tomó parte después de reintegrarse en el ejército, habían pasado un mes arrasando el Ática. Un año más tarde, regresaron bajo el mando del rey Cleómenes porque Arquidamo estaba enfermo.

«Por suerte para Esparta, no se recuperó.» El recuerdo hizo sonreír a Aristón. Había ido a visitar a su tío Arquidamo cuando a éste sólo le restaban unas horas de vida. Su cuerpo enflaquecido despedía un olor ácido y el único modo de comunicarse que le quedaba era la mirada angustiada que clavaba en quienes se le acercaban. Pareció sorprendido al ver que su sobrino se arrodillaba junto a su lecho.

—Mueres en la cama —le susurró Aristón al oído—, como corresponde al viejo cobarde que eres.

Arquidamo ya no controlaba los músculos de la cara y su expresión apenas varió, pero sus párpados vibraron mientras contemplaba la sonrisa regocijada de su sobrino. Aristón se incorporó lentamente y salió de la alcoba por última vez.

La siguiente campaña la había comandado Agis, heredero de Arquidamo y primo de Aristón. Cuando las tropas se estaban agrupando en la frontera del Ática, se produjo un terremoto tan fuerte que se derribaron murallas y el mar se lanzó contra la costa anegando varias poblaciones. Agis ordenó que el ejército se retirara, convencido de que había sido una señal de los dioses. Un año después sí entraron en el Ática, pero a las dos semanas tuvieron que regresar precipitadamente.

«El desastre de Pilos y Esfacteria.» Aristón notó que la bilis le subía desde el estómago. En Pilos, un promontorio en la costa oeste del Peloponeso, los atenienses habían levantado una fortificación. Junto a Pilos se encontraba un islote llamado Esfacteria, y en él se produjo un duro combate que terminó con la rendición de doscientos ochenta soldados peloponesios, entre ellos ciento veinte hoplitas de Esparta. Todo el mundo griego se había conmocionado con la noticia: era la primera vez que los soldados espartanos se rendían en vez de combatir hasta la muerte.

«Han hecho que la vergüenza caiga sobre todos nosotros», se dijo Aristón asqueado. Él habría suplicado a los atenienses que ejecutaran a esos cobardes; sin embargo, el gobierno de Esparta había hecho una concesión tras otra para intentar recuperar a los prisioneros, o que al menos los mantuvieran con vida en Atenas. Por temor a que los mataran, ni siquiera habían entrado en el Ática ese año.

Aristón se echó hacia atrás y apoyó la espalda en el respaldo de la silla, que bajo su corpachón parecía hecha para un niño. Dirigió un vistazo a Brásidas, decidió imitarle y cerró los ojos. En aquella expedición a Tracia habían obtenido varios pequeños éxitos que tenían que rematar esa noche. Tres meses atrás se les habían unido las ciudades de Acanto y Estagira. Ese mismo día había sido la ciudad de Argilo, y otras lo harían si conseguían tomar Anfípolis.

«Brásidas es sin duda nuestro hombre más valioso. Quizá incluso más como diplomático que como general.» Habían llevado a Tracia un ejército compuesto por setecientos ilotas —a los que se les había prometido la libertad— y un millar de mercenarios del Peloponeso. Podrían haber sometido con facilidad algunas poblaciones, pero la primera elección de Brásidas siempre era hablar con los representantes de las ciudades. Éstos solían acceder a la petición de pasarse a su bando, más por haberles convencido Brásidas que por temor a las fuerzas que llevaba consigo. Había adquirido fama de hombre justo, inteligente y moderado, y proclamaba que su objetivo era obtener la libertad para los griegos frente a la esclavización a la que los sometían los atenienses. Ciertamente, la actitud de Atenas y de los gobernadores que enviaba solía ser tiránica, además de imponer a las ciudades de su alianza unos duros tributos que con Cleón se habían multiplicado. Gracias a eso, muchas poblaciones tracias veían en el general Brásidas a un libertador.

Aristón y Brásidas abrieron los ojos al mismo tiempo. Se acercaban unas voces. Aristón se puso de pie y agarró la empuñadura de su espada. En el umbral de la estancia aparecieron dos hombres cubiertos hasta los tobillos por mantos de gruesa lana, capas de piel y capuchas.

—Podemos irnos. —El más alto se descubrió, mostrando una barba entrecana bien recortada y haciendo caer una lluvia de copos de nieve.

—¿Llegaremos antes del alba? —Brásidas cruzó la estancia dirigiéndose a la puerta—. Es más tarde de lo previsto.

El hombre de la barba entrecana asintió rápidamente.

—Sí, sí, lo sé. La nieve nos ha retrasado, pero también nos ayudará a acercarnos sin que nos vean.

Brásidas y Aristón se abrigaron con capas de piel de oso sobre las corazas de bronce. Al salir al patio de la vivienda los recibió un viento frío que jugaba a hacer remolinos con la nieve. En el exterior, formando una apretada columna a lo largo de la avenida principal de Argilo, aguardaban los setecientos esclavos y el millar de mercenarios que habían llevado a Tracia, así como cientos de soldados de las ciudades tracias que se les habían unido.

Abandonaron Argilo en silencio y se internaron en una noche negra y tormentosa. El viento gélido sacudió sus capas y los cristales de nieve se les clavaron en la piel como una nube de mosquitos furiosos. Los hombres se apretaron unos contra otros, avanzando lentamente en una penosa marcha que se prolongó durante más de dos horas, hasta que el argilio que los guiaba hizo un gesto para que se detuvieran. Aristón sentía los pies y el rostro ateridos, pero había mantenido el escudo delante del cuerpo y las manos resguardadas para conservarlas calientes y poder manejar las armas.

—Estamos a unos cien pasos del puente, en esa dirección. —El argilio señaló hacia delante. La tormenta había remitido y distinguían como una tenue claridad la nieve que los rodeaba. También percibían a su derecha el negro denso del río Estrimón, que los acompañaba desde hacía un rato con un rumor sordo—. Encontraremos una guardia de diez hombres —recordó el argilio—, dos de ellos son de los nuestros, pero necesitarán nuestra ayuda para impedir que los demás crucen y den la voz de alarma.

Brásidas y Aristón se adelantaron por la orilla del río acompañados de cinco mercenarios. Al acercarse distinguieron las sombras difusas de algunos soldados.

—Veo cinco —susurró Brásidas—. Los otros cinco deben de estar en esa cabaña.

A la entrada del puente había una construcción de madera con ventanucos para poder vigilar el exterior. Aristón hizo un gesto de asentimiento y se arrastró sobre la hierba nevada llevando el escudo y la lanza. Los demás hombres lo siguieron. La anchura del puente equivalía a un frente de tres o cuatro soldados, lo que implicaba que los dos mil hombres de Brásidas tardarían al menos diez minutos en cruzarlo. El plan era reagrupar las tropas al otro lado sin que los detectaran. Después se lanzarían sobre las viviendas, pequeñas granjas y almacenes repartidos por la llanura que se extendía entre el puente y las murallas de Anfípolis.

Aristón se detuvo a diez pasos de los guardias, exhalando silenciosas nubes de vaho. Sobre el murmullo del río le llegaba la conversación de dos de los hombres. Estaban encogidos bajo su ropa de abrigo y no les veía el rostro. Parecían estar vueltos hacia el campo, casi de espaldas a la orilla por la que él se acercaba. Despegó el cuerpo del suelo y se irguió muy lentamente. La excitación hacía que ya no sintiera frío. Adelantó un pie y posó con mucha suavidad la bota de piel gruesa en la nieve. Sus sentidos aguzados captaron el crujido leve de los hombres que se incorporaban a su espalda. Inclinó el cuerpo hacia delante y se impulsó procurando no resbalar. En el último momento dos de los guardias se giraron en su dirección, pero no tuvieron tiempo de reaccionar antes de que su escudo los golpeara con una fuerza arrolladora.

Aristón frenó su carrera y se giró hacia la cabaña. Algunos mercenarios apuntaban con sus armas a los tres soldados restantes, que se rindieron sin luchar. Brásidas se había apostado con otros hombres junto a la puerta abierta de la cabaña. Salieron cinco soldados, tres con las manos en alto y los otros dos llevando las armas de sus compañeros.

—Estamos con vosotros —se apresuraron a informar a Brásidas.

De pronto, uno de los que se habían rendido empujó al guardia que tenía al lado y echó a correr por el puente en dirección a la ciudad. Aristón levantó su lanza en una reacción instintiva y la impulsó con todas sus fuerzas. Aquella arma tenía la longitud habitual entre los hoplitas espartanos, pero en ambos extremos contaba con puntas de bronce que la hacían el doble de pesada. La lanza cortó el abrigo del guardia y deformó su coraza de metal, rompiéndole varias costillas y haciendo que volara antes de desplomarse sobre la nieve del puente.

Aristón corrió hacia el guardia desenvainando la espada. Cuando estaba a un par de pasos vio una mancha oscura junto a su boca.

«Sangre.»

El guardia era tan joven que su barba era una pelusilla rala, no parecía tener ni dieciocho años. Emitía un gemido afónico, como si no lograra introducir aire en los pulmones. Aristón se quedó mirando su cuello mientras apretaba la empuñadura de su espada. Brásidas le había mostrado durante toda la campaña la utilidad de moderar el uso de la fuerza, y había insistido en que también sería fundamental para hacerse con Anfípolis.

Apartó la mirada, envainó la espada y recogió su lanza de la nieve.

## Capítulo 41
*Esparta, diciembre de 424 a. C.*

«Aquí murió mi hijo.»

Deyanira estaba ascendiendo la ladera del Taigeto junto a una treintena de mujeres espartanas. Habían decidido que esa tarde se entrenarían echando una carrera hasta la cima más cercana del macizo. En la cabeza del grupo marchaba una joven alta y delgada, a la que seguía de cerca Clitágora y a continuación Deyanira.

Cada vez que pasaban junto a una oquedad, se preguntaba si sería allí donde la partera había abandonado a su bebé recién nacido.

—No puedo decirte dónde lo dejé —le había respondido cuando la abordó, tres días después de que se llevaran al pequeño—. Y no debes hacer más preguntas. Se ha cumplido la voluntad de los dioses.

«Fue la voluntad de Aristón, no la de los dioses.»

Cuando se recuperó de la pérdida de sangre, pasó días examinando el terreno por el que estaba corriendo ahora, buscando restos del cuerpo de su hijo o del mantón en el que estaba envuelto. No encontró nada, y dejó de buscar cuando Clitágora le advirtió de que las mujeres empezaban a comentar que junto con el bebé había perdido la cabeza.

«¿Qué habrían hecho ellas en mi lugar, sabiendo que el bebé era perfectamente normal?»

Se volvió para mirar en otro agujero, y la mujer que iba en cuarto lugar se puso a su altura. Deyanira forzó el ritmo y la dejó atrás. El cielo estaba cubierto de nubarrones oscuros y soplaba un viento gélido.

«No tiene sentido que siga buscándolo. —La semana anterior había colocado una nueva ofrenda para pedir a Ártemis Ortia que cuidara de su hijo—. Han pasado casi catorce años.»

La muchacha que encabezaba la carrera parecía estar bastante fresca. Deyanira decidió mantenerse detrás de Clitágora y fijó la mirada en su espalda musculosa. Lanzaría un ataque al final para intentar quedar segunda.

Al cabo de un rato apareció un grupo de muchachos en dirección contraria. Rondaban los dieciocho años, y a pesar del frío invernal estaban corriendo desnudos. Sus cuerpos amplios y fibrosos denotaban el continuo entrenamiento al que se veían sometidos. Según se acercaban, Deyanira buscó a Calícrates mientras algunas de las mujeres jóvenes bromeaban con exclamaciones lujuriosas.

Lo vio al final de la columna de muchachos. Su hijo era uno de los corredores más rápidos de Esparta, aunque en aquel momento estaban de maniobras y se limitaba a mantener la posición asignada. Cuando los dos grupos se cruzaron, Deyanira se sintió más ligera de espíritu al recibir una sonrisa de Calícrates. Se giró un momento hacia él y vio su espalda llena de cicatrices. Había estado a punto de morir, pero tenía una naturaleza fuerte y la única secuela de su castigo brutal era que su espalda parecía un escudo después de cien batallas.

«Aristón estuvo a punto de dejarme sin ningún hijo.»

Las facciones de Deyanira se crisparon. Su esposo llevaba muchos meses fuera de Esparta, lo suficiente para que hubieran desaparecido las marcas de la paliza que le había dado como despedida, pero regresaría antes o después.

«A menos que los dioses escuchen mis plegarias y muera en el campo de batalla.»

Lo último que había sabido de él era que seguía con el general Brásidas, y que habían arrebatado a los atenienses varias ciudades de Tracia. También había sabido que Brásidas había solicitado refuerzos para intensificar su campaña en Tracia y defender lo conquistado, pero que en Esparta muchos ciudadanos presionaban para que se moderara la agresividad. Querían negociar con Atenas la devolución de los espartanos apresados hacía dos años en Esfacteria.

«Clitágora sería feliz si su marido regresara», se dijo mientras la miraba. Él era uno de los prisioneros de Esfacteria, y su corpulenta esposa había colocado en los templos innumerables ofrendas pidiendo su regreso.

La pendiente se acentuó. La chica que iba en primer lugar acortó los pasos, pero Clitágora utilizó sus poderosas piernas para mantener la velocidad. Deyanira la siguió como pudo y ambas se acercaron a la cabeza.

«Por Hera, ¿cómo puede aguantar tanto?» Parecía imposible que Clitágora pudiera correr de ese modo con cuarenta y cinco años. Deyanira sintió un dolor caliente que se expandía por los músculos de sus piernas, amenazando con agarrotárselas. Su rival comenzó a distanciarse y ella tuvo la sensación de que apenas avanzaba; sin embargo, en ese momento adelantó a la chica que había encabezado la carrera desde que habían salido de Esparta.

Se estaban aproximando a la cima y el terreno se volvió más accidentado. Las piernas le gritaban que se detuviera. «Uno, dos, tres, cuatro; uno, dos, tres, cuatro...» Contar los pasos le ayudaba a distraerse del dolor. Empezó a caer una lluvia fina como la tela de una araña, y la respiró con la boca abierta para apagar el ardor de sus pulmones.

«Sólo quedan dos estadios.»

Clitágora pasó junto a una roca grande y apoyó la mano para impulsarse. Deyanira se dio cuenta de que se estaba acercando. Su contrincante movía el cuerpo como si su peso se hubiera duplicado.

«Un estadio.»

Miró hacia atrás. La otra chica se había desfondado y subía la cuesta con las manos en las rodillas. Por delante, Clitágora le sacaba menos de diez pasos.

Procuró acelerar sin conseguirlo.

«Tengo que mantener el ritmo, eso bastará.»

Clitágora se giró hacia ella con el rostro encarnado y una mirada desesperada. Deyanira titubeó al darse cuenta de que aquella mujer, tan acostumbrada a la victoria, llevaba meses sin vencer en ninguna competición. Su ritmo se redujo, pero inmediatamente volvió a acelerar.

«Más humillante que perder sería que la dejara ganar.»

La línea de llegada la marcaba el tronco de un pino derribado por un rayo hacía muchos años. Deyanira hizo un último esfuerzo para adelantar a su rival en los pasos finales. Las piernas no le respondieron y Clitágora tocó el tronco con un grito en el que ardía la rabia más que el triunfo.

Las dos se tumbaron en el suelo. Con la espalda contra la tierra húmeda, estiraron los brazos y sus dedos se rozaron. Deyanira giró la cabeza y vio que Clitágora miraba hacia el cielo lluvioso con una expresión de alivio. Cuando se volvió hacia ella, en sus ojos hubo un destello fugaz de agradecimiento, pero enseguida le dirigió una sonrisa burlona y desafiante.

Deyanira cerró los párpados hacia la lluvia.

«Qué agradable sería la vida si Aristón no regresara.»

Las demás mujeres se dejaban caer junto a ellas según iban llegando. La lluvia parecía suspendida en el aire, sus diminutas gotas adhiriéndose a los cabellos como un manto de rocío. Una de las chicas más jóvenes, la que había marchado en primera posición hasta la parte más dura de la ascensión, comenzó a contar sus problemas domésticos. Se había casado hacía poco, y la esclava ilota que se encargaba de las tareas del hogar mostraba hacia ella una actitud desafiante.

—Me obedece, claro, pero antes de hacer lo que le pido se me queda mirando de un modo que me da miedo.

Las otras mujeres se iban incorporando para prestarle atención.

—Ponla en su sitio a base de bastonazos —sugirió una de ellas.

—No me atrevo —reconoció la chica—. Además, tenemos un perro, un moloso grande, y la esclava ha conseguido que le obedezca a ella antes que a mí. Creo que si la golpeara con un bastón, el perro me atacaría.

—Pues ahí tienes la solución —Clitágora alzó una mano con el índice extendido y Deyanira miró las plantas que señalaba—, tanto para la esclava como para el perro.

—Acónito... —La joven que se quejaba se acercó a las plantas—. Quizá no sea mala idea.

Clitágora continuó hablando.

—Puedes utilizarlo ya, aunque es mejor esperar a que florezca en verano y entonces puedes usar las flores y las hojas para preparar un extracto muy venenoso. Pero si quieres asegurarte, debes utilizar la raíz. Lo mejor es cogerla antes del invierno y dejarla secar.

Deyanira escuchaba las explicaciones sin apartar la mirada de las plantas de acónito.

## Capítulo 42
*Tracia, diciembre de 424 a. C.*

Aristón señaló con un gesto hosco las puertas cerradas de Anfípolis.

—Si nos hubiéramos lanzado sobre la ciudad nada más cruzar el puente, estaríamos dentro de las murallas.

Estaban esperando a que llegara el resto de los capitanes, a los que Brásidas había convocado. Se encontraban a un estadio de los muros de la ciudad y las nubes habían desaparecido, aunque el sol no calentaba lo suficiente para derretir el medio palmo de nieve pisoteada que cubría el arrabal.

—Probablemente habríamos entrado —concedió Brásidas—, pero habrían muerto cientos de anfipolitas. Quiero ciudades aliadas, no ciudades sometidas que se rebelen en cuanto nos alejemos. —Dio un trago de vino y devolvió la copa al esclavo que lo acompañaba—. El vínculo del miedo es fuerte pero quebradizo.

Aristón señaló de nuevo hacia la ciudad.

—El vínculo del miedo es mejor que unas puertas cerradas.

—¿Todavía no confías en mí? —le contestó Brásidas con una sonrisa burlona.

Aristón se cruzó de brazos y Brásidas mantuvo la sonrisa, aunque se sentía menos seguro de lo que manifestaba. Los demás capitanes llegaron uno a uno y el último en presentarse fue el hombre que los había conducido desde Argilo.

El general esperó a que estuvieran todos antes de hablar.

—¿Cuántos prisioneros tenemos?

—De momento unos trescientos —indicó el hombre encargado de custodiarlos—. Pero todavía están trayéndonos algunos. Puede que alcancemos los cuatrocientos.

«Cuatrocientos prisioneros... —Después de cruzar el puente, Brásidas había ordenado a sus hombres que ocuparan toda la llanura frente a la ciudad. Muchos anfipolitas habían conseguido refugiarse tras las murallas antes de que cerraran las puertas, y creía que tendrían menos prisioneros—. Cuatrocientos deberían ser suficientes.»

—¿Ha habido más bajas? —Hasta ahora le habían informado de un mercenario muerto y tres anfipolitas.

—No, señor.

—No.

—Ninguna, señor.

«Bien.» Las palabras amables no funcionaban si estaban teñidas de sangre. Tres muertes era realmente poco, y esperaba que se hubieran producido entre los partidarios de los atenienses. También había conseguido contener los saqueos, exceptuando un par de almacenes. Asimismo, la advertencia de que a los violadores los castraría había resultado efectiva.

«Sobre todo desde que en Acanto vieron que lo decía en serio.» Allí había mutilado con su espada a dos mercenarios y después dejó que se desangraran a la vista de todo el mundo. Una valiosa lección para sus tropas, que de paso había servido para aumentar el apoyo de las poblaciones locales.

Brásidas se volvió hacia el hombre de Argilo, cuyo porte erguido y la barba esmeradamente cuidada le daban un aire aristocrático.

—¿Por qué no nos abren las puertas?

—Acabo de hablar con algunos hombres de dentro. Han estado a punto de conseguirlo, pero los atenienses y sus partidarios han convencido a la multitud de que pronto recibirán ayuda de Atenas.

—¿Cómo podrían ayudarlos? —preguntó Brásidas irritado—. Me dijisteis que apenas había tropas atenienses en Eyón.

La ciudad de Eyón era la población más próxima a Anfípolis. Se encontraba a dos horas de marcha, en la desembocadura del río Estrimón. A menudo servía de base a los trirremes atenienses destinados en Tracia, pero antes de dirigirse a Anfípolis se habían asegurado de que no hubiera ninguno.

—Y no hay tropas en Eyón, mi general; al menos de momento. Pero los atenienses tienen otra base naval en la isla de Tasos, a media jornada de navegación. Allí debe de estar su general Tucídides con los trirremes.

Brásidas se quedó pensativo. Le habían informado de que el ateniense Tucídides tenía la concesión a perpetuidad de las minas de oro de la región. Aquello le proporcionaba un gran ascendiente sobre muchas personas influyentes de Anfípolis.

—Está bien. Tenemos hasta mañana para convencerlos de que nos abran las puertas.

—Me temo que no es así. —El hombre de Argilo se encogió bajo la mirada exasperada de Brásidas—. Cuentan con un sistema de señales de fuego que les permite comunicarse de forma inmediata. La flota ateniense podría llegar antes de que anochezca.

Aristón se adelantó.

—No podemos seguir perdiendo el tiempo. Tenemos más de trescientos prisioneros, empecemos a degollarlos delante de las puertas hasta que las abran.


Tucídides, hijo de Oloro, conversaba con uno de sus timoneles en el puerto de Tasos cuando lo sobresaltó un grito a su espalda.

—¡General! —Un hoplita se acercaba corriendo—. Atacan Anfípolis, general. Nos están enviando señales de socorro.

—¡A los barcos! —Tucídides gritó sus órdenes mientras echaba a correr hacia su trirreme—. ¡Partimos inmediatamente!

Media hora después, los siete trirremes de la flota de Tracia navegaban sumando la fuerza de los remeros a la del viento. Tucídides calculaba que llegarían a Eyón al anochecer y pedía a todos los dioses que Anfípolis resistiera hasta entonces.

«Si hoy hubiéramos estado amarrados en Eyón...» Pero era absurdo lamentarse por eso. Sin duda los atacantes habían esperado a que la flota estuviera en Tasos para atacar Anfípolis.

Recorrió la cubierta conteniendo las ganas de hacer que los remeros bogaran más rápido. Aquel ritmo ya era muy elevado, teniendo en cuenta que tendrían que mantenerlo alrededor de diez horas.

«Anoche estuvo nevando —recordó con una mueca. Seguramente los atacantes habían tomado el puente del río Estrimón sin que se enteraran en la ciudad—. Y habrán hecho muchos prisioneros antes de que la guarnición cerrara las murallas.» El general Eucles estaba al mando de Anfípolis y no rendiría la plaza de forma voluntaria, pero muchos habitantes estaban en contra de que los atenienses gobernaran la ciudad. Si los atacantes comenzaban a ejecutar prisioneros, sería difícil evitar que la multitud intentara abrir las puertas para salvar a sus parientes.

«O quizá se opongan a que las abran para evitar que después los ejecuten a ellos.»

Siguió caminando por la cubierta, indiferente al viento frío que enrojecía su piel y le hacía llorar. Miró la vela mayor, combada por el viento pero poco tensa, y se volvió hacia los seis trirremes que los seguían.

Se deslizaban por el agua con una lentitud exasperante.

Cuando amarraron en el puerto de Eyón, el sol era una bola naranja que lamía el horizonte. El capitán de la guarnición ateniense recibió a Tucídides en cuanto saltó a tierra.

—Anfípolis ha caído.

Aquellas palabras fueron una puñalada en el pecho de Tucídides.

—¿Cuántos muertos? —Temía que los atacantes estuvieran ejecutando a todos los anfipolitas.

—La ciudad se ha entregado de manera voluntaria. El espartano Brásidas les ha ofrecido a todos los habitantes, incluidos los atenienses, elegir entre quedarse a vivir en Anfípolis sin sufrir ninguna represalia o irse libremente en un plazo de cinco días llevándose todos sus bienes.

El general Tucídides sonrió con amargura. «Qué astuto es ese maldito.» El temor a las represalias era una de las principales razones de que se prolongaran los asedios. Brásidas había combinado de modo genial las tácticas militares con las diplomáticas, y él tendría que responder por ello cuando regresara a Atenas.

—¿Cuántos hombres tiene Brásidas?

—Alrededor de dos mil, más los anfipolitas que se le hayan unido.

Tucídides reflexionó un momento. Quedaba completamente descartado tratar de recuperar Anfípolis.

—Con esas fuerzas intentará hacerse también con Eyón. Vamos a prepararnos para defender la ciudad.

Unas semanas más tarde, Aristón cruzó las puertas de Anfípolis y caminó por el arrabal que se extendía frente a las murallas. Al llegar al río Estrimón comprobó las guarniciones de ambos extremos del puente. Después se adentró en él, y desde allí examinó la construcción de trirremes que se estaba llevando a cabo.

«Atenas lamentará haber perdido la madera de Anfípolis.»

Poco después de tomar la ciudad, Brásidas había organizado un ataque conjunto desde el río y por tierra contra Eyón, pero el ateniense Tucídides había conseguido rechazarlos. Como siempre, Brásidas se había mostrado práctico y había buscado nuevos objetivos. La siguiente ciudad en unirse a ellos fue Mircino, al norte de Anfípolis, y después vinieron Galepso y Esine, situadas al este.

«Ahora todos quieren abandonar a los atenienses», pensó dejando la mirada perdida en la corriente oscura. Numerosas ciudades tracias mantenían su lealtad aparente con Atenas mientras negociaban en secreto con Brásidas. Todos confiaban en que continuarían sus fulgurantes éxitos militares contra los atenienses. La derrota que éstos habían sufrido en Delio contribuía a reforzar la sensación de que el poder de Atenas era frágil.

Aristón se inclinó para apoyarse con ambas manos en la baranda del puente.

«El año que viene habremos conquistado toda Tracia. —Brásidas había enviado correos a Esparta solicitando más tropas para ampliar sus objetivos—. Dentro de dos años estaré de nuevo frente a las murallas de Atenas, y esta vez no tendré que conformarme con romper sus lápidas.»

## Capítulo 43
*Atenas, marzo de 423 a. C.*

Eurímaco apoyó una mano en el horno de cerámica y se arrodilló en el suelo.

—Déjame ver.

Comprobó la disposición de los leños en la cámara de combustión del horno, y luego se volvió hacia Egisto, el ayudante que había sustituido a Icario.

—Mira, estos troncos están demasiado separados. Así el fuego duraría menos tiempo. —Movió la madera y los troncos se encajaron entre sí—. Así mejor, y aquí encima puedes poner otro. Ve a traerlo.

Egisto entró en el taller y Eurímaco se incorporó con un gesto de dolor. Se llevó una mano al hombro izquierdo.

«Ya han pasado más de tres meses y no termina de curarse. —Hizo un movimiento de rotación lento con el hombro. Se lo había dislocado en las embestidas de la batalla de Delio, aunque con la tensión del momento no se había dado cuenta—. Ahora mismo sería incapaz de levantar el escudo.» En su momento le había preocupado más el lanzazo que había recibido en el otro hombro, pero de aquello sólo le quedaba una fea cicatriz.

Egisto regresó con un tronco en cada mano y se agachó para comprobar cuál encajaba mejor. Se trataba del tercer hijo de uno de los alfareros del barrio, y aunque no era tan hábil con el horno como Icario, modelaba mejor que él y era bastante diestro preparando la arcilla y las tinturas para las vasijas. Llevaba con ellos cinco años largos, desde que Eurímaco había estado a punto de morir de peste e Icario había aprovechado para robarles la vasija de Odiseo.

«Los dioses le hicieron pagar por ello», se dijo Eurímaco al recordar que Icario había muerto de peste pocas semanas después.

En ese momento Perseo salió de su habitación y se acercó a ellos.

—¿Vas a encender el horno?

Eurímaco sonrió divertido ante el tono grave de su voz. Acababa de cumplir catorce años y a veces hablaba como un hombretón, mientras que en otras ocasiones, sobre todo cuando se reía, se podía distinguir al niño que todavía mostraban sus rasgos suaves y sus ojos grises abiertos de curiosidad.

—Sólo estamos colocando la madera, no voy a hacer que Egisto se pierda el teatro. Por cierto, Sócrates va a venir con nosotros. Pasará a buscarnos dentro de un rato.

El nombre del filósofo hizo sonreír a Perseo.

—¿Sócrates no decía que sólo iba al teatro con las obras de Eurípides? —«El padre de Casandra», añadió para sí, como siempre que hablaban del dramaturgo.

—Así es, pero se ha enterado de que en dos de las tres comedias de hoy él es uno de los personajes principales.

—¿Ah, sí? ¿En cuáles?

—En *Konnos*, de Ameipsias, y en *Las nubes*, del joven Aristófanes.

«Aristófanes...» El ceño de Perseo se frunció al escuchar el nombre del chico al que hacía siete años, en los Muros Largos, había herido con una piedra en la cabeza. Tres años más tarde, cuando Aristófanes tenía sólo diecisiete, se había hecho famoso en toda Atenas al estrenar la obra *Los convidados*, aunque por su juventud la había presentado con otro nombre. Desde entonces todos los años estrenaba una comedia, e incluso había obtenido el primer puesto en el festival de teatro de las Dionisias Leneas.

Eurímaco observó el ensimismamiento de Perseo. Cuando se quedaba pensativo, se desvanecía el niño y en su rostro se vislumbraba el adulto que sería algún día.

«¿Quién será su padre?» Eurímaco desvió la mirada hacia el horno temiendo que pudieran adivinarse sus pensamientos. A menudo olvidaba que Perseo no era el hijo que su mujer había llevado en el vientre, pero verlo crecer tan rápido hacía que volviera a pensar en ello. Quizá en algún lugar había un hombre que en su juventud se había parecido a él.

—¿Quieres quedarte y aprender algo sobre el horno?

—Otro día, papá. —Perseo se rio y se dio la vuelta para marcharse. Seguía gustándole más pintar que moldear o cocer cerámicas.

Eurímaco lo observó entrando en la cocina. Perseo llevaba la túnica hasta medio muslo propia de los niños, aunque ya era casi tan alto como él.

«Su padre debía de ser un hombre muy alto y fuerte. —No podía ser de otro modo viendo la talla que estaba alcanzando Perseo, así como la fuerza que le hacía destacar tanto en el gimnasio como en la palestra—. ¿Seguirá vivo?»

Eurímaco sintió una repentina corriente de pena, profunda y fría, al imaginar que Perseo se enteraba de que él no era su padre.

Un momento después, negó con la cabeza.

«Es imposible que eso ocurra.»


Perseo se sentó con desgana. Ojeó el papiro que tenía desplegado sobre la mesa de la cocina, unos ejercicios de gramática que le había encargado el pedagogo, y se levantó con un bufido de aburrimiento.

Sócrates había convencido a su padre de que su educación continuara más allá de los trece años, que era cuando la terminaban muchos niños griegos. Seguiría estudiando hasta los dieciocho, como los muchachos de la aristocracia. Debía memorizar largos pasajes de los principales autores, perfeccionar el manejo de la cítara y ejercitar su cuerpo todos los días.

En un extremo de la sala, en el espacio donde anteriormente se ubicaba el lecho de Ismenias, habían colocado una estantería ancha. Su padre no había comprado un nuevo esclavo, y había contratado como pedagogo a un hombre al que pagaba una dracma por pasar la mitad de la jornada con él.

«Un hombre muy aburrido», se dijo Perseo añorando a Ismenias. Miró las etiquetas de los rollos de papiro que había en un estante y escogió el cuarto rollo de la *Odisea*, de Homero. Tomó también una tablilla grande de cera y regresó a la mesa.

Sacó el rollo de papiro de su funda de cuero y lo extendió haciéndolo girar sobre los círculos de madera situados en los extremos de su eje. Al llegar al pasaje que buscaba, sujetó el papiro con un par de vasijas pequeñas para mantenerlo desplegado y cogió la tablilla de cera.

«El caballo de Troya...» Le inspiraba tener el texto delante, aunque se sabía de memoria los pasajes de la *Odisea* donde se mencionaba el enorme caballo de madera. Cogió el punzón y trazó con habilidad la silueta del caballo. Quería encontrar una solución que le convenciera para representar a los guerreros griegos que se habían escondido dentro, empezando por el hombre que los comandaba: Odiseo.

La guerra de Troya había tenido lugar hacía ocho siglos, cuando el príncipe troyano Paris se había llevado a su ciudad a la reina Helena de Esparta. Toda Grecia se levantó en armas para recuperar a la reina espartana, y durante nueve años el ejército griego asedió Troya en vano. Entonces Odiseo concibió el plan de simular que los griegos se marchaban y dejar frente a las puertas de Troya un enorme caballo de madera con guerreros ocultos en su interior. Los troyanos pensaron que era una ofrenda a Atenea y metieron el caballo en la ciudad. Mientras Troya celebraba el final de la contienda, los guerreros salieron, abrieron las puertas al ejército griego escondido en el exterior de la ciudad y la arrasaron.

«Muchos creen que ése fue el origen de la enemistad entre los griegos y los persas —recordó Perseo. Dejó el punzón de madera sobre la mesa y examinó la tablilla—. Creo que ha quedado bien. La próxima vez lo pintaré sobre una tabla de madera.»

Se levantó, rodeó la mesa y tomó asiento en un taburete frente a la pequeña columna que sostenía la vasija de Odiseo. Después de recobrarse de la peste, su padre se había presentado en la tienda del hombre que le había comprado a Icario la cerámica robada.

—Esa vasija es mía —le dijo al comerciante con un tono gélido—. Devuélvemela.

El mercader levantó una mano con una sonrisa que contrastaba con la expresión de alarma de sus ojos.

—Yo se la compré a un hombre que también aseguraba que era suya. Si la quieres, tendrás que ponerte de acuerdo con ese hombre y que me devuelva el dinero, o deberás comprármela tú.

Eurímaco inspiró profundamente. Si la enfermedad no lo hubiera dejado tan débil, le rompería la cara a ese miserable antes de recuperar su cerámica.

—Escucha, desgraciado. Intentaste abrirle la cabeza a mi hijo cuando te pidió que se la devolvieras. Te aseguro que vas a pagar por ello, pero de momento dame la vasija.

El tendero dudó. Aunque aquel hombre no había acudido con guardias, si se presentaban, él tendría las de perder.

—Lamento el malentendido. —Levantó la cerámica y la dejó sobre el mostrador—. Sufro muchos robos, y pensé que tu hijo era uno de los pillos que a veces cogen algo y echan a correr. Como disculpa, quédate la vasija y yo asumo la pérdida del dinero que le entregué al hombre que me la vendió como suya.

Eurímaco se marchó sin responder. La cerámica de Odiseo le pesaba tanto que a duras penas llegó a su casa. Después acudió a los Once —los magistrados encargados de los arrestos y las prisiones—. No lo había hecho antes porque en casos así solía desaparecer la mercancía antes de que se celebrara un juicio, y su prioridad era recuperar la vasija.

Cuando se presentó con uno de los magistrados y varios arqueros escitas, el tendero se había esfumado con su mercadería y nadie había vuelto a verlo.

«Menos mal que la recuperamos. —Perseo colocó las manos en las asas esmaltadas, cerró los ojos y en sus labios apareció una sonrisa—. Mamá, hoy volveré a ver a Casandra.»

Ya no resultaba tan fácil acercarse a ella como cuando eran niños. En la pubertad se encerraba a las muchachas en casa, y si tenían que salir a la calle, iban estrechamente vigiladas por alguna mujer adulta. En esas circunstancias, el mejor momento para cruzar unas palabras con una adolescente era durante alguno de los numerosos festivales religiosos de Atenas.

En aquel momento se celebraban las Grandes Dionisias, las fiestas de seis días dedicadas al dios Dionisio. Estaba comenzando el tercer día, cuando tendría lugar el concurso de comedias. Antes de la guerra se representaban cinco obras, pero ese año sólo serían tres. «Y en dos de ellas Sócrates será uno de los personajes», se repitió Perseo con inquietud. Los comediógrafos hacían aparecer en sus obras a los principales personajes públicos. Que Sócrates saliera en dos de ellas reflejaba lo célebre que se había vuelto entre los atenienses; lo malo era que los autores solían sacar en sus obras a los personajes conocidos para criticarlos, a menudo de manera despiadada.

La preocupación de Perseo por Sócrates se disolvió al pensar de nuevo en Casandra.

«Seguro que asiste al teatro.»

La guerra y la peste habían afectado gravemente a las fiestas, reduciendo la duración de muchas de ellas y minimizando la participación de los ciudadanos; por fortuna, la epidemia había quedado atrás y llevaban dos años sin sufrir invasiones. Al igual que las cosechas, las fiestas se habían recuperado y toda la ciudad participaba en esos días dedicados a intensificar el sentimiento religioso y nacional.

Hacía ocho meses, en las últimas fiestas Panateneas, Perseo había divisado a Casandra entre la multitud. Buscó una excusa para apartarse de sus amigos y se acercó a ella a través de la apretada concurrencia. Era el primer día de las fiestas y la gente se apelotonaba frente a la puerta del Dipilón. Desde allí se iniciaría la procesión que entraría en Atenas y recorrería la vía Panatenaica hasta llegar a la Acrópolis, donde entregarían a Atenea un nuevo peplo, el mantón que unas jóvenes confeccionaban cada año para vestir la estatua de la diosa.

Perseo tuvo que detenerse a unos pasos de Casandra. El pelo negro y largo de la muchacha estaba recogido en una trenza que pasaba hacia delante por un lado del cuello. Los jóvenes que había frente a Perseo se movieron, él consiguió cruzar a través del grupo y siguió aproximándose. Mientras miraba a Casandra desde atrás, sintió unas ganas repentinas de darle un beso en la piel blanca y suave del cuello.

—Hola, Perseo.

Jantipa, a la izquierda de Casandra, se había dado la vuelta para saludarlo. Casandra también se giró.

—Buenos días, Perseo. —Los años la estaban volviendo aún más guapa, pero además le proporcionaban una madurez tranquila y segura que lo desarmaba.

—Hola.

Se quedó sonriendo como un bobo. Casandra vestía una túnica gris claro con un ribete ancho de color blanco en el cuello, lo que hacía resaltar el negro brillante de su trenza. La túnica se sujetaba en los hombros con alfileres largos de oro, y se ceñía en las caderas con un cinturón fino. Perseo no se fijó en cómo vestía Jantipa, aunque su ondulada melena pelirroja resultaba llamativa y algunos hombres la contemplaban de reojo.

—¿A ti quién te vigila? —bromeó Jantipa. Los muchachos tenían más libertad de movimiento, mientras que las jóvenes siempre estaban acompañadas.

—Me parece que vuestras esclavas —respondió señalándolas discretamente con la cabeza. Las chicas se rieron, pues era cierto que una esclava gorda de gesto adusto, perteneciente a la casa de Casandra, no apartaba la vista de Perseo.

La cabeza de la procesión se puso en marcha y Perseo se situó a la izquierda de Jantipa. La esclava gorda hizo un gesto de fastidio sin llegar a decir nada.

—¿Sigues pintando vasijas? —preguntó Casandra con una sonrisa.

—Hace poco pinté un ánfora. Mi padre se la llevó a Nicias, el hijo de Nicérato, que le había encargado una. La examinó detenidamente y no se dio cuenta de que no la había pintado mi padre.

—¿Y tu padre no se lo dijo? —Jantipa enarcó las cejas con aire divertido.

—Sí, claro. Le explicó que la había pintado yo. Pero le ofreció traerle otra y Nicias dijo que no, que se quedaba con la mía.

—Qué orgulloso tienes que sentirte. —Casandra, al otro lado de Jantipa, se giró hacia él mientras caminaba—. Ya pintabas muy bien de niño. Me acuerdo de la sirena que me enseñaste en una tablilla de cera, la que habías copiado de una vasija de tu padre. —Se calló, un tanto azorada al recordar de pronto que aquella vasija era con la que rememoraban a su madre muerta.

—Es verdad. Debí de dibujar por lo menos cien sirenas. Menos mal que aprendí a dibujar otras cosas.

Casandra siguió caminando pensativa. Había otra pintura de Perseo que le recordaba a él con más frecuencia. En el segundo año de la peste, Sócrates se había presentado en su casa con una crátera grande, esmaltada en negro y con un único motivo dibujado en uno de los lados: el rapto de Europa.

—Eurípides, tienes que comprarla. —La voz de Sócrates hablando con su padre hizo que Casandra, que se estaba peinando en su cuarto, se acercara sigilosamente a la ventana—. Eurímaco se está recuperando bien, pero necesitan dinero y Critón no está en Atenas.

Su padre respondió en voz más baja y Casandra no distinguió lo que decía, pero un momento después salió con una bolsa de dracmas y se quedó con la crátera. La metió en la vivienda y la dejó en una esquina del salón de banquetes, donde había permanecido desde entonces. Casandra a veces se sentaba en el suelo y contemplaba el dibujo. Le parecía magnífico.

Nunca le había contado aquello a Perseo porque no quería recordarle esos días en los que lo habían pasado tan mal. La siguiente vez que se vieron después de la peste, él le había dado las gracias por la bolsa de carne que les había llevado y ella se había limitado a decir que seguro que él habría hecho lo mismo.

Perseo continuó hablando con ella, ignorando la mirada de reproche de las esclavas.

—¿Sigues ayudando a tu padre con las copias de sus obras?

Casandra torció el gesto antes de responder.

—Digamos que cuando termino de ocuparme de organizar las tareas de la casa, practicar con el telar y tocar la cítara, tengo permiso para entretenerme con los libros.

Perseo frunció los labios. Había asimilado de un modo difuso la idea generalizada de que la mujer estaba subordinada al hombre. Sin embargo, contaba con menos experiencia directa que la mayoría de los atenienses, ya que en su casa nunca había vivido una mujer, y tenía la impresión de que su padre había tratado a su madre como a una igual. Por otra parte, le chocaba que una muchacha tan inteligente como Casandra tuviera que dedicarse sólo al hogar.

—No te pongas tan serio —rio ella—. Estás más guapo cuando sonríes.

Jantipa llevaba un rato manteniéndose medio paso por detrás. Observó la sonrisa avergonzada de Perseo y la mirada alegre que le dirigía Casandra. Mientras avanzaban al ritmo lento de la procesión, se aseguró de que las esclavas no estaban mirando y se acercó a Perseo para susurrarle al oído:

—Métete por la siguiente calle a la izquierda y avanza hasta que llegues a una esquina. Ahí nos esperas.

Perseo se volvió sorprendido hacia Jantipa. Acto seguido miró a las esclavas; una de ellas se quedó observándolo con expresión inquisitiva y él se apresuró a desviar la mirada.

A su izquierda, a sólo diez pasos, se abría una calle. No sabía qué hacer. Echó una ojeada disimulada a Casandra, que no parecía ser consciente de lo que le había dicho Jantipa. Sintiendo los golpes del corazón en el pecho, se rezagó un poco y se aproximó a la pared.

Cuando llegaron a la esquina, abandonó la procesión internándose por la estrecha callejuela.

«¿Y ahora qué?»

Se pegó a la pared menos iluminada, mirando hacia la procesión que discurría lentamente ante sus ojos.

«Avanza hasta que llegues a una esquina», le había dicho Jantipa.

Caminó con rapidez hasta el siguiente cruce y se asomó para mirar en todas direcciones. Las calles estaban desiertas.

Se apartó del cruce y se quedó esperando.

«Si me ve alguien, pareceré un delincuente.»

Estuvo un rato escuchando el rumor confuso y alegre de la procesión. De pronto oyó el sonido de sandalias corriendo sobre la tierra. Se asomó de nuevo al cruce y casi chocó con Jantipa, que llevaba de la mano a Casandra.

—Voy a vigilar. —La cara de Jantipa revelaba cuánto se estaba divirtiendo—. Regresa en cuanto te avise —le dijo a Casandra antes de salir corriendo por donde había venido.

Casandra se quedó mirando a Jantipa mientras ésta se alejaba. Luego se volvió hacia Perseo con la boca todavía abierta por la sorpresa. Un momento después, los dos se encogieron de hombros y rieron nerviosos.

—Qué extraño —dijo él recobrando la seriedad.

—¿El qué?

«Sentirme así.»

—Crecer.

Casandra siguió mirándolo a los ojos en silencio. Perseo se acercó un poco más.

—Echo de menos poder hablar a solas, como cuando éramos niños.

—Sí... —El semblante de Casandra se volvió un poco más grave—. Has crecido mucho, ya estás más alto que yo.

—Y tú... estás muy guapa.

Las mejillas de Casandra se ruborizaron. Él levantó una mano para acariciarle la cara, pero titubeó sin llegar a rozarla y ella se apartó con timidez.

De pronto, Perseo se inclinó hacia Casandra y le dio un beso rápido en los labios. Luego se retiró, casi asustado. Casandra alzó el rostro y lo contempló sin apartar la mirada. Perseo volvió a acercarse y ella levantó la cara un poco más. Él posó los dedos en su cuello, cerraron los ojos y se besaron despacio.

## Capítulo 44
*Atenas, marzo de 423 a. C.*

«Hoy veré de nuevo a Perseo», se dijo Casandra con un suspiro.

Estaba aguantando sin quejarse mientras Leda, su esclava tesalia, le daba tirones al desenredarle el pelo. Una mujercita de quince años como ella tenía que cuidar mucho su apariencia cuando iba al teatro, así que el proceso de peinarla llevaría un buen rato. Enfrente tenía una mesa con un espejo redondo de bronce pulido, pero las imágenes que recorrían su mente eran los recuerdos que tenía de Perseo.

«Yo debía de tener seis años y él cinco cuando nos vimos por primera vez. —Entonces Perseo era un niño tímido, con grandes ojos grises que llamaban la atención por la inusual claridad de su tono y la intensidad con la que miraban el mundo—. Parecía un cachorrillo perdido.»

Pasaron un par de años hasta que hablaron por primera vez, pero le había inspirado ternura desde el primer momento. Por eso, cuando otros niños hacían comentarios burlones sobre sus ojos, ella discutía con ellos y les pedía que fueran amables y jugaran con él.

«Qué difícil era saber lo que pensaba», se dijo con una sonrisa apagada. Perseo se convirtió en uno de los niños que jugaban habitualmente junto a la orilla del río Erídano o en el espacio entre los Muros Largos. Sin embargo, hablaba poco y solía mostrarse serio. También era muy tranquilo, lo que hizo que resultara más sorprendente que reaccionara tirándole una piedra a Aristófanes cuando éste se burló de ella.

«Fue muy valiente», pensó aguantando un nuevo tirón de la esclava.

A partir de aquel momento habían empezado a hablar, y había descubierto que Perseo era un niño sensible y lleno de entusiasmo. Unos meses después, la había llevado a su casa para enseñarle el dibujo que había hecho de una sirena, y le había contado que habían matado a su madre el día después de que él naciera. Entonces se había echado a llorar y ella lo había abrazado.

La esclava terminó de utilizar las púas anchas del peine de madera, le dio la vuelta y comenzó a pasar por su pelo la hilera de púas estrechas. El peine se enredó y el cuello de Casandra se dobló hacia atrás.

—¡Leda, ten cuidado!

—Perdón, señorita Casandra.

El tono desganado de la esclava hizo que Casandra buscara su rostro en el espejo. El semblante de la mujer era inexpresivo. Siguió mirándola durante unos segundos y luego se dejó llevar de nuevo por los recuerdos.

El segundo año de la peste, el padre de Perseo había enfermado y él se había ocupado de cuidarlo durante varias semanas. «Entonces tenía sólo ocho años», calculó Casandra. Aquella experiencia lo había obligado a madurar de golpe.

Tres años después, una mañana en la que bajaban la colina de las Ninfas en dirección a los Muros Largos, ella le había hablado de un pasaje de la *Ilíada* que le encantaba. Al cabo de unos días, mientras jugaban con Jantipa y otros niños a que eran actores de teatro, Perseo había declamado aquel pasaje sin cometer un solo error.

«Había memorizado un centenar de versos para mí.» Casandra cerró los ojos mientras la esclava terminaba de pasar el peine. Cuando Perseo acabó de recitar, todos se pusieron a aplaudir, pero él se quedó mirándola expectante y ella le dijo gracias en silencio. A partir de entonces habían pasado más tiempo conversando entre ellos, aunque hubiera otros niños. Perseo le había contado que no quería ser un héroe de guerra, como la mayoría de los chicos, sino un pintor famoso en toda Grecia. Ella le había dicho que soñaba con poder conversar con artistas y hombres sabios, como Aspasia, la mujer de Pericles; también con ayudar a su padre a escribir obras de teatro, e incluso con escribir algo ella misma. Eran sueños en los que cada vez creía menos, pero que le gustaba compartir con Perseo.

Leda enroscó el cabello de Casandra sobre su cabeza y comenzó a insertar varillas de plata para sujetarlo.

La época de intimidad feliz e inocente con Perseo había durado sólo unos meses, hasta que ella había iniciado la pubertad. En ese instante se acabaron las salidas para jugar en la calle. Tan sólo podía recibir visitas de amigas en casa, y cuando era inevitable salir, debía evitar el trato con los hombres, de lo cual se encargaba celosamente su esclava Leda.

La separación forzosa le había hecho añorar a Perseo. Durante mucho tiempo se habían limitado a saludos corteses en público, o a cruzar unas pocas palabras aprovechando alguna festividad. Cada vez que lo veía se iba a casa con una sensación de vacío. Durante varios días se notaba mustia mientras practicaba con el telar, y las notas de su cítara sonaban tristes.

«¿Cuándo me enamoraría de él?»

Quizá no había sido en un momento concreto, pero no tenía dudas de que estaba enamorada antes de que Perseo la besara por primera vez. En cualquier caso, aquel beso lo había cambiado todo. Durante aquellos segundos tan especiales, tan dulces y tiernos, la relación de su infancia había quedado definitivamente atrás.

Mientras la esclava soltaba unos rizos a ambos lados de su cabeza, Casandra pensó de nuevo que estaba a punto de ver a Perseo en el teatro, puede que incluso consiguieran quedarse un momento a solas.

Una tristeza profunda hizo que las lágrimas acudieran tras sus párpados cerrados.

—¿Estás ya, cariño? —Eurípides acababa de aparecer en el umbral de la habitación.

—Sí, papá.

—Muy bien. Te espero en el patio.

Casandra agachó la cabeza y parpadeó con rapidez para intentar secar las lágrimas.

«Mamá, me encantaría volver a besarla.»

Perseo sentía vergüenza al hablar de besos con su madre, pero la emoción que predominaba era una exaltación alegre. Todos los atenienses dirigían sus plegarias a dioses, a héroes o a allegados fallecidos. Él casi siempre rezaba a su madre, y estaba convencido de que ella lo escuchaba y lo ayudaba desde el más allá.

Después del primer beso transcurrió un mes hasta que pudo estar de nuevo con Casandra, aprovechando otra de las fiestas de Atenas. En aquella ocasión no consiguieron quedarse a solas; sin embargo, en un momento en que la procesión se detuvo y la muchedumbre se volvió más compacta, acercó su mano a la de ella y entrelazaron los dedos. Durante varios minutos permanecieron juntos, dibujándose caricias lentas en la piel. Perseo cerró los ojos, sin apenas respirar, y el mundo se redujo al éxtasis de sentirse unido a Casandra. El roce de su piel dejaba una estela que se expandía por su cuerpo y le colmaba de dicha.

Se estremeció al recordar aquellas caricias.

«Hoy volveremos a estar a solas gracias al teatro.»

En total había besado a Casandra en tres ocasiones. La última había sido en las fiestas Leneas, hacía dos meses. En las Leneas tenían lugar representaciones teatrales, y era normal salir un rato para ir a los servicios públicos anexos al teatro. Gracias a Jantipa, Casandra había despistado un momento a las esclavas y se habían besado con tanto fervor como brevedad.

El semblante de Perseo se ensombreció. La última vez que habían estado juntos había sido el mes anterior en las Antesterias, otra festividad en honor de Dionisio. Aunque Casandra había dejado que le rozara la mano, cuando fue a cogérsela la retiró.

«Las esclavas estaban pendientes de nosotros, pero no podían vernos las manos.»

Quizá había sido por prudencia, pero la sensación de rechazo le resultó dolorosa. Después de eso se habían cruzado un par de veces por la calle y Casandra había evitado su mirada.

Perseo abrió los ojos y miró hacia atrás sin soltar la vasija. Le había parecido que lo llamaban.

—Han venido Sócrates y Querefonte. —Su padre le hablaba desde el patio—. Sal, Perseo, nos vamos al teatro.

Cerró los ojos de nuevo y apoyó un momento la frente en la cerámica de Odiseo.

«Mamá, haz que Casandra y yo estemos un rato a solas. Te lo ruego, que podamos estar solos.»

## Capítulo 45
*Atenas, marzo de 423 a. C.*

Casandra apareció en el patio seguida de la esclava. Llevaba un vestido azul con estampado de estrellas, sujeto a los hombros mediante alfileres de plata, y encima una túnica de color azafrán que hacía resaltar el marrón claro de sus ojos. El pelo recogido y los rizos negros que le rozaban los hombros le daban un aire elegante.

«Ya no es mi niña —se dijo Eurípides—. Se ha convertido en una mujer tan guapa como su madre.» Suspiró mientras la contemplaba. Hacía varios años que su esposa se había marchado de Atenas, y ni siquiera sabía si continuaba viva.

Salieron de casa y caminaron a lo largo de la calle sin ver apenas gente, pero cuando desembocaron en la vía Panatenaica encontraron un río de personas que se dirigían al teatro de Dionisio. En el aire flotaba un bullicio de conversaciones alegres, muchos reían al recordar escenas de comedias de años anteriores. Tan sólo unos pocos hablaban de la guerra, comentando que Esparta había enviado varios embajadores sugiriendo una tregua, pero que la paz no sería posible mientras Brásidas siguiera arrebatándoles ciudades en Tracia. La mención de aquel general espartano siempre se hacía con una mezcla de odio y temor. Algunos incluso afirmaban que era invencible, que no obedecía a sus reyes y que estaba reclutando un nuevo ejército para conquistar toda Tracia antes de lanzarse con una gran flota a invadir el Ática. No obstante, la mayoría de los que se dirigían al teatro tan sólo pensaban en divertirse con las comedias que verían aquel día.

Bordearon la Acrópolis en medio del gentío y llegaron al templo de Asclepio. Un poco más allá, la multitud comenzaba a aglomerarse en la entrada del teatro. Eurípides vio a Critón esperando frente al templo y se acercó. Habían quedado allí con varios amigos para entrar juntos. Después de saludarse, Critón apoyó las manos en su tripa oronda y contempló a Casandra.

—Por Deméter, Eurípides, ¿dónde está tu hija y quién es esta bella mujer? Creo que va a robarles muchos espectadores a las obras que se representan hoy.

Casandra bajó la mirada, un poco incómoda. Se retiró un par de pasos cuando los hombres empezaron a conversar y se subió al primer escalón del templo de Asclepio. Desde donde estaban se podía contemplar la imponente pared vertical de madera que sostenía las gradas del teatro. El graderío era una estructura semicircular, cuyos asientos del sector central se apoyaban directamente en la ladera de la Acrópolis, mientras que para los extremos se había levantado el robusto armazón de madera que tenían a la vista. Enfrente del graderío se ubicaba el edificio de la escena, y entre ambos estaban los accesos para el público, uno a cada lado del teatro. Una docena de empleados controlaba los accesos, logrando que en cada jornada entraran más de diez mil espectadores sin que se produjeran grandes colas.

Más allá del teatro, Casandra podía ver el tejado del odeón de Pericles, el gran edificio cuadrangular que el estratego había ordenado construir para que en él se celebraran conciertos de música. Su interior era una única sala con el techo sostenido por un bosque de casi un centenar de columnas. El primer día de las Dionisias, los autores y el equipo escénico de cada obra las anunciaban en el odeón de Pericles indicando los temas que trataría cada una.

Casandra se imaginó a su padre presentando en el odeón *Las suplicantes*, la obra que había escrito para las Dionisias de ese año y que ella ya había leído. En aquella obra, un grupo de mujeres suplicaba a los enemigos tebanos que les devolvieran a sus hijos y esposos muertos en una batalla. Los tebanos se negaban durante gran parte de la obra, igual que había sucedido tras la batalla de Delio, que era lo que había inspirado a su padre para escribir aquel drama.

Casandra se dio la vuelta y se dedicó a buscar el rostro de Perseo entre quienes giraban hacia el teatro desde la esquina de la Acrópolis. Sentía un nudo en el estómago cada vez que distinguía a un muchacho entre la multitud.

Al cabo de un rato, advirtió que su padre estaba mirando fijamente a un grupo de gente que avanzaba hacia el teatro. Se trataba de Sófocles y su comité de amigos y aduladores. El anciano Sófocles, de setenta y dos años, era el escritor vivo más famoso de Atenas. Sus tragedias habían ganado innumerables premios, y además había sido elegido estratego varios años. En sus campañas militares había obtenido notables victorias, a menudo junto a su contemporáneo Pericles. Casandra lo observó con atención. Al contrario que su padre, Sófocles tenía un carácter abierto y había desarrollado una larga carrera política en Atenas. Tenía el pelo blanco pero abundante, y un rostro lleno de vida en el que destacaba su mirada, que ahora se detuvo en ellos.

Casandra miró a su padre y vio que éste levantaba la mano para saludar, manteniendo una expresión en la que era difícil leer. Sófocles lo saludó de igual modo y se alejó con su séquito.

—¡Casandra! —La voz alegre de Jantipa hizo que ella se volviera con una sonrisa. Su amiga se acercaba con sus padres y una esclava. Al teatro acudían pocas mujeres y muy pocas muchachas, y había temido que Jantipa no apareciera—. ¿Has visto a Perseo? —susurró mientras sus padres saludaban a Eurípides y a Critón.

—Mi padre ha quedado aquí con Eurímaco y con Sócrates. Estamos esperando a que lleguen.

Jantipa la miró a los ojos en silencio y Casandra apretó los labios.

—Tranquila. —Jantipa le acarició una mejilla—. Encontraré la manera de que podáis hablar a solas.

Casandra asintió, dándole las gracias en silencio. La madre de Jantipa les hizo un gesto y se acercaron al grupo de los adultos.

—Estoy seguro, Eurípides, de que te llevarás la corona de hiedra —dijo el padre de Jantipa—. Ayer asistí en el odeón a la presentación de tu obra y me resultó emocionante. No me cabe duda de que tu coro y tus actores obtendrán los mayores aplausos del público.

Eurípides se lo agradeció, un poco turbado. Le incomodaban los halagos y no le gustaba hablar de sus obras antes de que se hubieran representado. Podían salir mal demasiadas cosas. Eso no quitaba que soñara con recibir una nueva corona de hiedra, la distinción que otorgaban al autor de la tragedia escogida por el jurado de las Grandes Dionisias.

—Ahí están —señaló Critón.

Sócrates, Eurímaco y Querefonte se acercaban charlando, pero Casandra sólo prestó atención a Perseo. Caminaba junto a su padre, con la mirada fija en ella.

Perseo se apartó de Eurímaco y se le acercó directamente.

—Hola —murmuró mientras sus ojos hacían mil preguntas.

Ella respondió al saludo y bajó la mirada.

—Disculpad el retraso —estaba diciendo Eurímaco—. La popularidad de Sócrates nos ha hecho detenernos a cada paso.

El filósofo le restó importancia con un gesto de la mano y sonrió divertido.

—Parece que todo el mundo quiere saludarme antes de que el jovencito Aristófanes me vapulee en el escenario.

Todo el grupo se puso en marcha hacia la entrada del teatro. Los adultos iban delante, seguidos por los muchachos y las esclavas. Perseo se esforzó por hacer algún comentario sobre las obras que iban a ver, al tiempo que trataba de adivinar en los ojos de Casandra por qué estaba tan fría y melancólica, pero ella se obstinaba en mirar al suelo.

Al otro lado de Casandra, Jantipa le hizo un gesto discreto. Perseo entendió que intentaría que pudieran hablar a solas, agachó la cabeza y siguió caminando con un nudo de angustia en la garganta.

## Capítulo 46
*Atenas, marzo de 423 a. C.*

Sócrates se volvió hacia sus amigos cuando estaban llegando al acceso al teatro.

—Si no os importa, prefiero que nos sentemos en las filas superiores. Cuando mi personaje salga a escena, no quiero tener a mi espalda a todos los atenienses gritándome.

—Por Zeus, esperemos que todo transcurra en paz. —Querefonte utilizó un tono jocoso, pero su sonrisa era tensa.

Ascendieron por el teatro a través de uno de los pasillos escalonados y dejaron atrás las gradas inferiores de madera. Más arriba, apoyándose en la ladera de la Acrópolis, se habían colocado varias hileras de asientos de piedra. Sócrates se instaló allí con Eurípides y Querefonte, y detrás de ellos, en la siguiente fila, se colocaron Perseo, Eurímaco y Critón. Las mujeres continuaron subiendo hasta el sector femenino. Sólo quedaban más alejados del escenario los esclavos a los que sus dueños permitían asistir al teatro.

—Son cómodos estos nuevos asientos de piedra —comentó Sócrates.

—No si estás tan delgado como yo —replicó Querefonte—. Menos mal que me he traído una almohadilla. —Se puso debajo del trasero un pequeño cojín relleno de lana y se acomodó en su sitio—. Qué bien que hayan dejado tanto espacio para los pies.

Las hileras de piedra eran anchas, con la parte externa del asiento más elevada para acomodarse en ella y la interna más hundida para que los espectadores de la fila superior colocaran los pies. Unas incisiones en la piedra indicaban el espacio que correspondía a cada espectador.

Perseo se giró hacia atrás con disimulo. Casandra estaba escuchando a Jantipa, que le hablaba al oído mientras miraba hacia él.

—Perseo —se volvió apresuradamente al escuchar la voz del padre de Casandra—, ¿sabías que antes del actual graderío de madera había otro que se derrumbó?

Perseo negó con la cabeza, preguntándose si Eurípides se habría dado cuenta de que estaba mirando a su hija.

—Se hundió toda esa zona. —El dramaturgo señaló hacia el extremo izquierdo—. Fue durante la representación de una obra de Esquilo, y murieron muchas personas. La madera de las gradas había envejecido, así que se decidió construir un graderío más robusto y con una mayor capacidad. —Recorrió las gradas de madera con la mirada—. Parecía que el nuevo graderío iba a durar para siempre, pero lo único que resiste el paso de las generaciones es la piedra. Cuando pasen los siglos nadie se acordará de esas gradas de madera, pero estas piedras —palmeó su asiento sonriendo— seguirán aquí.

Perseo nunca había visto a Eurípides tan animado. El padre de Casandra se volvió hacia el escenario, en apariencia distraído, pero un momento después se giró de nuevo hacia él.

—Sócrates me ha dicho que eres un buen estudiante. ¿Te ha contado tu pedagogo cómo nació el teatro?

—No.

—Verás, hace aproximadamente un siglo, había un hombre que dirigía ditirambos, llamado Tespis, al que Pisístrato llamó para que viniera a Atenas. Un día, mientras los espectadores contemplaban al coro cantando y bailando como es habitual en los ditirambos, Tespis los sorprendió con una novedad extraordinaria: se puso una máscara y comenzó a hablar con el coro. En ese preciso momento, con ese diálogo entre el coro y Tespis como primer actor de la historia, nació el teatro.

—¿Antes de eso no había actores?

—No, sólo se representaban ditirambos, el público sólo veía al coro. —Eurípides giró el cuerpo para hablarle con más comodidad—. Unas décadas después, se introdujo un segundo actor en escena, lo que multiplicó las posibilidades narrativas.

Y al cabo de unos años se representó la primera comedia, como las que vamos a ver hoy.

—Eurípides es muy modesto —intervino Sócrates—, y al parecer no quiere comentar que él mismo ha impulsado el desarrollo y el atractivo del teatro, dando más importancia a los actores frente al coro y creando personajes más reales.

—Sí, bueno... —El padre de Casandra se encogió de hombros—. Creo que al público le gusta contemplar personajes con los que puede sentirse más identificado.

Critón inclinó su corpachón hacia delante para decirle algo a Eurípides y se pusieron a hablar de esclavos. Perseo creyó entender que a Critón se le habían fugado tres recientemente.

—¿A ti no se te escapó un esclavo durante la epidemia? —le preguntó Critón a Eurímaco.

—No, Ismenias contrajo la peste y murió —respondió Eurímaco con tristeza—. Además, ya era como un miembro de la familia, nunca se hubiera escapado. —Había comprado a Ismenias porque necesitaba ayuda cuando Perseo era muy pequeño. Aquel esclavo era un hombre inteligente y noble, y él había tenido la intención de liberarlo cuando Perseo hubiera crecido un poco más.

—A mí se me fugaron casi todos —comentó Eurípides—. Durante el segundo año de la peste. No sé cómo se las arreglarían para atravesar las murallas, pero no he vuelto a saber nada de ellos.

—¿Eran de la misma nacionalidad?

—No, no. Siempre tengo cuidado de que no procedan de la misma región.

Critón torció el gesto.

—Ése fue mi error. Los tres que se me han escapado eran lidios.

El sonido estridente de unas trompetas hizo enmudecer al público. Perseo vio que un heraldo avanzaba hasta situarse en medio del escenario y anunciaba con una fórmula solemne al sacerdote de Dionisio. Éste apareció por un lateral con una túnica de lana marrón tan larga que le arrastraba. Sólo le quedaba una franja de pelo alrededor de las sienes, pero lucía una barba de casi un palmo con el tono grisáceo de un cielo tormentoso. Lo seguían otros sacerdotes más jóvenes que llevaban en brazos un cabrito y un brasero humeante. Se dirigieron al altar de piedra de Dionisio, situado en un extremo del escenario, y tumbaron al cabrito junto a una estatua de madera del dios. Después espolvorearon mirto y romero sobre el brasero y se alzó una nube fragante y purificadora. El sacerdote de Dionisio levantó los brazos hacia la estatua y rogó al dios que aceptara el sacrificio y las representaciones que iban a celebrarse en su honor.

A Perseo lo impresionó aquella multitud silenciosa. Había más de diez mil personas, más de las que solían congregarse en la Asamblea. El sacerdote cogió el cuchillo ceremonial, cortó unos pelos del cuello del cabrito y los arrojó al brasero. Observó atentamente el ascenso del humo y después le hizo una señal a uno de sus ayudantes, que echó hacia atrás la cabeza del animal sin que éste protestara. El cuchillo rajó el cuello, la sangre salpicó la piedra del altar y un murmullo emocionado recorrió todo el graderío.

Cuando terminó el sacrificio, las trompetas sonaron de nuevo y el heraldo regresó al escenario para anunciar la entrada de los huérfanos de los caídos en la guerra que ese año alcanzaban la mayoría de edad. El Estado cubría su educación y al llegar a los dieciocho les proporcionaba las armas propias de un hoplita.

Perseo contempló la llegada de los huérfanos y miró de reojo al hombre que consideraba su padre. Había temido por su vida durante la peste, y vivía igual de preocupado cada vez que partía con el ejército. «Ruego a todos los dioses que se acabe la guerra antes de que lo maten.»

Los aplausos acogieron a los cerca de cuarenta huérfanos y continuaron hasta que acabaron de desfilar. Se les ofrecieron los asientos de honor de la primera fila y los ocuparon tan erguidos que parecía que estaban de servicio.

Para la última parte de la ceremonia de apertura convocaron a los estrategos que no estaban de misión en el extranjero. Salieron a escena y el heraldo les entregó un documento para que ellos mismos fueran informando al público de lo que iban a ver: los tributos anuales que acababan de entregar a Atenas todas las ciudades de su alianza.

Una carreta cargada con varios talentos de plata entró por uno de los accesos del teatro y comenzó a recorrer el perímetro del escenario para regocijo de todos los espectadores atenienses. Cuando todavía no había completado el primer tercio, apareció una nueva carreta y los espectadores la acogieron con aclamaciones. Poco después llegó la tercera, la cuarta, y así hasta completar varias docenas en un espectáculo que se prolongó durante una hora.

Perseo se fijó con curiosidad en la reacción de los representantes de las ciudades, sentados en las primeras filas. Habían llegado a Atenas en los mismos barcos que transportaban sus tributos. Algunos contemplaban aquella exhibición de poderío admirados, otros arrugaban el ceño con aprensión, y creyó adivinar que en varios de ellos dominaba el resentimiento.

La última carreta abandonó el escenario y los estrategos se acercaron al altar de Dionisio para hacer unas libaciones. Bebieron un sorbo de vino y arrojaron el resto a los pies del altar. Cuando tomaron asiento, las trompetas señalaron el inicio de la obra.

—A ver qué nos encontramos —murmuró Sócrates con evidente inquietud.

Perseo escrutó el rostro ceñudo del filósofo, sorprendido al advertir su preocupación, y luego dirigió su atención al escenario. El edificio de la escena tenía una puerta central y dos laterales, mientras que los decorados eran paneles de madera pintados. En las comedias todo estaba pensado para despertar la hilaridad del público aun antes de que los actores hubieran pronunciado la primera palabra: las máscaras que llevaban eran ridículas y vestían túnicas cortas con grandes postizos en el trasero.

Al aparecer los actores, Sócrates agradeció que al menos en aquella obra no mostraran el falo de trapo que solía colgarles hasta las rodillas. La obra comenzó con un personaje exageradamente palurdo, llamado Estrepsíades, que se lamentaba de que la afición de su hijo Fidípides por los caballos le había hecho contraer deudas que no podía pagar. Para intentar resolver su problema, le pidió a su hijo que asistiera a una escuela llamada Pensadero, lo cual era un modo de ridiculizar a los filósofos y arrancó risas del público.

—Si se paga a estos hombres sabios —afirmó Estrepsíades con una voz potente que llegaba hasta el fondo de las gradas—, ellos enseñan de qué manera pueden ganarse las buenas y las malas causas.

Sócrates se acercó a Querefonte para hablarle al oído.

—Mira cómo atiende el público, boquiabierto. Es absurdo, pero se creen todo lo que les dice un actor disfrazado.

En el escenario, Fidípides respondió a su padre:

—¡Ah, los conozco, miserables! ¿Hablas de aquellos charlatanes pálidos y descalzos, entre los cuales se encuentran el perdido Sócrates y Querefonte?

Querefonte se sobresaltó. Sabía que en la obra iba a salir Sócrates, pero no que Aristófanes lo haría aparecer a él también.

Fidípides le preguntó a su padre qué iba a aprender en el Pensadero. Éste le respondió que el discurso justo y el injusto, con el que se podían ganar todas las causas. Afirmó que con el discurso injusto no tendría que pagar ni un solo óbolo de sus deudas.

Sócrates gruñó disgustado. Aristófanes lo estaba poniendo al mismo nivel que los sofistas, que enseñaban a usar la retórica para imponerse a los adversarios en la Asamblea o en los tribunales, al margen de la justicia del caso o la veracidad de los argumentos. Quienes no prestaban atención cuando Sócrates hablaba no se daban cuenta de que él hacía algo muy diferente. Él usaba la dialéctica para indagar en el conocimiento de sus interlocutores —a menudo irritándolos al poner de manifiesto que sabían menos de lo que proclamaban—; y también para buscar con ellos conocimientos verdaderos, definiciones que no se pudieran rebatir.

«Además, yo nunca he cobrado por dar una clase, y los sofistas llegan a embolsarse verdaderas fortunas.»

Fidípides se negaba a ir al Pensadero y al final era el palurdo de su padre quien acudía. Al llegar conversó con un discípulo mostrando gran ingenuidad, hasta que apareció Sócrates, que al momento fascinó a los espectadores. El actor que interpretaba al filósofo estaba colgado de un cesto, gracias a una grúa de madera cuyo largo brazo se extendía desde detrás del decorado.

—Nunca podría investigar con acierto las cosas celestes si no suspendiese mi alma y mezclase mis pensamientos con el aire que se les parece —declamó con solemnidad el Sócrates de la escena respondiendo a la extrañeza de Estrepsíades—. Si permaneciera en el suelo para contemplar las regiones superiores, no podría descubrir nada porque la tierra atrae hacia sí los jugos del pensamiento lo mismo exactamente que sucede con los berros.

El público rio con ganas ante la respuesta absurda de aquel Sócrates que colgaba de modo ridículo de un cesto. El verdadero Sócrates negó en silencio. Además de equipararlo a los sofistas, Aristófanes lo asemejaba a los filósofos de la naturaleza, cuyas teorías sobre la composición y el funcionamiento del mundo había rechazado hacía tantos años.

Poco después, el filósofo del escenario afirmó que los dioses ya no eran moneda de cambio en su escuela, y que sus divinidades eran las Nubes.

«Tan gracioso como falso y peligroso», se dijo Sócrates mientras se removía en el asiento.

—Soberano señor, Aire inmenso que rodeas la sublime tierra —invocó con gravedad el Sócrates del cesto—, Éter luminoso, y vosotras Nubes diosas venerables, que engendráis los rayos y los truenos, levantaos, soberanas mías, y mostraos al filósofo en las alturas.

Por la puerta más lejana del decorado apareció caminando lentamente el coro, que representaba a las divinidades a las que había invocado Sócrates. El efecto de todos los miembros del coro declamando a la vez resultaba majestuoso, y los espectadores atendían entre divertidos e impresionados. En el diálogo que mantuvieron a continuación las Nubes con Sócrates, además de sofista lo llamaron sacerdote de las vaciedades más inútiles. También afirmaron que lo atendían por su andar arrogante, su mirar desdeñoso, su sufrimiento en caminar desnudo y la majestad que imprimía a su fisonomía. Acto seguido, Estrepsíades le preguntó a Sócrates si existía Zeus, y él lo negó tajantemente, lo que arrancó del público un murmullo airado.

—Flaco favor me está haciendo este comediante —rezongó Sócrates.

Algunos espectadores se volvían para dirigirle miradas recriminatorias, mientras que otros lo señalaban para indicarles a sus compañeros dónde estaba sentado.

Sócrates se volvió hacia sus compañeros de la fila de atrás. Le sorprendió encontrar vacío el asiento de Perseo.

En el exterior del teatro, Perseo corría a toda velocidad hacia el odeón de Pericles. Lo rodeó y se asomó con cautela desde una esquina.

Había salido tras ver que Jantipa y Casandra abandonaban el teatro con sus esclavas. La madre de Jantipa había dudado, pero al parecer se estaba divirtiendo con la obra y se había quedado.

«Me habrá visto salir —se dijo Perseo. Si la madre de Jantipa se enteraba después de que las esclavas habían perdido de vista a Casandra, ataría cabos—. De todos modos, las esclavas sospecharán, no podremos repetir más la excusa de tener que ir al servicio.»

Distinguió a Jantipa y a Casandra haciendo cola frente a la estructura de madera destinada a las mujeres. Las esclavas estaban un poco apartadas, al parecer no tenían intención de entrar. Las muchachas se metieron en los servicios públicos y poco después salió Jantipa. Se acercó a las esclavas y se colocó para hablar con ellas de tal modo que les hizo dar la espalda al acceso a los servicios. Al cabo de un momento, Casandra asomó la cabeza y se escabulló rápidamente hacia donde estaba él. Cuando regresara, diría que se había mareado y se había alejado un poco para despejarse.

Perseo observó a Casandra muy nervioso, pero con una felicidad que aumentaba a cada paso que la tenía más cerca. Cuando llegó a su altura, le tomó la mano y se alejaron de la esquina.

—Como la primera vez —dijo cuando se detuvieron. Apoyó la espalda en la pared del odeón y atrajo a Casandra para besarla.

—Sí... —Ella agachó la cabeza y dejó las palmas en el pecho de Perseo, sin descansar su cuerpo contra el de él.

—¿Qué ocurre, Casandra?

Le tomó la barbilla y levantó su rostro. Ella le dirigió una mirada desesperada, con los ojos brillantes de lágrimas que rebosaron al parpadear.

—Casandra... —El miedo le cortó el aliento—. ¿Qué te sucede?

Casandra intentó hablar, pero sólo pudo ahogar un sollozo y tragó saliva. Perseo trató de estrecharla con suavidad, ella negó en silencio y mantuvo la distancia.

Perseo apartó las manos.

—¿No quieres que te toque? ¿He hecho algo?

—No... —Su voz se quebró y negó en silencio—. Tú no has hecho nada.

El dolor que había en el fondo de sus palabras se clavó en el pecho de Perseo. Al cabo de un momento, él le alzó el rostro con delicadeza y se acercó inseguro. Casandra se resistió débilmente, pero luego dejó que besara sus labios mojados de lágrimas.

—Perseo...

—¿Sí? —preguntó sin dejar de besarla.

—No podemos volver a vernos. —Perseo se quedó paralizado y ella continuó—: Mi padre ha concertado mi matrimonio para dentro de cinco meses.

## Capítulo 47
*Atenas, marzo de 423 a. C.*

Sócrates contemplaba la obra con una preocupación creciente.

Sobre el escenario, el palurdo Estrepsíades insistía en que deseaba obtener la ciencia de Sócrates para triunfar injustamente en los juicios y liberarse de sus deudas. Sin embargo, el filósofo de la escena lo expulsaba del Pensadero porque era incapaz de aprender. Estrepsíades enviaba entonces a su hijo Fidípides, que absorbía a la perfección las enseñanzas de Sócrates. Después de salir del Pensadero, Fidípides golpeaba a su padre al tiempo que lo convencía de que era justo que lo golpeara.

—Has tardado mucho —oyó el verdadero Sócrates que decía Eurímaco detrás de él. Se giró a medias y vio de reojo que Perseo ocupaba su asiento al lado de su padre. Luego retornó su atención al escenario, donde Estrepsíades protestaba al coro de Nubes por lo que le sucedía con su hijo.

Las Nubes respondieron con su voz polifónica:

—Siempre obramos de esta manera cuando conocemos que alguien se inclina al mal, hasta enviarle una desgracia, para que aprenda a respetar a los dioses.

Estrepsíades reconoció que su castigo era justo y luego pidió a su hijo que le ayudara a vengarse de Sócrates y de Querefonte, pero Fidípides respondió que nunca maltrataría a sus maestros. Entonces Estrepsíades sintió que los verdaderos dioses le pedían incendiar la escuela de Sócrates, a lo que la muchedumbre que llenaba las gradas lo animó con gritos, unos divertidos y otros encolerizados.

Sócrates se inclinó hacia Querefonte para que lo oyera por encima del griterío, y lo sobresaltó con su pregunta:

—Querefonte, ¿qué dijo exactamente el oráculo sobre mi muerte?

Su amigo lo miró con los ojos muy abiertos; hacía varios años que no hablaban de ello. Se aseguró de que nadie los oía antes de responder en un susurro.

—Las palabras exactas fueron: «Su muerte será violenta, a manos del hombre de la mirada más clara».

Sócrates asintió y señaló con la mano extendida hacia el distante escenario, donde un esclavo de Estrepsíades se había subido al Pensadero. Estaba derribando el techo a golpes de azadón al tiempo que su dueño prendía fuego a la escuela con una antorcha. El público jaleaba el ataque con gritos furibundos mientras los personajes de Sócrates y Querefonte se lamentaban al ver que la muerte se cernía sobre ellos.

Estrepsíades blandió su antorcha.

—¿Quién os mandaba ultrajar a los dioses, y contemplar la posición de la luna? —Se giró hacia su esclavo dando grandes voces—. Sigue, arranca, destroza, paguen así todas sus culpas, y principalmente su impiedad.

Querefonte volvió a susurrar al oído de Sócrates. En su tono había tanta esperanza como escepticismo:

—¿Crees que el oráculo se refería tan sólo a que ibas a morir de forma violenta en una obra de teatro?

—Me temo que no, Querefonte. Pero tampoco creo que se refiriera a este pobre muchacho tan alicaído. —Señaló hacia atrás con la cabeza y Querefonte se giró. Perseo estaba hundido en su asiento, con la mirada fija en el suelo e inmóvil como una estatua—. Lo que quiero decir —continuó Sócrates— es que Aristófanes manipula a las multitudes en el teatro tan bien como lo hace Cleón en la Asamblea, si no mejor. Creo que es capaz de anticipar a la perfección el efecto de cada una de sus palabras. Yo diría, sin dudarlo, que tiene una mirada preclara.

«...a manos del hombre de la mirada más clara», se dijo Querefonte. Contempló nervioso el auditorio. Miles de atenienses gritaban exaltados, soltaban risas estruendosas o alzaban amenazantes los puños hacia el escenario. La mayoría de ellos nunca había escuchado al Sócrates real, pero todos acababan de escuchar al Sócrates de Aristófanes.

Querefonte se volvió de nuevo hacia el filósofo y le sorprendió encontrar una sonrisa en su rostro.

—No te entiendo, Sócrates. ¿No te preocupa esto?

—Claro que me preocupa. Precisamente por ello he resuelto pensar en algo más agradable.

—Por Apolo, compártelo conmigo, a ver si también se disipa mi preocupación.

Sócrates se giró hacia él y su sonrisa se amplió.

—Voy a casarme, Querefonte. Con una muchacha muy bella que espero que me dé hijos pronto.

# Sócrates, padre del Humanismo

El Humanismo es la doctrina o movimiento que destaca el valor del ser humano. Otorga gran importancia a la educación, considerando que ésta puede desarrollar el potencial inherente de cada hombre, lo cual además optimizará su aportación a la sociedad.

En el Renacimiento se produjo una reacción al teocentrismo medieval, donde Dios y la religión ocupaban el centro del universo y lo explicaban todo, y se pasó a un antropocentrismo en el que el hombre se convierte en el responsable de su propio destino. La razón y el estudio empírico sustituyeron a la fe y a las supersticiones como herramientas para analizar el mundo. Asimismo, los humanistas del Renacimiento se volcaron en el estudio de los clásicos griegos y romanos, considerando que en ellos ya se recogía el ideal de hombre que ellos buscaban. Algunos de los representantes más destacados del humanismo renacentista son Petrarca, Erasmo de Rótterdam y Leonardo da Vinci.

Mil setecientos años antes del Renacimiento vivió Sócrates, el primer filósofo que convirtió al hombre en el centro de atención de la filosofía. Los filósofos anteriores a él se habían dedicado al estudio de la naturaleza, mientras que los sofistas de su época se ocuparon de los asuntos humanos, pero sólo con el interés de obtener victorias retóricas con un fin práctico. En cambio, en la filosofía de Sócrates —y en su modo de vida—, la ética ocupa un lugar central que refuerza su condición de padre del Humanismo.

*Enciclopedia Universal*, Socram Ofisis, 1931

# Capítulo 48
*Tracia, abril de 423 a. C.*

—¡Brásidas! ¡Brásidas! ¡Brásidas!

Los ciudadanos de Escione jaleaban el nombre del general espartano. Al saber que Escione quería abandonar la alianza ateniense, Brásidas había cruzado de noche en barco desde Torone y les había pedido que convocaran la Asamblea de ciudadanos. Se había reunido con ellos en el ágora de la ciudad, y sus palabras estaban exaltándolos como había ocurrido en la mayoría de las ciudades tracias por las que habían pasado.

—Sois los más dignos de alabanza entre todos los habitantes de Tracia. —La voz potente de Brásidas llegaba hasta las calles que rodeaban el ágora, donde se ocultaban algunas mujeres y muchachos ansiosos por conocer el destino de la ciudad—. Los atenienses son los dueños de Potidea, y al no tener vosotros otra comunicación posible por tierra, eso os convierte en isleños. Pese a todo, no habéis dudado en sacudiros el yugo de Atenas y lanzaros en pos de la libertad. Si nuestra empresa común tiene éxito, ciudadanos de Escione, os garantizo que os consideraremos los más fieles aliados y amigos verdaderos de Esparta, y como tales os honraremos siempre.

Los hombres de Escione recibieron sus palabras con nuevos gritos y vítores. Aristón se encontraba detrás del estrado —una roca plana que apenas sobresalía del suelo—, observándolos con una mueca de desdén, y se dio cuenta de que algunos que al principio escuchaban el discurso con reticencia ahora gritaban con el mismo entusiasmo que el resto.

«Por mucho que lo vea, no deja de sorprenderme.»

El general y él formaban un buen equipo. Ambos estaban de acuerdo en que el rey Agis, hijo de Arquidamo, había demostrado demasiada debilidad en el mando. También coincidían en que el rey Plistoanacte siempre llevaría la mancha del traidor, por mucho que la Asamblea de Esparta le hubiera permitido regresar del exilio y sustituir a su hermano Cleómenes.

«Esparta necesita generales fuertes y reyes fuertes.»

Un magistrado de Escione se acercó al estrado llevando un objeto que sujetaba con delicadeza. Se situó junto a Brásidas y alzó las manos. Se trataba de una corona de oro. El general espartano agachó la cabeza para que se la colocara y el pueblo gritó con fuerza proclamándolo «libertador de los griegos».

Aristón frunció el ceño mientras observaba a Brásidas coronado y saludando con ambos brazos a los enfervorizados habitantes de Escione. Nunca se había glorificado de ese modo a ningún general.

«Espero que no olvide que soy yo el que tiene sangre real.»

Pasaron la noche en Escione y al día siguiente partieron hacia Torone. Brásidas quería reunir las tropas que tenía en esa ciudad y regresar con ellas a Escione antes de que los atenienses reaccionaran al levantamiento.

Aristón contemplaba junto al general el mar picado que los rodeaba. Navegaban en una embarcación pequeña, a cierta distancia de un trirreme encargado de entablar batalla en caso de que apareciera un barco ateniense. Las olas sacudían el casco de su nave y las salpicaduras empapaban sus ropas.

—Los habitantes de Escione se sumarán a nuestra próxima expedición —le dijo Brásidas con tono complacido—. Lo primero que haremos será tomar Mende, no resultará complicado, y acto seguido atacaremos Potidea.

—¿Y si cierran las murallas?

—No podrán. Dentro de la ciudad hay muchos hombres esperando para atacar las puertas.

Aristón asintió en silencio. Brásidas recibía continuamente emisarios de las facciones proespartanas de diversas ciudades. Con su ardor contagioso los convencía de que organizaran la rebelión contra los atenienses y de que la victoria estaba garantizada.

En el mismo barco que ellos viajaban algunos de los setecientos ilotas que se habían convertido en hoplitas del ejército espartano para obtener la libertad. Aunque Aristón recelaba, no podía negar que combatían con arrojo.

«No tenían formación militar, pero en menos de un año se han convertido en unos soldados temibles.»

Los ilotas eran jóvenes y valientes, y la vida de esclavos les había dotado de cuerpos fuertes y del espíritu de sacrificio que requería un soldado espartano. En ese momento dos de ellos se acercaron para hablar con Brásidas, y Aristón los observó inexpresivo. «Darían la vida por él, como todos sus hombres.»

En el Peloponeso, el número de ilotas aumentaba con rapidez, al contrario de lo que ocurría con los ciudadanos de Esparta. Aristón recordó lo que había sucedido una semana después de que Brásidas reclutara a los setecientos ilotas y se dirigieran hacia el norte del Peloponeso. Él no había viajado con ellos desde el principio, se había quedado en Esparta con la misión de ocuparse de los ilotas que hubieran ayudado a los espartanos en algún momento de la guerra. El grupo más numeroso lo formaban los que habían llevado provisiones a los hoplitas espartanos que los atenienses habían cercado en el islote de Esfacteria.

La proclama se difundió con rapidez entre los ilotas de Laconia y Mesenia: los que hubieran mostrado mayor valentía en defensa de los espartanos podían presentarse ante los magistrados de Esparta, y los que más lo merecieran obtendrían la libertad.

Junto a los barracones militares de Esparta se formaron colas de ilotas tan largas que no se divisaba su final. La selección duró tres días, y finalmente fueron escogidos dos mil esclavos, casi todos hombres jóvenes. La ceremonia de liberación tendría lugar al atardecer del día siguiente.

Los ilotas se congregaron en el ágora de Esparta, a los pies del promontorio en el que se erigía el templo de Atenea Chalkíoikos. Se miraban unos a otros con sonrisas nerviosas y los ojos brillantes. Doscientas esclavas ilotas se acercaron a ellos y coronaron sus sienes con flores y hojas de laurel. El rey Plistoanacte les agradeció los servicios prestados a Esparta, y a continuación se ofició un sacrificio en el altar de Atenea.

Aristón encabezaba la guardia de un centenar de hoplitas que acompañaría a los ilotas durante la compleja ceremonia. Cuando terminó el sacrificio rodearon el templo de Atenea y cogieron la senda que conducía hasta Amiclas. El sol acababa de ocultarse tras las montañas y algunos hoplitas portaban antorchas. Mientras cruzaban el terreno despoblado que separaba Amiclas y Esparta, el crujido de los pasos y algunos murmullos excitados se entremezclaban con la melodía aguda de los flautistas.

Un muchacho se apartó del grupo compacto de ilotas y se adelantó hasta la posición de Aristón.

—Perdona, general. ¿Puedo hacerte una pregunta?

Aristón sólo tenía el grado de capitán, pero no corrigió al chico. Calculó que tendría la edad de Calícrates, alrededor de diecisiete años. La vida de campesino había engrosado sus brazos y medía más que la mayoría de los hombres, pero bajo la corona de laurel que se enredaba en sus rizos negros había una cara de niño ilusionado.

—Pregunta, muchacho —le respondió con una sonrisa amable.

—¿Podré combatir en el ejército? Siempre he querido ser un soldado y creo que manejo bien la espada...

El muchacho se calló de golpe. Los ilotas tenían prohibido todo entrenamiento militar, aunque era bien sabido que muchos incumplían esa prohibición.

—Estoy seguro de que serás un gran soldado. —Aristón miró hacia delante; ya estaban a sólo cinco estadios de Amiclas—. Imagino que sabrás que el general Brásidas ha partido hacia el norte con un regimiento de ilotas.

—Sí, señor. —El fulgor anaranjado de las antorchas reveló que el rostro del joven ilota se ensombrecía—. Intenté que me escogieran, pero los encargados del reclutamiento me rechazaron.

Aristón le puso una mano en el hombro y el muchacho levantó la mirada sorprendido.

—¿Cómo te llamas?

—Pireneo, señor.

—Pues bien, Pireneo. Dentro de unos días saldré de Esparta para unirme a las tropas del general Brásidas, y me encargaré de que tú seas uno de los soldados que me acompañen.

—Gra... gracias, señor. —Pireneo inclinó la cabeza y regresó con los demás ilotas sin dejar de hacer reverencias.

Al llegar a Amiclas se detuvieron en el templo de Apolo Jacinto, dios de la vegetación que renace. Todos conocían aquel templo como el Amicleo. En el terreno sagrado que lo circundaba se encontraba la tumba de Jacinto, y sobre ella una estatua de Apolo tan alta como siete hombres. Los recibió el sacerdote del templo, y Aristón se unió a él para ofrecer al dios una libación en el altar exterior, rodeados en semicírculo por los dos mil ilotas. Durante el ritual entonaron un canto sagrado, meciendo el cuerpo al ritmo que marcaban las flautas. Terminada la ceremonia, iniciaron el regreso a Esparta.

A mitad de camino se desviaron para hacer una pequeña parada en el templo de Poseidón, al que siguió el de Cástor y Pólux, los Dióscuros, y por último el templo de Ártemis Ortia en Esparta. La sacerdotisa del templo dirigió una plegaria a la diosa y la procesión reanudó la marcha, abandonando la ciudad por el camino del norte. Aristón iba a la cabeza flanqueado por dos hoplitas con antorchas. Se desviaron por una ruta secundaria y la cinta de hombres ascendió serpenteando por las laderas del Taigeto.

Aristón se detuvo y alzó la voz para dirigirse a los ilotas.

—Éste es otro de nuestros lugares sagrados. —Los ilotas lo escuchaban tan silenciosos como los animales que se ocultaban en la vegetación—. En el barranco que hay detrás de mí arrojamos a los bebés que nacen con defectos.

Hizo un gesto y los ilotas se adelantaron para contemplar el barranco. Aristón se alejó unos pasos, evitando cruzar la mirada con sus hombres, y se apoyó en su lanza con la vista perdida en las sombras del suelo. Habían pasado muchos años, pero seguro que más de uno estaba pensando en el hijo que él había rechazado. De algún modo había corrido el rumor de que era un bebé sano. Se alegró de que la partera lo hubiese abandonado en un agujero en lugar de despeñarlo por ese barranco. De haber muerto ahí, quizá su espíritu lo estaría atormentando en ese momento.

Oyó que alguien se acercaba y se volvió con aprensión. Se trataba de Pireneo, el muchacho ilota, que al ver su expresión se detuvo a unos pasos.

—No te preocupes, Pireneo. —Sonrió de un modo excesivo y en los labios del chico titubeó una sonrisa—. Estaba recordando a un hijo que tuve hace trece o catorce años, un bebé con los ojos tan claros que no parecía humano. Era pequeño, pero tan sólo porque había nacido dos lunas antes de lo debido, como ocurre a veces. Sin embargo, hice que lo mataran para que nadie pensara que era hijo de mi hermano, al que odiaba con todas mis fuerzas. —La sonrisa se desvaneció del rostro de Pireneo. Aristón avanzó poco a poco hacia él—. Si pensaban que era hijo de mi hermano, el bebé se habría puesto por delante de mí en la línea de sucesión al trono de Esparta, y espero ocupar ese trono algún día.

Pireneo miró a los lados. No había nadie cerca que los estuviera escuchando.

—Sí, Pireneo, lo que te estoy diciendo es traición.

El muchacho se quedó paralizado. Aristón lo miraba fijamente, con los músculos de su enorme cuerpo en tensión.

—Corre —le susurró.

Los ojos de Pireneo se desviaron hacia la lanza que apoyaba en el suelo y acto seguido se volvió para correr con toda la agilidad de sus diecisiete años. Aristón echó hacia atrás el brazo de la lanza y la impulsó contra el costado del muchacho. Antes de que diera el segundo paso, lo había atravesado de lado a lado.

Extrajo la lanza de un tirón.

—¡AHORA! —Su grito puso en marcha al centenar de hoplitas, que acometieron con sus lanzas contra los ilotas. Los esclavos sólo podían protegerse con las manos desnudas o correr.

Aristón se unió a la persecución de los esclavos profiriendo un grito de guerra. Incrustó su lanza entre los omoplatos de un ilota y después en el pecho de otro que suplicaba clemencia. Los esclavos comenzaron a apelotonarse contra el borde del barranco. El empuje de los que huían hizo caer a los primeros y poco después se precipitaban por docenas.

En menos de cinco minutos se había despeñado un millar de ilotas.

Aristón manejaba su lanza con las dos manos, atravesando sin cesar el vientre blando y el torso crujiente de los esclavos. Uno de ellos agarró la lanza que acababa de atravesarle, impidiendo que él la extrajera, y al caer quebró la punta. Aristón volteó el mango de su arma a tiempo de clavar la pica trasera de bronce en otro ilota que se arrojaba contra él. Un joven intentó escabullirse por su costado. Le golpeó con el codo en la cabeza y el esclavo se desplomó. Al siguiente lo derribó de un puñetazo y decidió seguir usando sus enormes puños, le resultaba más placentero que la lanza. Golpeó con todas sus fuerzas contra la masa de hombres, notando los huesos quebrándose bajo sus nudillos. El sonido era diferente al de una batalla, allí sólo había gritos de terror y los aullidos de los hombres que caían al vacío.

Un ilota se lanzó contra su vientre y él le descargó el puño en la espalda. Lo levantó del suelo, agarrándolo de un muslo y un brazo, y lo arrojó contra otro esclavo haciendo que los dos cayeran por el barranco.

De pronto no quedaba nadie delante de él. Todavía se peleaba en algunos puntos del borde del precipicio, pero la situación estaba controlada. Agarró a un hombre que gemía en el suelo y lo arrojó al abismo. Luego se acercó a los hoplitas de un extremo.

—¿Ha escapado alguno?

—No, señor. Los que han superado nuestra primera línea no han podido traspasar la segunda.

—Muy bien. —Aunque aquello había sido una matanza, experimentaba la misma placidez que después de una batalla.

De pronto lo acometió una inquietud y se alejó de los hoplitas. Se había divertido asustando al muchacho ilota antes del ataque, pero le había dicho algunas verdades que no debía escuchar nadie.

Tardó un poco en encontrarlo, había conseguido arrastrarse unos cuantos pasos desde el lugar donde había caído.

—Pireneo, ¿adónde quieres ir?

Lo empujó con un pie y lo puso boca arriba. El muchacho sollozaba abrazándose el vientre. La luz de la luna hacía que la sangre que le bajaba por la barbilla pareciera negra.

—Será mejor que te reúnas con tus compañeros.

Lo arrastró por un tobillo hacia el barranco. La túnica se enganchó al pasar sobre unos arbustos y Pireneo se quedó desnudo. Al llegar al borde del abismo, Aristón lo alzó por el tobillo.

—Como he dicho antes, éste es el barranco por el que despeñamos a los hijos defectuosos, aquellos como vosotros que no pueden convertirse en soldados de Esparta. —Observó el rostro del muchacho. Apretaba los ojos en una mueca de dolor, pero de pronto se dio cuenta de dónde estaba y el miedo hizo que sus párpados se abrieran. Aún mantenía la corona de hojas de laurel atravesada sobre la frente—. Deberías estar agradecido. Querías dar la vida por Esparta y eso es lo que estás a punto de hacer.

—Por favor, señor —gimoteó Pireneo.

Aristón meneó la cabeza. «Esclavo hasta el último momento», se dijo sonriendo. Estiró el brazo y soltó el cuerpo del muchacho, que golpeó contra un saliente y se precipitó en una larga caída.

«Nos libramos de dos mil de golpe», pensó Aristón apoyándose en el mástil del barco en el que viajaban a Torone. Los ilotas eran esclavos útiles, pero tenían que controlar su número. Con aquella acción no sólo se habían librado de muchos de una sola vez, sino que al pedir que se presentaran los que habían sido más valientes ayudando a Esparta, ellos mismos habían mostrado quiénes eran los que tenían más iniciativa, valor y orgullo.

«Se presentaron los más proclives a la rebelión.»

El fondo de aquel barranco era un lugar inaccesible, y las alimañas y los desprendimientos ocultaron los cuerpos en unos cuantos días. Aun cuando no tenían derecho a ello, algunos familiares de aquellos ilotas preguntaron por su destino. Sin darles una respuesta directa, se hizo correr el rumor de que habían partido con el ejército espartano, y más tarde se dijo que algunos habían fallecido en una batalla y otros se habían establecido como colonos en alguna región remota.

«Los ilotas son animales. Hay que evitar que se conviertan en una plaga.»

Llegaron al puerto de Torone y Aristón agradeció que el barco dejara de zarandearse. Mientras realizaban las maniobras de atraque, contempló con recelo a los ilotas que Brásidas había convertido en hoplitas. Al inicio de aquella campaña había pensado que el general pretendía acabar con ellos después de que sirvieran en el ejército, pero ya no lo tenía tan claro. Brásidas hablaba de ellos en términos elogiosos cuando no estaban delante, y además no resultaría sencillo matar a setecientos hombres fuertemente armados que pasaban el día entrenándose para el combate.

En las siguientes horas reunieron a los casi dos mil soldados con los que contaban en Torone. Después utilizaron todo tipo de naves para cruzar de nuevo el estrecho, y al llegar a Escione incrementaron el tamaño de su ejército incorporando a los hombres de esa ciudad.

Mientras terminaban el reclutamiento, Brásidas convocó a sus oficiales y a los principales magistrados de Escione en la sala del Consejo.

—Si queremos tener éxito, debemos tomar Mende mañana, y al día siguiente presentarnos en Potidea. —Ya les había explicado que dentro de Mende y Potidea había facciones que deseaban rendirles ambas ciudades, pero quería insistir en que debían actuar de un modo fulgurante para no perder el factor sorpresa.

Iba a continuar cuando lo interrumpió la entrada de un hombre, que se acercó con pasos rápidos a uno de los magistrados de la primera fila y le habló al oído. El magistrado lo escuchó con la cabeza agachada y después se levantó de su asiento.

—Acaba de atracar un trirreme.

—¿De Atenas o de Esparta? —preguntó Aristón.

—Parece que de ambas.

Brásidas frunció el ceño contrariado. Se quedó unos segundos en silencio y luego bajó del estrado.

—Vamos al puerto.

Abandonó la sala seguido por Aristón, los oficiales y los magistrados. Cuando habían recorrido la mitad de la distancia, se encontraron con una comitiva que se dirigía a la ciudad y los dos grupos se detuvieron en medio del camino.

—¿Eres Brásidas? —preguntó uno de los recién llegados alzando las cejas.

—Así es. ¿Con quién tengo el honor?

—Soy Aristónimo, de Atenas. El hombre que me acompaña es Ateneo, espartano como tú. —Brásidas inclinó la cabeza hacia el emisario espartano—. Estamos viajando por todas las ciudades para anunciar la tregua alcanzada entre Atenas y Esparta.

## Capítulo 49
*Esparta, abril de 423 a. C.*

«Aristón regresará en cualquier momento.»

Deyanira llevaba varios días sin poder dormir, desde que había recibido la noticia de la tregua entre Esparta y Atenas. El más mínimo sonido hacía que se incorporara en el lecho y se quedara mirando la puerta del dormitorio conteniendo la respiración.

Esa mañana se había levantado antes de que saliera el sol. Había abandonado Esparta y ahora estaba recorriendo la misma senda del Taigeto que hacía cuatro meses, en aquella carrera en la que había vencido Clitágora. El terreno se empinó y miró hacia arriba.

«Estoy cerca.»

Culminó la ascensión y se detuvo junto al tronco del pino abatido por un rayo. Allí era donde una muchacha se había quejado de los problemas que tenía con su esclava. Clitágora le había recomendado que usara unas plantas para librarse de ella.

«Acónito. Ahí está.»

Faltaban dos meses para que brotaran las flores, cargadas con su poderoso veneno. Y aún sería mejor aguardar a que se acercara el invierno y utilizar las raíces, que eran todavía más tóxicas.

«No puedo esperar, tal vez regrese hoy mismo.» Sacó una tela de los pliegues de su túnica, se la colocó en la mano como si fuera un guante y arrancó varias plantas. Después las envolvió con la tela y ocultó el pequeño paquete entre sus ropas.

Se aseguró de que no la había visto nadie y descendió el Taigeto pensando en el modo de preparar el veneno. No sa-

347

bía cuánta cantidad haría falta, ni si su sabor resultaría demasiado notorio. «Y si no encuentro pronto una ocasión, el acónito se secará.» Clitágora había dicho que las raíces se preparaban secándolas, pero suponía que el veneno perdería potencia si el acónito se secaba en exceso.

Al llegar a su casa encontró a su nueva esclava en la cocina. Era una ilota de catorce años llamada Quilonis que tenía desde hacía seis meses. A veces la conmovían sus ojos de niña asustada y se decía que por la edad podría ser su hija, pero ahora le habló con dureza.

—Ve a tu cuarto. No salgas hasta que yo te lo diga.

La muchacha agachó la cabeza y salió tan silenciosa como siempre. Deyanira extrajo el paquete de su túnica, lo dejó sobre la mesa y desenvolvió la tela. Durante unos segundos contempló las plantas, luego se volvió rápidamente hacia la puerta.

Si Aristón aparecía en aquel momento, querría saber qué estaba haciendo.

Se acercó a la repisa de madera que había junto al hogar y cogió una vasija pequeña y chata. La vasija se le cayó de las manos y golpeó contra el suelo de tierra sin romperse.

«Tranquila.»

Recogió la vasija mirando hacia la puerta. También podía aparecer Calícrates. Le parecería mal lo que había planeado y trataría de disuadirla. «Pero no me denunciaría. —Se quedó pensativa. Igual incluso querría ayudarla—. No, es un soldado disciplinado, nunca mataría a un oficial del ejército.»

Cogió un cuchillo y comenzó a separar las hojas de los tallos sujetando éstos con la tela. Había oído que el veneno podía penetrar a través de la piel. Metió las hojas dentro de la vasija, le puso la tapa y después se arrodilló junto al hogar para hacer un agujero en la tierra. Colocó dentro la vasija, la cubrió y se alejó unos pasos para asegurarse de que no se notaba.

«Cuando las hojas se sequen, las machacaré y guardaré el polvo. —De ese modo podría incorporarlo a una comida sin que se distinguiera—. Espero que Aristón no note el sabor.»

# Capítulo 50
*Tracia, abril de 423 a. C.*

La tregua entre Atenas y Esparta trastocó los planes de Aristón y Brásidas. El general se vio obligado a cancelar la expedición que tan minuciosamente había preparado para arrebatar a los atenienses Mende y Potidea, y trasladó de nuevo su ejército a Torone. Allí organizaron una reunión de alto nivel: los emisarios que habían llevado la noticia de la tregua iban a dirigirse a los representantes de todos los aliados de Esparta en Tracia.

Ateneo, el emisario de Esparta, subió al estrado y comenzó a exponer los términos de la tregua. Brásidas ya los había oído, pero cerró los ojos para escuchar con toda atención desde su asiento de la primera fila.

—... en lo que respecta al templo y al oráculo de Apolo en Delfos —estaba diciendo Ateneo—, tomamos el acuerdo de consultarlo todos sin fraude y libremente conforme a la tradición de nuestros antepasados.

Brásidas asintió y siguió aguardando mientras el emisario espartano detallaba el acuerdo de tregua, hasta que llegó al punto que más le interesaba.

—... unos y otros debemos permanecer en nuestros territorios como dueños de las posesiones que ahora tenemos.

«Que ahora tenemos.» Brásidas sonrió satisfecho, pero se contuvo esperando a que el emisario terminara de hablar.

Ateneo expuso el resto del acuerdo y concluyó indicando que el armisticio se había jurado para un año. Durante ese período se mantendrían reuniones en las que se negociarían las condiciones para establecer una paz más larga.

Brásidas se puso de pie y caminó hasta situarse frente al estrado.

—Estimados magistrados, es importante que quede claro qué día se firmó el armisticio.

—El día catorce del mes Elafebolión —respondió Aristónimo, el emisario ateniense—. El duodécimo día de vuestro mes Gerastio.[8]

—Bien, bien. Así lo tenía entendido. Es importante aclararlo porque el tratado indica que debemos permanecer dueños de las posesiones que «ahora» tenemos, y «ahora» se refiere al día de la firma del armisticio. La ciudad de Escione se pasó a nuestro bando el día doce de vuestro mes Elafebolión —Aristónimo se mantuvo en silencio, pero su rostro enrojeció—; es decir, dos días antes de la firma. Por lo tanto, Escione ha de quedar en nuestras manos durante el armisticio.

—Eso no es cierto, y lo sabes bien. —Aristónimo procuraba no alzar la voz, pero la ira alteraba su tono—. He hablado con varios habitantes de la ciudad y la defección se produjo el día dieciséis, dos días después de la firma del armisticio, no dos días antes. Y también he sabido que has acordado con tus partidarios mentir sobre la fecha.

Brásidas continuó completamente calmado.

—Eso dices tú, que no estabas aquí entonces, y quizá algunos de esos pocos partidarios que tenga Atenas en la ciudad, tan escasos como desmemoriados. En cambio, yo afirmo lo contrario, y es obvio que soy un testigo directo, y además mi afirmación se verá ratificada por la mayor parte de los testigos a los que podamos preguntar.

—¡Esto es un ultraje! —le gritó Aristónimo al enviado espartano.

Ateneo levantó las manos.

—Mantengamos la calma. Brásidas, ¿sostienes que Escione se pasó al bando espartano antes de que se firmara la tregua?

Brásidas asintió.

—Lo sostengo, y lo juraré ante los dioses que sea necesario.

Ateneo se volvió hacia Aristónimo.

8. En la Grecia Clásica cada ciudad seguía su propio calendario, y no coincidían los nombres de los meses ni el día en que comenzaban. El día indicado corresponde aproximadamente al 21 de abril del año 423 a.C.

—Brásidas es un hombre de gran honor y reputación. No voy a poner en duda su palabra, pero te propongo que sometamos la cuestión a un arbitraje externo.

—Lo plantearé en Atenas ante la Asamblea —el rostro de Aristónimo seguía encarnado—, aunque puedes imaginar que no quedarán muy satisfechos con los actos de este rebelde.

La reunión prosiguió y los aliados de Esparta votaron aceptando todas las resoluciones del tratado. Después se levantó la sesión. Aristón se mantuvo en silencio hasta que llegaron al cuartel que tenían en Torone.

—¡Malditos sean Agis y Plistoanacte, malditos los éforos y maldito el Consejo de Ancianos!

Brásidas levantó los dedos como si contara.

—Los reyes, los éforos, el Consejo... eso son tres traiciones.

—Y varios asesinatos, si los tuviera delante. Después de conquistar media Tracia con un puñado de esclavos y mercenarios, les pedimos un ejército para conquistar el resto de la región y responden firmando una tregua denigrante que nos ata las manos. Y todo para recuperar a los cobardes que se rindieron en Esfacteria.

—Nuestro objetivo no cambia, y puede que ni siquiera nuestros plazos, aunque el camino que sigamos sea distinto.

—¿Qué quieres decir?

—Debemos hacer que la tregua se rompa, pero de un modo que haga que nos apoyen desde Esparta. Lo que no podemos hacer es enfrentarnos a Atenas y a Esparta.

«Al gobierno actual de Esparta», se dijo Aristón, sin decidirse a compartirlo con Brásidas. Quizá había llegado el momento de regresar a casa y buscar el modo de acabar con Agis. Observó a Brásidas, que permanecía pensativo. Si regresaban juntos a Esparta, estaba seguro de que el general sería capaz de recabar los apoyos suficientes para romper la tregua y reemprender la campaña en Tracia con tropas más numerosas.

«O, mejor aún, colocarme a mí en el trono de Agis para tener la garantía de que apoyaría todas las acciones destinadas a destruir el imperio ateniense.»

Habló en un tono más calmado.

—¿Cuál crees que debe ser nuestro siguiente paso?

Brásidas lo miró con una sonrisa.

—Ninguno.

—No me parece buen momento para enigmas.

—No es un enigma. Cuanto más lo pienso, más seguro estoy de que Atenas está a punto de romper la tregua.

Aristón no compartía su convicción, pero dos semanas más tarde les llegó la noticia de que los atenienses se estaban preparando para atacarlos. Cleón, el hombre más influyente de Atenas, había logrado que su Asamblea rechazara el arbitraje sobre Escione que había propuesto el emisario espartano. A continuación, había presentado a sus conciudadanos una propuesta alternativa.

Los atenienses habían votado a favor de matar a todos los hombres de Escione.

# Capítulo 51
*Esparta, abril de 423 a. C.*

Deyanira vigilaba desde lo alto de un promontorio el camino por el que algún día regresaría Aristón. Había tomado la costumbre de alejarse de Esparta y pasar horas oteando el horizonte, como un soldado en busca del ejército enemigo.

—Buenos días, Deyanira.

Se sobresaltó y miró hacia atrás.

—Hola, Clitágora.

La corpulenta mujer se acercó hasta detenerse a su lado. Sus siguientes palabras hicieron que el corazón de Deyanira comenzara a latir más rápido.

—Han llegado noticias nuevas, ¿las has oído?

—No, no he oído nada. ¿Qué ha ocurrido?

—Me temo que vas a estar unos meses más sin ver a tu esposo. —Deyanira se esforzó por que su semblante no reflejara la oleada de alivio—. Como sabes, hay una disputa con Atenas sobre si Brásidas y Aristón tomaron Escione antes o después de que se firmara la tregua.

Deyanira asintió y Clitágora prosiguió.

—Esta mañana ha llegado un mensajero informando de que la Asamblea ateniense había decidido atacar Escione, pero antes de que su ejército se pusiera en marcha les llegó una nueva noticia que tampoco nosotros conocíamos: Brásidas ha aceptado que otra ciudad de Tracia, llamada Mende, se pase a nuestro bando... o a su bando, no sé muy bien cómo decirlo.

—¿Ha tomado otra ciudad estando la tregua en vigor?

—Así es, en cuanto a las fechas en esta ocasión no hay dudas, pero Brásidas afirma que su comportamiento es lícito.

Dice que, al no aceptar que mantengamos Escione, los atenienses han sido los primeros en incumplirla.

—Y ahora ¿qué va a ocurrir? —Deyanira recordó que el marido de Clitágora era uno de los espartanos que Atenas mantenía prisioneros desde el desastre de Esfacteria. La tregua había dado a la mujer esperanzas de que se alcanzara una paz definitiva y su marido regresara a Esparta—. ¿La tregua se ha roto?

Clitágora suspiró.

—A medias. Por nuestra parte, Brásidas es el único que no se ha ceñido a lo acordado, y por parte de los atenienses dependerá de Cleón. —Deyanira sabía que el tal Cleón era el político más influyente y agresivo de Atenas—. Si su ejército se limita a intentar recuperar Mende, puede que aún haya esperanza, pero si atacan Escione u otras ciudades, supongo que nuestra Asamblea decidirá enviar un nuevo ejército a Tracia.

Clitágora se quedó callada, con expresión apesadumbrada, y al cabo de un rato iniciaron juntas el regreso a Esparta. Deyanira la observó de reojo mientras caminaban.

«Ella quiere que se firme la paz para que vuelva su marido, y yo que se mantenga la guerra y los atenienses maten al mío.»

Siguieron avanzando en silencio.

«No creo que nadie consiga matarlo. Aunque sufran una derrota, conseguirá escapar.»

Pensó en las hojas de acónito enterradas en el hogar de su cocina y miró hacia el suelo para que Clitágora no pudiera leer su expresión.

«Antes o después Aristón volverá a casa. Y yo lo mataré.»

## Capítulo 52
*Atenas, agosto de 423 a. C.*

—Hoy es el día de mi boda —murmuró Casandra.

Aquellas palabras sonaban ajenas y artificiales, como si las pronunciara un actor en el teatro. Dejó que la túnica de lana suave resbalara de sus hombros y cayera al suelo del baño. Sentía que habían drenado la energía de su cuerpo y tuvo que hacer un gran esfuerzo para pasar una pierna y después la otra por encima del borde de la bañera.

Se agachó lentamente, introduciendo el cuerpo en el agua tibia. Abrazó sus piernas y apoyó la barbilla en una rodilla. Leda, su esclava tesalia, comenzó a frotarle la espalda con una esponja y la espuma perfumada resbaló por su piel adolescente.

El agua de su baño nupcial procedía de la fuente Calirro, también llamada de las hermosas aguas. Estaba cumpliendo todos los pasos que la costumbre dictaba para una boda de clase alta.

«Ayer sacrifiqué a Ártemis mis muñecas, los recuerdos de mi infancia.» Ni siquiera se había quedado con su primera túnica, una preciosidad azul con ribete negro que su madre le había regalado cuando tenía tres años, y que había pensado que usaría para vestir a su propia hija. Le habían arrebatado la niñez, y ante sí tenía un futuro de esposa de un hombre mucho mayor que ella con el que ni siquiera había hablado.

—Estira los brazos.

Casandra enderezó la espalda y levantó las manos hacia el techo. Leda pasó la esponja por sus axilas, por los pechos, y luego le frotó los brazos hasta llegar a los dedos.

—Ponte de pie.

Se incorporó, obediente, aunque tuvo que apoyarse en el hombro de la esclava para no caer. La esponja recorrió sus pantorrillas, sus muslos, y cerró los ojos cuando Leda frotó entre sus piernas.

—A los hombres no les gustan los pelos. Voy a rasurarte.

Casandra dio un respingo, pero no se atrevió a oponerse. Su esclava había adoptado el papel de matrona, ella sólo era una novicia intentando realizar adecuadamente la ceremonia con la que pasaba de ser una niña a convertirse en esposa.

«Desde hoy, en lugar de pertenecer a mi padre, perteneceré a mi marido.»

Oyó un ruido metálico y se giró. Leda había cogido una navaja de una bandeja de cobre que había en el suelo. Apoyó una mano en su pubis y acercó la hoja, brillante y de filo recto.

Casandra contrajo los músculos.

—No te muevas, podría cortarte.

Comenzó a rasurarla, desde arriba hacia abajo, y cuando terminó le hizo abrir las piernas para apurar toda su piel.

—Ya verás como a tu marido le gusta.

La esclava le hablaba sin mirarla a los ojos y no vio sus lágrimas. El filo duro rascó la piel delicada de Casandra, haciendo que se estremeciera, y al terminar se sentó de nuevo en el líquido tibio. Leda cogió una vasija nupcial de cuello largo y boca ancha llamada *louthropos* y vertió agua fresca para quitarle la espuma. Después le pidió que se pusiera de pie y la secó con una toalla de lino grueso.

Al pasarle la tela por donde la había depilado, Casandra sintió escozor y apretó los párpados sin protestar.

—Se te ha enrojecido la piel. Te pondré una crema.

Los dedos de la esclava le produjeron un gran alivio al extender la sustancia untuosa. Cuando acabó, Casandra se miró el pubis, enrojecido y brillante, y no pudo comprender que los hombres prefirieran verla así en vez de al natural. De pronto imaginó a su futuro esposo, casi un viejo, contemplando su desnudez con una mirada lujuriosa. Se tapó el pubis con las manos y sintió que sus ojos volvían a llenarse de lágrimas.

«Ay, Perseo.» Qué diferente sería si fuese él quien iba a acostarse con ella. Nunca había sido tan ilusa como para imaginar que terminarían juntos, pero había preferido cerrar los ojos a la realidad y disfrutar de sus pequeños encuentros prohibidos.

Mientras la esclava la vestía, recordó la reacción de Perseo cuando ella le dijo que iba a casarse. «Le hice tanto daño...» Era evidente que Perseo había sido más ingenuo que ella, no se había dado cuenta de que las caricias y los besos eran un sueño del que tenían que despertar pronto.

Tomó aire y la inspiración se transformó en un sollozo. Leda le dirigió una mirada recriminatoria que ella ignoró. Sabía que no debía pensar en Perseo, formaba parte del mundo infantil que había desaparecido para siempre... salvo que Perseo ya no era un niño, y ella no lo había querido como una niña.

«¿De qué sirve pensar eso?», se dijo con rabia. Apartó bruscamente una silla y se sentó enfrente del espejo.

—Vamos, péiname.

Sócrates golpeó con los nudillos la puerta de la casa de Eurímaco. Le hicieron pasar al patio, donde se encontraba su amigo, y se acercó a él con una gran sonrisa.

—Salud, querido Eurímaco.

—Salud, Sócrates. Dichoso día, en el que celebramos una boda y la ciudad está casi en paz.

—Bueno, habrá que ver qué ocurre con el maldito Brásidas, pero es cierto que si no fuera por el asunto de Tracia, dejaríamos atrás ocho años de guerra.

Aquel verano Nicias había acudido a Tracia con cincuenta trirremes, había recuperado Mende y había sitiado Escione. También había conseguido que el rey Pérdicas de Macedonia se pasara al bando ateniense, lo que resultó determinante para impedir el avance al ejército que Esparta había movilizado para ayudar a Brásidas. En ese momento, el afamado general espartano se mantenía en Torone sin poder ayudar a Mende ni a Escione.

Eurímaco se sentía optimista.

—Mientras el rey de Macedonia no permita que pasen refuerzos, Brásidas está condenado a rendirse. Además, Esparta le ha dejado claro que él es sólo un militar, no puede seguir haciendo la guerra por su cuenta.

Brásidas había tenido que tragarse el orgullo al ver que unos emisarios de Esparta llegaban a Torone y Anfípolis, y que en ambas ciudades colocaban de comandantes a espartanos sin relación con él.

—Brásidas es un león astuto —replicó Sócrates—, no me quedaré tranquilo hasta saber que ha muerto, o que le han hecho regresar a Esparta y mantienen sus garras embotadas.

—Tienes razón. Pero no hablemos más de la guerra. —Eurímaco señaló la mesa de piedra del patio, donde había una jarra y varias copas de cerámica negra—. ¿Quieres tomar agua? ¿Un poco de vino?

—La mañana es realmente calurosa, beberé un poco de agua, gracias.

Tomaron asiento alrededor de la mesa y Eurímaco llenó dos copas.

—¿Dónde está Perseo? —preguntó Sócrates en voz baja.

—En su habitación. Te habrá oído llegar, pero está un poco decaído.

Sócrates asintió bajando la mirada.

—Estaba muy encariñado con Casandra. —Miró de nuevo a Eurímaco—. Quizá le vendría bien salir un tiempo de Atenas. Critón tiene una villa muy acogedora cerca de Maratón que me ha ofrecido varias veces. ¿Quieres que hable con él?

—Gracias, pero no hace falta que os molestéis. Me han recomendado una buena posada en Salamina y había pensado llevármelo allí cuatro o cinco días. Ahora no puedo ausentarme más tiempo del taller. —Se volvió hacia la habitación de Perseo y dudó un momento—. Voy a llamarlo.

Al asomarse desde el umbral encontró a Perseo sentado en el suelo, con la espalda apoyada en la pared. No se movió cuando él apareció.

—Hijo mío, vamos a irnos ya. —Perseo giró lentamente la cabeza y su expresión hizo un nudo en el corazón de Eurímaco—. Si quieres, digo que estás enfermo. No tienes por qué acudir.

Perseo negó en silencio, apoyó una mano en el suelo y se incorporó.

Cuando salieron a la calle, Sócrates se acercó a él para tratar de animarlo.

—Bueno, muchacho, dentro de un mes seré yo el que se case. Tú eras amigo de Jantipa, mi futura esposa; ¿es verdad que tiene mucho carácter?

Casandra agradeció que la primera en llegar fuera Jantipa. Corrió hacia ella y la abrazó con fuerza.

—Cuidado con el peinado —protestó la esclava. Había tardado casi una hora en realizar aquel peinado alto, con una cascada de rizos ondulados que bajaban por detrás de las orejas hasta rozar los hombros.

Las lágrimas que Casandra había estado conteniendo se derramaron sobre el cuello de su amiga.

—No llores, se te va a estropear el maquillaje —susurró Jantipa.

La esclava se apresuró con un gruñido de fastidio y secó las lágrimas dando golpecitos con un pañuelo.

—Leda, déjanos un momento. —La esclava titubeó—. ¡Ahora, por Zeus!

Cuando se quedaron a solas, se tomaron de las manos y se miraron a los ojos. Los labios de Casandra temblaban al intentar contener el llanto.

—No debes dejar que te vean llorar.

—No lo haré, te lo prometo. Pero me siento muy sola, y al verte llegar...

Jantipa volvió a abrazarla. Al menos ella tenía una madre con la que consolarse. La de Casandra se había marchado hacía años, y ni Eurípides ni esa esclava tan antipática servían para sustituirla.

—Ay, querida, sabíamos que tendríamos que casarnos, y que serían nuestros padres los que escogerían con quién lo haríamos.

Casandra siguió apretándola con fuerza y Jantipa le acarició la espalda para tranquilizarla. «No debería haberse enamorado.» A ella nunca le habría ocurrido, pero Casandra era más emocional y siempre había estado muy unida a Perseo.

Se apartó para mirarla.

—Por lo menos estamos juntas en esto. En menos de un mes yo me casaré con otro viejo.

Casandra se rio entre lágrimas.

—Sócrates es simpático y buena persona. Yo sólo sé que Íficles tiene cara de perro reseco.

Ahora fue Jantipa la que se rio.

—Cara de perro reseco... Siento estar de acuerdo en que es una buena manera de describirlo. Pero no olvides que es rico, tendrás varias esclavas a tu servicio.

Casandra asintió, todavía sonriendo. Luego su rostro se nubló.

—Me da miedo lo de esta noche.

—Ya lo hemos hablado, no te preocupes. Es muy bueno que Íficles sea viudo y mayor. Sabe perfectamente qué hacer, y se cansará en poco tiempo. —Contempló el rostro brillante de Casandra, sus grandes ojos almendrados. «Estás tan guapa que igual se olvida de que es viejo», pensó sin variar la expresión—. Si te casaras con un hombre de treinta años, podría pasarse toda la noche acostándose contigo. Íficles tiene más de cincuenta; si bebe mucho, es posible que se duerma sin tocarte.

Leda entró de nuevo en la alcoba.

—Están llegando los invitados.

Llevaba en las manos una corona de florecillas blancas y un velo. Se acercó a Casandra y se los colocó con mucho cuidado. Después Jantipa le dio la mano a su amiga y salieron de la habitación. La esclava caminaba delante, conduciéndolas hacia el salón de trabajo de Eurípides, que de forma excepcional serviría de sala de banquetes. No se necesitaba mucho espacio, el dramaturgo vivía para la escritura y su círculo de íntimos era muy reducido.

—Casandra, hija mía, estás preciosa. —Eurípides contempló a su hija. Con el velo y la corona de flores, su túnica de lino satinado y los pendientes de plata, le recordó vivamente a su esposa el día de su enlace. Se tragó el recuerdo amargo y se volvió hacia los invitados—. Ya lo veis, mi pequeña ha crecido tanto que hoy abandona a su viejo padre.

«Eres tú el que me abandona.» Casandra se esforzó por

devolver las sonrisas que le dirigían los amigos de su padre. Estaba resentida hacia él, pero le había sorprendido la emoción sincera que había vibrado en su voz.

En un segundo plano, detrás de Eurímaco, distinguió a Perseo. El gris luminoso de sus ojos contrastaba con las ojeras negras que los enmarcaban. La estaba contemplando como un náufrago a un barco que pasa de largo. Lo saludó con una inclinación de cabeza y él le respondió del mismo modo antes de bajar los ojos.

Jantipa se mantuvo a su lado mientras ella respondía a los saludos de los invitados, aturdida y con la sensación de estar ahogándose, como si estuviese dentro de una pesadilla. No sabía si prefería o no que hubiese acudido Perseo, pero estar cerca de él multiplicaba su dolor.

Al cabo de un rato salieron al patio para celebrar un sacrificio a los dioses de la familia. Su padre lo llevó a cabo visiblemente emocionado. A partir de ese día, los dioses familiares de Casandra serían los de su marido, que además relevaría a Eurípides como su tutor. Su condición legal y religiosa, que hasta ahora había dependido de su padre, pasaba a depender de su esposo.

Después del sacrificio comenzó el banquete. En casa de Íficles estarían realizando una celebración similar con la familia y los amigos del novio. Ambas celebraciones continuarían por separado hasta que al anochecer Íficles acudiera para llevarse a Casandra.

Los hombres se quedaron en un salón y las mujeres se congregaron en una sala adyacente. Además de Jantipa y Casandra estaba allí Iresia —otra amiga de la infancia—, así como la mujer y la hija de Critón. A falta de madre de la novia, la esclava Leda se encargaba de dar instrucciones a los sirvientes y a Casandra.

Entraron un par de esclavos con bandejas y las dejaron sobre una mesa. En ese momento las mujeres estaban entregando sus regalos. Iresia le regaló a Casandra un pequeño joyero de caoba y marfil, con una talla en la tapa que representaba a Ariadna en el laberinto del Minotauro. A continuación, la esposa y la hija de Critón le dieron un juego de recipientes de plata para cosméticos; y Jantipa, una vasija pequeña y estrecha llena de perfume. Casandra la sostuvo entre las manos. La superficie de la cerámica estaba pintada de color blanco, y sobre ésta se había dibujado con trazo exquisito una escena de boda.

Al girar la vasija, se le hizo un nudo en la garganta.

En la otra cara había una pequeña sirena volando, parecida a la que Perseo le había enseñado en una tablilla de cera cuando eran niños. A lo largo de los años le había mostrado versiones más perfeccionadas, pero la de aquella cerámica era especial. Estaba pintada sobre fondo blanco, lo que le daba un aire de pintura mural de las que tanto le gustaban a Perseo, y tenía un detalle que la hacía única.

«Ha dibujado la sirena con mi rostro.»

Apenas eran unos pequeños trazos, pero evocaban perfectamente sus facciones.

—Gracias —le susurró a Jantipa.

Dejó la delicada cerámica sobre la mesa, ocultando la imagen de la sirena. Perseo no había dado su rostro a la mujer que se casaba en la vasija, sino a la sirena que volaba más allá de la boda. El mensaje le llenó el pecho de melancolía y agradeció que el velo ocultara parcialmente su cara.

Jantipa se quedó junto a ella, sin obligarla a hablar, mientras las demás mujeres conversaban y picoteaban de las bandejas. A veces le ofrecían comida y ella siempre la rechazaba, pero no pudo negarse cuando Leda le puso delante unos pastelillos de sésamo. Eran un símbolo de fertilidad y tenía que demostrar su voluntad de tener hijos, la principal función de toda mujer.

Levantó el velo con una mano y mordisqueó un pastelillo.

«Qué extraño pensar en tener hijos con un hombre al que no conozco.»

Se imaginó embarazada de Perseo. Nunca lo había pensando antes, pero seguro que todo sería maravilloso: acostarse con él, llevar su hijo en el vientre, tener un bebé suyo...

Movió la mano junto a su pierna, buscando la de Jantipa, y cuando la encontró apretó con fuerza. Ella le devolvió el apretón y dejaron las manos enlazadas.

La angustia de Casandra se incrementó a la par que la luz declinaba. Su mirada se iba hacia la puerta cada vez con más frecuencia. Cuando Eurípides apareció en el umbral, se le cortó la respiración.

—Hija mía, ha llegado tu esposo.

Casandra cerró los ojos y respiró hondo tratando de calmarse. Soltó la mano de Jantipa, se despidió de las invitadas y tomó la mano que le ofrecía su padre. Recorrieron la casa lentamente, rodeados de sonrisas y despedidas de sirvientes e invitados.

«¿Dónde está Perseo?» Deseaba y temía verlo por última vez, pero quizá ya se había ido.

La puerta de la calle estaba abierta y su marido esperaba en el exterior rodeado de amigos. Habían acudido en un carro de caballos engalanado con flores y cintas de tela blanca. El grupo hablaba y reía de forma bulliciosa, hasta que vieron a Casandra y se quedaron en silencio.

Eurípides retiró con torpeza el velo de su hija. Luego le cogió la mano y se la ofreció a Ificles. Éste la tomó e hizo una leve inclinación de cabeza. Llevaba una guirnalda de laurel, olía a mirra y en el rostro tenía una expresión amable y un poco ebria.

—Esposa mía.

—Esposo mío —susurró ella bajando la mirada.

Ificles la ayudó a subir al carro y echó un último vistazo hacia la casa de Eurípides. Todos sonreían y los despedían con la mano, excepto un adolescente bastante joven, de ojos sorprendentemente claros, que miraba a Casandra con una expresión desgarrada. Ificles frunció los labios y miró de reojo a su esposa mientras se sentaba a su lado.

Casandra tenía el cuerpo rígido sobre los cojines de lana que cubrían el asiento de madera. Un sirviente hizo que los caballos echaran a andar y de inmediato se desató una algarabía de flautas, canciones de boda y conversaciones a gritos. Los amigos de Ificles —un par de políticos de renombre y varios comerciantes acaudalados— tenían una media de cincuenta años y estaban borrachos sin excepción.

La noche ya había caído, aunque las antorchas de los esclavos que rodeaban la comitiva mantenían la oscuridad a raya. El carro se bamboleó lentamente por las calles de Atenas, recorriendo los escasos estadios que separaban las dos viviendas. Casandra mantenía la cabeza baja, pero no dejaba de observar a su marido. Ificles alzaba la voz por encima de las flautas para charlar con un amigo que caminaba junto al carro. «Parece lleno de energía.» Temía que la predicción de Jantipa sobre lo que ocurriría cuando quedaran a solas resultara equivocada.

El carro se detuvo frente a una vivienda de dos pisos rodeada por un muro alto. Las dos hojas de gruesa madera de la puerta se encontraban abiertas, y sobre el marco había ramas de olivo y laurel, igual que las que adornaban ese día la casa de Eurípides. Ificles la sostuvo mientras bajaba del carro y Casandra tuvo que agarrarse a él con las dos manos para compensar la debilidad de sus piernas temblorosas.

Se les acercaron un hombre y una mujer que habían estado esperando junto a la puerta. Él estaba tocado con una corona de mirto y ella portaba una antorcha. La tradición dictaba que fuesen los padres del esposo, pero éstos habían fallecido y se trataba de los hermanos, ambos con una edad similar a la de Ificles.

—Querida Casandra, bienvenida a la familia. Soy Eudora, y desde hoy debes considerarme tu hermana. —La besó en la mejilla con los labios formando un círculo apretado.

—Gracias —murmuró Casandra. El rostro de Eudora era muy parecido al de Ificles, de carne seca pegada a los huesos que hacía resaltar sus pómulos y la nariz aguileña.

—Bienvenida, yo soy Anito, el hermano de Ificles.

—Muchas gracias.

Desvió la mirada, incómoda por la intensidad con que la contemplaba Anito. El hombre tendió una mano hacia atrás y se acercó corriendo un chiquillo de tres años.

—Y éste de aquí es Antemión, mi hijo, tu sobrino.

—Hola. —El niño la contemplaba con los ojos redondos y la boca abierta.

—Hola, Antemión. Soy tu tía Casandra.

El pequeño se agarró a la pierna de su padre y él le acarició el pelo. Ificles le dio el brazo a Casandra y accedieron a un patio, rodeado por una galería con columnas que sostenían el segundo piso. Los esclavos de la familia estaban formados en un lateral. Eudora los señaló uno por uno, indicando su función y cómo se llamaban, pero eran más de una docena y ella estaba tan nerviosa que no retuvo un solo nombre.

Los invitados los siguieron mientras la conducían a la cocina. Se trataba de una sala muy amplia, con una mesa para preparar la comida y un gran hogar junto a la pared. Frente al hogar había un pequeño altar de piedra y un tapiz extendido. Ificles llevó a Casandra hasta el altar y se arrodillaron sobre el tapiz. Los invitados los rodearon, cogieron nueces e higos secos de unas cestas de mimbre que les ofrecían las esclavas, y los derramaron sobre los desposados como símbolo de prosperidad.

«Voy a desmayarme.»

La habitación daba vueltas en torno a Casandra, tenía la impresión de que en cualquier momento se desplomaría encima del altar. Sus dedos se crisparon sobre las piernas. Trató de prestar atención a lo que ocurría, pero Eudora tuvo que insistir para que se percatara de que le había acercado una bandeja.

—Perdón —murmuró en un tono inaudible—. Gracias.

Tomó el contenido de la bandeja —un dátil y un trozo de pastel de sésamo y miel— y lo masticó sintiendo que todo el mundo la miraba. La comida se le atascó en la garganta y tuvo que dar un trago largo de la copa de vino que le ofrecieron.

Como cabeza de familia, Ificles pronunció las fórmulas rituales que ponían a su esposa bajo la protección de los dioses del hogar. Con aquellas palabras la desarraigaba de su anterior familia, como una planta que se trasplantara. Casandra sintió un vértigo profundo. Ificles concluyó el rito incidiendo en que la finalidad del matrimonio era la procreación, y la tomó de la muñeca para que se levantara. Ella se incorporó y su marido la condujo fuera de la sala sin soltar su muñeca. Mientras avanzaban por el patio, Casandra recordó la ternura con la que Perseo entrelazaba sus dedos al darle la mano y sintió ganas de llorar.

Su esposo se detuvo para beber de un trago la copa que le ofrecía un amigo.

«Cuanto más borracho esté, menos durará.» O igual le costaba más terminar, algo le había dicho Jantipa, en su mente todo estaba borroso.

Ificles era delgado y apenas más alto que Casandra, pero ella notaba que era mucho más fuerte. Llegaron a la alcoba nupcial y a su espalda se reanudaron la música y las canciones, ahora con letras obscenas. El único que los siguió hasta la puerta fue Anito, el hermano de Ificles, que se apostó junto a la entrada para asegurarse de que no eran interrumpidos.

Su esposo cerró la puerta y la llevó a una esquina de la habitación, donde un par de lámparas de aceite despedían una luz amarillenta. Después se alejó para contemplarla.

—Eres muy hermosa. —Arrastraba las palabras, estaba más borracho de lo que Casandra había pensado—. Y muy callada, eso es bueno.

Se acercó y pellizcó su labio inferior con suavidad.

—Tienes una boca muy bonita. —La besó y Casandra se quedó paralizada, notando el sabor del alcohol y la lengua del hombre tocándole los labios. Ificles se apartó enseguida—. No tienes experiencia, pero yo sí. Puedes estar tranquila.

Caminó hasta la pared contraria y cogió un tarro de una estantería.

—Esto nos ayudará. —Dejó el tarro sobre la cama—. Desnúdate.

Casandra levantó una mano hacia el hombro y titubeó. Ificles alzó las palmas como quien tiene que insistir en una obviedad.

—Eres mi mujer. Desnúdate.

Su anterior esposa había muerto hacía diez años. Desde entonces visitaba con frecuencia los burdeles y estaba acostumbrado a prostitutas expertas, algunas de la edad de Casandra. Sabía que tendría que ser paciente con su joven esposa, pero no era un hombre paciente.

Casandra se apresuró a soltar los cierres de sus vestiduras y las dejó caer al suelo. El tono de Ificles le había dejado claro que estaba habituado a que acataran sus órdenes con rapidez. Debía obedecerlo con la misma diligencia que sus esclavos.

—Vaya, vaya. Por Afrodita que eres una mujer hermosa. Y

veo que te han rasurado, eso está muy bien. Ponte en la cama, querida.

Casandra se tumbó boca arriba y se quedó muy quieta, conteniendo el impulso de taparse el pubis. Su marido se desnudó, cogió el tarro del borde de la cama y avanzó hacia ella de rodillas. Casandra atisbó entre sus piernas un bulto curvado que surgía de una mata de pelos grisáceos; desvió inmediatamente la mirada hacia el techo.

Ificles quitó la tapa del bote, metió dos dedos en el interior y sacó un pegote de una sustancia grasienta. Sólo se había acostado una vez con una virgen, su primera esposa, y recordaba que se había enfadado con sus grititos y sus muecas de dolor. Una prostituta a la que frecuentaba últimamente le había recomendado que utilizara con Casandra la misma sustancia que le ponía a ella para practicar sexo anal.

Casandra notó que los dedos de Ificles frotaban despacio su vulva. Era la segunda vez que un extraño tocaba la zona más íntima de su cuerpo, pero Leda se había limitado al borde exterior mientras que Ificles la estaba tocando en el centro.

De pronto sintió la punta de un dedo moviéndose en su interior, avanzando hasta encontrar la resistencia de su virginidad.

—Bien, muy bien. —Ificles sonrió, había estado preocupado por el joven de ojos claros—. Ya estás preparada.

Dejó el tarro a un lado y se puso de rodillas entre las piernas de Casandra. Colocó su erección contra la entrada del cuerpo de su joven esposa y se introdujo ligeramente. Luego apoyó una mano a cada lado del cuerpo de Casandra e inició un movimiento de vaivén con la cadera, apretando cada vez con mayor fuerza.

El rostro de Casandra se crispó al notar que estaba a punto de desgarrarse. Su marido dobló los codos, apoyando todo el cuerpo contra ella, y su siguiente embestida le provocó un fogonazo de dolor. Todo su cuerpo se tensó y abrió la boca para tragar bocanadas de aire. Ificles se quedó quieto hasta que ella se relajó un poco. Las risas y las canciones groseras sonaban tan fuertes como si los invitados estuvieran dentro de la habitación. Su esposo reanudó el movimiento, despacio al principio, luego más y más rápido, hasta que terminó con un jadeo prolongado.

«Que se quite ya.»

Ificles había dejado de sostenerse con los brazos y la estaba aplastando. Casandra movió las manos para agarrarlo de los hombros, pero tuvo miedo y las dejó a medio camino. La respiración de su marido se volvió más pausada y notó su miembro disminuyendo de tamaño dentro de ella. Era como si reptara por su interior un animal viscoso.

Ificles hinchó el pecho y soltó el aire en un suspiro prolongado. Después rodó alejándose de ella, se levantó de la cama y cogió el bote de la sustancia grasienta.

—Estaría bien que te quedaras embarazada en tu primera vez. Tienes que darme un heredero.

Ajustó la tapa del bote y lo colocó en el estante.

# Capítulo 53
*Tracia, agosto de 422 a. C.*

Aunque la tregua entre Atenas y Esparta se prolongó oficiosamente más allá del año acordado, el asunto de Tracia seguía siendo una herida abierta en el orgullo ateniense. El belicoso Cleón fue reelegido estratego y convenció a la Asamblea de que lo pusieran al mando de un ejército para recuperar las ciudades rebeldes. Si era posible, también intentaría acabar con Brásidas. Argumentó que, si retomaban el control de Tracia, estarían en una posición más favorable cuando se sentaran a negociar con Esparta las condiciones para una paz definitiva. Muchos pensaban que la paz no entraba de ningún modo en los planes de Cleón, sino que, después de Tracia, querría reanudar la guerra en el Peloponeso y en Grecia central.

Sócrates y Eurímaco fueron seleccionados como miembros del ejército que capitaneaba Cleón. Partieron de Atenas junto con otros mil doscientos hoplitas y trescientos jinetes, y dos meses más tarde se encontraban frente a los muros de Anfípolis, equipados con sus escudos, corazas y yelmos.

—Demasiada quietud. —Eurímaco recorrió con la mirada las altas murallas y las puertas cerradas de la ciudad. Sabían que en el interior se ocultaba Brásidas con todo su ejército—. Esto no me gusta.

Sócrates masculló un asentimiento y siguieron caminando. Ellos formaban parte del ala derecha del ejército, la que encabezaba Cleón. Habían permanecido varios días asentados en la cercana Eyón esperando en vano la llegada de un contingente de aliados. Esa mañana, Cleón los había sorprendido con la decisión de examinar el terreno que rodeaba Anfípolis,

369

«para planificar mejor el ataque que lanzarían cuando llegaran los refuerzos», había dicho.

—Mira, vuelve un explorador. —Eurímaco señaló con su lanza hacia un soldado que corría desde Anfípolis hacia la posición de Cleón—. Espero que decida que regresemos a Eyón. —Chasqueó la lengua—. Maldita sea, tendríamos que habernos quedado allí hasta que llegaran los aliados.

—La paciencia no es su mayor virtud —ironizó Sócrates—. Vamos a acercarnos.

Echaron a andar hacia Cleón. Ambos detestaban a aquel hombre, pero reconocían que hasta ese momento había conducido la campaña con brillantez. En pocas semanas habían reconquistado Torone y varias ciudades pequeñas, y habían conseguido que Brásidas se marchara hacia el norte para resguardarse en Anfípolis, la ciudad más importante que le quedaba en Tracia.

Cleón parecía seguro de que no iban a sufrir ningún ataque desde Anfípolis. Por eso el reconocimiento de los alrededores de la ciudad se estaba llevando a cabo sin mantener una formación defensiva, y Sócrates y Eurímaco tenían cierta libertad para desplazarse a lo largo del ejército. Se detuvieron a unos pasos de la posición de Cleón y escucharon las noticias que llevaba el explorador.

—Se están preparando para salir, señor. Desde las colinas han visto por encima de las murallas a Brásidas con todo su ejército realizando sacrificios en el templo de Atenea. —El explorador era un hombre curtido, pero se notaba que estaba nervioso—. Yo mismo acabo de divisar bajo la puerta del norte numerosos cascos de caballos y los pies de muchos soldados agrupándose.

Cleón se quedó paralizado ante aquellas noticias que no esperaba. Su ejército era igual de numeroso y más preparado que el que se encontraba en Anfípolis; sin embargo, la confianza en que no los atacarían había hecho que dejara la caballería en Eyón. Se planteó por un momento la posibilidad de combatir y la desechó considerándola un riesgo innecesario. En una hora podían estar en Eyón, lo más prudente era regresar y plantear el combate cuando los refuerzos aliados los hicieran muy superiores.

Se volvió hacia los capitanes que lo rodeaban.

—Nos retiramos a Eyón. Dad la orden de inmediato, retirada en formación de columna, el ala izquierda en cabeza. ¡Rápido!

Eurímaco y Sócrates corrieron junto a Cleón hacia su puesto en el ala derecha y desde allí iniciaron la retirada. El ejército ateniense se encontraba al este de Anfípolis, de modo que el ala izquierda quedaba hacia el sur, más cerca de Eyón, y el ala derecha al norte. Retirarse en columna directamente hacia Eyón implicaba que el ejército avanzara en perpendicular a su frente natural de ataque. Este avance en hilera, con los hoplitas llevando el escudo en el brazo izquierdo, dejaba desprotegido el flanco derecho de todo el ejército, el que quedaba más cerca de Anfípolis.

—Quieran los dioses que las puertas no se abran. —Eurímaco no apartaba la vista de las murallas de la ciudad mientras trotaba.

—Por lo que decía el explorador, nos lanzarían el ataque desde la puerta norte. —Sócrates sudaba como si se estuviera derritiendo bajo el yelmo recalentado por el sol. Se volvió para mirar hacia atrás: marchaban a la cola del ejército, con apenas una docena de hoplitas detrás de ellos, y ya se habían alejado un par de estadios de la puerta norte—. Creo que ya nos hemos distanciado lo suficiente.

Brásidas asomó la cabeza entre dos almenas de la puerta sur.

A lo lejos vio las lanzas de los hoplitas de Atenas moviéndose como espigas de trigo sacudidas por el viento. Entrecerró los ojos y trató de distinguir con claridad la disposición del ejército enemigo.

—Bien —murmuró—. Muy bien.

Una hora antes había dirigido un discurso a todos los soldados que había en Anfípolis exponiéndoles la estratagema que quería llevar a cabo. Harían sacrificios preparatorios que pudieran ver los atenienses, y luego agruparían el ejército en la puerta norte para que el enemigo pensara que iban a atacarlos desde allí. Mientras tanto, Aristón y él se dirigirían a la puerta sur con ciento cincuenta soldados escogidos, avanzando pegados a las murallas para que ni siquiera un explorador situado en las colinas pudiera verlos, y desde esa puerta lanzarían el primer ataque.

—Caeremos a la carrera sobre el centro del ejército ateniense —había explicado—. Después tú, Cleáridas —le dijo al joven comandante que Esparta había enviado para gobernar Anfípolis—, cuando veas que se desbarata su formación, sal desde la puerta norte y arrójate contra ellos. Ten confianza en la victoria, recuerda que los refuerzos que vienen después causan a los enemigos un temor mayor que las fuerzas contra las que ya están luchando.

La siguiente parte de su discurso se la había dirigido a los ciudadanos de Anfípolis y a otros aliados que ese día combatirían junto a Cleáridas.

—Hoy os ganaréis, o bien la libertad y ser llamados en adelante aliados de los espartanos, o bien ser llamados vasallos de los atenienses con una servidumbre más dura que la que teníais antes. Tened en cuenta, además, que en ese caso os convertiríais en un impedimento para la liberación de los demás griegos.

El general Brásidas sentía que su discurso había avivado el ánimo de las tropas, pero sabía que la promesa de autonomía y libertad con la que había atraído a tantas ciudades había quedado deslegitimada cuando Esparta envió gobernadores a algunas de esas ciudades. «Los que en Esparta me tienen envidia o miedo han conseguido dañar mi reputación, pero también la de Esparta.» En el futuro sería más difícil lograr que otras ciudades cambiaran de bando.

Se apartó de las almenas y descendió los escalones de piedra notando la mirada expectante de los ciento cincuenta soldados que había escogido para ese ataque. Aunque no lo había dicho en su discurso, todos sabían que estaban completamente aislados en Anfípolis. Los atenienses pronto recibirían refuerzos, mientras que a ellos nadie iba a ayudarlos. Ésa era su última oportunidad de evitar el horror del asedio, que tantas ciudades habían padecido a lo largo de la guerra.

Llegó a la base de la muralla. Su fuerza de élite, con Aristón a la cabeza, aguardaba sus palabras.

—Todo está saliendo como pensábamos —proclamó con voz potente—. Los atenienses se están retirando en columna, y lo último que esperan es que los ataquemos desde esta puerta. Si acometemos con ímpetu, podemos partir en dos su columna y masacrarlos. ¡Acabemos con ellos!

Un momento después, la puerta sur de Anfípolis se abrió como una boca oscura y vomitó una horda rugiente de espartanos.

—¡Nos atacan!

Eurímaco se giró hacia la puerta norte al oír aquel grito, pero inmediatamente advirtió que los atacantes habían surgido por la puerta sur. Corrían en línea recta hacia el centro de la columna ateniense, que comenzaba a combarse para eludir el ataque.

—¡Por Zeus, van a partirnos en dos! —exclamó Sócrates a su espalda.

A lo largo del ejército ateniense se multiplicaron los juramentos y los gritos de silencio para escuchar las órdenes de los oficiales. Cleón vociferaba cerca de Eurímaco y Sócrates. Entendieron que pretendía que el ala derecha avanzase en diagonal, con más rapidez el extremo que ocupaban ellos, para así atacar el flanco enemigo.

Obedecieron y echaron a correr hacia los espartanos. Resultaba imposible agruparse en formación de falange, pero las tropas enemigas tampoco hacían otra cosa que abalanzarse como un grupo de bárbaros.

—¡Eurímaco! —gritó Sócrates.

Eurímaco miró a la derecha y vio por las ranuras del yelmo que su amigo le hacía un gesto para que lo siguiera. Cerca de ellos Cleón encabezaba un grupo compacto de treinta o cuarenta hoplitas; se unieron a ese grupo y siguieron corriendo.

«Son pocos», se dijo Eurímaco mientras observaba extrañado a los atacantes. Aunque resultaba difícil calcular en esa situación, le parecía que sólo tenían frente a ellos una parte de las tropas enemigas. Había dado por hecho que todo su ejército se había desplazado de la puerta norte a la sur para atacarlos desde allí, pero algo no terminaba de cuadrar.

En ese momento los espartanos alcanzaron la delgada columna ateniense, que ya se había dividido en dos. El ala izquierda del ejército, la más cercana a Eyón, continuó su desbandada hacia la ciudad. Los espartanos se desviaron y corrieron directamente contra el ala derecha.

—¡Deteneos! ¡Deteneos! —Cleón se había parado y agitaba su lanza gritando con toda su alma—. ¡Formación de falange!

Eurímaco se detuvo en seco y se colocó junto a Sócrates y Cleón en una primera fila compacta que creció poco a poco. Otros hombres comenzaron a formar más filas por detrás.

«¡Por Zeus, somos menos que ellos!», se dijo Eurímaco al volverse hacia los lados para echar un vistazo a su grupo. Miró hacia delante y se concentró en los atacantes, que seguían corriendo hacia ellos sin formar una falange. Sus ojos saltaron entre los hombres que encabezaban el ataque; se preguntó quién sería el primero que impactaría contra él y agarró el escudo con más fuerza.

—Por todos los dioses —murmuró Sócrates a su lado.

Él también lo vio. En primera posición corría un gigante que sacaba una cabeza a los demás espartanos. Su coraza parecía el doble de ancha que la de cualquier otro y se dirigía contra ellos.

—¡Cuidado!

—¡Por detrás!

Eurímaco se irguió para mirar a su espalda.

Un ejército mucho más numeroso había salido por la puerta norte y se abalanzaba sobre ellos.

—¡A la colina! —gritó Cleón.

Deshicieron la falange y huyeron sin ningún orden hacia un cerro que había al oeste. De pronto Eurímaco notó que su pie derecho golpeaba contra una roca que el yelmo le había impedido ver, perdió el equilibro y rodó por el suelo.

—¡Eurímaco! —Sócrates se había detenido veinte pasos por delante de él.

Eurímaco se apoyó en el escudo para incorporarse y se dio impulso para llegar hasta su lanza, que había soltado en la caída, pero se desplomó en el suelo gritando de dolor.

«¡Dioses, me lo he roto!»

Se levantó de nuevo, apoyándose en una pierna. En el otro pie había sentido un crujido de huesos quebrados.

—¡Vete! —Sacudió una mano hacia Sócrates, al que se acercaban varios de los enemigos que habían surgido por la puerta norte—. ¡Vamos, vete! —Se volvió hacia atrás. El gigante ya estaba muy cerca y junto a él corría un oficial espartano.

Eurímaco desenvainó la espada y levantó el escudo. Su desesperación aumentó al constatar que le resultaba imposible apuntalarse en los dos pies. Soltó un grito de rabia pensando en Perseo, y en ese momento tres hoplitas atenienses arremetieron contra el gigante haciendo que se detuviera.

El oficial espartano siguió corriendo hacia Eurímaco empuñando su espada. Se trataba de un hombre grande y de hombros poderosos cuya barba negra y tupida asomaba bajo el yelmo.

«No puedo luchar.»

Eurímaco aguardó hasta que su adversario estaba a punto de caer sobre él. Entonces se lanzó hacia su cintura, colocando el escudo sobre la cabeza y estirando el brazo de la espada como si fuera un aguijón.

Le pareció que la clavaba en el muslo del espartano.

Al instante siguiente impactó de cara contra el suelo.

Se apresuró a rodar tratando de protegerse con el escudo. La espada de su enemigo le golpeó con fuerza en la coraza y el yelmo. Consiguió dar una vuelta más y los golpes cesaron. Incorporó el cuerpo y vio en el suelo al oficial espartano agarrándose la pierna herida.

Detrás de él, el gigante derribó con el escudo a su último oponente, se agachó y le clavó la espada en el cuello.

Luego extrajo su arma ensangrentada y se volvió hacia Eurímaco.

—¡Brásidas! —rugió Aristón.

El general tenía una pierna empapada en sangre. Cerca de él había un ateniense tumbado en el suelo. Aristón avanzó en su dirección aferrando su espada, levantó el arma y de pronto algo golpeó contra su coraza.

Sócrates recuperó el equilibrio después de embestir con el

escudo al gigante espartano. Había esperado derribarlo, pero sólo había conseguido que se desplazara un par de pasos. El gigante avanzó hacia él y lanzó un poderoso espadazo que hizo que su escudo crujiera.

«Por Apolo, tiene una fuerza sobrehumana.» Sócrates trató de afianzarse, pero el gigante golpeó de nuevo y le hizo trastabillar. Antes de que pudiera cubrirse, el enorme puño de su enemigo impactó contra su yelmo y se desplomó.

Aristón se giró hacia el hombre que había herido a Brásidas. Se había puesto de pie y avanzaba cojeando en su dirección.

—¿Quieres luchar conmigo, ateniense? —Su voz sonaba distorsionada bajo el yelmo de bronce.

Eurímaco se detuvo, preparó el escudo y observó a su adversario, que comenzó a andar hacia él.

No podía imaginar que aquel coloso era el verdadero padre de Perseo.

«Me derribará al primer golpe.»

Eurímaco se encogió tras el escudo y tensó el cuerpo. Su única opción era intentar repetir el ataque y herir en las piernas al gigante. Cuando éste echó a correr hacia él, saltó hacia delante.

El pomo de la espada de Aristón se estrelló contra el escudo de Eurímaco, que chocó con fuerza contra el suelo y se revolvió intentando cortar las piernas de su descomunal adversario. Aristón descargó su arma y le arrancó la espada de la mano. Eurímaco levantó el escudo para parar el siguiente golpe, pero su enemigo le dio una patada que arrancó la abrazadera central y el escudo salió volando.

Aristón colocó una pierna a cada lado del cuerpo de Eurímaco.

—Perro ateniense.

Agarró con las dos manos la empuñadura de su espada y sonrió cruelmente. Un instante después, se dejó caer sobre Eurímaco como si clavara una pica. La punta del arma se coló entre dos lamas de hierro, atravesó la coraza de lino y traspasó el estómago.

El dolor y el pánico estallaron en el interior de Eurímaco. El yelmo del espartano se acercó a su cara y vio entre las ranuras unos ojos enfebrecidos de odio. Intentó empujarlo para apartarlo, pero sus brazos no respondieron. El gigante se incorporó y sacó la espada de un tirón. Eurímaco chilló. El espartano lo contempló sonriendo y después apoyó la punta de la espada en su garganta.

—Adiós, ateniense.

Una piedra arrancó un crujido metálico del yelmo de Aristón, que se desplomó al lado de Eurímaco. Sócrates soltó la piedra que sostenía con las dos manos, agarró a su amigo de un brazo y trató de levantarlo.

—No puedo —gimió Eurímaco—. Déjame. Vete.

Sócrates se agachó sin responder, tiró del cuerpo de su amigo y se lo colocó sobre un hombro. Se puso de pie con un gruñido y se alejó tan rápido como fue capaz. Dos soldados espartanos corrieron hacia ellos, pero se detuvieron al reconocer al general Brásidas herido en el suelo. Cargaron con él y se marcharon hacia Anfípolis.

Antes de internarse en un bosquecillo, Sócrates miró hacia atrás y vio al gigante a cuatro patas, moviendo lentamente el yelmo. No parecía que los hubiera visto.

El ala derecha del ejército ateniense se había reagrupado en la colina más cercana y por el momento contenían a sus enemigos. Sócrates se desvió para evitar la línea de combate, mirando en todas direcciones con los dientes apretados mientras Eurímaco gemía a cada paso. Pasaron junto a un ateniense que dirigía al cielo sus ojos muertos y Sócrates lo reconoció al instante.

«Cleón, aquí acaban tus sueños.»

No dedicó ni un pensamiento más al político ateniense. Se internó por las sendas montañosas más estrechas que fue encontrando hasta que creyó que podían hacer una pausa. Entonces dobló las rodillas y se inclinó para dejar a Eurímaco en el suelo.

«¡Dioses, no!»

A través del yelmo se veían el rostro y el cuello de Eurímaco empapados de sangre. Le quitó el casco con cuidado; su amigo tosió y soltó un chorro de líquido rojo por la boca.

—Eurímaco. —Sócrates se quitó el yelmo para que le viera

la cara. Su amigo trató de hablar, pero volvió a toser sangre—. No hables, descansa un poco.

Eurímaco clavó en los ojos de Sócrates una mirada desesperada. Sus labios se movieron sin que consiguiera articular nada inteligible y la desesperación de su mirada se intensificó.

Sócrates creyó entenderlo.

—¿Perseo?

Eurímaco asintió.

—Tranquilo, yo me ocuparé de él.

El rostro de su amigo se relajó notablemente. Al cabo de un momento, las manos comenzaron a temblarle. Sócrates se las agarró y Eurímaco respondió con un apretón débil.

Poco después, sus manos quedaron inertes.

# Capítulo 54

*Atenas, septiembre de 422 a. C.*

—Perseo, te toca correr.

El paidotriba, responsable del entrenamiento físico de los jóvenes, señaló con su bastón largo el inicio de la pista de carreras al fondo del gimnasio. Perseo se dirigió hacia su posición mirando al suelo. Estaba descalzo y sin vestimenta alguna, como los dos chicos con los que iba a competir. Aunque uno de los otros era más corpulento, él era con diferencia el más alto. Su cuerpo desnudo mostraba las dos largas cicatrices que le surcaban el hombro izquierdo y la espalda desde que tenía memoria.

—¿Cómo me hice estas heridas? —le había preguntado a Eurímaco a los siete años.

—Eh... —Su padre había titubeado antes de responder—. Te mordió un perro cuando eras un bebé.

Se tocó distraído la cicatriz del hombro y continuó avanzando por el gimnasio de la Academia. Era un recinto amplio, rodeado por tres de sus lados de galerías con columnas. En aquellos pórticos había sofistas paseando mientras impartían sus lecciones, atletas que se protegían del sol y varios hombres ociosos que observaban los entrenamientos. En las paredes se veían algunas puertas que daban acceso a salas de reuniones, almacenes y vestuarios. Por el lado abierto, la pista de arena se prolongaba hasta alcanzar un estadio de longitud.

Perseo llegó al inicio de la pista y se situó junto a sus contrincantes.

«Están deseando ganar», pensó mirándolos de reojo.

A él le daba igual. Llevaba todo el día pensando en Casandra, era lo único que le importaba. Hacía un año que se había casado y desde entonces sólo la había visto cuatro veces, en las principales fiestas de la ciudad. Invariablemente la escoltaba la hermana de su marido, una mujer mayor con cara de urraca, y Casandra tenía una mirada triste y apagada.

«Es como si ya no fuera joven. Parece mentira que tenga dieciséis años.»

Él la seguía siempre a cierta distancia, observando ansioso las curvas de su túnica para adivinar si estaba embarazada. Si sus miradas se encontraban, ambos la apartaban al momento.

—¿Preparados?

El paidotriba levantó su bastón. Los tres muchachos colocaron un pie junto a la línea de salida e inclinaron los cuerpos.

—¡Ya! —gritó bajando el bastón.

Las piernas de Perseo batieron el suelo con fuerza y advirtió que se distanciaba de los otros chicos. Desde hacía un tiempo era más rápido que todos sus contrincantes. Cuando llevaba la mitad de la distancia, dejó de esforzarse y a falta de diez pasos lo adelantó el muchacho corpulento. Un ayudante situado en la línea de llegada indicó las posiciones al paidotriba, que les hizo gestos para que regresaran.

«¿Cómo pudo cambiar tanto de repente? —Se dirigió hacia la línea de salida caminando pesadamente—. Fui un juguete para ella.»

Cuando Casandra le dijo que iba a casarse, aquella mañana de teatro en la que se habían encontrado a escondidas, él le había suplicado que no lo hiciera.

—Es imposible, Perseo —le había respondido Casandra, casi con recriminación—. Es mi deber como hija y como mujer ateniense.

Ella ya era una mujer, y él no sería un hombre hasta que cumpliera dieciocho. Y al menos hasta los veinte, que terminara el servicio militar, no tenía sentido que se planteara casarse.

«Para entonces Casandra tendrá dos o tres hijos», pensó desesperado.

Después de la boda se había quedado hundido. Su padre había intentado hablar con él, pero lo había rechazado una y otra vez y se había sumido en un silencio hosco, sintiéndose cada vez más solo.

«Papá...» Notó que se le encogía el estómago. Hacía tres meses que su padre había embarcado en un trirreme para combatir como hoplita en Tracia. Lamentaba que no hubieran hablado más, no haberse abierto a él como siempre había hecho.

—Perseo, ¿por qué te has dejado ganar?

El paidotriba lo miraba enfadado. Él se limitó a encogerse de hombros y a apartar la mirada.

—Muy bien, ahora vas a luchar con Éaco. A ver si tampoco ahora te esfuerzas.

Éaco era el muchacho corpulento que había ganado la carrera. Tenía diecisiete años, dos más que Perseo, y el paidotriba nunca había hecho que lucharan juntos.

En una esquina del gimnasio había un esclavo encargado del aceite y la arena. Éaco y Perseo se acercaron sin hablar, metieron las manos en una vasija de boca ancha llena de aceite y comenzaron a ungirse el cuerpo de forma metódica. Quienes no tenían dinero para pagar la cuota del aceite llevaban su propio frasquito, lo que evidenciaba su origen humilde.

Perseo observó inexpresivo la gruesa musculatura de los brazos de Éaco mientras se daban aceite. Al terminar se espolvorearon la piel con una arena fina y blanquecina, y el esclavo los ayudó a esparcírsela por la espalda. Luego se dirigieron al círculo de tierra batida donde los aguardaba el paidotriba. Allí era donde se practicaba la lucha, una modalidad de combate en la que se vencía cuando se conseguía derribar tres veces al adversario.

—A vuestras posiciones.

Se colocaron agachados uno frente a otro. Perseo miró a los ojos de Éaco y le sorprendió ver que parecía asustado.

—¡Luchad!

Perseo se lanzó contra Éaco. Se aferraron las manos y se empujaron con los hombros tratando de desestabilizarse. Perseo retorció una mano para liberarla y rodeó con el brazo el torso de su adversario. La arena facilitaba el agarre e intentó voltearlo; sin embargo, Éaco se impulsó hacia delante y él se desequilibró. Trastabilló hacia atrás tratando de recuperar el equilibrio, pero Éaco continuó empujando, metió una pierna entre las suyas e hizo que cayera.

El paidotriba le dirigió una mirada burlona.

—Primer asalto para Éaco.

«Quiere provocarme.» Regresó a su posición tratando de mostrarse indiferente. La rabia que sentía cada día con mayor intensidad se centró repentinamente en el paidotriba, pero consiguió controlarse.

Éaco se lanzó contra él nada más comenzar el segundo asalto. No esperaba un ataque tan rápido y retrocedió hasta el borde del círculo. Allí logró afianzarse y trató de zafarse de la presa de Éaco sin conseguirlo. Su adversario se agachó y se irguió con brusquedad, desestabilizándolo. De nuevo enredó una pierna entre las suyas y lo hizo caer.

Perseo se golpeó la sien contra el suelo y durante un momento el dolor le impidió abrir los ojos. Éaco le ofreció una mano para levantarse. La ignoró y se puso de pie con el rostro crispado.

—¿Estás bien?

Sabía que Éaco no tenía mala intención, pero se sintió humillado y le lanzó una mirada cargada de resentimiento. Luego regresó en silencio a su posición. Su rival miró al paidotriba, que le hizo un gesto con la cabeza para que se preparara.

En cuanto comenzó el tercer asalto, Perseo embistió a Éaco. Se raspó la sien contra la cabeza de su oponente y el dolor le hizo apretar los dientes. Empujó con toda su energía, pero Éaco era más fuerte que él y no consiguió que retrocediera. La frustración se sumó a la impotencia que sentía por lo de Casandra. Insistió de nuevo, una y otra vez, intentos fallidos que sólo sirvieron para inundar su mente de rabia, hasta que de pronto se dejó llevar por el instinto que rugía en su interior.

Dobló un brazo y con un grito salvaje lanzó el codo contra el rostro de Éaco. Le dio de lleno en la nariz y el chico cayó de espaldas al suelo. Gemía con las manos en el rostro y la sangre manó de inmediato entre sus dedos.

—Perseo, estás expulsado. —El paidotriba señaló con su bastón hacia el exterior del gimnasio. A lo lejos se veían las murallas de Atenas—. No vuelvas por aquí durante tres días. Y si esto se repite, te expulsaré definitivamente y no volveré a entrenarte jamás.

Perseo encaró al paidotriba buscando palabras hirientes. Entonces se dio cuenta de que el combate había congregado a muchos espectadores. Varios hombres lo señalaban y hablaban entre sí, criticando su acción. Desde las columnas del pórtico, Querefonte lo observaba en silencio con una mirada extraña. Se volvió hacia Éaco, que mantenía las manos ensangrentadas contra la nariz mientras lo ayudaban a levantarse, y su furia se dirigió bruscamente contra sí mismo.

Se dio la vuelta y caminó a grandes zancadas hacia el vestuario.

Tenía ganas de llorar, pero no iba a hacerlo mientras pudieran verlo. Entró en la habitación donde estaba su ropa y cogió un estrígil de hueso, con la empuñadura en forma de Apolo y la hoja curva y fina como un puñal romo. Se rascó con él la arena y el aceite del cuerpo, terminó de limpiarse con una esponja húmeda, se puso la túnica y las sandalias y salió del vestuario.

«No quiero seguir viviendo en Atenas. —Cruzó el gimnasio sin mirar a sus compañeros y se encaminó hacia la ciudad—. Cuando vuelva papá, le pediré que nos vayamos.»

Sabía que aquello era una locura y que su padre se negaría, aunque si conseguía que entendiera lo desgraciado que era allí...

«Da igual adónde vaya, así no recuperaré a Casandra. —Pero no debía pensar en recuperarla, eso era imposible, lo que tenía que hacer era dejar de pensar en ella—. El único modo sería vivir en otro lugar, cuanto más lejos mejor.»

Asintió con determinación, cruzó las murallas y se internó en el barrio del Cerámico. Critón iba a verlo con regularidad, imaginaba que a petición de su padre, y le informaba de las noticias que llegaban sobre la expedición a Tracia. Lo último que se había sabido era que Cleón había recuperado Galepso y se dirigía a Eyón para preparar desde allí la toma de Anfípolis.

De pronto recordó la expresión de Querefonte en el gimnasio.

«¿Por qué me miraría así? —No parecía sólo que recriminara su conducta—. Era como si yo lo asustara.»

Abrió la puerta de su casa, pasó junto al horno y se asomó al taller.

—¿Alguna noticia?

El ayudante negó con la cabeza, sin separar las manos de la vasija que estaba torneando. Perseo atravesó el patio y se metió en la cocina. Todavía se notaba furioso, pero sobre todo abatido. Se dejó caer en un taburete frente a la vasija de su madre. Puso las manos en las asas, apoyó la frente y cerró los ojos.

—Mamá...

No dijo nada más, tan sólo se abrió a su madre para que viera cómo se sentía. Se acercó con ella a su propio dolor, a la rabia, a la soledad y al miedo.

«Haz que vuelva papá, por favor.»

En ese momento oyó la puerta de la calle. Levantó la cabeza con una sonrisa incipiente, soltó la vasija y salió apresuradamente de la cocina.

En medio del patio se encontraba Sócrates. El rostro de Perseo se iluminó.

—¡Bienvenido, Sócrates! ¿Cuándo...?

La expresión del filósofo lo paralizó.

—Lo siento, Perseo. —Sócrates se acercó y apoyó las manos en sus hombros—. Tu padre ha muerto.

## Capítulo 55
*Atenas, septiembre de 422 a. C.*

Casandra pasó el hilo a través de la trama del telar, y después lo apretó contra el resto del tapiz que estaba tejiendo.

—Presiona un poco más, querida.

Eudora estaba inclinaba hacia ella con una sonrisa afable bajo su nariz afilada. Casandra le devolvió la sonrisa y presionó con más fuerza.

«Maldita arpía.» Daba igual lo bien que hiciera sus tareas, Eudora no cesaba de indicarle pequeñas correcciones.

Su llegada había hecho que la hermana de Ificles sintiera amenazada su posición en aquella casa. Al principio se había esforzado por demostrar que era imprescindible. Vociferaba órdenes en la cocina, golpeaba a los esclavos que no obedecían al instante y le ocultaba las cuentas de los gastos domésticos. Con el paso de los meses comprendió que Casandra no tenía ningún interés en ponerse a la cabeza de la casa, y adoptó una actitud melosa y condescendiente que ella encontraba repulsiva.

—Te está quedando muy bien.

Casandra se giró para volver a sonreír a Eudora y reanudó su trabajo en el telar. Las esclavas se ocupaban de hilar la lana, y a veces compraban en el mercado madejas de hilo teñido. Eudora y ella tejían en dos telares verticales, donde la urdimbre colgaba de un travesaño alto y se mantenía tirante mediante pesas atadas en su parte inferior. Pasaban horas tejiendo en silencio, con la salvedad de los comentarios puntillosos de su cuñada.

Casandra se preguntaba si se acostumbraría alguna vez a esa vida silenciosa y apagada. Echaba de menos a Perseo, a su padre y a sus amigas, aunque recibía alguna visita de vez en cuando. También se echaba de menos a sí misma. Desde que había llegado a la pubertad tenía restringidas las salidas y la acompañaba siempre una esclava; no obstante, en la casa de su padre se sentía libre para hacer, decir o pensar lo que quisiera. Ahora tenía que fingir todo el tiempo, hablar poco, no hacer preguntas ni llevar la contraria.

«Me voy a olvidar de quién era. —Entrelazó despacio otro hilo y lo movió para unirlo a aquel tapiz que crecía poco a poco—. Me voy a morir por dentro, mi cuerpo será un cascarón vacío que seguirá moviéndose y obedeciendo.»

Otro hilo, y luego otro.

—Muy bien, Casandra.

Sus labios esbozaron automáticamente una sonrisa. Siguió tejiendo. Cuando de niña veía por las calles de Atenas a Aspasia con Pericles, se imaginaba que su matrimonio sería algo parecido. Estaría con un hombre que la amaría y la respetaría, organizarían tertulias, participaría en charlas con los personajes más interesantes de Atenas.

«Soy lo contrario a Aspasia.»

Estaba casada con un viejo que la mantenía encerrada, y que se había reído de ella cuando le había preguntado si podía asistir a alguno de los banquetes que él celebraba en la casa.

—¿Qué va a hacer una niña entre hombres? —Ificles había soltado una carcajada y después le había pellizcado la barbilla—. No seas ingenua: cuando los hombres ven a una mujer en un banquete, sólo quieren una cosa de ella.

Todavía más humillante había sido la primera vez que le había preguntado por lo sucedido en una reunión de la Asamblea.

—No preguntes —respondió Ificles secamente.

Ella se quedó desconcertada y se preguntó si él se encontraría mal o estaría disgustado. Sin embargo, su marido parecía de un humor excelente. Siguió mirándolo en silencio, turbada, y en el rostro de Ificles apareció una expresión de disgusto.

—¿Tu padre no te enseñó a no molestar a los hombres?

Ella humilló la cabeza y se retiró de su presencia. Su padre, cuando no estaba enfrascado en alguna de sus obras, respondía a todas sus preguntas y le explicaba con paciencia aquello que no comprendía.

Se le escapó un suspiro y miró de reojo a Eudora, pero ella no reaccionó.

Seguía queriendo a su padre, aunque a la vez sentía como una enorme traición que le hubiese elegido un esposo sin consultar con ella. Era lo habitual en las clases altas de Atenas, pero también era la dolorosa evidencia de que no mantenía con él la relación especial que había creído.

Le vino a la memoria el día siguiente a la boda, cuando su padre había acudido para entregar la dote. Un esclavo transportaba la pesada bolsa de monedas de plata, y otro llevaba el libro que Eurípides quería regalar a Ificles.

«*Hipólito.*»

Casandra negó lentamente. *Hipólito* era una obra maravillosa, con la que su padre había obtenido el primer puesto en el festival de teatro de las Grandes Dionisias hacía seis años; sin embargo, Ificles había guardado los rollos de papiro en algún rincón de la casa y de ahí no habían salido. Su esposo no tenía el más mínimo interés por la literatura. «Ni por la filosofía, la pintura, la escultura...» Tampoco por la música, a menos que contaran los trinos excesivos de las flautistas que a veces traía a los banquetes que organizaba para sus amigos.

Ificles tampoco tenía demasiado interés en ella. Alguna noche le pedía que caminara o que bailara desnuda en la alcoba y terminaba llevándola a la cama, pero cada vez con menos frecuencia. Las primeras noches le prestaba mucha más atención, si bien se disgustaba cuando ella no mostraba entusiasmo ni habilidad al realizar algunas prácticas que le parecían repugnantes. Casandra imaginaba que lo hacían mucho mejor en los burdeles a los que estaba segura que acudía su marido.

Se puso las manos en los riñones y dobló la espalda hacia atrás con una mueca de dolor.

—Estás muy tensa, querida. Tienes que tejer con el cuerpo más relajado.

Cerró los ojos.

«Lo que tengo que hacer es salir de aquí.»

Recogió el hilo y continuó tejiendo. Le encantaría poder sentarse en la orilla del río, sin nada que hacer salvo dejar que el sol le diera en la cara.

«Eudora se escandalizaría si supiera lo que pienso.»

La hermana de Ificles manifestaba con frecuencia su desprecio por las mujeres de clase baja, con sus rostros atezados de trabajar al aire libre.

—La tez pálida es un indicador de que permaneces en casa —le había dicho en una ocasión—, y por lo tanto de que eres una mujer virtuosa.

«Lo que indica la tez pálida es que soy la prisionera de un hombre rico.»

Se oyó una risa infantil y ambas se giraron hacia la puerta abierta. Poco después entró Antemión.

—¡Tía Casandra!

El niño atravesó corriendo la sala y Casandra lo abrazó. Detrás de ella, Eudora los observó con frialdad.

—Saluda a tu tía Eudora —dijo Casandra.

Antemión agachó la cabeza y miró a la otra mujer.

—Hola, tía Eudora.

—Buenos días, Antemión. No deberías correr de ese modo. ¿Dónde está tu padre?

«No tardará en llegar», se dijo Casandra.

Un momento después apareció Anito. Las saludó muy sonriente y se acercó hasta quedar detrás de Casandra. Ella sólo había visto en una ocasión a la esposa de Anito, una mujer muy obesa cuya mala salud la mantenía casi siempre en la cama.

—Son unos tapices preciosos.

Sintió la mirada de Anito desde arriba. Se cerró la túnica y dejó la mano apoyada en el pecho. El hermano de Ificles se agachó hasta quedar a su altura y le puso una mano en el vientre.

—¿Ya estás embarazada?

—No. —Le quitó la mano y se levantó.

Él se irguió sin dejar de sonreírle.

—Tenéis que darle un primito a Antemión. —Sus ojos recorrieron el rostro de Casandra y luego acariciaron sus hombros.

—Señora Casandra. —La voz de la esclava hizo que ella se volviera con rapidez—. Ha llegado la señora Jantipa.

Casandra notó que Eudora iba a responder y se adelantó.

—Hazla pasar.

Sabía que a Eudora y a Anito les disgustaba Jantipa, y sintió un oscuro placer al imponerles su presencia. Al cabo de un momento su amiga entró en la sala casi a la carrera, lo que hizo que Eudora refunfuñase.

—La esposa de Sócrates —dijo Anito con cierto desdén.

Jantipa los saludó escuetamente y se dirigió a Casandra.

—¿Podemos hablar un momento a solas?

—Claro. —Casandra acompañó a su amiga hasta la galería del patio—. Me estás asustando; ¿qué ocurre?

—Ha regresado la flota de Tracia.

—¿Le ha pasado algo a Sócrates? —Pese a la gran diferencia de edad, Jantipa le había cogido cariño a su esposo.

—No, Sócrates está bien. Pero el padre de Perseo ha muerto.

Casandra se zafó de la mano de Eudora.

—¿Adónde crees que vas? —graznó la mujer—. No puedes salir de casa así como así.

—Te he dicho que tengo que salir.

—¡Nesa! —Eudora gritó con más fuerza hacia el interior de la casa—: ¡Nesa! —Una esclava corpulenta apareció en el patio con expresión asustada—. Acompáñanos, ¡vamos!

Eudora cruzó la puerta de la calle y se apresuró hacia Casandra, que ya se alejaba junto a Jantipa.

—No puedes correr de ese modo —susurró entre dientes cuando la alcanzó. Miraba de reojo a las personas con las que se cruzaban, temiendo que aquello llegara a oídos de su hermano—. Eres la esposa de Ificles, muestra un poco de decencia.

Casandra continuó sin reducir la velocidad, abrumada al imaginar el dolor que le habría provocado a Perseo la muerte de su padre.

«No tiene familia, no tiene a nadie más.»

Le hubiera gustado pensar que la tenía a ella, pero no era cierto.

Eudora inclinó la cabeza y sonrió a un grupo de hombres que pasó a su lado. Luego trotó para volver a alcanzar a su cuñada y la cogió del brazo.

—Casandra, pon fin a esta locura ahora mismo. —Apretó los dedos clavándole las uñas—. ¡Casandra!

—¡Déjame! —gritó ella mientras se zafaba de la presa.

Eudora sintió que hervía de rabia. Estuvo a punto de pedirle a Nesa que arrastrara a Casandra de vuelta a casa, dejándola inconsciente si era necesario... pero aquello supondría un escándalo. Lo más prudente sería acompañarla sin enfrentarse a ella, al menos mientras fueran por calles transitadas.

Dejaron la vía Panatenaica y se internaron por una callejuela. Poco después Casandra llamó con los ojos llorosos a una puerta cerrada.

—¿Quién vive aquí? —inquirió Eudora sin obtener respuesta.

La puerta se abrió y apareció uno de los ayudantes de Eurímaco, un joven con restos de arcilla en las manos y una expresión apesadumbrada.

—Soy la esposa de Sócrates —dijo Jantipa—. ¿Perseo está en casa?

El joven se apartó para que pasaran y encontraron a Sócrates y a Perseo sentados junto a la mesa de piedra del patio. El filósofo hablaba en voz baja, inclinado sobre Perseo, que lloraba con la frente apoyada en las manos y movía la cabeza negando sin cesar.

Jantipa se aproximó.

—Perseo.

Sócrates se giró y el muchacho levantó la mirada. Un momento después la desplazó hasta Casandra y en su rostro desolado asomó la sorpresa.

Casandra se precipitó hacia él, ignorando los gritos de Eudora.

—Lo siento muchísimo. —Lo estrechó con fuerza y lloró contra su cuello—. Lo siento, Perseo, lo siento...

## Capítulo 56
*Esparta, marzo de 421 a. C.*

Deyanira sintió que su cuerpo temblaba. Soltó el cazo con el que estaba removiendo el guiso de lentejas y cerró los ojos.

«No puedo temblar. —Tensó los músculos y los aflojó intentando controlarlos—. Si Aristón se da cuenta de algo, me matará.»

Tres meses atrás había estado a punto de desmayarse cuando Clitágora le dijo que, tras morir Brásidas en Anfípolis, Aristón había regresado a Esparta.

—¿No lo has visto todavía? —Clitágora mostraba una sonrisa inusual en su rostro duro; Esparta estaba negociando con Atenas una paz que incluyera el intercambio de prisioneros como su marido—. No seas tonta, ve a buscarlo a los barracones y arrástralo a casa. En cuanto regrese mi esposo, me lanzaré sobre él a ver si todavía podemos tener otro hijo.

Deyanira había farfullado una despedida y se había alejado de Clitágora. Cuando llegó a casa, su esclava Quilonis se había sobresaltado al verla lívida como un cadáver.

—¿Se encuentra bien, señora? ¿Quiere que le prepare alguna cosa?

—No... Ve a tu cuarto y no salgas mientras no te llame.

La esclava se fue y ella entró en su alcoba, apartó el arcón que tenía en una esquina y comenzó a rascar el suelo de tierra. Enseguida apareció un saquito de piel cerrado con un cordón fino. Lo abrió y observó el contenido. La última vez que había ido a recoger acónito, había seleccionado varias raíces y las había secado y molido hasta obtener el polvo parduzco que tenía delante.

A continuación, fue a la cocina, arrojó a las brasas el contenido de un bote de hierbas aromáticas y metió dentro el polvo de acónito. Lo devolvió a su estante, junto a los otros botes de especias, y se dirigió al cuarto de la esclava.

—Mi marido ha regresado a Esparta. En adelante, seré yo quien prepare la comida. No quiero que vuelvas a entrar en la cocina sin que yo te lo pida. ¿Has entendido?

—Sí, mi señora —le había respondido la muchacha sin apartar la mirada del suelo.

«Tres meses esperando. Creí que nunca iba a tener una oportunidad. —Deyanira se alejó de la olla de lentejas, levantó la tapa del bote de acónito y se aseguró de que seguía ahí—. Dioses, permitidme acabar hoy con este monstruo.»

Se volvió bruscamente hacia la puerta y contuvo la respiración.

«¿Ya está aquí?»

Le había parecido oírlo, pero ahora sólo escuchaba el silencio. Le puso la tapa al bote de acónito y contempló nerviosa el guiso que tenía al fuego. Parecía que no iba a terminar de cocinarse nunca.

Volvió a sentarse y continuó recordando. La primera noche tras su regreso, Aristón había aparecido en la casa cuando ella ya había cenado y se dirigía a su alcoba con una lámpara de aceite.

—Mi bella esposa.

Deyanira se sobresaltó y estuvo a punto de que se le cayera la lámpara. Su marido se acercaba por el patio, aún más corpulento de lo que recordaba. Su barba y su cabello también habían cambiado, estaban descuidados y más largos de lo que solía llevarlos.

—Aristón... —No le salieron más palabras. ¿Qué iba a decirle, que había rezado todos los días para que una espada enemiga le atravesara el corazón? ¿Que entrara en la cocina y se comiera el veneno que tenía preparado para él?

—¿Ibas a tu alcoba? Es una buena idea.

Aristón le hizo un gesto para que avanzara y ella continuó hasta el dormitorio. Nada más entrar, su marido le quitó la lámpara de las manos.

—Desnúdate.

Su voz tenía una frialdad nueva que la estremeció. Le obedeció y se quedó aguardando, de pie en medio de la habitación. Aristón aproximó la lámpara a su piel y la fue moviendo lentamente.

—Tu cuerpo no ha cambiado desde que me fui. No estás embarazada, ni parece que lo hayas estado. —Dejó la lámpara de aceite sobre el arcón y se quitó la ropa sin prisas—. Si me entero de que no has sido una buena esposa, os haré pedazos a ti y a tu amante.

Le dio la vuelta, pegó el cuerpo a su espalda y habló junto a su oído.

—Ahora, pórtate como una buena esposa. —Su voz había enronquecido y Deyanira sintió su erección creciendo contra ella.

La fornicación fue rápida y brutal, como siempre lo era con Aristón. Deyanira había perdido la costumbre de relajar el cuerpo y acabó tremendamente dolorida. Mientras se limpiaba pensó en preguntarle si tenía hambre, pero habría resultado sospechoso, nunca se mostraba tan solícita.

En aquella ocasión, Aristón se había marchado sin pasar por la cocina a comer algo. Desde entonces acudía casi todas las semanas para usar su cuerpo, y ni una sola vez había pedido comida. Un mes y medio después de que él regresara, Deyanira había descubierto que estaba embarazada.

«No podré ocultárselo mucho tiempo. —Cubrió su vientre con ambas manos. Ahora estaba de dos meses y notaba que su cuerpo comenzaba a cambiar—. Tengo que acabar pronto con Aristón, es capaz de arrebatarme a este bebé como hizo con mi pequeño de ojos claros.»

También temía por la vida de Calícrates. Había pasado muchas noches en vela junto a su lecho, cambiando los emplastos que cubrían su espalda destrozada por el látigo mientras la fiebre le hacía delirar. Hacía varios años de aquello y Aristón ya no era el instructor de su hijo, pero le tenía tanto odio que a Deyanira le aterraba que estuvieran cerca.

«Provocará un accidente en un combate de entrenamiento, o buscará cualquier otra excusa para acabar con él.»

Esa mañana se había cruzado con Aristón. Ella volvía de

nadar en el río con Clitágora y otras mujeres, y él estaba cerca de los barracones hablando con uno de los generales. Mientras se aproximaban a ellos, Deyanira se dio cuenta de que Aristón la estaba siguiendo con la mirada y se alarmó al distinguir la curiosidad en sus ojos entrecerrados.

—¡Deyanira! —Ella lo miró disimulando la repulsión que le recorría el cuerpo con sólo oír su voz—. Iré a cenar a casa. Prepárame algo.

Asintió, sumisa, y se alejó con sus compañeras.

—¿A ti te querrá de primer plato o de postre? —le había preguntado después Clitágora. Las demás mujeres se habían reído con la broma y Deyanira se había limitado a sonreír.

Añadió otro chorro de vinagre a la olla, echó más hierbas y otro pellizco de sal. No sabía si el sabor del acónito era fuerte, así que lo más prudente era que el de las lentejas sí lo fuese. Sacó unas pocas con el cazo, sopló para enfriarlas y las probó.

«Ya están.»

Echó un vistazo rápido hacia la puerta de la cocina. Luego escogió dos cuencos de madera y los dejó sobre el estante de las especias. Las manos volvían a temblarle. Cogió el bote de acónito y vertió un poco en uno de los cuencos. Se detuvo un momento, dudando, y después volcó todo el contenido. La base del cuenco quedó cubierta por un dedo de polvo.

Dejó el bote vacío sobre la repisa, miró de nuevo hacia la puerta y colocó el segundo cuenco sobre el que tenía el acónito. Su forma no era completamente regular y encontró el modo de que quedaran separados lo suficiente para que el de arriba no tocara el acónito. Lo levantó para asegurarse de que no se había manchado y volvió a ponerlos juntos.

De pronto sintió que la estaban vigilando y se dio la vuelta. No vio a nadie.

Cruzó la cocina con la respiración agitada, se asomó al patio y escudriñó las sombras.

«¿Me estaría espiando Quilonis?»

Echó un último vistazo y regresó junto al hogar. La olla borboteaba al calor de las brasas. La levantó con unos trapos y la dejó sobre el suelo de tierra para que las lentejas se fueran enfriando. A continuación, fue a sentarse, pero interrumpió el movimiento y se alejó hasta la puerta para examinar desde allí el interior de la cocina.

«¿En qué se fijará Aristón?»

A ella le parecía que el bote del acónito y los cuencos resaltaban como si estuviesen brillando, pero él no notaría nada extraño.

«Lo único que puede llamarle la atención es que yo esté demasiado nerviosa.»

Intentó imaginar lo que iba a ocurrir, lo que podía salir mal.

«Cuando las pruebe, tal vez advierta un sabor raro. —Si le decía algo, respondería que había echado una especia nueva... o que las lentejas se habían quemado un poco—. Por Ártemis, una cosa u otra —se recriminó exasperada—, no puedo dudar en eso.»

Notaba la mente saturada, tan densa como la miel en invierno.

«Lentejas quemadas. Si le digo que he echado una especia nueva, estaré pensando en el acónito y se me notará. —Siguió imaginando lo que pasaría. Había puesto tanto veneno que el efecto sería rápido, aunque no sabía cuánto exactamente—. Tengo que mantenerme fuera de su alcance. Ni todo el veneno del mundo acabará con Aristón sin que se revuelva como una bestia herida. Si consigue agarrarme, me destrozará antes de morir.»

Transcurrieron unos minutos y notó que estaba menos tensa, pero comenzó a preocuparle que Aristón no apareciera. Salió al patio, y al entrar de nuevo en la cocina se quedó mirando los cuencos. De repente sonó el chirrido de la puerta exterior y se quedó paralizada. Escuchó el golpe de la puerta al cerrarse y luego unos pasos que se acercaban poco a poco a la cocina.

Aristón apareció en el umbral.

—Mi querida esposa. —Su voz grave tenía un matiz burlón. Deyanira se irguió y él avanzó despacio por la cocina hasta situarse detrás de ella. Su aliento la estremeció—. ¿Guardas algún secreto?

Ella apretó las mandíbulas y se quedó inmóvil. Estaba histérica; si hablaba, aunque fuera para responder que no, su esposo percibiría que ocurría algo. Intentó alejarse de él, pero Aristón le puso una mano en el hombro para que se detuviera y se colocó de nuevo a su espalda.

—¿No vas a confesar?

Deyanira sintió que las piernas no la sostenían. Vio puntitos negros recorriendo su campo de visión y pensó que iba a desvanecerse. Aristón le acarició el cuello con una mano, que siguió avanzando hasta envolver su mandíbula inferior y hacerle levantar la cabeza. La otra mano recorrió su clavícula, bajó por el esternón y se apoderó de su pecho izquierdo.

Sus labios lo rozaron al susurrar lentamente.

—Me encantan tus pechos de mujer... —La punta de su lengua le recorrió el borde de la oreja—. Embarazada.

Deyanira permaneció inmóvil.

—¿Cuánto tiempo creías que tardaría en darme cuenta? —Le manoseó el pecho, haciéndole daño al apretar—. Me excitas tanto como cuando estabas embarazada de Calícrates. —Su mano se movió de un pecho a otro—. Cada vez que te veía me masturbaba pensando en ti. —Notó sus dedos subiéndole la túnica, su miembro entre las nalgas—. Ahora puedo follarte.

La agarró por las caderas y ella tuvo que apoyarse en la pared para no caer hacia delante. Sintió el miembro de Aristón en la entrada de su cuerpo y luego el dolor conocido de la penetración.

Aristón la levantó para poder estirar las piernas y la embistió de modo frenético. Deyanira gimió con los dientes apretados; el dolor se intensificaba con rapidez. De pronto advirtió que junto a su mano estaban los cuencos de madera. Se quedó mirándolos de reojo, gemido tras gemido, hasta que él eyaculó en su interior.

La dejó en el suelo y salió de su cuerpo con un gruñido de animal complacido.

—Límpiate y dame de comer.

Deyanira se demoró hasta que Aristón se dejó caer en una silla. Luego salió de la cocina, se secó con un trapo y regresó a toda prisa, notando que la semilla de su marido todavía bajaba por sus muslos.

Aristón la miró desde la silla con aire amodorrado.

—Huele a lentejas.

—Sí.

Cruzó delante de él, cogió los cuencos de la repisa y se arrodilló junto a la olla dando la espalda a Aristón. Tenía la boca abierta sin apenas respirar, atenta a cualquier sonido que proviniera de él. Dejó el cuenco vacío en el suelo y sostuvo el de acónito en una mano. Sentía detrás de ella la presencia de Aristón, inmensa y silenciosa. Sacó el cazo de madera de la olla, lleno hasta el borde de guiso de lentejas, y lo volcó sobre el polvo que cubría la base del cuenco.

El acónito desapareció de la vista.

Había comprobado que se disolvía muy bien en un líquido caliente, pero tenía que asegurarse. Añadió un segundo cazo y metió dos dedos para remover el contenido mientras dejaba el cuenco en el suelo. Las lentejas estaban muy calientes y se escaldó los dedos, pero siguió removiendo unos segundos más.

«Dicen que el veneno se puede absorber por la piel. —En ese momento pensó en el hijo que llevaba en el vientre, sacó los dedos de golpe y se los limpió con disimulo en la túnica—. Por Heracles, tendría que haber pensado en eso antes.»

Llenó el segundo cuenco y se levantó con uno en cada mano, agarrándolos con fuerza.

Aristón miraba hacia la mesa con aire distraído.

Dejó el cuenco con el acónito delante de su marido y se sentó enfrente de él. Las lentejas humeaban y distinguió el olor fuerte de todas las especies que había echado. Aristón se acercó el cuenco a los labios, lo apartó para soplar un poco y volvió a acercárselo.

—Queman. —Dejó el cuenco sin haberlo probado—. Tendrías que haberlas sacado antes.

Deyanira lo observó un instante y apartó la mirada sin saber qué hacer. Tenía las manos apoyadas en la mesa, sentía que si las apartaba se pondrían a temblar. Los dos dedos que se había quemado la mortificaban y le parecía que estaban llamativamente rojos.

—¿De cuánto estás embarazada?

—Dos meses. —Su voz sonó ronca, tenía la garganta seca.

Aristón reflexionó un momento y luego asintió sin decir nada. Cogió el cuenco, sopló un par de veces y lo volvió a dejar.

«No puedo quedarme inmóvil.»

Deyanira tomó su cuenco con las dos manos. Le pareció que apenas habían temblado. Sopló varias veces despacio, al ritmo de su respiración. Dio un pequeño sorbo, deseando poder decir que no estaban muy calientes, pero sí lo estaban.

«Es mejor que se enfríen bien para que pueda dar un trago grande.»

Pensó en preguntarle algo sobre la campaña que había vivido en Tracia junto a Brásidas, pero se dio cuenta de que no sería natural y siguieron callados.

«Ártemis Ortia, haz que se las tome. —Algunas veces había imaginado que lo mataba con un cuchillo y volvió a pensar en ello. Había uno grande al otro lado de la mesa. Miró de reojo a su marido, una montaña de carne sentada frente a ella, y rechazó la idea—. La única opción es el veneno.»

Aristón le dirigió una sonrisa burlona.

—Me voy a quedar en Esparta durante un tiempo. Estamos a punto de acordar una paz definitiva con los atenienses, así que seguiré viniendo a verte con frecuencia.

Deyanira asintió y bajó la mirada. Aristón continuó en un tono amargo.

—En Atenas ahora siguen a un cobarde llamado Nicias, que se ha puesto de acuerdo con el rey Plistoanacte. Puedes darles las gracias a ellos.

Deyanira observó con el rabillo del ojo el cuenco de Aristón. De pronto éste dio una palmada en la mesa que hizo que se derramara una parte.

—¡¿Cómo pueden entregarles todas las ciudades que conquisté con Brásidas?!

Aristón se quedó mirando fijamente a Deyanira, negó con la cabeza y se sumió en un silencio sombrío. Ella sabía que el tratado de paz, que se firmaría con una vigencia de cincuenta años, acordaba el retorno a una situación similar a la que había antes de los diez años de guerra. Entre otras cosas, los atenienses liberarían a los prisioneros espartanos y Esparta se retiraría de las ciudades tracias que Brásidas le había arrebatado al imperio ateniense.

Permaneció atenta a Aristón, con la cabeza agachada. Cuando se ponía de mal humor, podía soltarle un bofetón repentino. Aristón cogió su cuenco con una mano. Luego la retiró al darse cuenta de que se había manchado. Paseó la mirada por la mesa buscando algo con lo que secarse y finalmente se limpió en la túnica.

«Cómetelas, por favor, cómetelas.»

Deyanira notó una sensación de vértigo. Se miró los dedos quemados. No sabía si se encontraba mal por el veneno o por el miedo. Aristón tomó de nuevo el cuenco, se lo acercó a la nariz y olió el contenido. Luego levantó los ojos hacia Deyanira.

—Huelen bien.

Se lo llevó hasta los labios mientras Deyanira contenía la respiración.

Al cabo de un momento, Aristón apartó el cuenco.

—Dime una cosa. —Dejó el cuenco despacio sobre la mesa—. ¿No te produce ni siquiera un poco de remordimiento intentar matar a tu esposo?

—¿Qué...?

—Cómete mis lentejas.

Deyanira sintió de nuevo el vértigo, mucho más intenso.

—¿Por qué?

—¡Cómetelas!

Aristón se puso de pie, con el cuerpo tan tenso que sus enormes músculos parecían esculpidos. Cogió el cuenco, rodeó la mesa y agarró a su mujer del pelo.

—Yo lo sostendré, no quiero que lo tires. —Lo acercó a la boca de Deyanira, que apretó los labios—. Vamos, si tú comes un poco, yo también lo haré.

Deyanira sacudió la cabeza y Aristón rio con ganas.

—Creo que estarías dispuesta a morir si con eso consiguieras acabar conmigo. Pero no quieres hacer daño al niño que llevas dentro, ¿verdad? —Le soltó el pelo—. Bien, eso me parece muy bien. Te estás haciendo vieja, y ésta puede ser la última oportunidad de que me des un hijo.

Se alejó hasta la puerta de la cocina con el cuenco en la mano.

—¡Esclava, ven aquí!

—¡No!

—¿Qué ocurre? —Aristón levantó el cuenco—. ¿Reconoces que has puesto veneno en mi comida?

—No le hagas nada, por favor. Es sólo una niña.

Quilonis llegó corriendo y se detuvo en el umbral de la cocina, con la cabeza tan inclinada que se podía sostener una copa en su nuca. Aristón le apoyó una mano en la espalda para que acabara de entrar y luego le arrancó la túnica de un tirón.

—A mí no me parece una niña.

Quilonis permaneció inmóvil, con los brazos a lo largo del cuerpo y la mirada en los pies. Tenía los pechos grandes y una cadera ancha idónea para parir. Su cabeza estaba afeitada, pero el vello castaño de su pubis era abundante.

—Cómete lo que hay en este cuenco.

La muchacha lo cogió y su mirada se desvió un instante hacia Deyanira.

—¡Tíralo, es veneno!

Quilonis miró el cuenco sin moverse. Aristón se inclinó para hablar junto a su oído.

—Escúchame, esclava. Si lo tiras, o si no te lo comes, me enteraré de quiénes son tus padres, tus hermanos, y todos los ilotas con quienes tengas alguna relación. Y les arrancaré la carne trozo a trozo, durante muchos días, mientras les recuerdo que lo que les ocurre es por tu culpa. —Dio con un dedo en el cuenco—. Tómatelo, y no les pasará nada.

La muchacha se llevó la comida a los labios.

—¡Quilonis, no!

Deyanira se lanzó hacia la esclava. Aristón interpuso un brazo y levantó a su mujer en vilo. Ella pataleó mientras la muchacha bebía un trago tras otro. Cuando se terminó el cuenco, Aristón soltó a Deyanira y ésta se abrazó a Quilonis.

—Lo siento. —El rostro de la muchacha se retorció violentamente y profirió un gemido agudo y prolongado—. Oh, dioses, lo siento mucho.

Aristón se sentó en el borde de la mesa y observó lo que ocurría. Quilonis gesticulaba de modo grotesco, abriendo mucho la boca, e intentó tragar sin conseguirlo. Se le doblaron las piernas y Deyanira cayó de rodillas con ella. La muchacha se clavó las uñas en el vientre desnudo. Su cuerpo se convulsionó y vomitó sobre la túnica de Deyanira. Se desplomó, sacudida por espasmos, y finalmente se quedó inmóvil con los ojos abiertos.

Aristón se acercó a su esposa, que lloraba mientras sostenía el rostro de la muchacha. Aferró su cabellera, obligándola a alzar el rostro, y le dio una bofetada que hizo que se desplomara de espaldas.

Deyanira vio entre brumas que Aristón se acercaba de nuevo. Intentó girar el cuerpo para protegerse, pero él la golpeó en la cara con el dorso de la mano. La nariz le crujió y la boca se le llenó de sangre.

Aristón volvió a agarrarla del pelo. Su rostro enorme ocupó todo su campo de visión.

—Has intentado matarme. No puedo castigarte como mereces porque mi hijo está creciendo en tu vientre, pero si ese niño muere, si abortas por cualquier razón, lamentarás que te haya dejado vivir.

Deyanira sollozaba y la sangre le empapaba la barbilla y el cuello.

—A partir de ahora vendré a verte con más frecuencia. Y si mi hijo muere, tú también te quedarás sin hijos, porque mataré a Calícrates.

Aristón dejó que la cabeza de Deyanira cayera al suelo. Después se levantó y salió de la cocina pasando por encima del cadáver desnudo de la esclava.

# CUARTA PARTE

—

416 a. C. - 413 a. C.

## Capítulo 57
*Olimpia, agosto de 416 a. C.*

—¡Calícrates, hijo de Euxeno, de Esparta!

Calícrates sintió un estremecimiento al oír la voz del heraldo. «Me encomiendo a ti, Heracles victorioso.»

Cruzó el estadio con la piel aceitada de su cuerpo brillando al sol, saludando con una mano mientras el público llenaba el aire con sus gritos. Más de cuarenta mil personas se agolpaban en los dos taludes que flanqueaban la pista del estadio de Olimpia.

Sin duda alguna, los gritos más clamorosos provenían del sector espartano.

«Confían en mí para vengar la humillación que nos infligieron los eleos en los anteriores Juegos Olímpicos.»

Los eleos eran el pueblo que controlaba el santuario de Olimpia y organizaba los Juegos, que se celebraban cada cuatro años. En la última olimpiada habían expulsado a los espartanos de todas las competiciones y de los templos del santuario. Habían puesto como excusa una infracción que no había existido; la realidad era que estaban castigando a Esparta por levantar un campamento fronterizo en su territorio.

«Hace cinco años que se firmó el tratado de paz, pero no ha habido ni seis meses en los que no estallara algún conflicto.» Él había creído, como muchos griegos, que la muerte de Cleón y Brásidas en la batalla de Anfípolis facilitaría la llegada de la paz. Aquellos generales eran los más beligerantes de cada bando, y tan influyentes que habían llegado a determinar la política exterior de ambas ciudades. No obstante, tras la firma del tratado de paz se habían hecho patentes los graves defectos con los que había nacido el acuerdo.

Muchos de los aliados de Esparta, como Corinto, Megara y Tebas, se habían negado a someterse a las condiciones del tratado. Por otra parte, Esparta no había podido cumplir su compromiso de devolver Anfípolis porque los anfipolitas se habían negado a ello. Todo cuanto habían podido hacer era sacar de la ciudad a los ciudadanos peloponesios. En represalia, Atenas se había negado a devolver a Esparta el fuerte de Pilos.

«No nos atacamos directamente, pero están muriendo tantos griegos como antes de firmar la paz.»

Calícrates llegó al centro del estadio y se colocó junto a los demás corredores de aquella eliminatoria. Antes de la final habría cuatro carreras con seis atletas en cada una, y la final la disputarían los dos primeros de cada eliminatoria. Observó de reojo a sus rivales. Muy pocos se miraban o hablaban entre sí, en sintonía con la mala relación que había entre sus ciudades.

El heraldo levantó las manos hacia el público de ambos taludes y logró que el estadio enmudeciera. Luego profirió con voz potente la pregunta ritual:

—¿Hay entre vosotros alguno que pueda reprochar a estos atletas un nacimiento impuro, no ser de condición libre, haber sufrido penas infamantes o tener costumbres indignas?

Los seis corredores aguardaron sin mover un solo músculo de sus bellos cuerpos desnudos. El heraldo giró poco a poco sobre sí mismo, escrutando a los espectadores. Por último, se volvió hacia el juez y le hizo una señal.

El juez vestía una túnica púrpura y llevaba una corona de laurel. Sólo los miembros de las mejores familias eleas podían ejercer de jueces, y su imparcialidad era legendaria. Indicó que se podía iniciar el reparto de las posiciones de salida y cada corredor extrajo una tablilla de una vasija de plata consagrada a Zeus. Después se las entregaron a otro magistrado, que les indicó dónde debían colocarse, y caminaron hacia la línea de salida.

Calícrates había estado en los anteriores Juegos Olímpicos, los de la gran humillación de Esparta. Pensaba que de no haber sido expulsado habría podido vencer, y ahora era mucho mejor corredor. Los últimos cuatro años se había dedicado casi en exclusiva a entrenarse. El gobierno le había eximido de sus obligaciones militares, y habían contratado los servicios de Alcandro de Crotona, un reputado entrenador que había diseñado un programa de cuatro años para que llegara a las siguientes olimpiadas en un estado óptimo. Calícrates no comía un trozo de pan ni daba un sorbo de agua si su entrenador no lo autorizaba.

Ocupó su posición, a la derecha de todos los corredores, y vio que el ateniense que correría en aquella eliminatoria se colocaba en el extremo contrario.

«Atenas y Esparta —se dijo con una sonrisa irónica— en extremos opuestos, y en el medio, las demás ciudades.»

En los últimos cinco años los atenienses habían completado el asedio de Escione, tras lo cual habían ejecutado a todos los hombres y vendido como esclavos a las mujeres y a los niños. Además, habían iniciado el asedio de Melos y habían ordenado para sus habitantes la misma suerte que a los de Escione.

«Atenas sigue reforzando su imperio, y su tesoro ha crecido mucho desde que firmamos el tratado de paz. —Echó un último vistazo al corredor ateniense—. Cuando vuelva a estallar la guerra, serán mucho más fuertes que antes.»

—¡Atletas, preparaos!

El juez de salida levantó la mano hacia el trompetero situado junto a los corredores. A su lado se encontraba el mastigáforo, encargado de azotar con el látigo a quien saliera antes de tiempo. Calícrates concentró la mirada en los postes situados al otro lado del estadio. Vencería el primer corredor que tocara su poste.

La trompeta hizo que Calícrates saliera disparado. Sus pies desnudos surcaron a gran velocidad la pista de arena; apenas oía el rugido de la muchedumbre y no veía a ningún corredor a su lado, sólo su poste al final del estadio, cada vez más cerca...

Lo tocó y dio unos cuantos pasos más antes de detenerse. Le parecía que había sido el primero. Se volvió hacia los postes y vio que un juez se situaba junto al suyo y levantaba un brazo.

Había ganado su eliminatoria.

—¡Bravo, Calícrates! —Alcandro, su entrenador crotoniata, llegó corriendo y le dio un abrazo. Él se quedó rígido, aquella muestra de afecto eran impropia entre los espartanos—. Has vencido por cinco o seis pasos, en la final no tendrás rival.

—¿Quién más se ha clasificado?

—El chico de Mantinea, ese bajito con el pelo rizado.

Calícrates asintió y saludó con los brazos en alto al público espartano. Sabía que iba a ganar esa eliminatoria, pero para la final le preocupaba el corredor tebano que había vencido en los últimos Juegos Píticos. Decían que eran el mejor corredor de los últimos veinte años.

«Como si es el mismísimo Hermes —se dijo mientras recibía el clamor de su público—. El gobierno de Esparta me ha ordenado que obtenga la victoria, y eso es lo que haré. —Vencer al tebano sería una doble satisfacción para Esparta, teniendo en cuenta que la relación con Tebas se había deteriorado en los últimos años—. Además, da igual lo rápido que sea ese corredor, se supone que los dioses ya me han nombrado vencedor.»

El santuario de Olimpia estaba consagrado a Zeus y también era un santuario oracular, como el de Delfos. La delegación espartana había consultado el oráculo de Zeus y éste había afirmado que Calícrates era el más rápido de todos los atletas. Él no estaba tan confiado como los delegados de Esparta, que lo felicitaban como si ya hubiera vencido, pero se sentía más ligero desde que los dioses habían vaticinado su victoria.

El heraldo comenzó a llamar a los corredores de la siguiente eliminatoria y Calícrates se detuvo en el extremo del estadio para observar.

—Vamos —le apremió Alcandro—. Hay que masajear bien esas piernas.

—Sí... Un momento.

La muchedumbre gritaba con cada nombre. Resultaba embriagador.

«Es el sonido de la gloria.»

Obtener la victoria en los Juegos Olímpicos acarreaba tanta honra y prestigio para el atleta como para su ciudad, que mostraba una gratitud eterna hacia el hombre que le procuraba semejante honor. En el caso de Esparta, además de las estatuas en recuerdo de la victoria, se pasaba a formar parte del cuerpo de trescientos hoplitas que luchaban en las batallas junto al rey. Calícrates soñaba con todo eso, pero había otro motivo que le hacía sonreír al imaginarse victorioso. Recordaba a su madre llevándolo a correr por el curso del Eurotas, cuando era un niño de sólo cinco o seis años, y le hacía ilusión pensar en cómo reaccionaría al saber que su hijo era un *olimpiónico*, un vencedor olímpico.

Alcandro hizo un gesto de impaciencia y Calícrates levantó una mano para que esperara un poco más. Ya estaban en el centro del estadio cinco de los seis corredores de aquella eliminatoria.

El heraldo llamó al sexto:

—¡Perseo, hijo de Eurímaco, de Atenas!

«Otro ateniense.»

Calícrates se dio la vuelta y siguió a su entrenador mientras Perseo cruzaba el estadio.

## Capítulo 58
*Olimpia, agosto de 416 a. C.*

Tras correr en su eliminatoria, Perseo se dirigió al edificio de los baños, ubicado cerca de la piscina que se alimentaba con las aguas del río Cladeo. Se tendió sobre la toalla que había extendido el masajista y cerró los ojos.

Le llegaba la humedad cálida del baño de vapor donde relajaban los músculos algunos de los corredores con los que se enfrentaría en la final. Él había vencido sin problemas en su eliminatoria, pero sabía que en la última carrera sería difícil superar el tercer puesto.

«El tebano era el gran favorito, hasta que Zeus declaró que ganaría el espartano.»

La embajada de Esparta se había encargado de difundir aquel oráculo para minar la moral de los demás competidores. Perseo suponía que la delegación ateniense también había buscado oráculos favorables, pero no le habían transmitido ninguno.

«Quizá todos los oráculos coinciden en anunciar la victoria del espartano y han preferido no decírmelo.»

Los dedos lubricados del masajista comenzaron a amasar sus músculos e inspiró profundamente para aumentar la relajación. Su mente se empeñaba en llevarle a la línea de salida de la final, así que se obligó a rememorar los dos meses que llevaba viviendo como atleta en las olimpiadas.

Había tres Juegos más en los que participaban todos los griegos: los Juegos Píticos, los Ístmicos y los de Nemea, pero los Juegos Olímpicos eran los más antiguos e importantes. Congregaban durante semanas a decenas de miles de peregrinos, así como a las principales personalidades de la política, el arte y la filosofía. Meses antes de los Juegos, tres heraldos recorrían el mundo griego proclamando la tregua sagrada y anunciando la fecha de inicio de las olimpiadas, algo fundamental teniendo en cuenta que cada ciudad tenía su propio calendario. La tregua sagrada no detenía las guerras, pero sí protegía a quienes viajaban para participar en los Juegos. Dos meses antes de empezar las competiciones, los atletas llegaban a Elis, donde se sometían a un entrenamiento especial bajo la supervisión de los jueces. Posteriormente se trasladaban a Olimpia junto a sus entrenadores y acompañantes, y tras una serie de ritos religiosos daban comienzo los Juegos, que tenían una duración de seis días.

El masajista terminó su trabajo y se retiró en silencio, dejando que Perseo reposara. Movió los brazos en busca de una posición más cómoda y siguió recordando. Los Juegos tenían un carácter religioso, así que el primer día, tras el concurso de heraldos y trompeteros, él había recorrido con la delegación ateniense los principales altares del santuario para realizar ofrendas y sacrificios de purificación. Las competiciones deportivas no empezaban hasta el segundo día, cuando tenían lugar las pruebas para los atletas menores de dieciocho años.

«El padre de Casandra casi participa en esas pruebas.» Una sonrisa alteró ligeramente el semblante relajado de Perseo. A los veinte años, Eurípides había fingido que tenía diecisiete para poder participar, y al ser descubierto se había negado a competir como adulto.

La sonrisa desapareció de su rostro al pensar en el tercer día de los Juegos. En aquella jornada tenían lugar las carreras de cuadrigas en el hipódromo, y por la tarde se celebraba el pentatlón.

«Mi padre compitió en pentatlón hace... ocho olimpiadas.» Con veintidós años, uno más de los que tenía él ahora, Eurímaco había representado a Atenas en el pentatlón. No se había alzado con la victoria, pero había quedado entre los cuatro primeros y había vencido en una de las pruebas.

La primera de las cinco pruebas del pentatlón era la carrera. A continuación iba el salto de longitud, donde los atletas cogían velocidad en una pista de cincuenta pies y saltaban llevando en las manos unos pesos llamados halterios. En el momento del salto los proyectaban hacia delante, y justo antes de caer los llevaban hacia atrás para alargar el vuelo. Después de la longitud tenía lugar el lanzamiento de disco, luego el de jabalina, y por último la lucha.

Perseo era bastante fuerte, pero se negaba a competir en lucha desde que lo habían expulsado del gimnasio de la Academia por romperle la nariz a Éaco. Frunció el ceño al pensar que aquel día había divisado una faceta inquietantemente agresiva de su naturaleza que prefería mantener dormida. En cualquier caso, prefería la lucha al pugilato, donde los contendientes se daban puñetazos hasta que uno se rendía o caía inconsciente, y al pancracio, en el que lo único prohibido era morder y meter los dedos en las fosas nasales y en los ojos del rival. El pancracio era tan brutal que a los espartanos sus leyes les prohibían practicarlo.

La piel de Perseo se erizó al recordar el día anterior, el cuarto de los seis del festival olímpico. Ese día estaba completamente consagrado a Zeus, no se celebraba ninguna competición. Un interminable cortejo de sacerdotes, altos magistrados, jueces, delegaciones extranjeras, atletas, familiares, personal de los Juegos y peregrinos atravesaba el Altis, el recinto sagrado del santuario. Decenas de miles de personas se congregaban alrededor del impresionante altar de Zeus, un montículo circular con un perímetro de cuarenta pasos en la base y una altura de cinco hombres. El altar había ido creciendo a lo largo de los siglos a base de echar por encima un lodo elaborado con las cenizas de las extremidades de los animales sacrificados. La ceremonia duraba horas, y el sumo sacerdote inmolaba un total de cien bueyes, cuyas patas se quemaban después en una inmensa pira de madera de álamo blanco. Todos los asistentes participaban del espléndido banquete que tenía lugar a continuación.

—Perseo.

Abrió los ojos al oír la voz de Antíloco, su entrenador. Los volvió a cerrar un momento y luego se incorporó.

—¿Ya es la hora?

Antíloco asintió. Era un hombre fibroso, y a pesar de acercarse a la cincuentena, los músculos se le marcaban en el vientre como a los luchadores veinte años más jóvenes. Se encontraba desnudo, al igual que Perseo.

—Es mejor que vayamos con tiempo. Estarás menos ansioso, y quiero que hagas unos ejercicios de calentamiento.

Perseo abandonó los baños siguiendo a su entrenador. El viento evaporó la humedad de su piel y se sintió vigorizado. Se alejaron del río Cladeo, pasaron junto al taller de Fidias y rodearon el templo de Zeus. La altura de aquel magnífico edificio duplicaba la de cualquier otra construcción del santuario, y resultaba aún más impresionante al ubicarse sobre una plataforma elevada.

«Mañana entregarán aquí los galardones», se dijo Perseo mientras contemplaba la rampa de entrada.

Sacudió la cabeza, no debía perder la concentración con lo que ocurriría al día siguiente. Estaba a punto de disputar la final de la carrera de un estadio, la prueba más importante de todos los Juegos. De hecho, durante las trece primeras olimpiadas la única prueba había sido la carrera del estadio. Después los Juegos habían ido creciendo con más días y más competiciones, como el pentatlón a partir de la decimoctava olimpiada, pero se mantenía una tradición instaurada hacía trescientos sesenta y cuatro años en los primeros Juegos Olímpicos: el vencedor de la carrera del estadio daba su nombre a cada olimpiada. Todos conocían la primera como la Olimpiada de Corebo de Elis, y Perseo soñaba con que la número noventa y uno fuese recordada como la Olimpiada de Perseo de Atenas.

Dejaron atrás el templo de Zeus y Antíloco se volvió hacia él.

—Ten mucho cuidado en la salida.

No dijo nada más, pero Perseo sabía que a su entrenador no le preocupaba que el mastigáforo lo golpeara con el látigo por adelantarse en la salida. «Quiere estar seguro de que no protestaré ninguna decisión de los jueces», se dijo mirando hacia las figuras a las que se estaban acercando. Se trataba de los Zanes, las imágenes de Zeus en cuyo pedestal figuraba el nombre y la ciudad de quienes habían infringido gravemente las normas de los Juegos. Estas normas estaban grabadas en unas tablas de bronce que se custodiaban en el edificio del Senado de Olimpia, y entre ellas se encontraba la prohibición de manifestar públicamente desacuerdo con los jueces; la obligatoriedad de participar desnudos tanto los atletas como sus entrenadores; la advertencia de que quien matara a su adversario sería expulsado de los Juegos y se le impondría una multa; y la prohibición de que las mujeres participaran en los Juegos tanto compitiendo como de espectadoras.

Flanqueados por los inquietantes Zanes, recorrieron el camino que conducía a la entrada del estadio. El rumor que les llegaba fue creciendo, y cuando entraron en la pista de arena las voces excitadas los envolvieron como el sonido de un río crecido.

Perseo recorrió con una mirada embelesada los dos túmulos que hacían de graderíos. En ningún otro evento se concentraba un número tan elevado de griegos. Había cuatro veces más que en el festival de teatro de las Grandes Dionisias, siete veces más que en una Asamblea de Atenas.

«Si nos reuniéramos todos los ciudadanos atenienses, no sumaríamos tantos hombres como los que hay aquí.»

Los únicos asientos eran los de la tribuna de madera de los jueces, la multitud se sentaba en las laderas de hierba pisoteada de los túmulos. Había tanta gente que cuando salían del estadio resultaba imposible albergarlos en Olimpia, pese al gran número de alojamientos existentes, y la mayoría debía acampar en el valle del Alfeo o en las arboledas de pinos del monte Cronión.

—Comienza a calentar.

Perseo procuró olvidarse del entorno y concentrarse en el ejercicio, aunque los ojos se le iban una y otra vez hacia la pista de arena. Entre la línea de salida y los postes de llegada había exactamente seiscientos pies, como en todos los estadios griegos. Sin embargo, la longitud difería de una ciudad a otra, pues la medida del pie era distinta en cada ciudad. En Olimpia se suponía que utilizaban el pie de Heracles, y como resultado el estadio era siete pasos más largo que el de Atenas y catorce pasos mayor que el estadio de Delfos. Su entrenador había tenido eso en cuenta, y durante el último año habían entrenado en una pista del tamaño de la del estadio olímpico.

El sonido de las trompetas lo sobresaltó. Varios jueces con sus ayudantes se dirigieron al centro del estadio y las conversaciones se fueron extinguiendo. Perseo buscó con la mirada a los otros finalistas. Estaban repartidos por el perímetro de la pista de arena, evitando acercarse unos a otros. En su caso, quería evitar todo contacto con los atletas que provinieran de una ciudad de la alianza del Peloponeso, en especial con los espartanos. Sócrates le había contado que a su padre lo había matado uno de ellos. «Un hoplita de talla gigantesca», habían sido las palabras de Sócrates, que lo estremecían cada vez que las recordaba.

Dos trompeteros hicieron sonar sus instrumentos desde el centro del estadio. El silencio se hizo más profundo. El heraldo desplegó un pergamino y comenzó a leer los nombres de los ocho corredores de la final.

—¡Andróclidas, hijo de Cefeo, de Tebas!

Los tebanos rompieron a gritar y su corredor entró en la pista. El juez levantó la mano para pedir silencio, pero los espectadores de Tebas no se callaron hasta que Andróclidas se colocó en el centro del estadio. El heraldo siguió pronunciando nombres y los invocados salieron uno a uno entre vítores de sus ciudadanos.

El penúltimo en ser llamado fue el espartano:

—¡Calícrates, hijo de Euxeno, de Esparta!

Perseo clavó la mirada en Calícrates mientras éste avanzaba por la pista. Cuando se colocó junto a los demás, el heraldo lo llamó a él.

—¡Perseo, hijo de Eurímaco, de Atenas!

Los gritos de los atenienses le erizaron la piel y cerró un momento los ojos.

«He de dejar la mente en blanco. —Su entrenador decía que su cuerpo ya sabía lo que tenía que hacer. Él debía evitar distracciones y mantenerse en tensión, pero no nervioso—. Es más fácil decirlo que hacerlo, me gustaría verlo a él aquí.» No podía dejar de pensar que estaba a punto de disputar la competición más prestigiosa que había existido nunca.

Avanzó hasta el centro del estadio y se colocó en el extremo de la fila de corredores, al lado del espartano. Con el rabillo del ojo vio que se mantenía erguido y con la vista al frente.

Un sacerdote pasó por delante de ellos llevando la urna de Zeus, una vasija de plata labrada que contenía las tablillas que determinarían desde qué posición de la línea de salida partiría cada uno. Perseo sacó la última tablilla e intentó no mostrar ninguna emoción, pero no pudo evitar que su rostro se crispara al constatar que correría al lado del espartano.

—Corredores, ocupad vuestras posiciones.

Caminó en el último lugar del grupo, siguiendo al atleta de Esparta. Competían sin ropa ni calzado, por lo que tenía ante él la espalda desnuda de Calícrates y le impresionó la cantidad de cicatrices que la surcaban. Parecía una tablilla de cera emborronada por un chiquillo.

La empatía por el sufrimiento que habría padecido el espartano durante semejante tortura desapareció enseguida. «Uno de sus compatriotas mató a mi padre. Quizá incluso un familiar suyo.»

Notó que su respiración se aceleraba.

«El odio es una injusticia que cometemos contra nosotros mismos —le había dicho Sócrates en alguna ocasión—, y a menudo también contra quienes odiamos.»

Apartó la mirada de Calícrates y se colocó en su posición. El espartano correría a su izquierda, a su derecha lo haría el tebano. Estaba bien tener cerca sus referencias, pero resultaba desalentador que Zeus hubiera proclamado que Calícrates de Esparta era el más rápido de todos.

«Pueden habérselo inventado. Seguro que se lo han inventado.»

Daba igual las veces que lo repitiera, en el fondo sabía que el oráculo era cierto.

El juez de salida les indicó que se prepararan. El mastigáforo los observaba desde un lateral de la pista con la mano apoyada en el mango de su látigo. La línea de salida estaba formada por losas de mármol blanco con dos ranuras para que colocaran los pies y se impulsaran al salir.

Perseo se agachó y apoyó una mano en la pista. Algunos

corredores partían más erguidos, pero su entrenador le había enseñado que era mejor salir así. Advirtió que el espartano también se agachaba. El juez dio el último aviso. De pronto le pareció que el espartano lo estaba mirando y eso lo enfureció. No quería hacerlo, pero giró de golpe la cabeza y le lanzó una mirada desafiante.

En el rostro del espartano había una expresión inquisitiva. Cuando sus miradas se encontraron, el semblante de Calícrates se alteró bruscamente y sus ojos se abrieron tanto que parecía que se le iban a salir.

«¿Qué le ocurre?», se dijo Perseo desconcertado.

De pronto la trompeta señaló el comienzo de la carrera. El cuerpo de Perseo obedeció como un resorte, pero advirtió horrorizado que el espartano lo había distraído. El tebano ya iba dos pasos por delante y se estaba alejando. La rabia se mezcló con el miedo: una derrota era soportable, pero una humillación en la final olímpica lo marcaría para siempre. Corrigió la inclinación del cuerpo e intentó concentrarse en su poste de llegada. La multitud rugía como una bestia inmensa que quisiera devorarlo. Al alcanzar la mitad de la pista mantenía la distancia con el tebano; no distinguía a más corredores, pero no quería desviar la mirada. Corría por la gloria, corría por Atenas, corría por su padre. Los postes se hacían cada vez más grandes, el tebano estaba a un paso, casi al alcance de la mano. Ordenó a sus piernas que aceleraran, pero se limitaron a mantener la velocidad y notó en sus músculos la sensación dolorosa que precede al desfallecimiento. Se acercaba a su adversario poco a poco, su mente se saturó con el deseo de adelantarlo, de tocar su poste antes de que el tebano alcanzara el suyo. Estiró el brazo hacia su poste... y al tocarlo vio con el rabillo del ojo que el del tebano también se movía.

Miró rápidamente a ambos lados mientras frenaba. Habían sido los dos primeros, el espartano estaba llegando ahora, ni siquiera había sido tercero. Se detuvo jadeando y apoyó las manos en las rodillas con la vista levantada hacia la línea de llegada. Los jueces se reunieron y hablaron entre sí. Perseo echó un vistazo al corredor tebano, que también estaba pendiente de los jueces. En los túmulos todo el mundo aguardaba de pie, pero el griterío estaba disminuyendo y comenzaron a sonar silbidos.

«¿Por qué no proclaman ya la victoria?»

Después de un rato debatiendo, el grupito de jueces se dispersó y uno de ellos tocó el poste de Perseo y levantó la mano.

«¡¿Qué?! —Las trompetas alzaron su canto glorioso por todo el estadio—. ¿He vencido?»

Los heraldos proclamaron en coro la victoria de Perseo, hijo de Eurímaco, de Atenas. El público estalló en aclamaciones que no dejaban oír las quejas de los tebanos. Su rival se alejó sin felicitarlo ni protestar, conteniendo su enfado para no exponerse a que erigieran un *Zane* que manchara su nombre y el de Tebas para siempre. Algunos corredores se acercaron a darle la enhorabuena, unos murmurando una palabra y los de las ciudades aliadas de Atenas con mayor calidez.

«He vencido...» Había soñado con ello, pero era algo demasiado grande, inmenso, imposible de asimilar. Avanzó hacia su poste, donde lo aguardaba el juez, con la sensación de estar caminando bajo el agua. Se percató de que el espartano Calícrates lo estaba mirando con la misma expresión de sorpresa que en la salida. Entonces recordó que Zeus había proclamado que Calícrates era el más rápido y se preguntó vagamente por qué no habría ganado.

Uno de los jueces le rodeó la frente con una cinta de lana, el signo provisional de su victoria hasta que le entregaran la corona de olivo en la ceremonia del día siguiente.

—Te felicito, Perseo *olimpiónico*.

Perseo rio con los ojos repentinamente húmedos. Se volvió hacia los espectadores de Atenas y levantó los brazos con los puños apretados. Los atenienses enloquecieron y él comenzó a derramar lágrimas. Se giró para saludar a los demás sectores del público; tebanos y espartanos se mantenían en silencio o protestaban, pero cerca de cuarenta mil gargantas coreaban su nombre.

—¡Per-se-o! ¡Per-se-o! ¡Per-se-o!

Elevó las manos al cielo, consagrándole la victoria a Zeus. Luego se arrodilló en la pista, se inclinó hasta tocar la arena con la frente y sintió que sus padres lo contemplaban.

«Papá, mamá... —las lágrimas fluían a través de sus párpados cerrados—, esta victoria es vuestra.»

Calícrates abandonó la pista ensimismado, sin advertir que se le acercaba un hombre corriendo.

—¡¿Qué ha ocurrido, Calícrates?! —Alcandro de Crotona lo agarró de los hombros. Al ver que no reaccionaba, lo sacudió—. ¿Qué has hecho, desgraciado?

Él farfulló algo sobre la concentración sin llegar a fijar la mirada en su entrenador.

—¿Qué dices? ¡¿Qué dices?! —Alcandro se giró un momento hacia el sector espartano—. Insensato, el mismísimo Zeus había declarado que eras el más rápido y te quedas parado en la salida. —Volvió a mirar hacia atrás—. Prepárate para las consecuencias. Yo no me voy a quedar para ver lo que a tus compatriotas se les ocurre hacer conmigo después de semejante ridículo.

Intentó por última vez atraer su mirada perdida y se alejó corriendo.

Calícrates permaneció inmóvil; seguía viendo frente a él los ojos claros del corredor ateniense.

«¿Es...? —No comprendía cómo podía ser cierto, pero no encontraba otra explicación—. ¿Es mi hermano?»

## Capítulo 59
*Olimpia, agosto de 416 a. C.*

Perseo no logró conciliar el sueño en toda la noche, pero a la mañana siguiente seguía sintiéndose lleno de energía.

Se encontraba al pie de la rampa que daba acceso al templo de Zeus, rodeado por la gran muchedumbre que había acudido a la ceremonia de coronación. Aunque era bastante temprano hacía calor, y agradecía que su lujosa túnica de lino fuese tan fina que le permitía sentir en el cuerpo el frescor de la brisa.

Los vencedores de las otras pruebas de los Juegos aguardaban junto a él, observando con expectación el movimiento de los jueces en lo alto de la rampa. Habían instalado una mesa frente al pórtico del templo y algunos empleados estaban colocando en ella las coronas de olivo para los *olimpiónicos*. Unos meses antes de la celebración de los Juegos, un adolescente de la aristocracia de Elis acudía al olivo sagrado que crecía junto al templo y cortaba las ramas adecuadas con una pequeña hoz de oro. Con ellas se trenzaban las coronas, que se guardaban en la antecámara del templo hasta el momento de la coronación.

Perseo notó que alguien le apretaba el hombro. Se giró y encontró el rostro enjuto y barbudo de su entrenador. Sus ojos estaban brillantes.

—Disfruta de la gloria, te lo mereces.

Él asintió agradecido y se volvió de nuevo hacia los jueces. «¿Me lo merezco?» No estaba seguro, pero al menos aquello compensaba un poco los sacrificios y las amarguras de los últimos años. Pensó en las veces que había visto en el teatro, sentado junto a su padre, el desfile de los huérfanos de los caídos en la guerra que ese año alcanzaban la mayoría de edad. Siempre los contemplaba con pena, diciéndose que sería espantoso perder a su padre.

«Mi mayor temor se hizo realidad», se dijo sumiéndose en los recuerdos. Al cumplir los dieciocho, hacía tres años, él mismo había desfilado en el teatro con los demás huérfanos.

Era imposible llenar el vacío que había dejado su padre, pero Sócrates se había esforzado mucho para evitar que se hundiera, además de encargarse de que tuviese todo lo que necesitaba. Se había convertido en su tutor, y había insistido sin descanso en que siguiera estudiando y entrenándose.

«Sin él no sería campeón olímpico.»

—Algunas personas poseen una habilidad destacada —le había dicho Sócrates al poco de hacerse cargo de él—. Tú tienes la fortuna de contar con dos grandes dones: una destreza inusual para la pintura y dotes excepcionales para el atletismo. Mi consejo es que disfrutes de ambos talentos, pero que en los próximos años te centres en convertirte en el mejor corredor que seas capaz.

Ahora Perseo sospechaba que, al menos en parte, Sócrates lo había incitado hacia el deporte como un modo de combatir el abatimiento profundo en el que lo había sumido la muerte de su padre. Y, sin duda, ejercitarse hasta el agotamiento al aire libre había resultado mucho más beneficioso para su espíritu que si se hubiera quedado día tras día encerrado en casa pintando.

Cuando alcanzó la mayoría de edad, Sócrates certificó mediante juramento que tenía dieciocho años y que era hijo de padres atenienses; llevó a otros amigos para que también lo juraran, y se ocupó del resto de los procedimientos necesarios para que lo inscribieran como ciudadano.

Al igual que todos los ciudadanos atenienses, Perseo había realizado dos años de servicio militar, en su caso patrullando la frontera con Beocia, pero le habían permitido compaginarlo con su entrenamiento para que pudiera competir en la siguiente olimpiada.

«Estuve dos años sin apenas pisar el taller de cerámica. Está claro que mi presencia allí no es muy necesaria.»

Aquélla era otra de las cosas que tenía que agradecerle a Sócrates. El filósofo carecía completamente del sentido práctico que requería la gestión de una actividad económica, pero le había pedido a su amigo Critón que se encargara del negocio de cerámica. Critón era un excelente comerciante, y había aprovechado los años de relativa paz para multiplicar los ingresos a base de contratar más personal, incitar a sus propios clientes a comprar las cerámicas de Perseo, y utilizar sus barcos para expandirse a otros mercados. Aunque Perseo llevaba tres años sin pintar una vasija, Critón había hecho que el taller se especializara en piezas de un valor intermedio para las que bastaban las cenefas y las pinturas sencillas de los dos pintores que habían contratado.

Perseo no sabía cuánto dinero tenía, pero sí que era suficiente para haber accedido al estrato cívico y militar de los caballeros. Eso implicaba que tenía que pagar más impuestos que un hoplita, y que si lo llamaban a filas, serviría en el cuerpo de caballería, para lo cual había adquirido una buena montura.

Tenía mucho que agradecer a Sócrates y a Critón, y le emocionaba pensar en la satisfacción con la que recibirían la noticia de su victoria.

Los cinco jueces se acercaron al borde superior de la rampa. Perseo contuvo el aliento al tiempo que las trompetas silenciaban a la multitud. Dos heraldos comenzaron a declamar la fórmula ritual con la que se iniciaba la ceremonia de coronación.

«Los dioses nos están contemplando», se dijo Perseo con la mirada fija en el templo de Zeus. Sabía que en su interior se encontraba la estatua más espléndida del mundo, con la que Fidias había representado al rey de los dioses en toda su majestuosidad.

Los heraldos empezaron a llamar a los vencedores olímpicos uno a uno. Perseo subiría en último lugar, el puesto reservado en la ceremonia al más importante de los *olimpiónicos*.

Como le ocurría siempre que disfrutaba de algo, deseó estar compartiendo aquella experiencia con Casandra y sonrió con tristeza ante el ramalazo de nostalgia. La última vez que habían hablado había sido hacía ya seis años, cuando su padre murió y ella acudió a su casa. Desde entonces sólo la veía dos o tres veces al año, siempre a distancia, en alguna de las principales fiestas religiosas de Atenas. Tenía noticias de ella por Jantipa, a la que veía cada vez que iba a casa de Sócrates. Así era como sabía que Eudora instaba a su hermano Ificles a que mantuviera un control férreo sobre Casandra, y también que ella continuaba sin quedarse embarazada.

Los vencedores de las otras pruebas comenzaron a subir la rampa para ser coronados, y él los contempló sin dejar de pensar en Casandra. A menudo se decía que empezaría a olvidarla cuando ella tuviera un hijo de Ificles, pero no estaba seguro de que fuera cierto. De cualquier modo, seguía sin acercarse a ninguna otra mujer...

«Exceptuando el día que celebramos la mayoría de edad.»

Notó en el estómago la desagradable sensación de culpabilidad que siempre acompañaba a aquel recuerdo. Su amigo Dameto había sido inscrito como ciudadano al mismo tiempo que él; aquella noche lo festejaron bebiendo, y cuando ya estaban borrachos Dameto lo arrastró hasta un burdel. Su cuerpo reaccionó a las caricias de la tracia de piel morena con la que se acostó, pero la comparación con lo que había sentido al besar a Casandra resultó desoladora. Además, al salir tambaleándose del burdel casi se dio de bruces con el marido de Casandra. El recuerdo de su sonrisa burlona y despreciativa era como una astilla que no conseguía sacarse, y lo mortificaba pensar que Ificles se encargaría, probablemente a través de su hermana Eudora, de que Casandra pensara que frecuentaba los burdeles.

En la mesa de los jueces sólo quedaba una corona de olivo. Los heraldos se acercaron al borde de la plataforma del templo, con sus túnicas relumbrando al sol de la mañana, y proclamaron con sus voces estentóreas:

—¡Perseo, hijo de Eurímaco, ciudadano de Atenas, vencedor en la carrera del estadio!

Perseo ascendió la rampa como subiera al cielo, flanqueado por trompeteros que alzaban sus instrumentos y coros que hacían vibrar el aire con sus himnos triunfales. Lo declaraban victorioso, venerable, alababan la virtud de su espíritu y la de sus ancestros. Su nombre quedaba escrito para siempre en el Registro Olímpico, también figuraría en los pedestales de las estatuas conmemorativas que Atenas enviaría a los principales santuarios del mundo griego.

Se había convertido en inmortal.

Llegó a lo alto de la rampa y el más anciano de los jueces se situó frente a él alzando la corona de olivo.

—Perseo, lleva con honor el peso de la gloria.

Inclinó la cabeza y el juez puso la corona en sus sienes. Su piel se estremeció con el roce de las hojas de olivo. El público multiplicó los vítores a su espalda, pero todavía se estaban conteniendo. Sin darse la vuelta, Perseo levantó los brazos hacia el templo de Zeus y permaneció varios segundos con los ojos cerrados.

Cuando por fin encaró a la inmensa multitud, las aclamaciones lo ensordecieron. El fragor se volvió tan poderoso que ni siquiera oía a los trompeteros que tocaban a sus pies. Entre la masa distinguió al espartano Calícrates con la mirada clavada en él. Le dio la impresión de que era un prisionero escoltado por los demás espartanos, pero dejó de prestarle atención y siguió disfrutando de que lo adoraran como a un dios.

Durante el resto del día, Perseo acompañó a la delegación ateniense en una lenta procesión a lo largo del santuario. Había más de cincuenta altares y realizaron sacrificios en siete de ellos. Hacía tanto calor que todos deseaban bajarse las túnicas por la cintura, pero el decoro se lo impedía y las llevaban pegadas a la piel sudorosa.

Al caer la noche acudió con los demás atletas victoriosos y las principales personalidades al banquete de despedida con el que se les agasajaba en el Pritaneo, el edificio para invitados oficiales que albergaba el fuego perpetuo de la diosa Hestia. En la gran sala del banquete había más de un centenar de triclinios distribuidos en círculos. Perseo accedió al salón charlando con un escultor sobre una de las estatuas del santuario, y formaron un grupo con otros dos *olimpiónicos* de ciudades afines a Atenas y un hombre al que no conocía. Resultó ser un célebre sofista, que enseguida comenzó a alardear de sus grandes habilidades. Él lo escuchó un rato por educación, fastidiado de no poder seguir hablando con el escultor; al final se desentendió de aquella perorata y se dedicó a observar el banquete mientras comía deliciosos trozos de buey con salsa dulce de bayas.

Al igual que él, los demás *olimpiónicos* llevaban puestas sus coronas de olivo. En las paredes y en muchas columnas ardían antorchas, y en dos de las esquinas algunos instrumentistas tocaban cítaras y flautas. Perseo se encontraba en mitad de la sala, así que las músicas se mezclaban y el resultado no era agradable, pero los invitados hablaban cada vez más alto y dentro de poco no se oirían los instrumentos.

Llegó hasta él una risa estruendosa y al mirar hacia atrás descubrió a Alcibíades. El aristócrata estaba reclinado en su triclinio y reía con la boca llena. Lo rodeaban varios hombres, algunos ocupando triclinios y muchos otros de pie. Alcibíades era un gran aficionado a la cría de caballos y había participado en las olimpiadas con siete cuadrigas, algo que nunca se había visto anteriormente. La carrera de cuadrigas era la competición más emocionante de los Juegos y la victoria otorgaba un gran prestigio al propietario de los caballos, además de a su ciudad. Solían vencer los espartanos, pero en esta ocasión Alcibíades había obtenido el primer, segundo y cuarto puestos. Perseo había oído decir que aquel exceso era parte de la competición que mantenía con Nicias para atraerse el favor de la Asamblea de Atenas. El año anterior, Nicias había realizado un gran dispendio para que sus coros impresionaran al público en la consagración de un templo dedicado a Apolo en la isla de Delos.

«Si fuera una competición de excesos, Alcibíades tendría la victoria asegurada.»

Perseo observó el rostro enrojecido del aristócrata bajo su corona de olivo. Alcibíades había dilapidado en aquellas olimpiadas la increíble suma de ocho talentos. Había viajado con un séquito enorme y todo el mundo había admirado su gigantesco pabellón de estilo persa, donde celebraba incesantes banquetes servidos en vajillas de oro. Perseo no había estado dentro de aquel pabellón, pero había sido testigo de alguno de los ostentosos sacrificios que había organizado en el recinto sagrado.

Buscó una posición más cómoda en el triclinio y aprovechó que Alcibíades era el centro de toda la atención para seguir observándolo.

«Parece imposible que haya sido discípulo de Sócrates.» El filósofo había sabido ver que el aristócrata adquiriría mucha influencia en la Asamblea y había tratado de convertirlo en un político reflexivo y justo, pero todos sus intentos habían resultado inútiles frente a la naturaleza desmesurada de Alcibíades. Hacía ya mucho tiempo que éste había dejado de frecuentar a Sócrates y se había centrado en su carrera política. Cinco años atrás, al cumplir la edad mínima de treinta, lo habían elegido para ser uno de los diez estrategos, y desde entonces sólo en una ocasión la Asamblea no había renovado su mandato anual. Se decía que Alcibíades quería emular a su tío Pericles y convertirse en el «primer ciudadano» de la democracia ateniense, pero cada vez eran más los que temían que aspirara a eliminar la democracia y convertirse en tirano.

«Ya parece un tirano rodeado de servidores. —Perseo enarcó las cejas. Los Juegos Olímpicos eran la mayor reunión de aristócratas en el mundo griego, y muchos de ellos se encontraban en ese momento con Alcibíades, celebrando sus bromas y haciéndose eco de sus risotadas—. Y también dicen que está adquiriendo una influencia enorme en muchas ciudades.» Su entrenador le había comentado que Éfeso y Quíos habían pagado parte de los gastos de Alcibíades en Olimpia, se rumoreaba que a cambio de futuros favores, y todo el mundo sabía que el ejército de la ciudad de Argos había seguido en más de una ocasión los dictados de su voluntad.

—¡Perseo! —La voz de Alcibíades lo sobresaltó—. Deja de mirar tanto y únete a nosotros.

El aristócrata se sentó en el borde de su triclinio y le incitó con gestos a que se acercara. Los hombres que lo rodeaban lo miraron con curiosidad. Perseo pensó en quedarse donde estaba, pero Alcibíades no aceptaba las negativas y encima parecía borracho, era capaz de intentar llevarlo en brazos.

Se disculpó con los hombres de su grupo y se acercó a Alcibíades, que palmeó el hueco que había dejado libre en su triclinio.

—¡Ven a mi lado, Perseo! —Al sentarse junto a él, Alcibíades le rodeó los hombros y se dirigió a los demás—: El griego con los ojos más claros y las piernas más veloces, el gran Perseo, hijo de Eurímaco, ¡el orgullo de Atenas!

Soltó una risotada y Perseo sonrió, contagiado por la energía alegre que derrochaba Alcibíades. Era evidente que el aristócrata se consideraba a sí mismo el orgullo de Atenas, pero resultaba muy agradable oír aquello de la boca de un hombre tan influyente.

—¡No tienes copa! —se sorprendió Alcibíades—. ¡Una copa llena de vino para mi amigo!

Se la llevaron al momento y Alcibíades hizo que bebiera con él, lo cual le provocó un inmediato aturdimiento, pues no estaba acostumbrado al vino. Alcibíades siguió bromeando sin quitar el brazo de sus hombros. Perseo había intercambiado algunas palabras con él anteriormente, siempre en presencia de Sócrates, pero en esas ocasiones el aristócrata se mostraba comedido. Ahora podía ver que los hombres que lo rodeaban no le prestaban atención sólo por su riqueza o por su influencia política. El carisma personal de Alcibíades se sentía como una fuerza de atracción que tirara hacia él. Sus rasgos eran bellos y elegantes, sus movimientos poseían la fluidez propia de un felino y la seguridad de su voz resultaba abrumadora.

Todo eso cambió cuando Alcibíades bajó la voz y le habló con repentina seriedad:

—Dime, Perseo, ¿últimamente te ha dicho Sócrates algo sobre mí?

Perseo lo miró sorprendido. El semblante de Alcibíades mostraba la relajación de la ebriedad, pero en sus ojos se podía ver que permanecía muy atento a la respuesta. Lo cierto era que hacía mucho que no hablaban sobre Alcibíades, no era un tema que le resultara agradable a Sócrates, pero en cualquier caso no iba a desvelarle a nadie las opiniones personales de su tutor.

Negó con la cabeza y Alcibíades sonrió sólo con la mitad de la boca.

—Lealtad. Eso es importante. —Quitó el brazo de sus hombros para coger la copa con las dos manos—. Bebamos. —Se detuvo con la copa junto a los labios—. De un trago.

Perseo lo imitó y luego continuó sentado en el triclinio del aristócrata, que hablaba a grandes voces con otros hombres sin volver a pasarle el brazo por los hombros. A los cinco minutos notó el estómago revuelto y salió para que le diera el aire.

—Buf... —Se detuvo en el umbral del Pritaneo e inspiró profundamente un par de veces. Después se alejó hacia el río Cladeo, agradeciendo que la noche hubiera refrescado. Creía que ya no tendría que vomitar, pero de repente le sobrevino una arcada y vació su estómago en la orilla del río.

Tras escupir el último resto de salsa dulce de bayas, le echó una ojeada a su túnica bajo la luz de la luna, tratando de asegurarse de que no se había manchado. Luego se mojó la cara con el agua fría y regresó hacia el Pritaneo.

El bullicio que surgía por la puerta abierta hizo que volviera a sentirse mal. Cuando estaba llegando a la entrada cambió de dirección, bordeó el edificio y lo dejó atrás. Se sorprendió al verse rodeado por la tranquilidad del resto del santuario, nunca lo había visto así. Apenas había algunos hombres paseando y guardianes que patrullaban con antorchas. Las principales construcciones y estatuas estaban iluminadas con teas o lámparas de aceite. Parecía el escenario de un sueño, y el aturdimiento que experimentaba intensificaba la sensación de irrealidad.

Pasó junto al templo de Hera y llegó a una terraza a cuyos pies quedaba el estadio vacío. Podía vislumbrar la línea de meta, apenas un trazo al que la luna prestaba su claridad. Su vista se desplazó hacia las sombras densas de los túmulos y le pareció oír el eco de los cuarenta mil hombres que habían coreado su nombre.

—Perseo, Perseo —susurró en el silencio nocturno.

Más allá del santuario había algunas luces, pero la ciudad que había crecido alrededor del recinto sagrado estaba durmiendo. Aunque Olimpia perdería sus dimensiones mastodónticas cuando se marcharan los visitantes que habían acudido a los Juegos, sus calles apretadas seguirían atestadas de adivinos, videntes y astrólogos, albergues, tabernas, tenderetes y vendedores ambulantes. Al igual que el santuario oracular de Delfos, el de Olimpia era durante todo el año no sólo un lugar de peregrinación, sino además un centro internacional de intercambio de divisas, de reuniones comerciales y de congresos políticos. De hecho, al terminar los Juegos se celebraba todos los años la Asamblea de la Liga del Peloponeso, en la que Esparta y sus aliados se ponían de acuerdo sobre cuestiones de política exterior y acciones militares.

Perseo contempló el templo de Zeus, que se alzaba dominando majestuosamente el santuario.

«¿A quién apoyará Zeus en la guerra?»

No dudaba de que antes o después la guerra se reanudaría. Él era sólo un muchacho cuando Cleón tenía el control de la Asamblea, no lo había visto en acción, pero estaba seguro de que Alcibíades era más peligroso. Sentado a su lado había percibido que las personas, las ciudades, el mundo entero no eran para él más que una posibilidad de alcanzar la gloria por medio de la conquista o la destrucción.

Intentó disipar de su ánimo la sensación desagradable de preocupación que le había dejado Alcibíades. Se ajustó la corona de olivo y bajó los escalones de la terraza. Quería ver por última vez la estatua de Zeus.

Cruzó entre los Zanes, contempló la mole oscura del altar de Zeus y llegó a la rampa de acceso a su templo. Las rejas de bronce estaban abiertas y del interior salía un resplandor de luz amarillenta. Caminó sobre la piedra caliza de la plataforma y pasó entre las altas columnas exteriores. En lo alto del *prónaos*, seis metopas presentaban esculturas de Heracles, hijo de Zeus y fundador de los Juegos Olímpicos. Siguió avanzando, internándose en la fragancia a enebro, mirto y aceite de oliva, con los labios entreabiertos de admiración por lo que estaba contemplando.

El dios supremo estaba sentado en su trono de oro y ébano, y su cuerpo de marfil relucía por el aceite con que lo untaban para protegerlo de la humedad. Tenía el torso desnudo; un manto de oro le cubría las piernas, ascendía por su espalda y caía hacia delante por su hombro izquierdo. Miraba al frente con la serenidad que sólo es posible en el rey de los dioses.

Perseo se acercó muy lentamente, alzando la mirada cada vez más. El dios rompería el techo del templo si se levantara del trono. Sus dimensiones eran colosales, pero los materiales utilizados por Fidias, y el modo en el que reflejaba la luz de las grandes lámparas que lo rodeaban, le proporcionaban ligereza y una sensación de realismo tan intensa que parecía que en cualquier momento inclinaría la cabeza para mirar a quien lo contemplaba.

Para resaltar la luminosidad de la estatua, Fidias había hecho que el suelo de la nave se recubriera con losas de piedra negra procedentes de Eleusis. Alrededor del trono, un reborde de mármol de Paros recogía el aceite que se vertía sobre el dios. El armazón era de madera y se podía penetrar en su interior, pero la superficie de la formidable escultura estaba realizada con marfil y piezas de oro a las que Fidias había dado forma mediante moldes de arcilla. Zeus sostenía en la mano derecha una escultura de oro y marfil de la diosa de la Victoria más grande que un hombre, y en la mano izquierda sujetaba un largo cetro rematado por un águila.

En cada lateral de la nave, una hilera de columnas sustentaba una plataforma de madera. Encima de ella había otra fila de columnas, de modo que se formaba una galería superior. Perseo subió por la escalera que daba acceso a la galería del lateral derecho.

Ahora se encontraba justo debajo de la cabeza del dios.

Zeus llevaba una corona de olivo dorada sobre sus largos cabellos ondulados. Su semblante sereno llenó de calma a Perseo. Los dioses solían representarse llenos de firmeza y autoridad, seres a los que los hombres debían temer y tratar de aplacar. La belleza de aquel Zeus aunaba poder y bondad, y él lo contempló extasiado.

Un sacerdote del templo cruzó la nave con una cesta de mimbre y arrojó un puñado de hierbas purificadoras en un gran brasero a los pies del dios. El humo aromático ascendió hasta Perseo mientras el sacerdote se marchaba. Llenó sus pulmones con la fragancia purificadora, sintiendo que Zeus observaría su vida con atención a partir de su victoria.

«Quizá mi destino se haya alterado al convertirme en *olimpiónico*.»

Permaneció cerca de una hora frente al dios. Después bajó la escalera de la galería y volvió a admirarlo desde abajo. Lamentaba que su padre no hubiera visto aquella maravilla. Sólo había acudido a Olimpia cuando había participado en la olimpiada ochenta y tres, y Fidias había concluido la estatua de Zeus en la ochenta y siete, dieciséis años más tarde.

Se alejó del dios resplandeciente, cruzó entre las columnas del pórtico y bajó la rampa. Las conversaciones lejanas de algunos hombres que abandonaban el banquete del Pritaneo eran lo único que alteraba el silencio del santuario. Frente a Perseo se alzaban varias estatuas y caminó hacia ellas. La que más destacaba era una Victoria con un enorme pedestal pintado de azul, tan alto como tres hombres. Había sido un encargo de los ilotas que habían conseguido escapar de los espartanos. Conmemoraba la victoria de Esfacteria, en la que los hoplitas de Esparta se habían rendido por primera vez. La diosa daba la sensación de estar descendiendo hacia Perseo desde el cielo, con un águila batiendo las alas a sus pies. Las finas vestiduras se pegaban a su cuerpo sensualmente y ella extendía las manos como si fuera a coronarle. Perseo se llevó las manos a la cabeza, imaginando que la diosa le colocaba en ese momento su corona de olivo de campeón olímpico. Después miró hacia los lados avergonzado por la vanidad de aquel acto.

La siguiente estatua en la que se detuvo representaba al mayor campeón que había habido nunca en los Juegos Olímpicos. Se trataba de Milón de Crotona, vencedor en la prueba de lucha durante cinco olimpiadas.

«Cinco olimpiadas... —Aquel coloso también había vencido en siete Juegos Píticos, debía de haber sido alguien absolutamente excepcional para permanecer invicto durante dos décadas—. Tendría más de cuarenta años cuando venció por última vez.»

Contempló el rostro serio del crotoniata, intentando descubrir en los rasgos de bronce el secreto de su carácter ganador. Aquel hombre también había comandado el ejército de Crotona en la formidable victoria que habían obtenido contra Síbaris.

La escultura que había a su lado era más reciente, y el artista había hecho gala de un virtuosismo extraordinario. Representaba a un discóbolo, un lanzador de disco, y mostraba a la perfección la conjugación de velocidad, potencia y elasticidad necesaria en esa disciplina. La flanqueaban dos lámparas de pie largo que le proporcionaban una buena iluminación. Perseo se acercó caminando despacio. El atleta rotaba el cuerpo en el último balanceo antes del lanzamiento. La tensión de sus músculos se reflejaba de un modo admirable. Su rostro le quedaba de perfil, pero era bastante joven, más o menos de su edad. Se colocó frente a la estatua, miró la cara del atleta y la conmoción lo dejó sin aliento.

Las lágrimas acudieron silenciosas mientras contemplaba aquel rostro. De pronto oyó una voz áspera a su izquierda.

—¿Lo conocías?

—Es mi padre —respondió sin volverse.

El otro hombre se acercó un poco más.

—No te pareces a Eurímaco.

Perseo se giró y encontró a un anciano tapado con un manto demasiado grueso para aquella noche cálida.

—¿Quién eres?

—Yo lo conocí hace muchos años. —El anciano levantó un dedo nudoso hacia la estatua—. Soy Mirón, el escultor.

## Capítulo 60
*Esparta, diciembre de 416 a. C.*

«Pobre Calícrates.»

Deyanira se sentó en el borde de su lecho, levantó la pesada tapa del arcón y colocó en el interior un mantón grueso que acababa de doblar. Había ido varias veces al calabozo de los barracones para pedir que se lo entregaran a su hijo. La temperatura había caído bastante en la última semana y temía que enfermara, pero le habían dejado claro que no iban a dárselo.

Cerró el arcón y se quedó ensimismada con las manos apoyadas en la tapa. Calícrates llevaba más de tres meses encerrado y no le habían permitido verlo ni una sola vez. Su pobre hijo estaba pagando la enorme humillación que los Juegos Olímpicos habían supuesto para Esparta. Habían estado convencidos de que vengarían la afrenta tras verse expulsados en la anterior olimpiada, pero el miserable Alcibíades los había aplastado en la carrera de cuadrigas, y otro ateniense había vencido en la carrera del estadio, donde incluso el oráculo de Zeus había proclamado que Calícrates era el mejor.

«La Olimpiada de Perseo de Atenas. —Deyanira meneó la cabeza—. Maldito ateniense.» Mientras su hijo se encontraba en Olimpia, ella había realizado varias ofrendas pidiendo que aquella olimpiada se recordase como la de Calícrates de Esparta.

Se volvió al oír a su espalda un golpe acompañado de un gemido. Salió rápidamente al patio y encontró a Leónidas, su hijo de cinco años, pegando a la esclava con un palo. La mujer se mantenía a cuatro patas mientras el niño la golpeaba en la espalda.

—¡Leónidas!

433

El pequeño se detuvo con el palo en alto y la miró sorprendido.

—Es que se ha portado mal, mamá —explicó con su voz infantil.

Su madre le quitó el palo.

—¿Qué ha ocurrido?

—Le he pedido que jugara conmigo y no ha querido.

Deyanira se giró hacia la esclava, que se mantenía a cuatro patas y la miraba de reojo.

—Tenía que hacer la comida —murmuró sin levantar la cabeza.

—Regresa a la cocina.

La esclava obedeció a Deyanira y salió del patio. Era una mujer que rondaba los treinta y cinco años. Ya no quería muchachas como Quilonis con las que se pudiera encariñar. Se arrodilló para quedar a la altura de Leónidas, que se defendió antes de que ella hablara.

—Papá dice que si los ilotas se portan mal, hay que castigarlos.

Deyanira observó su rostro dulce y su cuerpo de cachorro grande. Era más alto y fuerte que muchos niños de siete u ocho años. A veces le recordaba al bebé que había sido, pero cada vez tenía más gestos que evocaban a Aristón y solía responder con violencia cuando algo lo disgustaba.

—Leónidas, a los ilotas hay que castigarlos si se portan mal, pero la esclava no se ha portado mal contigo. Yo le he pedido que cocinara. Si se ponía a jugar contigo, desobedecía una orden mía. En ese caso, ¿habría tenido que castigarla yo por ponerse a jugar contigo?

El niño se encogió de hombros.

—No sé.

—Vamos a hacer una cosa: si algún esclavo no te obedece, pregúntale el motivo; y si te parece que el motivo es justo, no lo castigues. —Leónidas frunció los labios y arrugó la nariz. Aquello no se parecía a lo que le decía su padre—. Además, no quiero que los castigues tú hasta que tengas unos cuantos años más. Si crees que se portan mal, me lo dices y me encargaré yo.

Su hijo la miraba muy serio, sin querer comprometerse a nada.

—Luego seguiremos hablando. Ahora ve a tu cuarto y ponte una túnica gruesa, que tu padre vendrá a recogerte en cualquier momento.

—¡Sí!

Leónidas salió corriendo y Deyanira lo contempló mientras se incorporaba.

«Cada vez tengo menos influencia sobre él. —Aristón acudía a menudo para jugar con su hijo. Combatían con espadas de madera y un pequeño escudo que le había regalado, o se lo llevaba para que viera la instrucción militar, que Leónidas estaba deseando comenzar—. Por lo menos ya no está tan interesado en mí.» En los dos últimos años su marido apenas la requería sexualmente, y sólo la había golpeado en una ocasión en que el pequeño había enfermado.

La puerta de la calle se abrió con un crujido de madera vieja. Deyanira se dio la vuelta, preparándose para encarar a su marido.

—¡Calícrates!

La barba se hundía bajo los pómulos de su hijo, tenía los labios agrietados y la piel del rostro sucia y desescamada. Deyanira lo abrazó y notó que estaba más delgado que nunca. Lo estrechó con más fuerza. Temía que apareciera Aristón, pero quería seguir abrazándolo.

Calícrates la sujetó por los hombros y la apartó.

—Tengo que hablar contigo.

Su tono alarmó a Deyanira. La delgadez del rostro de su hijo hacía que sus ojos parecieran demasiado abiertos y temió que se hubiera trastornado durante el encierro.

—¿Qué ocurre, hijo mío?

—Cuando yo era pequeño tuviste un hijo que nació vivo y fue rechazado. ¿Qué edad tenía yo?

—¿Qué? ¿Por...? —Deyanira se quedó aturdida. Nunca había hablado de aquello con Calícrates.

—¡¿Cuántos años tenía yo?!

—Cuatro. Tenías cuatro años.

Calícrates bajó la mirada al tiempo que asentía.

«Eso fue hace veintiún años. —En Olimpia había averiguado la edad del ateniense Perseo—. Veintiuno. La edad coincide.»

—¿Por qué preguntas eso ahora?

Calícrates levantó la mirada y sus ojos examinaron el rostro de su madre como si la viese por primera vez.

—En la carrera... La razón por la que me quedé paralizado en la salida... —Negó con la cabeza sin dejar de mirarla—. Junto a mí había un ateniense, el corredor que ganó. No habíamos estado tan cerca hasta ese momento. Estábamos preparados para empezar a correr, le miré a la cara y... te vi a ti.

Deyanira se llevó las manos a la boca, mirándolo con los ojos muy abiertos.

—¿Qué quieres decir? —Sus recuerdos se agitaron en el fondo de su mente.

—Su rostro era igual que el tuyo, madre. Me quedé paralizado, sin comprender lo que ocurría, pero he tenido mucho tiempo para pensar en ello. Ya no tengo ninguna duda.

Deyanira vio a su bebé en manos de la partera, sintió su cuerpo diminuto moviéndose sobre su pecho.

—¿De qué color...? —Aquel parpadeo, tan puro y luminoso—. ¿De qué color eran los ojos del corredor?

—Eran grises, madre, y tenían la misma forma que los tuyos, aunque eran mucho más claros.

En la calle se oyó la voz de Aristón despidiéndose de alguien. Calícrates agarró los brazos de Deyanira.

—Tú no estás segura de que aquel bebé muriera. El ateniense es mi hermano, ¿verdad?

—Es... —Los ojos de Deyanira saltaron de un lado a otro, recorriendo imágenes de su pasado—. Sería tu hermanastro. El padre era Aristón.

La puerta de la calle se abrió. Notaron la presencia de Aristón detenido en el umbral, pero no se separaron.

—¿Estás seguro de que era igual que yo? —susurró Deyanira.

Los labios de Calícrates se movieron en silencio:

—Es tu hijo.

Aristón derribó a Calícrates de un manotazo.

—Lárgate, deja de manchar esta casa con tu deshonor.

Calícrates se levantó sin mirarlos y abandonó la vivienda.

—¿De qué hablabais?

Deyanira agachó la cabeza. Estaba demasiado emocionada para ocultarlo.

—De su estancia en el calabozo.

—¿Ah, sí? —Aristón le agarró la mandíbula con una mano y le alzó el rostro—. No creo que hablarais de eso. ¿Estabais conspirando contra mí? ¿Algún otro plan para acabar conmigo, esta vez con la ayuda de tu hijo?

Le estaba aplastando la cara, le hacía mucho daño. Agarró su muñeca gruesa con ambas manos sin conseguir que apartara la mano.

De pronto oyeron un grito.

—¡Papá!

Leónidas corrió con una expresión radiante hacia su padre y éste soltó a Deyanira.

—Ven aquí, soldado.

Lo lanzó hacia arriba y Leónidas rio encantado. Luego salieron a la calle sin que ninguno le dijera una palabra a Deyanira.

Una lluvia fría se desprendió del cielo encapotado, pero ella permaneció inmóvil en medio del patio.

Sus ojos grises miraban al infinito.

Sus labios apenas se movieron al susurrar:

—Perseo...

## Capítulo 61
*Atenas, marzo de 415 a. C.*

Casandra se quedó en vilo, atenta a los pasos que se acercaban lentamente a la puerta cerrada de su alcoba.

El sonido se detuvo.

Un momento después se alejó, cada vez más tenue.

«¿Sería la bruja?»

Eudora ya había entrado en su cuarto una vez aquella mañana.

—¿Quieres que venga la esclava a arreglarte, querida? —le había preguntado. Había estado un año llamándola sólo Casandra, pero luego había recuperado su odioso «querida».

—No, luego la llamo yo.

Eudora se había quedado en el umbral, la sonrisa en sus labios finos, en los ojos un aborrecimiento frío.

—Como quieras. —Al irse dejó la puerta abierta y Casandra se levantó para cerrarla.

Sabía que no debía presentarse sin arreglar delante de esclavos o sirvientes, mucho menos que la vieran desarreglada las visitas que tuviese Eudora. Y, por supuesto, por la tarde tenía que estar bien peinada y maquillada por si su marido quería pasar un rato con ella. Pero las mañanas solía pasarlas encerrada en su alcoba, con la túnica de dormir y una sencilla trenza que se hacía ella misma.

Giró el espejo de la mesa de tocador, un óvalo de plata pulida que le había regalado su marido en su primer aniversario de boda, y contempló su rostro libre de afeites y adornos. Le gustaba verse así, aquel aspecto era la única rebeldía que podía permitirse, aunque Eudora debía de estar satisfecha de su palidez extrema.

Habían pasado seis años desde la muerte de Eurímaco. Su cuñada había tergiversado de forma mezquina el episodio en casa de Perseo y el abrazo que se habían dado, y había conseguido que Ificles le prohibiera cualquier contacto con él. De hecho, prácticamente le había prohibido salir a la calle. Eudora se había afianzado de forma definitiva como la persona de confianza de Ificles y señora de la casa.

Apartó el espejo y volvió a estirar el papiro que estaba leyendo. Su padre le llevaba una copia de todo lo que escribía. En este caso se trataba de una oda que le había encargado Alcibíades para alabar su apabullante victoria en la carrera de carros de la última olimpiada. El aristócrata también había encargado obras conmemorativas a los principales escultores y pintores de Atenas.

Cuando había leído la mitad de la oda enroscó el rollo de papiro y lo puso a un lado. No le gustaba el estilo, y sobre todo no le gustaba Alcibíades. Era evidente que le había dado instrucciones claras a su padre de cómo quería que lo presentara, y en el texto aparecía poco menos que como un dios.

«Me encantaría leer una oda a la victoria de Perseo.»

Se quedó mirando a la mesa, sonriendo, y sus ojos se desplazaron hacia la pequeña cerámica alargada que le había regalado Jantipa el día de su boda. La superficie blanca mostraba una escena nupcial. Casandra tomó la cerámica y le dio la vuelta. En la parte de atrás, una sirena con su rostro volaba hacia un lugar desconocido. Todos los días contemplaba un rato aquel dibujo. Le hacía soñar que escapaba de la maldición de su destino, como Dédalo e Ícaro con sus alas de cera, y le hacía sentirse en contacto con Perseo.

Alguien golpeó la puerta y la vasija se le resbaló de las manos. La cogió al vuelo, la dejó sobre la mesa mostrando la escena de boda y se dio la vuelta.

—¿Quién es?

—Ha venido a visitarla la señora Jantipa.

El rostro de Casandra resplandeció, hacía un mes que no la veía.

—Que entre.

Se puso de pie y aguardó junto a la puerta. No quería que

Eudora la acusara de salir de su habitación sin estar arreglada. Se oyeron unos pasos ágiles y apareció su amiga.

—¡Jantipa, qué hermosa estás! Deja que te vea bien.

Cerró la puerta, le cogió las manos y la llevó junto a la lámpara de aceite que ardía en la mesa. Los rizos rojizos de Jantipa sobresalían de su diadema de madera como pequeñas llamaradas. La piel de su rostro parecía brillar y su vientre fecundado henchía la túnica de color azafrán.

—¿De cuánto estás, de siete meses?

Jantipa colocó las manos a los lados de su vientre.

—Yo diría que de catorce, pero sí, deben de ser siete.

Casandra puso las manos junto a las de su amiga. Le resultaba emocionante notar la carne tensa y saber que en su interior estaba creciendo un bebé. De pronto notó un bulto picudo que recorrió toda la palma de su mano.

—¡Oh! Se ha movido.

Jantipa rio.

—Lleva así todo el día. Creo que está aprendiendo a bailar.

—Siéntate. Debe de pesarte mucho. ¿Prefieres en la silla o en la cama?

—Ay, si no te importa, me tumbaré un rato en la cama, me duele la espalda.

Se sentó despacio y luego se tendió sobre el colchón. Casandra sintió un poco de culpabilidad viendo a su amiga. Ella no se había quedado embarazada, y Atenas necesitaba reponerse de la escasez de hombres provocada por la guerra y la peste.

«Ificles tampoco tuvo hijos con su anterior mujer. Puede que el problema esté en él.»

Su marido seguía yaciendo con ella, pero cada vez con menos frecuencia. Parecía que había renunciado a que le diera un heredero, y sin duda prefería el sexo que encontraba en los burdeles. A diferencia de ella, las prostitutas debían de esforzarse cuando él tenía problemas para lograr una erección, lo cual le ocurría cada vez más a menudo.

—Buf, estoy agotada. —Jantipa ladeó la cabeza para mirarla—. Necesito una esclava. O al menos una criada durante unos meses.

—¿Se lo has dicho a Sócrates?

—Claro que se lo he dicho, pero dice que no tiene dinero.

Casandra frunció el ceño.

—¿Ni siquiera tiene para una criada?

—Supongo que sí. Su padre le dejó algo de dinero que le proporciona una pequeña renta. Y gastamos poco, así que tiene que quedarle parte de la dote que le dio mi padre. Pero Sócrates es un desastre con el dinero, se lo ha dado todo a Critón para que se lo gestione y le dé una renta, y luego se le olvida pedírsela.

—¿No se lo gastará en vino, o apostando a las peleas de gallos?

Jantipa rio.

—Qué va, en ese sentido mi marido es un bendito. No le interesa nada material, sólo pensar, pensar y pensar. Un día lo llevé casi a rastras al mercado porque en casa no teníamos ni un grano de cereal. Se quedó mirando sonriente unos puestos muy bien surtidos y yo me alegré, pensando que iba a comprar algún manjar, cuando de pronto suelta: «Qué de cosas que no necesito».

Jantipa abrió mucho los ojos para mostrar su exasperación y Casandra rio con ganas. Cuando terminó se dio cuenta de que llevaba meses sin reír.

—¿Puedo ayudarte de alguna manera? No tengo dinero, pero igual puedo darte algo que consigas vender. —Revisó la mesa de tocador y su mirada se detuvo en el espejo de plata.

—No te preocupes. He hablado con Critón y creo que se va a encargar él. Sócrates puede llevar si quiere el mismo manto de lana basta todos los días, pero al menos que se ocupe de que en casa haya comida caliente y una criada que me ayude cuando yo no pueda realizar las tareas. Si al menos cobrara a alguno de sus discípulos...

Meneó la cabeza mirando al techo. No era la primera vez que hablaban del tema. A pesar de que muchos jóvenes adinerados querían asistir a sus lecciones, Sócrates se negaba a cobrar ni una sola dracma. Lo que más desesperaba a Jantipa era que podrían ser ricos, pues quienes aspiraban a adquirir influencia en la Asamblea pagaban verdaderas fortunas a los sofistas que les enseñaban a vencer en los debates. Incluso los más famosos actores de teatro recibían miles de dracmas a cambio de instruir sobre cómo declamar con voz grave y potente, algo imprescindible en la Asamblea.

—En fin, sobreviviré. —Se tumbó de lado y miró a su amiga—. ¿Tú qué tal estás?

Casandra suspiró.

—Contenta de que estés aquí. —Jantipa sonrió y siguió mirándola en silencio—. Encerrada, ya lo ves. —Extendió las manos hacia el cuarto—. Éste es mi reino; y el de Eudora, el resto de la casa. Seguimos igual. Es una relación fría y desagradable, pero no va a cambiar.

—¿Y tu marido?

—Como siempre, apenas lo veo. La mayor parte de los días no viene a cenar, y como dormimos en habitaciones diferentes, no me entero de cuándo llega o se va.

—¿Anito te ha molestado últimamente?

El rostro de Casandra se crispó con una expresión de desagrado.

—Es un hombre asqueroso. Viene siempre con su hijo y me come con la mirada. —Se estremeció y sacudió los hombros para quitarse la sensación—. Me da pena por mi sobrino Antemión, que es el único de la familia al que tengo cariño. El pobre tiene diez años, está a punto de cumplir once, y es tan inseguro que parece que tiene la mitad. Anito no deja de sonreír cuando yo estoy delante, pero su hijo lo mira con miedo y en cuanto salen por la puerta se oyen gritos y golpes. Lo trata peor que a un esclavo.

—Pobre niño.

Casandra se inclinó hacia su amiga.

—Háblame de Atenas. ¿Hay alguna novedad?

—Vaya que si la hay. —Hizo amago de incorporarse, pero se dejó caer de nuevo sobre la espalda—. Ay, peso más por momentos. Un día no voy a poder levantarme de la cama. —Ladeó el cuerpo otra vez hacia Casandra—. Alcibíades ha vuelto a revolucionar la ciudad: ha conseguido que se organice una gran expedición a la isla de Sicilia.

Casandra levantó las cejas y Jantipa continuó.

—Verás: Egesta, una ciudad de Sicilia, nos ha pedido ayuda contra Siracusa, la ciudad más poderosa de la isla. Hace unos días se organizó una Asamblea para discutir su petición, pero Alcibíades hizo tal campaña antes de la Asamblea que ibas por la calle y sólo oías a la gente hablar de las riquezas que vamos a obtener al conquistarla. Hasta veías grupos de personas dibujando en el suelo el mapa de Sicilia, señalando sus puertos y discutiendo las mejores estrategias para apoderarse de toda la isla.

—¿De verdad se está hablando de conquistar Sicilia? Es una isla tan grande como todo el Peloponeso, y tiene muchas ciudades poderosas. Ni siquiera los cartagineses han conseguido conquistarla.

—Supuestamente sólo se trata de ayudar a Egesta, pero Alcibíades ha logrado que los hombres piensen que con un poco más de esfuerzo podemos adueñarnos de toda Sicilia. En resumen, en la Asamblea se ha votado a favor de la expedición, a pesar de que Nicias está en contra.

—Qué locura... ¿Cuántos hombres vamos a enviar?

—Han convocado para mañana otra Asamblea en la que decidirán eso.

Casandra se quedó en silencio, temiendo que Perseo fuera a Sicilia y lo mataran. Jantipa aguardaba; sabía que había llegado el momento de hablar de él, como siempre que se veían. Ella no le decía a su amiga que Perseo también preguntaba por ella, ni a Perseo que Casandra no dejaba de pensar en él. Esperaba que algún día se apagaran aquellos sentimientos que no les hacían ningún bien, pero después de tantos años imaginaba que eso sólo ocurriría cuando su amiga se quedara embarazada o Perseo se comprometiera con otra mujer.

Casandra le dirigió una mirada tímida y triste.

—¿Cómo está Perseo?

—Disfrutando de ser uno de los hombres más famosos de Atenas. Desde que es *olimpiónico* va menos a casa de Sócrates y apenas hablo con él, pero sé que está centrándose más en su taller. No le gusta mucho moldear, ya lo sabes, pero está pintando algunas vasijas y tiene bastante éxito. —Echó hacia atrás un mechón rojizo y se ajustó la diadema—. Aunque creo que mucha gente quiere sus cerámicas por lo exótico que resulta que las pinte un campeón olímpico.

—La Olimpiada de Perseo... Quién lo iba a imaginar, ¿verdad?

Jantipa se rio.

—Si me acuerdo de que cuando jugábamos a correr en los Muros Largos había veces que yo le ganaba. Tendría que haber ido yo a los Juegos, igual estaríamos hablando de la Olimpiada de Jantipa.

—Bueno, con esa tripa podrías haber hecho la carrera rodando.

Jantipa tensó la tela sobre su vientre y sonrió al contemplar aquella gran bola anaranjada. Casandra pasó la mano por encima antes de volver a hablar.

—Cuando lo conocimos, nosotras éramos más altas que Perseo, y ahora debe de sacarnos una cabeza.

«Y además, es uno de los hombres más atractivos de Atenas», pensó Jantipa apartando la mirada. En los últimos años Casandra lo había visto muy poco y siempre a distancia. Apenas salía de casa, y cuando lo hacía era rodeada por Eudora y sus esclavos como si fuera una prisionera escoltada por sus guardianes.

No oyeron los pasos, pero de pronto la puerta se abrió con violencia. Eudora irrumpió seguida por Nesa, su esclava más corpulenta, y se dirigió hacia ellas con un dedo levantado como si fuera a lanzar una maldición.

—¡Lo sabía! Menos mal que os han escuchado. —Agitó el dedo hacia Jantipa—. Tú te dedicas a traerle mensajes de ese... Perseo —escupió el nombre y luego se volvió hacia la esclava—. ¡Nesa, llévatela de aquí!

La esclava agarró a Jantipa por un brazo y la levantó de la cama ignorando sus gritos de protesta.

—¡¿Qué haces, Eudora?! —Casandra se puso en pie de un salto—. ¡Soltadla ahora mismo!

El rostro enrojecido de su cuñada mostraba una satisfacción feroz.

—Tu amiguita no volverá a pisar esta casa. A ver cómo envías ahora mensajes a tu enamorado. —Se alejó hacia la puerta siguiendo a su esclava y a Jantipa, que no dejaba de gritar.

—Estás loca. Se lo diré a Ificles.

Eudora soltó una risa profunda.

—Mi hermano me pidió que os mantuviera vigiladas. Le informé de la actividad de alcahueta de tu amiga, y de mis sospechas de que estuvierais planificando tu fuga.

—¿Qué? —Casandra levantó las palmas de las manos, atónita y desesperada—. No estábamos planificando nada. Y nunca he enviado ni recibido un mensaje de ningún hombre.

Eudora agarró el tirador de la puerta.

—Eres como tu madre, que escapó con su amante abandonando a tu padre. Pero tú no vas a ir a ningún sitio, te lo aseguro.

Cerró con un portazo y Casandra se quedó paralizada en medio del cuarto. Los gritos de Jantipa se oían cada vez más lejanos. Al cabo de un momento, Casandra abandonó la alcoba siguiendo un impulso y se dirigió a la cocina.

«Esto no va a quedar así.»

Cogió un cuchillo grande y lo escondió entre los pliegues de su túnica.

## Capítulo 62
*Atenas, marzo de 415 a. C.*

El murmullo expectante subió de tono y de pronto estalló en un clamor de entusiasmo.

Querefonte, apoyado en una columna de la galería del gimnasio, se giró a tiempo de ver a Perseo cruzar la línea de meta con varios pasos de ventaja sobre los atletas con los que estaba entrenando. Una multitud de espectadores aplaudió enfervorizada y Perseo levantó una mano para saludar. Querefonte lo siguió con atención mientras regresaba a la línea de salida. El cuerpo desnudo del pupilo de Sócrates era grande y fuerte, parecía mentira que hubiera sido un bebé diminuto en brazos de Eurímaco.

Lo observó unos segundos con un gesto adusto y luego se volvió de nuevo hacia Sócrates, que conversaba en la galería con un grupo de jóvenes. La mayoría eran aristócratas y sus ricos atuendos contrastaban con el manto desgastado del filósofo, que como era habitual iba descalzo y tanto su barba como sus cabellos grisáceos presentaban un aspecto un tanto descuidado. Querefonte solía limitarse a observar un poco apartado y con cierta inquietud en jornadas como aquélla, en que rodeaban a Sócrates vástagos de la aristocracia que desaparecerían tras escucharlo unos pocos días.

Uno de los acompañantes del filósofo señaló hacia el otro extremo de la galería.

—Mirad, ahí está el sofista Hipias de Élide. Acaba de regresar a la ciudad y dicen que es uno de los hombres más sabios que existen. ¿No te parece, Sócrates, que resultaría interesante hablar con él?

Sócrates miró hacia Hipias, al que una veintena de jóvenes

escuchaba bajo la sombra del pórtico del gimnasio. El sofista ofrecía una imagen opuesta a la suya: lucía una túnica resplandeciente con lujosos ribetes, capa púrpura y un aire de suficiencia que se veía reforzado por el pausado vuelo de sus manos al hablar.

Sócrates se dirigió a sus oyentes con un tono alegre.

—Si de verdad Hipias es uno de los hombres más sabios, nuestra obligación es conversar con él. Acompañadme.

Querefonte se apartó de la columna y los siguió manteniéndose rezagado. Las arrugas de su ceño se hicieron más profundas mientras recorrían la galería. A su izquierda los atletas continuaban ejercitándose en las soleadas pistas de tierra del gimnasio.

—¡Oh, sabio Hipias! —saludó Sócrates—. Hacía mucho que no venías a Atenas.

—Es cierto, Sócrates. —El tono de Hipias era tan petulante como su expresión—. En Élide consideran que soy su embajador más competente, y en los últimos tiempos me han enviado a muchas ciudades, sobre todo a Esparta.

—Vaya, es admirable que además de obtener mucho dinero con tus lecciones particulares, prestes un servicio público tan valioso a tu patria.

Hipias sonrió satisfecho. Alzó un poco más la barbilla y recorrió con la mirada a todos los que estaban escuchando. Advirtió regocijado que algunos hombres que habían estado contemplando el entrenamiento de los atletas se acercaban por la galería para asistir a aquella conversación.

—El arte de los sofistas —continuó Sócrates— ciertamente se ha perfeccionado por encima de la ciencia de los antiguos, como Anaxágoras o Tales de Mileto, que no abarcaban los negocios privados y los públicos. Gorgias el sofista fue honrado en Atenas como embajador de los leontinos, y además obtuvo sumas considerables enseñando a los jóvenes. Lo mismo ocurrió con Pródico, que enviado por los habitantes de Ceos obtuvo el aplauso de nuestra Asamblea y una fortuna dando lecciones. Y no olvidemos a Protágoras, que antes de ellos había hecho lo mismo.

Hipias levantó un dedo para hacer una observación a las palabras de Sócrates.

—Dices bien, pero aun así creo que te sorprenderá saber que sólo en Sicilia, donde Protágoras ya se había instalado, obtuve en poco tiempo más de ciento cincuenta minas.

—¡Es magnífico, Hipias! —Sócrates señaló a los jóvenes que los rodeaban—. Y sin duda el pueblo piensa lo mismo, porque se dice que un sabio primero debe serlo para sí mismo, y el objeto de vuestra filosofía es enriquecerse. —Ignoró el atisbo de confusión en el semblante del sofista y prosiguió rápidamente—. Dejemos eso y dime en qué ciudad has ganado más. ¿Quizá en Esparta, adonde tantas veces has ido?

—No, ¡por Zeus! Sus leyes rechazan la educación extranjera..., si bien eso no evitó que escucharan fascinados mi discurso sobre las bellas ocupaciones que convienen a los jóvenes.

Querefonte advirtió desde la cola del grupo que durante un instante los ojos saltones de Sócrates se abrían un poco más. También se dio cuenta de que ya había más de treinta personas escuchándolos.

—Eso me recuerda, querido Hipias, que el otro día, escuchando un discurso, alabé las partes que me parecían bellas y critiqué las que no me lo parecían. Después de hacerlo, un hombre me preguntó con severidad: «¿Quién te ha enseñado lo que es bello y lo que es feo? ¿Acaso eres capaz de decir qué es la belleza?». Mi simpleza me impidió responderle, y me dije que la próxima vez que me encontrara con alguno de vosotros, sabios como sois, os pediría que me instruyerais sobre qué es la belleza. Te ruego que me lo expliques con claridad para poder enfrentarme otra vez a este hombre sin que vuelva a burlarse de mí.

—Nada más sencillo, Sócrates. Si no fuera capaz de algo así, se me consideraría un necio.

—¡Por Hera, muy bien dicho, Hipias! Tan sólo permíteme ocupar el papel de ese hombre, y presentarte las objeciones que él me podría hacer.

—Haz como te parezca, Sócrates, pero dale esta respuesta y no tendrá nada más que preguntar: la belleza es una joven hermosa.

Sócrates alzó las manos.

—Tu respuesta es maravillosa, Hipias. —Ladeó ligeramente la cabeza—. Cuando se la presente a este hombre, ¿crees que no me hará ninguna objeción?

—Nada podrá decirte, y todos los presentes te darán su conformidad. —El sofista paseó la mirada por sus oyentes, que murmuraron respuestas de aprobación.

—Es probable que sea así; sin embargo, creo que este hombre me diría: ¿una hermosa yegua no es también una cosa bella?

—Así es, Sócrates, en mi tierra hay jacas muy hermosas.

—Él proseguiría: ¿y una hermosa lira, no es una cosa bella?

—Sin duda.

—¿Y una hermosa cacerola?

—¡¿Qué dices, Sócrates?! No es posible que ese hombre sea tan grosero que se sirva de un objeto así de vulgar para tratar una materia tan elevada.

Sócrates compuso una expresión pesarosa.

—Me temo que sí lo es, pero aun así debemos responderle, ¿y acaso de una cacerola bien elaborada, perfectamente alisada y con elegantes asas, no se puede decir que es bella?

—Puede decirse, claro, pero es obvio que la más hermosa cacerola no es bella si la comparas con una joven hermosa.

—Comprendo bien lo que me dices, Hipias, aunque este hombre replicaría que del mismo modo la más hermosa de las jóvenes es fea si la comparamos con una diosa. ¿Y no tendría razón?

—Indudablemente.

Sócrates enarcó las cejas.

—Pero entonces se echaría a reír, y diría que le he dado como definición de belleza algo que yo mismo tan pronto admito que es bello como feo. Incluso me preguntaría si de verdad considero que la belleza en sí misma, aquello que hace bellas a todas las cosas que lo son, es en realidad una doncella, una yegua o una lira.

En la galería se alzaron algunos murmullos apreciativos que crisparon el rostro de Hipias. Querefonte se preguntó si el sofista todavía no se habría percatado de que Sócrates se refería a sí mismo cuando hablaba de aquel hombre tan inconformista con las respuestas.

—Por todos los dioses, Sócrates. Es fácil responderle, pero este hombre es un imbécil que no entiende una palabra de belleza. Dile que la belleza que busca no es sino el oro, pues aplicado a una cosa que antes era fea la convierte en bella.

—Ay, Hipias, no conoces la terquedad de nuestro hombre, y cualquier respuesta que le dé la examinará detenidamente.

—Tendrá que rendirse a la verdad, y si la combate, habrá que rechazarlo como a un impertinente.

—No obstante, amigo mío, él respondería: «Imbécil, ¿crees que Fidias era un ignorante? No hizo de oro el semblante de la Atenea del Partenón, ni sus manos ni sus pies, sino que los hizo de marfil». ¿Qué tendré que responder a esto, Hipias?

—Fidias hizo bien, pues también el marfil es una cosa bella.

—«¿Y las piedras preciosas?», me preguntará él, ya que Fidias las puso en las niñas de los ojos de Atenea en lugar del marfil. ¿Confesaremos, Hipias, que una piedra preciosa puede ser bella?

—Puede serlo, cuando cuadra bien como en los ojos de Atenea.

—¿Y cuando no cuadra, diremos que es fea?

—Así es, Sócrates. Lo que cuadra bien a una cosa es lo que la hace bella —remarcó aquella aseveración con un gesto enérgico de su dedo extendido.

—Excelente, pero nuestro hombre continuaría: si vamos a cocinar con la bella cacerola de la que hablábamos antes, ¿qué cuchara le convendrá más, una de higuera o una de oro?

—¡Por Hércules! Sócrates, este hombre es un ignorante.

—Es cierto que fatiga con sus preguntas. No obstante, ¿qué le diremos, Hipias?

—La de higuera conviene más, pero no me gustaría razonar con un hombre que hace semejantes preguntas.

—Tienes razón, no sería justo que un sabio al que admira toda Grecia, tan bien vestido y calzado, tuviera que escuchar un lenguaje tan llano. Sin embargo, a mí no me importa conversar con este personaje. Con respecto a si la belleza es lo mismo que el oro, pienso que ha quedado establecida su falsedad.

—¿Quieres, Sócrates, que te dé una definición de belleza que ponga fin a estos largos y fastidiosos discursos?

—Eso es justo lo que quiero, Hipias.

—Digo, pues, que en todo lugar, en todo tiempo y por todo el mundo es siempre una cosa muy bella el buen comportamiento, ser rico, verse honrado por los griegos, alargar mucho la vida, y recibir de los hijos los últimos honores con la misma piedad y magnificencia con que han sido dispensados a los padres.

Algunos de los jóvenes aristócratas que habían acudido con Sócrates sonrieron ante la exasperación de Hipias. Querefonte, sin embargo, se mantenía en tensión y sólo deseaba que el diálogo terminara. Su amigo proclamó que la última respuesta era muy digna del sofista, y acto seguido expuso cómo se refutaría con facilidad.

«Hipias nunca se ha visto en otra igual. —Querefonte observó la expresión de desconcierto de los acompañantes del sofista—. Cualquiera de sus respuestas habría satisfecho a su público.»

Sócrates aseguró que su hombre declararía que no quería seguir oyendo respuestas tan endebles, y que, al igual que hacía en otras ocasiones, ofrecería él mismo algunas propuestas. Entonces equiparó la belleza a la conveniencia, y cuando Hipias se mostró de acuerdo, refutó la equiparación demostrando que la conveniencia sólo aporta una belleza aparente. Acto seguido propuso que lo bello es lo que nos es útil, y desarrolló sus argumentos haciendo que Hipias se manifestara de acuerdo en cada paso... hasta que Sócrates mostró que no se puede considerar bello lo que resulta útil para hacer el mal, e Hipias tuvo que darle de nuevo la razón.

El diálogo continuó con una serie de propuestas y refutaciones que Hipias aceptaba cada vez más confundido. Finalmente, alzó la voz perdiendo la compostura:

—¿Qué son todos estos miserables razonamientos, Sócrates, sino sutilezas insignificantes? ¿Quieres saber en qué consiste la verdadera belleza? Pues en hablar con elocuencia en la Asamblea o en los tribunales, hasta producir la convicción y conseguir una recompensa. A esto es a lo que debes ocuparte, y no a pobres y necias insignificancias que te harán pasar por un insensato.

Un silencio tenso se adueñó de la galería. Sin dejar de mirar al sofista, Sócrates asintió despacio y habló por última vez.

—Eres dichoso, Hipias, por haber sabido ver las cosas a las que un hombre debe ocuparse, y haber consagrado a ellas tu vida. En cuanto a mí, el destino me condena a continuas incertidumbres, y cuando os las muestro a vosotros que sois sabios, sólo os merezco palabras de desprecio. Pero si intento decir, como vosotros, que lo más ventajoso es hablar con elegancia y hacer bellos discursos, este hombre que me critica sin cesar y del que no puedo librarme por vivir juntos inmediatamente me pregunta: ¿cómo puedes juzgar si un discurso es bello, si no sabes lo que es la belleza?

## Capítulo 63
*Atenas, marzo de 415 a. C.*

Querefonte contempló a Hipias alejándose irritado por la galería del gimnasio. Alguno de sus jóvenes acompañantes se había quedado con Sócrates, pero la mayoría iba tras el sofista y seguiría pagándole una fortuna por sus lecciones.

«Les da igual que sus argumentos carezcan de base, sólo quieren aprender a sonar convincentes en la Asamblea y en los tribunales.»

Advirtió que Perseo había terminado su entrenamiento. A través de las columnas lo vio cruzando la pista de tierra camino del vestuario, bello y poderoso como un personaje de Homero, rodeado por un séquito de admiradores y aduladores.

«Es uno de los hombres más populares de Atenas», se dijo preocupado. Desde su regreso de Olimpia también era uno de los atenienses con mayores privilegios. Como agradecimiento por la gloria que había alcanzado para la ciudad, tenía reservado un asiento en la primera fila del teatro; asimismo, podía acudir cuando quisiera a comer al Pritaneo, el edificio en el que se reunían y comían los cincuenta consejeros que ostentaban la presidencia del Consejo de los Quinientos. Perseo solía ir allí al mediodía, si bien lo hacía para cultivar relaciones importantes, no por ahorrarse el coste de una comida, pues su negocio de cerámica marchaba mejor que nunca y ser campeón olímpico le había supuesto estar exento de muchos impuestos.

Cuando Perseo desapareció en el interior del vestuario, Querefonte se volvió hacia Sócrates. El filósofo estaba hablando con los hombres que se habían quedado con él.

—El gran Pitágoras fue el primero que se denominó filósofo, hombre que ama la sabiduría, frente a quienes se denominan sabios, que afirman que ya la han alcanzado. Si Pitágoras hubiera considerado que lo sabía todo, no habría descubierto nada, pues no habría dedicado su vida, como hizo, a intentar aumentar su conocimiento y perfeccionar su alma.

Como solía ocurrir con Sócrates, la mayoría de sus oyentes lo escuchaban con tanta atención como si estuvieran oyendo a un oráculo.

—Es fundamental, y poco común —continuó el filósofo—, distinguir entre conocimiento y opinión. Muchos que se consideran sabios tan sólo están henchidos de opinión, hasta tal punto que ni siquiera el más leve conocimiento puede entrar en ellos. Y debéis daros cuenta de que a menudo la diferencia entre un hombre común y otro considerado sabio es la intensidad con la que éste expresa sus opiniones. Casi podría afirmaros que cuanto más convencido se muestre un hombre de lo que afirma, más deberíais dudar de sus afirmaciones.

—Pero, Sócrates —intervino uno de los jóvenes que asistía por primera vez—, ¿qué puedes enseñarnos tú entonces, de qué sirve que nos hagas desconfiar de todo lo que sabemos?

—Ay, querido amigo, yo sólo puedo enseñaros lo que sé. Mi pequeña sabiduría consiste en haber aprendido que los hombres creen saber sin que eso sea cierto. No obstante, quizá podríamos aprovecharnos también de cierta habilidad que creo tener para la enseñanza; y aún hay otra destreza que aprendí de mi madre, Fainarate, que era comadrona. Se trata de la mayéutica, el arte del alumbramiento. Mi madre ayudaba a las mujeres a dar a luz, y yo hago lo mismo con las almas de aquellos que aceptan que los interrogue. El primer conocimiento que hay que alumbrar, no obstante, es la consciencia de nuestro desconocimiento. Es como si quisiéramos pintar un cuadro en una tabla que unos niños hubieran llenado de garabatos. Lo mejor será limpiar primero la tabla, y sólo después empezar a pintar en ella.

Otro de los jóvenes, sorprendido ante las palabras de Sócrates, se apresuró a replicar.

—¿Qué conocimiento vamos a adquirir con tus enseñanzas, si manifiestas que no sabes nada?

Sócrates le respondió con énfasis.

—El verdadero conocimiento no se aprende, se llega a él mediante conclusiones propias, si bien un maestro puede guiarnos a través del proceso de razonamiento. Saber que lo que creíamos que era cierto no lo es ya es estar por delante de quienes están llenos de verdades sólo aparentes. Y no debes dudar de que indagar es avanzar en el conocimiento, aunque todavía no se haya alcanzado la meta.

Una hora después, Sócrates y Querefonte se despidieron de los jóvenes. Abandonaron el gimnasio de la Academia e iniciaron el camino de regreso a Atenas, pues habían quedado con Critón en que comerían en su casa.

—Has estado muy silencioso, Querefonte; ¿qué te inquieta?

—Hipias, el sofista. Se ha marchado bastante enojado.

—Sí, eso me ha parecido. Pero ocurre lo mismo cuando hablo con la mayoría de los sofistas; ¿por qué te afecta más en esta ocasión?

—No lo sé, Sócrates. Mientras te veía hablar con él pensaba en otros hombres notables de Atenas que se han sentido irritados contigo cuando los has interrogado: poetas, sofistas, políticos...

Sócrates se encogió de hombros.

—Es cierto, hay muchos que no sienten la gratitud que sentiría yo si alguien me mostrase que mis opiniones están equivocadas. Imagino que es una cuestión de orgullo, especialmente cuando el debate se produce ante testigos. De cualquier modo, nunca he obligado a nadie a hablar conmigo, ni he intervenido en una conversación en la que no me aceptaran de buen grado. Ya sabes que siempre he evitado debatir con nadie en la Asamblea o en los tribunales.

Querefonte asintió sin variar su expresión taciturna. Cruzaron las murallas en silencio por la puerta Sacra, y al internarse en las estrechas calles de Atenas, el filósofo continuó hablando.

—No te preocupes tanto, Querefonte, cuando sólo estoy obedeciendo las indicaciones del dios. En el oráculo que me transmitiste, Apolo afirmaba que yo era el hombre más sabio.

Ya te he contado que estuve reflexionando sobre el significado de sus palabras, y que durante el largo asedio a Potidea llegué a la conclusión de que en realidad el dios quería que buscara al hombre más sabio, que no podía ser yo. Después de examinar durante años la sapiencia de quienes se tienen por sabios, me di cuenta de que ninguno lo era, y de que quizá el dios había afirmado que lo era yo porque parecía ser el único consciente de no saber nada que merezca la pena.

—También me preocupa que algunos jóvenes te escuchan con el fin de ser capaces de imitar tu método para rebatir a otros. Los he visto en las plazas y en los mercados, ridiculizando públicamente a sus interlocutores al hacerlos quedar como ignorantes.

—Lo sé, querido amigo, pero eso no puedo evitarlo. Yo sólo muestro a quienes se creen sabios que no lo son. Por otra parte, entre quienes no se consideran sabios, son muchos los que al hablar conmigo se percatan mejor de su ignorancia; de ese modo mejoran su disposición para indagar en busca de conocimientos ciertos.

Querefonte veía aquello a menudo y le dio la razón. Sócrates no sólo se dirigía a los ciudadanos más notables, sino que también solía detenerse para reflexionar con hombres humildes, campesinos e incluso esclavos.

Su amigo avanzó unos pasos en silencio y luego se volvió hacia él.

—Querefonte, el dios se sirvió de la Pitia para transmitirte sus palabras, y de un modo similar me hace conocedor de su voluntad a través de mi *daimon*, la conciencia interior que me previene en contra de las acciones que no debo emprender. Siempre he seguido los dictados de esta voz interna, y nunca me ha advertido para que no interrogue a nuestros conciudadanos o a los extranjeros que nos visitan. Sabría si el dios no quiere que lo haga. En definitiva, no hago más que seguir la intención que su oráculo te manifestó por primera vez en Delfos.

Querefonte torció el gesto sin responder. Al menos le consolaba pensar que, aunque no le hubiese contado a Sócrates el oráculo de Apolo, probablemente su amigo habría interrogado de igual modo a sus compatriotas. Lo conocía desde hacía casi cincuenta años, y ya desde niño asombraba y exasperaba con sus preguntas tanto a sus compañeros de escuela como a los pedagogos.

Llegaron a la casa de Critón y éste salió a recibirlos al patio. Al contrario de lo que le ocurría a Querefonte, cada año estaba más orondo.

—La ciudad está revuelta —les dijo bastante agitado—, durante toda la mañana no han dejado de hacerse públicos diferentes augurios acerca de la expedición a Sicilia. —La Asamblea iba a reunirse al día siguiente para debatir al respecto—. Nicias tiene en su bando a muchos sacerdotes que han lanzado todo tipo de advertencias y vaticinios negativos, pero Alcibíades y sus partidarios han conseguido varios oráculos y profecías favorables para contrarrestarlos.

Sócrates se rascó la mejilla a través de la barba.

—Era previsible que Nicias tratara de llevar la discusión a su terreno para intentar cancelar la expedición. No obstante, me temo que Alcibíades traerá a Atenas a todos los adivinos, videntes y astrólogos que haga falta para salirse con la suya.

Entraron en la vivienda y los envolvió el delicioso aroma de un asado de raya con salsa de queso y hierbas. Querefonte solía disfrutar de los manjares con que los obsequiaba Critón, pero estaba pensando en Perseo y su ánimo se había llenado de sombras. Desde que Sócrates era el tutor de Perseo, no había vuelto a hablar con su amigo del oráculo sobre su muerte; sin embargo, recordaba que hacía mucho tiempo Sócrates le había quitado importancia diciendo que el oráculo hablaba del «hombre de la mirada más clara», y que Perseo no era un hombre sino un niño.

«Ahora ya es un hombre», se dijo recordándolo en el gimnasio. Su cuerpo de adolescente espigado se había robustecido y vencerlo en los combates de entrenamiento con armas resultaba casi tan difícil como corriendo sobre una pista de arena.

—Estás muy distraído. —Critón le sirvió vino—. Si algo te inquieta, gracias a Alcibíades tienes más adivinos que nunca en Atenas para que te digan lo que va a ocurrir. Y si no te gusta, acudes a los de Nicias, que te dirán lo contrario. —Se rio con ganas y estuvo a punto de derramar el vino—. Aunque os tengo que reconocer que hay uno que me ha impresionado. Se ha instalado a los pies de la Acrópolis, junto al templo de Asclepio. Tiene media cara quemada —se pasó la mano por la parte izquierda del rostro con un gesto de desagrado—, y corre el rumor de que cuando se quemó se le concedió el don de la profecía. Sin duda lo ha traído Alcibíades, pues es de los que han vaticinado más beneficios para la expedición a Sicilia, pero yo lo he visto en acción y no me atrevo a negar que su inspiración provenga de los dioses.

—Aprovechará la fama que le ha proporcionado Alcibíades para cobrar caro. —Querefonte dio un trago a su copa fingiendo desinterés.

—Me ha parecido que le cobraba diez dracmas a un consultante. Obviamente cobrará todo lo que pueda y trabajará incluso de noche, pues sabe que los sacerdotes de Asclepio o los adivinos con puesto fijo lo echarán a patadas más pronto que tarde.

La adivinación, tanto fija como ambulante, era una actividad a la que recurrían los atenienses de todos los estratos. La regulación era estricta, y los castigos a los infractores, severos, pero al ser una práctica tan lucrativa a menudo surgían nuevos adivinos que la llevaban a cabo sin la autorización pertinente.

Querefonte comió en silencio mientras Critón y Sócrates hablaban sobre la expedición a Sicilia. Al finalizar la comida se despidió de sus amigos, pasó por su casa para coger la suficiente plata y luego buscó al adivino junto al templo de Asclepio.

Divisó un corrillo de gente y se acercó. El vidente estaba sentado en el suelo, frente a un hombre arrodillado, y entre ambos había un pequeño altar de madera. Un chiquillo de unos diez años pedía a los curiosos que no cruzaran una cuerda que había extendido en semicírculo alrededor del adivino. De ese modo nadie se aproximaba a menos de tres pasos y se mantenía la privacidad del consultante.

—Chico, ven aquí. —Querefonte logró ponerse en primera fila y el muchacho se le acercó—. Quisiera hablar con el adivino.

—Sí, señor. El precio son diez dracmas, y puedes ser el siguiente.

Querefonte miró de reojo al grupo de curiosos. Todos estaban ahí para ver el espectáculo, del que formaban parte tanto el adivino como quien lo consultaba. Era habitual entretenerse conjeturando cuáles habrían sido las preguntas y qué estaría respondiendo el adivino.

—Muy bien, guárdame el turno.

La túnica del vidente era de color verde intenso, con una cenefa negra bordada en las mangas y el cuello. Le daba un aire oriental, lo que siempre resultaba efectivo en su profesión. La mitad izquierda de su rostro estaba quemada, como había dicho Critón, pero resultaba más impactante de lo que había imaginado Querefonte. La piel parecía cera derretida, la mitad de su boca estaba retorcida y el ojo izquierdo ofrecía un aspecto opaco, como un trozo de vidrio sucio. En cuanto a la barba, había dejado que le bajara hasta el pecho, pero sólo le crecía en la mitad de la cara que no estaba quemada.

El adivino tenía junto a él una jaula de mimbre con varias palomas. Extrajo una con cuidado, la colocó sobre el altar de madera y la degolló. Observó el flujo de sangre y después le abrió el vientre y examinó las vísceras. Se inclinó hacia el consultante y habló con él en voz baja al tiempo que señalaba el hígado. Los presagios eran negativos cuando se encontraba alguna anomalía, pero Querefonte no consiguió distinguir las palabras del adivino.

El hombre se levantó y se alejó con una sonrisa iluminándole el rostro. Querefonte lo envidió.

—Diez dracmas, señor.

Bajó la mirada hasta la mano del chiquillo. Le entregó las monedas y se sentó en una estera frente al adivino. De cerca le pareció más joven que en su primera impresión, pero también más siniestro.

—Vengo a...

Se interrumpió mientras el adivino lo salpicaba con agua lustral.

—Dime el nombre —le pidió con una voz cavernosa.

Querefonte iba a decir el suyo, pero comprendió que le preguntaba por la persona cuyo destino quería desvelar. Le impresionó que supiese que eso era lo que quería.

—Perseo.

—Perseo... ¿de Atenas?

Querefonte dudó un momento.

—Sí.

—¿Cómo se llaman sus padres?

Volvió a dudar.

—Eurímaco y Altea.

De pronto el adivino levantó la cabeza hacia el cielo. Querefonte siguió su mirada y vio un grupo de mirlos cruzando por encima de ellos. Cuando volvió a mirar al vidente, éste había fruncido el ceño. Las aves a menudo transmitían señales de Zeus, y Querefonte se preguntó qué habría leído sobre el destino de Perseo en el vuelo de aquellos pájaros.

El adivino puso frente a él un pequeño brasero, sacó de una bolsa unas hojas secas y las echó encima. Las hojas comenzaron a quemarse produciendo pequeños chasquidos y el hombre se echó hacia delante para aspirar el humo.

El ojo ciego se entornó mientras el párpado cerrado del otro comenzaba a temblar. Poco después el temblor se extendió a la mandíbula. En el grupo de curiosos brotó un murmullo de sorpresa mientras los labios deformados iniciaban un susurro entrecortado.

—Perseo... de Atenas... hijo de Eurímaco... hijo de Altea.

Inhaló profundamente y se quedó en silencio, con la cabeza y la barba temblando como hojas sacudidas por el viento. La carne derretida de su rostro se contraía con pequeños espasmos. De pronto mostró los dientes apretados, negó varias veces y abrió el ojo sano.

Querefonte aguardaba expectante, observando la respiración agitada del adivino, sus labios apretados en una línea retorcida. El hombre se inclinó y él también lo hizo, recibiendo el aroma caliente de las hierbas que ascendía desde el brasero.

El susurro cavernoso fue rápido y claro:

—Perseo cometerá un crimen abominable a los dioses.

Querefonte se quedó paralizado. El adivino se apartó apresuradamente, cogió su altar de madera y se puso de pie haciendo ondular su túnica verde.

—Recoge todo —le ordenó al muchacho.

Querefonte permaneció en el suelo, contemplando conmocionado al vidente mientras éste se alejaba.

«Un crimen abominable a los dioses...»

## Capítulo 64
*Atenas, marzo de 415 a. C.*

«¿Dónde estará Sócrates?»

Perseo miró con cierta inquietud hacia la puerta de su taller de cerámica. Luego siguió examinando con sus empleados las vasijas que iban a cocer. La mayoría eran copas y platos adornados con cenefas sencillas, pero también había un par de piezas grandes que había pintado él.

«Se nota que me falta práctica», se dijo torciendo el gesto. Había pasado varios años sin pintar, y ahora apenas tenía tiempo entre el entrenamiento en el gimnasio y los actos sociales a los que asistía desde que era campeón olímpico. De todos modos, sabía que se venderían bien, sus trabajadores eran bastante buenos moldeando la arcilla y el negocio atravesaba una racha excelente.

—Están muy bien. Buen trabajo.

Dos de sus empleados comenzaron a llevar las vasijas al horno. Otro estaba preparando la arcilla en una artesa, y un cuarto trabajaba en el torno moldeando más copas. Perseo tocó con la punta del índice la arcilla de la artesa y lo rozó contra el pulgar. Le gustaba sentir la untuosidad cuando la arcilla era de gran calidad.

Se limpió los dedos en un cuenco con agua y salió al patio. Sócrates había dicho que se pasaría por su casa una hora antes de que comenzara la Asamblea, pero quedaba menos de media hora y no había aparecido.

«Esperaré un poco más. Si no llega, me iré solo.»

Frunció los labios al ver a otro empleado saliendo de lo que antes era el dormitorio de su padre. Critón lo había convencido de que lo más práctico era convertirlo en un secadero, para lo cual habían abierto varios agujeros en las paredes.

Fue a la cocina y se sentó frente a la vasija de Odiseo. Puso las manos sobre las asas y cerró los ojos.

«Papá, mamá, voy a ir a la Asamblea con Sócrates. Va a tener lugar la votación más importante en la que he participado hasta ahora como ciudadano. —Se detuvo al sentir el tirón de la tristeza—. Papá, me gustaría que fuéramos juntos a la Asamblea. También que me explicaras cosas de la Acrópolis mientras caminamos entre los templos, y no sólo desde la puerta de los Propíleos. —El recuerdo del rostro de su padre se desvaneció, y cobró relieve el que había asociado a su madre a lo largo de los años—. Mamá... —suspiró—, muchos hombres están empeñados en casarme con sus hijas ahora que me he hecho tan famoso, pero no quiero comprometerme. No al menos mientras sepa que Casandra es desdichada, y lo sé por Jantipa. Ella no me lo dice con palabras, creo que piensa que lo mejor es que nos olvidemos el uno del otro, pero lo leo en su expresión. Además...»

Abrió los ojos y se volvió al percibir que alguien se detenía en el umbral.

—Salud, Perseo, disculpa el retraso. Podemos irnos cuando quieras.

—¿Qué ha ocurrido, Sócrates? —Se levantó y salió de la cocina—. Tú siempre eres muy puntual.

—Jantipa no se encuentra bien. —Sus labios se fruncieron ligeramente. Parecía preocupado, algo infrecuente en él—. No estaba seguro de si acudir a la Asamblea, pero ella ha insistido en que fuera.

—Lamento oírlo, espero que no sea nada grave. ¿Tiene que ver con el embarazo?

—No, la tripa no le molesta y el niño se mueve con fuerza. Pero a ella le duele la cabeza y está un poco mareada.

Sócrates omitió que Jantipa se encontraba mal desde el día anterior, cuando había regresado muy agitada de la visita que había hecho a Casandra. Le había preguntado si había pasado algo, y su joven esposa le había contado roja de indignación que la habían echado de la casa acusándola falsamente de hacer de mensajera entre Casandra y Perseo.

«Tengo que tratar el tema con Eurípides —se dijo Sócrates mientras salían a la calle—. Jantipa y Casandra están muy unidas, sería muy negativo para ambas que no pudieran volver a verse.»

La colina de la Pnix estaba abarrotada y Sócrates y Perseo se quedaron en las últimas posiciones. Distinguieron un poco más adelante a Critón, que alzó una mano hacia ellos mientras hablaba con uno de sus socios comerciales. Otros hombres se volvieron al advertir que había llegado el campeón olímpico y lo saludaron respetuosamente. Sócrates observó que Perseo devolvía los saludos con una seguridad que no poseía antes de vencer en los Juegos.

Las conversaciones se extinguieron en cuanto Nicias subió al estrado. Sus ademanes eran más comedidos que los de la mayoría de los oradores, pero el pueblo siempre le prestaba una gran atención por ser el general más experimentado, exitoso y devoto que tenía Atenas.

—Esta Asamblea, varones atenienses, se hace para tratar de los preparativos necesarios para ir a Sicilia. No obstante, creo que todavía debemos plantearnos si es adecuado que nos embarquemos en esta expedición, tan difícil y que no nos resulta de interés ni nos incumbe.

Una breve oleada de murmullos recorrió la Asamblea. Alcibíades había excitado en los atenienses el deseo de conquistar Sicilia y no iban a renunciar fácilmente a ello. Ni siquiera por sugerencia de Nicias, que además de ser uno de los ciudadanos más respetados, en la anterior Asamblea había sido nombrado general en jefe de la expedición.

—No debemos ir tras otro imperio hasta que hayamos asegurado el que tenemos —proclamó Nicias con vehemencia.

Sócrates tocó el hombro de Perseo para que se inclinara y poder hablarle al oído.

—Ha utilizado las mismas palabras con las que Pericles previno al pueblo antes de morir. Es un recurso hábil.

Perseo asintió pensativo. Sócrates siempre le comentaba el desarrollo de los debates para que se diera cuenta de los trucos retóricos que se utilizaban, así como de las verdaderas intenciones de los participantes.

Nicias prosiguió lanzando una dura crítica contra Alcibíades, que había sido designado como general para esa expedición junto a Lámaco y él. Perseo buscó al aristócrata y lo divisó en primera línea. Alcibíades parecía en tensión, aunque las críticas de Nicias no habían conseguido que desapareciera su sonrisa afilada.

«Un animal peligroso e incontrolable», se dijo Perseo. Ésa era la impresión que le había transmitido Alcibíades en el banquete de Olimpia, cuando había compartido su triclinio, y ahora volvía a sentir lo mismo.

Sócrates se acercó de nuevo para hablarle.

—Nicias está tratando de avivar el temor que ya tienen muchos atenienses de que Alcibíades quiera derrocar la democracia y convertirse en tirano.

Perseo miró de reojo el semblante de Sócrates. En apariencia observaba a Alcibíades con indiferencia, pero él sabía que le dolía el comportamiento desenfrenado de su antiguo discípulo.

El general Nicias concluyó pidiendo al presidente de la Asamblea que se votara de nuevo sobre si llevar a cabo o no la expedición, pese a que era ilegal volver a votar sobre un asunto decretado en la Asamblea anterior. Luego bajó del estrado y pidieron la palabra otros hombres. Critón se les acercó mientras continuaban los discursos.

—Esto me recuerda la campaña de Egipto. —Torció los labios en una mueca de disgusto y se dirigió a Perseo—. Sócrates y yo éramos algo más jóvenes que tú, todavía no podíamos asistir a la Asamblea. Se aprobó apoyar la rebelión de Egipto contra Persia y enviar una gran expedición: noventa barcos y miles de hombres. Los persas los exterminaron a todos cerca del río Nilo.

Aquellas palabras los dejaron en silencio, hasta que un nuevo orador se dirigió a la tribuna y Sócrates bajó la voz para preguntarle a Critón algo que lo inquietaba.

—¿Has visto hoy a Querefonte?

—No, pensaba que estaría contigo.

Siguieron mirando hacia el estrado, pero la mente de Sócrates viajó hasta la noche anterior, cuando habían golpeado con insistencia la puerta de su casa. Jantipa estaba en la cama y él se había apresurado a abrir.

—¡Querefonte! —exclamó al ver el rostro desencajado de su amigo—, ¿qué te ocurre?

—Lo siento, Sócrates, tenía que hacerlo.

—¿Qué has hecho, por todos los dioses?

Querefonte tragó saliva y desvió la mirada sin responder. Sócrates lo llevó a la cocina y le sirvió una copa de agua a la que su amigo dio un sorbo nervioso antes de hablar.

—He ido a ver al adivino que nos dijo Critón, el de la cara quemada. —Sócrates lo miró con el ceño fruncido, temiéndose lo que iría a continuación—. Le he preguntado acerca de Perseo.

—¿Y qué te ha dicho?

—¡Que cometerá un crimen abominable a los dioses!

Sócrates se estremeció, pero respondió con firmeza.

—Por Hera, Querefonte, habíamos quedado en que te olvidarías del asunto.

—Me pides un imposible, Sócrates. Y tú tampoco deberías ignorar las advertencias de los dioses.

—No son advertencias, sino revelaciones ambiguas sobre el futuro que no sabemos interpretar. Y quién sabe si tu adivino de la cara quemada no era un charlatán.

—No lo era, doy fe de ello. Fui testigo de su trance antes de responder, y estoy seguro de que no fingía. Él mismo se asustó con lo que vio y se marchó apresuradamente después de transmitirme el oráculo.

—Sí, un gran golpe de efecto. Estoy seguro de que logró que lo siguieran muchos dispuestos a ofrecerle su dinero.

Sócrates se dio la vuelta después de hablar. ¿Sería cierto aquel vaticinio sobre Perseo? Y en caso de lo fuera, ¿qué quería decir? «Puede referirse tanto a mi asesinato como a cualquier sacrilegio grave.»

Se volvió de nuevo y clavó la mirada en su amigo.

—Querefonte, te lo ruego por el afecto que dices tenerme. No vuelvas a consultar nunca sobre mi muerte ni sobre Perseo. Tampoco quiero volver a hablar del tema, debes comportarte como si nunca hubieras oído esos malditos oráculos.

Querefonte sacudió la cabeza.

—¡No puedo hacerlo! —Casi estaba gritando y Sócrates temió que despertara a Jantipa—. El dios de Delfos dijo que tendrías una muerte violenta a manos del hombre de la mirada más clara; y ahora Perseo es un hombre, y un guerrero fuerte como pocos...

—¡Basta ya! —Sócrates quería como a un hijo a Perseo, que además se había convertido en un joven inclinado a la justicia—. Estoy seguro de que Perseo nunca intentará matarme, y si en el destino está escrito que acabe conmigo por accidente, imagino que mis esfuerzos por evitarlo serían en vano, como los de tantos otros que han intentado eludir su sino.

—Vayámonos de Atenas, Sócrates. —Querefonte extendió las manos—. Ven con Jantipa a mi granja de Eubea. Podemos instalarnos con mi hermano, y después él y sus muchachos nos ayudarán a construir otra vivienda para vosotros.

Sócrates lo miró apenado. Querefonte sabía perfectamente que él nunca abandonaría Atenas.

—Ve a dormir, amigo mío. Cuando hayas descansado verás las cosas de otro modo.

Aquella mañana, Sócrates había echado de menos a Querefonte mientras charlaba con un grupo de amigos en las galerías del ágora, y ahora se apoyó en el hombro de Perseo y se puso de puntillas para ver si lo localizaba entre la multitud.

Dejó de buscarlo cuando Alcibíades abandonó su posición y se dirigió al estrado. El aristócrata subió el último escalón y por un instante miró a Nicias como si fuera una cucaracha que deseara aplastar. Sin embargo, cuando comenzó a hablar en su tono no había agresividad, sino una seductora mezcla de pasión y sensatez. Empezó defendiéndose de las críticas que le había hecho Nicias, y a continuación los previno contra la excesiva prudencia que manifestaba el general.

—Si no fuéramos señores de otras ciudades, correríamos el peligro de ser sus vasallos. No debemos mantener una política pacifista igual que la de otros pueblos, a no ser que cambiemos nuestra manera de ser y nos hagamos como ellos.

Sócrates llamó la atención de Perseo.

—Fíjate bien en su argumento.

—Atenas —siguió Alcibíades desde el estrado—, a diferencia de otros Estados, es activa por naturaleza y no se puede permitir adoptar políticas pasivas. Un largo período de paz e inactividad arruinaría los conocimientos y el carácter que han dotado de grandeza a nuestra ciudad, pero más graves aún serían las consecuencias de ir en contra de nuestro propio carácter. Una ciudad de carácter emprendedor sucumbiría pronto si se volviera pasiva. Entre aquellos pueblos que se sostienen con mayor seguridad, se hallan las gentes que siguen una política lo más acorde posible con sus costumbres y su carácter.

Alcibíades recalcó este punto y abandonó el estrado en medio de una nube de aplausos. Perseo se volvió hacia Sócrates. A él le había parecido tan sólo un argumento convincente, pero estaba seguro de que el filósofo le haría ver algo más.

—Alcibíades se ha convertido en un excelente sofista. Desde muy joven tuvo grandes dotes para ello, como para todo lo demás. —Sócrates movió la cabeza con tristeza—. Si te das cuenta, ha hecho que la posición más agresiva, la que él defiende, parezca la más prudente. Ha comparado Atenas con un ser vivo al que le conviene actuar conforme a su naturaleza. Siguiendo su razonamiento engañoso, como Atenas es una ciudad activa, lo más prudente para ella es que actúe del modo más temerario.

Los enviados de algunas ciudades aliadas fueron los siguientes en intervenir, y después Nicias regresó al estrado. Se había percatado de que no iba a convencer a la Asamblea repitiendo sus argumentos y probó con una estrategia diferente. Contradijo la imagen que había presentado Alcibíades de una Sicilia débil y dividida, y acto seguido resaltó el tamaño de sus ejércitos, su disponibilidad de grano local, las riquezas que atesoraban sus ciudades y su nutrida caballería. Sus últimas palabras oscurecieron el ánimo de Perseo. Él formaba parte del cuerpo de caballería del ejército: si había que combatir con una caballería poderosa, probablemente lo enviaran a Sicilia.

El general Nicias prosiguió asegurando que para poder alcanzar la victoria habría que llevar a Sicilia unas fuerzas muy superiores a los sesenta trirremes acordados en la última Asamblea. Sócrates suspiró al oírlo y se aproximó de nuevo a Perseo.

—Nicias es tan piadoso y afortunado como torpe en la tribuna —murmuró—. Pretende asustar a los atenienses con la enorme magnitud del ejército y los aprestos necesarios para la expedición, pero no se da cuenta de que lo que en realidad transmite es la confianza de que siguiendo sus consejos el éxito es inevitable.

—Los preparativos que sugiero —concluyó Nicias— son los que proporcionarían mayores garantías a la ciudad, así como seguridad a los que vamos a embarcarnos. Pero si alguien piensa de otro modo, me ofrezco a darle el mando.

El general Nicias se quedó de pie en lo alto del estrado, contemplando la reacción del pueblo. Si pretendía haber encontrado el modo de que lo relevaran, se llevó una gran decepción al percibir que los atenienses se mostraban aún más excitados que antes. Un aristócrata llamado Demóstrato, conocido por su postura belicista, sustituyó a Nicias en la tribuna.

—General Nicias, dejémonos de discursos y rodeos. Ha llegado el momento de decir delante de todos los atenienses aquí reunidos qué fuerzas exactamente crees que debemos aprobar.

Nicias, de mal grado, retornó al estrado.

—Debo deliberarlo con calma con mis compañeros en el mando... —levantó las manos para acallar las protestas de Demóstrato—, pero no pueden ser menos de cien trirremes de los nuestros y muchos también de nuestros aliados, que han de transportar al menos cinco mil hoplitas, más si fuera posible. En cuanto al resto de las fuerzas, arqueros de Atenas y de Creta, honderos y todas las tropas oportunas, deberán guardar la misma proporción.

—¡Votemos ya! —gritó Demóstrato.

—¡Que se vote! ¡Que se vote!

Perseo advirtió que Alcibíades observaba a Nicias con los brazos cruzados y una sonrisa satisfecha. El presidente de la Asamblea dio orden de que se llevara a cabo la votación que daría plenos poderes a los generales, y Sócrates avisó a Perseo de que se limitara a abstenerse, pues sería peligroso votar en contra.

—Ya has visto que no serviría de nada, y cuando todo el pueblo está exaltado, con una idea fija en la cabeza, cualquiera que se oponga pasará por hostil a la ciudad y podría ser tratado con violencia.

De pronto Perseo reparó en algo.

—Nicias no ha mencionado la caballería en el recuento final de fuerzas necesarias.

—Apenas podía pensar, debe de estar apabullado —respondió Sócrates con un tono sombrío—. Pretendía disuadir a los atenienses de mandar sesenta trirremes a Sicilia, y lo que ha conseguido es que esté a punto de aprobarse el mayor envío de tropas que jamás hayamos efectuado.

La propuesta que Nicias había planteado para desalentar a sus ciudadanos fue aprobada con gran entusiasmo. Cuando la Asamblea se disolvió, Sócrates y Perseo se alejaron hacia el ágora. La estructura administrativa y militar de la ciudad acababa de ponerse en marcha. En los siguientes días se llevaría a cabo el proceso de reclutamiento de los miles de soldados necesarios para la expedición, así como el envío de mensajes a los aliados solicitándoles las tropas y los barcos oportunos. Atenas estaba deseosa de poner en práctica su poder. Después de varios años de paz y con la peste como un lejano recuerdo, el número de hombres jóvenes había crecido considerablemente y los tributos habían rellenado las arcas del Estado.

Sócrates caminaba mirando al suelo. La preocupación dibujaba arrugas en su frente. Cuando habló, lo hizo sin mirar a Perseo.

—Voy a regresar a casa con Jantipa.

Perseo observó su expresión taciturna y se preguntó si estaría inquieto por su mujer o por la expedición a Sicilia.

—Te acompaño hasta la puerta.

Pasaron en silencio junto a la casa de la fuente y entraron en la vía Panatenaica.

—Sócrates.

El filósofo se giró al ver que Perseo no continuaba.

—¿Sí? ¿Qué ocurre?

—Te conté que en Olimpia conocí al escultor Mirón, y que estuvimos hablando enfrente de una escultura que había hecho de mi padre cuando compitió en los Juegos en lanzamiento de disco.

Sócrates asintió.

—Mirón me dijo que no me parecía a mi padre, y es evidente que eso es cierto.

El filósofo se tensó aguardando las siguientes palabras de Perseo, que tardaron unos momentos en llegar.

—¿Te acuerdas de mi madre, Sócrates?

—Claro que la recuerdo. ¿Por qué lo preguntas?

—Bueno, es una tontería, pero desde pequeño he hablado con ella para pedirle ayuda o consuelo, y siempre me la he imaginado con un rostro diferente al mío. Mi padre decía que me parecía a ella, pero él murió cuando yo era sólo un adolescente. Desde que hablé con Mirón he pensado mucho en cómo sería ella, y en si nos pareceríamos ahora que tengo rasgos de adulto. Como no puedo preguntárselo a mi padre, me gustaría que tú me contestaras.

Sócrates examinó su rostro con aire pensativo.

—Recuerdo cómo era Altea como persona, una mujer inteligente que te alegraba con su sonrisa, pero es difícil recordar los detalles de su rostro. —Observó los ojos de Perseo, sus labios, el contorno de su cara—. Te pareces a ella, pero no puedo responderte con exactitud. Creo que sonríes de un modo similar, y también tu mirada me recuerda a la suya.

—Pero sus ojos eran oscuros.

—Sí, eso es cierto, pero tenía las cejas finas y las pestañas largas, como tú, y también miraba de un modo directo que transmitía franqueza.

Perseo se mantuvo un rato pensativo.

—Gracias, Sócrates.

Se despidieron al llegar a la casa del filósofo. Sócrates abrió la puerta despacio y cruzó el patio procurando no hacer ruido. Encontró a Jantipa tumbada en su lecho, con una mano sobre los ojos. Se sentó en el suelo junto a ella y la contempló en la penumbra.

—¿Has visto a Eurípides? —susurró Jantipa con voz somnolienta.

—No. Mañana iré a su casa y le pediré que hable con Ificles. Quizá sea mejor que pasen un par de días para que los ánimos se calmen un poco.

—Sí... —Jantipa respiró un par de veces, lentamente, antes de volver a hablar—: Ha venido un muchacho y ha traído un mensaje. Un papiro sellado con cera. Está en la mesa de la cocina.

—Ahora lo leeré. ¿Qué tal te encuentras?

—Ya no me duele la cabeza, pero me siento muy cansada.

—¿El niño está bien? —preguntó poniendo la mano sobre la túnica abombada.

—Sí. —Jantipa colocó una mano sobre la de su esposo—. Ha estado bailando mientras yo trataba de dormir, pero ahora es él quien se ha dormido.

Sócrates contempló la mano de Jantipa sobre la suya, ambas encima del bebé que dormía en su vientre. Le pareció extraño que fuera de aquella habitación silenciosa la ciudad se preparara para la guerra. Retiró la mano despacio y sonrió con la caricia involuntaria que le hicieron los dedos de su esposa. Se inclinó sobre ella y besó sus labios cálidos. Luego se incorporó con un chasquido de rodillas y la miró antes de salir. Jantipa respiraba con suavidad a través de la boca entreabierta.

El ceño de Sócrates volvió a arrugarse cuando entró en la cocina y cogió el papiro. Rompió el sello de cera y lo desdobló.

*Querido Sócrates:*
*No puedo continuar en Atenas...*

—Oh, Querefonte —murmuró al aire solitario.

*... Me causa un gran sufrimiento alejarme de ti, pero ante todo quiero cumplir tu voluntad. Si permanezco en Atenas, no seré capaz de hacer lo que me pides y actuar como si no supiera lo que sé. Puedes decir a nuestros amigos que me he ido una temporada a mi granja de Eubea, que es donde realmente estaré. Pediré a los dioses que protejan tu vida, confiando en que sea para ellos tan valiosa como para mí. Cuídate mucho, querido amigo.*

Sócrates pasó un dedo por la firma de Querefonte, dejó el papiro abierto sobre la mesa y se dejó caer en una silla.

—Los malditos oráculos...

Querefonte y Perseo eran dos de las personas a las que más quería, y el oráculo sobre su muerte había dificultado su relación desde que Perseo era un bebé. Aunque nadie dijera nada, Sócrates siempre había percibido la tensión de Querefonte con Perseo y Eurímaco.

«Mi deber es ocuparme de Perseo», se dijo recordando el juramento que le había hecho a Eurímaco.

No había sido en Anfípolis, cuando su amigo se había desangrado después de que lo atravesara el gigante espartano. En aquella ocasión sólo había confirmado el compromiso que había cerrado con Eurímaco muchos años antes, cuando la peste había estado a punto de matarlo.

Perseo era entonces un niño de ocho años, que desde la puerta entreabierta de su casa le dijo sollozando que Eurímaco tenía la diarrea de sangre. Sócrates había ido a llevarles comida y pensaba respetar el deseo de Perseo de que no entrara para no contagiarse, pero la diarrea de sangre era casi una sentencia de muerte; parecía que no habría otra ocasión de ver con vida a Eurímaco.

—Tengo que entrar para hablar con tu padre.

—¡No! —Perseo trató de cerrar la puerta, pero Sócrates lo impidió y cruzó el patio hasta el dormitorio de Eurímaco.

Su amigo gemía y se retorcía lentamente sobre su lecho. Lo único que cubría su cuerpo enflaquecido era un manto enrollado a modo de taparrabos. Toda su piel estaba cubierta de llagas secas, y cuando Sócrates se arrodilló junto a él, vio que en su mano izquierda, en lugar de uñas, los dedos acababan en unos muñones en carne viva.

—Eurímaco, soy Sócrates.

Su amigo abrió los párpados y giró la cabeza hacia él.

—Sócrates... —Tenía la voz áspera y débil. Durante unos instantes lo miró como si no lo reconociera y luego su rostro se contrajo—. Vete, vas a contagiarte, márchate.

—No, amigo mío. —Movió la mano para tomar la de Eurímaco, pero se obligó a reprimir el impulso—. Creo que hay algunos asuntos que debemos tratar.

Sócrates continuó hablando en voz baja, pues suponía que

Perseo estaría escuchando desde el patio. Su voz sosegada disipó poco a poco la crispación del rostro de Eurímaco. Consiguió que recobrara el dominio de su voluntad y lo guio para afrontar con serenidad el sufrimiento y la posibilidad de morir. Cuando estuvo más calmado, abordaron el tema que más le preocupaba.

—Sócrates, ¿te ocuparás de Perseo?

—Así lo haré, si es necesario.

—Lo conoces bien, es muy buen chico... —Eurímaco ahogó un sollozo y respiró hondo—. Pero hay algo que no sabes sobre él. Hay que protegerlo de algo que ignoras, y que podría resultar muy peligroso.

Sócrates aguardó mientras su amigo se decidía a seguir hablando.

—Perseo... —Eurímaco convirtió su voz ronca en un susurro—. Perseo no es mi hijo.

## Capítulo 65
*Atenas, marzo de 415 a. C.*

Casandra aferraba el mango del cuchillo bajo la tela de su túnica.

Se había metido en la alcoba de su esposo y aguardaba apoyada en la pared, junto a la puerta, para que Ificles no pudiera verla hasta que hubiese entrado. También había estado esperando a su marido la pasada noche, pero él había dormido fuera de casa.

«Hoy no te librarás.» Esa tarde había oído a Ificles decirle a Eudora que estaba cansado y que regresaría pronto después de cenar con un socio.

Cerró los ojos, atenta a los sonidos de la casa. El día anterior, después de que Eudora echara a Jantipa y ella cogiera el cuchillo de la cocina, se le pasó por la cabeza clavárselo a su cuñada. Eudora parecía disfrutar haciéndole daño, como cuando unos años antes le había dicho que Perseo frecuentaba los burdeles.

—Por lo visto a tu amiguito le va muy bien su negocio de cerámica. He sabido que comparte generosamente su plata, noche tras noche, con las prostitutas más viciosas.

Casandra palideció mientras Eudora la contemplaba regodeándose. Aunque se dijo que aquello no era cierto, sabía que podía haber algo de verdad en las palabras de su cuñada. Consiguió controlar su expresión, ignorando el dolor agudo que le atravesaba el pecho.

—Imagino que Ificles te puede informar muy bien de lo que ocurre en los burdeles.

El deleite maligno se desvaneció del rostro de Eudora, que se ruborizó y se marchó sin responder.

Ése había sido uno de los muchos encontronazos que había tenido con su cuñada, pero ir a por ella no serviría para mejorar su situación.

«El único modo es con Ificles», se dijo relajando los dedos agarrotados y volviendo a apretar la empuñadura del cuchillo.

Pegó el cuerpo a la pared al oír la voz de su marido hablando con un esclavo. A continuación, oyó sus pasos sobre las baldosas de mármol, acercándose a la alcoba, y sacó el cuchillo sigilosamente.

Ificles entró en la habitación sin ver a Casandra. Ella entornó la puerta empujándola con la mano libre y avanzó esgrimiendo el cuchillo. Cuando estaba a un paso, Ificles se dio la vuelta y saltó hacia atrás.

—¡Dioses! ¡¿Qué vas a hacer?! —Su espalda chocó contra la pared y encogió el cuerpo—. Deja ese cuchillo, te lo suplico.

Casandra se puso el filo en el cuello.

—Me da igual lo que te haya contado Eudora. Te juro que desde que estamos casados sólo he hablado con Perseo el día que supe que había muerto su padre. No hemos vuelto a hablar ni me he comunicado con él de ningún modo. Nunca he hecho ni haré nada que pueda perjudicar tu honor, pero si no dejas que venga a visitarme Jantipa, que es la única amiga que tengo en esta vida de encierro, te juro por todos los dioses y por la sangre de los héroes que me cortaré el cuello.

Ificles sintió alivio al comprender que no quería matarlo, pero no bajó los brazos. Su mujer parecía haber enloquecido. Lo miraba con una expresión salvaje que nunca le había visto, y su mano temblorosa no dejaba de apretar la hoja de aquel enorme cuchillo contra la carne pálida de su cuello.

—Tranquilízate, Casandra. Aparta el cuchillo, te estás haciendo sangre.

Casandra notó que una gota se deslizaba por su mano y presionó con más fuerza.

—¡Júrame que Jantipa podrá seguir viniendo!

—Lo juro. Por mis ancestros, por los héroes y los dioses, lo juro, pero deja el cuchillo.

Casandra titubeó. Su marido estaba aterrado, diría lo que hiciera falta para que soltara el arma.

—Ificles, nunca te he engañado y nunca lo haré, pero si impidieras que Jantipa viniera a verme, encontraría el modo de matarme aunque me ataras de manos y pies.

El cuchillo tintineó al golpear contra el suelo de piedra. Ificles le dio a Casandra una bofetada torpe que la derribó sobre el lecho. Ella escuchó sin moverse las palabras de su marido, mientras la sangre de su cuello manchaba la manta de lana.

—Maldita loca, ¿cómo te atreves a amenazarme? —Ificles se agachó para coger el cuchillo y luego se quedó mirando a su esposa. Su amiga Jantipa era la mujer de Sócrates, un personaje extravagante pero muy respetado por muchos atenienses influyentes; y también Eurípides, su padre, era muy célebre entre los atenienses. Prefería evitar conflictos con ellos—. Jantipa podrá venir, pero si vuelves a hacer algo similar, te juro que lo lamentarás. Y si de verdad te matas, encontraré el modo de hacer que tu padre pague por ello.

Se dirigió hacia la puerta con el cuchillo en la mano y habló por última vez sin mirar a su esposa.

—Cúrate esa herida y haz que limpien las mantas.

Al salir de la alcoba encontró a Eudora.

—Os he oído gritar. No deberías permitirle que te levante la voz.

Ificles sintió una cólera fría hacia su hermana.

—Vigila a Casandra, pero deja que Jantipa venga a visitarla.

—Pero...

—¡No discutas!

Eudora bajó la mirada e Ificles se alejó sintiendo que iba a estallarle la cabeza. ¿Por qué tenía que estar amargado en su propia casa?

«Todo esto es culpa del maldito Perseo», se dijo al tiempo que pasaba un dedo por la hoja del cuchillo. A veces recordaba los ojos extraños del muchacho clavados en Casandra, el día de su boda, cuando él fue a recogerla a casa de Eurípides. Por el modo en que la miraba era evidente que entre ellos había ocurrido algo.

«Sé que Casandra llegó virgen al matrimonio, pero parece que Perseo sigue al acecho.»

Esa misma tarde había vuelto a verlo en la Asamblea. Además de haber desarrollado el cuerpo de un coloso, su victoria en Olimpia lo había convertido en uno de los hombres más ilustres de Atenas.

«Tendría que haberme encargado de él cuando sólo era un adolescente indefenso.»

## Capítulo 66
*Esparta, mayo de 415 a. C.*

Deyanira descendió con cautela el último tramo de pendiente y aceleró por la llanura en pos de Clitágora. Su amiga se había arriesgado bajando el Taigeto y le llevaba veinte pasos de ventaja. Recortó la distancia poco a poco, impresionada porque Clitágora fuera capaz de correr de ese modo con cincuenta y cinco años.

Hacía calor y habían decidido que la carrera finalizaría en las aguas del Eurotas. Ya había un par de jovencitas en el agua, el reinado de ellas dos había quedado atrás, pero seguían dejándose la piel en cada competición.

Se puso a la altura de Clitágora e intentó dejarla atrás. La mujer consiguió acelerar el ritmo y durante un trecho recorrieron la llanura a la par, goteando sudor de sus cuerpos desnudos. Por fin advirtió que Clitágora comenzaba a retrasarse e hizo un último esfuerzo para que su victoria resultara clara.

Entraron en el río como dos caballos desbocados. Deyanira sumergió la cabeza y cuando salió agradeció con una mano los aplausos de las muchachas que habían llegado antes que ellas.

«Con veinte años menos os habría dado una paliza», pensó mientras contemplaba con envidia la firmeza de sus cuerpos.

Clitágora nadó hasta llegar a su lado y se puso de pie con el agua por la cintura.

—Reconoce que esta vieja ha estado a punto de ganarte.

—No vuelvas a bajar de ese modo el Taigeto. Has podido partirte los tobillos. —Señaló con la cabeza hacia las jóvenes—. Y yo también soy una vieja, mira a esas niñas.

Clitágora las observó con los brazos en jarras. Sus pechos

colgaban como si se hubieran vaciado, pero seguía siendo una mujer grande y musculosa.

—Están encantadas; pero me alegro, es su momento. Tú y yo hemos acaparado las victorias durante muchos años.

—Hemos sido las mejores.

La nostalgia de su voz hizo que Clitágora la mirara con curiosidad. Luego se sentó junto a ella, con el agua cubriéndola hasta la barbilla, y dejó que el río fluyera lentamente alrededor de su cuerpo.

—¿Qué tal el pequeño Leónidas?

—Feliz y atolondrado, es como un pequeño gigante. —Deyanira movió los brazos para estabilizarse dentro del agua—. Temo el día en que se vaya de casa para empezar la *agogé*, menos mal que sólo tiene cinco años.

—Disfrútalo, todavía te queda más de un año.

Se quedaron un rato en silencio, mirando a las jóvenes que se habían tumbado en la orilla para secarse.

—Ayer vi a Calícrates —dijo Clitágora—. Tenía muy buen aspecto. ¿Has hablado con él?

Deyanira agradeció que le preguntara por su hijo mayor. La mayoría de las mujeres no lo mencionaban desde su extraña derrota en Olimpia y la posterior campaña de difamación que Aristón seguía alimentando. Quizá Clitágora le agradecía de ese modo su apoyo cuando su marido, uno de los hoplitas que los atenienses habían apresado en Esfacteria, había regresado a Esparta en virtud del tratado de paz. La mujer lo había pasado muy mal cuando se decretó que, por haberse rendido, se retiraran la mayoría de los derechos a todos los supervivientes de Esfacteria. Tras haber esperado durante cuatro años a que regresara su marido, se encontró con que la Asamblea lo consideraba un apestado. Poco tiempo después, ante el elevado número de espartanos afectados, se decidió devolverles sus derechos, pero Clitágora no olvidaba el apoyo de Deyanira y eso había estrechado su relación.

—No, todavía no he visto a Calícrates. —Deyanira respondió apenada. Su hijo había pasado tres meses patrullando en Mesenia, y a su regreso no la había visitado porque Aristón seguía prohibiendo que entrara en la vivienda familiar.

Clitágora asintió con una mirada comprensiva. Luego se puso de pie.

—Me estoy quedando fría. ¿Salimos?

Deyanira cogió la mano que le tendía y caminaron hacia la orilla.

Al regresar a casa, su esclava se acercó con rapidez e inclinó la cabeza para hablarle.

—Leónidas ya ha comido y está durmiendo, señora.

Deyanira acudió al dormitorio de su hijo y abrió la puerta despacio. El pequeño se revolvió en su lecho, dándole la espalda. Ella cerró la puerta y se tumbó junto al cuerpo cálido de Leónidas. Al cabo de un momento, su hijo se movió sin abrir los ojos y se acurrucó como un cachorro contra ella.

Deyanira lo envolvió con los brazos e inspiró el olor de su pelo.

«Mis hijos...»

Sus labios se expandieron en una gran sonrisa. Hubo una época en la que lloraba por un hijo muerto y temía que Aristón matara al que le quedaba. Ahora, gracias a los dioses, tenía tres.

«Leónidas, Calícrates y Perseo.»

Ya se había acostumbrado a asociar el nombre de Perseo al hijo perdido. Ahora notaba un estremecimiento cada vez que alguien mencionaba «la Olimpiada de Perseo».

Besó la cabeza de Leónidas, que respiraba profundamente entre sus brazos.

«Me encantaría ver a Perseo.»

A veces jugaba con la idea, pero sabía que era un deseo imposible. Pese al tratado de paz, la situación era prácticamente una guerra no declarada. Y aunque de verdad se alcanzara una paz que todo el mundo respetara, una mujer no podía viajar por su cuenta. Se conformaba con pensar en Perseo, en su carita de bebé convertida en un hombre que según Calícrates se parecía mucho a ella.

«Él no se acordará de mí —se dijo con pena. Al menos ella recordaba su parpadeo de criatura desconcertada, los deditos rozando su piel—. Perseo probablemente crea que su madre es la mujer que lo haya criado.»

Estrechó a Leónidas con más fuerza. Crecía con mucha rapidez, tenía que aprovechar cada momento mientras todavía fuera su pequeño.

Le sobresaltó la puerta de la calle cerrándose de golpe.

—¡Leónidas!

La voz de Aristón hizo que se quedara rígida. Su hijo rebulló entre sus brazos.

—¿Dónde está Leónidas?

Deyanira oyó el murmullo de la esclava al responder. Un momento después, la puerta del dormitorio se abrió.

—¿Qué haces abrazándolo como si fuera un bebé?

Leónidas alzó la cabeza con los ojos hinchados de sueño.

—Hola, papá.

—Levanta, soldado. Tengo una gran noticia. Hoy vas a empezar la *agogé*.

El rostro del pequeño resplandeció como un sol de verano.

—¡¿Qué?! —Deyanira agarró a Leónidas mientras el niño intentaba pasar por encima de ella para salir de la cama—. Sólo tiene cinco años, no tiene que irse hasta que cumpla siete.

Aristón le respondió con desdén.

—Dentro de poco tendrá seis, y cuando lo pongo a combatir con chicos de ocho siempre los vence. Me he ocupado de que pueda comenzar un poco antes. ¡Leónidas, ven conmigo!

El pequeño se zafó de los brazos de su madre y se puso de pie, pero titubeó al ver la expresión desesperada en el rostro de Deyanira.

—No llores, mamá.

—Las lágrimas de tu madre son deshonrosas, Leónidas. Un espartano no debe mostrar debilidad, ni tampoco una espartana.

El pequeño se irguió, ignorando la mano que su madre tendía hacia él.

—Leónidas... —imploró Deyanira.

Su hijo retrocedió un paso, le dio la espalda y se alejó con Aristón.

## Capítulo 67
*Atenas, junio de 415 a. C.*

Perseo observó el gesto adusto de los hombres con los que se cruzaba mientras comenzaba a ascender la escalinata de la Acrópolis. La ciudad había rebosado entusiasmo con la idea de enviar un gran ejército a Sicilia... hasta hacía dos semanas, cuando todo había cambiado en una sola y fatídica noche.

Se estremeció al recordar los gritos de horror que aquel amanecer se habían propagado por Atenas como un incendio inextinguible.

«Nadie podía imaginar semejante profanación.»

En cientos de casas y templos, las estatuas del dios Hermes que protegían sus puertas habían aparecido decapitadas, y sus falos de mármol, arrancados. Hermes era el dios de los viajeros, por lo que la destrucción de sus estatuas suponía un presagio terrible para la expedición a Sicilia. Además, la extensión del destrozo, y que se hubiera producido en una sola noche, revelaba que se trataba de una acción coordinada. En ella tenían que haber participado muchos hombres, por lo que había cobrado fuerza la hipótesis de que existía una conjura para acabar con la democracia.

«Lo peor que nos puede ocurrir ahora es que estalle una guerra civil.»

Se cruzó con otros atenienses, que lo miraron con recelo hasta que lo reconocieron y lo saludaron. Al amanecer del día siguiente partiría desde el puerto del Pireo la mayor expedición que una sola ciudad griega hubiese enviado jamás a tierras tan lejanas y por un período tan prolongado. Seguía hablándose con ilusión de las riquezas que se obtendrían en Sicilia, y de cuánto se acrecentaría el poder del imperio ateniense, pero en el fondo de todas las conversaciones resonaba el eco ominoso de los recientes sacrilegios.

«Nos puede perjudicar enormemente que hayan acusado a Alcibíades», se dijo apesadumbrado. Se habían ofrecido recompensas e inmunidad a quien denunciara a los responsables de algún sacrilegio, ya fuera el de los Hermes o cualquier otro. La ciudad quería expiar todos los crímenes religiosos para evitar la ira de los dioses. Enseguida aparecieron testigos declarando que Alcibíades y algunos de sus amigos habían parodiado en privado los misterios sagrados de Eleusis. Los enemigos de Alcibíades se habían apresurado a asegurar que también era el responsable de la profanación de los Hermes.

—Es una muestra evidente de su desprecio por las tradiciones de Atenas —habían proclamado—, y también de su intención de derrocar la democracia y convertirse en tirano.

Alcibíades se había declarado inocente y había pedido que lo juzgaran antes de partir hacia Sicilia. Sin embargo, sus enemigos políticos pagaron a varios oradores para que convencieran a la Asamblea de que era mejor juzgarlo después de la expedición. Sabían que muchos de los ciudadanos que se iban a embarcar con Alcibíades votarían a su favor, por lo que preferían que partieran con él y acusarlo de nuevo en una Asamblea en la que ya no estuvieran. Además, en ese momento Alcibíades tenía a su favor haber conseguido mediante sus influencias personales que las ciudades de Argos y Mantinea aportaran tropas a la expedición.

Perseo subió los últimos peldaños de la gran escalinata. «No tiene sentido que enviemos como general a un hombre pendiente de juicio. Alcibíades debería estar pensando en conseguir la victoria, no en las amenazas que le esperan cuando regrese a su patria.»

Al internarse en los Propíleos pensó en entrar un rato a la pinacoteca —hacía tiempo que no contemplaba los cuadros de Polígnoto—, pero distinguió a Sócrates dentro de la Acrópolis y siguió avanzando hasta penetrar en el recinto sagrado.

—Buenos días, Sócrates.

El filósofo se giró hacia él mostrando unas ojeras pronunciadas.

—Salud, querido Perseo.

—Vaya, veo que has pasado otra noche complicada. ¿Lamprocles sigue sin dormir?

—Por Hera y la diosa Tierra —Sócrates rio—, no sabía que un bebé pudiera llorar tanto. Es innegable que nacen con la habilidad de llamar la atención de sus padres.

—¿Por qué no contratas a una nodriza? Si no quieres cobrar por tus lecciones, al menos acepta un obsequio mío o de Critón.

—Calla, calla, pareces Jantipa. No pasa nada por dormir poco durante unas noches, y menos aún si lo hacemos en un lecho caliente y con el estómago lleno. Mucho peor es pasar un invierno de campaña con el ejército. —Alzó una mano para recalcar sus palabras, como solía hacer cuando Perseo era adolescente y repasaban las lecciones juntos—. Debemos vivir conforme a nuestra naturaleza; el que rehúye todas las molestias es un esclavo de su cuerpo.

Perseo sonrió sin responder, sabía que insistir sería en vano. No conocía a nadie tan convencido de las virtudes de la austeridad como Sócrates.

—Critón todavía no ha llegado —indicó el filósofo—, pero tus compañeros de gremio ya están haciendo cola frente al altar. Será mejor que vayamos.

Pasaron junto a la gran estatua de bronce de Atenea Prómacos, ataviada con todas sus armas para defender a la ciudad. A su derecha, el Partenón dominaba con su tamaño y magnificencia al resto de las edificaciones. A la izquierda se estaba levantando un nuevo templo y entre ambos se encontraba el gran altar de Atenea. Tenía varios pasos de longitud, lo que permitía que se realizaran tres o cuatro sacrificios simultáneamente. Su estructura era escalonada y en la plataforma superior humeaba una capa de brasas.

Un centenar de personas hacía cola frente al altar, llevando consigo distintos animales domésticos —los únicos que podían ofrecerse a los dioses—. Los ceramistas se encontraban en mitad de la fila. Eran dos docenas y habían llevado un buey de cuyos cuernos dorados colgaban cintas blancas. Sócrates los saludó y luego se apartó para observar las obras del nuevo templo. Perseo se quedó charlando con ellos, pero le pusieron nervioso hablando sin parar de las posibles consecuencias negativas de los sacrilegios, así que al cabo de un rato se reunió con Sócrates.

El templo que se estaba construyendo se llamaría Erecteion, dedicado a los dioses y héroes más antiguos de la ciudad, entre ellos a Erecteo, uno de los primeros reyes míticos de Atenas. Al igual que muchas otras obras públicas, el Erecteion se había beneficiado de la prosperidad de los últimos años, pues sus trabajos habían comenzado tras la firma del tratado de paz, y ya estaba muy avanzado. Tenía una estructura peculiar, con un edificio principal, dos pórticos laterales de diferente tamaño y un patio trasero amurallado en el que crecía el olivo sagrado.

Perseo señaló hacia una grúa de madera que estaban utilizando para construir una de las columnas.

—Cuando era pequeño, siempre me preguntaba cómo podían levantar unas piedras tan grandes. Mi padre me lo explicaba, pero no lo entendí del todo hasta que lo vi con mis propios ojos.

—Resulta fascinante —convino Sócrates.

Las columnas se formaban apilando bloques cilíndricos de mármol llamados tambores. En ese momento estaban empleando la grúa para encajar uno de ellos encima de los que ya había apilados.

Perseo observó el montaje del tambor y después se acercó al pequeño pórtico anexo al templo. Lo sostenían seis cariátides, esculturas con forma de doncella que servían de columnas.

—El escultor Alcámenes ha hecho un gran trabajo con estas cariátides —comentó Sócrates poniéndose a su lado—. Todo el mundo está de acuerdo en que son más bellas que las del tesoro de los sifnios en el santuario de Delfos.

—Algún día veré las de Delfos, pero me extrañaría que me parecieran más hermosas que éstas.

Alcámenes había recreado a la perfección los finos pliegues de las túnicas, una técnica que había aprendido de su maestro Fidias. El mármol daba la impresión de haberse convertido en una tela delicada que se ceñía al cuerpo de cada doncella. Perseo rodeó el pórtico y admiró la maestría de los elaborados peinados. Las cariátides sostenían el enorme peso del techo de piedra del pórtico, pero transmitían una impresión de ligereza, de estar en pleno movimiento con los cuerpos relajados.

La voz de Critón retumbó a su espalda.

—Las cariátides resultan admirables, pero deberíamos unirnos a los demás, Perseo. También es tuyo el dinero que va a recibir el tesoro del Partenón.

Perseo regresó con sus amigos a la fila del gran altar de Atenea, aunque todavía tuvieron que esperar una hora bajo el sol hasta que los atendió uno de los sacerdotes. El representante del gremio de los ceramistas le entregó una bolsa de cuero que contenía un talento de plata amonedada. El gremio contribuía de ese modo al tremendo esfuerzo económico que la expedición a Sicilia suponía para la ciudad. Posteriormente se levantaría una estela conmemorativa junto al Partenón, con la cantidad aportada y el nombre de todos los ceramistas grabados en la piedra.

Tras recibir la ofrenda, el sacerdote se ocupó del sacrificio del buey en un extremo del gran altar. Metió las manos en un cántaro con agua, se las lavó y salpicó al animal. Un murmullo de satisfacción se extendió entre los asistentes cuando el buey sacudió la cabeza, pues se suponía que de ese modo demostraba que estaba dispuesto para el sacrificio. El sacerdote le cortó unos pelos de la nuca y los arrojó a las brasas, donde se retorcieron chisporroteando. Después dos ayudantes agarraron los cuernos del animal y un tercero colocó una vasija grande debajo de su cuello. El sacerdote le seccionó la yugular con un corte experto y la sangre manó a chorros dentro de la vasija. Continuaron sujetando al buey hasta que éste se tumbó en el suelo y la vasija estuvo prácticamente llena. Entonces vertieron sobre el altar la sangre, que se extendió empapando la superficie escalonada.

Los ayudantes del sacerdote abrieron al buey en canal, sacaron el corazón y las demás entrañas y lo ensartaron todo en dos largos espetones que colocaron sobre las brasas del altar.

Luego desollaron al animal, le sacaron los huesos de las patas y los colocaron encima de las ascuas cubiertos de grasa. El sacerdote esparció incienso sobre la grasa y a continuación vertió vino puro, haciendo que el fuego envolviera la ofrenda.

Los ceramistas y sus acompañantes empezaron a comer las entrañas asadas mientras los ayudantes despedazaban el buey. Los trozos del animal se cocinarían en grandes ollas para alimentar al pueblo, que en su mayoría sólo comía carne cuando se celebraban grandes sacrificios.

—Mirad, están comenzando a pintar las cariátides —comentó alguien cuando las entrañas ya se habían terminado.

Perseo se acercó con sus amigos a contemplar el trabajo. El propio Alcámenes estaba supervisando la labor del pintor, que en esos momentos daba las primeras pinceladas de tono azafrán al vestido de una de las mujeres de mármol.

«Las va a pintar Egimio —Perseo asintió apreciativamente—, logrará un buen resultado.» Podía parecer fácil pintar una estatua, pero había muy pocos pintores a los que un buen escultor confiara sus obras. El célebre Praxíteles afirmaba que de entre todas sus esculturas las que más le gustaban eran las que había tocado la mano del pintor Nicias. Había que ser muy hábil para que los cabellos resultaran naturales, las vestiduras tuvieran los tonos más adecuados, y saber combinar sobre la piel de las estatuas distintas capas de pintura y cera para que parecieran vivas.

«Qué lástima que mi padre no pueda ver las cariátides.»

Perseo se dio la vuelta y observó la multitud de atenienses que había acudido a los distintos santuarios de la Acrópolis. La ciudad rogaba a sus dioses que la apoyaran en la principal empresa en la que se embarcaba desde hacía muchos años, al tiempo que solicitaba su perdón por las graves ofensas cometidas por algunos de sus ciudadanos.

—Me alegro de no tener que subirme mañana a un trirreme —les confesó a Sócrates y a Critón—. Pensé que me enviarían cuando Nicias mencionó que en Sicilia habría que enfrentarse a una caballería numerosa.

—Yo también me alegro —respondió Sócrates apoyando una mano en su hombro—. Pero espero que no lamentemos enviar sólo unos cuantos jinetes. Temo que Nicias haya cometido un error de cálculo por estar pensando más en el regreso que en la ida. No es buena idea enviar como cabeza de la expedición a un hombre que la ha rechazado desde el principio.

—Tampoco Alcibíades debe de estar muy tranquilo. —Critón se enjugó el sudor de la frente—. Tiene que irse sabiendo que a su regreso le espera un juicio por sacrílego, y dejando a su espalda un montón de enemigos.

—Al menos el juicio no puede celebrarse en su ausencia, ¿no es cierto? —preguntó Perseo.

—No puede celebrarse —confirmó Sócrates—, pero con la expedición se irán la mayoría de sus partidarios. Sus enemigos de Atenas podrán conspirar contra él con mayor libertad.

## Capítulo 68
*Atenas, junio de 415 a. C.*

«Aquí veníamos a veces a jugar.»

Una sonrisa brotó fugazmente en los labios de Casandra, ocultos debajo de un velo. Hacía años que no pisaba la explanada de los Muros Largos. Ahora la estaba recorriendo en dirección al Pireo, flanqueada por Eudora y una de sus esclavas como si fuese una prisionera. Delante de ellas caminaban Ificles, Anito y Antemión, y alrededor de su pequeño grupo marchaban miles y miles de habitantes de Atenas.

En el cielo se desvanecían las últimas estrellas. La expedición hacia Sicilia partiría al alba, como una colonia que se desgajara de la ciudad, y los atenienses se trasladaban en masa para despedirlos. Todo el mundo tenía parientes o amigos que se marchaban a combatir.

Anito había propuesto que fueran por el camino exterior a los Muros Largos, pero Ificles había insistido en caminar entre los muros. Casandra lo agradecía, le permitía evocar con mayor viveza los recuerdos de sus años felices. Miró a los lados moviendo sólo los ojos, no quería dar la impresión de que estaba buscando a Perseo. No lo vio entre la marea de gente, pero en aquella penumbra de la última hora de la noche no habría podido distinguirlo a más de veinte pasos.

«Parece el éxodo de una ciudad que hubiera capitulado.»

No obstante, el rumor que generaba la multitud era festivo, aunque se percibía una nota de inquietud en muchas de las conversaciones. El oráculo del oasis de Siwa en el desierto de Libia, consagrado a Zeus-Amón, había sido favorable, pero se decía que Alcibíades lo había comprado para contrarrestar los oráculos negativos de Apolo en Delfos y el de Zeus en Do-

490

dona. Sobornar a los sacerdotes de un oráculo se consideraba un sacrilegio, lo que se sumaría a la profanación de los Hermes y a las acusaciones de parodiar los misterios de Eleusis.

Llegaron a la muralla que separaba los Muros Largos del Pireo y la cruzaron en medio de aquella inmensa procesión de atenienses. Lo que comúnmente se conocía como el puerto del Pireo había crecido hasta convertirse en una verdadera ciudad, con una extensión de murallas y una población no muy inferiores a las de la propia Atenas. Además, se habían fortificado los tres puertos que formaban el Pireo —el comercial de Cántaro y los militares de Cea y Muniquia— y se habían construido bocanas estrechas para poder cerrarlas con cadenas.

Casandra había jugado muchas veces en los Muros Largos, pero sólo en contadas ocasiones había estado en el Pireo. Era tan diferente de Atenas... Cada vez que lo veía le impresionaba que las calles fueran tan rectas, todas paralelas o perpendiculares formando una retícula perfecta.

Como si le hubiera leído la mente, Anito se volvió hacia ella.

—¿Sabes por qué las calles del Pireo están tan ordenadas?

Casandra negó levemente, pensando en lo bien que ocultaba Anito bajo una capa de amabilidad la lujuria que sentía por ella.

—Se lo debemos a Pericles —continuó su cuñado—. Cuando comenzó a crecer la población marinera y el número de comerciantes, tuvo la idea de llamar al urbanista Hipodamo de Mileto para que diseñara la estructura del Pireo.

«Podrías explicárselo a tu hijo, y no a mí», pensó Casandra. Antemión estaba pendiente de su padre en todo momento, pero éste actuaba como si no existiera.

Anito siguió con sus explicaciones mientras los demás caminaban en silencio.

—Al parecer, Hipodamo había diseñado la reconstrucción de su ciudad de origen. Aprovechó el relieve del terreno para fortificarla, y logró un equilibrio entre los espacios civiles, los militares y los religiosos. En la urbanización del Pireo hizo un trabajo similar. —Anito concluyó y se volvió de nuevo al frente con una sonrisa satisfecha.

Continuaron recorriendo aquella avenida sin que nadie dijera nada. Al cabo de un rato, Ificles se giró hacia ellas y habló mirando a Eudora.

—Veremos mejor la partida de la expedición si vamos al final de Cea.

Su hermana asintió de modo sumiso y bordearon el principal puerto militar hasta llegar a su extremo oriental. Allí se situaron en un pequeño promontorio en el que pronto no cabría nadie más. Frente a ellos se encontraba el puerto de Cea, alrededor del cual se habían construido dos centenares de cobertizos para reparar y guardar las naves.

Casandra observó el impresionante número de barcos que se preparaban para zarpar en las aguas del puerto. Luego recorrió con la mirada el manto de espectadores.

«¡Ahí está Sócrates!»

Su corazón se aceleró mientras escudriñaba entre los acompañantes del filósofo en busca de Perseo.

Perseo y Dameto levantaron el pesado rollo de maroma y lo dejaron caer en la carreta.

—Ya está —dijo Dameto—. Éste era el último.

Recorrieron el almacén pasando junto a una fila de grandes arcones vacíos, en los que habitualmente se guardaban las velas de los trirremes, y salieron al exterior.

—Gracias por echarme una mano. —La sonrisa de Dameto era tan cálida y espontánea como cuando eran unos niños que jugaban entre los Muros Largos.

Perseo rebuscó en su túnica y extrajo un saquito de cuero con un quénice[9] de sal.

—Te he traído un pequeño regalo. Sal de Megara, con comino.

—Vaya, te has acordado de que es mi favorita. —Dameto cogió el saquito y lo miró visiblemente complacido—. Será la estrella de mi saco de viaje.

A pesar de que el ejército alimentaba a sus soldados, para las campañas largas éstos solían llevar condimentos y algunos

9. Un quénice equivale a 1,08 litros.

alimentos contundentes, como tocino envuelto en hojas de higuera, queso seco y sal con especias.

—¿Qué tal están tus padres?

Dameto se encogió de hombros.

—Mi madre no para de llorar y mi padre lleva un tiempo diciendo que se arrepiente de haber votado a favor de la expedición. Espero que cambie de idea dentro de un rato, cuando sea testigo del poder de nuestro ejército.

—Al menos tú serás invulnerable con tu escudo.

Dameto se rio. Había pagado seis dracmas para que en la capa externa de bronce le labraran una réplica de Atenea Prómacos, la diosa guerrera que defendía Atenas desde lo alto de la Acrópolis. Todos los participantes en la expedición parecían haber competido por ver quién lucía las armas e indumentarias más esplendorosas. Incluso los mascarones de las proas eran los más espectaculares que hubieran llevado nunca los trirremes.

Se dieron un abrazo y Perseo no pudo evitar cierta sensación de culpabilidad por quedarse en Atenas.

—Mucha suerte.

Dameto se alejó para embarcar en su trirreme y él abandonó el puerto militar. Debía rodearlo para llegar hasta el punto en el que había quedado con Sócrates, pero tuvo que dar un rodeo aún mayor por la cantidad de gente que se apelotonaba alrededor del puerto. Al pasar junto al ágora del Pireo echó un vistazo. A esa hora ya deberían estar montando los primeros puestos, pero los comerciantes también querían asistir a la partida de una armada tan formidable. Atenas y el Pireo permanecerían en suspenso durante unas horas, contemplando la marcha del ejército en el que más esperanza de incrementar su poder habían depositado jamás.

En el Pireo había algunas casas grandes, pero no mansiones o villas como en Atenas. La ciudad doble que formaban las dos poblaciones tenía una distribución desigual de habitantes. En el Pireo se concentraban los comerciantes y artesanos extranjeros, así como los *tetes*, la última de las clases sociales y económicas, de la que se nutría el cuerpo de remeros. Los *tetes* también eran los más fervientes partidarios de la democracia, pues habían sido los últimos ciudadanos en adquirir el derecho de voto, y serían los primeros en perderlo en caso de que la democracia se restringiera.

Perseo llegó a la base del promontorio en el que había quedado con Sócrates y lo buscó entre la multitud. Había tanta gente que por un momento temió no encontrarlo, pero al cabo de un rato lo distinguió junto a Eurípides.

—Nunca he visto nada similar —declaró el filósofo cuando llegó a su altura.

—Ni creo que volvamos a verlo —comentó Eurípides sin apartar su mirada fascinada de las aguas.

De pronto se alzó el sonido de una docena de trompetas distribuidas a lo largo del puerto. Cuando sus notas dejaron de vibrar, se adelantaron unos heraldos. La multitud aguardaba expectante, tan silenciosa que parecía mentira que hubiera más de cincuenta mil personas entre atenienses y extranjeros que habían acudido a ver el espectáculo. Tan sólo se oía la sacudida seca de algún velamen que el viento zarandeaba con desgana.

Las plegarias tradicionales antes de zarpar solían realizarse de modo individual en cada embarcación, pero en esta ocasión los heraldos dirigieron las oraciones de forma que se llevaran a cabo simultáneamente entre todas las naves y la muchedumbre de espectadores. A continuación, hicieron libaciones de vino mezclado con agua en copas de oro y plata, y las embarcaciones levaron anclas en medio de un himno triunfal.

Las naves salieron del puerto de Cea en columna, uniéndose poco a poco a las que partían de los otros dos puertos del Pireo. En total sumaban un centenar de trirremes, de los que sesenta iban preparados para la guerra naval y cuarenta se destinaban a transporte de tropas. Los acompañaba una treintena de barcos de carga con suministros y víveres, cocineros y panaderos, carpinteros, maestros canteros y las herramientas necesarias para construir con rapidez muros defensivos y murallas de asedio. Atenas aportaba mil quinientos hoplitas del total de cinco mil, y una cantidad similar de soldados de infantería ligera. En cuanto a los más de veinte mil remeros que impulsaban las naves, la mayoría procedía de las ciudades súbditas de Atenas, así como de aliados como Argos y Mantinea.

Perseo siguió con la mirada el avance de un barco panzudo, en cuyas tripas viajaban treinta jinetes con sus monturas, la única fuerza de caballería de aquel ejército. Cuando la nave llegó a la bocana, apartó los ojos y comenzó a escrutar la multitud con avidez.

Pasado un rato, Sócrates se inclinó hacia él.

—Está detrás de nosotros —susurró.

Perseo miró azorado al filósofo y luego al padre de Casandra, pero ambos seguían contemplando lo que ocurría en el mar. Los sesenta trirremes de combate, con los mascarones dorados reflejando los rayos rojizos del amanecer, se enzarzaron en una carrera hacia la isla de Egina. Allí la armada se agruparía para iniciar el viaje a Corcira, donde se les sumaría el resto de los barcos aliados y se dirigirían todos juntos a Sicilia.

Perseo titubeó, observó de reojo a Eurípides y luego se volvió para mirar hacia atrás. A pesar del velo la localizó enseguida. El rostro de Casandra se orientaba hacia el mar, pero le pareció que estaba mirando en su dirección.

Los labios de Perseo iniciaron una sonrisa, que se desvaneció al encontrar la mirada furibunda de Eudora.

## Capítulo 69
*Sicilia, septiembre de 415 a. C.*

«Necesitamos más caballería.»

Alcibíades, sentado en el puente de mando de su trirreme, estaba pensando en los atenienses que había visto morir esa mañana. Habían realizado una incursión de pillaje cerca de Siracusa y unos soldados de infantería ligera se habían alejado del grueso del ejército. De repente, un escuadrón de la caballería siracusana había caído sobre ellos.

«No hemos podido hacer nada, sólo ver cómo los masacraban.» Se mordió con rabia el borde de una uña y lo escupió sobre la cubierta. Tenía que hablar con el general Lámaco para ver cómo solucionaban la escasez de caballería. Se suponía que Nicias estaba al mando, pero los desacuerdos se resolvían por mayoría de los tres generales, y desde el principio había quedado claro que Lámaco votaría lo mismo que él.

Antes de llegar a Sicilia habían surgido las primeras dificultades. Los habitantes de Regio no les habían permitido entrar en su ciudad. Al ver un ejército tan poderoso, habían temido que no fueran sólo a ayudar a sus aliados, como afirmaban, sino a invadir la Magna Grecia: Sicilia y las colonias griegas de la península itálica. Atenas ya había conquistado el mar Egeo, todos temían que ahora quisiera conquistar el oeste.

«Eso sólo será un primer paso. —En el rostro agraciado de Alcibíades apareció su sonrisa de lobo—. Con Lámaco de mi parte, dispongo de un ejército enorme para llevar a cabo mis planes.»

Al demostrarse que los habitantes de Egesta los habían engañado sobre sus riquezas y no iban a cubrir el coste de la expedición, Nicias había propuesto intentar una acción rápida y regresar a Atenas. Alcibíades se había negado a regresar lleno de vergüenza y fracaso, y había propuesto una estrategia mucho más agresiva. Lámaco, aunque tenía su propio plan, finalmente había apoyado a Alcibíades y se había hecho lo que él decía. Mediante una estratagema habían conseguido tomar la ciudad de Catania, al norte de Siracusa, y habían levantado allí su campamento.

«¿Qué sucede? —Alcibíades se irguió en su asiento mientras su barco se aproximaba al puerto de Catania—. ¡Por los rayos de Zeus! —Se puso de pie sobre la cubierta del trirreme al distinguir en el puerto una nave que conocía muy bien—. Es la *Salaminia*.»

Una sensación desagradable le recorrió el estómago. La *Salaminia* era uno de los barcos emisarios de Atenas.

—¡Más rápido! —gritó a su jefe de remeros. Nicias había regresado antes que él a Catania, no le hacía ninguna gracia que se reuniera con los emisarios de Atenas sin estar él presente.

Al llegar al puerto saltó del barco antes de que colocaran la pasarela, cruzó el campamento a la carrera y entró en la tienda que utilizaban de cuartel general. Nicias y Lámaco estaban hablando con el hombre al mando de la *Salaminia* y al verlo se callaron de golpe.

—¿Qué está ocurriendo?

El emisario dio un paso hacia él.

—General Alcibíades, debes acompañarnos de regreso a Atenas.

—¡¿Qué?! —Miró a los otros generales. Nicias tenía una expresión hermética, aunque Alcibíades intuía su satisfacción, y Lámaco rehuyó su mirada—. ¿Por qué tengo que ir a Atenas?

—Para ser sometido a juicio, señor.

«Por los sacrilegios», comprendió al instante.

—Había llegado a un acuerdo con el Consejo —respondió con frialdad—. No quisieron juzgarme antes de partir, y acordamos que el juicio se celebraría a mi regreso.

—No puedo decirle mucho más, señor. El Consejo ha sometido el asunto a la votación de la Asamblea y se ha pedido que regreses cuanto antes.

Alcibíades le dio la espalda y se pasó una mano por la barbilla afeitada. Había muchos soldados frente a la tienda, y la *Salaminia* representaba a Atenas como si en ella viajara toda la Asamblea. El control que hacía un momento ejercía sobre el ejército se había desvanecido como un sueño.

—¿Estoy arrestado?

—No, señor. Tan sólo te pedimos que vengas con nosotros a Atenas.

—¿Sólo tengo que ir yo o hay más acusados?

—Hay más, señor.

El emisario cogió un pergamino de la mesa y se lo entregó. Contenía decenas de nombres.

—Muy bien. —Alcibíades dobló el pergamino y lo dejó sobre la mesa—. Si no estoy arrestado, prefiero regresar a Atenas en mi propia nave.

A la mañana siguiente, el trirreme de Alcibíades partió de Catania siguiendo a la *Salaminia*. Alcibíades ordenó a su jefe de remeros que impusiera un ritmo lento. Aquella noche, cuando fondearon para dormir a bordo, el emisario de Atenas subió a su nave y le pidió que navegaran más rápido.

Alcibíades le dirigió una sonrisa burlona.

—Imagino que entenderás que no comparta tu prisa —le respondió—. No creo que en Atenas me dejen mucho tiempo para preparar el juicio, así que más vale que lo haga durante la travesía.

Dos días más tarde, atracados cerca de Turios, Alcibíades se arrastró de madrugada por la cubierta de su trirreme hasta llegar a la proa. Todos los hombres llamados a juicio estaban despiertos y preparados. La *Salaminia* había arrojado el ancla a su popa y la luz de los fanales que mantenían encendidos no llegaba hasta ellos.

Hicieron descender dos sogas lentamente hasta que llegaron al mar. Alcibíades pasó por encima de la borda y se colgó de una de ellas. Las nubes ocultaban la luna y los guardias de la *Salaminia* apenas distinguirían la nave; además, el casco de su barco se interponía entre él y la *Salaminia,* era imposible que lo viesen, aunque lo fundamental era no hacer ningún ruido. No había viento y la mar estaba en calma, cualquier chapoteo llegaría a oídos de los guardias.

«Despacio, muy despacio.»

Varios de sus remeros le habían transmitido lo que les habían dicho algunos remeros de la *Salaminia* mientras estaban en Catania. En Atenas el asunto de los Hermes se consideraba resuelto, pero no había dejado de aumentar la preocupación por el sacrilegio de los misterios de Eleusis. Los atenienses cada vez estaban más convencidos de que aquello se había producido en el marco de una conjura oligárquica o tiránica, por parte de unos traidores que querían entregar la ciudad a sus enemigos.

«No quieren que vaya para juzgarme —el odio endureció su mirada—, sino para ejecutarme.»

Un noble de una de las familias más respetadas había acusado a Alcibíades de ser el responsable del sacrilegio de los misterios sagrados. Sus enemigos azuzaron el temor de los atenienses a una conspiración para derrocar la democracia, y consiguieron que se votara enviar la *Salaminia* para hacerle regresar a él y a otros miembros de la expedición cuyos nombres salieron a relucir. Aquello equivalía a una sentencia de muerte, toda vez que en la Asamblea y en los tribunales se decidía por votación, y que la mayoría de los partidarios de Alcibíades se había quedado en Sicilia.

«¿Esperabais que acudiera de buen grado, imbéciles? —Si no lo habían arrestado había sido para no bajar la moral de las tropas de la expedición ni elevar la de sus enemigos—. Tampoco quieren arriesgarse a que se vayan los soldados de Argos y Mantinea, que han venido sólo porque yo los convencí.»

Alcibíades metió las piernas en el agua fría, siguió bajando por la maroma y se soltó cuando el agua le llegaba al cuello. Le fastidiaba dejar atrás una coraza y un escudo excelentes, pero al menos llevaba una bolsa con oro suficiente para comprar víveres y nuevas armas. Comenzó a nadar con suavidad, deslizándose hacia la costa seguido por una fila silenciosa de hombres. Al llegar a la arena se puso de pie y miró hacia los trirremes tiritando de frío. Sólo se distinguían los puntos luminosos de los fanales de la *Salaminia*, como si flotaran en la densa oscuridad, y el susurro interminable del mar dormido.

Avanzó por la playa y se internó entre los árboles. Allí esperó, sin dejar de temblar, hasta que llegó el último hombre.

—Seguidme —susurró a las sombras pálidas que lo rodeaban.

Avanzaron a ciegas a través de la negrura, con un brazo delante de la cara y levantando los pies para no tropezar. Al cabo de un rato, su timonel se acercó para preguntarle lo que hasta ahora no les había revelado.

—¿Adónde nos dirigimos, mi general?

Los labios de Alcibíades se curvaron mostrando los dientes. El oro de su bolsa también serviría para pagarles el pasaje en un mercante que los llevaría a su destino.

—Vamos a Esparta.

## Capítulo 70
*Esparta, febrero de 414 a. C.*

En el interior del templo, Deyanira levantó los brazos hacia la estatua de madera de Atenea Chalkíoikos.

«Te ruego, oh diosa, que protejas la vida de mis hijos, y que nunca combatan entre sí.»

Las toscas facciones de la diosa de madera miraban por encima de Deyanira, en apariencia indiferente a sus oraciones. En cada esquina de la nave había una lucerna de pie alto cuyo aceite reponían las sacerdotisas para que no se apagara nunca. Las llamas se multiplicaban en las planchas de bronce bruñidas como espejos que recubrían las paredes, dando a la madera oscura de la estatua un matiz anaranjado.

Deyanira había empezado a dudar de que Perseo, el *olimpiónico* de Atenas, fuera realmente su hijo. Calícrates podía haberse confundido, o tal vez algún dios haber hecho que aquel joven ateniense se pareciera mucho a ella sólo para divertirse, como hacían en ocasiones los dioses a costa de los mortales.

«Me gustaría poder comprobarlo yo misma.»

Aquello era imposible, pero a veces se dejaba llevar por aquel deseo e imaginaba que estaban uno frente a otro.

«No va a pasar, pero sí puede ocurrir que Perseo y Calícrates se encuentren en el campo de batalla.» Había soñado que sus hijos se mataban entre sí, y desde entonces rezaba a los dioses para que los mantuvieran separados.

Bajó los brazos, contempló un momento más a la diosa Atenea y abandonó la penumbra cobriza del templo. Una racha de aire gélido la golpeó en cuanto dio el primer paso en el exterior. Se encontraba en lo alto del promontorio que dominaba la explanada de la Asamblea. A sus pies, los hombres comenzaban a congregarse para la reunión que tendría lugar aquella mañana.

Se abrazó el cuerpo y buscó a Aristón con la mirada. Pese a que no lo encontró, confiaba en que asistiría.

«Eso me proporcionará al menos un par de horas.»

Descendió el promontorio, rodeó la explanada y se dirigió a un extremo de los barracones militares. Allí había varios grupos de niños de diferentes edades. Los menores de doce años pasarían ese día en las viviendas de sus familias; en los nueve meses que Leónidas llevaba en la *agogé* sería la tercera vez que lo tendría en casa, y la primera en la que durante unas horas no estaría Aristón.

Pasó un rato buscándolo, hasta que al final se acercó a unos muchachos.

—¿Habéis visto a Leónidas, el hijo de Aristón?

—Ya se ha ido —respondió un niño de siete u ocho años.

Deyanira le dio las gracias y se apresuró hacia su casa.

—¿Leónidas? —preguntó nada más abrir la puerta.

Al cabo de un momento su hijo apareció en el patio. Ella echó a andar hacia él, esperando que Leónidas corriera a sus brazos, pero el pequeño se quedó inmóvil. Deyanira titubeó, se arrodilló y lo abrazó igualmente.

«Calícrates me dejó que lo abrazara hasta los diez años», se dijo al notar que Leónidas se mantenía rígido.

—Te he echado de menos. —Se apartó y examinó su rostro serio—. ¿Qué tal estás?

—Bien, madre.

«Ya no soy *mamá*. Otro cambio prematuro.»

—¿No quieres darme un abrazo?

—Mostrar emoción es propio de débiles.

Deyanira no se estremeció por las palabras memorizadas de su hijo, sino por el eco de Aristón en el modo de decirlo.

Se puso de pie y lo besó en la mejilla.

—Anda, vamos adentro, hace mucho frío.

En el hogar ardía un par de leños gruesos y la cocina estaba caldeada. Leónidas se acomodó en el suelo, junto al fuego, y Deyanira se sentó a su lado con las piernas cruzadas.

—Tu hermano Calícrates me preguntó por ti la última vez que vino.

—No es mi hermano, es mi hermanastro.

Su tono desdeñoso golpeó a Deyanira.

—Sois hermanos de madre. Los dos sois mis hijos, así que para mí sois hermanos, me da igual quién fuera vuestro padre.

—A mí no me da igual. Euxeno era un cobarde, igual que mi hermanastro. —«Más palabras memorizadas», se exasperó Deyanira—. Calícrates tendría que haber ganado en los Juegos Olímpicos, pero perdió porque tuvo miedo. Deberían haberlo condenado.

Deyanira irguió la espalda. El valor era la virtud más elevada entre los espartanos, como reflejaba la máxima del rey Agis: «Los espartanos no preguntamos cuántos son los enemigos, sino dónde están». A los condenados por cobardía se les daba el nombre de *trésantes* —«temblorosos»—, se les obligaba a cortarse un lado de la barba para identificarlos, se les excluía de toda actividad pública y podían ser golpeados impunemente. Muchos preferían suicidarse a llevar esa vida. Para lavar su imagen, Calícrates se había presentado voluntario a todas las campañas militares contra los argivos y en cada batalla arriesgaba su vida de un modo temerario.

—Calícrates es un héroe. Lo han condecorado por su valor dos veces en menos de un año. —Deyanira temía que cualquier día le llevaran su cadáver sobre su escudo, pero al menos ya nadie hablaba de su derrota en Olimpia—. Sólo alguien enfermo de odio y rencor podría afirmar que es un cobarde.

Leónidas la miró sorprendido.

—No lo digo por ti, cariño. —Alargó una mano hacia su rostro, pero Leónidas se retrajo y la retiró—. Me parece bien que quieras a tu padre, pero él, como cualquier persona, puede equivocarse. Y uno de sus errores es no darse cuenta de que Calícrates es una gran persona y un gran soldado.

El ceño infantil de Leónidas se hundió un poco más y se quedó callado. Deyanira sabía que la influencia de Aristón era mucho más fuerte que la suya, pero tenía que encontrar las palabras que lo convencieran. La aterraba que Leónidas terminara odiando a Calícrates tanto como lo hacía Aristón.

—Tú no tienes que odiar a Calícrates porque tu padre lo haga. Tu hermano siempre ha sido muy cariñoso contigo, ¿no lo recuerdas?

Leónidas mantuvo un silencio obstinado con el rostro vuelto hacia las llamas. Deyanira lo contempló desesperada.

«¿Mis tres hijos van a ser enemigos entre sí?»

Aristón escuchaba con mucha atención las palabras que el éforo pronunciaba en lo alto del estrado.

—Los reyes, éforos y el Consejo de Ancianos hemos debatido la petición. Finalmente, hemos decidido aceptar la solicitud y permitir que en la Asamblea de hoy se dirija a todos los espartanos nuestro huésped, el ateniense Alcibíades.

«¡Van a dejar que hable!»

Aristón se sumó a los gritos de protesta de muchos espartanos. Alcibíades había solicitado hacía tres meses un salvoconducto para que le permitiesen entrar en Esparta en condición de asilado. El rey Agis y varios miembros de las familias más influyentes habían aceptado acogerlo, pero muchos espartanos sólo veían en él a uno de los atenienses que más los había perjudicado, además del hecho evidente de que era un traidor a su propia patria.

Alcibíades se apartó del rey Agis y comenzó a subir los escalones de madera del estrado. Se había dejado crecer el pelo y la barba como los espartanos, se ejercitaba con tanto empeño como ellos e incluso se había acostumbrado a bañarse en las aguas frías del Eurotas. En ocasiones compartía la mesa de Agis en la *syssitía* y parecía comer con agrado el caldo negro, que los extranjeros solían encontrar repugnante.

Alcibíades elevó su voz enérgica y firme por encima de las protestas.

—Varones espartanos, veo que es preciso que me ocupe en primer lugar de las imputaciones que se me hacen de forma injusta.

Aristón decidió escucharlo a regañadientes. Alcibíades proclamó que sus antepasados habían mantenido buenas relaciones con Esparta, y que él había intentado lo mismo...

—Como pueden atestiguar los espartanos apresados en Pilos, que pasaron cuatro años en Atenas, y a quienes yo procuré siempre el mejor trato.

Aquellas palabras levantaron murmullos de acuerdo. Alcibíades dejó que se propagaran mientras una lluvia fina se adhería como rocío a su túnica gruesa y a su larga cabellera. Cuando consideró que era el mejor momento para continuar, justificó las acciones militares que había llevado a cabo contra Esparta —a fin de cuentas no era sino un general cumpliendo su función—, y luego criticó sin ninguna vacilación la democracia:

—Mi familia ha encabezado el gobierno de Atenas durante muchos años, y como la ciudad se regía ya por el sistema democrático, era forzoso que nos adaptáramos a él. Sin embargo, a pesar de que intentamos moderar el desenfreno propio de la democracia, siempre ha habido políticos que arrastran al vulgo por el peor camino. Esos mismos son los que me han desterrado. La democracia la criticamos todos los hombres sensatos, pero no hace falta que insista porque no diría nada nuevo sobre lo que todos sabemos que es una locura.

Aristón observó que muchos espartanos asentían sin apartar los ojos de Alcibíades. «Tiene un don, igual que lo tenía Brásidas.»

Surgieron exclamaciones de preocupación cuando Alcibíades les aseguró que Atenas planeaba conquistar a los siciliotas, italiotas y cartagineses. Después contratarían como mercenarios a los iberos y otros pueblos bárbaros, construirían muchos más trirremes con la madera de la península itálica, y utilizarían a todos los pueblos conquistados —sus hombres, su dinero y sus víveres— para lanzar una ofensiva demoledora por tierra y mar contra el Peloponeso.

—Nadie conoce mejor que yo los planes de Atenas, y los generales que han quedado en Sicilia tratarán de llevarlos a cabo igualmente.

Aristón, acostumbrado a las argucias dialécticas de Brásidas, sonrió ante la evidente falsedad del ateniense. Sabían que Nicias era un general mucho más prudente y menos agresivo, no tomaría las mismas decisiones que él.

—No penséis que estáis debatiendo sólo sobre Sicilia —insistió Alcibíades—, sino también sobre el Peloponeso, a no ser que actuéis sin demora.

Sus palabras se quedaron flotando en el aire frío y húmedo. Por encima de su cabeza, se veían gruesos nubarrones que surcaban el cielo como el oleaje oscuro de un mar tormentoso. Aristón miró a los embajadores de los siracusanos y de los corintios, situados en primera línea. Siracusa era colonia de Corinto, y ambas ciudades habían pedido a Esparta que enviara fuerzas a Sicilia y que invadiera de nuevo el Ática. Esparta había manifestado su apoyo pero había decidido que no haría ninguna de las dos cosas. Por eso Alcibíades había solicitado intervenir en la Asamblea, y ahora prosiguió exponiendo la necesidad de enviar lo antes posible un ejército de hoplitas a Sicilia, así como un general espartano que ejerciera de comandante en jefe de todas las fuerzas siciliotas que se oponían a Atenas.

Cuando terminó con aquello, pasó a la segunda parte del plan de acción que sugería.

—Es preciso que fortifiquéis Decelia, en el Ática, que es el mayor temor que han tenido siempre los atenienses, como bien sé. En lugar de limitaros a invasiones de pocas semanas, con un fuerte permanente todas sus riquezas caerán en vuestras manos, sus esclavos irán a vosotros por sí mismos, y se quedarán sin los ingresos de las minas del Laurión. También perderán los cultivos de los campos y, sobre todo, los tributos de muchos aliados, que dejarán de pagarlos al ver su situación. Confío plenamente en que todo esto es posible, está en vuestra mano llevarlo a cabo.

Alcibíades se calló para dejar que se extendiera el clamor belicoso que había prendido, al que Aristón se sumó con la misma energía que los demás. Después el ateniense alzó una mano, y cuando la multitud se calmó, defendió sus últimos actos, aseverando que Atenas le había obligado a convertirse de amigo en enemigo. Todos sabían que lo habían juzgado en su ausencia y lo habían condenado a muerte, además de confiscar sus propiedades, inscribir su nombre en una estela de la desgracia en la Acrópolis, y ofrecer un talento a quien acabase con su vida.

Aristón asintió mientras lo escuchaba. Él estaba presente cuando informaron a Alcibíades de que sus conciudadanos habían decretado que se maldijera su nombre y se le condenara a muerte. Recordaba las palabras que el ateniense había pronunciado con un rencor amargo: «Les demostraré que sigo vivo».

—En cuanto al patriotismo —continuó Alcibíades con el rostro brillante por la llovizna—, no lo tengo cuando se me agravia, sino que lo tenía cuando ejercía en paz mis derechos de ciudadano. Tampoco pienso que ahora esté actuando contra una ciudad que es mi patria, sino que voy a recobrar la que ya no lo es. El amante de su patria no es el que habiéndola perdido injustamente no la ataca, sino el que por desearla trata de recobrarla por cualquier procedimiento. Por ello os pido que utilicéis mis servicios sin reservas en todos los peligros y las dificultades, sin olvidar que si como enemigo os causé muchos males, soy capaz de seros muy útil como amigo, dado que conozco las interioridades de los atenienses.

Con la misma destreza retórica de todo el discurso, concluyó resaltando lo mucho que podían conseguir arriesgando tan sólo unas pequeñas fuerzas, y el futuro que se abriría entonces de hegemonía espartana y paz para todos los griegos.

En cuanto Alcibíades dejó el estrado, los éforos sometieron a votación sus propuestas. Los espartanos, todavía inflamados con sus palabras, las aclamaron de forma tan estruendosa que se aprobaron todas de inmediato: enviarían tropas a Sicilia e intentarían construir un fuerte en el Ática.

La Asamblea finalizó y Aristón cruzó entre la multitud para llegar cuanto antes a la posición del rey Agis. Lo encontró hablando con los éforos y se mantuvo a unos pasos, a la espera de que terminaran para pedirle lo que llevaba tanto tiempo deseando.

«Por fortuna no llegué a enemistarme con él.» Su primo Agis había rehuido en varias ocasiones la batalla durante sus primeros años de reinado, unas veces porque se habían producido pequeños terremotos u otros presagios negativos, y otras por llegar a acuerdos que los éforos le habían censurado posteriormente. Sin embargo, cuando su trono parecía tambalearse obtuvo una resonante victoria contra Argos y Mantinea, y desde entonces conservaba una posición fuerte. Aristón se había vuelto práctico con la edad y había evitado sumarse a las críticas de los primeros años, gracias a lo cual seguía siendo uno de los hombres de confianza del rey.

Mientras esperaba observó a Alcibíades, a quien los embajadores de Corinto y Siracusa estaban escuchando con mucha atención. Vestido con un manto tosco y sin adornos de ningún tipo parecía un ciudadano más de Esparta. Volvió a recordarle a Brásidas. «Un hombre capaz de conquistar ciudades con sus palabras.» El parecido no se extendía a lo físico, el ateniense era mucho más atractivo que el fallecido general. Había visto a varias espartanas volverse para mirarlo.

El rey Agis se apartó de los éforos y Aristón se le acercó.

—Quiero presentarme voluntario para Decelia. Para construir el fuerte y para quedarme con las tropas que dejes allí.

Agis miró con curiosidad la expresión anhelante de su primo Aristón. No conocía a nadie que odiara tanto a los atenienses. Mientras lo observaba, recordó que su padre, el rey Arquidamo, se había quejado de que se había desmandado la última vez que estuvo cerca de Atenas.

Pero su padre estaba muerto, y él no tenía nada que reprocharle a Aristón, que pese a sus cuarenta y seis años seguía siendo su mejor guerrero.

—Contaba con ello. —Le dio una palmada en el brazo—. Vendrás conmigo y te pondré al mando de algunos hombres.

## Capítulo 71
*Atenas, abril de 413 a. C.*

«Maldita sea, han escogido muy bien el momento de invadirnos.»

Perseo hizo avanzar su caballo hasta las puertas cerradas del Dipilón, nervioso ante la posibilidad de tener que luchar con los espartanos. A su lado se colocó su capitán y tras ellos empezaron a formar los demás jinetes de la patrulla, una docena en total.

Hacía bastante tiempo que les habían llegado las noticias de que Alcibíades había aconsejado a los espartanos construir un fuerte en el Ática; no obstante, la invasión no se había producido hasta hacía un mes, cuando la campaña de Sicilia estaba a punto de drenar aún más las fuerzas de Atenas.

«Saben que ahora somos más débiles que nunca.»

Nicias había obtenido en Sicilia algunas victorias contra los siracusanos, aunque en uno de los combates había muerto el general Lámaco. Los informes que Nicias enviaba periódicamente habían llegado a hablar de que Siracusa estaba negociando las condiciones para su rendición; sin embargo, las noticias se habían vuelto más y más preocupantes desde que el general espartano Gilipo había llegado a Sicilia.

«Otra desgracia que le debemos a Alcibíades. El envío de un general espartano parece que fue otro de sus consejos.»

El general Gilipo se puso al mando del ejército de Siracusa, impidió que se cerrara el asedio de la ciudad e infligió severas derrotas a Nicias, que envió una carta a la Asamblea diciendo que debían hacerlos volver...

«O enviar un nuevo ejército no menor que éste, tropas de

caballería e infantería, una flota y dinero en abundancia», rememoró Perseo.

Nicias sabía que si tomaba él la decisión de retirarse, podía ser juzgado y sufrir una grave condena, como ocurría a menudo con los generales que fracasaban. Probablemente pretendía que fuese la Asamblea la que tomara la decisión de retirarse de Sicilia, pero la mayoría de los ciudadanos se obcecaron con la idea de conquistar la isla y votaron a favor de una nueva expedición. En su carta, Nicias añadía que estaba enfermo, y solicitaba que en el caso de enviar un nuevo ejército lo eximieran del mando y le dejaran regresar a Atenas. Sin embargo, los atenienses se limitaron a nombrar nuevos generales que lo ayudaran, no querían renunciar a un comandante que nunca había fracasado en su cometido, y tan piadoso que no dudaban de que los dioses volverían a favorecerlo.

El día anterior, Perseo había contemplado la partida de la segunda expedición desde el Pireo. Con ella viajaba el general Demóstenes, el héroe que había apresado a los hoplitas espartanos en Esfacteria. Durante las semanas previas al envío de la expedición, el pueblo había vivido los preparativos con un entusiasmo similar al de la primera vez... hasta que había aparecido en el Ática el ejército peloponesio.

«Deberíamos haber cancelado la campaña de Sicilia y haber lanzado toda la armada contra el Peloponeso.» En las últimas Asambleas, los debates habían sido constantes, pero no habían sabido detener la inercia de los preparativos. Ahora sólo les quedaba confiar en obtener una victoria rápida en Sicilia. Así podrían atacar el Peloponeso y obligar al ejército espartano a regresar a sus tierras.

Perseo se giró hacia atrás sobre su montura y contempló los rostros expectantes de la muchedumbre apiñada en la vía Panatenaica.

«¿Qué creen que podemos conseguir?»

Encaró de nuevo las grandes puertas del Dipilón. Habían estado doce años sin invasiones, pero en cuanto el ejército peloponesio había aparecido en el norte del Ática, la población se había apresurado a refugiarse de nuevo tras las murallas de Atenas.

«Y parece que esta vez no van a irse al cabo de unas semanas.»

Los espartanos habían construido una fortaleza en Decelia, una población situada ciento veinte estadios al norte de Atenas. Allí podían dejar un ejército tanto en verano como en invierno, lo que obligaría a toda la población del Ática a llevar una vida de asedio, hacinados en el interior de las murallas.

Perseo meneó la cabeza recordando su recorrido del día anterior por los Muros Largos. Al igual que en las anteriores invasiones, cuando él sólo era un niño y la peste se había abatido sobre Atenas, la explanada de los Muros Largos se había convertido en un inmenso campamento de refugiados, repleto de suciedad y desesperación. Le espantaba pensar que el horror que recordaba de su infancia lo habían originado unas invasiones relativamente breves, y que ahora la destrucción del Ática y el acoso sobre Atenas serían permanentes.

—¡Abrid las puertas! —ordenó el capitán de su pequeño escuadrón.

Los guardias levantaron las gruesas trancas de madera y bronce y empujaron las puertas del Dipilón. Perseo espoleó su montura y abandonó Atenas cabalgando junto a su capitán. Las últimas lluvias habían hecho crecer un manto de flores que ondeaban perezosamente bajo la brisa templada. Resultaba extraño que aquel paisaje hermoso y conocido produjera ahora la sensación de ser un paraje abandonado y hostil.

El capitán se volvió hacia el resto del escuadrón.

—Tenemos que mantener a nuestros enemigos lejos de Atenas, pero intentad evitar el combate. Atenas necesita cada hombre y cada caballo.

Pusieron las monturas al trote rumbo a Decelia. El ejército espartano a veces hacía incursiones hacia el sur, acercándose a Atenas, pero principalmente se estaba centrando en el norte. Perseo frunció el ceño al recordar que los tebanos se habían sumado al pillaje. Aprovechaban que sus tierras hacían frontera con el Ática y se llevaban los cultivos y los animales que los campesinos habían dejado atrás, e incluso las puertas y los ladrillos de las granjas. «Si esto se prolonga, el día que los refugiados puedan abandonar Atenas sólo los esperará un desierto.»

La colina que dominaba la llanura de Decelia creció poco a poco ante sus ojos. En ella se situaba el fuerte en el que se habían asentado las tropas enemigas.

«De no haberse producido la invasión, yo estaría en un barco camino de Sicilia.» Lo habían designado para partir en la segunda expedición, pero en el último momento se había recortado el envío de tropas de caballería. Ahora las necesitaban en el Ática para evitar que la infantería enemiga se acercara demasiado a Atenas.

De pronto su corazón comenzó a latir más rápido.

«Ahí están.» Por las rendijas del yelmo divisaba a un grupo de hoplitas espartanos. Se habían alejado del fuerte de Decelia más de lo habitual, tenían que hacerlos retroceder.

Ajustó el agarre de la lanza y espoleó su caballo.

Dos horas antes, Aristón contemplaba las tierras del norte del Ática subido a una torreta del fuerte de Decelia.

—Miserables oportunistas —masculló con un rictus de desprecio. Los tebanos eran como hormigas transportando hacia su hormiguero materiales de construcción, víveres y ganado.

«No han tomado ningún riesgo, se limitan a recoger los frutos de nuestra acción.» Cada día veía con mayor claridad que cuando acabaran con los atenienses tendrían que ocuparse de los tebanos. Eran demasiado astutos, y se estaban volviendo demasiado poderosos.

Se giró hacia el sur. Desde allí no podía distinguirlos, pero imaginó los fastuosos templos de la Acrópolis que tanto le habían impresionado la primera vez que los había visto.

«¿De qué les sirve ahora su Acrópolis? Tiemblan tras sus murallas con sólo pensar en nosotros.»

Descendió hasta la plaza de armas y se acercó a la veintena de hoplitas que le había asignado el rey Agis. Estaban formados y preparados para salir: yelmos calados, en sus manos el escudo y la lanza, la coraza cubriendo el torso y sobre ella la capa púrpura que los distinguía como los soldados más temidos del mundo.

—Hoy nos dirigiremos de nuevo hacia el sur —les dijo

Aristón—. Llevad lo necesario para hacer fuego, quiero que desde Atenas vean cómo arde su tierra.

Los hombres respondieron con entusiasmo, excepto el que siempre le obedecía en silencio: su hijastro Calícrates.

—No acepto ninguna discusión sobre este punto —le había respondido el rey cuando había protestado por tener bajo su mando a Calícrates—. Es un héroe de la campaña contra Argos, yo mismo lo he condecorado en dos ocasiones. O lo admites entre tus hombres, y sin que llegue a mis oídos ni el más mínimo incidente, o regresas a Esparta y te dedicas a patrullar la frontera.

Aristón se había tragado la bilis y había aceptado.

Salieron del fuerte y se alejaron en dirección a Atenas, dejando atrás granjas quemadas y tropas talando árboles. Los soldados peloponesios controlaban una amplia franja de tierra alrededor del fuerte; a partir de ahí, la caballería ateniense siempre aparecía para hostigarlos.

Notó que algunos de sus hoplitas se ponían nerviosos cuando se internaron en un campo de trigo intacto, pero siguieron avanzando.

—¡Se acercan jinetes, al menos una docena!

Aquel hombre tenía razón. Aristón había perdido algo de vista y no podía decir cuántos eran, pero distinguía la polvareda.

—¡Agrupaos!

Los veinte hoplitas formaron un doble círculo, con los escudos y las lanzas hacia fuera, y aguardaron sin moverse mientras la polvareda se acercaba.

—¿Retrocedemos, señor?

Sabía que debía dar la orden, pero ardía en deseos de combatir con los atenienses. Durante unos instantes se quedó mirando a sus enemigos.

—Sí, caminad hacia el fuerte, sin romper la formación.

Ahora ya podía contarlos. Doce jinetes en dos filas que comenzaron a abrirse para envolverlos.

—¡Mantened la formación!

Los jinetes cabalgaron hacia ellos y amagaron el ataque por ambos flancos. Aristón comprendió que intentaban que se dispersaran.

—¡Tranquilos —gritó por encima del golpeteo de los cascos—, no se atreverán a atacar!

La infantería ligera, desprovista de armadura, o incluso algunos hoplitas sueltos resultaban una presa fácil para un destacamento de caballería. Sin embargo, un grupo de hoplitas compacto y superior en número garantizaba que varios caballos resultaran heridos en el primer contacto, y probablemente que sus jinetes fuesen atravesados en cuanto cayeran a tierra.

Los caballeros continuaron hostigándolos, acercándose al galope a la formación erizada de lanzas y desviándose en el último momento. Aristón mantuvo el retroceso ordenado de sus hoplitas, aproximándose poco a poco a fuerzas amigas que ahuyentarían a los atenienses. Al ver que su táctica no surtía efecto, los jinetes cesaron los ataques y los siguieron divididos en tres grupos, uno a cada flanco y otro por detrás de su avance, de modo que sólo quedaba despejada la vía para regresar al fuerte.

—¡Cobardes! —Aristón blandió su lanza hacia ellos—. Estamos arrasando vuestra tierra y ni siquiera os atrevéis a acercaros. —Retrocedió más despacio para que sus hombres se alejaran un par de pasos—. Vamos, perros atenienses, ¿no os atrevéis con un hombre solo?

—Aristón —la voz de Calícrates a su espalda lo enervó—, el rey ha ordenado evitar riesgos innecesarios.

Aristón apretó los dientes bajo el yelmo. Sabía que no había ninguna necesidad de arriesgarse, y que el rey lo había dejado claro, pero que Calícrates tuviera la osadía de recordárselo...

Se distanció varios pasos más y agitó el escudo hacia los cuatro jinetes que tenía frente a él.

—¡Vamos, malditos perros!

Perseo no apartaba los ojos de aquel hombre descomunal.

«A tu padre lo mató un hoplita de talla gigantesca, el espartano más grande que he visto nunca», le había dicho Sócrates. Había miles de hoplitas espartanos, pero jamás había visto uno que se aproximara a la talla del que tenía enfrente.

«¿Los dioses han querido que me encuentre con el asesino de mi padre?»

El gigante se distanció un poco más de sus hombres y Perseo notó que la sangre le golpeaba en las venas del cuello. Aferró su lanza con la punta dirigida hacia el espartano, sus ojos recorrieron la carne desprotegida de las piernas, el brazo que no sujetaba el escudo. También podía embestirlo, pero si su caballo caía, pondría en peligro a los compañeros que trataran de ayudarlo.

El espartano le clavó la mirada y sintió algo extraño. El mundo a su alrededor pareció apagarse y de pronto experimentó la sensación de que en todo el campo sólo estaban ellos dos.

—¡Vamos!

Perseo reaccionó al grito del gigante clavando los talones en los flancos del caballo y lanzándose en un ataque frontal.

—¡Perseo, vuelve!

Ni siquiera oyó la llamada de su capitán. Mientras avanzaba a galope de carga, vio que el espartano se protegía tras el escudo y ladeaba el cuerpo. Cuando estaba a punto de alcanzarlo, tiró de las riendas e hizo que el caballo ladeara la cabeza como si fuera a desviarse. El gigante abrió la guardia para atacar con su lanza y él cambió el rumbo y le echó encima el caballo.

Su montura lo golpeó de lleno.

Las patas del animal cedieron y Perseo salió volando.

Impactó contra el suelo y rodó como una piedra. En cuanto se detuvo se levantó y desenvainó la espada. Se encontraba aturdido, pero también frenético. Con la visión limitada por el yelmo, tardó un instante en localizar a su enemigo. Estaba tumbado en el suelo, boca arriba. Corrió hacia él empuñando con fuerza la espada, pero otro hoplita espartano llegó antes y se detuvo junto al gigante apuntándole con su lanza.

Perseo se detuvo a un paso de la punta de hierro con todos los músculos en tensión. Intentó golpear la lanza, pero el espartano esquivó su espada con facilidad y amagó un ataque hacia sus piernas. Perseo saltó hacia atrás y vio que se estaban acercando más hoplitas. El gigante incorporó el cuerpo y su yelmo se giró para mirarlo.

—¡Sube!

Perseo advirtió que su capitán había situado el caballo detrás de él. Montó con un grito de rabia y el capitán espoleó al animal para alejarse de los espartanos.

Al cabo de un minuto se detuvieron y desmontó.

—¡¿Te has vuelto loco?!

Perseo le sostuvo la mirada durante unos segundos. Luego bajó la cabeza.

—Ese gigante... es el hombre que mató a mi padre.

El capitán tardó un momento en responder.

—No sé si eso es cierto o no, pero nos has hecho perder un caballo que no podemos reemplazar.

—Lo siento. —Perseo sintió que toda su energía se desvanecía—. He sido un estúpido.

Su dinero no servía para comprar más caballos, en Atenas había más jinetes que monturas y el comercio se estaba secando desde que los espartanos se habían instalado en el fuerte. Cada animal que perdían disminuía la fuerza de su caballería de un modo irreversible.

Miró hacia Decelia por última vez y comenzó a andar hacia Atenas.


Aristón avanzaba cojeando en dirección al fuerte, a la cabeza de su grupo de hoplitas. No creía tener nada roto, pero una pata del caballo le había golpeado en una rodilla y se le estaba hinchando por momentos. Usaba la lanza de Calícrates como bastón, la suya se había partido al clavársela al animal.

Su mirada recorría los terrones de arena seca que iba pisando, pero en su mente se había quedado grabada una imagen del ateniense: su yelmo manchado de tierra, y a través de las rendijas unos ojos casi transparentes. Junto al ateniense vislumbraba otra escena: el bebé que Deyanira había parido a los ocho meses de casarse, temblando sobre la envoltura de tela que los Ancianos habían abierto para examinarlo.

En las dos imágenes los ojos eran iguales.

«Perseo. El otro ateniense lo ha llamado Perseo.»

Así se llamaba también el atleta que había vencido en la carrera del estadio.

—Calícrates, ¿le has visto los ojos al ateniense?

Calícrates se quedó rígido.

—Estaba mirando su espada, no sus ojos. —Por supuesto que se los había visto. Eran los mismos ojos que el corredor que le había vencido, el ateniense que tanto se parecía a su madre. «Perseo, hijo de Eurímaco.» Aquel corredor le había dado su nombre a la olimpiada, y él también había oído que al jinete lo llamaban Perseo.

«Es imposible que haya dos atenienses con el mismo nombre y unos ojos tan excepcionales. Ese soldado era mi hermano. —Calícrates miró de reojo a su padrastro—. No seré yo quien le diga que el ateniense era su hijo, aunque si vuelven a encontrarse...»

Continuaron hacia el fuerte en silencio.

# Capítulo 72
*Atenas, agosto de 413 a. C.*

«Me estoy muriendo.»

Casandra tenía los ojos muy abiertos, pero sólo veía oscuridad. Sentía que acababa de caer desde mucha altura. Tanteó con las manos por la sábana de lino, procurando afianzarse en la superficie de su lecho, pero la sensación de vértigo continuaba.

Se incorporó notando que la negrura giraba a toda velocidad. Su consciencia fluctuaba como la llama de una vela en una corriente de viento. Temió desvanecerse y se esforzó por sacar el cuerpo de la cama. Al ponerse de pie notó el frío de la piedra bajo sus pies desnudos.

De pronto estaba tumbada en el suelo, sintiendo el frescor de las losas contra su mejilla. Veía en un ángulo extraño la rendija de luz que se colaba bajo la puerta.

—No quiero morirme —musitaron sus labios resecos.

Se incorporó apoyándose en la mesa de tocador, segura de que su vida se extinguiría si volvía a desmayarse antes de salir de la alcoba. Dio un paso, luego otro y su hombro chocó contra la pared evitando que cayera. Agarró el pomo de la puerta y abrió.

Las condiciones del asedio habían empeorado sin cesar a lo largo de los meses. Ella nunca salía de casa, pero había oído rumores sobre brotes de peste. Se miró los brazos en la penumbra sin encontrar llagas.

«Primero aparece la fiebre.»

Avanzó descalza y se apoyó en una columna del patio. La brisa suave refrescó su piel mojada. En el cielo, a poca altura sobre el horizonte, brillaba la luna llena.

«Qué extraño...»

Se esforzó por lograr que la luna dejara de moverse ante sus ojos y comprobó que le faltaba un trozo.

«Tendría que estar llena. —Una sombra densa ocultaba buena parte de su brillante superficie—. Es un eclipse», comprendió sobrecogiéndose. Los eclipses eran presagios aún más poderosos que los terremotos.

Contempló aturdida el avance lento de aquella negrura. Cuando la luna estaba a punto de ser engullida, oyó gritos lejanos. Se quedó escuchando en medio de la oscuridad y se alzaron nuevos gritos, esta vez más cerca y acompañados de ruidos de pelea.

«¿Los espartanos han entrado en Atenas?» Sus manos se crisparon sobre la columna. Las voces y los golpes se multiplicaron, parecía que se estaba combatiendo en toda la ciudad. De repente se sobresaltó con un ruido originado en su propia vivienda. Giró la cabeza y distinguió a varios hombres emergiendo sigilosamente de entre las columnas del patio. Estaba tan aturdida que no gritó mientras las sombras se le acercaban. Ellos no la vieron hasta que estuvieron a su lado. Entonces se encontró cara a cara con un hombre que la miraba con los ojos muy abiertos.

«¡Son los esclavos!»

El hombre apoyó la punta de un cuchillo debajo de su barbilla. Casandra se quedó inmóvil y en ese momento advirtió que todos los esclavos llevaban cuchillos. La mano del hombre temblaba y sus ojos reflejaban un miedo intenso. Era un cocinero casi anciano, un esclavo de rostro amable al que ella apreciaba.

El hombre hizo un gesto con la cabeza y los otros esclavos continuaron.

—No hagas ningún ruido —le susurró con una mirada suplicante.

Ella asintió y el cocinero continuó hacia la puerta exterior mientras el estrépito de la lucha se extendía por Atenas.

—¡¿Qué está pasando?! —Ificles apareció en el otro extremo del patio, cubierto de sudor como si acabara de despertar de una pesadilla. Llevaba su espada desenvainada y junto a él se encontraba su esclavo de confianza con una lámpara de aceite—. ¡Deteneos!

Durante unos instantes nadie se movió. Los fugitivos contemplaban petrificados al hombre al que estaban acostumbrados a obedecer, Casandra observaba sin que su marido reparara en su presencia e Ificles parecía indeciso al ver a los esclavos armados con cuchillos. En aquel momento apareció Eudora portando un farolillo. Al ver las armas gritó y uno de los fugitivos reaccionó corriendo hacia la puerta, seguido inmediatamente por todos los demás.

«Van a escapar.» En los labios de Casandra apareció una sonrisa delirante. Su marido estaba demasiado lejos para darles alcance, y ser testigo de la fuga le proporcionaba a ella una extraña sensación de libertad.

Ificles le quitó la lámpara a su esclavo y la lanzó.

La pieza de terracota se quebró contra la cabeza del cocinero, cubriéndolo de aceite que se prendió al instante. El anciano no dejó de correr, pero el fuego lo cegaba. Su cara golpeó contra el marco de la puerta y cayó hacia atrás.

Ificles pasó junto al hombre envuelto en llamas y cruzó el umbral.

—¡Ificles! —Eudora chilló aterrada—. ¡Por Atenea, vuelve!

Su hermano sólo se alejó unos pasos de la puerta. El eclipse había cubierto por completo la luna y las patrullas de soldados atenienses corrían por doquier con antorchas, tratando de detener la fuga masiva de esclavos.

—¡Haré que os ejecuten! —Ificles vio sombras que corrían por su calle: algunas se alejaban, otras se estaban acercando. Retrocedió y se apresuró a atrancar la puerta.

El anciano se retorcía en el suelo sin conseguir apagar las llamas. Ificles esperó a que se quedara quieto y entonces le hundió la espada en el pecho. Casandra se estremeció, y al apartar la vista advirtió que el esclavo de confianza de su esposo le dirigía a su amo una mirada torva.

—Lo dejaremos aquí durante un día, para que los demás sepan a qué se arriesgan. —Ificles sacó la espada y se quedó contemplando la carne abrasada, iluminada por las llamas que aún consumían el manto del cocinero—. Malditos sean los espartanos —masculló.

Ésa era la segunda vez que los esclavos de Atenas se ponían de acuerdo para intentar una fuga masiva hacia el fuerte de Decelia, donde los espartanos los liberaban y les daban protección. No obstante, las mayores fugas se habían producido en las minas de plata del Laurión, de donde en los últimos meses habían escapado más de diez mil esclavos.

Casandra seguía contemplando la escena con la sensación de estar inmersa en un mal sueño. Vio que Eudora se agachaba y acercaba su lámpara al rostro quemado del esclavo.

—Éste era un cocinero. Ojala hubieran muerto todos.

Eudora se giró bruscamente al notar un movimiento a su espalda. Casandra se acercaba con paso vacilante y los ojos brillantes de fiebre.

—¡Está enferma! —exclamó Eudora—. ¡Aléjate de ella! —Se abalanzó sobre Ificles y tiró de él hacia atrás.

Casandra dio otro paso y se desplomó en el suelo del patio.

# Capítulo 73
*Sicilia, agosto de 413 a. C.*

«¿Qué debemos hacer?»

El general Nicias levantó la mirada al cielo estrellado de Sicilia sin dejar de retorcerse las manos. La luna brillaba con todo su esplendor, sin rastros del eclipse que había apagado su luz durante casi una hora. Sin duda había sido un presagio terrible enviado por los dioses, pero hasta que se pronunciaran los adivinos no podría tomar una decisión.

Contempló su campamento, donde se agolpaban los dos ejércitos que Atenas había enviado a Sicilia. Estaba más poblado que la mayoría de las ciudades: entre soldados y sus sirvientes, esclavos, colaboradores civiles y mercaderes sumaban más de cincuenta mil hombres esparcidos por un terreno pantanoso.

«Cincuenta mil hombres agotados, la mitad heridos o enfermos.»

Junto a ellos, varados en la orilla, sus trirremes se encontraban en tan mal estado como ellos.

«Oh, dioses, ¿qué debemos hacer?», se repitió mientras se volvía angustiado hacia la tienda en la que deliberaban los adivinos.

De repente su rostro se crispó y dejó de respirar durante unos segundos. El dolor que le provocaba su enfermedad de riñones era cada vez más intenso.

«Éramos los sitiadores —se dijo recuperando el aliento—, y ahora estamos prácticamente sitiados.» El general espartano Gilipo había desbaratado el muro de asedio con el que habían estado a punto de cercar Siracusa, y también les había arrebatado el fuerte que habían construido como base de operacio-

522

nes. Nicias había reaccionado construyendo otros fuertes en la bocana del Puerto Grande, la ensenada que servía de puerto natural a la ciudad.

«También me los arrebató Gilipo», se dijo suspirando agotado. En los combates navales que conllevaron la pérdida de la mayor parte del Puerto Grande, los barcos enemigos habían reforzado sus proas con gruesas planchas de madera que les permitían chocar de frente y dañar los trirremes atenienses. Por primera vez en muchos años, la flota de Atenas había perdido un gran combate naval.

La situación parecía desesperada, pero entonces llegó el segundo ejército enviado por Atenas. Lo comandaba el general Demóstenes, un hombre pequeño y astuto con fama de genio militar.

«Todo el mundo creía que Demóstenes iba a dar la vuelta a la situación con facilidad —Nicias esbozó una mueca amarga—, y en el primer enfrentamiento con Gilipo perdió más de dos mil hombres.»

Aquélla había sido la derrota más catastrófica desde que había comenzado la guerra con Esparta. Además, ya sólo controlaban una estrecha franja dentro del Puerto Grande. Habían agrupado allí todas sus naves, y el único terreno en el que podían acampar era el cenagal que quedaba a su espalda.

«Demóstenes insistió en que volviéramos a Atenas. Decía que sería mejor para nuestra ciudad que nos ocupáramos de expulsar a los espartanos de Decelia.»

Nicias sacudió la cabeza, imaginando lo que ocurriría si regresaba a Atenas. Los atenienses decidían su política exterior en la Asamblea llevados por el entusiasmo, y luego castigaban a los generales por las consecuencias de sus propias decisiones.

—Soy Nicias, hijo de Nicérato —murmuró en el aire caliente y húmedo. Era el hombre más respetado de Atenas. Mientras no regresara derrotado, eso no cambiaría.

Un nuevo fogonazo de dolor lo dobló en dos. Cuando remitió un poco, se enderezó con las manos en los riñones y los dientes apretados. No estaba dispuesto a retornar a Atenas, pero tampoco podían permanecer más tiempo acampados allí.

La diarrea y las fiebres no paraban de extenderse por el campamento causando estragos. La situación se había vuelto tan desesperada que el día anterior había reunido a sus capitanes, les había hecho jurar que no intentarían regresar a Atenas, y había aceptado que salieran del Puerto Grande y navegaran sin alejarse de la costa hasta llegar a otro emplazamiento más seguro y saludable. Lo habían preparado todo para embarcar a los cincuenta mil hombres al amanecer y tratar de atravesar la bocana del puerto. Sin embargo, hacía un par de horas la luna se había apagado atemorizando a los hombres. Ahora todos estaban esperando a que los adivinos interpretaran si los dioses les estaban diciendo que tendría lugar una gran tragedia si se quedaban, o si intentaban marcharse.

«Demóstenes dice que es una locura quedarnos aquí un solo día más. No para de repetir que estamos rodeados y que en el siguiente ataque nos pueden aplastar, pero no podemos desoír la voz de los dioses. —Caminó pesadamente hacia la tienda de los adivinos—. Siempre he honrado a los dioses, y ellos siempre me han protegido.»

La lona que cubría el acceso se apartó antes de que llegara.

—General, todos estamos de acuerdo en la interpretación. —Nicias experimentó un gran alivio—. Los dioses nos revelan que debemos esperar tres veces nueve días.

«Hasta que regrese la luna llena. Sí, es lo que yo pensaba.»

Dio las gracias a los adivinos y se dirigió a la tienda de Demóstenes para comunicárselo.

Dos semanas después, Perseo bajó lentamente la escalera de la muralla de Atenas.

Había hecho dos turnos seguidos en lo alto de los muros, oteando la campiña por si se acercaban soldados peloponesios. Desde que había atacado al asesino de su padre y éste había matado a su caballo, su papel en el ejército se había reducido a ser un mero centinela.

Avanzó esquivando las chabolas que los refugiados habían levantado al pie de los muros. «¿Qué harán cuando llegue el invierno?», se preguntó mientras miraba a un niño de dos o tres años dormido sobre el pecho de su padre. Entre las chozas había familias enteras que dormían al raso. Perseo había oído que estaba aumentando el número de enfermos, y se preguntó si volvería a producirse una epidemia de peste.

«La única manera de volver a la normalidad sería expulsando a los espartanos de Decelia. —Sin embargo, para eso primero tenían que vencer en Sicilia, y la última información que habían recibido indicaba que la segunda flota había tenido algún contratiempo—. No vamos a vencer a los siracusanos con tanta facilidad como muchos creían.»

Echó un vistazo al cielo grisáceo y se preguntó si las nubes que enrojecían al este tenían una coloración más intensa de lo normal. Después del eclipse de luna se había convertido en una costumbre para los atenienses escudriñar el firmamento en busca de nuevos presagios.

Decidió que era un amanecer como cualquier otro y tomó el desvío que lo llevaba a pasar por delante de la casa de Casandra e Ificles. A veces se detenía un momento en una esquina, vigilaba para asegurarse de que no iba a verlo nadie, y cruzaba por delante de la mansión simplemente para sentir la cercanía de Casandra.

Se encontraba a cincuenta pasos cuando oyó los primeros gritos.

Caminó más rápido, y echó a correr al darse cuenta de que se trataba de esclavas entonando lamentos fúnebres. Se abalanzó sobre el llamador de bronce y golpeó varias veces. Un esclavo entreabrió la puerta, mirándolo con recelo. Perseo no se ponía el yelmo para patrullar las murallas, pero llevaba su coraza, el escudo y la lanza.

—¿Quién ha muerto?

El esclavo dudó un momento y luego empujó para cerrar la puerta. Perseo se echó hacia delante y embistió con el escudo como si estuviera en una falange de hoplitas. La puerta golpeó al esclavo tirándolo al suelo y él entró en la vivienda. No había estado nunca, pero en las mansiones las dependencias privadas solían encontrarse al fondo, así que se apresuró a cruzar el patio.

—¡Mis señores, cuidado! —El esclavo se incorporó vociferando—. ¡Hay un soldado armado, ha entrado un soldado en la casa!

Los lamentos de las plañideras amortiguaban los gritos del esclavo. Perseo vio una puerta entornada e irrumpió en la estancia.

Varias personas velaban un cadáver.

—¡¿Qué haces aquí!?! —chilló Eudora.

Los ojos de Perseo se clavaron en el cuerpo que estaba en la cama. El marido de Casandra, Ificles, yacía boca arriba. Lo habían vestido con una túnica lujosa y engalanado con cintas y guirnaldas. La carne se le hundía en el rostro, como si los huesos la estuvieran absorbiendo. A Perseo le pareció veinte años mayor que la última vez que lo había visto.

Apartó la mirada y encontró a Casandra. Su semblante reflejaba asombro y una desesperación que lo sobrecogió.

—¡Lárgate! —Anito, el hermano de Ificles, lo golpeó en el pecho sacándolo de la habitación—. Maldito carroñero, ¿cómo te atreves a venir aquí?

—¡Échalo! ¡Échalo! —gritaba Eudora completamente histérica.

Los esclavos cobraron valor al ver a Anito empujando a Perseo y lo agarraron de los brazos. Él no se resistió mientras pasaban entre las columnas de la galería y lo conducían por el patio casi en volandas.

—No vuelvas a acercarte a esta casa. Y ni se te ocurra volver a mirar a la viuda de Ificles. —La voz de Anito destilaba un odio frío—. Casandra ahora me pertenece.

## Capítulo 74
### Sicilia, septiembre de 413 a. C.

La decisión de Nicias de esperar «tres veces nueve días» antes de levantar el campamento permitió a sus enemigos organizar el ataque minuciosamente. Los siracusanos coordinaron el avance de sus naves y sus tropas de tierra y cayeron sobre ellos con una contundencia brutal. En la batalla que tuvo lugar dentro del Puerto Grande de Siracusa, los atenienses perdieron una veintena de trirremes.

Después de aquel desastre, ni siquiera Nicias se oponía a que intentaran abandonar la isla para regresar a Atenas cuanto antes. Había perdido toda esperanza en un retorno victorioso y era consciente de que si permanecían allí, morirían todos. Sin embargo, sus enemigos estaban decididos a exterminarlos, y para que no escapara ni una nave ateniense bloquearon la bocana del Puerto Grande con barcos, tablones y cadenas.

Como la huida por tierra parecía imposible, Nicias y Demóstenes decidieron intentar romper el bloqueo del puerto. El plan consistía en reunir todas las naves que tenían, ciento diez en total, y llenarlas de soldados como no hubieran hecho en el caso de una batalla naval convencional. Al combatir tantas naves dentro del puerto, se lucharía de un barco a otro como si se tratara de una batalla terrestre.

Los atenienses estaban desmoralizados por la derrota de la flota y angustiados porque se habían quedado sin provisiones. Nicias trató de animarlos antes de la batalla recordándoles el gran tamaño de su ejército, e insistiendo en que la fortuna no iba a favorecer siempre a los siracusanos.

—Además —proclamó disimulando el terrible dolor de

sus riñones—, os recuerdo que en Atenas apenas quedan trirremes como los que aquí tenemos, ni tampoco suficientes hoplitas. Si no obtenemos la victoria, nuestros enemigos de aquí marcharán inmediatamente contra Atenas. Nuestros ciudadanos no podrán defenderse al mismo tiempo de las tropas enemigas que se han instalado en el fuerte de Decelia y de los nuevos atacantes que lleguen desde Sicilia.

Las palabras de Nicias espolearon el espíritu guerrero de sus hombres. Embarcaron en los trirremes, atiborrando las cubiertas de soldados, y se aprestaron para el combate. En las aguas cerradas del Puerto Grande iban a enfrentarse dos centenares de barcos, la mayor cantidad de naves que hubiera luchado nunca en un espacio tan reducido.

A excepción de la estrecha franja de costa en la que se ubicaba el campamento ateniense, las naves enemigas ocupaban todo el perímetro del puerto, de modo que atacaron a la flota de Nicias y Demóstenes desde todas direcciones. Los primeros trirremes atenienses remaron a gran velocidad hasta la bocana y consiguieron derrotar a los barcos que bloqueaban la única apertura que quedaba para salir del puerto.

De pronto tenían frente a ellos las aguas del mar abierto.

«¡Vamos a escapar!», se dijo Nicias con una alegría eufórica.

Su esperanza se apagó cuando se vieron atrapados en el combate masivo y la apertura volvió a cerrarse.

La batalla se prolongó durante muchas horas. Finalmente, los atenienses trataron de regresar a la pequeña sección del puerto que aún dominaban. Algunas naves consiguieron llegar y otras se vieron empujadas hacia otros puntos de la bahía, donde los esperaban tropas enemigas que los masacraban mientras ellos intentaban desembarcar y correr hacia su campamento.

Al anochecer, los siracusanos recogieron los cuerpos de sus caídos y erigieron en la ciudad un trofeo para conmemorar la victoria. Los atenienses estaban tan aterrados que ni siquiera pidieron que se les permitiera hacerse cargo de sus muertos.

Nicias se dejó caer en la arena y contempló abrumado los cadáveres que las olas depositaban en la orilla como regalos macabros. El general Demóstenes se le acercó por detrás sin que él se percatara.

—Tenemos una oportunidad de sorprender al enemigo.

Nicias alzó la cabeza lentamente mientras Demóstenes seguía hablando.

—Nos quedan unas sesenta naves, y a ellos cincuenta. Ya sólo habría en las aguas del Puerto Grande la mitad de barcos que en el anterior combate, lo que nos permitiría aprovechar nuestra mayor maniobrabilidad.

Nicias continuó mirándolo sin reaccionar y Demóstenes insistió.

—Lo último que esperan los siracusanos es que volvamos a embarcarnos. —Señaló hacia el puerto con un ademán vigoroso—. Mira el movimiento de sus hombres. Podríamos equipar las naves y salir al amanecer. Nuestros barcos se pondrían en marcha antes que los suyos.

La energía de Demóstenes caló poco a poco en Nicias, que se percató de que el general tenía razón: la mayor parte del ejército enemigo se había retirado a Siracusa a celebrar la victoria.

Le tendió la mano a Demóstenes para que lo ayudara a levantarse.

—Vamos a hablar con los capitanes.

Se incorporó con un gesto de dolor y fue con Demóstenes al campamento. Allí reunieron a sus oficiales y les expusieron el plan. Los capitanes pidieron permiso para hablar con sus hombres.

Cuando regresaron, informaron de que los soldados estaban tan desesperados que se negaban a volver a los barcos. Lo único que querían hacer era intentar escapar adentrándose en la isla.

—Hagamos lo que hagamos —apremió Demóstenes exasperado—, tiene que ser cuanto antes.

Nicias se dirigió a los capitanes. Las bolsas bajo sus ojos parecían negras dentro de la tienda.

—Que vuestros hombres se preparen. Cuando caiga la noche, iniciaremos la marcha hacia el interior de Sicilia.

Dos horas después del ocaso, Nicias estaba ayudando a su sirviente a empaquetar lo imprescindible para salir cuanto antes. La lona de su tienda se apartó bruscamente y entró uno de sus capitanes.

—Señor, unos siracusanos a caballo se han aproximado al campamento. No hemos llegado a verlos, pero han gritado que eran amigos de los atenienses y han insistido en que esta noche todos los caminos estarán vigilados.

Nicias dio la espalda al capitán y se quedó pensativo. Había estado en contacto con varios siracusanos que conspiraban para entregarle la ciudad, y no sería la primera vez que le pasaban información de ese modo.

Se volvió hacia su oficial.

—Comunica a todos los hombres que no saldremos hoy. Que procuren descansar para iniciar mañana la retirada.

El ánimo de las tropas se hundió al saber que no iban a escapar esa noche. Al día siguiente, el ejército era como un gran animal herido que no consigue incorporarse y los preparativos para abandonar aquel terreno pantanoso se prolongaron otra jornada. Durante esas horas fatídicas, el general Gilipo ordenó a sus tropas que levantaran barricadas en todos los pasos que comunicaban el campamento ateniense con el interior de la isla. En las aguas del Puerto Grande, la flota de Siracusa se dedicó a remolcar los trirremes abandonados de sus enemigos. La única reacción de los atenienses fue incendiar algunos de los que tenían más cerca.

Dos días después de la gran batalla, al ejército de Atenas no le quedaba ni un solo barco de las dos grandes flotas con las que había llegado a Sicilia.

Cuarenta mil hombres del imperio ateniense se pusieron en marcha con el nuevo amanecer. A lo largo de la playa y por todo el campamento había miles de muertos sin enterrar e innumerables hombres heridos que gritaban desesperados. El general Nicias avanzaba por la tierra blanda procurando no mirarlos.

—¡General! —Alguien le agarró un tobillo y estuvo a punto de caer—. ¡Por nuestra diosa Atenea, no me abandonéis!

Se trataba de Talos, uno de sus capitanes. Las vendas que envolvían su vientre rezumaban sangre.

—Lo siento mucho, Talos. —En los ojos de su oficial ardían la fiebre y el miedo—. Sabes que no tenemos manera de llevarte.

—¡Por piedad, señor, no me dejéis atrás!

Nicias liberó la pierna de un tirón y avanzó sintiendo el peso aplastante de la mirada de los dioses. Por todas partes los heridos lloraban y suplicaban a gritos a los amigos y parientes que se alejaban. Quienes podían andar se lamentaban tanto como los que intentaban arrastrarse tras ellos, atormentados por abandonar a sus allegados y horrorizados por la terrible impiedad de no sepultar a los muertos. Algunos se detenían a llorar junto a los que no podían levantarse, o trataban de arrastrarlos durante un trecho, pero finalmente los soltaban y proseguían la marcha con el corazón desgarrado por los ruegos y las invocaciones a los dioses de los que dejaban atrás.

Nicias recorrió el ejército tratando de consolar y animar a los hombres. Gritando a pleno pulmón, les aseguró que muchos pueblos de la isla todavía les eran fieles por miedo a los siracusanos, y que si alcanzaban alguno de ellos estarían a salvo.

Cuando por fin se alejaron del campamento, Nicias consiguió que adoptaran una formación rectangular, con él en vanguardia comandando la mitad de las tropas y Demóstenes en retaguardia con la otra mitad. Los hoplitas ocuparon el exterior de la formación y en el interior se colocaron los demás militares y los civiles.

Al cabo de unas horas, se toparon con la primera barricada.

Atacaron con decisión y consiguieron desbaratarla, pero la caballería enemiga comenzó a acosar sus flancos. Con cada carga rompían momentáneamente su formación y el avance se volvió mucho más lento. Los oficiales trataron de organizar la defensa sin que el ejército se detuviera, pero a la caballería siracusana se sumó la infantería ligera con todo tipo de proyectiles.

Aquel hostigamiento prosiguió durante tres largos y aterradores días, durante los cuales se arrastraron dejando un inmenso reguero de sangre y cuerpos rotos. La tierra de Sicilia se teñía de rojo, el viento arrastraba los gritos de agonía del imperio ateniense. La siguiente noche la masa de hombres se detuvo en medio de ninguna parte. El general Demóstenes se reunió con Nicias y habló mirando hacia las fogatas del enemigo, que estaba levantando varios campamentos alrededor de ellos.

—Hay demasiados heridos y ya no nos quedan provisiones. —Nicias pensó que era la primera vez que veía a Demóstenes abatido—. Tenemos que hacer algo que no se esperen. Vamos a partir ahora mismo, en mitad de la noche, y nos dirigiremos hacia el sur tan rápido como podamos.

—¿De nuevo hacia el mar?

—Sí, no se lo esperan. —Demóstenes señaló en esa dirección—. Es el flanco en el que tienen menos tropas. Y si conseguimos llegar al mar, a partir de entonces el agua protegerá uno de nuestros costados.

Nicias reflexionó un momento. Los hombres estaban exhaustos, pero muchos de ellos además se estaban desangrando o muriendo de sed. Eso los mataría antes que el sueño.

La oscuridad era casi absoluta y consiguieron pasar entre dos de los campamentos siracusanos sin ser detectados. De pronto, un grupo de atenienses oyó el ruido del avance de algunos de sus compañeros y al temer que fueran siracusanos echaron a correr. Aquello desató el pánico entre los que estaban alrededor, las carreras a ciegas se extendieron a lo largo de la muchedumbre y toda la formación se desbarató.

La vanguardia de Nicias se mantuvo más cohesionada durante el tumulto, y el ejército se escindió en dos grandes mitades que siguieron avanzando toda la noche. Las tropas de Nicias cada vez se encontraban a mayor distancia de las del general Demóstenes. Al día siguiente, Gilipo encabezó la cacería y su ejército alcanzó en unas horas a los veinte mil hombres de Demóstenes. Los envolvieron con la caballería y fueron estrechando el cerco hasta que los inmovilizaron contra el muro de un olivar. Entonces los ataques cesaron y Demóstenes supuso que sus enemigos estaban agrupando sus fuerzas. Contempló el muro de piedra basta que les impedía avanzar y luego se volvió hacia sus tropas.

—¡Adelantad diez pasos la línea de hoplitas!

Tenía que intentar proteger a los hombres más vulnerables, muchos de los cuales ni siquiera eran soldados. Se le habían ocurrido cien planes para escapar con algunas tropas rápidas y disciplinadas, pero no podía abandonar a toda aquella multitud.

Los hoplitas más cercanos avanzaron con él, pero en el resto del ejército apenas lo obedecieron. De pronto un griterío se propagó por todo el olivar y distinguieron entre los árboles a miles de soldados enemigos que corrían hacia ellos.

—¡Levantad los escudos!

Demóstenes comenzó a notar los golpes un instante después. Detrás de él, la mayoría de sus veinte mil hombres no tenía nada con lo que protegerse de aquel diluvio de piedras, flechas y lanzas.

## Capítulo 75
*Atenas, septiembre de 413 a. C.*

«Casandra ahora me pertenece.»

Aquellas palabras la hacían temblar de ira. Se las había escuchado a Anito desde la galería del patio, tras salir de la alcoba siguiéndolos a él y a Perseo. Después había cogido un cuchillo y se había encerrado en su alcoba.

«¿Dónde puedo ocultarlo? —Abrió un cajoncito de su joyero, pero era demasiado pequeño y lo cerró de nuevo. Se volvió hacia su lecho y lo examinó con la mirada—. Quizá debajo del colchón.»

Oyó unos pasos rápidos que se acercaban y se giró hacia la puerta al tiempo que escondía el cuchillo tras ella.

—¡Aquí estás, maldita perra! —Eudora se abalanzó con el rostro congestionado y los ojos desmesuradamente abiertos. Casandra retrocedió hasta chocar con la pared—. Has matado a mi hermano, y ahora haces que venga tu amante a mancillar su velatorio.

—No he hecho que venga nadie, y no tengo nada que ver con la muerte de Ificles. —Ella había estado varios días enferma de fiebres y después había enfermado su marido. Desde el primer momento, su cuñada la había acusado de contagiarlo adrede.

—¡Sí, tú lo has matado! —Eudora levantó hacia su cuello unas manos crispadas que vibraban de rabia—. ¡Tú lo has matado!

Casandra apretó la empuñadura del arma que ocultaba y se despegó de la pared para poder acuchillar a Eudora.

—¡Quieta!

Anito había aparecido en el umbral. Su orden detuvo a su

hermana, que bajó las manos rompiendo a llorar y se apartó de Casandra.

—Ella lo ha matado —sollozó mientras salía de la habitación.

Anito le dirigió a Casandra una sonrisa fría, que se intensificó cuando sus ojos se desplazaron hasta la cama. Luego cerró la puerta del dormitorio. Ella sacó el cuchillo que había mantenido oculto, apoyó la espalda en la pared y se quedó mirando al lecho.

«Cuando Anito intente acostarse conmigo, lo mataré.»

Sócrates se había sentado en el suelo y contemplaba a Lamprocles, su hijo de dos años, que dormía sobre el pecho de Jantipa. El pequeño había estado enfermo y Jantipa llevaba varios días durmiendo con él.

«Qué extraña serenidad produce verlos así.»

Lamprocles suspiró en sueños y Sócrates sonrió. Acercó una mano a su hijo y le acarició la cabeza con cuidado de no despertarlo.

De repente la calma se vio rota por varios golpes en la puerta de la calle.

—¡Sócrates! ¡Sócrates!

El pequeño se revolvió y Jantipa abrió los ojos, mirando disgustada a su marido mientras éste se ponía en pie. En varias ocasiones había acudido gente que preguntaba por él a horas intempestivas y despertaba a su hijo.

—Creo que es Perseo —susurró Sócrates.

Todavía sonaron dos golpes antes de que llegara a la puerta.

—Ificles ha muerto —espetó Perseo en cuanto abrió—. Tienes que ayudarme.

El filósofo se quedó un momento pensativo.

—Vayamos a hablar con Eurípides.

La noticia de la muerte de Ificles se iba extendiendo, y en casa de Eurípides les dijeron que acababa de irse a la residencia de su yerno. Sócrates echó a correr seguido por Perseo. Cuando estuvieron más cerca, se detuvo y se volvió hacia él.

—Es mejor que entre yo solo. Vete a casa, Perseo; cuando acabemos iré a contarte lo que haya ocurrido.

—No. Me quedaré oculto en esa esquina.

—No podemos arriesgarnos a que te vea alguien. Confía en mí y vete ya.

Perseo le sostuvo un momento la mirada. Finalmente asintió y se alejó con rapidez. Sócrates esperó unos segundos y llamó a la puerta.

—Creo que Eurípides se encuentra en esta casa —le dijo al esclavo que abrió—. Tengo que hablar con él y con Anito, que supongo que también habrá venido.

Los hombres que buscaba estaban hablando en el patio, junto a una estatua del dios Hermes. Sócrates expresó sus condolencias a Anito y éste las aceptó con una mirada recelosa, sin comprender las intenciones del filósofo.

—He ido a casa de Eurípides para tratar de un asunto, y allí me he enterado de este infortunio. —Sócrates juntó las palmas de las manos antes de seguir. Eudora se les acercó en silencio, con los ojos enrojecidos, y se quedó escuchando detrás de Anito—. Sé que Íficles era un hombre muy piadoso —dudaba de que lo fuera, pero los familiares siempre se apresuraban a proclamar el fervor religioso del fallecido—, cuya alma inmortal recibirá las gracias que los dioses reservan a los mejores hombres.

—Sí, claro que lo era —expresó Eudora con voz llorosa.

—Por supuesto —afirmó Anito con incomodidad.

—Un hombre querido por los dioses —continuó Sócrates—, cuyas últimas disposiciones siempre serían gratas a ellos. Y en aquello que no haya dispuesto, sin duda querría que todo se realizara del modo que más les agradara.

Anito se mantuvo en silencio. Sócrates percibió con el rabillo del ojo que Casandra estaba escuchando tras una columna del patio.

—Quizá tu generosidad, Anito, podría llevar a que te ofrecieras a ocuparte de la viuda de Íficles, la hija de Eurípides, pero esto podría disgustar a los dioses, siendo como eres un hombre casado.

Anito se quedó rígido un instante antes de responder:

—A pesar de lo que dices, podría considerarlo. Como sin duda sabes, debido a la escasez de hombres se están aprobando estas uniones.

—En efecto, Anito, pero sólo en aquellos casos en los que no haya un hombre soltero, y suficientemente acomodado, que esté dispuesto a hacerse cargo de la mujer. —«Y que sea ateniense, y Perseo en justicia no lo es», se dijo disimulando la desazón que le producía este pensamiento—. En cualquier caso, y como deduzco de lo que llevamos hablado, Ificles no dejó dispuesto que fuera su hermano casado quien debiera desposarse con su mujer. Por lo tanto, Casandra pasa de nuevo a la tutela de Eurípides, que es quien deberá tomar una decisión.

El dramaturgo se vio de pronto en una posición incómoda que no había imaginado. No creía que fuera el momento adecuado para tratar ese tema, en el que además aún no había pensado, y tampoco quería ofender a su familia política. Vio que Anito palidecía de indignación, e iba a intervenir cuando Sócrates lo sorprendió de nuevo.

—Hay otro asunto que considerar, claro, y es la dote que Eurípides entregó por Casandra. Como ella no ha tenido hijos, la dote debería retornar a las manos de Eurípides. Sin embargo, teniendo en cuenta que Ificles se hacía cargo de su hermana, y que la invasión de los espartanos ha afectado gravemente a los negocios de Ificles, estoy seguro de que la generosidad de mi amigo le llevará a hacerse cargo de Casandra cediendo su dote a la casa de Ificles.

Eudora dirigió una mirada codiciosa a Eurípides, que asintió mientras miraba a Sócrates desconcertado.

—Muy bien. —Anito parecía masticar las palabras—. La dote se dedicará a atender las necesidades de Eudora, y Casandra quedará de nuevo bajo la tutela de su padre. —Sus ojos se entornaron maliciosamente—. Por supuesto, eso ocurrirá después de que pase aquí, en la casa de su difunto marido, el año de luto acostumbrado.

Sócrates hizo un gesto a Casandra para que se les acercara, y tomó de nuevo la palabra mientras ella se colocaba junto a su padre.

—Te felicito, Anito, por ser un hombre tan respetuoso con las leyes y las tradiciones de nuestra ciudad. No obstante, como muy bien has señalado antes tú mismo, Atenas necesita hombres, y sería un acto contrario a las necesidades de nuestra patria impedir durante un año entero que una mujer pueda quedarse embarazada de un futuro soldado. Por ello, creo que sería más adecuado un mes de luto, y quizá, teniendo en cuenta que hemos acordado que la tutela corresponde a su padre, el luto debería llevarlo en casa de Eurípides.

Anito se mordió el labio mientras pensaba en una réplica, pero se le adelantó su hermana.

—¡Que se vaya! ¡Ya no es de la familia, que se vaya ahora mismo!

—De acuerdo. —Su hermano aceptó con una mirada gélida que pasó del filósofo a Casandra—. Que lleve el luto en casa de su padre.

Casandra se agarró al brazo de Sócrates temblando de alivio. Alzó el mentón y sostuvo la mirada resentida de Anito.

«Ya no te pertenezco.»


—No llores, papá.

Eurípides estaba inclinado sobre la gran mesa de su sala de trabajo y escondía la cara entre las manos sin poder dejar de llorar. Casandra acababa de sincerarse con él, revelándole lo desgraciada que había sido en su matrimonio y el dolor que le había causado que fuera él quien la entregase a Ificles.

—Yo pensaba que te ocurría como a tu madre. —La voz rota de Eurípides humedeció los ojos de Casandra—. Que siempre estabas seria porque no querías a tu marido, pero no sabía que fueras tan desdichada.

Casandra suspiró. Su padre era capaz de escribir maravillosamente sobre las pasiones más intensas que pueden darse en el corazón de una mujer, como había hecho en *Medea*, pero fuera de sus obras era un hombre solitario y encerrado en sí mismo. Por otra parte, ella había intentado cumplir con su deber de mujer ateniense y nunca había protestado.

Se puso de pie y se acercó a su padre, que apoyó la cabeza en su vientre y siguió llorando. Ella le acarició el pelo, donde el blanco comenzaba a predominar sobre el gris.

«Ya es un anciano de casi setenta años.»

—No llores más, papá. —Se arrodilló a su lado y lo miró sonriendo—. Me habéis sacado de esa casa y dentro de un mes podré casarme con Perseo. Habéis hecho que se cumplan mis mejores sueños.

Acababan de terminar de cenar cuando entró la esclava.

—Ya está aquí, señor.

Eurípides se levantó rápidamente y salió de la estancia, dejando a Casandra confundida. Un momento después regresó seguido por Perseo.

Casandra se levantó de la silla sin apartar la mirada de él.

—Hija mía, hemos acordado con el hermano de Ificles que durante un mes vivirás en mi casa, pero no hemos dicho nada de que Perseo no pueda venir a visitarte. —Eurípides los miró a los dos con una expresión de felicidad que Casandra no le recordaba—. Ya habéis esperado demasiado.

Se dio la vuelta y los dejó solos. Casandra contempló a Perseo un poco desconcertada y se acercó a él. Tan sólo era un adolescente las últimas veces que habían hablado, que se habían besado, que había acariciado y memorizado cada detalle de sus facciones. A lo largo de los años se había ido convirtiendo en un hombre, pero ella sólo había podido ser testigo de ese cambio con una mirada furtiva muy de vez en cuando. Al pensar en él seguía viendo el rostro del adolescente que tanto había llegado a conocer y querer. Ahora Perseo tenía los mismos ojos plateados, con un reflejo dorado debido a las llamas de las lámparas, pero sus rasgos se habían acentuado y transmitían una firmeza y una seguridad que no tenía antes. También había crecido bastante desde la última vez que habían estado juntos y su musculatura era la propia de un atleta.

Perseo sonrió, observándola con idéntica atención. Su sonrisa transparente era la misma que recordaba Casandra, y su mirada sonreía de la misma forma.

—Te he echado de menos.

Casandra sintió que su piel se estremecía.

## Capítulo 76
*Sicilia, septiembre de 413 a. C.*

La granizada de proyectiles aplastó durante horas a los veinte mil hombres del general Demóstenes. A los hoplitas los protegía el bronce que los recubría, pero los demás sólo podían poner sus brazos desnudos sobre la cabeza para detener las piedras y las puntas de metal.

El general Gilipo ordenó que sonaran las trompetas cuando más de la mitad del ejército ateniense yacía en el suelo. La masacre se detuvo y él alzó la voz para que se le oyera por todo el olivar:

—¡General Demóstenes, rinde tus tropas!

En respuesta, los hoplitas atenienses arremetieron con un grito unánime de rabia y orgullo. Consiguieron que la infantería siracusana retrocediera, pero la caballería los empujó de nuevo contra el muro del olivar. El combate se mantuvo activo durante una hora, hasta que Demóstenes envió un mensajero a Gilipo y a los generales siracusanos.

—El general Demóstenes ofrece la rendición de todo el ejército. —La sangre apelmazaba gran parte del cabello y la barba del emisario ateniense, pero transmitía sus palabras con firmeza—. Pone como condición que no se ejecute a ninguno de sus hombres, y que se les dé un trato que los mantenga con vida mientras estén prisioneros.

Los siracusanos aceptaron la rendición y comenzaron a apartar a los atenienses que podían andar de los heridos graves, a los que se dejaría morir en el olivar. Gilipo se alejó de los demás oficiales y se apresuró a buscar a Demóstenes. Era el general ateniense más odiado en Esparta, le proporcionaría un gran honor llevarlo prisionero.

Lo encontró en un extremo del muro, con la coraza a un lado y la espada desenvainada.

«¡No!»

Gilipo corrió hacia Demóstenes mientras éste apoyaba en el suelo la empuñadura de su arma. Cuando iba a arrojarse sobre la hoja afilada, el general espartano lo derribó.

—Lamento arrebatarte el honor del suicidio —le dobló un brazo para ponérselo en la espalda—, me resultas mucho más valioso vivo que muerto.

Demóstenes se revolvió con furia, pero llevaba varios días sin comer ni beber y estaba herido. Gilipo lo inmovilizó sin dificultad, lo puso bajo custodia de algunos de sus hombres de confianza y regresó con los demás generales.

Una hora más tarde, seis mil prisioneros atenienses marchaban hacia Siracusa. El general Gilipo se puso de nuevo a la cabeza de las tropas y se lanzaron en persecución del ejército de Nicias.

A su espalda, sobre el suelo del olivar, dejaron los cuerpos ensangrentados de quince mil hombres.

El general Nicias trataba de ignorar el tormento de sus riñones enfermos y obligaba a sus hombres a marchar sin descanso. Estaban exhaustos, lo que enlentecía el avance bajo el sol despiadado del verano siciliano, pero llevaban más de un día sin avistar tropas enemigas y en su espíritu comenzaba a anidar la esperanza.

Cuando el terreno árido empezó a retemblar con el trote de cientos de caballos, Nicias sintió ganas de echarse a llorar. Dio órdenes para reajustar la formación y después se encajó el yelmo.

Al cabo de un rato llevaron a su presencia a un mensajero de Gilipo. El general espartano le informaba de que Demóstenes se había rendido y le instaba a hacer lo mismo. Nicias tenía la respuesta preparada, llevaba todo el día pensando en ella, y contestó que Atenas pagaría todos los costes de la guerra si los dejaban marchar. También ofreció dejar un rehén ateniense por cada talento que se adeudara.

La reacción de Gilipo y los siracusanos fue acosarlos con

cargas de caballería y someterlos a una incesante lluvia de proyectiles hasta que se puso el sol.

A la mañana siguiente, el ejército de Nicias comenzó de nuevo a desplazarse, aunque ya no eran más que una muchedumbre aterrada en la que nadie quería ocupar las posiciones exteriores. El día era todavía más caluroso que el anterior y los yelmos se calentaban como ollas al fuego. Nicias vio que varios hombres se desvanecían por la sed sin que nadie se ocupara de recogerlos. Él tenía la boca tan reseca que apenas podía hablar, pero procuraba mantener la marcha hacia el río Asínaro, que ya no debía de estar muy lejos. Allí podrían calmar su sed atroz y quizá la caballería no podría seguirlos con facilidad hasta la otra orilla.

«Si lo cruzamos, tendremos una oportunidad.»

Nicias apartó ligeramente el escudo e intentó avistar el río más allá de las tropas enemigas que tenían permanentemente frente a ellos. Su mirada borrosa no le permitió distinguir lo que había a más de cincuenta pasos.

Siguió arrastrando los pies durante horas, escuchando a su alrededor los gritos de los heridos y el sonido de los combates. A veces los soldados que tenía más cerca acometían para repeler algún ataque, pero él ya no podía correr. Avanzaba con el escudo levantado, notando de vez en cuando el impacto de una flecha o de un pedrusco.

El sol había comenzado a descender cuando oyó los primeros gritos.

—¡El río!

—¡Hemos llegado!

—¡Por Atenea, corred!

Una esperanza histérica se extendió por la muchedumbre, que de inmediato aceleró arrastrando a Nicias. La vanguardia alcanzó la orilla y algunos soldados intentaron cruzar mientras otros se dejaban caer y hundían la cabeza en el río. Los siguientes en llegar buscaban un espacio libre, pero pronto comenzaron a caer unos sobre otros.

El general Nicias se detuvo en la pendiente que desembocaba en la orilla y contempló espantado lo que sucedía. La avalancha de hombres se amontonaba al llegar al agua; algunos de los que tropezaban se ensartaban en las lanzas de sus compañeros mientras otros se peleaban a puñetazos por un lugar donde beber. Muchos de los hoplitas que caían no eran capaces de levantarse debido a sus pesadas protecciones de bronce y se agitaban frenéticos bajo el agua hasta terminar ahogándose. Desde ambos flancos, los proyectiles de los siracusanos los abatían por docenas.

Uno de los capitanes de Nicias pasó junto a él mirando enfebrecido hacia el agua.

—Capitán —Nicias se esforzó por elevar su voz reseca—, hay que proteger los flancos mientras cruzamos.

El hombre se alejó sin reaccionar. Al llegar a la orilla pasó por encima de un soldado muerto y se dejó caer para beber el agua turbia de lodo y sangre.

El general Nicias se apoyó en un árbol y permaneció inmóvil en medio del flujo incesante de hombres que se precipitaban hacia el río. Alzó la vista hasta la otra orilla. Era escarpada y en lo alto había miles de soldados enemigos, que no dejaban de arrojar piedras y lanzas sobre los hombres que intentaban cruzar.

También los aguardaba la poderosa caballería siracusana.

«Vamos a morir todos.» Nicias se agarró al árbol para no caer al suelo y contempló la masacre que se intensificaba en la otra orilla. Una parte de la caballería enemiga descendió hasta el borde del agua para matar a los que conseguían cruzar. Los demás jinetes perseguían a los pocos que lograban atravesar la primera fila de enemigos y huían por el campo sin un lugar donde guarecerse.

La corriente se había tornado rojiza y arrastraba algunos cuerpos, pero la mayoría se estaba amontonando en las riberas. Nicias miró a su alrededor y advirtió que un hoplita joven se mantenía a su espalda. El soldado se irguió ante su mirada sin conseguir que dejara de temblarle la mandíbula bajo el yelmo.

—¿Cómo te llamas, muchacho?

—Dameto, señor —le respondió con voz lacrimosa.

—Muy bien, Dameto. Tienes que llevar a cabo una última misión. Vas a ser mi heraldo. Pide que te conduzcan hasta Gilipo, el general espartano, y dile que me entrego a él. Que haga conmigo lo que quiera, pero que ponga fin a la matanza.

—Sí, señor —respondió el joven antes de alejarse corriendo.

Nicias se dio la vuelta y siguió contemplando el exterminio de sus hombres.

«¿Cuándo regresarán las tropas de Nicias y Demóstenes?»

Perseo frunció el ceño mientras escrutaba las penumbras del exterior de Atenas desde lo alto de las murallas. Todos anhelaban el regreso de las fuerzas enviadas a Sicilia, pero de momento las noticias hablaban de fuertes combates que aún no habían conseguido doblegar a los siracusanos.

Miró a ambos lados del pasillo que coronaba los muros. A lo largo del perímetro de la ciudad se distribuía un millar de soldados. Repartían su atención entre la campiña que se extendía hacia el fuerte espartano de Decelia y el interior de Atenas, donde se temía una nueva fuga masiva de esclavos.

«¿Dónde está el maldito relevo?» Ya había transcurrido la mitad de la noche, la segunda que pasaba lejos de Casandra. Debido a la escasez de soldados, llevaba un día y medio sin bajar de las murallas.

Cuando por fin llegó el reemplazo, Perseo descendió de dos en dos los escalones de la muralla y recorrió a paso vivo las callejuelas oscuras de la ciudad. Pensó fugazmente en su negocio de cerámica. Quería pasar con Casandra todo el tiempo que pudiera, pero también debía ocuparse del taller. A causa de los espartanos, en las últimas semanas no habían vendido casi nada y habían parado la producción de nuevas vasijas. Critón le había aconsejado que despidiese a la mitad de los empleados, pero él de momento se resistía.

Al acercarse a la casa de Eurípides se olvidó de todo aquello. Disminuyó el ritmo y examinó el entorno.

Le pareció que no había nadie.

Se aproximó a la casa, golpeó suavemente con los nudillos

y la puerta se desplazó sin que se viera quién la había abierto. Pasó por el hueco y se sintió enormemente dichoso al contemplar a la mujer que amaba.

Casandra se llevó un dedo a los labios. Él dejó su lanza y su escudo apoyados en la pared, tomó su mano y la siguió a través de las sombras del patio. Ni Eurípides ni la esclava saldrían de sus habitaciones antes del alba. Se internaron en el edificio, llegaron a la alcoba de Casandra y cerraron la puerta.

—Te quiero —susurró Perseo.

Casandra exhaló un suspiro y el reflejo de la llama de aceite reverberó en su mirada. Deslizó los dedos por la barba incipiente de Perseo y se acercó a él para besarlo.

Perseo se estremeció al sentir el roce tierno de sus labios. Acarició el cuello de Casandra con la punta de los dedos y después besó con dulzura su piel suave. Casandra soltó el aire lentamente y levantó la cabeza ofreciéndole la garganta. Él la besó con delicadeza, utilizando los labios y la lengua, notando que ella ronroneaba de placer. Casandra entrelazó las manos en su pelo y le pasó las uñas por la nuca haciendo que volviera a estremecerse.

Perseo se irguió con la respiración agitada. Sin dejar de mirarla a los ojos, buscó los cierres laterales de su coraza y los desabrochó; la dejó en el suelo procurando no hacer ruido y condujo hasta el lecho a la mujer que durante tantos años había amado sin esperanza.

Casandra se tumbó encima de Perseo, notando su excitación a través de las túnicas. Le encantaba sentir que la deseaba y sonrió mientras se besaban. Él hacía que se sintiera tranquila y segura. Al contrario que Ificles, nunca se dejaba llevar por la urgencia del deseo; esperaba a que ella quisiera avanzar o la incitaba con suavidad.

Lo besó con mayor avidez, pasando las manos por sus brazos fuertes, apretando los músculos de su pecho. Finalmente, buscó el borde inferior de ambas túnicas y los subió por encima de la cintura. Perseo contuvo la respiración al notar el contacto con la humedad cálida de Casandra. En las tres semanas transcurridas desde la muerte de Ificles habían pasado juntos más de la mitad de las noches, pero acostarse con ella seguía produciéndole la sensación irreal de un sueño perfecto. Metió las manos por debajo de la túnica, acarició su espalda y la estrechó con suavidad mientras ella presionaba haciendo que la penetrara muy despacio. Durante un momento permanecieron quietos, profundamente unidos, y luego iniciaron un ritmo suave que incrementaba la intensidad de sus sensaciones.

Acariciaron sus cuerpos con un anhelo que crecía al compás de su placer. Sin dejar de besarse, apartaron las túnicas hasta quedar completamente desnudos y siguieron amándose, deslizándose uno contra otro con la piel húmeda de sudor.

Casandra gimió contra la boca de Perseo. Él bajó las manos por su espalda hasta envolver sus nalgas e intensificó el vaivén de su cadera. Casandra volvió a gemir, el fuego de su vientre se expandió convirtiendo su cuerpo en un incendio, y de pronto estalló en oleadas de placer al tiempo que Perseo se derramaba en su interior.


El general espartano Gilipo se había reunido tres semanas antes con sus aliados para decidir qué hacer con los prisioneros. La gran mayoría de los cuarenta mil que habían intentado escapar por tierra había perecido, pero todavía quedaban siete mil vivos.

—El modo más seguro de custodiar a tantos hombres —sugirió un magistrado siracusano— sería encerrarlos en las canteras.

Aquello levantó un murmullo de aprobación entre los presentes.

—Siempre que exceptuemos a los generales atenienses —replicó un enviado de Corinto—. Nicias y Demóstenes deben ser ejecutados de inmediato.

Algunas voces se mostraron contrarias, pero todos los corintios gritaron a favor: no querían que Nicias utilizara su enorme riqueza para pagar sobornos y consiguiera escapar. Por su parte, los siracusanos que habían tratado en secreto con el general Nicias fueron los que secundaron con más fervor la idea de matarlos. Temían que Nicias revelara bajo tortura que ellos habían conspirado para entregar Siracusa a los atenienses.

A la mañana siguiente, sacaron al general Nicias de su celda y le hicieron caminar hacia las afueras de Siracusa. Los guardias no respondieron a sus preguntas ni a sus súplicas, se limitaron a pincharle con sus lanzas cada vez que trataba de detenerse. Ascendieron una pendiente escarpada hasta llegar a una terraza natural. Nicias vio que cerca del borde se encontraba Demóstenes, rodeado por varios soldados y llevando como él grilletes en las manos y los tobillos.

—¿Qué vais a hacer? —preguntó de nuevo.

Los soldados volvieron a pincharle para que se acercara al abismo. Demóstenes le dirigió una mirada apagada y se giró hacia el horizonte, en la dirección en la que se encontraba Atenas.

Nicias extendió las manos, las alturas siempre le habían producido vértigo. Un picotazo le abrió la carne de la espalda obligándole a situarse a un paso del borde. Abrió los brazos para mantener el equilibrio y miró de soslayo hacia abajo. Miles de siracusanos rugían pidiendo su muerte.

Un magistrado se colocó entre el general Demóstenes y él.

—Demóstenes, hijo de Alcístenes, Siracusa te condena a morir despeñado. ¡Arrojadlo!

Antes de que los guardias se movieran, Demóstenes saltó hacia delante sin decir una palabra. Nicias lo vio desaparecer y sintió que iba a desvanecerse. El magistrado se quedó un momento desconcertado, al igual que los guardias, que se asomaron por el borde y luego retrocedieron.

Cuando el magistrado habló de nuevo, Nicias apenas podía mantenerse en pie.

—Nicias, hijo de Nicérato, Siracusa te condena a morir despeñado. —Dudó un momento, como si esperara que también Nicias saltara por sí mismo—. ¡Arrojadlo!

«¡Dioses! ¡Oh dioses, protegedme! —El rostro de Nicias se crispó de dolor cuando una lanza le partió una costilla. Inclinó el cuerpo hacia atrás y recibió otro lanzazo—. ¡Zeus, Atenea, Apolo, Hera, siempre os he honrado...! —Un tercer lanzazo—. ¡...con los más fastuosos sacrificios y ofrendas! ¡Oh, dioses!»

Un guardia se adelantó y le dio una fuerte patada en sus

riñones enfermos. Tras la explosión de dolor, Nicias se dio cuenta de que estaba volando.

La claridad tenue que entraba por la ventana hizo que Perseo saliera del sopor.

—Casandra. —Ella gimió contra su pecho sin moverse—. Queda poco para que amanezca, debo irme.

Casandra besó su piel, todavía sin abrir los ojos, y se desplazó liberando su cuerpo.

—Dentro de una semana seremos marido y mujer —susurró entreabriendo los párpados—, y te retendré en la cama durante días enteros.

—Nunca he oído una amenaza más dulce. —Perseo se colocó la coraza sobre la túnica y comenzó a ajustar los cierres laterales—. Duerme, volveré esta noche.

Se arrodilló sobre la cama para besarla. El beso se prolongó y la respiración de Casandra se hizo más intensa. Entrelazó los dedos en el pelo rizado de Perseo y su lengua se unió a las caricias de los labios.

Él sintió que su cuerpo reaccionaba y se obligó a incorporarse.

—Me tengo que ir antes de que amanezca.

Casandra ronroneó una protesta.

—Vuelve pronto. —De repente su expresión se volvió más grave. Se incorporó sobre los codos y se quedó mirándolo. Perseo tenía el cuerpo de un titán, pero su rostro y su mirada inusitadamente clara conservaban la pureza de su infancia—. Te quiero. Siempre te he querido, Perseo.

Él regresó a su lado.

—Yo también, Casandra. —La besó con ternura y después abandonó la habitación.

En la vivienda el silencio era completo. Perseo avanzó hasta el patio y recogió su lanza y su escudo. A continuación se asomó con cautela al exterior y salió a la calle.

En aquella zona de la ciudad no había aglomeraciones de refugiados. La mayoría se concentraba en los Muros Largos y otros muchos habían construido sus cabañas apoyadas en las murallas de la ciudad.

«Si la invasión se prolonga hasta el invierno, miles de ellos buscarán refugio en los templos. —Conservaba en los labios el sabor dulce de Casandra, pero en su frente aparecieron arrugas de preocupación—. Entre la mortandad que nos causó la peste y las fuerzas que hemos destinado a Sicilia, en Atenas tenemos menos de la mitad de hoplitas, marineros y remeros que al principio de la guerra.»

La situación era aún más acuciante en cuanto a la flota y el tesoro. Habían enviado a Sicilia dos tercios de los trirremes disponibles, y sólo les quedaba la décima parte de la plata que habían llegado a acumular en la época de Pericles. La flota y el tesoro eran especialmente importantes en la situación actual de asedio, ya que dependían de las importaciones marítimas.

«La mayoría de los ciudadanos piensa que la noticia de la victoria es inminente. —Torció a la derecha internándose en su calle—. Espero que tengan razón.» En las Asambleas los oradores insistían en que podían estar tranquilos, pues habían seguido todos los consejos de Nicias, el protegido de los dioses. También coincidían en afirmar que resultaba inimaginable que se pudiera derrotar a dos ejércitos tan poderosos como los que habían enviado.

Al entrar en su casa fue directamente a su dormitorio, se quitó la coraza y se tendió en su lecho. Pensaba descansar un par de horas, ocuparse del taller y después haría un nuevo turno en las murallas. Cuando lo terminara, regresaría a casa de Casandra.

Se durmió con una sonrisa en los labios.


En el momento en que Perseo caía dormido, en una barbería del Pireo entraba el primer cliente de la mañana, un extranjero recién llegado a Atenas.

—Os veo muy tranquilos, barbero —comentó mientras se acomodaba en la silla.

—¿A qué te refieres?

El extranjero alzó las cejas sorprendido.

—¿A qué va a ser? Enviasteis a Sicilia lo mejor de vuestro ejército y vuestra flota, y lo habéis perdido todo. Pensé que encontraría una ciudad atormentada.

El rostro del barbero se volvió del color de la cera.

—Te... te han informado mal. Es la primera vez que oigo semejante disparate.

El extranjero lo miró asombrado.

—Por Zeus, no me digas que soy el primero que trae la noticia.

Perseo aún no se había despertado cuando atracó en el Pireo otro barco con la misma información. Al cabo de unas horas todo el mundo hablaba de ello, pero resultaba tan impactante que Atenas se negó a creerlo. Todos habían sido testigos del poder y esplendor de las dos flotas que habían partido desde el Pireo, su aniquilación resultaba inconcebible.

Siguieron considerando aquello una patraña durante varios días, hasta que comenzaron a llegar los pocos hombres que habían logrado escapar del exterminio y relataron detalladamente lo que había ocurrido en Sicilia. Aquellos testimonios desataron el pánico entre los atenienses, que comprendieron al fin la terrible amenaza que se cernía sobre ellos.

Este episodio fue el más importante de los que tuvieron lugar en la guerra, y a mi parecer de todos los hechos bélicos sucedidos en Grecia de los que tenemos constancia; fue el momento de mayor gloria para los vencedores y el más desastroso para los vencidos. Pues fueron derrotados por completo en todos los frentes; se sufrió de todas las formas imaginables, y tuvieron que afrontar la destrucción total, como suele decirse. Se perdieron el ejército y la flota, y no hubo nada que no fuera destruido; sólo unos pocos de los muchos que eran retornaron a casa. Ésta fue la campaña de Sicilia.

TUCÍDIDES,
*Historia de la guerra del Peloponeso*

# QUINTA PARTE

—

406 a. C. - 404 a. C.

## Capítulo 78
*Mar Egeo, islas Arginusas, julio de 406 a. C.*

«Si caigo al agua, me ahogaré.»

Perseo contempló con aprensión el mar oscuro y agitado. La coraza de bronce que ceñía su torso le parecía más pesada que nunca. Se encontraba en la cubierta de un trirreme, sentado con las piernas abiertas y el yelmo colocado entre ellas. Llevaba el escudo en el brazo izquierdo y con la mano derecha se sujetaba a la maroma que recorría la cubierta, temiendo que un bandazo un poco más fuerte que los anteriores lo arrancara de su asidero y lo lanzara por la borda.

Estaba a punto de luchar en su primer combate naval.

Una ola golpeó el casco de su embarcación y el viento lanzó una rociada de espuma contra su cara. Perseo apretó los ojos para eliminar el agua salada y separó los pies un poco más. Aquella batalla sería la última y desesperada oportunidad para que Atenas sobreviviera.

«Atenea protectora, concédeme volver a ver a mi esposa. —Inspiró hondo, en su pecho se mezclaban la añoranza y el miedo a perderla—. Permíteme ver nacer a mi hijo.»

Casandra se había quedado embarazada tres años después de que se casaran, pero había abortado a los dos meses. Al cabo de otros tres años había vuelto a concebir y esta vez ya habían transcurrido cuatro meses de embarazo. El día antes de embarcar, Perseo había apoyado la cara en el vientre lleno de vida de Casandra, había cerrado los ojos y por primera vez había sentido a su hijo.

«Mi bebé...» La calidez del recuerdo le provocó una sonrisa, que se desvaneció cuando miró hacia el inmenso frente de trirremes que se acercaba. Jamás se había producido una bata-

557

lla naval entre griegos tan numerosa como la que tendría lugar ese día.

Agarró con más fuerza la maroma mientras contemplaba el lento avance de la armada de Esparta. Después de la catástrofe de Sicilia habían temido que la derrota total fuera inminente. No obstante, sus enemigos no contaban con una armada poderosa que les permitiera asediar Atenas por mar, ni tampoco para apoyar las rebeliones que en los siguientes meses se multiplicaron a lo largo del imperio ateniense. Por desgracia, eso cambió cuando Persia decidió apoyar la causa espartana con sus inmensas riquezas. Los persas querían recuperar el control de las ciudades de Asia Menor que en las últimas décadas habían estado en manos de Atenas, y para ello no había mejor método que contribuir a destruir su imperio.

El dinero persa costeó el pago de las tripulaciones y la construcción de los trirremes que apoyaron las rebeliones en la región de Jonia, pero Atenas logró sofocarlas. Una nueva armada espartana pagada por Persia apoyó la siguiente oleada de revueltas, esta vez en la región del Helesponto. En la batalla definitiva de Cícico, la alianza de peloponesios y siracusanos perdió sus ochenta trirremes.

«Maldita sea, tendríamos que haber aceptado la oferta de paz que nos hizo Esparta después de Cícico. —Perseo se encajó el yelmo y agarró el escudo de modo que también le cubriera la pierna izquierda. La armada enemiga ya se encontraba a menos de cinco estadios—. Si no hubiera sido por Cleofonte, esta batalla no tendría lugar.»

Perseo detestaba profundamente a aquel demagogo, que había convencido a la mayoría de los atenienses de que debían seguir luchando hasta obtener la victoria total. Tres años después de aquella oferta de paz rechazada, mientras Atenas se mantenía inactiva por falta de fondos, los espartanos recibieron más dinero de los persas e iniciaron la construcción de una nueva flota.

«Su armada resurge una y otra vez como el ave fénix, y nosotros ya no podemos construir ni un solo barco.»

El almirante espartano Calicrátidas había decidido atacar hacía unas semanas, cuando su armada había crecido hasta los ciento setenta trirremes. La flota de Atenas disponía entonces únicamente de cien barcos, y tripulación para equipar sólo setenta de ellos. De esos setenta trirremes, el almirante ateniense Conón perdió treinta antes de conseguir refugiarse con los restantes en el puerto de Mitilene, en la isla de Lesbos.

«Si Calicrátidas hubiera conseguido destruir nuestros últimos trirremes —se dijo Perseo—, habríamos tenido que rendirnos.»

Sin embargo, Conón consiguió que un barco escapara del asedio de Mitilene y llegara a Atenas para avisar de la situación. Los atemorizados atenienses se apresuraron a fundir las estatuas de oro de la Acrópolis y a apurar los restos de su tesoro, y reunieron más de dos mil talentos. En una actividad de construcción frenética, lograron acumular en el Pireo un total de ciento diez trirremes. Al no disponer de tripulantes profesionales, alistaron como remeros a agricultores, a extranjeros que residían en la ciudad, e incluso a esclavos a los que se ofreció la libertad y la ciudadanía a cambio de su servicio. Después obligaron a diversos aliados a unirse a la expedición, con lo que incrementaron el número de trirremes a ciento cincuenta y cinco. El espartano Calicrátidas se les enfrentaba ahora con ciento veinte, pues había dejado sus otros cincuenta en el asedio a Mitilene; confiaba en que el tamaño más reducido de su flota se vería compensado por el hecho de contar con marineros mucho más hábiles y experimentados que la improvisada mezcolanza que componía la tripulación ateniense.

Perseo, tenso como la cuerda de un arco, observó a través de la rendija del yelmo el avance ordenado de los trirremes enemigos. Navegaban uno al lado del otro, dejando apenas veinte pasos de separación entre ellos. La flota ateniense, en un intento de compensar su menor maniobrabilidad, había colocado los treinta y cinco trirremes de los aliados en una línea central, y en cada uno de los laterales sesenta naves dispuestas en dos hileras. Perseo se giró hacia la derecha para asegurarse de que detrás de su flota se encontraba Garipadasi, una de las islas Arginusas.

«Ha sido buena idea situarnos pegados a la isla, así les resultará más difícil envolvernos.» Se giró un poco más para ver en el puente de mando de su trirreme al general Pericles el Joven, el hijo que habían tenido Aspasia y el gran Pericles.

Escrutó su expresión firme, sin encontrar ninguna fisura en su resolución, y luego se volvió de nuevo hacia delante. Otra muestra de la desesperación con la que afrontaban esa batalla era que habían enviado con la flota a todos los generales disponibles: ocho de los diez estrategos elegidos para ese año.

Los remeros comenzaron a bogar con fuerza y Perseo se estremeció a la par que el casco de su trirreme. Los flautistas marcaron un ritmo intenso siguiendo las órdenes de Pericles. El ala izquierda de la flota, en la que se ubicaban ellos, se abrió hacia el oeste extendiéndose más allá del frente espartano.

El almirante Calicrátidas temió que los envolvieran y dividió su armada en dos mitades que avanzaron en sentidos opuestos. Los trirremes de Pericles continuaron su trayectoria en un intento de rodearlos y Perseo apretó los dientes al ver que se acercaban a la formación enemiga, que iba girando para mantener en todo momento sus proas hacia ellos. Sobre la cubierta de las naves espartanas distinguía a los hoplitas enemigos, sentados con el yelmo calado, esperando su momento igual que él.

El ala izquierda de su flota siguió cerrando su trayectoria alrededor de la escuadra espartana, hasta que de repente todos los trirremes atenienses giraron a la vez. Perseo se aferró a la maroma al ver que la nave espartana más próxima viraba para dirigir el espolón contra su proa. Los remos los impulsaron hacia delante una vez más, el timonel hizo un giro rápido en el último instante y se cruzaron a tan sólo un codo de distancia del otro barco.

Perseo no oyó el crujido de la madera y supuso que los remeros de las dos naves habían metido los remos a tiempo. Mientras se cubría con el escudo, lo sobresaltó un grito a su espalda. Se volvió sin dejar de cubrirse y vio a uno de sus marineros arrancándose una flecha del hombro. Al cabo de un momento superaron al trirreme enemigo y comenzaron a efectuar un viraje cerrado.

—¡Cuidado!

Perseo giró la cabeza a uno y otro lado, conteniendo el aliento.

Un fuerte impacto lo lanzó hacia atrás.

## Capítulo 79
*Atenas, julio de 406 a. C.*

Casandra sintió una punzada y se llevó la mano al vientre.

—¿Estás bien? —le preguntó Jantipa.

Ella levantó una mano sin responder, esperando a que el dolor se disipase.

—No te preocupes —respondió por fin—. Me duele el estómago desde que se fue Perseo, pero creo que sólo son nervios.

Notó la mirada inquieta de Jantipa, pero intentó componer una expresión despreocupada y siguió caminando.

«No siento al bebé desde que él se fue.»

Ya había abortado en una ocasión, y aunque esta vez había llegado al cuarto mes, temía que la angustia que sentía terminara afectando al bebé.

Avanzaron por el ágora hasta llegar a un puesto de quesos. Jantipa se puso a examinar la mercancía y Casandra se distrajo mirando alrededor. «Casi no quedan hombres», se dijo impresionada. Atenas se había convertido en una ciudad de mujeres, niños y ancianos. Una gran parte de los ciudadanos adultos se había embarcado en los ciento diez trirremes que habían partido del Pireo hacía unos días.

Al recordar el momento de la despedida, se le humedecieron los ojos.

«Atenea, haz que regrese a mi lado. —Miró hacia la estatua de la diosa que sobresalía en lo alto de la Acrópolis—. Que vuelva conmigo y con su hijo.» Apoyó las dos manos sobre su vientre y se le puso la piel de gallina al pensar en las dos expediciones que habían enviado a Sicilia. Más de cincuenta mil hombres en total, y no había regresado casi ninguno. Los siracusanos habían mantenido en condiciones espantosas a los siete mil prisioneros que habían encerrado en sus canteras. Al cabo de unos meses, todos habían muerto.

En el ágora había muchas mujeres ocupándose de comprar, acarrear agua y otras tareas que antes encargaban a sus esclavos. El número de éstos se había reducido enormemente desde que los espartanos se habían instalado en Decelia hacía siete años. Desde allí los animaban a escapar, y sólo el primer año habían huido veinte mil de la ciudad y de las minas de plata.

—Vámonos. —Jantipa dio media vuelta y comenzó a alejarse.

—Espera. —La mujer que vendía los quesos la miró con expresión disgustada—. Dame al menos cinco óbolos.

Jantipa se enfrascó de nuevo en el regateo y Casandra la observó con una sonrisa. Pasaba casi todo el día con ella desde que se había ido Perseo. Le habría gustado poder acudir también a su padre, pero Eurípides había fallecido hacía unos meses.

«Papá...» Le daba mucha pena no haberlo visto en los dos últimos años, pero se habían escrito y él parecía feliz. Se había ido a Macedonia cansado de la situación política de Atenas, afirmando que la democracia era la dictadura de los demagogos. No obstante, en su marcha había tenido bastante que ver su segunda esposa, Quérine, que también quería irse de Atenas.

Se emocionó al recordar el homenaje póstumo que Sófocles había hecho a su padre en el festival de teatro de las Grandes Dionisias. Aunque eran rivales sobre la escena, Sófocles había presentado su obra de ese año vestido de luto, y en honor de Eurípides había hecho que sus actores y miembros del coro se presentaran con la cabeza descubierta, sin la tradicional corona.

Una nueva punzada la arrancó de sus pensamientos. Crispó el rostro, conteniendo un gemido, pero la sensación se volvió tan intensa que se dobló en dos y finalmente cayó al suelo.

—¡Casandra!

Jantipa se arrodilló a su lado y ella la miró angustiada.

—No. —Negó con la cabeza, una y otra vez—. Por favor, no.

La mirada de Jantipa descendió y Casandra leyó en su semblante la confirmación de sus temores. Se inclinó hacia delante y apartó el borde de la túnica.

Sus muslos estaban empapados de sangre.

## Capítulo 80
*Mar Egeo, islas Arginusas, julio de 406 a. C.*

Perseo había caído de espaldas sobre la cubierta del trirreme. Se incorporó tan rápido como pudo y miró hacia atrás. Su timonel había conseguido evitar que los espartanos los atravesaran con el espolón, pero desde el otro trirreme estaban lanzando cuerdas con garfios para juntar los cascos y abordarlos.

—¡A por ellos!

—¡Por Atenas!

Perseo se unió a los gritos de los hoplitas que lo rodeaban, se incorporó cogiendo su lanza y corrió con sus compañeros hacia la popa. En total eran una docena. A través del yelmo vio a los soldados enemigos acumulándose en la borda de su trirreme y comprendió por qué estaban buscando la lucha cuerpo a cuerpo.

Tenían el doble de hoplitas.

El oleaje balanceaba la cubierta de madera y los costados de los barcos chirriaban al rozar uno contra otro. Los marineros atenienses no conseguían cortar las sogas con sus cuchillos. Dos hoplitas peloponesios saltaron sobre la cubierta del barco de Perseo, que se unió a sus compañeros para embestirlos con los escudos y los hicieron retroceder. Uno se precipitó al mar con un grito y el otro consiguió regresar a su trirreme. Perseo asestó desde la borda un lanzazo precipitado que golpeó en algo metálico. Antes de que se cubriera, un soldado enemigo impulsó su lanza contra él. La hoja chocó debajo de su cuello y el reborde de bronce de su coraza evitó que la punta le atravesara la garganta. Su enemigo levantó el arma para volver a golpear, pero Perseo lo atacó buscando el hueco entre las grebas y el faldellín y consiguió herirlo en el muslo. El soldado cayó hacia atrás y su hueco lo ocupó inmediatamente otro hoplita.

Aunque las cubiertas habían quedado a la misma altura, la zona de contacto entre los barcos todavía era estrecha. Los hoplitas de ambos bandos se mantenían a un paso de la borda, dando lanzadas y tratando de protegerse. El mayor número de los peloponesios no les daría una gran ventaja hasta que consiguieran cruzar y desplegarse.

Perseo estaba intentando aprovechar su gran envergadura para herir a otro adversario y no advirtió que se acercaba a toda velocidad una nave de Atenas. Cuando aquel trirreme embistió al peloponesio en el costado de estribor, tres soldados enemigos cayeron al mar y los demás rodaron por la cubierta. El barco espartano chocó a su vez con el de Perseo, y él perdió el equilibrio y se precipitó hacia delante.

Llegó a la borda sin poder detenerse y saltó por encima.

Cayó de pie sobre la cubierta enemiga. A su alrededor varios hoplitas peloponesios comenzaban a incorporarse. Se dio la vuelta para regresar a su nave y vio que las cuerdas de los garfios se habían partido con la embestida.

Su trirreme se estaba distanciando.

Actuando por instinto, soltó la lanza, recorrió los dos pasos que le separaban del borde y saltó de nuevo. A pesar de que se impulsó con todas sus fuerzas, el bronce de sus protecciones lo lastró en exceso.

«¡No voy a llegar!»

El oleaje levantó la popa de su barco al mismo tiempo que él surcaba el aire. Su cuerpo golpeó contra la borda, notó un chasquido fuerte en el brazo y se precipitó hacia el mar con una sensación de terror.

Alguien agarró el canto de su escudo y se quedó colgando, con la abrazadera incrustándose en la carne de su antebrazo. Otros hombres se unieron al rescate, tiraron de él y consiguieron izarlo hasta la cubierta.

Permaneció un momento tumbado, resoplando con el rostro vuelto hacia el trirreme espartano que se alejaba. La embestida le había abierto una vía de agua y comenzaba a escorarse. Ya no tendrían que preocuparse por esos hombres, dentro de poco estarían agarrados a los restos de su barco; si Esparta vencía en aquella batalla, los rescatarían; si perdían, terminarían ahogándose o masacrados desde los trirremes atenienses.

Uno de los hoplitas señaló el brazo de Perseo.

—Eso tiene mal aspecto.

Perseo se miró el brazo derecho. Justo debajo del hombro asomaba el hueso, blanquecino y astillado. Se le revolvió el estómago al verlo, y al respirar hondo para contener la náusea oyó a uno de los marineros murmurar que aquélla era una mala lesión para un ceramista.

—¿Alguien sabe colocarlo? —preguntó.

Un soldado se agachó para examinar la fractura y movió la cabeza dubitativo.

—Puedo intentarlo. —Miró a los otros dos hoplitas que no habían regresado a sus puestos—. Tú, sujétale del hombro; y tú agárrale bien el codo, por aquí. Estira poco a poco el brazo y tira con fuerza cuando yo te diga. —Se volvió hacia Perseo—. Tienes que relajar el brazo. Eres un hombre fuerte; si tensas los músculos, no podré colocarlo.

—De acuerdo.

Lo sujetaron mientras el soldado palpaba alrededor del hueso roto.

—Parece que sólo se ha partido por un sitio. —Dirigió una mirada interrogativa a Perseo, que asintió y contuvo la respiración—. ¡Tirad!

Sintió un dolor espantoso cuando el soldado metió el hueso roto dentro de la carne. El hombre comenzó a moverlo de un lado a otro multiplicando el sufrimiento, parecía que el hueso no terminaba de encajar. El soldado resopló como si no fuera capaz de colocarlo y Perseo deseó en vano desvanecerse mientras el martirio se prolongaba.

—Creo que ya está.

Mantuvo los ojos cerrados; el hombro le dolía mucho más que antes, pero el hueso parecía en su sitio.

—Gracias —respondió con la voz agarrotada.

El sudor le empapaba el pelo y la cara por debajo del yelmo. Le ayudaron a ponerse de pie y a meterse en la pasarela baja que cruzaba la cubierta de proa a popa, en la que los marineros se guarecían de los proyectiles enemigos. Había otros dos heridos: un hoplita con cortes en un brazo y un lanzazo sobre la rodilla, y un marinero que se apretaba el cuello para detener la hemorragia causada por una flecha. Los tres deberían permanecer allí, procurando no entorpecer el movimiento de los demás hombres y evitar salir despedidos en las embestidas.

El general Pericles estaba haciendo que maniobraran en busca del ángulo adecuado para embestir a otra nave espartana, pero tuvo que cambiar el rumbo para evitar que los embistieran a ellos. Las dos flotas se mantenían bastante compactas, era difícil maniobrar y alcanzar suficiente velocidad para una embestida. Perseo vio que esquivaban a otro barco y de pronto se encontraron entre varias naves.

—¡Ciad! ¡Rápido, ciad!

Pericles gritaba desesperado para que remaran hacia atrás. Sus hombres trataban de obedecerlo, pero una de las naves se acercó tanto que entrechocaron los remos. Rotaron sobre su eje hasta que la proa impactó con un tercer trirreme. Los hoplitas y arqueros se repartieron en los dos costados para intentar evitar el abordaje al tiempo que procuraban herir a los hombres de las otras naves. Su objetivo principal era el piloto, que durante los combates era el hombre más importante de cada trirreme.

—¡Ayudadme a salir! —gritó Perseo.

Uno de los marineros lo empujó hacia arriba y consiguió abandonar la pasarela. El brazo derecho le colgaba sin vida, como si fuera algo ajeno. Corrió hasta colocarse junto a su piloto y lo cubrió con el escudo y el cuerpo mientras el hombre se peleaba con las varas de madera que iban unidas a los dos timones.

Consiguieron apartarse de los otros barcos y se distanciaron remando hacia atrás. Pericles ordenó que atacaran a otro trirreme, pero de nuevo tuvieron que desistir para evitar que los embistieran a ellos. Había muchas embarcaciones en poco espacio y casi todas permanecían intactas.

Las horas transcurrieron sin que la batalla se decantara

en ningún sentido. El agotamiento de los remeros volvía las maniobras más lentas en todos los barcos, que se fueron dispersando a lo largo de un área más extensa. Cada flota tenía una decena de naves inutilizadas, pero la ligereza de las maderas con que se construían impedía que se hundieran del todo al llenarse de agua. Cientos de hombres contemplaban la batalla agarrados a los restos de las naves, rezando a todos los dioses para que su flota resultara victoriosa y los rescataran.

—Estás siendo un héroe, Perseo.

En las palabras de Pericles el Joven había una nota de admiración. Perseo se limitó a mirarlo sin fuerzas para responderle. El dolor de su brazo se había intensificado tanto que la realidad se había emborronado. Sólo quedaban en su mente dos ideas que latían sin cesar como un tambor lejano: proteger al piloto y sobrevivir a la batalla para regresar con Casandra. Al cabo de un momento se percató del incremento de ritmo de los flautistas y vio que estaban abalanzándose sobre un trirreme espartano que acababa de embestir a otro ateniense. Soltó el asidero del borde del escudo para poder sujetarse con su único brazo útil, y tras el impacto se colocó entre el piloto y el barco enemigo.

Desde el otro trirreme ateniense estaban gritándoles algo. Perseo se esforzó por distinguir las palabras a través de la neblina de aturdimiento que lo envolvía.

—¡Ha muerto Calicrátidas! —El barco contra el que habían chocado era el del almirante espartano, que había perdido la vida al embestir a la otra nave ateniense.

Pericles hizo que remaran hacia atrás para destrabar el espolón y se lanzaron a por un nuevo objetivo. La noticia de la muerte de Calicrátidas se extendió con rapidez y puso en fuga a toda la flota espartana. A partir de ese momento los atenienses consiguieron hundir muchos más barcos sin sufrir pérdidas propias. Finalmente, la flota se reagrupó en las islas Arginusas y comprobaron el resultado de la batalla: habían perdido veinticinco barcos por setenta de los espartanos. Las otras cincuenta naves enemigas habían escapado en dirección sur, sin conseguir acercarse a Mitilene. Allí todavía había otros cincuenta trirremes espartanos asediando la ciudad y bloqueando las cuarenta naves del almirante Conón.

Los generales atenienses se reunieron de inmediato para debatir lo que harían a continuación. Además de atacar cuanto antes la flota espartana de Mitilene, tenían que rescatar al millar de hombres de su flota que se mantenían agarrados a los restos de sus naves, así como recoger las decenas de cadáveres atenienses que flotaban junto a ellos. Como la batalla había tenido lugar en un área muy amplia, sería un rescate complicado. Decidieron que dos capitanes se ocuparían del rescate con un tercio de los trirremes, mientras que los otros dos tercios de la flota irían a Mitilene con todos los generales.

Perseo, con el brazo cada vez más hinchado, se negó a abandonar su posición. Los cincuenta trirremes espartanos de Mitilene con sus tripulaciones descansadas podían convertirse en un enemigo muy difícil. Mientras él no se desmayara, podría salvarle la vida al piloto de Pericles.

El cielo se oscureció con rapidez al partir de las islas Arginusas. Cuando apenas se habían alejado veinte estadios, las olas aumentaron tanto de tamaño que tuvieron que desistir de llegar a Mitilene y dieron media vuelta.

Al arribar a su base encontraron fondeados a los trirremes encargados del rescate; también habían regresado sin llevar a cabo su misión debido a la tormenta. Perseo desembarcó y dos hombres tuvieron que sostenerlo para que llegara hasta el campamento. Mientras se alejaba de su trirreme, dando tumbos bajo la lluvia furiosa, oyó a Pericles y a los otros generales discutiendo a gritos con los encargados del rescate. Entró en la tienda a la que llevaban a los heridos pensando en los hombres de su ejército que en ese momento estaban agarrados a los restos de los barcos. Las tormentas repentinas del Egeo traían la noche en pleno día y encrespaban el mar con olas enormes.

«Se habrán dado cuenta de que no vamos a rescatarlos.» Aquellos hombres tendrían ya la certeza de que cuando se les agotaran las fuerzas morirían ahogados. Pensó con cierta culpabilidad que él sólo tenía un brazo roto, y dentro de poco regresaría a Atenas con su esposa embarazada.

Lo tumbaron en un jergón y cerró los ojos, pero el dolor de su brazo y los gemidos de sus compañeros malheridos le impedían conciliar el sueño que tanto necesitaba. Al cabo de unas horas, uno de los médicos del ejército se sentó a su lado, y él fijó la vista en el techo mientras aquel hombre palpaba su carne tumefacta.

—Hay que recolocar el hueso antes de entablillar —dijo tras examinarlo.

«Recolocar...» Perseo apretó los labios. Después se volvió hacia el médico.

—¿Quedará bien?

El hombre ladeó la cabeza mirando su hombro hinchado.

—Haré lo que pueda. Pero hasta dentro de unos días no sabremos si vas a salvar el brazo.

## Capítulo 81
*Decelia, Ática, julio de 406 a. C.*

Bajo la sombra de un alero, Calícrates observaba el combate de Aristón en el patio de entrenamiento.

«Parece mentira que tenga más de cincuenta años.»

Duplicaba en edad a los dos hoplitas con los que luchaba, pero sus contrincantes no conseguían alcanzarlo con sus espadas de madera. Aunque Aristón había perdido velocidad, movía el escudo de bronce como si no pesara y aprovechaba su mayor envergadura para alcanzar una y otra vez a sus adversarios. Los soldados intentaron rodearlo y su padrastro se movió en arco impidiéndolo. Amagaron un nuevo ataque y Aristón los rechazó, aunque uno de ellos estuvo a punto de rozarlo.

Calícrates esbozó una sonrisa. Combatían con yelmo y no les veía la cara, pero podía sentir la frustración de Aristón porque el combate se estaba prolongando más de lo habitual. Uno de los hoplitas amagó un ataque y su padrastro abrió demasiado la guardia para intentar alcanzarlo con su espada. El otro lanzó un ataque bajo y pinchó con la punta roma de madera en la pierna de Aristón, que lanzó un grito de rabia y se abalanzó contra él. La violencia del ataque pilló por sorpresa al joven soldado, pero logró parar la espada con su escudo. Antes de que se repusiera, Aristón lo golpeó con su propio escudo y lo tiró al suelo. El segundo soldado atacó entonces, y su gigantesco oponente trazó con la espada un arco tan veloz que apenas fue visible; la hoja de madera se quebró contra el yelmo y el soldado se desplomó.

Aristón cogió la espada del caído y se volvió hacia su otro adversario, que acababa de ponerse en pie.

«Ahora es cuando empieza a disfrutar.»

En un combate individual nadie podía enfrentarse a su padrastro. Sus golpes tenían demasiado alcance y potencia. Calícrates advirtió que el raspón de su pierna sangraba y lo lamentó por el joven soldado.

Aristón no se precipitó. Había aprendido a controlar su ira, a esperar el momento adecuado para satisfacerla. Avanzó hacia su contrincante, abriendo de vez en cuando la guardia para tentarlo. El soldado retrocedía manteniendo la distancia, pero no podía rehuir el combate indefinidamente. Amagó algunos ataques y luego intentó llegar de nuevo a la pierna de su gigantesco oponente. Aristón descargó un golpe seco y le arrancó la espada de la mano. Después se lanzó sobre él haciendo que tropezara y cayera de espaldas. Puso un pie sobre el pecho del joven hoplita y bajó la punta de su espada de madera, metiéndola en el hueco del cuello.

El soldado se quedó inmóvil, como un perro que se rinde, y Aristón se irguió satisfecho.

—¡Otros dos!

Calícrates se alejó del patio, pensando en las veces que había visto a su padrastro vencer a soldados enemigos en las incursiones que realizaban hacia Atenas.

«En esas ocasiones no se contiene cuando su oponente está indefenso en el suelo», se dijo con una mueca de desagrado.

El rey Agis seguía haciendo que patrullaran juntos. Él lo prefería así, quería estar con Aristón si volvían a encontrarse a Perseo. Intentaría que su padrastro no lo matara y que lo llevaran prisionero a Esparta.

«No sé quién se sorprendería más: mi madre al ver a su hijo, o Perseo al saber que ella es su verdadera madre.»

—¿Estás seguro de que era él? —le había preguntado Deyanira cuando le dijo que habían combatido contra Perseo cerca de Atenas.

—Esta vez no le vi la cara como en Olimpia, pero se llamaba Perseo, y a través de su yelmo vi que sus ojos eran iguales que los del hombre que me derrotó en la carrera del estadio.

Deyanira titubeó y Calícrates comprendió que dudaba de que aquel ateniense fuera realmente su hijo. «Quizá tema que sus esperanzas sólo se sustenten en el deseo.»

—¿Aristón se dio cuenta de que era su hijo? —le preguntó al fin su madre.

—Él tampoco le vio la cara, sólo sus ojos y oyó que se llamaba Perseo. Sin embargo...

—¿Sí?

—Reaccionó de un modo extraño, y después del combate me preguntó si yo le había visto los ojos. Lo negué, pero no sé si me creyó, y pasó el resto del día ensimismado.

Calícrates negó con la cabeza mientras avanzaba por el fuerte. Habían transcurrido varios años desde aquella conversación con su madre, y no habían vuelto a ver a Perseo.

«Puede que lleve muerto mucho tiempo. —Atenas había perdido bastantes hombres en las escaramuzas que tenían lugar en el Ática, pero sobre todo en los combates navales de los últimos años—. Y si todavía no ha muerto, es probable que lo haga en el combate naval del Egeo.» Los atenienses habían enviado recientemente a la mayor parte de sus hombres a combatir contra la formidable flota que habían construido ellos con el dinero persa.

Calícrates frunció el ceño. Habían empezado aquella guerra, hacía un cuarto de siglo, con el lema «libertad para los griegos». Sin embargo, ahora aceptaban sin reparos el dinero persa, que llegaba con la condición de cederles después de la guerra el control de las ciudades griegas de Asia Menor.

«Estamos pagando los barcos con esclavos griegos.»

En ese momento vio al rey Agis caminando hacia él. Hacía días que no lo veía y pensó en preguntarle por su hijo y heredero de cinco años, Leotíquidas. En el último momento se contuvo y al cruzarse se limitó a saludarlo con una inclinación de cabeza.

Leotíquidas era hijo de la mujer de Agis, pero resultaba más incierto que fuera el vástago del rey. Hacía seis años, después de un pequeño terremoto que sacudió Esparta, habían visto al ateniense Alcibíades salir de la casa de Agis.

«El rey se encontraba entonces aquí, en Decelia», recordó Calícrates.

Nueve meses después del terremoto nació Leotíquidas, y

aunque Agis lo reconoció y oficialmente era su heredero, el rumor de que no era su hijo no había cesado.

«Alcibíades hizo bien en irse de Esparta.»

Calícrates entró en la armería y desenvainó su espada. Cogió un paño y se sentó para lustrar la hoja de metal mientras seguía pensando en Alcibíades. Después del desastre que supuso para los atenienses la expedición a Sicilia, en Esparta habían tratado de apoyar algunas de las rebeliones que se produjeron en su imperio marítimo. La tentativa fue un fracaso, y habrían desistido de no ser por Alcibíades, que con su extraordinario poder de persuasión los convenció para que enviaran cinco trirremes a Quíos, y a él con las naves. Al llegar a la isla, Alcibíades utilizó una de sus argucias y logró que la flota de Quíos se pusiera de su parte, sesenta naves en total. De ese modo había comenzado el poderío marítimo de Esparta en el Egeo.

«Nos proporcionó nuestra primera base marítima en el Egeo —se dijo Calícrates—, influyó para que aumentaran las rebeliones contra los atenienses, y tuvo un papel clave para que comenzara a llegarnos el dinero persa.»

Tisafernes, uno de los sátrapas o gobernadores de provincia del rey de Persia, había caído en las redes de seducción de Alcibíades, como le ocurría a casi todo el mundo. Cuando el ateniense perdió aliados dentro de Esparta —empezando por el rey Agis, que envió una carta al almirante de la flota espartana para que lo matara—, le resultó muy sencillo volver a cambiar de bando y empezar a trabajar para Tisafernes, que lo convirtió en su principal asesor. El sátrapa persa valoraba el profundo conocimiento que tenía Alcibíades sobre atenienses y espartanos, y éste le sugirió que lo más beneficioso para Persia sería que prolongara con sus apoyos la guerra entre Atenas y Esparta, de modo que ambos bandos se desgastaran.

Calícrates contempló satisfecho el brillo que estaba adquiriendo la hoja de hierro y continuó frotando. Despreciaba a Alcibíades por carecer completamente de moral, pero no podía negar su increíble capacidad para cautivar y convencer. Cuando la guerra se había trasladado al Helesponto, Alcibíades había contactado de nuevo con los atenienses y les había asegurado que, si lo reintegraban como general, atraería a su causa a Tisafernes con todo su dinero. Por increíble que pareciera, convenció a muchos atenienses de que sólo con él conseguirían ganar la guerra, y le concedieron el generalato.

Alcibíades no hizo que Tisafernes se pasara al bando de los atenienses —en realidad, no podía conseguirlo, era sólo otra de sus artimañas—, pero fue determinante en las resonantes victorias de Atenas en el Helesponto. Cuando regresó a su ciudad natal, la mayoría de la población lo recibió como un a héroe.

«Ahora su estrella parece haberse apagado, pero estoy seguro de que volveremos a oír hablar de él.»

Hacía unos meses, Alcibíades estaba en Éfeso al mando de la mayor parte de la flota ateniense, cuando decidió acudir con unos pocos trirremes a colaborar en el asedio de Focea. Dejó a cargo del resto de la flota a su piloto, Antíoco, con la única directriz de no atacar a los espartanos, que permanecían en el puerto de Éfeso rehuyendo el combate. Antíoco desobedeció a Alcibíades y perdió veintidós trirremes, además de morir él mismo. En Atenas se multiplicaron las voces en contra de Alcibíades, y éste había decidido escapar de nuevo y se había dirigido al Helesponto, donde se había hecho construir un refugio fortificado en el que había almacenado considerables riquezas.

Calícrates observó la hoja de su espada, la envainó y se levantó para salir de la armería.

«¿A qué bando intentará regresar Alcibíades la próxima vez?»

## Capítulo 82

*Atenas, agosto de 406 a. C.*

«¡Por Apolo, qué frustrante es disponer sólo de un brazo!»

Perseo procuró armarse de paciencia y volvió a intentar calzarse las sandalias de cuero con la mano izquierda. Las tiras se le escapaban una y otra vez, pero finalmente consiguió dejarlas sujetas. Se levantó del lecho y salió del dormitorio en busca de Casandra.

Hacía una semana que había regresado de la expedición al Egeo. Al entrar en casa por primera vez, Casandra había corrido hacia él para abrazarlo, pero se detuvo al ver el aparatoso vendaje.

—¿Qué te ha ocurrido?

—Sólo es un hueso roto, no te alarmes. —Envolvió con el brazo izquierdo los hombros de Casandra y la atrajo hacia él—. En tres o cuatro meses estará curado. —«Siempre que no se gangrene», añadió para sí. El médico le había advertido de que si la herida olía a carne podrida, tenía que acudir lo antes posible para que le amputara el brazo.

De repente Casandra había comenzado a sollozar.

—He tenido otro aborto. —Apretó la cara contra su pecho mientras sus hombros se sacudían—. Hemos perdido el bebé.

Perseo cerró los ojos con fuerza, incapaz de responder durante un instante. Respiró hondo y besó el pelo de Casandra.

—No te preocupes. —La besó de nuevo—. Volverás a quedarte embarazada.

Casandra negó sin decir nada y lo abrazó como si así pudiera retenerlo a su lado.

Perseo encontró a Casandra sentada frente a la mesa de la cocina. Estaba mirando hacia la vasija de Odiseo tan inmóvil como si fuera una estatua. Sobre la mesa había un biberón de cerámica que él había hecho justo antes de embarcar.

—¿Estás bien?

Casandra se sobresaltó y se volvió hacia él.

—Sí... sí. ¿Qué tal tu hombro? —Perseo había estado un rato acostado porque la herida le dolía cuando pasaba mucho tiempo de pie.

—Bien, ya no me duele —mintió—. Voy a ir a la Asamblea.

—De acuerdo. —Ella se acercó y le pasó los brazos alrededor del cuello—. Pero quédate en un extremo. Tienes que evitar que alguien te golpee sin querer en la herida.

Perseo asintió y la besó para despedirse. La expresión de Casandra hizo que estuviera a punto de preguntarle de nuevo si estaba bien. Al final se limitó a sonreír —se lo había preguntado demasiadas veces últimamente—, y salió de la cocina.

En la Asamblea iban a juzgar a los generales que habían comandado la flota en la batalla de las Arginusas. La noticia de la victoria había causado euforia en Atenas, pero los ánimos habían cambiado con rapidez al saber que habían abandonado a los náufragos y no habían sepultado los cadáveres.

«¿Qué nueva locura veremos hoy en la Asamblea?», se dijo Perseo mientras cruzaba Atenas.

El resentimiento de los atenienses había dado paso a la petición de explicaciones por lo ocurrido, y los generales se habían enzarzado durante varios días en un cruce de acusaciones públicas con los dos capitanes a los que habían dejado encargados del rescate. Todos señalaban a la tormenta como la causa de no haber podido salvar a aquellos hombres, pero en caso de querer buscar otros responsables, los capitanes culpaban a los generales por haber perdido un tiempo precioso antes de ordenar el rescate, mientras que los generales afirmaban que los responsables sólo podían ser los capitanes encargados de llevarlo a cabo. Finalmente, la Asamblea había destituido a los ocho generales y les había ordenado que acudieran a Atenas para someterse a juicio.

Dos de ellos habían huido, y los otros seis estaban siendo juzgados por la Asamblea.

Perseo vio que la sesión había comenzado y se dirigió a lo alto de la colina de la Pnix. Al llegar estiró la cabeza y distinguió entre los generales acusados a Pericles el Joven. Le parecía increíble que tuvieran que someterse a juicio aquellos héroes, que habían conseguido destruir setenta trirremes enemigos contando con tripulaciones formadas apresuradamente con hombres sin experiencia marinera.

—Buenas tardes, Perseo.

Se giró y encontró el rostro amable del hombre que tanto le había ayudado con el negocio de cerámica.

—Me alegra verte, Critón.

Su amigo señaló hacia la base de la colina, donde estaban situados los miembros del Consejo de los Quinientos.

—Ahí tenemos a nuestro amigo, el consejero y prítano Sócrates. Debe de estar saliéndole urticaria por tener que ocupar un cargo público tan relevante.

El Consejo lo formaban cincuenta hombres de cada una de las diez tribus —las diez divisiones administrativas de Atenas—. Cada uno de los diez meses del año ateniense, una de las diez tribus ejercía la pritanía —la dirección del Consejo, compuesta por cincuenta prítanos—, y ese mes le correspondía a la tribu de Sócrates. El filósofo, que intentaba actuar siempre de forma privada y nunca antes había ocupado un puesto público, ahora acumulaba dos cargos estatales.

Perseo lo localizó, cerca del estrado, y frunció el ceño.

—Me preocupa que le haya tocado en un momento tan delicado. El pueblo está muy alterado con este asunto, y Sócrates no dudará en oponerse a todo el mundo si eso es lo que considera justo. —La Asamblea prorrumpió en gritos furiosos en ese momento, haciendo callar a un hombre que trataba de hablar—. Acabo de llegar, ¿qué está ocurriendo?

—Primero han hablado los capitanes, Terámenes y Trasíbulo. Están enojados con los generales por haberles acusado de no haber llevado a cabo la tarea de rescate, y han conseguido que la Asamblea se encolerice todavía más. Ahora están intentando hablar los defensores de los generales, pero ni siquiera les conceden el tiempo reglamentado para exponer su defensa.

Continuaron observando en silencio. La defensa de los generales se basaba en que los encargados del rescate eran los capitanes, pero sobre todo en que la tormenta había impedido cualquier tarea de recuperación. Para convencer al pueblo, hicieron llamar a varios pilotos de la flota, que salieron al estrado para declarar y respondieron a las preguntas que cualquier ciudadano quisiera hacerles.

Perseo se agarró el vendaje con la mano izquierda para sostener el peso del brazo. Critón advirtió que tenía el semblante pálido y estaba sudando.

—Deberías irte a casa. ¿Quieres que te acompañe?

—No. Aguanto. Quiero votar a favor de los generales.

La luz declinó mientras las declaraciones se prolongaban levantando murmullos de aprobación. Todos los pilotos coincidían en que la virulencia de la tormenta había impedido el rescate.

—Parece que al final van a ser absueltos —indicó Critón.

Perseo asintió, respirando profundamente para tratar de controlar el dolor. En aquel momento uno de los líderes del partido democrático hizo constar que la escasa luz impedía el recuento de votos a mano alzada. Pidió que la Asamblea continuara al día siguiente y emplazó al Consejo de los Quinientos a que propusiera la forma de cerrar el juicio. Al final acordaron reunirse a la mañana siguiente y la Asamblea se disolvió.

Critón acompañó a Perseo a su casa. Según avanzaban por la vía Panatenaica, en su rostro ensimismado iba apareciendo una mayor preocupación.

—¿Sabes quién será mañana el presidente de la Asamblea? —comentó sin levantar la mirada.

Perseo respondió sujetándose el brazo por el codo.

—Me temo que será Sócrates.

## Capítulo 83
*Atenas, agosto de 406 a. C.*

—Perseo nació en el Peloponeso, puede que sea espartano.
—Querefonte iba murmurando al tiempo que asentía una y
otra vez—. Eso está relacionado con que el oráculo de Delfos
lo señalara a él. Tiene que estar relacionado... sí... está relacionado... —Avanzaba con la mirada extraviada a través de
las calles oscuras y solitarias de Atenas. En los últimos años
había perdido bastante pelo y la barba embrollada le llegaba
al pecho.

Apresuró el paso. Iba a contarle a Perseo el oráculo sobre la muerte de Sócrates. También compartiría con él sus
sospechas de que en realidad sus padres no eran Altea y Eurímaco.

Llegó a la esquina de la calle de Perseo y se detuvo al en-
trever un movimiento en la penumbra. Por un momento
pensó en lo peligroso que era ir solo de noche por Atenas. Él
ya tenía más de sesenta años y su cuerpo fibroso se había
convertido en un armazón de huesos, débil y enfermizo, que
apenas llenaba la túnica. Miró hacia atrás titubeando y decidió continuar.

Había regresado de la isla de Eubea después de que los
tebanos tomaran Oropo, un enclave vital frente a la costa de
Eubea. La toma de Oropo provocó que los eubeos se rebelaran y él escapó de la isla junto a la familia de su hermano, a
bordo del primer barco que partió para Atenas. Los hechos
mostraron que fue una decisión acertada, pues la posterior
llegada de naves espartanas a la isla empeoró la situación y se
produjo una matanza entre los atenienses que se quedaron.

Al regresar a Atenas tenía la intención de respetar la voluntad de Sócrates y no hablar con Perseo del oráculo. Sin embargo, los acontecimientos que se avecinaban habían hecho que cambiara de idea.

«Conozco bien a Sócrates. Mañana se pondrá en peligro de muerte.»

Tras concluir de modo pacífico la Asamblea de esa tarde, el ánimo del pueblo había vuelto a cambiar. Las familias se habían reunido para preparar las próximas Apaturias, un festival tradicionalmente alegre que en esta ocasión estaba marcado por el dolor y el luto por el millar de hombres que podrían haber regresado a casa pero no lo habían hecho. Un millar de padres, maridos e hijos que se habían ahogado esperando que los rescataran.

El deseo de venganza estaría a flor de piel en la Asamblea del día siguiente, y la fortuna había querido que Sócrates fuera ese día el presidente de la Asamblea —un cargo que cada día se elegía por sorteo entre los cincuenta prítanos—. El presidente guardaba el sello de Atenas, así como las llaves de los santuarios en los que se preservaban los documentos públicos y el tesoro de la ciudad. Además, durante ese día encabezaba el Consejo de los Quinientos, lo que lo convertía en el hombre más relevante de la Asamblea de ciudadanos. Querefonte temía que Sócrates, que nunca acomodaba sus palabras al deseo ajeno sino a lo que consideraba justo, terminara siendo el blanco de la ira del pueblo.

«Si Perseo sabe que el dios de Delfos predijo que sería el asesino de Sócrates, quizá pueda hacer algo para evitarlo.»

Echó un vistazo inquieto a unos hombres que se aproximaban en la oscuridad. Eran poco más que sombras, ni él ni ellos portaban lámparas o antorchas. Siguió avanzando, mirándolos de soslayo, y cuando le quedaban un par de pasos para llegar a la casa de Perseo vio que uno de los hombres sacaba un garrote de su túnica.

Abrió la boca mientras el hombre se abalanzaba sobre él.

El garrote impactó en lo alto de su cabeza.

Casandra terminó de ajustar la banda de lino del vendaje de Perseo.

—Mañana deberías quedarte en la cama. El brazo se te hincha cuando estás mucho tiempo de pie.

Perseo sonrió al ver la expresión preocupada de su esposa. Le cogió la mano, tiró de ella para que se sentara en su regazo y la besó.

Se separaron con una interrogación en la mirada al notar un golpe fuera de la casa, y escucharon un momento sin oír nada más. Se pusieron de pie sigilosamente, Perseo cogió su espada y salieron al patio.

—Ten cuidado —susurró ella a su espalda.

Perseo llegó a la puerta y apoyó la oreja. Casandra se colocó a su lado. Sintieron el crujido furtivo de unas sandalias, el roce de una túnica. Al cabo de un instante, oyeron una voz tenue:

—Dale otra vez. Para que no pueda denunciarnos.

Perseo abrió la puerta y se precipitó al exterior blandiendo la espada con la mano izquierda. En el suelo había un cuerpo y dos hombres se inclinaban sobre él, uno de ellos con un garrote en alto.

—¡Quietos!

Uno de los salteadores se alejó corriendo, pero el más fornido se giró hacia él y le lanzó el garrote. Perseo se ladeó al tiempo que agachaba la cabeza y el arma le golpeó en el hombro herido. El dolor hizo que todo su cuerpo se contrajera, dejándolo paralizado por unos instantes. Desde el umbral de la puerta, Casandra vio horrorizada que el ladrón se abalanzaba sobre su marido con el puño en alto. Perseo consiguió interponer la espada y el hombre dio media vuelta y echó a correr detrás de su compañero.

Cuando desaparecieron en la oscuridad, Perseo se agachó junto a la víctima de los asaltadores. Tenía la mitad de la cara ensangrentada, pero lo reconoció inmediatamente.

—¡Por todos los dioses, es Querefonte! —Se volvió hacia Casandra—. Ayúdame a meterlo en casa.

Envainó la espada y lo arrastraron, dejando un rastro de sangre en la tierra de la calle y a través del patio. A Casandra le impresionó lo poco que pesaba Querefonte. Cuando llegaron a la cocina, comprobó que seguía vivo.

—Voy a intentar detener la hemorragia. —Cogió unas telas y puso un cuenco con agua en el suelo—. ¿Cómo está tu brazo?

—Bien. Bueno, me duele muchísimo, pero no he notado que crujiera. —Señaló con el rostro crispado hacia Querefonte—. Ocúpate de él.

Casandra mojó un paño y presionó con firmeza el profundo corte del cuero cabelludo.

—¿Vendría a verte a ti? —preguntó levantando la cara hacia su marido.

—No lo sé, apenas hemos hablado desde que regresó de Eubea. —Perseo humedeció otro paño con su mano útil, se arrodilló junto a Querefonte y comenzó a limpiarle la sangre de la cara—. Quizá iba a ver a otra persona del barrio y ha sido una casualidad que lo asaltaran junto a nuestra puerta.

Querefonte gimió y sus ojos se movieron bajo los párpados cerrados.

—Tranquilo, estás a salvo —susurró Casandra.

Perseo volvió a mojar el paño y se lo pasó por la frente y las mejillas. Querefonte emitía un gemido de animal agonizante.

Al cabo de un momento, sus párpados comenzaron a separarse.

Querefonte tenía un dolor de cabeza inmenso. Una sensación de alarma fue creciendo entre las urgencias del dolor y se esforzó por abrir los ojos. Dos personas estaban inclinadas sobre él, tocándole la cara, apretándole la cabeza. Trató de incorporarse, pero se lo impidieron.

—Tranquilo, Querefonte. Soy Perseo. Estás en mi casa.

Él lo miró confuso. El dolor y un intenso vértigo lo dominaban todo. Le acometió una arcada violenta y vomitó.

Perseo le ladeó la cabeza para que no se ahogara. Querefonte terminó de vomitar y su cuerpo comenzó a temblar. Se sentía muy frágil, temía estar muriéndose. De repente recordó para qué había ido a casa de Perseo y le asustó no ser capaz de hablar con él.

—Muchacho, ¿me oyes? —musitó con voz desfallecida.

Perseo se inclinó sobre él.

—Sí, te oigo. Pero no intentes hablar, es mejor que descanses.

El hilo de voz volvió a surgir de aquellos labios que la barba sepultaba.

—No. Es muy importante. Tienes que escucharme.

Perseo intercambió una mirada con Casandra.

—De acuerdo. Te escucho, Querefonte.

El hombre cerró los ojos y se quedó en silencio, con la respiración agitada. Su cabeza se movió para negar lentamente. Entornó los párpados y habló con una voz tan débil como cargada de decisión.

—Alrededor de la fecha de tu nacimiento, quizá el mismo día que naciste, yo fui al oráculo de Delfos para hacerle una consulta.

—Sí, lo sé. El oráculo te dijo que Sócrates era el hombre más sabio.

Querefonte negó.

—Le hice una segunda pregunta. Quería proteger a Sócrates, y le pregunté al oráculo qué muerte le aguardaba. —Tragó saliva con dificultad—. Respondió que su muerte sería violenta, a manos del hombre de la mirada más clara.

Casandra ahogó una exclamación y contempló a Perseo, que se había vuelto hacia ella con un brillo de alarma en sus ojos de plata.

—El oráculo... ¿dijo algo más?

Querefonte cerró los ojos. Parecía que se estaba durmiendo.

—No. Pero cuando regresé a Atenas... y te vi en brazos de Eurímaco... supe que el dios hablaba de ti.

—¿Sócrates conoce este oráculo?

—Sí...

Querefonte recordó la imagen de su amigo Eurímaco, destrozado por la muerte de su esposa, llorando mientras decía que aquel bebé era lo único que le quedaba de ella. El oráculo había enturbiado durante el resto de su vida su relación con aquel hombre bueno, cuyo único delito, quizá, era haber criado a un hijo que no era suyo.

—Querefonte —lo llamó Perseo. Temía que si se dormía, no volviera a despertar—. ¿Hay algo más que deba saber?

—Sí... Una última cosa... —Su voz apenas se distinguía de las exhalaciones débiles que la acompañaban—. Cuando veas a Sócrates... no le digas que te he revelado el oráculo.

Desde el puesto de honor que le correspondía como presidente de la Asamblea, Sócrates observó contrariado al anciano que proclamaba su dolor en el estrado.

«Han planificado con todo detalle la puesta en escena.»

El hombre vestía una larga túnica negra y llevaba la cabeza afeitada en señal de luto. Los demás familiares de los fallecidos en las Arginusas presentaban el mismo aspecto. Habían hablado anteriormente, y ahora rodeaban el estrado como una comitiva fúnebre.

—¡... nuestros familiares, vuestros ciudadanos, suplican venganza, oh, pueblo de Atenas! —El anciano señaló con vehemencia a los seis generales que se mantenían de pie frente al estrado, custodiados por una nutrida guardia de soldados—. ¡Suplican venganza contra estos hombres que han dejado sin sepultura a valientes atenienses que dieron su vida en defensa de la patria!

La mayor parte de la Asamblea mostró su respaldo con gritos enojados, y pidiendo que se castigara a los generales. Sócrates miró con el ceño fruncido aquella multitud que aullaba y agitaba los brazos. No estaba seguro de quién había orquestado aquella procesión de familiares dolientes, si habían sido algunos enemigos de los generales o simples oportunistas. Nunca faltaban demagogos dispuestos a intensificar las pasiones del pueblo para erigirse después como sus portavoces, con el único fin de obtener influencia, reconocimiento o poder.

«Qué terrible es la diferencia entre el gobierno de la justicia y la tiranía de los más convincentes.» Negó con la cabeza sin dejar de observar a sus ciudadanos. Afortunadamente tenían leyes, moldeadas a base de tiempo y reflexión, que servían para poner límites a los momentos de pasión desenfrenada.

Cuando el anciano bajó del estrado, un miembro del Consejo de los Quinientos llamado Calíxeno presentó dentro del Consejo una moción sobre el modo de juzgar a los generales. Además, pidió que se presentara en ese momento a la Asamblea para que fuera votada. Sócrates mostró de inmediato su desacuerdo; sin embargo, la mayoría del Consejo la apoyó. Mientras el filósofo intentaba que algunos de los consejeros cambiaran de idea, Calíxeno se apresuró a subir al estrado y leyó la moción con tanta potencia como fue capaz:

—Puesto que, en la Asamblea anterior, todos los atenienses han oído a los acusadores de los generales y a la defensa de éstos, proponemos que se coloquen dos urnas, y quien considere que los generales son culpables por no recoger a los vencedores en la batalla naval, vote en la primera; quien no, en la segunda. Si se los considera culpables, que sean condenados a muerte.

Se alzaron muchas voces a favor y otros acusaron a Calíxeno de estar presentando una moción ilegal. Estas acusaciones fueron recibidas con algunos aplausos, pero predominaron los gritos enardecidos a favor de la propuesta.

—¡Todos los que propongan retirar la moción de Calíxeno —gritó alguien— deberían ser juzgados con los generales!

Un clamor agresivo secundó estas palabras, y los que se oponían a Calíxeno se retiraron con rapidez. Dentro del Consejo el debate se había exacerbado. Sócrates, rodeado por algunos prítanos que lo apoyaban, se situó en el centro de los consejeros y alzó su voz de un modo contundente:

—La moción de Calíxeno no puede ser votada, es completamente ilegal. En primer lugar, va contra el decreto de Canono que garantiza un juicio separado a cada acusado. Y en segundo lugar, a los generales no se les ha permitido hablar en su defensa como marca la ley.

Varios consejeros dejaron de discutir y escucharon a Sócrates mientras éste seguía hablando. Calíxeno observó preocupado lo que estaba ocurriendo. El día anterior había asegurado a algunos enemigos de los generales que conseguiría que se aprobara su moción. Se volvió hacia la multitud que recubría la ladera de la Pnix; la mayoría mostraba a gritos su hostilidad hacia los generales mientras aguardaba a que el Consejo volviera a pronunciarse. Sin advertir a nadie, subió de nuevo al estrado.

—Pueblo de Atenas... —Levantó los brazos y gritó con más fuerza para que la multitud lo escuchara—. ¡Pueblo de Atenas!, algunos consejeros quieren impedir que votéis la propuesta que acabáis de escuchar, y con la que ya habéis mostrado vuestro acuerdo. —Señaló a Sócrates y al grupo de consejeros que lo rodeaba—. Os propongo que incluyamos a esos hombres en la misma acusación que los generales, ¡y que se enfrenten a la pena de muerte!

Miles de hombres vociferaron a favor de la ejecución de los consejeros. Sócrates buscó desesperado la mirada de los compañeros que lo habían apoyado hasta entonces, pero todos la rehuían y regresaban a sus asientos.

—No podemos... —Rectificó—: No debemos ir en contra de las leyes. —Se giró con las manos alzadas, intentando resultar más persuasivo que nunca mientras se dirigía a todo el Consejo—. Cambiadlas, si queréis, pero no actuéis en contra de nuestras propias leyes.

Algunos miembros del Consejo le increpaban, otros agachaban la cabeza.

La multitud bramaba a su alrededor.

Perseo contemplaba con horror a Sócrates desde un extremo de la Asamblea. El filósofo estaba de pie entre los miembros del Consejo, vituperado por muchos de sus compañeros, por el hombre que pedía insistentemente su cabeza desde el estrado y por varios miles de atenienses a lo largo de la colina.

En los oídos de Perseo resonaba el oráculo que la noche anterior le había transmitido Querefonte.

«¿Qué debo hacer?»

Había estado a punto de no asistir a la Asamblea, y ahora no se atrevía a intervenir para apoyar la postura de Sócrates. Sabía que los oráculos a menudo resultaban ambiguos, y que quien intentaba burlar al destino solía darse de bruces contra él del modo más insospechado. Si gritaba a favor de Sócrates, podía perjudicarlo de alguna manera, pero también si actuaba de otro modo.

Paralizado por esos pensamientos, se limitaba a observar atemorizado lo que sucedía. Nada podía oponerse a la furia vengativa que se había desatado, por mucho que Sócrates fuera el presidente de la Asamblea y siguiera intentando con todo su énfasis y la fuerza de su dialéctica que se respetaran las leyes. La moción de Calíxeno se aprobó y los atenienses juzgaron en bloque a los generales, mediante el simple procedimiento de depositar sus votos en las urnas colocadas al efecto. Perseo votó en contra, pero la mayoría consideró que los ocho generales eran culpables. Los dos que habían escapado fueron condenados a muerte en rebeldía, y a los otros seis los condujeron fuera de la Asamblea para ejecutarlos de inmediato.

Perseo observó el paso de los generales con un nudo en la garganta. No había mayor injusticia que matar a aquellos hombres, cuyo ingenio y valor les habían proporcionado una aplastante victoria contra una flota que parecía invencible, y en un momento en el que una derrota hubiera supuesto el fin para Atenas.

«El general Pericles...» El hombre que había capitaneado su trirreme, el hijo del mítico Pericles que había dado la grandeza a Atenas, pasó frente a él mirando al suelo con expresión de estupor. Sus ciudadanos habían estado a punto de liberarlos la tarde anterior; ahora iban a morir.

Sócrates se quedó de pie junto al estrado vacío, inmóvil mientras los demás consejeros comenzaban a marcharse. Perseo bajó la ladera de la Pnix en su dirección, protegiéndose el brazo herido al pasar a través de la muchedumbre, que de pronto se mostraba extrañamente silenciosa.

Se detuvo a unos pasos del filósofo y contempló su expresión tristísima con una mezcla de pena y alivio.

«A pesar de que se ha enfrentado a una Asamblea enloquecida, parece que hoy no va a ser el día de la muerte de Sócrates.»

## Capítulo 85
*Decelia, septiembre de 406 a. C.*

Aristón inclinó el cuenco y se llenó la boca de caldo negro. Mientras tragaba, asintió de forma apreciativa. Habían reemplazado hacía unos días al jefe de cocineros del fuerte y el caldo se había vuelto más espeso y sabroso. Tomó con los dedos un trozo de tripa de cerdo del fondo del cuenco y lo masticó con cuidado; en los últimos años había perdido tres muelas y había otra que le dolía a rabiar.

«Esto parece un funeral», se dijo observando el ambiente del comedor. La mayor parte de los soldados comía en silencio y las escasas conversaciones eran murmullos aislados. Todos sabían que en ese momento la Asamblea ateniense estaba debatiendo la oferta de paz que les habían hecho los espartanos.

«Si los atenienses aceptan, tendremos que abandonar el fuerte y volver a Esparta.»

Imaginó por un momento que regresaba a su ciudad, y sonrió al pensar que allí estaba su hijo Leónidas, que ahora tendría unos catorce años.

«Hace varios años que no lo veo... igual que a Deyanira.» Se quedó mirando su cuenco vacío con los ojos entornados. Deyanira había intentado envenenarlo y no la había matado porque estaba embarazada, pero tendría que haberlo hecho después, cuando Leónidas ya no era un bebé que dependiera de ella. Le disgustaba profundamente imaginar que su esposa vivía en Esparta feliz al saber que él estaba lejos. A veces soñaba con llevarle la cabeza del ateniense que tenía los ojos de su primer hijo.

«Seguro que ella sabría nada más verlo si realmente es

nuestro hijo —pensó con un rictus feroz. Poco a poco su expresión cambió hasta reflejar un profundo asco—. Mi hijo... un ateniense.» Si por alguna inconcebible broma pesada del destino resultaba ser cierto, era otro motivo para quererlo muerto.

Había buscado en vano aquellos malditos ojos en cada ateniense al que se había enfrentado desde entonces. También había preguntado a varios prisioneros, y sabía que seguía vivo.

—Perseo, el campeón olímpico —musitó.

Así lo conocían todos los prisioneros. Afirmaban que era hijo de Eurímaco, un ceramista ateniense que había muerto hacía años en la batalla de Anfípolis. Los prisioneros que conocían mejor a Perseo le habían informado de su fecha aproximada de nacimiento. Coincidía con la del bebé que había rechazado, cuyo manto roto y ensangrentado había encontrado después en el Taigeto.

«Espero que los atenienses rechacen la oferta de paz de los cobardes de nuestro gobierno, o nunca podré enfrentarme a Perseo.»

En ese momento la flota ateniense dominaba el Egeo. Ellos tenían la mitad de trirremes que Atenas y el ánimo de sus marineros estaba hundido, como el de la mayor parte del gobierno de Esparta, tras haber sido aplastados en las islas Arginusas por una flota que en teoría era muy inferior.

«Eso nunca volverá a repetirse», se dijo Aristón. Los atenienses habían tenido mucha suerte, y además los comandaba un equipo de ocho generales que habían demostrado ser muy brillantes en la preparación táctica de la batalla y en su ejecución. Sin embargo, después de aquella increíble victoria, Atenas había decidido ejecutarlos y sólo se habían salvado dos que habían huido antes del juicio. Aristón sonrió al recordar las carcajadas que se habían extendido por todo el fuerte cuando se enteraron de aquello. Ahora Atenas carecía de generales experimentados y competentes, y seguía tan escasa como antes de marineros y de dinero.

«La diferencia es que nosotros podemos obtener ayuda de Persia. Aunque para eso tenemos que nombrar de nuevo a Lisandro almirante de la flota.» Apartó el cuenco con los restos de caldo negro y se apoyó en el respaldo de la silla. Lisandro era amigo del príncipe persa Ciro, resultaba fundamental que regresara al mando. Las leyes espartanas especificaban que el almirantazgo era un cargo anual y no repetible, pero había modos de eludir esa limitación. En realidad, el mayor impedimento para el regreso de Lisandro era que en el gobierno de Esparta muchos tenían miedo de su desmedida ambición personal.

Aristón meneó la cabeza mientras pensaba de nuevo en la respuesta que estaban esperando de Atenas. «Es demasiado buena para que la rechacen», se lamentó. Les habían ofrecido abandonar el fuerte de Decelia y que cada uno se quedara las ciudades que controlaba. Dado que Atenas había recuperado Bizancio y Calcedonia, prácticamente tendrían garantizado el suministro del grano del mar Negro, además del control de casi todas las islas y costas del mar Egeo.

«La culpa es de Pausanias y su camarilla de cobardes.» Aristón miró de soslayo a Calícrates, que se sentaba a su misma mesa comunal. Al contrario que él, su hijastro se llevaba mucho mejor con el rey Pausanias —el sucesor de Plistoanacte— que con el rey Agis.

«Seguro que Calícrates también está en contra de pedir ayuda a Persia», se dijo sin dejar de observarlo. Muchos espartanos decían que pactar con los persas —aceptar su dinero a cambio del control de las ciudades griegas de Asia Menor— era ir en contra de la intención con la que habían entrado en el conflicto: liberar a los pueblos griegos a los que Atenas había sometido.

«Deberíamos ejecutar a los traidores que han propuesto la paz. Si los atenienses la aceptan y nosotros no pactamos con los persas, Atenas rellenará sus arcas con los tributos mientras que nosotros seguiremos en la miseria y no podremos reunir una nueva flota. Dentro de unos años, los espartanos seremos los esclavos de Atenas.»

Se percató de que en la puerta del comedor aparecía un soldado, que paseó la mirada por las mesas hasta que lo vio y echó a andar hacia él.

Al llegar a su altura se inclinó para hablar en voz baja.

—Señor, hemos capturado a un desertor. Un ateniense que acaba de escapar de su ciudad.

Aristón advirtió que algunos hombres permanecían atentos a ellos, pero el rey Agis estaba distraído. Se despidió haciendo un escueto gesto con la cabeza y se alejó de la mesa siguiendo al soldado. Si el prisionero había abandonado hacía poco la ciudad, podía conocer la decisión de su Asamblea sobre la oferta de paz.

El ateniense retrocedió cuando lo vio entrar en la tienda. Tenía poco más de veinte años y vestía con una túnica pobre. Como todo el mundo en Atenas, había oído hablar de un espartano gigante, pero hasta ese momento había creído que se trataba de una exageración.

—¿Has estado en la Asamblea de hoy?

—Sí... Sí, señor.

—¿Qué ha ocurrido?

—La mayor parte de la Asamblea se ha mostrado a favor de la propuesta de paz de vuestros embajadores. —El rostro de Aristón se crispó de rabia y el joven se echó hacia atrás—. Entonces ha llegado Cleofonte, que es uno de nuestros políticos más influyentes.

—Sé quién es Cleofonte. Sigue.

El ateniense levantó las manos como si tratara de protegerse.

—Cleofonte ha entrado en la Asamblea vestido de hoplita. Creo que estaba borracho, se golpeaba la coraza con el puño y decía a gritos que él no aceptaría jamás un acuerdo de paz que no incluyera la devolución de todas las ciudades por parte de Esparta. Ha dicho... —Se encogió y levantó las manos todavía más—. Ha dicho que no se fiaba de Esparta, que ya incumplió los juramentos que había hecho en la paz de Nicias. Después de oírle, la Asamblea ha votado en contra de vuestra oferta.

Aristón avanzó despacio hacia el joven ateniense, que comenzó a temblar y a suplicar. Uno de los soldados que lo custodiaban lo agarró para que no se apartara. Aristón se detuvo a menos de un paso, inclinó la cabeza sin dejar de mirarlo y alzó una mano abierta.

—¡Qué alegría me has dado, muchacho!

La palmada en la espalda hizo que el aterrado joven cayera de rodillas. Aristón salió de la tienda, hinchó los pulmones con el aire templado del Ática y regresó al comedor para informar al rey Agis.

## Capítulo 86
*Atenas, octubre de 406 a. C.*

Casandra reprimió el impulso de ayudar a Perseo, que tras varios intentos consiguió ajustarse la túnica. Se había quitado el vendaje hacía dos días y su brazo, delgado como el de un viejo, no era capaz de extenderse ni doblarse del todo. Tampoco era capaz de sostener una espada.

—Ya está. —Su sonrisa se contagió a los labios de Casandra—. Hoy he tardado menos que ayer.

Ella besó la cicatriz de su brazo.

—Espero que se te cure del todo, pero no demasiado pronto.

Perseo la miró apenado.

—No creo que haya combates hasta después del invierno. Y si estuviera otros seis meses con el brazo quieto, me quedaría manco.

—Mejor manco que muerto. —Casandra desvió la mirada, avergonzada, aunque luego lo miró con intensidad—. Podrías quitarte el vendaje en casa y ejercitar el brazo sin que nadie te vea. Así se recuperaría pero no tendrías que volver al ejército.

—No puedo hacer eso y dejar que sean otros los que combatan por nuestra ciudad.

El rostro de Casandra se crispó.

—Que vayan a luchar Cleofonte y sus amigos que tanto aman la guerra.

—A la guerra no van los que votan a favor de luchar —replicó Perseo—. Vamos todos cuando así lo decide la mayoría.

—La mayoría no decide. En esas Asambleas de locos a las que vas, unos pocos demagogos toman las decisiones y convencen a la mayoría de que vote lo que ellos quieren.

Perseo se quedó desconcertado.

—Así funciona la democracia.

Casandra negó exasperada. Cuando era niña le parecía que la Asamblea era una reunión de hombres sabios, igual que pensaba que lo era su padre. Sin embargo, desde que estaba casada con Perseo, él le contaba todo lo que sucedía en las Asambleas, y ahora le daba la impresión de que cuando los hombres se reunían en multitud se convertían en una especie de bestia gigante, tan impulsiva como fácil de manipular.

—La Asamblea se arrepentirá de haber rechazado la propuesta de paz, igual que se arrepintió de matar a los generales.

Perseo suspiró sin responder, Casandra tenía razón. Después de ejecutar a los generales que habían obtenido la victoria en las Arginusas, los atenienses reunidos en Asamblea habían acusado al consejero Calíxeno y a otros cuatro hombres de engañarlos para ejecutar a quienes no lo merecían. Calíxeno y los otros acusados habían sido encarcelados, pero nadie podía devolver la vida a los generales.

Casandra cruzó el patio con Perseo y salieron a la calle. Las decisiones de la Asamblea democrática podían arrebatarle al hombre que amaba, pero no había conocido un régimen que pareciera menos peligroso para los ciudadanos. Tras el desastre de Sicilia, en Atenas se había elegido un Consejo de Ancianos para sustituir el vacío de poder dejado por hombres como Nicias, quien había dirigido los destinos de la ciudad durante muchos años. Poco después se había producido una conspiración oligárquica que había derrocado la democracia ateniense por primera vez en un siglo, y había conducido a un régimen conocido como el Consejo de los Cuatrocientos.

«Los Cuatrocientos sólo trajeron sangre y sufrimiento para Atenas», recordó Casandra. Había vivido esa época temiendo en todo instante por Perseo, pues los asesinatos entre los opositores al régimen se producían a diario y a plena luz del día. Además, los oligarcas conspiraron para entregar Atenas a Esparta. Por fortuna los derrocaron antes de que lo consiguieran, y a la oligarquía le sucedió una democracia moderada conocida como la Asamblea de los Cinco Mil. Finalmente, unos meses más tarde, regresaron a la democracia plena.

—Estás muy distraída.

Casandra le sonrió sin responder y siguieron avanzando por la vía Panatenaica. Habían decidido dar un paseo hasta la Acrópolis para pedirle a Atenea que le permitiera concebir de nuevo, y que esta vez el embarazo llegara a término.

Subieron la gran escalinata de piedra y entraron en los Propíleos. Casandra se percató de la mirada nostálgica de Perseo al pasar junto a la pinacoteca; sabía que de niño iba a menudo a ver los cuadros con su padre. Cruzaron entre las enormes columnas que daban acceso a la Acrópolis y se acercaron a la gran estatua de bronce de Atenea equipada con su armadura.

«Atenea Prómacos —le pidió Casandra alzando la mirada—, protege a Perseo si tiene que volver a la guerra.» Se temía que no iba a pasar mucho tiempo antes de que lo llamaran para combatir contra una flota espartana renovada con el dinero persa.

Más allá de la estatua de bronce se veía el Erecteion, que pese a su estructura irregular transmitía una sorprendente sensación de armonía. A ello contribuía que se había dotado a la nave central y al mayor de los pórticos laterales de un friso muy parecido, con figuras coloridas y un fondo de caliza negra. El templo estaba a punto de terminarse gracias a la relativa bonanza que les había proporcionado hacía cuatro años la batalla de Cícico.

Casandra señaló hacia el pórtico de las cariátides.

—Me gusta su expresión. Transmiten resolución y serenidad.

Perseo asintió mientras las contemplaba. Siempre le habían producido la misma impresión. Alcámenes las había esculpido con un semblante serio, y la pintura con la que habían realzado los rasgos de las mujeres acentuaba su expresión solemne.

Continuaron hacia el Partenón y llegaron a su fachada trasera, la más cercana a la entrada de la Acrópolis. En el frontón, sobre un fondo azul intenso, Atenea y Poseidón se enfrentaban para ver a quién elegirían los atenienses como patrono y protector de su ciudad. Poseidón enarbolaba su tridente para que surgiera una fuente de agua salada, mientras que Atenea hacía brotar un olivo, el regalo por el que los atenienses la escogerían finalmente a ella.

Perseo observó con melancolía las estatuas de Atenea y Poseidón y se volvió un momento hacia la entrada de la Acrópolis. Cuando era menor de edad y no podía ir más allá de ese punto, su padre le explicaba desde allí todos los detalles del Partenón.

—Fíjate en el friso exterior —le decía Eurímaco—, la franja de mármol que se extiende debajo del frontón. Verá que ahí se alternan las metopas, que son los recuadros que contienen esculturas en altorrelieve, con los trigliflos, que son esos recuadros que sólo tienen tres pequeñas columnas cada uno.

«Desde la entrada casi tenía que imaginarme las figuras de las metopas, pero mi padre me las explicaba con tanto detalle que era como si las tuviese delante.»

—Las esculturas de las metopas que están bajo el frontón representan la lucha de Teseo contra las amazonas —le había dicho su padre—. ¿Te acuerdas de quiénes son las amazonas?

—Sí, papá —había respondido el pequeño Perseo—. Son el pueblo de mujeres que descienden del dios de la guerra y no admiten entre ellas hombres que no sean sus sirvientes.

Perseo casi podía sentir la mano de su padre posada en su cabeza mientras contemplaba las esculturas de las amazonas junto a Casandra. Su padre había tenido la suerte de conocer a Fidias, y el propio Fidias le había explicado que había dibujado un boceto de cada una de las noventa y seis metopas del Partenón, pero que por una cuestión de tiempo había encargado la talla de la mayoría a diversos escultores, lo que explicaba las diferencias de estilo.

Cruzaron las columnas por debajo del frontón trasero del Partenón y Casandra levantó la mirada para contemplar el friso interno. Apenas era visible desde fuera del templo, pero recorría los cuatro lados del pasillo que se formaba entre la columnata exterior y el edificio central. A diferencia del friso externo, el interno no tenía triglifos, sino que la decoración escultórica era continua a lo largo de todo el perímetro, componiendo una obra maestra de casi doscientos pasos de longitud que representaba la procesión anual de las Panateneas, la principal festividad de Atenas.

Avanzaron hacia la izquierda contemplando las esculturas de los preparativos ecuestres de la procesión. Nada más doblar la esquina se veía la caballería ateniense cabalgando alegremente al inicio de la comitiva; resultaba impresionante cómo un mismo relieve mostraba varios jinetes situados en diferentes planos.

Casandra señaló un grupo de caballos encabritados que tiraban de un carro.

—Ésos los hizo Fidias, ¿verdad?

Perseo asintió mientras recordaba las explicaciones de su padre.

—Fidias se reservaba para sí las esculturas más difíciles y las que figurarían en un lugar más destacado.

Siguieron observando la magnífica representación de los habitantes del Ática en procesión para entregarle a la diosa su nuevo peplo: ancianos, músicos, extranjeros...

Casandra se acercó a Perseo para hablar en voz baja.

—A Fidias se le olvidó poner a unos niños besándose.

Aquello hizo reír a Perseo. Se habían besado por primera vez en unas fiestas Panateneas, cuando Jantipa había hecho que salieran de la procesión y se encontraran en una calle solitaria. Alzó la cara hacia el friso, como si los buscara a ellos entre las figuras. Luego miró a su esposa de un modo que hizo que ella sintiera el calor del deseo.

—No podemos besarnos aquí —susurró Casandra.

Perseo no apartó la mirada y ella supo que estaba reviviendo aquel día. Sus ojos descendieron un momento a los labios de su marido y volvió a susurrar:

—Atenea podría ofenderse, y hemos venido para que nos bendiga. —Acarició el brazo herido de Perseo y al llegar a su mano entrelazó los dedos.

Al cabo de un momento se separaron para no llamar la atención. No era habitual ver a un matrimonio de la mano, y menos aún en la Acrópolis. Doblaron la esquina, llegaron a la entrada principal del Partenón y Casandra se alejó unos pasos seguida por Perseo. Quería poner su espíritu en la disposición más adecuada para ver a la diosa.

Respiró hondo y alzó la mirada hacia el frontón delantero, el más importante del templo. Las grandes figuras estaban ataviadas con vestiduras ricamente coloreadas de azul, rojo y amarillo. La piel masculina se había pintado de marrón rojizo mientras que la femenina mostraba la blancura natural del mármol, con la excepción de los toques decorativos o expresivos de los rostros.

«El nacimiento de Atenea», se dijo sobrecogida.

El conjunto representaba el nacimiento de la diosa, surgida de la cabeza de Zeus con la ayuda de Hefesto, que le había abierto la cabeza para que saliera Atenea. A su alrededor, los principales dioses del Olimpo contemplaban la escena.

Casandra intercambió una mirada con Perseo antes de subir los peldaños de la plataforma del templo. Pasó entre las primeras columnas y cruzó la segunda hilera adentrándose en el vestíbulo. Frente a ella, la gran puerta doble de madera e incrustaciones de bronce se encontraba abierta.

—Vamos —le susurró Perseo.

Atravesaron la puerta y elevaron sus miradas reverentes hacia el semblante de la diosa. Atenea estaba de pie y casi rozaba el techo con el penacho de su casco. En el rostro, en los brazos y en los pies mostraba su piel de marfil, mientras que el resto de la efigie refulgía con el brillo hipnótico del oro. La patrona de Atenas sostenía sobre su mano una estatua de la Victoria y llevaba en la otra su lanza de diosa guerrera. A sus pies se encontraba su escudo con la cabeza de la Medusa, y tras él asomaba la serpiente Erictonio, el único hijo que había tenido.

Al igual que en la nave que acogía la estatua de Zeus en Olimpia, Fidias había hecho levantar junto a los muros un perímetro de columnas en dos pisos que sostenían un rico artesonado de madera. Enfrente de la diosa, un estanque poco profundo reflejaba sobre ella la luz que llegaba del exterior.

Casandra levantó los brazos hacia el rostro serio y reflexivo de la diosa.

«Atenea protectora, permite que mi vientre conciba un hijo de Perseo. Un hijo que nazca sano para que algún día pueda servir a la ciudad.»

Tras salir de la Acrópolis, Casandra se volvió hacia Perseo.

—¿La estatua de Zeus en Olimpia es más grande que la nuestra de Atenea?

Perseo reflexionó un momento.

—La nave tiene una altura similar, y las dos llegan hasta cerca del techo, pero la de Zeus está sentada en un trono. Si se pusiera de pie, sería bastante más alto. —Bajó unos peldaños de la escalinata en silencio—. Otra diferencia es que en la de Zeus se ve mucho más el marfil del cuerpo; está desnudo de cintura para arriba, mientras que a Atenea el vestido de oro le cubre hasta los pies. En cualquier caso, las dos son grandiosas y Fidias ha conseguido transmitir con ambas la esencia de cada dios: en la de Zeus estás viendo a un rey y en la de Atenea a una guerrera.

Se alejaron de la Acrópolis y llegaron al ágora.

—Mira, ahí está Sócrates.

Perseo siguió la mirada de Casandra y lo vio en el otro extremo del ágora, cerca de la vía Panatenaica. Escrutó los rostros de sus acompañantes y se dio cuenta de que buscaba a Querefonte, pero los hombres que estaban con Sócrates eran más jóvenes. Querefonte había pasado unos días en su casa después de que lo asaltaran. Su salud era frágil y habían temido por su vida, pero aparentemente se había recuperado.

—¿Has vuelto a hablar con él?

Perseo se volvió desconcertado hacia Casandra, que siguió hablando:

—Con Querefonte. No me digas que no estás pensando en él.

Perseo le sonrió.

—Me conoces demasiado bien. No, no hemos hablado; pero las pocas veces que lo he visto me mira como diciéndome: ya conoces el oráculo, ya sabes lo que tienes que hacer. Y no tengo ni idea de qué tengo que hacer. —Su semblante se ensombreció y miró al filósofo mientras caminaban por el borde del ágora—. Desde que me lo dijo, cada vez que voy a hacer algo, o a hablar con alguien, tengo miedo de que eso desencadene una serie de acontecimientos que acaben matando a Sócrates.

—Bueno... —Casandra se mordió el labio—. El oráculo no hablaba de una muerte indirecta. Decía que tendría una muerte violenta.

—«A manos del hombre de la mirada más clara.» Sí, tienes razón; pero eso no hace que deje de pensar en ello.

Conforme avanzaban distinguieron entre los acompañantes de Sócrates a Antemión, que había sido sobrino de Casandra mientras había estado casada con Ificles.

—Sócrates debería tener cuidado con el padre de Antemión —dijo ella en un tono tenso—. Anito es un hombre retorcido.

Perseo observó a Antemión, un joven delgado, inteligente e inseguro que siempre caminaba mirando al suelo. Se escabullía de su padre porque no quería trabajar en el negocio familiar del que era el heredero, decía que él lo llevaría a través de un administrador y se dedicaría a la vida intelectual. Anito podía llegar a pensar que la actitud de Antemión se debía a la influencia de Sócrates, aunque lo único que trataba de hacer el filósofo era ayudar al muchacho a aclarar qué quería hacer en la vida.

—¿Crees que Anito seguirá resentido con Sócrates por intervenir cuando murió Ificles? —preguntó Perseo. Cuando él se cruzaba con Anito, el hombre se limitaba a apartar la mirada.

Casandra se estremeció. Aún había noches que tenía que abrazarse con fuerza a Perseo porque volvía a escuchar a Anito diciendo que ella le pertenecía. Sólo la intervención de Sócrates había impedido que aquello se hiciera realidad.

—Anito nunca perdonará a Sócrates, ni a ti ni a mí. Es una persona malévola, y si algún día encuentra la ocasión de vengarse, no la desaprovechará.

Cuando pasaron junto al grupo, Perseo levantó la mano para saludar. Sócrates le hizo un gesto para que se detuviera y se acercó seguido de sus acompañantes, que se quedaron unos pasos por detrás.

—Perseo, me alegra ver que ya te has quitado el vendaje. Deja que te vea el brazo. —Se lo tocó con cuidado—. Bien, parece que el hueso ha soldado adecuadamente; dentro de dos o tres meses lo tendrás tan fuerte como antes.

«Y podrá volver a la guerra», se dijo Casandra arrugando el ceño.

—Estaba charlando con algunos de los jóvenes más brillantes de Atenas. —Sócrates levantó una mano hacia ellos—. No sé si ya los conoces a todos.

Además de Antemión, que esbozó una sonrisa antes de bajar la mirada, había otros hombres a los que Perseo ya había saludado en otras ocasiones, pues llevaban tiempo frecuentando a Sócrates. Él los llamaba jóvenes a todos, pero allí estaba Antístenes, que tenía unos diez años más que Perseo, y Aristipo, que era de una edad similar. Los más jóvenes eran Antemión, Jenofonte —que rondaba los veinticinco—, y un aristócrata de unos veinte años que Perseo había visto varias veces con el filósofo pero con el que nunca había hablado.

Saludó a todos y se dirigió al joven aristócrata, que era bastante corpulento y tenía una mirada seria que le daba un aire melancólico.

—Creo que no hemos tenido ocasión de hablar. —Rebuscó rápidamente en su memoria, tratando de recordar el nombre del joven—. Conozco a tu hermano, Adimanto; tú eres... Aristocles, ¿no es así?

Aristocles asintió en silencio, pero Sócrates se apresuró a intervenir.

—Es cierto que se llama Aristocles, pero debido a su ancha espalda su profesor de gimnasia le puso un apodo por el que todo el mundo lo conoce ahora.

—¿Cuál es ese apodo? —le preguntó Perseo.

El joven aristócrata respondió con una sonrisa tímida.

—Platón.

## Sócrates, padre de la filosofía moral

La filosofía moral trata del bien y el mal en relación a los actos humanos. También estudia la virtud y la felicidad, así como el modo de alcanzarlas.

Sócrates fue el primer filósofo que convirtió estas cuestiones en elementos centrales de su pensamiento. Debido a ello, y a su enorme influencia histórica en este campo del conocimiento, es considerado el padre de la filosofía moral.

Tanto la vida como la muerte de Sócrates fueron ejemplos rigurosos de coherencia respecto a su doctrina moral, lo cual incrementó el impacto de sus ideas en muchos de sus discípulos. Algunos de éstos fundaron varias de las principales corrientes de filosofía moral de la historia:

—Escuela cínica. Fundada por el filósofo Antístenes. Los cínicos afirmaban que la felicidad no reside en los bienes materiales, y que ni siquiera debemos preocuparnos por la salud o el sufrimiento.

—Escuela estoica. Fundada por el filósofo Zenón, uno de los seguidores de Antístenes. Los estoicos sostenían que hay que afrontar con tranquilidad y sin queja tanto los bienes como los males que nos depara el destino.

—Escuela epicúrea. Fundada por el filósofo Epicuro, quien desarrolló las ideas que había formulado el filósofo Aristipo un siglo antes. La doctrina de Aristipo consistía en evitar el dolor y buscar el placer sin llegar a caer en un comportamiento vicioso. Epicuro propugnaba una combinación entre placer —no limitado a los sentidos— y moderación; también afirmaba que no debemos temer la muerte, pues es simplemente una inexistencia en la que no es posible sufrir. Algunos epicúreos posteriores abogaron por una búsqueda extrema del placer, representada por el lema «aprovecha el momento»: *Carpe Diem.*

*Enciclopedia Universal*, Socram Ofisis, 1931

Jantipa recorrió las calles del barrio del Cerámico, cruzándose con algunos hombres que acudían rezagados a la Asamblea que ya había comenzado. Se detuvo frente a la vivienda de Casandra y llamó a la puerta. Cuando le abrieron, se dirigió a la alcoba de su amiga y la encontró con el pelo revuelto y los ojos hinchados de sueño.

—¡No me digas que acabas de levantarte!

—Ay, es que este embarazo me deja sin energía. —Casandra bostezó y le hizo un gesto con la mano para que entrara—. Deja al menos que me peine antes de irnos.

Los dioses habían permitido que engendrara una nueva vida después de ir con Perseo a la Acrópolis, y acababa de completar el primer trimestre de embarazo.

—¿Qué tal te encuentras, aparte de con sueño?

—Muy bien. —Casandra se encogió de hombros con una sonrisa insegura—. Aunque también me encontraba bien las otras veces.

Jantipa le tomó la cara y se puso de puntillas para darle un beso en la frente.

—Anda, no pienses en eso. Yo también tuve un aborto y mírame ahora, con dos niños. —Hacía año y medio había tenido el segundo hijo con Sócrates—. Arréglate y vámonos.

Jantipa había dejado a sus hijos con una vecina para poder visitar el sepulcro de su padre en la calle de las tumbas. Hacía ya dos años que los espartanos de Decelia no llevaban su ejército hasta las murallas de Atenas. Algunos atenienses cultivaban los campos más cercanos y se había vuelto normal visitar las sepulturas de los allegados, aunque siempre atentos por si

605

los vigías de las murallas hacían sonar las trompetas advirtiendo que se acercaban tropas enemigas. Además, a mitad de camino del fuerte de Decelia había patrullas de caballería ateniense, por lo que en caso de darse la alarma, tendrían tiempo suficiente para regresar a la ciudad.

Al cabo de veinte minutos, las dos amigas cruzaron las murallas por la puerta del Dipilón y recorrieron la calle de las tumbas.

—Cada vez se ven menos hombres. —Casandra señaló hacia la campiña, donde la mayor parte de las personas que se veía trabajando eran mujeres, muchas de ellas ayudadas por sus hijos menores de edad.

Jantipa miró alrededor y asintió.

—Entre los esclavos que se han fugado, los hombres que han muerto en la guerra y los que sirven en la flota, como sigamos así acabaremos igual que las amazonas.

—No estaría mal que mandáramos nosotras —respondió Casandra—. La guerra se habría acabado hace tiempo.

Jantipa sonrió de medio lado y continuaron avanzando hacia la sepultura de su padre.

El día anterior, Aristón había hecho todo lo posible para convencer al rey Agis de que le dejara llevar a cabo su plan.

—Señor, no podemos permitir que los atenienses se sientan seguros en el Ática. Tenemos un fuerte a un centenar de estadios de su ciudad, pero les importa tan poco que no dudaron en rechazar una oferta de paz que incluía que abandonáramos el fuerte a cambio de nada.

Agis miró hacia arriba para observar el rostro ansioso de su primo Aristón, medio oculto bajo una barba grisácea y enredada.

—No quiero arriesgar hombres en una acción que no va a reportarnos ningún beneficio.

—Sólo seremos una docena, señor. Al resto lo he escogido entre los corintios y megareos. Además, ahora mismo los atenienses deben de estar planteándose cuántos hombres envían para reforzar su flota. Si les hacemos sentir que podemos atacar Atenas en cualquier momento, dejarán más hoplitas en la ciudad y eso perjudicará su fuerza naval.

Agis tamborileó sobre el mapa del Ática que tenía en la mesa. Aristón solía ser imprudente y poco reflexivo, pero el plan que había expuesto parecía sólido.

—De acuerdo. Una docena de hombres. Yo haré avanzar la caballería por el este para facilitarte la retirada. —Señaló en el mapa el recorrido que seguiría—. Pero retrocederé sin llegar a combatir, no tendrás mucho tiempo.

Aristón sonrió satisfecho.

—No lo necesitaré.

Al caer la noche esperó en el exterior del fuerte a los hombres que lo acompañarían. Todo apuntaba a que aquella guerra terminaría pronto y se decidiría en el mar, así que se alegraba de tener al menos otra ocasión para combatir antes de que Atenas cayera.

«Lisandro aplastará a la flota ateniense», se dijo convencido. Los pocos aliados que le quedaban a Esparta en el Egeo se habían unido para exigir el regreso de Lisandro como almirante de la flota espartana, y el gobierno se había apresurado a devolverle el mando. Poco después, Lisandro consiguió que el príncipe Ciro pusiera a su disposición los tributos de la provincia persa que gobernaba. Con ese dinero ya había duplicado el tamaño de la flota y todavía seguía construyendo trirremes.

«Qué estúpidos han sido los atenienses.» Habían rechazado la oferta de paz sólo para quedarse inactivos mientras la flota de Esparta no dejaba de crecer. Además, sus nuevos generales no tenían experiencia, y en vista de lo que les habían hecho a los anteriores, sin duda preferirían que los acusaran de falta de iniciativa que de cometer un error.

Aristón se puso al frente de sus hombres cuando los últimos miembros de la expedición salieron del fuerte. Los examinó con detenimiento. Como había ordenado, se habían recortado el cabello y la barba al estilo de los atenienses y llevaban ropas de campesinos.

—Recordad: quiero que os disperséis, y que os mantengáis alejados unos de otros hasta que llegue el momento. Y las armas bien ocultas hasta que iniciemos el ataque.

Los hombres asintieron.

—Vamos.

Amparados en la oscuridad, los doce soldados se pusieron en marcha hacia Atenas.

Casandra se rodeaba el vientre con ambas manos mientras observaba a Jantipa. Su amiga se había arrodillado junto a la sepultura de su padre y la estaba adornando con flores silvestres recién cortadas. «Yo no puedo llevar flores a la tumba de mi padre.» Llevaba un rato pensando en él, echándolo de menos y lamentando que estuviera enterrado en Macedonia.

Apartó la mirada de la sepultura y se fijó en las murallas de la ciudad. En las almenas se divisaban varios soldados y algunos otros patrullaban por los caminos que llevaban a las puertas de Atenas. A lo largo de la calle de las tumbas se veían bastantes mujeres y algunos niños, pero apenas hombres.

«Se nota que se está celebrando una Asamblea.»

Perseo le contaría lo que se decidiera aquel día. La noticia que aguardaba con mayor temor era la de si él tendría que integrarse en la flota para combatir contra las naves espartanas. Su brazo ya estaba recuperado, así que si lo llamaban, no habría modo de evitar que se marchara.

«Dicen que los espartanos ahora tienen doscientos trirremes.» Sus dedos se cerraron apretando el vientre. Temía que su hijo naciera huérfano.

Jantipa estaba colocando más flores en una pequeña vasija que había junto a la lápida. Casandra sintió pena por ella, sólo hacía dos semanas que había perdido a su padre. Miró de nuevo alrededor y reparó en un campesino agachado sobre unas matas, a un centenar de pasos de ella. Lo había visto antes, se había fijado en que a pesar de la distancia parecía un hombre extraordinariamente grande.

«¿Qué está haciendo?» Seguía en el mismo sitio que hacía un rato. Movía las manos dentro de las matas y de vez en cuando echaba un vistazo a su entorno.

—Jantipa.

—Dime.

—Ese hombre...

La interrumpió el sonido de las trompetas desde las murallas.

—Nos atacan. —Jantipa se puso de pie con una expresión de alarma—. Rápido, regresemos.

Todos los que se encontraban fuera de la ciudad se apresuraron hacia las puertas, incluidos los soldados. No había necesidad de correr porque su caballería se hallaba a cincuenta estadios de la ciudad. Eso daba margen de sobra a menos que alguien se hubiera alejado demasiado. Casandra ya había estado un par de veces en una situación similar, si bien aquélla era la primera vez que le ocurría estando embarazada.

Mientras avanzaba de la mano de Jantipa, procurando no forzar el paso, se fijó de nuevo en el campesino. Cruzaba el campo corriendo en dirección a la calle de las tumbas. Ahora que estaba cerca de otras personas se podía apreciar bien lo grande que era: nadie le llegaba ni siquiera a los hombros. Casandra siguió caminando sin dejar de mirarlo. La trayectoria del hombre lo conducía hacia ella.

Su manto se abrió mostrando una espada.

En su rostro no había miedo, sino furia.

—¡Cuidado! —Casandra gritó al tiempo que el campesino desenvainaba el arma. Se detuvo a dos pasos de ella y descargó su espada contra un soldado, hundiéndosela en el cuello sin que el hombre llegara a levantar los brazos. Un compañero del soldado se llevó la mano a la empuñadura de su arma, pero un segundo campesino lo atacó por detrás y le atravesó el vientre.

«¡Por Hera, son espartanos!», comprendió Casandra mientras retrocedía agarrada a la mano de Jantipa. La gente comenzó a gritar aterrorizada. Una mujer que intentaba escapar chocó contra ella, separándola de Jantipa y haciendo que cayera al suelo. Desde allí vio que el gigante clavaba su espada en un campesino y después en la anciana que había tratado de protegerlo. La oleada de pánico abrió un vacío alrededor de aquella explosión de sangre y muerte. Casandra estaba paralizada, sentía que si se movía, repararían en ella y la matarían.

Oyó que Jantipa gritaba su nombre y vio que un hombre joven tiraba de ella, alejándola de allí casi a rastras. Miró desesperada hacia los lados, buscando otros soldados que atacaran a los dos espartanos.

«Dioses...»

Había más falsos campesinos masacrando a hombres y mujeres. Algunos soldados corrían para combatir con ellos, pero no había muchos fuera de la ciudad y varios habían caído en el ataque inicial. El gigante y su compañero dieron la espalda a Casandra para enfrentarse a tres soldados. Ella se levantó y retrocedió sin dejar de mirarlos. El gigante atravesó a uno de sus adversarios. Casandra vio que a pocos pasos había un carro que alguien había abandonado: una sencilla plataforma con dos ruedas enganchada a una mula. Corrió hasta ponerse detrás y se agazapó de modo que no pudieran verla los dos espartanos. Se agarró a una rueda y se quedó temblando mientras oía gritos y entrechocar de espadas. Con mucho cuidado se asomó por debajo del carro y vio que surgían varios hoplitas por la puerta del Dipilón.

«Están demasiado lejos.»

Había por lo menos cinco estadios, tardarían una eternidad en llegar hasta ellos. Por todos lados se veía gente corriendo, unos hacia las puertas, otros alejándose de los espartanos en cualquier dirección.

De pronto oyó pasos y ruido de algo que se arrastraba. Intentó encogerse más.

—Te llevaré aquí.

Un golpe fuerte sacudió el carro. La rueda a la que ella estaba agarrada comenzó a girar y apartó las manos con el cuerpo tan rígido que no podía respirar.

De pronto la rueda se detuvo.

Casandra levantó ligeramente los ojos del suelo. Unos pies enormes se acercaban. Al mirar hacia arriba descubrió al gigante con la espada en alto para matarla.

—No pareces pobre. —El gigante envainó la espada de forma apresurada—. Igual nos dan un rescate.

Casandra trató de escapar, pero el gigante se movió con rapidez y la cogió del pelo. Con un tirón brutal la alzó en vilo

y la arrojó a la plataforma del carro. Cayó encima del otro espartano, cuya cabeza empapada de sangre tenía un corte que
mostraba el hueso desde la sien hasta el pómulo.

Se apartó del herido e intentó saltar del carro.

Una bofetada tremenda hizo que el mundo desapareciera.

## Capítulo 88
*Atenas, abril de 405 a. C.*

Perseo se encontraba en la colina de la Pnix, junto a Platón y Sócrates. Uno de los nuevos generales estaba hablando en el estrado, pero él apenas le prestaba atención.

Lo más importante ya se había decidido.

«Tengo que embarcarme dentro de dos semanas.» Temía que aquello le produjera a Casandra un disgusto tan grande que sufriera un nuevo aborto.

El último punto que se había tratado en la Asamblea era el del preocupante crecimiento de la flota espartana. Los informes aseguraban que Lisandro ya tenía tantos trirremes como ellos. También decían que, gracias al dinero persa, ofrecía un sueldo mayor a los marineros, y que todos los días le llegaban nuevos hombres que desertaban de la flota ateniense. En la Asamblea se habían aprobado dos mociones al respecto: la primera, que a todos los desertores que atraparan les cortarían la mano derecha. La segunda, enviar más hombres a la flota, lo cual incluía a Perseo.

Estaba tan absorto que no advirtió los primeros toques de trompeta.

—¡Nos atacan!

—¡Vienen desde Decelia!

Levantó la mirada siguiendo el sonido. Las trompetas lanzaban su aviso desde el norte de la ciudad.

«¡Casandra!»

Su esposa aún estaba en la cama cuando él había salido de casa, pero le había dicho que iba a ir con Jantipa a la calle de las tumbas. «No corre peligro», procuró tranquilizarse. Jantipa y ella se encontrarían cerca de las puertas y el ejército espartano tardaría al menos media hora en llegar desde Decelia, si es que no se trataba de una escaramuza que pudiera rechazar la caballería.

La Asamblea se disolvió de inmediato para que los ciudadanos en edad militar acudieran a ocupar sus posiciones defensivas.

—Me voy a casa —dijo Sócrates, que al tener más de sesenta años ya no servía en el ejército—. Si Casandra va allí con Jantipa, haré que te lo comuniquen.

Platón también se despidió, visiblemente nervioso, y se fue a coger sus armas. Perseo se alejó de la Pnix y recorrió el ágora en medio de una muchedumbre tensa y apresurada. Al llegar a la vía Panatenaica oyó los primeros gritos de quienes entraban por la puerta del Dipilón.

«Tenemos que mantener la calma», se dijo al tiempo que se preguntaba si Casandra ya habría entrado en la ciudad. Apretó el paso, cada vez más preocupado al escuchar el tono histérico de algunas voces... los chillidos de pánico...

Los alaridos de dolor.

«¡Por los dioses, ¿qué está ocurriendo?!»

Echó a correr hacia la muralla. Enseguida distinguió el rojo aterrador de la sangre que teñía las túnicas de algunos a los que ayudaban a entrar en la ciudad.

—¡¿Qué ha pasado?!

Mucha gente gritaba como él, nadie le respondía. Agarró a un campesino que contemplaba aturdido a los cadáveres y lo zarandeó.

—¡¿Qué ha pasado?!

El hombre intentó zafarse. Perseo lo sujetó con fuerza y por fin recibió una contestación.

—Nos han atacado. Espartanos, disfrazados como atenienses. Han matado a muchos y luego se han ido.

Perseo soltó al campesino y corrió hacia las puertas. Varios hoplitas se habían apostado junto a las altas hojas de madera y bronce.

Intentó cruzar y se lo impidieron.

—¡Mi mujer estaba en el exterior, tengo que encontrarla!

—Ya no quedan civiles fuera. —El capitán de aquellos hoplitas, un hombre recio de barba entrecana, señaló hacia el exterior antes de continuar—. Lo único que hay son algunos cadáveres que ya estamos trayendo.

Perseo se estiró para mirar por encima de los hoplitas que le cerraban el paso. Por la calle de las tumbas, se acercaban algunos soldados transportando cuerpos inertes cubiertos de sangre. El más cercano parecía un hombre, a los demás no los distinguía.

—¿Has mirado ahí? —El capitán le indicó una aglomeración de personas que había en el interior de la ciudad, a unos pasos de las puertas. Se apiñaban alrededor de algo que había en el suelo. Perseo corrió hacia ellas, se abrió paso a empujones y llegó hasta el centro.

Quince cadáveres dirigían sus ojos al cielo.

Contuvo la respiración hasta que comprobó que ninguno de los muertos era Casandra. Después se acercó al pie de las murallas, donde varios hombres y mujeres heridos comenzaban a ser atendidos. Pasó rápidamente por delante de ellos, escrutando sus rostros, y regresó de nuevo a las puertas.

Cada vez que los hoplitas se acercaban con un cuerpo desmadejado, el corazón de Perseo se desbocaba. Rezaba a todos los dioses que no fuera Casandra, y cuando constataba que no lo era, seguía rezando para que el siguiente muerto tampoco fuese ella.

Tras meter el último cadáver, cerraron las puertas. Perseo se fue corriendo a su casa y entró gritando el nombre de Casandra.

—No está aquí, señor —le dijeron asustados los hombres del taller—. Ha salido hace algo más de una hora con la mujer de Sócrates y no ha regresado.

«Seguro que está con Jantipa. —Perseo se metió en su cuarto y comenzó a ponerse el equipo de hoplita—. Eso es, habrán ido las dos a casa de Sócrates.» Las manos le temblaban tanto que desistió de abrochar todos los cierres laterales de la coraza. Cogió el escudo y corrió hacia la puerta.

Al abrirla casi se dio de bruces con Sócrates y Jantipa, cuyo semblante estaba desencajado. Las palabras llorosas de su amiga hicieron que su pecho se congelara.

—Los espartanos se la han llevado.

## Capítulo 89
*Esparta, abril de 405 a. C.*

Tres días después del ataque, Aristón caminaba con el ceño fruncido entre las dos hileras de barracones militares de Esparta.

«Cayeron tres de los nuestros, pero matamos a una veintena de atenienses; ya no se sentirán seguros ni siquiera a diez pasos de sus murallas. —Las aletas de su nariz se abrieron al resoplar—. Agis debería haberme premiado, no enviarme a casa.»

Los tebanos habían protestado porque habían utilizado su caballería para una maniobra de distracción, ocultándoles que el verdadero objetivo era atraer a los jinetes atenienses para facilitar el regreso del comando de Aristón. Pese a que la operación había resultado exitosa, el rey había decidido acallar a los tebanos alejando a Aristón de Decelia por unos días.

«Ni siquiera le pareció bien que hubiera capturado a la mujer ateniense.» Le había propuesto al rey que averiguaran si tenía familia rica y pidieran un rescate, pero Agis lo desestimó y le dijo que se la llevara a Esparta junto a otros prisioneros que tenían en el fuerte.

Aristón entró en el edificio de paredes gruesas que utilizaban de calabozo. Hacía bastante más frío que en la calle y estaba oscuro. Encontró a dos soldados, que se cuadraron rápidamente al percibir su mal humor.

—Abrid la celda de los atenienses.

Uno de los soldados se adentró en la prisión y abrió la verja de hierro con una llave gruesa. En el interior, seis hombres y una mujer llevaban grilletes con cadenas que terminaban en una argolla sujeta a la pared.

Aristón agachó la cabeza y entró en la celda.

Casandra levantó la mirada hacia el espartano. En el lateral de la cara que le había golpeado tenía el pómulo hinchado y no podía abrir el ojo.

El gigante caminó despacio por la celda, observando a los prisioneros. Cuando se puso delante de ella, su expresión se crispó.

—¿Qué miras, perra ateniense?

Casandra agachó la cabeza. El espartano continuó sin moverse y ella sintió el impulso de cruzar los brazos sobre el vientre, pero se contuvo. Creía que aún no habían notado que estaba embarazada.

El gigante volvió a recorrer la celda, muy despacio, como si s dedicara a examinar la mercancía de un puesto del mercado.

«Espero que me dejen tener a mi hijo.» Casandra había oído historias de esclavas a las que compraban estando embarazadas y las hacían abortar para que empezaran a trabajar cuanto antes. En los tres días de pesadilla desde que la habían capturado había imaginado varios desenlaces para su situación. El mejor escenario era que la vendiesen como esclava sin hacerle daño, dejasen que naciera su hijo, y después consiguiese escapar de algún modo y regresar a Atenas.

Los peores escenarios... la muerte era una alternativa mucho más misericordiosa.

—¡Tú, levántate!

Los labios de Casandra comenzaron a temblar. Se le llenó de lágrimas el único ojo que podía abrir y el suelo de la celda se volvió borroso.

—¡He dicho que te levantes! —El gigante dio un paso hacia ella—. Soldado, suéltale los grilletes.

El otro espartano se dirigió a la pared, usó una llave para liberar la cadena de los grilletes y se la tendió al gigante.

—No, por favor, por favor... —El ateniense que había junto a Casandra se levantó sollozando.

El gigante tiró de su cadena y lo sacó de la celda.

Aristón se metió en una mazmorra vacía. Dio un último tirón para que el prisionero avanzara hasta el centro de la estancia y dejó caer la cadena. Luego se colocó detrás de él y husmeó cerca de su oreja.

—¿Lo percibes? —Volvió a olisquear—. Es el olor de tu miedo. —El ateniense era un hombre de unos cuarenta años, alto y corpulento, pero su cuerpo se sacudía con pequeños espasmos—. Si no quieres que esta celda apeste al olor de tu sangre, no me hagas repetir las preguntas.

Resultaba obvio que aquel ateniense le diría todo lo que sabía. Aristón llevaba media vida interrogando a prisioneros y nada más verlos sabía cuánto eran capaces de resistir.

—De los que estáis en la celda, ¿hay alguno que tenga un amigo o pariente dispuesto a pagar por él más de lo que obtendríamos vendiéndolo como esclavo?

El hombre agachó la cabeza mientras pensaba.

—Plexipo, el de la barba marrón. Es amigo de la infancia de Climeneo, uno de los curtidores más ricos... aunque Climeneo también es muy avaro. Tal vez estaría dispuesto a pagar por él... alrededor de medio talento.

Aristón enarcó las cejas. Medio talento era más de lo que había esperado por ninguno de aquellos hombres, cuya vestimenta revelaba su pobreza. En cualquier caso, todavía no habían decidido qué hacer con ellos. En aquellos instantes el príncipe persa Ciro proveía a Esparta de todo el dinero que necesitaban. Si llegaban a un acuerdo de intercambio de prisioneros, podían intercambiarlos uno a uno, como habían hecho otras veces. Aquel interrogatorio era una mera formalidad que quería terminar cuanto antes.

Al ateniense parecía darle miedo su silencio y se apresuró a volver a hablar.

—Podrías sacar más con la mujer: Casandra, hija de Eurípides el dramaturgo.

Aristón casi se había olvidado de la mujer y se quedó sorprendido. La mayoría de los griegos, fuera cual fuese su ciudad de origen, admiraban a Eurípides. No obstante, las siguientes palabras del prisionero lo sorprendieron aún más:

—Está casada con un ceramista que no tiene mucho dinero, pero que es famoso porque ganó la carrera del estadio hace tres olimpiadas: Perseo, hijo de Eurímaco.

Los ojos de Aristón se abrieron desmesuradamente.

—¡¿Es la mujer de Perseo?!

El ateniense retrocedió asustado.

—Así es... Estoy seguro... Los he visto juntos muchas veces.

Aristón se volvió hacia la pared con la respiración agitada.

—¿Perseo está vivo?

—Sí... Al menos lo estaba hace una semana.

—¿Quieres que traigamos a la mujer? —preguntó el soldado desde la puerta.

Los labios de Aristón se curvaron poco a poco en una sonrisa cruel.

—Tengo una idea mejor.

## Capítulo 90
*Esparta, abril de 405 a. C.*

Deyanira avanzaba entre los barracones con la mirada fija en el edificio de los calabozos. Estaba nerviosa y asustada, pero lo que predominaba en su interior era una resolución inquebrantable.

Hacía sólo media hora que Calícrates había aparecido en casa. Aunque llevaban un año sin verse, en lugar de saludarla se había apresurado a darle aquella noticia asombrosa.

—Madre, la mujer de Perseo está aquí, prisionera. La capturó Aristón junto a las puertas de Atenas y la ha traído a Esparta.

Deyanira tardó varios segundos en reaccionar.

—¿Estás seguro de que es su esposa?

—Sí, no hay duda. Lo ha revelado otro prisionero ateniense.

La angustia contrajo el semblante de Deyanira.

—¿Lo sabe Aristón?

—Él es quien ha interrogado a los prisioneros. Es decir, sólo sabe que es la esposa de Perseo, el ateniense que dio su nombre a la olimpiada; pero ya sabes que sospecha que Perseo puede ser su hijo.

—Por Ártemis... —Deyanira se dio la vuelta y se llevó las manos a la cabeza—. Tengo que verla, tengo que hablar con ella. —Se volvió hacia Calícrates—. ¿Está con otros prisioneros?

—Aristón ha hecho que la metan a ella sola en una celda, no sé por qué razón. Puedo conseguir que los guardias te dejen reunirte con ella.

—Hazlo. Ahora mismo. Ve a hablar con ellos y yo iré dentro de un momento.

Unos minutos después de marcharse Calícrates, Deyanira entró en los calabozos. No le pusieron objeciones cuando les dijo que quería hablar con la prisionera ateniense. Un guardia la condujo hasta donde estaba encerrada, abrió la puerta metálica y entró en la celda por delante de ella.

Deyanira se quedó en el exterior.

—Me gustaría hablar a solas con la prisionera. —Su voz mostraba un aplomo que estaba lejos de sentir.

El hombre le dirigió una mirada interrogativa y durante un momento pareció que iba a negarse.

—De acuerdo. —Salió de la celda y señaló hacia la prisionera—. La cadena de los grilletes sólo le permite alejarse un par de pasos de la pared. De todos modos, si intenta atacarte da un grito y vendré al momento.

—Gracias, pero no creo que haga falta.

El guardia dejó que entrara y cerró la puerta con llave. Deyanira apoyó la espalda en la puerta cerrada y contempló a la ateniense. Estaba sentada junto a la pared, abrazándose las piernas, y su cabeza asomaba entre las rodillas. Tenía un ojo tan hinchado que no podía abrirlo. El otro permanecía fijo en ella.

Deyanira inspiró profundamente y notó que su respiración temblaba. Se apartó de la puerta y se colocó de modo que incidiera sobre su rostro la luz que entraba por un ventanuco. La prisionera levantó la cara. La mitad tumefacta resultaba inexpresiva, pero los rasgos del otro lado compusieron un gesto de extrañeza que enseguida se convirtió en asombro.

Deyanira se tapó la boca con las manos al ver su reacción.

—Soy igual que él, ¿verdad?

La ateniense la contemplaba perpleja.

—¿Quién... quién eres?

Deyanira bajó las manos. Las lágrimas hacían brillar sus ojos grises.

—Soy la madre de Perseo.

Aristón desclavó la jabalina, caminó treinta pasos y se dio la vuelta. El blanco era una plancha de madera toscamente recortada con la forma de un soldado. Levantó el brazo sin apartar la mirada de la cabeza de madera, lo echó hacia atrás y lanzó el arma con un fuerte impulso. La jabalina realizó un vuelo casi plano y se clavó en la cabeza con un chasquido seco.

«Bien. Ahora cuarenta pasos.»

Cuando estaba llegando al soldado de madera, advirtió que se le acercaba corriendo uno de los guardias del calabozo.

—Señor, ya ha llegado su esposa. —Le tendió una llave gruesa de hierro—. Está en la celda de la ateniense.

Aristón cogió la llave y echó a correr. Al llegar al calabozo le hizo un gesto al otro guardia para que se mantuviera en silencio y se acercó con sigilo a la celda.

Se detuvo junto a la puerta y se quedó escuchando.

Casandra estaba completamente desconcertada. Resultaba inconcebible que aquella espartana fuera la madre de Perseo, como acababa de afirmar, y sin embargo el parecido era extraordinario: la forma de los labios, los pómulos altos y el pico en el nacimiento del pelo, las cejas finas que se curvaban como las alas de un pájaro en una expresión que había visto mil veces en su esposo... Lo más desconcertante, en cualquier caso, eran los ojos. Tenían el mismo color gris que los de Perseo, aunque en un tono más oscuro, y su mirada transmitía la misma franqueza.

—No tiene sentido. ¿Cómo...? —De pronto recordó que Eurímaco había estado fuera de Atenas el año anterior al nacimiento de Perseo—. Tuviste un hijo con Eurímaco —susurró asombrada.

Deyanira negó con la cabeza.

—El padre de Perseo no es Eurímaco. Es Aristón, mi marido.

Casandra se puso de pie con un gesto de dolor.

—¿Te refieres al gigante que me hizo prisionera?

Deyanira asintió. Casandra iba a negarlo, pero recordó que Perseo, aunque no tan corpulento como el gigante, era bastante más alto y fuerte que Eurímaco.

—¿Cómo es posible?

—Aristón me desposó unos días después de que yo enviudara de su hermano. Me quedé embarazada el primer mes de matrimonio y Perseo nació a los siete meses de embarazo; es decir, ocho meses después de que muriera mi primer marido. Aristón odiaba a su hermano, y pensó que todo el mundo creería que Perseo era hijo suyo, así que rechazó al niño. La partera lo abandonó en el monte Taigeto. Pensábamos que había muerto, pero de algún modo llegó a manos de Eurímaco... y por lo que veo, él nunca le reveló a Perseo su origen.

—Perseo cree que es hijo de Eurímaco y de Altea.

Deyanira sintió una punzada dolorosa.

—¿Cómo es Altea? ¿Ha sido una buena madre?

—Murió cuando Perseo acababa de nacer. —Casandra desvió la mirada, tratando de encajar lo que estaba oyendo con lo que siempre había creído—. Al menos eso es lo que piensa Perseo. Altea murió justo antes de que Eurímaco regresara a Atenas: tuvieron a Perseo y luego los asaltaron y mataron a Altea. —Miró de nuevo a Deyanira. Todo lo que creía saber sobre el origen de Perseo quedaba en el aire, pero ya no dudaba de que aquella mujer fuera su madre.

—¿Cómo es Perseo? —La voz de Deyanira se había vuelto implorante—. ¿Es un buen hombre?

Casandra sonrió a pesar de su situación.

—Es el hombre más bueno que existe. —Deyanira ahogó un sollozo—. Lo conozco desde que éramos niños y siempre ha sido bondadoso, sensible, valiente...

—Estás enamorada de él —susurró Deyanira mientras las lágrimas se deslizaban por sus mejillas—. ¿Tenéis hijos?

La sonrisa desapareció del rostro de Casandra.

—No.

Su mirada se desvió un instante hacia abajo, asegurándose de que la túnica le quedaba holgada. Deyanira se acercó un paso.

—¿Estás embarazada?

Casandra iba a negarlo, pero la emoción la dejó sin voz y meneó la cabeza en silencio. Apretó los labios, intentando contenerse; su firmeza se quebró y rompió a llorar.

Deyanira apoyó una mano en el hombro de Casandra.

—Llevas en el vientre a mi nieto.

El semblante de Aristón se iluminó con una sonrisa de regocijo.

«La mujer de Perseo está embarazada.»

Siguió escuchando con la cabeza pegada a la puerta. La confirmación de que Perseo era su hijo le había producido una satisfacción inmensa, y saber que ella estaba encinta había sido un regalo añadido.

«Así es más probable que funcione mi plan para matarlo.»

Las voces se atenuaron y no consiguió distinguir lo que decían. Cerró los ojos y se concentró en el murmullo.

«Por Apolo, ¿qué están diciendo?»

Al cabo de un rato perdió la paciencia. Giró la llave en la cerradura y abrió la puerta.

—¡Qué agradable reunión familiar!

Deyanira y Casandra retrocedieron asustadas hasta la esquina. Aristón volvió a cerrar con la llave y caminó hacia ellas. Su espada produjo un susurro al salir de la vaina de cuero.

—Sólo nos falta Perseo. Estamos su padre y su madre, su esposa... —agarró el cuello de la túnica de Casandra y la arrancó de un tirón— y su hijo.

Casandra encogió el cuerpo e intentó taparse con los brazos. Aristón apoyó la punta de la espada en su vientre y comenzó a deslizarla dejando una estela blanca. Ella trató de echarse hacia atrás, pero ya tenía la espalda contra la pared y el metal continuó arañando su piel.

—El hijo de mi hijo. —La espada llegó al ombligo y oprimió ligeramente—. Perseo debería estar muerto, y por lo tanto su hijo no debería ver la luz del sol.

Aristón giró la empuñadura y brotó una gota de sangre. Contempló cómo se deslizaba hacia el vello púbico y después elevó la mirada a los pechos de Casandra.

—Mi esposa ahora tiene los pechos caídos, pero cuando era joven y se quedaba embarazada se le ponían tan grandes y firmes como los tuyos ahora.

Subió la espada con la respiración entrecortada. La punta recorrió despacio la curva de su pecho izquierdo y se detuvo al llegar al pezón.

# Capítulo 91
*Atenas, abril de 405 a. C.*


Perseo caminó hasta el extremo norte de la Acrópolis. Miró por encima de las murallas de Atenas y distinguió en el horizonte la mancha oscura del fuerte de Decelia.

«Devolvédmela —rogó cerrando los ojos—. Devolvedme a Casandra.»

En la Acrópolis se había formado una larga cola que desembocaba en el altar de Atenea. Cientos de atenienses se apresuraban a congraciarse con los dioses cuando sólo quedaban diez días para que se incorporaran a la flota del Egeo. Perseo ya había hecho su sacrificio. Lo único que había pedido era que su esposa y su hijo no sufrieran daño alguno.

Sintió una presencia a su lado y no tuvo que volverse para saber que era Sócrates.

—Si regresan y yo no estoy, ¿cuidarás de ellos como te ocupaste de mí?

Sócrates apoyó una mano en su hombro.

—No debes preocuparte por eso.

Perseo siguió mirando hacia Decelia, tratando de sentir la presencia de Casandra. Jantipa le había dicho que un espartano gigantesco la había arrojado en un carro y la había dejado inconsciente de un golpe antes de llevársela.

«¿Será el mismo gigante que mató a mi padre?»

Sintió que lo dominaba el odio y procuró calmarse. Si Casandra continuaba viva, sólo manteniendo la sangre fría tendría alguna posibilidad de recuperarla.

Aristón mantuvo la punta de la espada apoyada en el pezón de Casandra. Con la mano libre le manoseó el otro pecho y luego le rodeó el cuello. Ella lloraba en silencio, blandas convulsiones que producían en Aristón una mezcla de complacencia y desprecio.

—¡Eres un cobarde!

Aristón sonrió ante el grito de Deyanira a su espalda. Siguió sujetando a Casandra por el cuello, notando sus latidos en los dedos.

«Es una mujer muy hermosa.»

Hacía mucho tiempo que no contemplaba tan de cerca la belleza de una mujer. Le levantó la cara y se recreó en su boca mojada de lágrimas. Sintió deseo de besarla, y odio por inspirarle ese deseo cuando no era más que una miserable ateniense.

Deyanira volvió a alzar la voz detrás de él, a un volumen que sin duda estarían oyendo los guardias.

—No eres ni la mitad de hombre que tu hermano Euxeno, ni en la cama ni fuera de ella. —Aristón se quedó rígido. Sus labios se retrajeron y Casandra vio sus dientes apretados—. Tu padre te despreciaba con razón, no eres más que un asesino de niños, y ni siquiera eso has sido capaz de hacerlo bien.

Casandra advirtió que el rostro de Aristón se congestionaba. El gigante cerró los ojos apretando con fuerza. La mano con la que rodeaba el cuello de Casandra se crispó cuando Deyanira soltó una carcajada cargada de desdén.

—Me has dado asco desde el primer día que me miraste. —Aristón soltó a Casandra y se volvió hacia Deyanira aferrando la espada—. A todos nos dabas asco, empezando por tu tío, el rey Arquidamo. —Aristón avanzó hacia ella—. Pretendías sucederle, pero los espartanos hubieran preferido que los gobernara un ateniense antes que un necio de quien todo el mundo se ríe.

Aristón rugió como un león herido al levantar la espada y atacar a Deyanira. El rugido se transformó en un grito de dolor cuando Casandra le clavó el cuchillo que le había entregado Deyanira. Lo había escondido en la túnica y se había quedado entre la tela cuando Aristón la había desnudado.

La mano de Casandra se dobló y el cuchillo cayó al suelo.

Lo había clavado con fuerza, pero la hoja se había detenido al chocar contra una costilla y sólo había cortado la carne.

Aristón se volvió hacia ella, su rostro tan deformado por el odio que no parecía humano.

—Maldita perra —gruñó mientras ella retrocedía, y en ese momento distinguió con el rabillo del ojo un movimiento rápido. Cuando comenzaba a girarse, el dolor estalló junto a su cuello.

—¡Muere, monstruo!

El grito de rabia de Deyanira resonó en los oídos de Aristón. Se encogió huyendo del dolor y ella siguió su movimiento apretando el cuchillo con las dos manos. Había querido incrustárselo en el cuello, pero al moverse en el último momento se lo había hundido en el grueso músculo que tenía entre el cuello y el hombro.

El brazo derecho de Aristón se quedó sin fuerza. Notó que se le caía la espada y sujetó las manos de Deyanira con su mano izquierda, tratando de impedir que incrementara los destrozos al mover la hoja dentro de la carne. Se estiró cuanto pudo y giró el cuerpo, pero ella se quedó colgada de la empuñadura.

Deyanira gruñía como un animal furioso mientras intentaba sacudir las manos. Aristón notaba estallidos de dolor dentro de la herida. Apretó la mano desesperadamente, tratando de destrozar las de Deyanira. Notó un crujido, pero ella no soltó la empuñadura. Tiró hacia arriba para sacar el cuchillo sin conseguirlo.

—¡Aaargh!

Aristón se lanzó de espaldas contra la pared. Su mujer gimió cuando la aplastó pero no consiguió que se soltara. Entonces vio que la ateniense se levantaba del suelo empuñando el otro cuchillo y sintió la mordedura del pánico.

Los guardias estaban al otro lado de la puerta, golpeándola y gritando que abrieran, pero Aristón tenía la llave y había cerrado por dentro. Casandra se abalanzó empuñando el cuchillo para clavárselo en la tripa, consciente de que él no podía utilizar los brazos para defenderse.

Aristón lanzó una pierna hacia arriba con todas sus fuerzas. Su pie impactó contra la cabeza de Casandra, y en el mismo movimiento su cuerpo se inclinó hacia atrás y cayó de espaldas sobre su mujer.

Tumbado en el suelo, notó que ella apenas hacía fuerza con el cuchillo y se lo desclavó. Al instante advirtió que recuperaba parcialmente el uso del brazo derecho. Rodó para quitarse de encima de Deyanira y se puso de pie con el cuchillo en la mano.

Dirigió una mirada rápida a la ateniense, que yacía inconsciente en el suelo, y se volvió hacia su esposa.

—¡Levántate!

Deyanira se encogió de lado, con las manos empapadas de la sangre de Aristón. Arrastrándose despacio consiguió ponerse a cuatro patas.

—Has sido astuta, lo reconozco. —Su mujer se incorporó tambaleándose—. No me esperaba este ataque entre las dos.

Se acercó a Deyanira, echó el brazo hacia atrás y le incrustó el cuchillo en las entrañas. Ella sujetó con ambas manos la de Aristón, pero su marido dobló el brazo y la alzó en vilo.

—Tendría que haberte matado cuando intentaste envenenarme. —Las mejillas de Deyanira comenzaron a temblar; por su boca entreabierta se deslizaron hilos de saliva. Aristón acercó el rostro—. La esposa de Perseo me servirá de señuelo para matarlo. —Sonrió mostrando los dientes—. Y te aseguro que en esta ocasión no fallaré.

Extrajo el cuchillo y Deyanira se desplomó. Con la cara contra el suelo de piedra, vio que él recogía su espada y se acercaba a Casandra. Los guardias seguían aporreando la puerta. Aristón aferró los cabellos de Casandra y tiró hacia atrás, haciendo que expusiese el cuello como un carnero durante el sacrificio.

Lo último que vio Deyanira fue que Aristón comenzaba a cortar.

## Capítulo 92
*Atenas, abril de 405 a. C.*


Perseo observó desde lo alto de las murallas al jinete solitario que se acercaba a Atenas proveniente del norte.

«Quizá venga del fuerte de Decelia.»

Entornó los ojos intentando distinguir su indumentaria, pero todavía estaba demasiado lejos. Tampoco sabía si lo habían dejado pasar las patrullas atenienses o se había escabullido sin que lo detectaran. Como un único jinete no representaba un peligro, los soldados que acompañaban a Perseo en las murallas se limitaban a mirarlo con curiosidad. Sin embargo, él lo contemplaba con tanta esperanza como inquietud. Al día siguiente embarcaría para incorporarse a la flota del Egeo, aún no había renunciado a la posibilidad de que llegara una petición de rescate.

El jinete se detuvo a tres estadios de Atenas. Agitó algo por encima de su cabeza y lo dejó caer al suelo. A continuación, se dio la vuelta y emprendió el regreso.

Perseo se volvió hacia un joven vigía que destacaba por la agudeza de su vista.

—¿Qué ha dejado caer? ¿Puedes verlo?

—No lo distingo, señor. Parece un bulto pesado, pero no sé qué es.

La puerta de la muralla que había debajo de ellos se abrió y salieron dos jinetes. Cabalgaron hasta el bulto y uno de ellos desmontó. Lo examinó un momento, se lo dio a su compañero y regresaron a Atenas.

Perseo bajó corriendo de la muralla y esperó junto a la puerta. En cuanto entró el jinete que cargaba con el bulto, se abalanzó sobre él.

—¿Qué es?

El hombre se limitó a alargarle un pesado fardo de tela, en cuyo exterior habían trazado en grandes letras el nombre del destinatario:

«PERSEO OLIMPIÓNICO».

Un silencio ominoso se extendió entre los soldados que rodeaban a Perseo. Todos sabían que los espartanos se habían llevado a su mujer. Retrocedieron unos pasos mientras él sacaba la espada y de rodillas en el suelo cortaba la cuerda de cáñamo que ataba el fardo y apartaba la tela con las manos. Al retirar la segunda capa, su rostro se contrajo en una expresión de horror.

Entre las telas asomaba la cabellera ensangrentada de Casandra.

Sócrates acudió a casa de Perseo en cuanto llegó a sus oídos la noticia del macabro envío.

«Por todos los dioses, mañana tiene que subirse a un trirreme para luchar en la flota.» Nunca había visto a un hombre tan enamorado de su esposa; le resultaría imposible mantener la mente centrada en el combate después de lo que había visto aquella mañana.

Cruzó el barrio del Cerámico, entró en la vivienda de Perseo y se dirigió a la cocina.

Lo encontró sentado frente a la vasija de Odiseo, con la frente apoyada en la cerámica y las manos en las asas. Sabía que así hablaba con sus padres y aguardó en el umbral a que terminara.

—Gracias por venir, Sócrates.

—Lamento mucho lo que ha ocurrido. Me han dicho que no había ningún mensaje con... el contenido.

Perseo lo miró un momento en silencio y luego señaló un paquete de tela que había al otro extremo de la mesa.

—Ahí está.

Sócrates se acercó y abrió el envoltorio. Vio una cabellera negra y larga como la de Casandra, con pegotes de sangre seca, y un vestido arrugado de un tono claro en el que las manchas de sangre resaltaban más.

Perseo se aproximó a él, sacó de su túnica un trozo de pergamino y se lo entregó.

—No le he dicho a nadie que dentro del paquete venía esta nota.

Sócrates tomó el pergamino y leyó el contenido:

*«Disfruto de ella cada noche.* —Negó con la cabeza mientras seguía leyendo—. *Si quieres volver a verla, ve mañana al amanecer a la posada quemada al sur de Decelia. Tú solo y con la cara descubierta, o la mataré».*

—No debes ir, Perseo. Sabes que es una trampa, y que así no recuperarás a Casandra.

—Ya lo has leído. Si no hago lo que me pide, la matará. No estoy tratando con un hombre de honor, sino con una bestia —dijo señalando la cabellera ensangrentada—. Mató a mi padre, y sé que ahora quiere matarme a mí. Iré sin yelmo para no cubrirme el rostro, pero llevaré el resto de mis armas y no le pondré las cosas fáciles.

El tono de Perseo dejó claro a Sócrates que no podría convencerlo. Miró de nuevo la sangre de la melena y el vestido de Casandra, y se preguntó si ella realmente seguiría con vida.

## Capítulo 93
*Ática, abril de 405 a. C.*

La luna mostraba un borde estrecho de luz que apenas permitía distinguir el relieve del terreno. Aristón avanzaba despacio, con el escudo en un brazo y un arco en la otra mano. Aunque el arco era un arma indigna de un hoplita, en aquella ocasión la dignidad era lo que menos le importaba.

A mitad de camino entre Decelia y Atenas había una franja que ninguno de los dos ejércitos controlaba de forma permanente. Allí se encontraba la posada quemada que le había indicado a Perseo. La alcanzó cuando apenas clareaba el horizonte, se ocultó en el interior y aguardó junto a una ventana orientada hacia Atenas.

Poco antes del alba vio llegar a Perseo. Ajustó la flecha en la cuerda del arco y lo levantó muy despacio, apartándose de la ventana para que no se le pudiera distinguir desde el exterior. Perseo iba con la cabeza descubierta, pero llevaba el escudo alzado, coraza de bronce y su lanza de hoplita. Se detuvo a veinte pasos de la posada.

—He venido solo, como me pediste. —Aristón le vio mirar hacia la posada y luego a los lados—. Da la cara y enfréntate a mí, si eso es lo que quieres.

«No tengas tanta prisa. —Aristón levantó un poco más el arco y apuntó a la cabeza de Perseo—. Estaremos cara a cara dentro de un momento.»

Perseo seguía con el escudo en alto y miraba por encima de él. Aristón dudó mientras mantenía la flecha enfilada hacia su cabeza. En condiciones normales hubiera preferido la jabalina, pero todavía tenía secuelas del ataque de Deyanira y Casandra. La herida de la espalda ya no le molestaba, pero la que le había hecho Deyanira junto al cuello aún no le permitía lanzar una jabalina con la misma fuerza y precisión que antes.

Apuntó un poco más abajo y soltó la flecha.

Perseo sintió un impacto repentino que hizo crujir su rodilla izquierda. El dolor llegó un instante después, un relámpago ardiente que le arrebató el control de la articulación. Su pierna cedió y notó aterrado que caía hacia atrás.

Cuando su espalda golpeó contra el suelo, soltó la lanza. En el brazo izquierdo llevaba el escudo y se revolvió para tratar de agarrar con la mano derecha la flecha que permanecía clavada justo encima de su rodilla.

En ese momento vio que de la posada salía un gigante y echaba a correr hacia él. No llevaba yelmo ni escudo, tan sólo coraza y una espada.

«¡Dioses, es mucho más grande de lo que recordaba!»

Intentó ponerse de pie, pero la flecha le había inutilizado la pierna. Desenvainó su espada e interpuso el escudo entre él y el gigante espartano, que estaba a punto de caerle encima.

El primer espadazo casi le arranca el escudo. Respondió con un ataque desesperado, tratando de cortar las piernas de su adversario. El gigante retrocedió y volvió a golpear su escudo. Perseo aguantó en espera del siguiente espadazo. Cuando se produjo, irguió el cuerpo y atacó el brazo de su enemigo con la espada en punta.

Aristón saltó hacia atrás, pero no pudo evitar que el arma de su hijo le hiciera un corte encima de la muñeca. Levantó la espada, y cuando Perseo preparó el escudo, cambió la trayectoria de su ataque y golpeó con la hoja plana contra la flecha que le sobresalía de la rodilla.

Perseo dio un alarido y atacó convirtiendo el dolor en rabia. Consiguió que su enemigo se echara hacia atrás e incorporó el torso, pero Aristón le dio una patada en el escudo y le hizo caer de nuevo. Desde el suelo volteó su arma tratando de alcanzar la pierna del gigante. Éste lanzó un mandoble que le arrancó la espada de las manos.

Aristón soltó una risa salvaje al verlo desarmado. Dio un

paso hacia delante, colocándose entre los pies de Perseo, disfrutando de la situación.

Dejó caer su espada.

Perseo lo miró un instante desconcertado y luego trató de rodar sobre sí mismo, pero Aristón se lo impidió pisándole la parte baja de la coraza. Mientras mantenía su inmenso peso sobre él, agarró su escudo con las dos manos y se lo arrancó con un grito de rabia. Después lo usó para golpearlo. Perseo paró los dos primeros ataques con los antebrazos, sintiendo que le iba a partir los huesos. El tercer golpe hizo que su nariz crujiera y su visión se volvió negra. Cruzó los brazos delante de la cara, temiendo que el siguiente golpe lo destrozara. Su nariz chorreaba sangre y apenas podía respirar.

De pronto la presión sobre su coraza disminuyó. Un momento más tarde recobró la visión y distinguió borrosamente a Aristón agachado a un par de pasos. El gigante estaba rodeando con los brazos una piedra que pesaba tanto como un hombre. Rugió de esfuerzo al levantarla, la apoyó sobre un hombro y avanzó hasta colocarse de nuevo entre sus piernas.

Aristón contempló a su hijo, el semblante ensangrentado en el que se mezclaban el coraje y el miedo, los ojos grises que durante tantos años lo habían obsesionado.

«Se parece tanto a Deyanira que es como tenerla a ella a mis pies.»

Realizó un esfuerzo extremo para alzar la roca por encima de la cabeza. Su brazo derecho titubeó un momento cuando un latigazo de dolor restalló en la herida que le había hecho Deyanira. «Maldita perra», se dijo cerrando los ojos. Por un instante la sintió colgada en su espalda, aferrada con ambas manos a la empuñadura del cuchillo.

Afianzó los brazos al tiempo que abría los ojos e impulsó la roca para aplastarle la cabeza a su hijo. El rostro de Perseo estaba cubierto de sangre, sus ojos de hielo le dirigían una mirada intensa y la hoja de su lanza ascendía vertiginosamente hacia su cuello.

La punta de metal penetró por debajo de la nuez de Aristón, le partió la laringe y emergió por la nuca. Sus brazos dejaron de empujar la roca, que cayó sobre la coraza de bronce de Perseo haciendo crujir sus costillas. El gigante se aferró a la lanza y cayó al suelo profiriendo un graznido ahogado. Arrancó el arma y se llevó las manos al cuello sin conseguir que entrara aire en sus pulmones.

«¡No puedo respirar!»

Perseo apareció en su campo de visión, cojeando con una espada en la mano.

—¡¿Dónde está mi esposa?!

El odio deformó el semblante de Aristón y Perseo negó desesperado.

—Maldito seas, ¿qué has hecho con Casandra?

En la mirada de Aristón ardía un furor enloquecido. Perseo blandió la espada hacia él.

—Me has arrebatado a Casandra, ¡y también mataste a mi padre!

Aristón abrió la boca y habló por primera vez:

—Tu padre... soy yo.

Vio que Perseo se quedaba mirándolo, sin moverse mientras él se ahogaba, y comprendió que su hijo no había entendido el borboteo de sangre que había surgido de su garganta.

Trató de hablar de nuevo. La sangre manó de su boca empapando su barba entrecana.

El pánico llenó su mundo al notar que se disolvía su consciencia.

Mientras miraba desesperado a su hijo, su corazón dejó de latir.

# Capítulo 94
*Esparta, mayo de 405 a. C.*

Calícrates entró en su vivienda y se detuvo en el patio, contemplándolo como si lo viese por primera vez.

«Es extraño ser ahora el patriarca de la familia.»

La muerte de Aristón le había causado alivio, aunque en esos momentos la emoción que se imponía en su interior era la pena.

Se adentró en la casa y abrió la puerta de la alcoba de su madre.

—Déjanos solos.

La esclava salió y él se arrodilló junto al lecho de Deyanira. Había sobrevivido dos semanas, pero no parecía que fuera a aguantar mucho más.

Pese a que había atacado a su marido, las autoridades habían decidido permitir que pasara sus últimos días en casa. A todos les resultaba extraño que Aristón hubiera cerrado la puerta de la celda antes del ataque, sabían que maltrataba a su mujer, y la reputación de Deyanira hasta entonces era intachable.

Calícrates suspiró. «Está resistiendo porque no quiere morir antes de saber qué ha pasado con Perseo.»

Deyanira dormía un sueño inquieto, con sobresaltos intermitentes que no llegaban a despertarla. Su hijo retiró el paño de su frente, lo mojó en un cuenco de agua fresca y volvió a ponérselo.

Advirtió que tenía mucha fiebre.

«Ya le queda poco. —Le tomó una mano y la besó—. Pobrecilla, parece una anciana.» El vigor y el buen estado físico de su madre habían compensado las arrugas y los cabellos grises que habían ido apareciendo con la edad, pero ahora esa

635

energía había desaparecido. En el tiempo transcurrido desde que Aristón la había herido, se había ido apagando y su rostro se había demacrado.

Los párpados de Deyanira se abrieron ligeramente.

—¿Calícrates?

Su hijo se inclinó para que lo viera mejor. Era el único que la visitaba, pues Leónidas no le perdonaba que hubiera atacado a su padre. Decía que era una traidora y que merecía que la ejecutaran.

—Sí, madre, soy yo.

Deyanira intentó tragar saliva sin conseguirlo. Cerró los ojos y pareció que se ahogaba. Luego su respiración se normalizó y volvió a separar los párpados.

—Me traes noticias —afirmó en un susurro.

—Acabamos de saber que Aristón ha muerto. Por lo visto envió a Perseo la cabellera de su esposa para atraerlo a una emboscada. Hace tres días una patrulla encontró el cadáver de Aristón con la garganta atravesada.

—¿Y Perseo?

Calícrates negó con la cabeza.

—Sólo encontraron el cuerpo de Aristón.

Deyanira inspiró hondo y soltó el aire en una exhalación entrecortada por el llanto. Aristón había llenado su vida de palizas y violaciones; la había condenado a una existencia de odio y miedo.

Se quedó mirando a Calícrates y alargó una mano vacilante para acariciar el rostro de su hijo. En él veía al niño serio de ojos grandes que tenía que esconderse de un padrastro que lo odiaba; al muchacho al que el látigo había destrozado la espalda; al joven soldado humillado, despreciado y con la prohibición de entrar en su propia casa.

—Siento no haberte protegido mejor de él. —Bajó la mano sollozando—. Tendría que haberlo matado hace mucho tiempo.

—No digas eso. Eres la mejor madre y la persona más valiente que conozco. Siempre pensaba en ti cuando tenía que aguantar la dureza de la instrucción o alejar el miedo antes de una batalla.

Deyanira sonrió. Después apretó la mandíbula, y mostró por un instante la expresión decidida tan característica de ella.

—No es momento de llorar. Aristón está muerto, y mis tres hijos estáis vivos y por fin a salvo de él. Éste es el día que he esperado toda mi vida.

Cerró los párpados y su expresión se relajó. Al cabo de un momento su frente se arrugó y volvió a mirar a Calícrates.

—Tienes que salvar a la mujer de Perseo. Intenta que no la maten. Sé que no será fácil, pero debes intentarlo. —Su voz se convirtió en un suspiro que se apagaba—. Lleva dentro a mi nieto, tu sobrino...

Calícrates asintió con los labios apretados. Inclinó la cabeza hasta rozar con la frente el pecho de su madre y lloró en silencio.

Casandra oyó la cerradura y apretó su espalda desnuda contra la fría pared de piedra. Escondió la cabeza entre las rodillas y sintió los pasos que se acercaban. Unas botas de cuero se detuvieron junto a ella.

—Puedes vestirte —dijo con suavidad una voz de hombre mientras le tendía un manto.

Ella subió la cabeza poco a poco y encontró unos ojos serios que sostenían su mirada sin descender por su desnudez.

Cogió el manto y el hombre se dio la vuelta para que se vistiera.

Calícrates aguardó mientras oía a Casandra ponerse de pie y envolverse con el manto. Después se volvió hacia ella. La mujer había recuperado algo de dignidad al vestirse, pero su aspecto continuaba siendo deplorable: la hinchazón deformaba su rostro y en el cuero cabelludo, entre los escasos mechones que conservaba, tenía profundos cortes que todavía rezumaban sangre.

—Me llamo Calícrates, soy hijo de Deyanira. Ya no tienes que preocuparte por Aristón. Hace unos días le preparó una emboscada a Perseo, pero tu marido lo mató. No sabemos si Perseo está herido —añadió en respuesta a la mirada de urgencia de la mujer—. Y me alegra decirte que se ha decidido que puedes regresar a Atenas.

Casandra se llevó las manos a la boca sin atreverse a creerlo. Calícrates había hablado con el rey Pausanias y le había informado de que la prisionera ateniense era la esposa de Perseo, el campeón olímpico. También le había dicho que Aristón pretendía cobrar un rescate por ella y quedarse el dinero. Eso cuadraba con que hubiera acudido solo y sin decírselo a nadie a la posada en la que había resultado muerto. El rey Pausanias se había ocupado de aquel caso con especial interés, en atención a la estima que sentía por Calícrates, y lo había consultado con algunos miembros del Consejo de Ancianos. Entre todos habían decidido devolver la mujer a su esposo. Perseo, como campeón olímpico, era un hombre respetado al que Zeus había mostrado su gracia en Olimpia. Por otra parte, Aristón había sido un hombre conflictivo, conocido por seguir sus propias normas y por maltratar a su mujer y a su hijastro. Consideraban que poner fin de ese modo a su última acción era lo más apropiado.

Calícrates bajó la mirada antes de volver a hablar.

—Cuando veas a Perseo... Dile que a Deyanira se lo arrebataron al nacer, y que ha pasado la vida pensando en él.

Casandra titubeó antes de responder.

—Si le digo eso, le haré mucho daño. Perseo cree que sus padres son Altea y Eurímaco. A ella no la conoció, pero Eurímaco era un buen hombre que lo cuidó como si fuera su hijo hasta que murió. Le resultaría muy duro enterarse de que su padre no es Eurímaco, sino el monstruo que me secuestró. Además, eso significa que por nacimiento no es ateniense, sino espartano. Si se enteran en Atenas, lo expulsarán de la ciudad, o...

—...o lo ejecutarán —terminó Calícrates.

Se quedó pensativo. Casandra tenía razón, aquél era un secreto que resultaba preferible ocultar. Perseo era un espartano viviendo en Atenas, y aquello podía ser tan peligroso para él como lo sería para un ateniense vivir en Esparta.

«Tampoco creo que le agradara saber que ha matado a su verdadero padre con sus propias manos.»

—Tienes razón. —El semblante de Calícrates se ensombreció—. No le hables de Deyanira. Será mejor para él que nadie sepa quiénes son sus padres.

Tres días después, una comitiva a caballo se detuvo ante las puertas cerradas de Atenas. Estaba constituida por cuatro soldados de Esparta, un heraldo y una figura encapuchada. Cuando un escuadrón de caballería salió de la ciudad, el heraldo espartano habló sin bajarse de su montura.

—No es necesario que entremos en vuestra ciudad, pues no venimos a tratar ningún asunto con vuestro gobierno. Únicamente, como muestra de la nobleza de nuestro rey Pausanias y del honor de Esparta, traemos de regreso a la esposa de Perseo, el griego que dio su nombre a la olimpiada.

Los atenienses fijaron la atención en la mujer, que alzó la cabeza para permitir que su rostro se distinguiera mejor dentro de la capucha.

—Es cierto —afirmó sorprendido uno de los jinetes—. Es Casandra, la mujer de Perseo.

Los espartanos volvieron grupas y se alejaron dejando a Casandra con sus compatriotas. Lo primero que ella les preguntó fue si Perseo se había ido para combatir con la flota y se alegró cuando le respondieron que no, pero la alegría desapareció cuando le explicaron que no había ido porque estaba herido.

Los soldados la acompañaron hasta la puerta de su casa. Cruzó el patio corriendo, devorada por la angustia, y entró en la alcoba. Perseo estaba durmiendo con el torso ligeramente elevado por unos almohadones. Ella recorrió su cuerpo con la mirada. Aparte del aparatoso vendaje de su rodilla izquierda, sólo advirtió una cicatriz rojiza en el nacimiento de la nariz.

Se arrodilló junto a él y Perseo entornó los ojos.

—¡Casandra! —Intentó incorporarse y gimió de dolor.

Ella ocultaba el cuero cabelludo con un velo, pero las marcas de golpes de su rostro eran evidentes. Perseo examinó sus heridas y se mordió con fuerza el labio inferior.

—No te preocupes, ya estoy bien. —Casandra sonrió con un aplomo que no sentía y se reclinó sobre él para besarlo. Al darse cuenta de que estaba haciéndole daño se apartó—. ¿Qué te ocurre?

—Son sólo un par de costillas rotas. El médico ha dicho que en unos días estaré bien, pero por ahora no puedo tumbarme del todo. —Casandra miró hacia el vendaje de su pierna—. Lo de la rodilla fue un flechazo y tardará un poco más. —La opinión del médico era que probablemente usaría bastón de por vida, pero siguió sonriendo—. Parece que durante un tiempo llegaré el último en las carreras.

Casandra rio sintiendo un torbellino de pena y alegría, y volvió a besarlo evitando apoyarse en su cuerpo.

Al cabo de un rato, Perseo le retiró el velo de la cabeza.

—Deja que me acostumbre a tu nuevo corte de pelo. —Ella había pedido que antes de salir de Esparta le recortaran los mechones sueltos. Perseo contempló las cicatrices que comenzaban a quedar ocultas bajo la fina capa de cabellos y se le llenaron los ojos de lágrimas—. Estás muy guapa.

Revivió el momento en que le había atravesado la garganta al gigante y se alegró más que nunca de haberlo matado. Luego inspiró tan hondo como le permitían las costillas rotas y bajó la mirada por la túnica de Casandra.

—El bebé... —Tuvo miedo de cómo podría afectarle a ella un nuevo aborto—. ¿Está...?

Una sonrisa radiante iluminó de pronto el rostro de Casandra.

—Llevaba días sin notarlo, pero acaba de volver a moverse.

## Capítulo 95
*Egospótamos, julio de 405 a. C.*

«Es un completo desastre. —Alcibíades se mantenía oculto tras unos árboles, observando con el ceño fruncido la disposición del campamento ateniense—. Si continúan así, los van a aplastar.»

Estaba en una colina cercana a la playa del Helesponto donde hacía cuatro días había atracado la flota de Atenas. Su tamaño era impresionante —ciento ochenta trirremes y treinta y seis mil hombres—, pero la organización y la disciplina dejaban mucho que desear.

«Es mejor no demorarlo más.»

Montó en su caballo y comenzó a descender la ladera mientras pensaba en el almirante Lisandro. Aunque fueran enemigos, se sentía identificado con él. El espartano era un hombre práctico, que se vanagloriaba de «engañar a los jóvenes con los dados y a los hombres con juramentos». Al poco de hacerse cargo de la flota de Esparta, había demostrado que aquellas palabras no eran sólo una jactancia. En Mileto había dado un discurso elogiando la convivencia entre oligarcas y demócratas, y acto seguido había alentado en secreto el levantamiento de los oligarcas, que masacraron a los demócratas y convirtieron Mileto en una oligarquía.

«Donde la piel del león no llega, debe llegar la del zorro. —Alcibíades sonrió al recordar la frase con la que Lisandro había justificado su actuación en Mileto—. Está claro que también es hábil con las palabras.»

Su sonrisa se enfrió mientras se acercaba al campamento. La inactividad de Atenas había permitido que Lisandro reforzara su flota hasta adquirir el tamaño y adiestramiento que él deseaba. Entonces la había conducido al norte hasta llegar a los estrechos del Helesponto, había tomado la estratégica ciudad de Lámpsaco, y desde allí había cortado la ruta de grano que tan vital resultaba para Atenas. Los generales atenienses no habían tenido otro remedio que enviar de inmediato toda su flota al Helesponto.

Alcibíades se internó con su caballo al paso por los límites difusos del campamento ateniense. Vio pocos hoplitas y muy pocos hombres con aspecto de marineros. La mayoría eran campesinos, esclavos y pobres de algunas ciudades aliadas de Atenas.

Transcurrió un rato hasta que dos soldados se aproximaron a darle el alto.

—Soy Alcibíades, hijo de Clinias. Llevadme hasta vuestros generales.

A los soldados los sorprendió encontrar allí a Alcibíades, aunque sabían que desde hacía un año vivía en una finca fortificada del Helesponto. Sin hacerle preguntas, lo condujeron hasta la tienda donde se encontraban los generales. Un guardia le pidió que dejara la espada mientras otro entraba para anunciarlo. Al momento reapareció y levantó la lona de la entrada para que pasara.

—¿Qué haces aquí, Alcibíades? —le espetó el general Filocles. Se trataba de un hombre bajo y ancho de hombros al que ya conocía. Era el único de los seis generales que, pese al calor reinante, llevaba la coraza sobre la túnica.

—Intentar salvaros la vida. A vosotros y a toda Atenas.

—Di lo que tengas que decir y márchate.

«Estúpido arrogante.» Alcibíades le sostuvo la mirada, pero se esforzó por mantener una expresión cordial. Se jugaba mucho en esa reunión.

—He estado observándoos desde que llegasteis hace cuatro días. Toda vuestra estrategia consiste en embarcar al amanecer y desembarcar al atardecer, esperando por si Lisandro decide atacar. Además, la única ciudad cercana es Egospótamos, que es demasiado pequeña para proporcionaros víveres. La mayoría de los hombres se dispersan en busca de alimento o dedican horas para ir y volver de Sesto. Tenéis que llevar la flota de nuevo a la base de Sesto. Allí se puede obligar a los hombres a permanecer en el campamento, y desde allí podemos organizar un ataque cuando nosotros queramos, no cuando quiera Lisandro.

Menandro, uno de los generales más jóvenes, esbozó una sonrisa burlona al oír a Alcibíades hablar de «nosotros».

—Sesto está a un centenar de estadios. Desde allí no podemos impedir que Lisandro salga de su puerto para atacar Bizancio cuando quiera, o que se pase meses haciendo lo que le venga en gana mientras a nosotros se nos agota el dinero. No sé si lo sabes —añadió con ironía—, pero nunca nos llegó el dinero que prometiste que nos daría tu amigo persa, mientras que Lisandro recibe todo el que necesita del príncipe Ciro.

—Podemos obligar a combatir a Lisandro cuando queramos... si atacamos Lámpsaco con un ejército de tierra. He llegado a un acuerdo con dos reyes tracios, y sus hombres atacarían por tierra mientras nosotros lo hacemos por mar. Si los espartanos pierden el control de la costa y los cercamos con nuestra flota, los aplastaremos como hicimos en Cícico.

Alcibíades acababa de jugar sus dos cartas: la promesa de atraer un ejército terrestre y la mención de la batalla de Cícico, la mayor victoria naval que habían obtenido desde Salamina y que él mismo había encabezado.

«Puede que no se crean lo del ejército, pero al menos tendrán dudas.» Era consciente de que había utilizado varias veces la misma argucia, con resultados dispares. Prometía algo que no estaba en su mano, y que sólo podía conseguir si cedía antes la otra parte, o que no podía conseguir de ningún modo pero que quedaba olvidado si finalmente obtenían la victoria.

La expresión burlona de Menandro no se había alterado.

—¿Y qué es lo que quieres a cambio de atraer a ese ejército invisible?

—Será invisible mientras no aceptéis la única condición que os pido: participar desde este momento en las operaciones como general, al mismo nivel que vosotros.

Menandro miró a sus compañeros y leyó en sus rostros que pensaban lo mismo que él: Alcibíades quería protagonizar una gran victoria que le permitiera abandonar su condición de exiliado y regresar a Atenas como un héroe. Los seis generales sabían que si obtenían la victoria, Alcibíades se las arreglaría para que pareciera un logro personal, mientras que si los derrotaban tras aceptar a Alcibíades, todos ellos serían condenados. Y el año anterior, tras la batalla de las Arginusas, había quedado claro lo que hacía la Asamblea de Atenas con los generales que la enojaban.

—Nosotros somos los generales, y eso no va a cambiar. —Menandro hizo un gesto hacia la entrada de la tienda—. Márchate, Alcibíades.

Alcibíades miró uno a uno a los demás generales, buscando algún resquicio en sus expresiones duras. Al constatar que ninguno estaba de su parte, salió de la tienda.

El sol acababa de ponerse y el cielo estaba cubierto de nubes grises y rojas, como una inmensa túnica salpicada de sangre. Cruzó el campamento seguido por la mirada de cientos de hombres que se preguntaban si el legendario Alcibíades regresaría para ponerse al mando.

«La mayoría quiere que vuelva. —Lo leía con claridad en sus rostros—. Pobres desgraciados, vuestro destino está en manos de unos ineptos.»

Pensó en su primo Pericles el Joven, uno de los generales que la Asamblea había ejecutado. «No tenía el talento de su padre, pero era mejor general que cualquiera de los que ahora comandan la flota.» Aquellos generales no sólo carecían de experiencia y dotes de mando, sino que además parecían tener tanto miedo de la crítica como de la derrota, por lo que sólo adoptarían el curso de acción más obvio.

Alcibíades sacudió la cabeza. Con las fuerzas igualadas, lo que decidía la batalla era la valía de los generales y la estrategia, dos condiciones en las que Esparta era netamente superior gracias a Lisandro.

Ascendió la ladera de la colina y se volvió hacia el campamento.

«Lo único que puede salvar a Atenas es la ayuda de los dioses.»

Su mirada fue más allá de la playa, cruzó la franja oscura de mar y se detuvo en Lámpsaco, la base de los espartanos en la costa opuesta. Si Lisandro vencía en la batalla que se avecinaba, podría marchar sin oposición hasta el Pireo y establecer un asedio férreo sobre Atenas. Al ser una ciudad muy poblada, en poco tiempo los atenienses pasarían hambre, y cuando capitularan los aguardaría el mismo trato que solían dar ellos a las ciudades que sometían.

«Muerte y esclavización.»

Negó mientras miraba hacia el campamento ateniense. No volvería a una ciudad asediada, y había fracasado en su último intento de que lo restituyeran en el mando.

«No puedo regresar ni a Atenas ni a Esparta.»

El rey Agis había ordenado que lo mataran y no iba a retirar esa orden. Trataba a Leotíquidas como si fuera su hijo y heredero, pero tanto él como muchos espartanos sabían quién era el verdadero padre.

«Cada vez que ve a Leotíquidas debe de acordarse de que me acosté con su esposa.»

Alcibíades hizo que su montura volviera grupas y se dirigió hacia su finca. Intuía que ya no pasaría muchas noches en ella. Probablemente su mejor alternativa fuera irse a Tracia, dado que Esparta ya no era una opción y que Atenas iba a ser arrasada.

El día en que todo se decidió comenzó como una repetición de los cuatro anteriores.

Los atenienses ocuparon sus puestos en las naves y su inmenso campamento se quedó despoblado. Después la flota permaneció junto a la playa, a la espera de si Lisandro se decidía a sacar sus barcos del puerto de Lámpsaco.

Alcibíades estaba observando lo que sucedía, aunque esta vez se había quedado más cerca de su finca. Sus sirvientes tenían todo dispuesto para viajar a Tracia sin demora. No perdía la esperanza de que un golpe de fortuna otorgara la victoria a la flota ateniense, pero esa esperanza era tan tenue como la llama de un vela.

«¿Qué están haciendo?», se dijo sorprendido.

Una parte de la flota ateniense se había apartado del resto y comenzaba a navegar en dirección a Sesto. Se trataba de los treinta trirremes del general Filocles, y Alcibíades comprendió enseguida lo que pretendían.

«Quieren ser el cebo que haga salir a Lisandro de su base y atacarlo por la retaguardia. —No era mala idea, pero aquella estrategia requería ser más rápido que el enemigo—. Si no la ejecutan a la perfección, estarán perdidos.»

Desde la altura en la que se encontraba pudo ver que la flota espartana al completo abandonaba su base de Lámpsaco y salía en pos de los trirremes de Filocles.

«Por Apolo, han sido muy rápidos.»

Seguramente los generales atenienses querían que el encuentro con los trirremes de Filocles se produjera lejos de las bases, para que les diera tiempo a desplegar el resto de la flota conforme algún plan preestablecido.

La montura de Alcibíades se removió al sentir el nerviosismo del hombre que la montaba: la distancia entre la escuadra de Filocles y los barcos de Lisandro era muy reducida.

«¡Vamos, salid ya!» Si el resto de la flota ateniense no se alejaba inmediatamente de la playa, los trirremes espartanos podían acabar cercándolos contra la costa. Alcibíades miró de nuevo hacia el sur y vio a los espartanos cayendo sobre la flotilla de Filocles, que se desperdigó al momento. Algunos de sus barcos escaparon hacia la base de Egospótamos, perseguidos por la flota espartana al completo.

Alcibíades sacudió la cabeza. El grueso de trirremes atenienses por fin se estaba alejando de la costa, pero al ver a los espartanos acometiendo, cuando creían que serían ellos los que los atacarían mucho más al sur, varios de los barcos dieron media vuelta para regresar a la playa.

«Mientras conserven la costa pueden defender las naves.»

Lisandro pareció leerle el pensamiento. Al ver el caos de la flota ateniense, desvió parte de la suya y desembarcó al oeste de Egospótamos un pequeño ejército que avanzó por tierra hacia el campamento enemigo. Muchos soldados atenienses, al advertir que los atacaban por tierra y por mar, salieron corriendo para tratar de alcanzar a pie la lejana base de Sesto.

Alcibíades vio que las naves de Lisandro embestían con facilidad a los trirremes que no habían regresado a la playa.

Otros barcos espartanos ataban los trirremes varados en la arena y se los llevaban sin tener que batallar. En unas pocas naves y en el campamento se estaban produciendo combates, pero eran luchas desesperadas en las que los atenienses intentaban que no los hicieran prisioneros.

«Ya no hay nada que hacer.»

Alcibíades sintió una profunda pena mientras le llegaban en rachas aisladas los gritos de miedo y derrota. Antes de alejarse, advirtió que por las aguas del Helesponto se alejaban los trirremes atenienses que habían conseguido escapar.

Apenas una decena.

«La guerra ha terminado.»

## Capítulo 96

*Atenas, octubre de 405 a. C.*

El dolor creció en el interior de Casandra como si alguien aplastara sus entrañas con una tenaza gigante. Su cuerpo se volvió tan rígido que dejó de respirar.

«¡Oh... dioses...!»

Perseo le besó la mano y le dijo que aguantara. Quería tranquilizarla, pero era evidente que estaba angustiado y eso no la ayudaba.

—Ya... —Casandra tragó varias bocanadas de aire—. Ya duele menos.

Su cuerpo se fue relajando sobre el colchón, restituyendo los músculos a su posición natural. La comadrona que había llevado Perseo palpó su vientre enorme sin decir nada.

«Por la madre Tierra, estoy agotada. —Cerró los ojos y procuró que su respiración se volviera más lenta—. Y la partera ha dicho que todavía quedan varias horas.»

—Descansa un poco, cariño. —Perseo besó su frente y ella asintió sin abrir los párpados.

«Ojalá estuviéramos muy lejos de aquí.» De pronto le entraron tantas ganas de llorar que fue incapaz de contenerlas. Notó que Perseo presionaba su mano sin decir nada y siguió llorando con los ojos cerrados.

Hacía tres meses, tras escapar de la batalla de Egospótamos, la nave emisaria *Páralos* había arribado a Atenas con la noticia de la destrucción total de la flota. En las siguientes semanas, el almirante espartano Lisandro había tomado el control de casi todas las ciudades del imperio marítimo ateniense; había utilizado su dominio absoluto del mar para cortar los suministros que recibía Atenas; y había enviado de regreso a su ciudad a todos los atenienses de las ciudades que se había apropiado, con el fin de que se desatara cuanto antes la hambruna en Atenas.

«Estoy trayendo un hijo a una ciudad que se muere de hambre, y donde en cualquier momento irrumpirán nuestros enemigos para saquearla.»

No podía borrar de su mente la escena que se le había grabado el día anterior: la congregación frente a las murallas de Atenas de la mayor fuerza militar que habían visto nunca. El rey Agis desde Decelia y el rey Pausanias desde Esparta habían aparecido trayendo al ejército espartano al completo, y se les habían sumado todos sus aliados peloponesios además de los tebanos. Debían de estar esperando a que en cualquier momento llegara Lisandro con la flota, para que al aunar la presión terrestre y la marítima la ciudad cayera rápidamente.

Perseo vio que el rostro de su esposa se crispaba de nuevo. Le cogió ambas manos mientras la contracción del parto se intensificaba. Las gotas de sudor caían por la cara enrojecida de Casandra y se mezclaban con las lágrimas. El pelo corto ya ocultaba las cicatrices de su cabeza, pero dos de ellas asomaban por el nacimiento de la frente y se oscurecieron con el esfuerzo hasta adquirir una tonalidad escarlata.

Se inclinó sobre su mujer y le besó las cicatrices. Notó que su piel mojada estaba fría.

—¿Cuánto crees que queda? —le preguntó una vez más a la partera cuando la contracción remitió.

La mujer, sin variar su expresión grave, metió una mano entre las piernas de Casandra antes de responder.

—Apenas hemos avanzado. Al menos cuatro o cinco horas, puede que el doble. —De momento ella no tenía mucho que hacer allí, pero el hombre le había pagado bien para que no se separara de su esposa.

Perseo asintió sin decir nada.

—Ve a las murallas. —Casandra sonrió intentando tranquilizarle—. Estaré bien, y si el parto se acelera, enviaremos a alguien a buscarte.

Él la miró dudando. Sus jefes militares consideraban que

su pierna herida le eximía por el momento de formar parte del ejército, pero la mejor manera de proteger a Casandra y al bebé era hacer lo posible por defender Atenas.

La besó con ternura una vez más y le soltó las manos.

—Estaré cerca de la puerta del Dipilón —le dijo a la partera.

La mujer se limitó a asentir. Luego observó de reojo a Perseo mientras éste se levantaba trabajosamente, llevando su coraza de bronce y la espada al cinto, y salía de la alcoba con una notable cojera.

—¿Va todo bien? —le preguntó Casandra cuando Perseo ya no podía oírlas.

La mujer dudó un momento.

—Sí, no te preocupes.

Apartó la mirada como si examinara los trapos que tenía junto a ella. Lo cierto era que el niño parecía bastante grande. Eso ya era malo para tratarse de una primeriza, pero había algo mucho peor.

«Lo realmente peligroso es que viene de nalgas.»

Desde lo alto de la muralla, Perseo contempló una imagen estremecedora.

En el recinto de la Academia, a menos de una docena de estadios de Atenas, el gigantesco campamento enemigo acogía a decenas de miles de soldados. El viento llevaba hasta las murallas sus cánticos de guerra y el entrechocar del metal en sus entrenamientos.

«¿Nos atacarán cuando Lisandro llegue al Pireo?»

Observó a sus compañeros de guardia, rostros cansados que miraban con un desánimo hosco al ejército enemigo o se volvían hacia los dioses silenciosos de la Acrópolis.

«Nuestras murallas son fuertes —ahora lo eran más que antes, pues tras recibir la noticia de la destrucción de la flota las habían reparado y reforzado cuanto habían podido—, pero nos queda poco trigo y hay demasiadas bocas que alimentar. Si Lisandro bloquea el Pireo con una gran flota, ni siquiera podrán pasar los contrabandistas.»

Los más pobres ya estaban empezando a morir de hambre, el resto de la población caería a docenas cada día de asedio... si no se producía antes un saqueo que los masacrara de golpe.

Recordó que en el asedio de Potidea se habían comido a los cadáveres y negó desesperado.

—Deberíamos rendirnos —oyó que decía alguien a su espalda, debajo de la muralla.

—¿Qué ganaríamos con eso, morir antes? —respondió otra voz de hombre.

Perseo negó de nuevo sin apartar la mirada del campamento enemigo. «No se habla de otra cosa.» Tanto en la Asamblea como fuera de ella, los atenienses discutían lo mismo una y otra vez.

—No tiene sentido aguantar —replicó el primer hombre—, no hay ninguna posibilidad de vencer sin aliados, dinero ni comida. Cuanto antes ofrezcamos rendirnos, mejores condiciones obtendremos.

—Obtendremos las mismas que aplicamos nosotros en Mitilene o Escione: los hombres ejecutados y el resto de la población esclavizada.

Perseo le dio mentalmente la razón. En aquella guerra interminable se habían producido innumerables atrocidades, y muchas de ellas habían sido cometidas por los atenienses. Sus enemigos, los soldados que asediaban Atenas en aquel instante, estarían ardiendo en deseos de venganza.

Los hombres se alejaron y dejó de oírlos. Él era partidario de intentar negociar una capitulación, pero no creía que sus adversarios aceptaran negociar. «Y en caso de que acepten, probablemente sólo sea un engaño para poder franquear nuestras defensas y arrasarnos.»

Caminó sobre la muralla hasta la puerta Sacra y regresó a la Dipilón. Su mente acudía sin cesar a la habitación en la que Casandra estaba teniendo a su hijo, y debía refrenar el impulso de correr junto a ella. Apartó la vista del ejército enemigo y se volvió hacia la estatua de la diosa que velaba por Atenas en lo alto de la Acrópolis.

«Atenea Prómacos, permite que vea crecer a mi hijo.»

Quería creer que aquello podía ocurrir, pero no olvidaba

lo que Lisandro y los aliados de Esparta habían hecho con los cuatro mil prisioneros capturados en Egospótamos.

«Los ejecutaron sin piedad. —Siguió caminando apesadumbrado—. Y el propio Lisandro decapitó al general Filocles.»

De repente su pierna cedió y tuvo que apoyarse en una almena para no caer.

—¡Ah, por Zeus!

Se masajeó la rodilla suavemente y recordó al gigante que le había clavado la flecha.

«Es increíble que no me matara.» Aquel espartano tenía un tamaño descomunal y una fuerza aún más extraordinaria. Él era más corpulento que la mayoría de los soldados, pero el gigante le había arrancado el escudo como si fuese un niño resistiéndose a soltar un juguete.

Apoyó poco a poco el peso en la pierna herida, evocando el rostro lleno de furia del gigante. Después de desarmarlo había levantado por encima de la cabeza una piedra que él apenas habría podido mover. Recordaba el pánico que había sentido. Se había girado en el suelo para intentar escapar, sabiendo que no podría hacerlo, y de pronto su mano chocó con la lanza que había soltado al caer. La agarró y la impulsó hacia arriba en un movimiento desesperado. El gigante se había quedado un instante quieto, como agarrotado. «Quizá Atenea le desequilibró la piedra para que yo tuviera una oportunidad.» Desde luego habían sido los dioses los que habían guiado la punta de su lanza, que en aquel ataque casi a ciegas encontró la garganta del gigante y se la partió.

Continuó avanzando hacia el Dipilón mientras aguantaba el dolor de la rodilla.

«Mi padre debió de sentirse tan indefenso como yo frente a ese monstruo. —Una tristeza profunda seguía acompañando al recuerdo de su muerte, pese a que habían pasado casi dos décadas—. A él no le acompañó la fortuna como a mí, y además el gigante era mucho más joven cuando se enfrentaron. Cuando yo lo maté era un hombre bastante mayor.»

Se apoyó de nuevo en una almena. Tenía la rodilla inflamada y el dolor había hecho que rompiera a sudar. Desde el recinto de la Academia seguían llegando rachas de un bullicio eufórico y belicoso. Pensó en los dirigentes que había allí reunidos, decidiendo el destino de Atenas.

«El rey Pausanias me devolvió a Casandra», se dijo intentando infundirse algo de esperanza. Aquello había resultado una sorpresa maravillosa, ¿podría ocurrir de nuevo algo similar? Pausanias siempre se había mostrado a favor de una solución pacífica y de que Esparta se ciñera a los asuntos del Peloponeso. Su política moderada era similar a la de su difunto padre, el rey Plistoanacte, pero difería radicalmente de la de Agis y Lisandro.

«La postura del almirante Lisandro será decisiva. Después de los reyes, él es ahora el hombre más poderoso de Esparta.»

Lisandro había asestado a Atenas el golpe definitivo, y había convertido Esparta en un imperio naval como antes lo era el ateniense. Había derrocado los gobiernos democráticos de las antiguas aliadas de Atenas y había establecido oligarquías cerradas, compuestas por unos pocos miembros completamente leales a él. Además, en esas ciudades «liberadas» había impuesto gobernadores espartanos, así como la obligación de pagar tributo a Esparta. La ficción de que los espartanos luchaban para liberar a los demás griegos del yugo de Atenas había terminado.

La voz angustiada de su criado hizo que Perseo se irguiera.

—¡Señor, por fin os encuentro!

Olvidó el tormento de su pierna, trotó con torpeza hasta la escalera más próxima y comenzó a bajar de la muralla.

—¿Le ocurre algo a Casandra?

—No lo sé, señor, pero la partera dice que acuda cuanto antes.

Perseo corrió junto al muchacho, apresurándose todo lo que le permitía la rodilla. Al llegar a la vía Panatenaica advirtió que había muchas personas hablando agitadamente. Distinguió el miedo entre la maraña de voces tensas, pero no se detuvo a preguntar qué pasaba.

Cuando estaba a punto de llegar a su casa, vio que Sócrates se acercaba desde el otro extremo de la calle.

—Perseo, ¿el parto va bien?

—No lo sé. —Dejó la puerta principal abierta y cruzó el patio seguido por Sócrates—. Estaba en las murallas, la partera acaba de llamarme para que vuelva.

El grito de su mujer lo sobrecogió antes de entrar en la alcoba. Avanzó a través del calor húmedo que se había acumulado en el cuarto y se arrodilló junto a ella. Casandra estaba empapada, el esfuerzo enrojecía su piel y tenía las venas del cuello hinchadas.

Sus miradas se encontraron y Perseo vio que el miedo dilataba sus ojos.

—Tranquila, tranquila... —Le tomó una mano y la besó—. Estoy aquí, contigo. —Se volvió hacia la partera, que hacía fuerza para meter una mano grasienta en el interior de Casandra—. ¿Qué ocurre?

—El parto se ha acelerado. —La mujer se quedó silenciosa, concentrada, y luego hizo un gesto de contrariedad mientras seguía moviendo la mano—. Y el niño está al revés, viene con el culo por delante.

Una oleada de temor golpeó a Perseo. Había oído casos de niños que nacían así y morían porque la cabeza se quedaba atascada demasiado tiempo. También sabía que el riesgo de que la madre muriera era mayor.

Casandra lo estaba mirando. Se recriminó haber dejado que su rostro mostrara lo que sentía e hizo un gesto de confianza.

—No te preocupes. Los dioses escucharon nuestras plegarias para que te quedaras embarazada. Ahora estarán pendientes de que todo salga bien.

Ella asintió, jadeando entre los dientes apretados. Su respiración se fue acelerando al tiempo que contraía el rostro. Se le tensó el vientre y todo su cuerpo comenzó a vibrar. A los pies del lecho, la comadrona estaba inclinada sobre ella con el semblante crispado de esfuerzo.

Al cabo de un minuto, Casandra dejó caer el cuerpo en el colchón de lana.

—Descansa un poco —le dijo la partera—. Lo estás haciendo muy bien.

Perseo acarició su mejilla mojada y en ese momento se

percató de que Sócrates lo llamaba desde el patio. Se había olvidado completamente de él.

—Regreso en un instante.

Se levantó y fue hasta la puerta. Advirtió que Sócrates llevaba puesta su coraza de hoplita. Su tripa había crecido en los últimos años y no le permitía ajustar bien los cierres.

—Perseo, lamento que el bebé venga del revés, aunque ya sabes que la mayoría de las veces eso no supone ningún problema. Me gustaría quedarme contigo, pero he de regresar con Jantipa y los niños. Sólo he venido para asegurarme de que estabas al tanto de que Lisandro acaba de llegar al Pireo.

Perseo cerró los ojos. Habían temido ese momento cada día desde que la *Páralos* arribó a Atenas con la noticia de la aniquilación de la flota en Egospótamos.

—¿Cuántos trirremes ha traído? —Si sólo fuera una pequeña escuadra, veinte o treinta trirremes, significaría que venía a entablar negociaciones para una capitulación.

—Alrededor de ciento cincuenta. Ya deben de haber bloqueado el Pireo.

La confirmación de sus peores miedos le dejó sin aliento. Después sus pulmones dejaron escapar el aire lentamente.

—Gracias, Sócrates.

Se miraron en silencio y Perseo creyó ver en los ojos de su antiguo tutor un brillo acuoso. Sócrates se adelantó y se dieron un abrazo entorpecido por las corazas de bronce. Luego se estiró para besarle la mejilla.

—Os deseo mucha suerte, muchacho.

Perseo le dedicó una última sonrisa, preguntándose si volverían a verse, y regresó a la habitación.

Casandra estaba empujando de nuevo y él se apresuró a tomar su mano y le susurró palabras de ánimo. Cuando la partera le dijo a Casandra que podía tomarse un momento de descanso, ella se dio cuenta de que la mirada de su marido se desviaba hacia la puerta.

«La situación en el exterior ha empeorado», comprendió.

Pero no quería preguntar. No al menos hasta que terminara el parto. Apretó una vez más, obedeciendo las urgencias que dictaba su cuerpo, y luchó contra sus límites cuando la partera le pidió un esfuerzo adicional. Tenía una sensación de desgracia inminente, una premonición oscura causada por el miedo a los enemigos que rodeaban Atenas, a aquel parto en el que nada parecía ir bien... y a que los dioses quisieran que ella o el bebé murieran para castigar el crimen de Perseo.

«Mató a su propio padre.»

Aristón era un hombre salvaje y cruel. Ella había notado el placer que él sintió al atravesar a Deyanira, su propia esposa. Pero Homero y Hesíodo les habían enseñado que los dioses detestaban, y a menudo castigaban, los crímenes entre padres e hijos.

Mantuvo los ojos cerrados. No quería que Perseo percibiera los secretos que guardaba sobre él.

«Quizá tenga que revelar dentro de poco que sus padres son espartanos.»

Si los hoplitas de Esparta entraban en Atenas y comenzaban a matar a los hombres, posiblemente aquélla fuera la única forma de evitar que mataran a Perseo.

«Además, su padre parecía un hombre importante. —Ella había creído entender que Aristón era de sangre real, luego Perseo también tenía sangre de la realeza espartana—. Nadie me creerá, pero les puedo pedir que hablen con Calícrates. Es el hermanastro de Perseo, y él confirmará lo que les diga.»

Volvió a hacer fuerza, sumergiéndose en una tormenta de dolor mientras los dedos de la comadrona penetraban en su interior y tiraban como si quisieran arrancarle las entrañas.

—Ya está saliendo el cuerpo.

Casandra notó que surgía de ella una forma viscosa, pero no se redujo la presión ni la sensación de obstrucción.

La partera parecía preocupada cuando volvió a hablar.

—Nos queda la cabeza. Hay que darse prisa, tienes que empujar más fuerte que nunca.

Perseo sintió que la mano de Casandra aplastaba la suya. Miró entre sus piernas y vio un cuerpo de bebé con la cabeza atrapada en el interior de su esposa. La comadrona apremiaba a Casandra para que empujara mientras ella tiraba con tal fuerza que Perseo temió que le partiera el cuello al bebé.

«Es un niño.»

No se lo dijo a Casandra. Toda aquella sangre y el color morado de aquel cuerpecillo le hicieron pensar que estaba muriéndose, que ya había muerto. La partera parecía tener esperanzas, apremiaba sin cesar a Casandra y tiraba con una urgencia desesperada... aunque quizá ya sólo lo hacía para salvarle la vida a su esposa.

—¡Vamos! —El grito de la partera estremeció a Perseo. Casandra estaba tan encarnada que le dio miedo. Lloraba cada vez que dejaba de empujar y luego volvía a apretar con una fiereza sobrehumana—. ¡Hay que sacarlo; sigue, ya casi está!

De pronto el niño se encontraba en manos de la partera. Tenía un tono violáceo oscuro. La mujer desenrolló el cordón de su cuello, le limpió la boca con un dedo y le dio la vuelta para golpear su espalda. Casandra intentó incorporar el cuerpo para ver a su bebé y Perseo se apresuró a ayudarla.

En ese momento creyó oír voces en el patio.

«¡Ya han llegado!»

Se volvió hacia la puerta, preparado para saltar hacia su yelmo y su escudo. Podría rechazar a dos, quizá tres soldados, pero el ejército enemigo sumaba cien mil hombres.

Transcurrieron varios segundos sin que le llegara ningún otro ruido.

De repente se oyó el llanto del bebé. La comadrona había conseguido que el niño respirara y se lo estaba entregando a Casandra.

—Nuestro hijo... —murmuró Perseo.

Había dejado de llorar y el tono violáceo estaba desapareciendo. Casandra se lo puso en el pecho, el bebé apoyó la cabeza de lado y se quedó con los ojos abiertos hacia su padre. Los tenía marrones, igual que Casandra.

Perseo rozó con cuidado la manita de su hijo, que se cerraba sobre el pecho de su madre.

—Hola, pequeño —susurró.

Le dio un beso a Casandra y miró a la partera.

—¿Mi esposa está bien?

La mujer tardó un momento en responder.

—No hay mucha hemorragia, creo que se recuperará.

—Señaló con la cabeza hacia el pequeño—. ¿Cómo vais a llamar a vuestro hijo?

Casandra miró a Perseo antes de responder.

—Se llamará Eurímaco, como el padre de mi esposo. —Besó la cabecita del bebé y se quedó mirándolo, preguntándose si vivirían hasta el final de aquel día.

## Capítulo 97
*Atenas, marzo de 404 a. C.*

«¿Habrán muerto Perseo y Casandra?»

Desde el camino que los atenienses llamaban calle de las tumbas, Calícrates contemplaba con ánimo sombrío las murallas de Atenas. Los informes indicaban que en los cinco meses de asedio el hambre había matado a miles de habitantes. La primera vez que había estado frente a la ciudad de los atenienses había visto sus muros repletos de soldados, pero ahora apenas se divisaba alguno aquí y allá, como si fueran los guardianes de una ciudad desierta.

Observó los sepulcros cubiertos de polvo que flanqueaban aquella vía y continuó acercándose. Hacía cinco meses, él había acudido a Atenas con el rey Pausanias. Entonces todos pensaban que con la llegada de Lisandro la ciudad estaba a punto de rendirse, bloqueada por tierra y mar y sin esperanza de recibir ayuda. Sin embargo, los atenienses se habían negado a abrir sus puertas.

«Prefieren morir de hambre a entregarse a unos enemigos sedientos de venganza», se dijo sin dejar de observar las murallas.

Al ver que los atenienses no cedían, y que Atenas no se podía tomar al asalto, el rey Agis y el almirante Lisandro habían dejado las fuerzas suficientes para mantener el bloqueo y se habían retirado. Por su parte, Calícrates había regresado a Esparta con el ejército del rey Pausanias. Allí habían celebrado una reunión con sus aliados para decidir el destino de Atenas, que había solicitado negociar las condiciones para una rendición.

—La ciudad debe ser arrasada y su territorio destinado a pasto de ovejas —había exigido uno de los embajadores de Tebas.

Calícrates esbozó una sonrisa irónica al recordarlo. Los tebanos estaban deseosos de hacer desaparecer Atenas y anexionarse toda la región del Ática, que hacía frontera con el territorio que ellos controlaban. No obstante, Esparta no tenía ningún interés en que se acrecentara aún más el poder de Tebas, que durante la guerra había aumentado de un modo preocupante. «Tebas no es un aliado fiable, se han mostrado hostiles con nosotros en varias ocasiones.»

Los corintios y otros pueblos perjudicados por Atenas también se habían manifestado enérgicamente a favor del exterminio. Los representantes de Esparta en la Asamblea, sin embargo, alegaron que no merecía ese destino la ciudad que había prestado un gran servicio a los griegos al expulsar a los persas en las batallas de Maratón y Salamina.

«Bonitas palabras, pero en realidad tebanos y espartanos queremos lo mismo, aunque ninguno lo diga: sumar a nuestro poder los recursos de Atenas.» El poderío tebano era un peligro real, resultaba mucho más prudente interponer Atenas entre Tebas y Esparta que permitir que Tebas se anexionara su territorio.

Al final, Esparta había impuesto su criterio en la Asamblea de aliados y había comunicado al emisario ateniense las condiciones de la rendición: tenían que demoler los Muros Largos y la muralla del Pireo; entregar las naves de guerra que les quedaran —les dejarían conservar una docena—; permitir el regreso de todos los exiliados —que eran básicamente oligarcas favorables a Esparta—; renunciar al control de cualquier ciudad fuera del Ática; y, por último, tener los mismos amigos y enemigos que los espartanos, combatiendo contra quienes ellos dijeran.

Aquellos requisitos implicaban que los atenienses renunciarían a su capacidad de defenderse y se convertirían en súbditos de Esparta en cuanto a política exterior. Asimismo, debían aceptar el fin de la democracia, pues serían los oligarcas los que gobernaran.

«No tienen otra opción que someterse. Es eso o morir de hambre.»

El día anterior, Calícrates había escoltado al emisario ateniense hasta los pies de la muralla. Al abrirse la puerta, una multitud famélica había envuelto al ateniense, preguntando desesperada si Esparta aceptaba su rendición y bajo qué condiciones. Calícrates no había escuchado la respuesta del emisario, pero sabía que los atenienses estaban celebrando en ese momento una Asamblea en la que iban a decidir si aceptaban los términos que les habían ofrecido.

—¿Alguna novedad? —preguntó al llegar al destacamento de hoplitas más cercano a la puerta del Dipilón.

—Todavía nada, señor. Pero sabemos que llevan todo el día reunidos, no debe de faltar mucho.

Calícrates decidió quedarse allí a esperar y se volvió hacia la gran puerta doble que se abriría para comunicarles la decisión de los atenienses. Por encima de la muralla se atisbaban los magníficos templos de su Acrópolis.

«Espero que entiendan que su época de poder y esplendor ha quedado atrás.»

Se preguntó de nuevo si su hermanastro Perseo seguiría vivo, y si estaría asistiendo a esa Asamblea. A menudo recordaba la primera vez que lo había visto, en la pista de carreras de Olimpia.

«Yo me parezco a mi padre, pero él era igual que nuestra madre. —También pensaba con frecuencia en la esposa de Perseo, a la que Aristón había maltratado brutalmente—. Se llamaba Casandra, y estaba embarazada. Si los dioses los han protegido, en este momento tendrán un bebé de cuatro o cinco meses.»

Apartó la mirada de las puertas cerradas y se imaginó a Casandra con el cabello cubriendo las cicatrices de su cabeza y un niño en brazos.

«El hijo de Perseo. —Apretó con fuerza la mandíbula—. Mi sobrino.»

Casandra rozó la boca del pequeño Eurímaco con el pitorro del biberón de cerámica. El niño apenas movió los labios y la mayor parte de la leche resbaló por su barbilla.

—Come, mi pequeño —imploró con la voz quebrada.

Movió el brazo que sostenía al niño sin conseguir que en

su carita delgada se abrieran los ojos. Dejó el biberón sobre la mesa y estrechó a su hijo contra el pecho.

«Por favor, Hera, diosa materna, haz que coma.»

El día anterior no había tenido nada que darle. Esa mañana había conseguido un poco de leche de cabra a cambio de una vasija que en otra época les habría servido para comer un mes.

«Espero que en la Asamblea acepten la propuesta de Esparta.» Sabía que muchos líderes del partido democrático se oponían a entregar el gobierno a los oligarcas que ahora estaban en el exilio. Temían que se produjera una oleada de represalias de la que muchos no saldrían con vida.

Casandra giró la cabeza hacia la puerta. Estaba inquieta por Perseo; sin duda la Asamblea de ese día sería una de las más violentas de la historia de Atenas.

«Hay demasiado en juego. —Cleofonte, líder del partido democrático y fiero opositor de la rendición, había sido asesinado unos días antes, pero seguía habiendo muchos políticos influyentes que defendían su posición—. En la Asamblea también habrá muchos hombres que verán morir a sus familias si el asedio se prolonga sólo una semana más.»

Casandra contempló el rostro enflaquecido de su hijo y se le llenaron los ojos de lágrimas al recordar lo rollizos que eran los hijos de Jantipa a esa edad.

«Mi pequeño... —Besó su frente con suavidad y se quedó atenta a su respiración leve—. Pesa la mitad de lo que debería.»

Hacía casi dos meses que se les había terminado la comida que habían conseguido acumular antes del asedio. «Una semana después se me secó la leche», recordó mortificada. Desde entonces habían vendido casi todas las vasijas del almacén, y aun así no habrían sobrevivido de no ser porque Critón les suministraba un quénice de trigo cada dos o tres días. Apenas les daba para subsistir, pero no podían pedirle más; sabían que Critón mantenía también a la familia de Sócrates y a la de otros amigos.

Acarició la mejilla de su bebé y pensó en volver a intentar que comiera, pero decidió dejarlo dormir. Apenas tenía fuerzas y había pasado la noche agitado.

«Duerme casi todo el tiempo, espero que no esté enfermo.»

Inclinó la cabeza sobre su hijo, cerró los ojos y notó que se adormecía. Al igual que muchos atenienses, Perseo y ella pasaban buena parte del día tumbados, procurando no malgastar energías.

«Si se derriban los muros y nos atacan los espartanos, no podremos defendernos.»

El sopor disolvió momentáneamente sus preocupaciones.

Se despertó de golpe. No sabía cuánto tiempo había pasado, pero de pronto se dio cuenta de que había ruido en el patio y abrazó con fuerza a su hijo.

La puerta se abrió y ella dio un respingo aterrada.

—Casandra, ¿qué ocurre?

—¡Perseo! —Sus ojos examinaron el rostro demacrado de su marido y descendieron por su túnica en busca de sangre—. ¿Estás herido?

—¿Herido? No, estoy bien. —Se acercó cojeando ligeramente—. Ha habido algunas peleas, pero creo que sin heridos graves.

—¿El asedio va a terminar?

—Sí. —Se inclinó sobre ella y besó su pelo corto. Después besó a su hijo—. La mayoría hemos votado a favor de aceptar las condiciones de la rendición.

Casandra sintió alivio pero no llegó a sonreír. Lo que tenían por delante era una incógnita llena de amenazas. Su marido se dejó caer en una silla y se dio cuenta de que estaba exhausto. Siempre le daba a ella parte de su comida y esa semana se había desmayado dos veces.

—Tendrías que haber escuchado a algunos de los que se oponían. —Perseo esbozó una sonrisa triste. Los rasgos marcados y las ojeras hacían que pareciera mucho mayor—. Decían que los tebanos y los corintios nos van a saquear en cuanto nos quedemos sin murallas, y que teníamos que esperar porque Alcibíades está reclutando un ejército para salvar Atenas.

Casandra arrugó el ceño. Los partidarios de Alcibíades aseguraban que habría salvado la flota si se le hubiera dado el mando en Egospótamos. Quizá fuera cierto, nunca lo sabrían, pero no tenía ningún sentido afirmar que ahora iba a aparecer con un ejército propio y derrotar a los espartanos, que en esos momentos eran más fuertes que nunca.

Perseo siguió contándole lo que había sucedido en la Asamblea.

—Otros afirmaban que quien nos va a salvar es el nuevo rey persa, Artajerjes, el hermano de Ciro. Insistían en que va a apartar a Ciro del poder y a apoyar a Atenas para que no haya una única potencia griega demasiado fuerte.

—Eso tiene más sentido que lo de Alcibíades —Casandra habló en voz baja para no despertar a su hijo—; pero nos podría haber servido de algo hace un año. Ahora es demasiado tarde.

—Sí, ahora son sólo fantasías. El rey persa podría enviarnos plata y oro si pensara que eso pudiera beneficiarlos, pero para romper el asedio de Atenas necesitaría una flota y un ejército inmensos. —Negó con la cabeza—. Cuando el debate se ha exacerbado, los más exaltados se han puesto a gritar que a quien se opusiera al acuerdo de rendición había que detenerlo por traidor.

—¿Han detenido a muchos?

Perseo bajó la mirada antes de responder. Casandra vio que se hundía un poco más en la silla.

—A unos cuantos, sí. Espero que los liberen antes de que lleguen los oligarcas para que al menos puedan escapar. —Se quedó mirando hacia su hijo y reparó en el biberón que estaba sobre la mesa—. ¿Ha comido?

—Apenas unas gotas. —De pronto le entraron ganas de llorar—. Se queda como dormido y se le cae todo.

Perseo extendió los brazos hacia el pequeño.

—Déjame que lo intente.

## Capítulo 98
*Atenas, marzo de 404 a. C.*

Unas horas después, Atenas se rindió oficialmente a Esparta.

El almirante Lisandro arribó al Pireo y los atenienses quitaron entre lágrimas y amargos lamentos las cadenas que bloqueaban los puertos. Lisandro recorrió lentamente las dársenas y los cobertizos, regocijándose de aquel momento histórico. Mientras avanzaba, iba ordenando que destruyeran las naves de guerra que estaban reparándose o a medio construir. En cuanto a las que se encontraban en buenas condiciones, se llevó todas menos la docena que desde ese momento sería la única fuerza naval de Atenas.

Acompañando al almirante espartano llegaron muchos de los oligarcas desterrados en los últimos años. La democracia se disolvió y el gobierno de Atenas recayó en una reducida oligarquía completamente leal a Lisandro.

Unos días después de la rendición, Calícrates condujo un contingente de hoplitas espartanos a los Muros Largos. Su responsabilidad era vigilar que durante el derribo de los muros no se produjeran altercados. De la demolición se encargarían los aliados de Esparta que con tanta furia habían pedido que se exterminara a los atenienses. No habían conseguido aquello, pero al menos ahora parecían satisfechos con la perspectiva de destruir sus murallas: se habían engalanado con guirnaldas de flores y reían ruidosamente mientras aguardaban a que él les permitiera comenzar.

Calícrates echó un vistazo a aquellos hombres y luego se giró hacia los Muros Largos.

«Aristón habría sido feliz derribando las murallas de Atenas. Me alegro de que no haya vivido para ver este día.»

El muro que tenía delante se recortaba contra un cielo azul sin nubes. En lo alto apareció uno de sus hombres y alzó un brazo para hacer la señal convenida. Calícrates se dio la vuelta e indicó a los aliados que podían empezar.

La música de los flautistas llenó el aire mientras los enemigos de Atenas comenzaban a destruir los Muros Largos.

«¡Ése es Calícrates!»

Casandra contempló desde la distancia al oficial espartano que dirigía el derribo de los muros. Ella se encontraba en la colina de las Ninfas, con el pequeño Eurímaco en brazos y Perseo a su lado. Jantipa y Sócrates estaban detrás de ellos. Se giró para decirle a su marido que aquél era el hombre que la había liberado cuando estaba prisionera en Esparta, pero en el último momento se contuvo.

«También es el hermanastro de Perseo. —Si le decía a su esposo que allí estaba el hombre al que debían que ella hubiera regresado a Atenas, quizá quisiera acercarse a él para agradecérselo—. No deben hablar, Calícrates podría desvelar a Perseo quiénes son sus verdaderos padres.»

Miró de reojo a su marido y luego siguió observando en silencio, igual que los miles de atenienses que se habían congregado en aquella parte de la ciudad que daba a los Muros Largos. En algunos de los rostros famélicos se distinguía la esperanza, en otros el miedo, pero todos estaban conmocionados al ver a sus enemigos arrancando las piedras de las murallas que durante tantas décadas los habían protegido.

—Nuestra gran derrota es su gran victoria —murmuró Jantipa detrás de ella—. Mirad cómo se regocijan.

Cada vez que caía una piedra, los hombres que estaban hiriendo los muros soltaban risotadas y bailaban al son de las flautas.

Perseo se inclinó hacia Casandra y acarició el rostro de su hijo. En los últimos días los mercados se habían abastecido de comida a precios asequibles. Las mejillas del pequeño Eurímaco ya no estaban tan hundidas y había cobrado un tono más saludable. Se volvió de nuevo hacia los Muros Largos, el cordón umbilical que hasta ese día unía Atenas con el mar. En el muro oriental también habían aparecido cientos de hombres que lo atacaban como hormigas que devoraran una presa. Recordó que él era un niño pequeño cuando al inicio de la guerra iba a la explanada de los Muros Largos para jugar con otros niños.

«Siempre me acompañaba Ismenias.» Sonrió al acordarse de su esclavo y pedagogo, que se ocupaba de él con disciplina y cariño hasta que murió de peste.

Sus labios volvieron a curvarse hacia abajo mientras contemplaba el ocaso de Atenas.

—Pericles nunca hubiera imaginado que la guerra que él comenzó duraría veintisiete años —dijo sin apartar la mirada—. Y menos aún que terminaría con una victoria naval de los espartanos.

Sócrates suspiró antes de responderle.

—Él pensaba que nuestro tesoro, nuestra flota y nuestros muros nos hacían superiores. Ya no nos queda nada de eso. Sin embargo, nunca sabremos lo que habría pasado si no nos hubiera atacado la peste. Fue nuestro peor enemigo en los primeros años de guerra. Eso trastocó los planes de Pericles.

—Sobre todo cuando lo mató a él —replicó Jantipa con un tono irónico y triste.

Perseo se quedó un rato ensimismado y luego compartió sus pensamientos.

—Tuvimos muchas oportunidades de firmar una buena paz, pero en la Asamblea siempre ha habido políticos que han hecho prevalecer la ambición y el odio: Cleón, Cleofonte... —dudó un momento antes de mencionar el último nombre—, Alcibíades.

Sócrates apretó ligeramente los labios ante la mención de su antiguo discípulo.

—Tienes razón, Perseo. Alcibíades hizo lo contrario de lo que quería su tío Pericles, que nos había prevenido en contra de intentar extender el imperio mientras estuviéramos en guerra. La expedición a Sicilia tuvo lugar por culpa de Alcibíades, y nos causó un daño aún mayor que la peste. —Negó despacio con la cabeza—. Alcibíades sabía desde muy joven que estaba tocado por los dioses, y que podía persuadir a la Asamblea de todo lo que quisiera. Pasé años intentando convencerlo de que antes de dedicarse a la política y pretender guiar al pueblo tenía que instruirse él mismo. ¿Cómo podrás conducir al pueblo hacia lo justo y lo útil si desconoces qué es eso?, le dije en numerosas ocasiones. Es obvio que no fui lo bastante convincente. Noté que se me escapaba como agua entre los dedos.

Sócrates se giró hacia su hijo mayor y le pasó una mano por el pelo.

—Lamprocles, abre bien los ojos, porque aunque sólo tienes diez años hablarás toda tu vida de lo que estás viendo ahora.

—Sí, papá.

Los labios de Casandra insinuaron una sonrisa al ver la expresión concentrada del muchacho.

«Ninguno de nosotros olvidará este día.»

Se fijó otra vez en el oficial espartano y dio un respingo al ver que miraba hacia ellos.

«Estamos demasiado lejos, no puede vernos entre la multitud.» Por si acaso, se desplazó un poco para quedar oculta tras el hombre que tenía delante. En ese momento, Calícrates se giró para dar algunas instrucciones y luego miró en otra dirección.

Las piedras de las murallas continuaron cayendo, las brechas se agrandaron hacia Atenas y hacia el Pireo. Al atardecer, su anchura superaba los dos estadios y seguía creciendo. La explanada entre los Muros Largos ya no era un espacio resguardado, sólo campo abierto que recorrían con toda libertad los hombres que habían ganado la guerra.

Envueltos en la luz grisácea del crepúsculo, los atenienses regresaron lentamente a sus hogares.

# SEXTA PARTE

—

## 399 a. C.

...podemos decir que [Sócrates] ha sido el mejor de los mortales que hemos conocido en nuestro tiempo, y además el más sabio y el más justo de los hombres.

PLATÓN,
*Fedón*

## Capítulo 99
*Atenas, abril de 399 a. C.*

Abrió la puerta de la taberna y entró tambaleándose.

Durante unos segundos el contraste de luz lo cegó y se quedó inmóvil. Cuando localizó una mesa desocupada, se dirigió hacia ella con paso vacilante, pero tropezó con una silla y tuvo que apoyarse en la espalda del hombre sentado para no caer.

—¡Ten cuidado, imbécil!

El hombre le apartó el brazo de un manotazo. Tenía el rostro curtido por el sol, gruesos músculos de estibador y la túnica sucia por el vino que le acababa de derramar. Él alzó una mano para disculparse y continuó hacia la mesa vacía.

—¿Quién es ese borracho? —oyó que preguntaba el individuo al que había manchado.

—Es Antemión, hijo de Anito —respondió su acompañante—. Se pasa el día en las tabernas en lugar de trabajar con su padre. Además de borracho es un vago.

—No soy un vago —murmuró Antemión sin que lo oyeran.

Hablando con Sócrates había visto con claridad que él no estaba hecho para el trabajo que requería la curtiduría de su padre. Y si frecuentaba las tabernas, era para mitigar el dolor que le producían los reproches y el desprecio de su progenitor.

Volvió a alzar una mano hacia ellos, sin mirarlos, antes de dejarse caer en una silla. Desde allí hizo una seña al tabernero para que le llevara vino.

Los dos hombres quedaban enfrente de él y los miró disimuladamente mientras esperaba. Advirtió que el más grande lo observaba con una expresión agresiva y desvió la vista.

«Sólo son amables conmigo Sócrates y Casandra. —Asintió

despacio varias veces—. Sí, la tía Casandra siempre ha sido amable conmigo. —Añoraba la época en que estaba casada con su tío Ificles y la veía a diario. Entonces él era un niño y ella siempre se mostraba cariñosa—. Era la única que me trataba con afecto. La tía Eudora era tan fría como el tío Ificles... y como mi padre. Ellos no me querían.»

Le llevaron una jarra de vino y una copa de madera. Pagó un óbolo al tabernero y dejó la jarra frente a él, mirándola sin servirse.

Dos días atrás había visto a la tía Casandra en el ágora. Iba con su marido y con su hijo Eurímaco, que ya tenía cinco años. Sonrió con amargura al recordarlo. Casandra y Perseo caminaban juntos y le estaban explicando algo al pequeño. Se percibía entre ellos un afecto que él nunca había conocido.

«La tía Casandra no me vio.» Los había observado escondido tras una columna de la Estoa Real. Procuraba que ella no le viese borracho, aunque era consciente de que Casandra sabía que cada vez que discutía con su padre se refugiaba en la bebida.

Se llenó la copa y bebió de un trago la mitad del contenido. Era un vino áspero que provocó que su estómago revuelto protestara. Hizo una mueca de desagrado, y cuando remitió el ardor en sus entrañas engulló el resto.

Se quedó con la copa entre las manos y la mirada perdida en las manchas de la mesa, esperando a que el vino lo aturdiera un poco más. De pronto se percató de que los hombres habían mencionado a Sócrates. Sin levantar la cabeza, prestó atención a sus palabras.

—No puedes negar la responsabilidad de Sócrates —estaba diciendo el más fornido—. El régimen de los Treinta Tiranos ha sido el más salvaje que hemos sufrido los atenienses, y su cabecilla fue discípulo de Sócrates.

Antemión torció el gesto. Hacía cinco años, tras destruir los Muros Largos y las murallas del Pireo, los espartanos impusieron en Atenas un gobierno de treinta oligarcas, que aunque atenienses eran completamente leales a Esparta. En un principio los oligarcas sólo ejecutaron a los líderes demócratas más prominentes que no habían conseguido escapar, pero pronto las ejecuciones se extendieron a todo aquel que consideraban una amenaza para ellos, así como a cualquiera que tuviese riquezas de las que ellos se quisieran apropiar.

«Critias era su dirigente, y el más despiadado de todos, pero Sócrates no tiene ninguna culpa.»

Antemión se alegró cuando el otro hombre expresó lo mismo que él pensaba.

—No puedes culpar a los maestros por los crímenes de sus pupilos.

—¿Ah, no? ¿Quién hizo a Critias como era?

—¿Y quién te ha hecho a ti como eres? Si decides partirle el cuello a alguien, ¿habría que juzgarte a ti o a tu maestro?

—A ambos, si las enseñanzas del maestro me hubieran convertido en un asesino.

Antemión respondió en voz alta:

—Sócrates se enfrentó a los Treinta Tiranos.

El hombre se volvió hacia él.

—¿Y a ti quién te ha preguntado? Primero me tiras el vino ¿y ahora pretendes discutir conmigo?

Echó la silla hacia atrás y comenzó a levantarse, pero su compañero lo detuvo poniéndole la mano en el brazo.

—No le hagas caso. Él también era discípulo de Sócrates.

El hombre volvió a sentarse sin dejar de mirar a Antemión, que se concentró en su copa vacía.

«Sócrates se enfrentó a los Treinta Tiranos», se repitió. Eso había sido poco antes del final del régimen oligarca, que no había llegado a durar un año. Muchos atenienses partidarios de la democracia se habían refugiado en Tebas, y desde ahí habían lanzado un ataque contra los Treinta Tiranos. Éstos pidieron ayuda al almirante espartano Lisandro, que se presentó con intención de aplastar a los demócratas y gobernar Atenas él mismo con mano de hierro; sin embargo, el rey Pausanias llegó desde Esparta con un ejército y cambió el destino de Atenas. Pausanias estaba receloso del poder que estaba acumulando Lisandro, por lo que permitió que los demócratas asumieran el gobierno, siempre que se mantuvieran leales a Esparta. Desde entonces, Atenas era otra vez una democracia.

Antemión oyó de nuevo la voz del hombre.

—Critias no ha sido el único traidor a la patria que ha tenido por maestro a Sócrates. —Aunque no levantó la cabeza, sabía que el hombre estaba mirándolo—. Alcibíades fue uno de sus discípulos más destacados.

«Me está provocando.»

Antemión cerró los ojos. El mundo inició un giro vertiginoso y volvió a abrirlos. Al ver la copa vacía entre sus manos pensó en beber un poco más, pero tenía el estómago demasiado descompuesto.

Los dos hombres seguían hablando.

—Te recuerdo que querías que regresara Alcibíades y expulsara a los Treinta Tiranos.

—Cualquier cosa era mejor que los Treinta, pero una vez restablecida la democracia, yo mismo hubiera pedido su cabeza. Me alegré al enterarme de que lo habían matado.

Antemión nunca había visto a Sócrates con Alcibíades; cuando su relación había terminado él era todavía un niño y no frecuentaba al filósofo. No obstante, sabía que Sócrates lo consideraba su mayor fracaso en su misión de formar gobernantes moderados y justos. También sabía que le había entristecido la noticia de la muerte de su antiguo discípulo.

«Fue un año después de que nos rindiéramos a los espartanos», recordó.

Por lo que habían sabido, Alcibíades se había marchado a Tracia tras fracasar en Egospótamos su intento de que lo readmitieran como general de Atenas. En Tracia sufrió ataques y le saquearon parte de sus riquezas, así que decidió trasladarse a Persia para ofrecer sus servicios al Gran Rey. Mientras se encontraba en Frigia, unos hombres rodearon la casa en la que estaba con una mujer y le prendieron fuego. Alcibíades había arrojado mantas y vestidos sobre las llamas, se había envuelto el brazo izquierdo en un manto, y armado con un puñal se había lanzado al exterior para arremeter contra sus atacantes. Éstos habían retrocedido al verlo surgir entre las llamas como un león enfurecido, pero desde la distancia lo habían abatido a flechazos.

«Tenía tantos enemigos que nunca sabremos quién acabó con él.»

Unos decían que habían sido los Treinta Tiranos, temerosos de que regresara a Atenas para acabar con ellos. Otros afirmaban que la orden había partido de Esparta, a causa del viejo rencor que le profesa el rey Agis por haber tenido un hijo con su mujer. Por último, se decía que lo habían matado los hermanos de una joven a la que había seducido y que en ese momento se encontraba con él.

«De todos modos, no se puede acusar a Sócrates por lo que haya hecho Alcibíades.»

Sin pensarlo una segunda vez, alzó la mirada y habló en voz alta:

—Sócrates no tiene la culpa de los crímenes de Alcibíades.

Los brazos del hombre corpulento se tensaron. Su semblante expresaba contrariedad, pero enseguida dio paso a una mueca maliciosa. Se levantó de la mesa sin que en esta ocasión su compañero tratara de impedírselo y se acercó caminando despacio.

—Bueno, parece que no eres capaz de mantener la boca cerrada.

Antemión permaneció sentado, con su mirada asustada clavada en las manos grandes y callosas que se habían detenido junto a él. El hombre aguardó unos segundos y luego cogió su jarra de vino. Se la llevó a la boca, bebió un trago y le arrojó el resto a la cara.

El escozor hizo que Antemión cerrara los ojos con fuerza. Manoteó a ciegas, temiendo que el otro le diera un puñetazo o le rompiera la jarra en la cabeza; echó hacia atrás el cuerpo y cayó al suelo.

—Ya estamos en paz —dijo el hombre con una risita antes de regresar a su mesa.

Antemión se incorporó con torpeza y volvió a sentarse. Notó que su barbilla goteaba vino y se la secó con el dorso de la mano.

«Soy un cobarde. —Era consciente de que el tabernero y los demás clientes lo estaban mirando, pero no iba a hacer ni a decir nada. Era un cobarde, un miserable y todo aquello que le llamaba su padre cada vez que discutían—. Un inútil, un desgraciado, un vago, un borracho...»

—¡Antemión!

El sobresalto casi lo hace caer de nuevo. Se dijo que había imaginado la voz de su padre porque estaba pensando en él, pero ahí estaba, cruzando la taberna con su bastón de roble levantado.

—Maldito seas, ¡sal ahora mismo de aquí!

Su padre alzó el bastón sobre su cabeza y él se protegió con los brazos, pero el golpe no llegó. Se levantó de forma apresurada y cruzó la taberna humillado por las risas de los demás hombres. Hombres de verdad, no como él, que pese a tener veintisiete años se sentía infinitamente pequeño en presencia de su padre.

«Soy un ciudadano ateniense, un hombre con todos los derechos.» Intentaba insuflarse ánimos para la inminente confrontación, pero sabía que en realidad no era nada: no tenía propiedades, no se ganaba la vida; al igual que un niño, vivía con su padre sin hacer nada de provecho.

La luz del exterior lo cegó. Se apoyó en la pared de adobe de la taberna y se volvió hacia su padre con los ojos entornados.

—Desgraciado, mira en lo que te ha convertido Sócrates. ¡Mírate! —Antemión obedeció y vio que su túnica estaba sucia de tierra y vino—. Ni siquiera es la hora de comer y ya estás borracho, deshonrando a tu padre —le dio un bastonazo en el muslo—, haciendo el vago cuando yo estoy trabajando desde el amanecer.

El siguiente garrotazo alcanzó sus costillas haciendo que gimiera. Le sobrevino una arcada y vomitó con violencia. Su padre saltó hacia atrás, pero no pudo evitar que el vómito le salpicara la túnica y las piernas.

—¡Asqueroso! —Anito blandió el bastón hacia su hijo con el rostro crispado de rabia. Golpeó con fuerza una vez, y otra, y otra, enfureciéndose más y más al ver que los brazos paraban los golpes. Por fin le alcanzó en la cabeza y Antemión cayó de rodillas—. ¡Te voy a matar! —Su hijo intentó levantarse, pero el bastón le golpeó en la frente y cayó de nuevo. La sangre comenzó a manchar su rostro—. Ésta es la última vez que me avergüenzas, miserable.

Anito alzó el bastón por encima de su cabeza. Cuando estaba a punto de descargar el golpe, se lo arrancaron de las manos.

—Ya basta.

Se volvió dispuesto a increpar a quien se atrevía a entrometerse, pero al verlo su cólera se transformó en un odio que hizo vibrar su voz.

—Perseo, el pupilo de Sócrates. Qué bien sigues los pasos de tu tutor, interfiriendo entre un padre y un hijo.

—Considéralo un favor. —Perseo arrojó el bastón hacia atrás—. Estabas a punto de matarlo.

Anito miró dónde caía el bastón y vio que unos pasos detrás de Perseo se encontraba Casandra con su hijo. Como cada vez que la veía, experimentó una mezcla de rencor y deseo. La mirada de la mujer era fría, despreciativa... aunque de pronto Anito advirtió en ella una mayor voluptuosidad.

—Vaya, estás embarazada de nuevo.

Casandra sintió una vulnerabilidad repentina, pero consiguió que su rostro no lo reflejara.

—¿Vas a tener otro espartanito?

Ella sabía que Anito no se refería a que los padres de Perseo fueran espartanos, pues no conocía ese secreto. Él insinuaba, como ya había hecho otras veces, que la habían violado mientras estaba prisionera en Esparta, y que su hijo Eurímaco era el producto de esa violación. No tenía sentido, pues ella se había quedado embarazada tres meses antes de que la capturaran, pero eso no impedía que Anito hubiera conseguido propagar el rumor.

Perseo se acercó a Anito, que levantó la cabeza para sostener su mirada sin retroceder un paso. Dudó un momento porque el padre de Antemión ya era un hombre mayor, pero el regocijo malicioso de su rostro disipó sus dudas y lo agarró con fuerza del cuello.

—Escúchame bien. —Anito agarró su muñeca con ambas manos y su rostro se retorció. Perseo acercó la cara y habló en voz baja—: Si vuelves a decir la estupidez del espartano una vez más, especialmente si mi hijo está delante, te partiré el cuello. ¿Me has entendido?

Anito se congestionó, negándose a responder. Perseo mantuvo la presión y el rostro del hombre se hinchó. Finalmente, sus labios se entreabrieron y profirió un graznido ronco al tiempo que asentía. Cuando Perseo lo soltó, cayó sobre el vómito de Antemión, donde se quedó pugnando para que entrara un hilo de aire por su tráquea magullada.

Casandra se acercó al hijo de Anito y le ofreció la mano.

—Ven con nosotros, Antemión.

—Sí, tía Casandra.

Anito miró a su hijo con los dientes apretados mientras éste se incorporaba. «¡Ya no es tu tía, imbécil!», trató de gritarle, pero sólo consiguió emitir un gemido que multiplicó el dolor de su garganta.

Siguió tirado en el suelo, viendo cómo se alejaban, y en su rostro abotargado emergió poco a poco una sonrisa siniestra.

«Vete, Perseo, vete con tu querido Sócrates. En un par de meses los dos estaréis muertos.»

Casandra se estremeció al recordar la mirada de Anito.

«Sigue considerando que le pertenezco, como si fuera algo suyo que Perseo le hubiera robado.»

El asco crispó sus labios al evocar cómo Anito la manoseaba con la mirada cuando estaba casada con su hermano Ificles.

Dejó sobre las piernas la túnica de lino que estaba cosiendo y contempló a Perseo. Se encontraba frente a la puerta cerrada del horno de cerámica, explicándole a su hijo que no debía tocarla antes de que se hubiera enfriado lo suficiente para abrirla. El pequeño Eurímaco asentía muy serio, agitando la corona de olivo que se había puesto para jugar a que era un campeón olímpico como su padre.

Casandra sonrió al verlos, pero la desazón seguía encogiendo su estómago.

«Anito nunca perdonará a Perseo.»

Ella siempre había sabido que Anito era calculador y mezquino. E incluso que le guardaba a Perseo un rencor intenso. Pero su mirada de odio en el encontronazo del día anterior le había revelado hasta qué punto era peligroso.

«No descansará hasta vengarse de él.»

Su hijo soltó un grito de alegría cuando se abrió la puerta del horno. Perseo le revolvió los rizos castaños, descolocando la corona que Eurímaco se apresuró a ajustar de nuevo, y metió el cuerpo en el horno para asegurarse de que las cerámicas no quemaban. Luego dejó que el pequeño entrara a coger lo que había estado esperando con tanta impaciencia.

Eurímaco salió del horno riendo con una figura en las manos. Perseo la examinó un momento y se la devolvió.

—Ve a enseñársela a tu madre.

—¡Mira, mamá!

El pequeño corrió hacia ella y le puso delante de la cara un carrito de cerámica esmaltado en negro. Él mismo había hecho varias de las figuritas con las que solía jugar. En ese carrito, además de aplicar el esmalte había pintado una cenefa tosca en los laterales. Su padre le había enseñado algunas nociones básicas del trabajo de ceramista, y decía con orgullo que había heredado su habilidad para la pintura y el talento para moldear de su abuelo.

—Es el carro más bonito que he visto nunca. —Casandra consiguió que su hijo sonriera extasiado—. ¿Tienes caballos para tirar de él?

—Sí, tengo dos. —Eurímaco corrió hasta el otro extremo del patio, cogió unas figuras del suelo y se las llevó. Eran pequeñas bolas con cuatro patas y una cabeza que más bien parecían cerdos, pero el pequeño los hizo relinchar con mucho entusiasmo.

Perseo seguía junto al horno, examinando las vasijas con un empleado del taller. Cuando Eurímaco se acercó con el carro y los caballos, se arrodilló para jugar con él. Casandra se contagió de su alegría y deseó que la criatura que crecía en su vientre llegara a ser tan feliz como lo era Eurímaco. Los dos levantaron la cabeza y Perseo alzó una mano hacia ella, que le devolvió el saludo al tiempo que se fijaba en lo diferentes que eran los ojos de su marido y los de Eurímaco. Quizá fuera mejor así, los de Perseo llamaban tanto la atención que de pequeño lo convertían en el blanco de las pullas de algunos niños.

Al pensar aquello, Casandra recordó a Querefonte contándoles el oráculo sobre la muerte de Sócrates.

«A manos del hombre de la mirada más clara», se dijo arrugando el ceño.

Querefonte había muerto hacía unos meses. Ella no lo había visto en su lecho de muerte, pero Perseo sí, y el anciano le había insistido en el oráculo como si estuviera convencido de que Perseo estaba destinado a ser el asesino de Sócrates.

«Ojalá Querefonte no hubiera ido a Delfos.»

Alguien golpeó repetidamente con el llamador y Perseo se

volvió hacia la puerta y se puso de pie. Casandra dejó a un lado la túnica que estaba arreglando y se levantó de la silla.

Los golpes se repitieron con fuerza.

Perseo dudó un instante y luego entreabrió. Platón irrumpió con el rostro desencajado.

—Tienes que venir conmigo... —Se detuvo intentando recuperar el aliento—. Se trata de Sócrates...

Casandra se acercó a ellos con los brazos cruzados instintivamente sobre el vientre. Cuando escuchó la noticia que traía Platón, se llevó las manos a la boca.

—Ve con Platón —le dijo a su marido en un susurro asustado—. Yo me quedo con Eurímaco.

Los dos hombres cruzaron la puerta y se alejaron corriendo.

# Capítulo 101
*Atenas, abril de 399 a. C.*

Sócrates se encontraba en la cocina de su casa, observando cómo Jantipa daba el pecho al tercer hijo que habían tenido. Le agradaba ver a su esposa tan calmada, en contraste con lo nerviosa y disgustada que solía mostrarse con él. Con frecuencia le criticaba que no cobrara por enseñar, y decía que le preocupaba que tantos ciudadanos prominentes se irritaran al debatir con él.

«Mi pobre Jantipa, no imaginabas que este filósofo te iba a dar tantos disgustos.»

Sócrates se apoyó con un codo en la mesa y descansó la cabeza en la mano. Apenas había perdido pelo en los últimos años, pero las canas habían proliferado en su barba y en su cabellera alborotada hasta volverlas casi blancas.

La respiración de Jantipa era tan tranquila que parecía que se había dormido. Sócrates recordó el susto que se había llevado durante el gobierno de los Treinta Tiranos, cuando lo habían convocado para que se presentara ante ellos.

«Pensó que mi vida estaba en peligro, y tenía razón.»

Al llegar al Tholos, el edificio circular en el que se reunían los Treinta, había descubierto que habían convocado a otros cuatro ciudadanos. Critias, que en su juventud había sido su discípulo y ahora era el cabecilla de los Tiranos, se levantó para hablarles.

—Os hemos hecho venir para que tengáis ocasión de demostrar vuestro patriotismo y lealtad.

Sócrates recibió aquellas palabras con un suspiro, viendo que las sospechas que albergaba desde que lo habían llamado se hacían realidad. Critias continuó:

—Supongo que sabréis quién es León de Salamina, el comerciante. —Los cinco convocados asintieron—. Lo hemos condenado a muerte. Debéis partir de inmediato a Salamina, apresarlo y traerlo a Atenas.

Sócrates sostuvo la mirada de Critias mientras los demás inclinaban la cabeza. Los Treinta Tiranos procuraban implicar en sus crímenes al mayor número posible de ciudadanos, con el fin de que al convertirse en cómplices no apoyaran después un cambio de régimen. De paso, ejecutaban a hombres acaudalados como León de Salamina y se repartían sus propiedades.

A la salida del Tholos, los otros cuatro se dirigieron hacia el puerto para coger un barco que los llevara a Salamina. Uno de ellos se dio la vuelta al advertir que Sócrates no los seguía:

—¿Adónde vas? Han dicho que partamos de inmediato.

—Me voy a mi casa.

—¡Por Apolo, Sócrates! Es una locura, te matarán.

—Para mí una locura es hacer aquello que no considero justo. Y tal como yo lo veo, arrestar a León y ejecutarlo de este modo atenta claramente contra los dioses y contra la justicia.

Se dio la vuelta y se alejó del Tholos sin volver la cabeza.

«Poco después ejecutaron a León —recordó mientras contemplaba a Jantipa—. Y me habrían matado a mí también si no hubieran caído los Treinta Tiranos.»

Su mujer se despertó y miró alrededor amodorrada. Sócrates se acercó a ella y le besó la frente. Su esposa había pasado varias noches en vela después de que él se negara a arrestar a León de Salamina.

«Me recriminaba que yo durmiera toda la noche como si no me importase que mi vida estuviera en peligro. —Sonrió con tristeza—. Lo que me hubiera impedido dormir el resto de mi vida habría sido participar en el arresto de aquel desdichado.»

Jantipa terminó de amamantar al pequeño y Sócrates lo cogió. En ese momento llamaron a la puerta. Abrió con su hijo en brazos y Platón entró seguido por Perseo.

—¡Sócrates...! —Platón se calló bruscamente al reparar en Jantipa.

—Habla, Platón. —Sócrates señaló con una mano a su esposa—. Has entrado con tanta brusquedad que aquello que me digas tendré que contárselo inmediatamente a Jantipa.

Ella escrutó con ansiedad el rostro de Perseo y le angustió lo que vio. Se puso de pie y cogió a su hijo de brazos de Sócrates mientras Platón continuaba:

—Se va a presentar una acusación contra ti. —Jantipa soltó un grito asustado—. Un amigo magistrado me ha revelado la acusación antes de que se haga pública.

—Muy bien, Platón. —Sócrates rodeó los hombros de Jantipa—. ¿Quién me acusa y de qué?

—El acusador principal es Meleto, el poeta, y también forman parte de la acusación el orador Licón y Anito, el padre de Antemión.

Perseo se apresuró a intervenir:

—Aunque Meleto sea el que da la cara, estamos seguros de que el principal instigador ha sido Anito.

Platón asintió y tragó saliva antes de concluir.

—La acusación dice así: «Meleto, hijo de Meleto, del demo de Piteas, acusa a Sócrates, hijo de Sofronisco, del demo de Alopece, de lo siguiente. Primero, Sócrates no honra a los dioses de Atenas, y ha introducido nuevas divinidades. Segundo: Sócrates corrompe a la juventud. —La mirada de Platón se desvió un instante hacia Jantipa—. El acusador pide la pena de muerte».

# Capítulo 102
### Atenas, abril de 399 a. C.

«Casandra, Casandra, Casandra...»

Anito se removió en su lecho; el sonido de aquel nombre bastaba para excitarlo.

Dejó la mirada perdida en las penumbras de la habitación, se puso una mano entre las piernas y siguió pensando en ella. Uno de sus recuerdos preferidos era el de la noche en que se había desposado con Ificles. Tan sólo tenía quince años, pero su cuerpo y su rostro eran los de una diosa.

«Le temblaban los labios —recordó con un estremecimiento. Casandra estaba sentada frente al altar de los dioses del hogar, realizando los rituales de casamiento, y él a dos pasos contemplando fascinado aquellos labios tiernos y asustados—. La hubiera poseído allí mismo, delante de todos.»

Sin embargo, el que la desvirgó fue su hermano. Él se limitó a montar guardia en la puerta de la alcoba, con las manos cruzadas sobre la túnica para disimular su erección, atento a cualquier gemido que le ayudara a imaginarse a Casandra desnuda con las piernas abiertas.

«Ah, era tan joven...»

Le seguían gustando jovencitas; no obstante, Casandra ya tenía casi cuarenta años y continuaba inspirándole el mismo deseo. Quizá porque aún veía en ella a aquella adolescente temblorosa a punto de ser desvirgada.

«Ahora que está embarazada, sus pechos volverán a tener la firmeza de entonces. —Cerró los ojos y su sonrisa se distendió—. Su cuerpo será mío cuando ejecuten a Perseo.»

Casandra ya se le había escapado en una ocasión, pero esta vez las cosas serían más fáciles. Ni Perseo ni Casandra tenían hermanos, y ella no podía regresar a la casa paterna porque Eurípides había fallecido. Se consideraría razonable que cuando muriera Perseo se ocupara de ella la familia de su anterior marido.

«Y esta vez yo soy viudo, ella sería mi única esposa. —La mujer de Anito había muerto hacía dos años. Desde entonces la única mujer que vivía con él era Eudora—. Mi hermana se alegrará de tener a Casandra de nuevo bajo su cargo.»

Anito frunció el ceño. Lo que de ningún modo pensaba hacer era ocuparse de sus hijos. «Será sencillo hacer que aborte, pero tendré que pensar algo para el otro niño.» Tragó saliva y notó una punzada de dolor en la garganta. Se llevó una mano al cuello, reviviendo la presa de hierro de Perseo, visualizando en la penumbra su expresión decidida y aquellos ojos de criatura infernal.

«Tú y Sócrates lo vais a pagar muy caro. —Se masajeó suavemente el cuello—. Sí, los tribunales se encargarán de vosotros.»

Uno de sus principales proveedores de cuero era asimismo magistrado, y le había ayudado a preparar las acusaciones. Desde el principio se había mostrado de acuerdo con su pretensión de denunciar a Sócrates por subvertir a los jóvenes, haciendo que se volvieran críticos con las enseñanzas tradicionales y con todas las instituciones.

«Ya no respetan ni a Homero, ni a sus padres, ni a la ciudad.» Sócrates cogía a jóvenes prometedores y los convertía en monstruos como Critias, el jefe de los Treinta Tiranos —él mismo había tenido que exiliarse durante su régimen y le habían arrebatado buena parte de sus riquezas—, o en jovenzuelos que con su engañosa retórica ridiculizaban y confundían a los adultos. «O, peor aún, hace que se vuelvan unos completos perdidos, como mi propio hijo.»

Lo de la acusación de impiedad había sido sugerencia del magistrado.

—Si quieres que condenen a muerte a Sócrates, no puedes acusarlo sólo de corromper a los jóvenes. El modo más directo es por traición a la patria o por impiedad, que en su caso será lo más apropiado. Ten en cuenta que Aristófanes y otros cómicos ya lo han presentado como alguien que niega la existencia de los dioses.

Anito se mostró de acuerdo. Muchos admiraban a Sócrates y lo consideraban un gran sabio, pero otros muchos no lo comprendían, y de aquello que no se comprende es fácil que se acepte como válida cualquier interpretación. Si les decían que las rarezas de Sócrates se debían a que en sus ideas se mezclaban extraños dioses, muchos creerían que ahí se encontraba la explicación a su extravagancia.

A Perseo también lograría que lo ejecutaran con una acusación de impiedad. Ya había conseguido los testigos que jurarían haberlo visto participar en una parodia de los misterios de Eleusis. Era la misma acusación con la que se había condenado a muerte a Alcibíades durante la expedición a Sicilia, si bien el general había eludido la sentencia escapando a Esparta.

«Perseo no escapará. Si hace falta me encargaré de eso personalmente.»

El magistrado lo había convencido de que era mejor no acusar a los dos a la vez.

—Ten en cuenta que Sócrates es un personaje excéntrico que muchos atenienses contemplan con recelo, pero Perseo es un campeón olímpico, con un aura de gloria que lo protege.

—Pero Sócrates ha sido su tutor —protestó Anito—. La mancha de su impiedad tiene que salpicar a Perseo.

—Tienes razón, pero debes esperar a que Sócrates haya sido declarado culpable y ejecutado antes de acusar a Perseo. Si los acusas juntos, el renombre de Perseo puede proteger a Sócrates y salvarse los dos. Si esperas, la mancha de la condena de Sócrates habrá contaminado la reputación de Perseo y será mucho más vulnerable.

Anito se volvió hacia la ventana que daba al patio. No se oía ningún ruido, tanto Eudora como los esclavos debían de estar durmiendo, y Antemión hacía dos días que no se presentaba en casa.

En la denuncia contra Sócrates, había pagado al poeta Meleto para que fuera él quien presentara la acusación. También había intentado que lo acusara Aristófanes, pero éste lo había decepcionado con su respuesta:

—No confundas, Anito, las críticas que vierto en el escenario, con el deseo de que los personajes a quienes mis actores representan sean condenados a muerte en la vida real. —Aristófanes ladeó la cabeza—. Al menos no a todos se lo deseo, y Sócrates no es uno de los que me gustaría ver morir.

«Puedes andarte ahora con remilgos, Aristófanes, pero en tu obra *Las nubes* presentaste a un Sócrates que negaba la existencia de Zeus, y que hacía que un hijo pegara a su padre. La mitad de los atenienses que compongan el jurado sólo conocen a tu Sócrates, y ése es el que verán cuando el filósofo se presente ante ellos.»

Se volvió de nuevo hacia la ventana, seguro de haber notado un golpe. Poco después oyó que se abría la puerta de la calle.

—¡Padre! —El grito lacrimoso de Antemión rompió el silencio como si fuera cristal—. ¡Padre, ¿qué has hecho?!

Anito se incorporó en la cama y llamó a su esclavo personal. Antemión se cayó en el patio, debía de estar completamente borracho.

—Señor, ¿qué debo hacer con él?

—Que no entre en mi alcoba. Échalo. —Antemión volvió a llamarlo a gritos—. ¡Échalo a la calle! ¡Si hace falta, a patadas!

—¡Padre, tienes que retirar la denuncia, Sócrates es el mejor hombre de Atenas!

Antemión se golpeó con la pared del pasillo, a sólo unos pasos de la alcoba de Anito. El esclavo miró a su amo dudando.

—¿Y si se resiste, señor? No puedo...

—¡Lo matas! ¡Si hace falta, lo matas, pero échalo ahora mismo o haré que te corten la cabeza!

El esclavo salió de la habitación; un momento después se oyeron protestas, ruidos de forcejeo y de pronto un golpe seguido de un grito agudo de dolor. Anito se encogió al oírlo y siguió escuchando con el cuerpo agarrotado. Las lágrimas recorrían su rostro crispado por la rabia.

—¡PADRE...! —El grito desaforado se interrumpió bruscamente.

Un cuerpo se desmoronó contra las losas del patio y luego se oyó ruido de arrastre. Anito recordó a su pequeño Antemión con cuatro años, con ocho, con doce. Era un niño manso que lo miraba con la sumisión y el respeto que todo hijo debe a su padre.

«Ahora es una deshonra, un borracho que se arrastra de taberna en taberna.»

Rechinó los dientes al acordarse de la mirada de Perseo mientras lo ahogaba, la de Casandra transmitiendo el mismo desprecio de siempre...

«Disfruta, maldita zorra, disfruta de tu familia antes de que te los arrebate a todos.»

## Capítulo 103
*Atenas, mayo de 399 a. C.*

Un dolor lacerante hizo que Casandra recobrara la consciencia.

La espada volvió a cortar su carne y chilló. Estaba tumbada en el suelo, Aristón tiraba de su pelo con tanta fuerza que parecía que iba a quebrarle el cuello. La hoja afilada segaba los cabellos casi de raíz y a veces penetraba en su carne.

«¡Deyanira!»

La madre de Perseo estaba tirada en el suelo de piedra de la mazmorra. Sus manos se crispaban sobre su vientre ensangrentado y la miraba con expresión de horror. De pronto sus ojos grises se velaron y cerró los párpados.

La espada de Aristón volvió a rajar su carne y aulló de dolor.

—¿Qué te pasa, mamá?

El rostro de su hijo estaba encima de ella. Parecía a punto de llorar.

—¿Dónde...? —Se incorporó mirando alrededor. Se encontraba en su habitación, en su casa. Abrazó a Eurímaco con fuerza—. Shhh, no pasa nada. Sólo estaba soñando.

Cerró los ojos mientras mecía a su pequeño. En aquella pesadilla unas veces era Perseo quien se desangraba frente a ella y otras Deyanira, como había ocurrido en la realidad. Al despertar siempre le dolían las cicatrices. Se llevó una mano a la cabeza para tocárselas, y le sorprendió encontrar que estaban cubiertas por una cabellera larga.

«Han pasado seis años —se recordó—. Yo estaba embarazada de Eurímaco.»

Sonrió sin dejar de abrazarlo. Sus días en Esparta habían

sido espantosos, pero ahora estaba a salvo en Atenas y llevaba en el vientre al segundo hijo de Perseo.

Media hora después, Casandra avanzaba por la vía Panatenaica con Eurímaco de la mano. El juicio de Sócrates se celebraría dos días más tarde y estaban yendo a casa del filósofo para hacer compañía a Jantipa.

Al llegar al ágora, Casandra alzó la mirada hacia la Acrópolis. De pronto le resultó extraño que siguiera presentando el mismo aspecto grandioso que hacía unos años, a pesar de cuánto había cambiado la situación de Atenas.

«Antes era el reflejo del poder del imperio ateniense, ahora es el recuerdo doloroso de lo que fuimos.»

No tenían tesoro, ni flota, ni Muros Largos que pudieran impedir un asedio. Los espartanos los llamaban aliados, pero en realidad eran sus súbditos. De hecho, ya habían tenido que aportar tropas para una de las campañas de Esparta.

«Al menos recuperamos la democracia», se dijo mirando a la colina de la Pnix. Habían construido un recinto de piedra para celebrar las Asambleas, un anfiteatro en el que las gradas apuntaban hacia la ladera de la colina y el estrado se colocaba en su parte más alta. Aquélla era una de las pocas obras que habían llevado a cabo en esos años de paz y pobreza.

Se rascó una de las cicatrices que le llegaban hasta la frente; apenas se notaban ya, pero seguían picándole de vez en cuando. Siguió caminando pensativa. Perseo había matado al gigante espartano, pero aún existía la posibilidad de que su hermanastro Calícrates apareciera de nuevo en Atenas y se desvelara que los padres de Perseo eran espartanos.

Miró de reojo a Eurímaco. Su pequeño se vería afectado si aquel secreto salía a la luz.

«Y también el hijo que llevo en el vientre.»

—¡Casandra!

Jantipa se arrojó a sus brazos en medio del patio, la estrechó con fuerza y sollozó contra su cuello. Casandra se quedó impresionada, nunca la había visto llorar.

—Tranquila, Jantipa. —Acarició la cabellera revuelta de su amiga. Luego se dio cuenta de que Eurímaco las observaba cohibido—. ¿Dónde están tus hijos?

—Lamprocles ha ido al gimnasio del Liceo —respondió separándose—. Menexeno y Sofronisco están en la habitación. Ve con ellos, Eurímaco.

El pequeño hizo lo que le pedían y se quedaron a solas.

—¿Sócrates está en casa?

Jantipa esbozó una sonrisa cansada.

—Lo van a juzgar dentro de dos días, y sigue dedicándose a recorrer Atenas hablando con la gente como si no pasara nada. Estoy desesperada, Casandra. Ha tenido semanas para prepararse, pero no he encontrado el modo de convencerlo para que elabore su defensa.

—¿Qué te responde cuando se lo pides?

—Dice que lleva toda la vida evitando actuar de un modo injusto, y que ésa es su mejor defensa. —La sensación de impotencia la hizo gemir—. No se da cuenta de toda la gente que le guarda rencor por haberlos dejado en evidencia.

—¿Has vuelto a sugerirle que utilice los servicios de Lisias?

—Se trataba del mejor escritor de discursos de Atenas, y algunos amigos de Sócrates querían contratarlo para que escribiera uno de defensa para el filósofo.

—Esta misma mañana, pero me ha pedido que no insista. Dice que va a defenderse a su manera. ¡Que va a improvisar! ¿Cómo puede pensar en improvisar, cuando se arriesga a que lo condenen a muerte?

—Tendremos que confiar en él. Su especialidad es convencer a la gente.

—Su especialidad es demostrar a la gente que está equivocada. Pocos aceptan eso de buen grado, y temo que también irrite al jurado. —Sus ojos se llenaron de lágrimas—. Ay, Casandra, ¿qué voy a hacer si lo pierdo? ¿Qué van a hacer nuestros tres hijos sin su padre?

# Capítulo 104
*Atenas, mayo de 399 a. C.*

«Dioses, sed clementes.»

Perseo se internó en el bullicio que imperaba dentro del gran edificio cuadrado del tribunal popular. Junto a él caminaba Platón, todavía más nervioso que él. Lo que más los inquietaba era saber que durante el juicio Sócrates no hablaría guiado por el objetivo de salvarse. «Se limitará a exponer lo que piensa, como hace siempre.»

Mientras avanzaban por un lateral, hacia el sector en el que se ubicaba el público, su mirada se dirigió al pequeño estrado desde el que hablarían los acusadores y se defendería Sócrates. A un lado del estrado se encontraba el asiento de piedra del arconte rey, el magistrado que presidía el tribunal en los casos de impiedad. El espacio central de la gran sala ya lo ocupaban los miembros de jurado, que sumaban un total de quinientos uno.

—Ojalá formaras parte del jurado —murmuró Platón mirando con aprensión hacia los hombres que iban a juzgar a Sócrates.

Perseo asintió en silencio. Ese año lo habían elegido como uno de los seis mil atenienses que compondrían los jurados de los casos que juzgara un tribunal popular. Había que ser mayor de treinta años, por lo que Platón todavía no podía ser seleccionado. Para cada juicio se realizaba un sorteo que garantizaba que hubiera un número similar de miembros de cada una de las diez divisiones administrativas de Atenas, y que la asignación a cada caso la determinara el azar. De ese modo no se sabía previamente en qué juicio intervendría cada uno, lo que minimizaba el riesgo de sobornos. También dificultaba el soborno que los jurados fueran muy numerosos, lo cual además aseguraba que prevaleciera la voluntad de la ciudad sobre la de unos pocos hombres. Dependiendo de los casos, los jurados los formaban entre doscientos uno y dos mil un hombres, si bien lo más habitual era quinientos uno como en el juicio de Sócrates.

Había tanta gente que les costó llegar hasta la posición de Critón. Había acudido con su hijo Critóbulo y con Apolodoro, un pintor de gran éxito que se había convertido en uno de los más acérrimos seguidores de Sócrates. La zona del público no tardó en llenarse y vieron que muchas personas protestaban al quedarse fuera del edificio.

—Ahí está el arconte —señaló Critón.

El hombre que iba a presidir el juicio llegó acompañado de un secretario y ocupó su asiento. Examinó pausadamente al jurado y al público y después hizo una seña a un par de soldados que aguardaban junto a la entrada. Los soldados salieron y regresaron con Sócrates y sus tres acusadores, que cruzaron la sala envueltos en los murmullos de la multitud.

—Parece más tranquilo que los que lo acusan. —Perseo los siguió con la mirada. El más nervioso era Meleto, mientras que Sócrates observaba su entorno con curiosidad—. No estoy seguro de que eso sea buena señal.

El secretario subió al estrado y leyó los cargos contra Sócrates. Sus palabras resonaban en el silencio de la sala con un eco siniestro. Cuando terminó con la petición de pena de muerte, Perseo se estremeció. El secretario se retiró y el arconte llamó a Meleto para que expusiera su alegato de culpabilidad.

El poeta Meleto permaneció rígido en su asiento. No apreciaba a Sócrates, pero temía enfrentarse a él y a la veneración que despertaba en muchos atenienses.

«No debí dejarme convencer.»

—Fue el maestro de Critias —le había insistido Anito—. Y no hay más que oírle para darse cuenta de que desprecia la democracia y defiende la oligarquía.

Era cierto que Sócrates proclamaba que no había que dejar que cualquiera manejara los asuntos del Estado, sino tan sólo los hombres más aptos y preparados. Sin embargo, aquello no fue suficiente para convencer al joven Meleto.

—Sócrates es un peligro para la ciudad y nuestras tradiciones —había añadido Anito—. Los jóvenes que lo siguen se vuelven irrespetuosos y, en lugar de agachar la cabeza y obedecer, cuestionan y critican a Homero, a Hesíodo, e incluso a sus propios padres.

El argumento definitivo había sido una pesada bolsa de dracmas, acompañada de la promesa de Anito de que se haría cargo de la fuerte multa que impondrían a Meleto en caso de que su acusación no obtuviera al menos el veinte por ciento de los votos del jurado. Esa medida se había instaurado para combatir a los sicofantes: los ciudadanos que se dedicaban a acusar a otros por encargo, para obtener chantajes, o simplemente para cobrar la recompensa que se obtenía si el acusado era condenado a una multa.

—Meleto, hijo de Meleto —insistió el arconte—, tienes la palabra.

«Vamos allá. —Meleto se levantó del asiento y caminó hacia el estrado—. El juicio sólo dura un día, mañana podré olvidarme de todo esto.»

Subió los escalones, inclinó la cabeza hacia el arconte y después hacia el jurado. Su nariz ganchuda, el pelo liso y negro y los hombros hundidos le daban aspecto de cuervo.

—Estimados ciudadanos, no me dirijo a vosotros movido por un interés personal, sino por amor a nuestra patria. Las grandes calamidades que ha sufrido nuestra ciudad se deben sin duda a que los dioses, en algunas ocasiones en las que nos jugábamos nuestro destino, nos retiraron su favor. ¿Por qué ha ocurrido esto, atenienses? —Hizo una pausa, señaló a Sócrates y levantó la voz al continuar—: Por los crímenes de impiedad de algunos ciudadanos, entre los que sobresale este hombre que niega la existencia misma de los dioses.

Meleto hizo una pausa y Perseo sintió alivio al ver que nadie del público lo aclamaba. El jurado solía mostrarse comedido, pero no era extraño que algunos espectadores manifestaran a gritos sus preferencias. Compartió su impresión favorable con Critón y Platón y ambos se mostraron de acuerdo.

El resto del alegato de Meleto resultó artificioso y tampoco consiguió enardecer al público.

Cuando regresó a su asiento, el arconte llamó al siguiente acusador.

—Tiene la palabra Anito. Oigámoslo.

Anito se puso de pie y le dedicó a Perseo una breve mirada.

—Maldito seas —murmuró él.

Su enemigo subió al estrado y comenzó el discurso de acusación que llevaba semanas preparando.

Casandra y Jantipa se encontraban entre los cientos de personas que se agrupaban a las puertas del tribunal. Las mujeres atenienses no podían formar parte de los jurados ni asistir a los juicios como público, pero podían quedarse en el exterior para tratar de seguir su desarrollo, ya fuera captando algo de lo que se dijera o interpretando las reacciones de los espectadores que estaban dentro.

Habían conseguido mantenerse en primera línea, junto a las puertas. Era obvio que Meleto no había resultado muy convincente con su alegato, y ahora estaban atentas a la reacción que suscitara el de Anito.

La multitud congregada frente al tribunal escuchaba con tanta atención que se oían con claridad los sonidos del ágora, que quedaba justo a su espalda. Los gritos de un tendero ofreciendo pescado se mezclaban con el rumor del discurso de Anito.

—Parece que se está centrando en la acusación de corromper a los jóvenes —dijo alguien en voz baja detrás de Jantipa.

—Sólo por eso no lo condenarían a muerte —murmuró ella.

El problema era que corromper a los jóvenes, tal como lo presentaba Anito, reforzaba la acusación de impiedad. Si los jóvenes se alejaban de los dioses de la ciudad, éstos castigarían a Atenas con nuevas desgracias. Para evitarlo, la ciudad debía acabar con Sócrates.

Casandra le dio la mano a Jantipa, que se lo agradeció con

una sonrisa y cerró los ojos para tratar de percibir algo. Aunque la muchedumbre estaba bastante apretada, todo el mundo sabía que ella era la esposa de Sócrates y procuraban no molestarla.

—No se oye nada —susurró Jantipa al cabo de un rato—. ¿Qué estará diciendo Anito?

Los ojos de Casandra recorrieron la puerta cerrada del tribunal, dos hojas de madera con una rendija en medio por donde se colaba el murmullo ininteligible de la voz de su antiguo cuñado. Agachó la cabeza y miró la mano de Jantipa, que apretaba la suya con fuerza. Hacía tres o cuatro años su amiga le había contado que Sócrates había visitado a Anito y le había dicho que su hijo Antemión era un joven inteligente, pero que se malograría si él se empeñaba en que ocupara la posición de obrero que le había asignado en la curtiduría. Antemión estaba capacitado para aprender la gestión del negocio y ocuparse de dirigirlo; sin embargo, el trabajo manual de curtidor le resultaba tan duro como frustrante. «Sócrates advirtió a Anito que su hijo podía descarriarse si lo confinaba en esa posición, pero Anito echó a Sócrates de su casa y no cambió sus proyectos respecto a Antemión.»

De pronto surgió un fuerte bullicio del interior del tribunal, una mezcla de pitos, aplausos y voces.

Jantipa abrió los ojos y fijó una mirada angustiada en Casandra:

—¡Anito los ha convencido!

Al regresar a su asiento, Anito dirigió una sonrisa velada hacia la posición de Perseo.

Platón alzó las manos indignado.

—¿Es que el jurado no ve que este proceso es sólo una venganza contra Sócrates?

—No, Platón, me temo que no. —Perseo examinó los rostros de los hombres que ocupaban todo el espacio central del edificio—. El gobierno de los Treinta Tiranos está demasiado fresco en la mente de todos, y el destino de Atenas sigue en manos de Esparta. El jurado es muy sensible a cualquier amenaza para la democracia y Anito les ha hecho recordar que Critias, el más terrible de los tiranos, fue discípulo de Sócrates.

—Eso no entraña culpa alguna —respondió Platón desesperado—. Como tampoco la tengo yo porque Critias fuera mi tío. Reconozco que no me disgustó que comenzara su gobierno, pero me alejé de él en cuanto se iniciaron los crímenes; y Sócrates se enfrentó a ellos arriesgando su propia vida.

Perseo no replicó; estaba pensando que, al igual que otros filósofos, Sócrates y el joven Platón compartían la doctrina del gobierno de los más capaces. Muchos atenienses habían escuchado a Sócrates decir en público que la experiencia y la capacidad son los criterios por los que escogemos a un médico para que nos sane o a un general para ponerlo al mando del ejército, y que del mismo modo deberíamos elegir para el gobierno a los hombres más capacitados para gobernar. Esas ideas, que si se escuchaban de forma sosegada parecían razonables, en las circunstancias actuales sonaban peligrosamente antidemocráticas.

Licón, el tercer acusador, había subido al estrado y estaba exponiendo su alegato. Comparado con la vehemencia de Anito, casi parecía desinteresado. Los Treinta Tiranos habían asesinado a su hijo Autólico y le molestaban las ideas aristocráticas de Sócrates, pero si Anito no le hubiera insistido, él no habría participado en la acusación.

Perseo miró hacia las puertas cerradas del tribunal y se volvió de nuevo hacia delante. Desde su posición podía ver a Sócrates de perfil, con su cabellera revuelta de anciano maestro, escuchando atentamente el alegato de Licón. Parecía firme, pero también vulnerable, y eso hizo que el estómago de Perseo se encogiera.

«Por todos los dioses, Sócrates, usa toda tu habilidad para defenderte y ningún jurado será capaz de condenarte.»

Licón terminó de hablar y el público permaneció tan silencioso que se oyó el roce de sus sandalias al bajar del estrado.

La voz del arconte retumbó en la sala.

—Hemos escuchado el testimonio de los acusadores. Ahora es el turno del acusado. Tiene la palabra Sócrates, hijo de Sofronisco.

El silencio se volvió más profundo.

Sócrates se levantó con cierta dificultad, caminó hasta el estrado y subió lentamente los escalones.

Contempló a su audiencia con una mirada serena y comenzó a hablar.

## Capítulo 105
*Atenas, mayo de 399 a. C.*

—No sé, atenienses, qué impresión os habrá causado el discurso de mis acusadores. Sin embargo, puedo aseguraros que no han dicho ni una palabra de verdad. Eso sí, han mostrado ser excelentes oradores, y han hecho uso de frases brillantes y palabras escogidas que yo no voy a usar en mi arenga. —Alzó las manos brevemente antes de continuar—. A mis setenta años, nunca he estado ante un tribunal, y no tengo edad de empezar a practicar la elocuencia; por lo tanto, permitidme utilizar el mismo lenguaje sencillo con el que siempre me he dirigido a vosotros en las plazas y los mercados, así como perseguir el mismo fin, que no es otro que la verdad.

Perseo se dio cuenta de que estaba conteniendo el aliento. Soltó el aire y siguió escuchando en vilo.

—Para defenderme, es preciso que responda en primer lugar a mis primeros acusadores, a quienes temo más que a Anito y sus ayudantes. Estas primeras acusaciones os fueron presentadas a una edad muy crédula, pues casi todos erais niños o muy jóvenes, y por ello sé que son muy difíciles de desarraigar, sobre todo en el corto espacio de tiempo de que dispongo. Hace más de veinte años, Aristófanes y otros comediantes os presentaron a un cierto Sócrates que negaba a Zeus y adoraba a las nubes, un sofista que enseñaba a hacer buena la causa mala, y que indagaba en la naturaleza del cielo y de la tierra.

Varios miembros del jurado murmuraron entre sí recordando la obra de teatro *Las nubes,* en la que el actor que hacía de Sócrates aparecía colgado de un cesto y predicaba todo aquello que acababa de mencionar el filósofo.

—Muchos de los presentes habéis conversado conmigo, y yo os exhorto a que declaréis si alguna vez me habéis oído hablar de ciencias semejantes; o si me habéis visto, o habéis oído decir, que yo me dedicara a la enseñanza y cobrara por ello un salario, lo cual queda desmentido por mi continua pobreza. —Hizo una pausa sin que nadie replicara—. Alguno de vosotros podría decir: «Pero, Sócrates, ¿de dónde nacen entonces estas calumnias?». Y yo debo responder que esos rumores nacen de cierta sabiduría que hay en mí.

Se alzaron algunas protestas y Sócrates levantó las manos para que le dejaran continuar.

—No os irritéis, pues tan sólo estoy relatando aquello que dijo el dios de Delfos. Recordaréis a Querefonte, amigo mío desde la infancia, como lo fue de varios de vosotros, y que murió hace unos meses. Hace casi cuarenta años, viajó a Delfos y tuvo el atrevimiento de preguntarle al oráculo si había en el mundo un hombre más sabio que yo. La Pitia respondió que no lo había. —Se oyeron murmullos en el jurado y el público. Algunos habían oído hablar de ese oráculo hacía tiempo y otros lo escuchaban por primera vez. Sócrates se giró buscando a alguien entre el público y al localizarlo lo señaló—. Entre nosotros se encuentra Querécrates, el hermano de Querefonte, que puede confirmar mi declaración.

Perseo estaba situado cerca de Querécrates. Vio que éste daba un paso al frente y afirmaba que lo que había dicho Sócrates era verdad.

«El oráculo es cierto —se dijo Perseo—, aunque Sócrates sólo ha hablado del primero de ellos.» Recordó por un momento a Querefonte en su casa, tirado en el suelo con la cabeza ensangrentada, revelándole el segundo oráculo sobre Sócrates. Desde que se había presentado la acusación contra el filósofo no dejaba de pensar en ello, examinando con desazón todos sus actos por si alguno pudiera determinar de algún modo la muerte de su amigo.

—Cuando escuché el oráculo —prosiguió Sócrates—, me pregunté durante mucho tiempo qué querría decir el dios, pues yo era consciente de no ser sabio, y sin embargo la divinidad no puede mentir. Finalmente resolví encontrar hombres más sabios que yo, pensando que quizá el dios de Delfos me estaba encomendando esa misión, o que al menos por esa vía encontraría el sentido del oráculo. Fui a casa de uno de nuestros políticos más renombrados, y al dialogar con él para examinar sus ideas descubrí que aquel hombre creía ser sabio sin serlo. Muchos lo consideraban sabio, y él mismo se tenía por tal, pero lo que él consideraba sabiduría en realidad sólo eran opiniones refutables.

Perseo advirtió que varios miembros del jurado asentían.

«Están muy pendientes de todas sus palabras, eso es buena señal.»

—Después examiné a otros políticos, a varios adivinos y a famosos artesanos, a muchos poetas y a renombrados sofistas... En todos los casos el resultado fue el mismo, y entonces comprendí por qué el dios me había señalado como el hombre más sabio. Todos los presuntos sabios que había interrogado eran ignorantes sin saberlo, mientras que yo siempre he sido consciente de mi ignorancia, por lo que al menos en ese sentido era más sabio que ellos. —Miró al arconte y de nuevo se dirigió al jurado—. En el proceso me hice numerosos enemigos, pues al intentar mostrarles que no eran sabios como pensaban, estos hombres ya no quisieron hablar conmigo y se quedaron resentidos, igual que sus amigos que asistían a las conversaciones. Aquí reside, atenienses, el origen de los odios y las calumnias que me han perseguido a lo largo de los años.

Sócrates se volvió hacia sus acusadores.

—En cuanto a la acusación que me ha hecho Meleto, voy a demostrar que él es culpable de arrastrar a otros ante el tribunal, fingiendo que se preocupa por cuestiones que en nada le importan y de las que nada sabe. Dime, Meleto, ya que me acusas de corromper a la juventud, sin duda consideras que la educación de los jóvenes es algo muy importante.

Meleto se levantó y miró a Anito asustado. Luego se acercó a la base del estrado y desde allí respondió volviéndose hacia el jurado.

—Por supuesto.

—Bien, y puesto que te preocupa tanto que has encontrado al hombre que corrompe a los jóvenes y lo has denunciado, dinos ahora: ¿quién es el hombre que los hace mejores? —Meleto titubeó mirando a Sócrates y al jurado—. ¿Te callas, Meleto? ¿No ves que eso es una prueba de que nunca te ha importado la educación de la juventud? Vamos, responde, ¿quién puede hacer mejores a los jóvenes?

—Las leyes.

—Es evidente que lo primero que debe conocer ese hombre son las leyes, pero yo te pregunto quién es el hombre que los hace mejores.

Meleto miró en torno suyo y señaló hacia el jurado.

—Son ellos, Sócrates. Los jueces.

—¿Todos los jueces son capaces de instruir de manera beneficiosa a los jóvenes, o sólo algunos?

—Todos pueden.

—Por Hera, Meleto, nos has dado un buen número de buenos preceptores. —Señaló con una mano hacia el público—. Y los hombres que han venido de oyentes, ¿también pueden hacer mejores a los jóvenes?

—Claro que pueden.

—¿Qué me dices de los miembros del Consejo?

—Igualmente.

—¿Y los ciudadanos que acuden a las Asambleas, corrompen a los jóvenes o los hacen mejores?

Meleto se volvió hacia Anito, que lo observaba con el ceño fruncido.

—Los hacen mejores, Sócrates. Todos ellos.

—¿Estás diciendo, entonces, que yo soy el único ateniense que corrompe a los jóvenes, y que todos los demás ejercen sobre ellos una buena influencia?

Meleto se mordió el labio inferior antes de responder.

—Así es.

—¡Por Zeus, qué desgracia la mía! —Sócrates sonrió sin alegría—. Sería una gran fortuna para los jóvenes que sólo hubiese un hombre capaz de corromperlos. —Miró a su contrincante con expresión apenada—. Acabas de demostrar, Meleto, que el desarrollo de la juventud, el asunto por el que me has traído a este juicio, jamás ha sido algo que te haya preocupado.

Meleto le sostuvo un momento la mirada y después agachó la cabeza.

—Respóndeme a esto también, Meleto. ¿No es cierto que los hombres malos causan mal a quienes tratan con ellos, y que sucede lo contrario con los hombres de bien?

—Es cierto.

—¿Y conoces a alguien que prefiera que le hagan mal, en lugar de bien?

—No, Sócrates, eso es absurdo.

—Muy bien, sigamos. Cuando me acusas de corromper a la juventud y hacerla mala, ¿afirmas que lo hago voluntaria o involuntariamente?

—Voluntariamente.

—Dime entonces, Meleto. Siendo tú joven y yo anciano, sabes que el trato con las personas malas resulta perjudicial, ¿y pretendes que yo no sepa que si convierto en malos a los que me rodean me expongo a ser víctima de su maldad? Y además, afirmas que lo hago voluntariamente. No, Meleto, una de dos: o no corrompo a la juventud, y tu acusación es una calumnia, o si lo hago es de manera involuntaria, y como la ley sólo permite juzgar las faltas voluntarias, no deberías haberme traído ante el tribunal.

—¡Así se habla, Sócrates!

Los gritos se extendieron por el público y el arconte alzó una mano para pedir silencio. Sócrates aguardó sin dejar de mirar a Meleto, que tenía la vista clavada en su asiento vacío.

—Responde ahora, Meleto: cuando me acusas de que corrompo a la juventud enseñándoles a no reconocer a los dioses de la ciudad, ¿afirmas que les enseño a creer en otros dioses, o que no creo en ningún dios y enseño a la juventud a no reconocer ninguno?

Meleto se irguió ante el jurado.

—¡Te acuso de no reconocer ningún dios!

—Si es así, ¿no creo como los demás que el sol y la luna son dioses?

—¡No, por Zeus! —Dio un paso hacia el jurado—. Atenienses, afirma que el sol es una piedra, y que la luna es como una tierra.

—Pero, Meleto, ¿me acusas a mí o a Anaxágoras? No ofendas al tribunal, pues ellos saben que los libros de Anaxágoras están llenos de ese tipo de afirmaciones, extrañas y absurdas por otra parte. Volvamos a la pregunta: ¿afirmas que no creo en ningún dios?

—¡Sí!

—¿Es posible creer en las obras de los hombres y creer que no hay hombres? —Meleto se quedó callado—. Si no quieres responder, lo haré yo: no es posible. Y te pregunto entonces: ¿es posible creer en los actos de los dioses sin creer en los dioses?

Meleto desvió la mirada y se encontró con la del arconte, que le apremió a responder.

—No, Sócrates.

—En tu discurso de acusación has dicho que afirmo escuchar en mi interior la voz de un *daimon*, como así es, y sabemos que los *daimones* proceden de los dioses. Siendo así, ¿cómo podría creer en una manifestación de los dioses y sin embargo no creer en ellos? —Alzó la mirada hacia el jurado—. Atenienses, me parece que es evidente que la acusación de Meleto es tan sólo una calumnia.

El público volvió a aplaudir y Meleto se alejó del estrado hacia su asiento.

—Alguien podrá preguntarme: ¿no lamentas, Sócrates, haberte consagrado a un estudio que te ha colocado en peligro de muerte? Mi respuesta sólo puede ser que un hombre de valor no debe tener en cuenta los peligros, sino examinar si sus actos son justos o injustos. Todo hombre que ocupa un puesto honroso debe mantenerse firme en él. Durante la guerra guardé fielmente los puestos que los generales me asignaron en Potidea, Delio y Anfípolis. Por su parte, el dios me ha asignado el estudio de la filosofía, examinándome a mí mismo y a los demás, y tampoco abandonaré este puesto.

»Muchos hombres temen la muerte, pero yo reconozco mi ignorancia respecto a ella. No sé lo que hay después de la muerte, no sé si es un bien o un mal. Lo que sí sé es que la injusticia y abandonar nuestros deberes son los mayores males, y jamás caeré en ellos por temor a la muerte.

»Nunca he desempeñado ninguna magistratura, excepto un año en el que me tocó ser miembro del Consejo. En ese año os empeñasteis en juzgar en bloque y condenar a muerte a los generales que no recogieron los cuerpos tras el combate naval de las Arginusas. Después reconocisteis la injusticia y os arrepentisteis, pero aquel día yo fui el único que mantuvo su oposición pese a las amenazas de muerte.

»En otra ocasión, durante el gobierno de los Treinta Tiranos, recibí la orden de detener a León de Salamina para que lo ejecutaran. Sabéis bien que no obedecer a los Tiranos implicaba morir, pero me fui a mi casa antes que cometer semejante impiedad e injusticia. Sólo me salvó que la oligarquía fue derrocada pocos días después.

»En consecuencia, si me dijeseis que me concedéis la libertad con la condición de que cese en mis indagaciones, os respondería: os amo y os respeto, atenienses, pero mientras viva no dejaré de filosofar. —Se alzaron algunas protestas que Sócrates ignoró—. A cada uno que me encuentre le seguiré preguntando: ¿cómo siendo ateniense, ciudadano de la ciudad más grande del mundo por su valor y erudición, no te avergüenzas de haberte dedicado a amontonar riquezas y honores, despreciando los tesoros de la verdad y la sabiduría, y de no trabajar para hacer tu alma tan buena como pueda serlo? Antes que el cuidado del cuerpo y de las riquezas, es el del alma y su perfeccionamiento; porque la virtud no viene de las riquezas, sino que las riquezas provienen de la virtud. De ella nacen todos los bienes públicos y particulares.

»El dios de Delfos me ha enviado a vosotros para que os espolee día tras día. Si me condenáis a muerte, pienso que no encontraréis con facilidad otro ciudadano que os estimule del mismo modo.

La mirada de Sócrates recorrió pausadamente a su audiencia. Su barba y sus cabellos blanquecinos le daban un aire venerable que Perseo esperó que influyera en los miembros del jurado.

—Atenienses, se me acusa de haber corrompido a los jóvenes. Si así fuera, los que ya han madurado y saben que los perjudiqué en su juventud deberían levantarse contra mí. Y si no quisieran hacerlo, tendrían que acusarme sus parientes. Veo aquí a muchos de ellos: Lisanias, padre de Esquines; Critón, padre de Critóbulo, también presente; Eartodoro, hermano de Apolodoro; Adimanto, hermano de Platón, que también está allí... Meleto debería tomar al menos a uno o dos como testigos de su causa, y si no ha pensado en ello, yo le permito hacerlo ahora.

Meleto se mantuvo inclinado hacia delante en su asiento, con los codos en las rodillas y el pelo ocultándole la cara.

—No puede hacerlo, atenienses. Veis que todos éstos a quienes he corrompido y perdido a sus parientes, según dicen Anito y Meleto, están dispuestos a defenderme. ¿Y qué otra razón pueden tener para protegerme más que mi inocencia? —Algunos miembros del jurado se volvían mirando al público, sin que nadie dijera una palabra—. He aquí, atenienses, los argumentos de mi defensa.

»Sé que es costumbre suplicar a los jueces con lágrimas y traer a los hijos para inspirar compasión. Yo tengo tres, pero no los traeré para intentar que me absolváis. He visto a hombres, que se consideran notables, hacer cosas de una bajeza singular cuando se los juzgaba. Esto supone una afrenta para la ciudad, y deberíais impedirlo y condenar antes al que recurre a esas escenas trágicas que al que espera tranquilamente la sentencia.

»Si alguien conmueve a sus jueces y de ese modo los hace actuar contra las leyes, será culpable ante los dioses, igual que los jueces que así rompan su juramento. El que actúa de esta manera demuestra no creer en los dioses, pero yo estoy tan persuadido de su existencia, que me entrego a ellos y a vosotros para que me juzguéis como creáis mejor para todos.

La sala guardó silencio mientras Sócrates bajaba con cuidado los escalones del estrado y regresaba a su asiento.

El arconte rey hizo oír su voz.

—Miembros del jurado, proceded a la votación.

Perseo contempló a los jueces, que se levantaron y formaron una larga fila. Hasta hacía poco se votaba a mano alzada, pero para que el jurado votara con total libertad se había instaurado un sistema de voto secreto. Todos los jueces recibían para votar dos fichas, cada una de ellas compuesta por un pequeño disco de bronce atravesado por un eje. En la ficha que servía para emitir un voto de culpabilidad, el eje era hueco, y en el otro, macizo. Llevaban cada ficha en una mano, sujetando los ejes entre el pulgar y el índice de modo que taparan las puntas y no se pudiera distinguir cuál tenían en cada mano.

—Ha sido un buen discurso. —Apolodoro miró nervioso a los demás, esperando que se mostraran de acuerdo con él.

—El interrogatorio a Meleto ha resultado demoledor —convino Platón.

Critón no estaba tan seguro.

—Pese a lo que ha dicho Sócrates, el jurado prefiere que le supliquen. Tampoco les habrá gustado oír a Sócrates decir que lo necesitan para que los espolee. —Dejó escapar un suspiro cansado—. Vamos a esperar.

Critón era con diferencia el mayor del grupo, el único que tenía la edad del filósofo, y sus palabras se quedaron flotando entre ellos.

Perseo había escuchado en tensión el intercambio entre sus amigos, sin apartar en ningún momento la mirada de Sócrates.

«¿Qué estará pensando?»

El filósofo se mantenía hierático mientras observaba la fila de hombres que estaban decidiendo su destino. Los jueces avanzaban lentamente hasta llegar a la posición del arconte. Frente a él habían colocado dos ánforas voluminosas: una de bronce para depositar los votos válidos y otra de madera. Los miembros del jurado metían una mano en cada vasija y soltaban las fichas, de modo que no se sabía cuál depositaban en cada ánfora. A continuación, recibían una chapa de bronce con la que después del juicio cobrarían los tres óbolos que se asignaban a cada juez.

La votación transcurría con una lentitud insoportable para los allegados de Sócrates. El repiqueteo de las fichas de bronce cayendo unas sobre otras parecía interminable. Las dos ánforas se llenaban por igual sin que hubiera manera de saber cuál estaba recogiendo más votos de cada clase.

—Ya está el último.

Nadie respondió a las palabras de Platón. Contemplaron al jurado número quinientos uno regresar a su asiento, y luego a los dos ayudantes del arconte volcando el ánfora de bronce, la de los votos válidos, sobre una plancha de madera. Se les unieron otros dos hombres para separar y contar las fichas que condenarían o absolverían a Sócrates.

—Hay un número similar —murmuró Platón.

Perseo asintió sin despegar la vista de los dos montones que iban formando las fichas. Un ayudante tomaba anotaciones mientras los montones crecían, uno un poco más rápido que el otro, pero desde aquella distancia era imposible distinguir si las fichas tenían el eje macizo o hueco.

El conteo terminó. Los murmullos se extinguieron y un millar de hombres se mantuvo en vilo mientras el ayudante que había anotado el resultado se acercaba al arconte y le entregaba su tablilla. El arconte leyó lo que ponía, asintió lentamente y miró a Sócrates.

A continuación hizo público el resultado.

## Capítulo 106
*Atenas, mayo de 399 a. C.*

Jantipa aguardaba con la cabeza apoyada en la puerta del tribunal.

Tenía los ojos cerrados y un miedo tan intenso que apenas podía respirar. Sabía que la votación había comenzado hacía bastante rato. La sala se mantenía en silencio, pero en cualquier instante se alzarían voces que revelarían si habían absuelto a su esposo o lo habían condenado a muerte.

La mano de Casandra le acarició un hombro sin que ella reaccionara.

Le vinieron imágenes de sus hijos; del pequeño agarrándose a la pierna de su padre cuando éste llegaba a casa; de la última vez que había tenido un momento de intimidad con Sócrates...

El miedo lo disolvía todo.

A su alrededor flotaban los ruidos del ágora y los murmullos de quienes la rodeaban. Ella no era consciente de aquello. Su mundo se había reducido al silencio de la sala.

En medio de aquel vacío surgió una voz.

«¡Es el arconte!»

Estaba segura de que era él, aunque no distinguía las palabras. Un momento después se elevaron cientos de voces, formando un estruendo que atravesó la puerta del tribunal y la traspasó a ella de lado a lado.

Jantipa abrió los ojos, extendió las manos hacia Casandra y cayó de rodillas.

—¡Lo van a matar!

Perseo rodeó los hombros de Platón, que no dejaba de temblar. Sócrates había sido declarado culpable por doscientos ochenta votos frente a doscientos veintiuno.

—No perdamos la esperanza. Todavía queda una oportunidad.

El arconte alargó un brazo hacia Sócrates y le indicó que subiera al estrado.

—Tienes de nuevo la palabra. ¿Qué propones a este tribunal para conmutar tu pena de muerte?

El filósofo subió los escalones con la misma apariencia de tranquilidad que la primera vez. Su proceso era de los llamados «juicios con evaluación», en los que el acusado encontrado culpable tenía derecho a proponer una condena alternativa. A continuación, el jurado votaba entre la pena solicitada por la acusación y la propuesta por el acusado.

Sócrates asintió levemente hacia sus jueces.

—Ya os dije, atenienses, que no confiaba en poder desbaratar en tan poco tiempo acusaciones que llevan décadas consolidándose en muchos de vosotros. En todo caso, me sorprende la escasa diferencia de votos, y me hace ver que si mi acusador hubiera sido sólo Meleto, habría obtenido la absolución.

»¿Qué pena voy a proponer, por haberme negado siempre a cometer injusticias; por haber dedicado la vida a intentar que los ciudadanos se ocupen más de sí mismos y menos de sus pertenencias; por no haber entrado jamás en ninguna conjura, tan habituales en esta ciudad; por haber rehusado recurrir a medios indignos para procurar mi absolución?

Hizo una pausa, como si aguardara una respuesta. Perseo negó lentamente mientras escrutaba al jurado, que estaba tan desconcertado como el público.

—¿Qué considero justo para un hombre pobre, cuya única ocupación consiste en exhortaros buscando vuestro beneficio? Sin duda, atenienses, lo más apropiado es conceder a este hombre la recompensa de ser alimentado en el Pritaneo, igual que hacéis con otros benefactores de la ciudad.

Anito se levantó de un salto y se volvió hacia el jurado.

—¡Aquí podéis ver el desprecio de Sócrates por nuestra ciudad y nuestras instituciones!

El arconte pidió a Anito que guardara silencio, pero siguieron oyéndose algunos gritos contra Sócrates, que levantó las manos como si se disculpara y continuó hablando.

—¿Qué otra cosa puedo pedir? Si estoy convencido de no haber hecho jamás daño a nadie, ¿cómo voy a proponer por ello un castigo?

—¡Hazlo para evitar la pena de muerte! —gritó alguien desde el público.

Sócrates se volvió hacia aquella voz.

—¿Acaso para evitar la muerte, que ignoro si es un mal o un bien, debo condenarme a un mal cierto? ¿Voy a proponer prisión perpetua, y vivir el poco tiempo que me queda de vida peor que un esclavo? ¿El destierro, quizá? No, pues si mis ciudadanos no han podido soportarme, menos aún lo harán los habitantes de otras ciudades, y tendría que pasar mis últimos años vagando de un lugar a otro. Si fuese rico, me condenaría a una multa que pudiera pagar, pero ya sabéis que nada tengo. —Se encogió de hombros sin que Perseo consiguiera leer en su expresión—. En todo caso, os podría proponer una multa proporcionada a mi pobreza, y en ese caso podría llegar a una mina.

Una mina eran cien dracmas, una cantidad irrisoria como alternativa a una pena de muerte, y muchos hombres protestaron dando voces. Perseo vio que Anito se daba la vuelta y contemplaba las protestas del jurado con una expresión de regocijo.

—¡Sócrates, ofrece más! —Perseo colocó las manos a los lados de la boca para hacerse oír sobre el bullicio—. ¡Nosotros lo pagamos!

Critón, Apolodoro y Platón se unieron a sus gritos.

—¡Sube la propuesta!

—¡Treinta minas, Sócrates, ofrece treinta minas!

Sócrates se giró hacia ellos y asintió. Los señaló con una mano, y cuando las protestas disminuyeron volvió a hablar.

—Perseo, Platón, Critón y Apolodoro quieren que me extienda hasta treinta minas, de las que ellos responden. Así pues, eso es lo que propongo: una condena de treinta minas. —Sin añadir nada más, Sócrates abandonó el estrado.

Perseo observó angustiado a los miembros del jurado mientras trataba de interpretar la nube de murmullos que llenó la sala. Al cabo de un rato, el arconte ordenó que se procediera a la votación definitiva.

Casandra había ocupado el lugar de Jantipa al otro lado de la puerta del tribunal. Sentada a sus pies, su amiga se abrazaba las rodillas con la mirada perdida.

«No tiene ninguna esperanza.»

Le impresionaba que Jantipa estuviera tan abatida. Era la mujer más fuerte que conocía, y al verla así comprendió que amaba a su marido. Sus padres habían organizado el matrimonio, y discutía a menudo con Sócrates por prestar tan poca atención a las necesidades materiales, pero era evidente que la perspectiva de que fuera a morir la destrozaba.

El proceso de votación se había iniciado hacía bastante rato. Previamente habían escuchado fuertes protestas durante la intervención de Sócrates, aunque no sabían qué había dicho.

«Atenea, protege a Sócrates de estas acusaciones que sabes que no son ciertas.»

En el interior del tribunal el silencio se prolongó, hasta que de pronto se distinguió la voz del arconte. Aunque no se entendía lo que decía, el rumor que se alzó dejó claro el resultado de la votación.

«Pena de muerte.»

Casandra agachó la cabeza y miró a su amiga mientras los hombres que las rodeaban se comunicaban a voces la sentencia. Jantipa se estremeció sin dejar de mirar al infinito. Después levantó una mano hacia ella y habló con un hilo de voz llorosa.

—Volvamos con los niños.

Casandra la ayudó a levantarse. La muchedumbre se fue silenciando y Jantipa comenzó a andar, con la lentitud y torpeza de una anciana, a través del pasillo que les abrían.

Anito suspiró de gozo cuando el arconte confirmó la pena de muerte. En esta ocasión la diferencia de votos había subido de sesenta a ciento cuarenta. Sócrates estaba perdido, pues no existía derecho de apelación y las penas capitales se ejecutaban en el espacio de un día.

El arconte habló de nuevo.

—La ciudad debe permanecer pura hasta que regrese la nave de Delos. —Atenas enviaba una embajada todos los años para conmemorar la victoria de Teseo sobre el Minotauro—. La sentencia se aplaza hasta ese momento.

La sonrisa no se borró del rostro de Anito.

«No recordaba que la nave partió ayer, pero me parece muy bien que Sócrates se pase unos cuantos días en la cárcel esperando la muerte.»

—Sócrates —concluyó el arconte—, si quieres, puedes decir tus últimas palabras.

Anito se volvió hacia Perseo mientras el filósofo se incorporaba de nuevo.

«Despídete de tu bella esposa; en cuanto muera Sócrates, haré que presenten tu acusación de impiedad.»

El filósofo llegó a lo alto del estrado y habló con la misma serenidad con que lo había hecho toda la jornada.

—Atenienses, si hubierais tenido un poco de paciencia, la muerte habría terminado conmigo por sí sola, y habríais evitado cargar con una injusticia. Ahora voy a sufrir la muerte porque me habéis condenado, y mis acusadores van a sufrir la infamia a la que les condena la verdad.

Meleto intentó hundirse aún más en su asiento.

—La voz de mi *daimon*, que tantas veces me ha prevenido, hoy no me ha dicho nada, ni cuando venía al tribunal, ni cuando he empezado a hablaros. Eso, sin duda, significa que defenderme de un modo deshonroso hubiera sido un mal, y que lo que me espera no lo es. La muerte es un sueño eterno o el tránsito a una morada eterna en la que encontraremos a quienes nos han precedido. En ambos casos, no es algo que debamos temer.

»Sólo una gracia quiero pediros, atenienses. Cuando mis hijos sean mayores, os suplico que los hostiguéis si veis que prefieren las riquezas a la virtud, como he hecho yo con vosotros. Avergonzadlos si no se aplican a lo que deben aplicarse o se creen lo que no son. De ese modo, estaréis obrando con justicia.

»Ahora, ha llegado el momento de que nos vayamos, yo para morir, vosotros para vivir. ¿Quién lleva la mejor parte? Nadie lo sabe, excepto los dioses.

# Capítulo 107
*Atenas, junio de 399 a. C.*

—... acusa a Perseo de profanar los misterios de Eleusis. El acusador pide la pena de muerte.

El magistrado apoyó la espalda dolorida en los cojines del respaldo y leyó la acusación de nuevo, esta vez en voz baja. Se encontraba en la sala de trabajo de su vivienda, a salvo de ojos y oídos indiscretos. Cuando concluyó, levantó la vista del documento.

—Así está bien. La presentaremos en cuanto muera Sócrates.

Anito tuvo que contenerse para no soltar una carcajada. Dejó su copa de vino en la mesa que los separaba, metió una mano en la túnica y arrojó una pesada bolsa de monedas enfrente del magistrado.

—¿Estás seguro de que podré quedarme con Casandra?

El magistrado cogió la bolsa, sin poder contener una sonrisa al notar su peso, y la hizo desaparecer de la mesa. Tenía diez años más que Anito, ya había cumplido los setenta, pero sus ojos oscuros enmarcados de arrugas reflejaban una inteligencia aguda y despierta.

—Se considerará un acto de benevolencia por tu parte casarte con la mujer de un hombre ejecutado por impiedad. Tendremos que actuar rápido para que nadie se interponga. No obstante, con mi ayuda Casandra estará a tu cargo dentro de muy poco.

Anito apoyó los codos en la mesa y entrelazó los dedos. La nave que debía regresar de Delos había retrasado su viaje durante un mes debido a vientos desfavorables, por lo que la ejecución de Sócrates se había demorado mucho más de lo previsto. Afortunadamente, los vientos habían cambiado y esperaban que la embarcación arribara en cualquier momento.

—Hay que asegurarse de que Perseo no escapa. Tienes que hacer que lo arresten. —Sonó más imperativo de lo que había pretendido, pero a fin de cuentas aquel magistrado ya había aceptado su dinero.

—Eso no será un problema. El hombre que presente la acusación debe decir que Perseo tiene intención de alejarse de Atenas. Además, lo estamos acusando de profanar los misterios de Eleusis, la misma acusación que se hizo contra Alcibíades, y por la que éste huyó a Esparta. La mayoría de nuestros ciudadanos tiene aquello grabado a fuego en la memoria, les parecerá bien que metamos a Perseo en la cárcel hasta que se celebre el juicio.

El semblante de Anito se ensombreció.

—¿No se le puede detener antes de presentar la acusación? ¿Hoy mismo?

El magistrado reflexionó un momento. Anito le estaba dando mucha plata, no quería llevarle la contraria, pero no veía la manera de contentarlo en eso.

—Lo máximo que puedo hacer es tener preparado un comando de arqueros escitas, y en cuanto se presente la acusación enviarlos a su casa para detenerlo.

«Eso no me sirve, dejaría a Perseo demasiadas horas de margen. —Anito apretó los labios y se echó hacia atrás, aunque luego miró al magistrado y sonrió como si aceptara su propuesta—. Tendré que ocuparme yo mismo de que no escape.»

Casandra miró a Perseo sintiendo un profundo desasosiego. Faltaba una hora para el amanecer y el fuego de las lámparas de pie proyectaba sombras danzantes en las paredes del patio. Su marido debía acudir a la cárcel tan temprano porque durante el día Sócrates siempre estaba acompañado, y debían comunicarle el plan que habían preparado para sacarlo de la cárcel.

—¿Estás seguro de que la fuga va a ser esta noche?

Perseo sostuvo la mirada de Casandra y asintió. Sus ojos

casi incoloros parecían de un amarillo anaranjado al reflejar las llamas de las lámparas.

—Critón ha pagado a los guardias del turno de noche, así que tiene que ser después de la puesta de sol. Y si hoy llega la nave de Delos, la sentencia se ejecutará mañana al anochecer. No podemos arriesgarnos, debemos partir esta noche.

Casandra sintió que el bebé le daba una patada y apoyó una mano en su vientre abombado. El plan era que Perseo acompañara a Sócrates durante la huida y el posterior viaje a Tesalia. Mientras tanto, ella y el pequeño Eurímaco se quedarían en Atenas, igual que Jantipa y los hijos de Sócrates. Critón aseguraba que nadie se vería salpicado por la fuga gracias a los sobornos que había pagado, y que él se ocuparía de las familias de Sócrates y de Perseo tanto tiempo como hiciera falta.

—¿Cuánto tendremos que estar separados? —preguntó finalmente. Había conseguido que su voz sonara firme, pero Perseo advirtió su inquietud y la abrazó.

—Ahora he de ir con Critón para controlar que los guardias no lo escuchen mientras habla de la huida con Sócrates; luego regresaré y pasaré todo el día con vosotros. —Besó sus cabellos negros—. Después... calculo que dentro de una semana Sócrates estará instalado y yo podré regresar a Atenas.

Casandra apoyó la mejilla en el pecho de Perseo. Él le estaba contando la mejor alternativa. Si algo salía mal, podían detenerlo o algo peor. «Si se descubre que ha participado en la fuga de Sócrates, lo denunciarán y tendrá que exiliarse.»

Lo estrechó con más fuerza y luego se separó.

—De acuerdo. Vete ya.

Acompañó a su marido hasta la puerta exterior y lo vio desaparecer en las tinieblas de la noche.

Perseo pensó que la plaza del ágora se encontraba extrañamente silenciosa. La atravesó escudriñando el entorno oscuro, y al advertir movimiento frente a él ralentizó el paso. Distinguió a dos hombres que descargaban mercancía de un carro y a un tercero que encajaba los maderos que formarían el mostrador de su tenderete. Le echaron un vistazo sin reconocerlo y continuaron con sus tareas mientras pasaba de largo.

Critón lo aguardaba en la esquina sudoeste del ágora, junto al edificio del tribunal en el que habían juzgado a Sócrates.

—Salud, Perseo.

Respondió con un breve asentimiento y los dos se dieron cuenta de que el otro estaba nervioso. Sin decir nada más se pusieron en marcha hacia el cercano edificio de la cárcel. Ya habían acordado que sería Critón quien entrara para explicarle el plan de fuga a Sócrates. Perseo se quedaría con los guardias y avisaría mediante un estornudo si alguno se aproximaba a la celda.

La pared de la prisión estaba formada por grandes bloques de piedra. A cada lado de la puerta un aplique de hierro sostenía una antorcha llameante. Cuando Perseo y Critón entraron en la zona iluminada, uno de los guardias dio un paso al frente y adelantó su lanza.

—Qué pronto venís hoy —dijo al reconocerlos.

—Sócrates tiene muchos visitantes durante el día —respondió Critón—, queremos despedirnos a solas.

El guardia esbozó una sonrisa apenada.

—Es cierto, parece que la nave de Delos llegará hoy a Atenas. Confieso que siento lástima, nunca he tenido un prisionero tan cordial como él.

—Ni que muestre tanta serenidad —intervino otro guardia—, aunque habrá que ver si se mantiene igual ahora que se acerca su hora.

Critón se dirigió a Perseo con un tono casual.

—¿Te parece bien que vaya yo primero?

—De acuerdo. Esperaré aquí hasta que salgas.

Critón entró en el edificio de la prisión acompañado por el guardia que tenía las llaves. Avanzó por un pasillo flanqueado de celdas y se detuvo frente a la de Sócrates. Cuando entró, el guardia volvió a cerrarla y regresó junto a sus compañeros.

En la puerta de la cárcel, Perseo se había puesto a contar anécdotas de cuando participó en los Juegos de Olimpia. Esperaba que eso mantuviera a los guardias entretenidos el tiempo suficiente.

Sócrates dormía profundamente.

Al cambiar de posición sobre el lecho, el grillete rozó las llagas de su tobillo y se despertó. Entornó los ojos y advirtió que la claridad del alba comenzaba a revelar los detalles de la celda. En ese momento descubrió a Critón a los pies de su cama.

—Critón, hoy has venido muy temprano. —Se incorporó despacio, sujetando la cadena del grillete, y se sentó en el borde del lecho. Luego se pasó una mano por el pelo dejándolo igual de revuelto—. ¿A qué se debe que hayas madrugado tanto para visitarme?

—Sócrates, han llegado noticias desde el cabo Sunio. La nave de Delos ya se está acercando a Atenas. —Echó un vistazo hacia la puerta de la celda y bajó el tono de voz—. Sé que la muerte no te causa temor, Sócrates, pero a todos tus amigos sí, y hemos preparado todo lo necesario para que puedas escapar. —La expresión que apareció en el rostro del filósofo lo inquietó, pero siguió susurrando con vehemencia—. Los guardias de esta noche te dejarán salir disfrazado de mendigo, y no debes temer que alguno pueda delatarnos, pues les ofreceremos el doble de lo que obtendrían si nos denunciaran.

Sócrates asintió despacio antes de responder.

—Ciertamente me preocuparía que resultarais perjudicados; pero hay otras muchas cuestiones que me preocupan de lo que me estás diciendo.

—Está todo pensado, Sócrates. Te llevaremos al Pireo oculto en un carro, y allí Perseo se embarcará contigo en un barco con destino a Tesalia, donde tengo amigos que te acogerán muy bien. Y no te preocupes por Jantipa y los niños. Los enviaremos contigo cuando estés asentado, o si prefieres que se queden en Atenas, nos ocuparemos de que no les falte de nada.

Sócrates sonrió a su amigo.

—Creo no equivocarme, Critón, cuando pienso que mis hijos recibirán vuestros cuidados aunque yo muera, por lo que no debo tenerlos en cuenta a la hora de valorar tu propuesta de fuga. Sin embargo, si escapara de la cárcel y los llevara a otra ciudad, los convertiría en extranjeros; y aunque los dejara en Atenas, no cesarían de recibir la influencia negativa de un padre que al huir ha actuado contra la justicia. Del mismo modo, en las ciudades a las que fuera, yo sería visto justamente como un hombre que ha quebrantado las leyes.

—Pero...

Su amigo alzó una mano para interrumpirlo.

—¿Convienes conmigo, Critón, como en nuestras conversaciones has hecho siempre, en que sólo la justicia debe guiar nuestros actos?

—Así es, Sócrates.

—Siendo así, debemos examinar la propuesta que me haces desde ese mismo criterio, pues ya sabes que sólo cedo ante razones que considero justas. Creo que si en el momento de la fuga se presentaran ante mí las propias leyes, me dirían: ¿adónde han ido a parar tus discursos sobre la justicia y la virtud? En el juicio pudiste solicitar el exilio y haberte marchado a otra ciudad bajo el amparo de la justicia; sin embargo, lo rechazaste, ¿y ahora vas a acogerte al destierro obrando contra nosotras, las leyes?

»No, Critón; ¿qué sentido tendría aceptar de un modo injusto lo que podría haber obtenido en el marco de la justicia? Las leyes me dirían que siguiera escuchándolas y obedeciéndolas, a ellas que me han gobernado y amparado desde el nacimiento, auspiciando el matrimonio de mis padres y el mío propio, la educación que recibí de niño y la de mis propios hijos. Desobedecerlas sería aferrarme ridículamente a una vida que de cualquier modo ya está cercana a su fin. En cambio, al respetarlas también en esta ocasión, tras la muerte podré enfrentarme a los verdaderos jueces y utilizar el mismo discurso de defensa que en mi anterior juicio, asegurando que siempre he actuado guiándome por la justicia.

Critón agachó la cabeza.

—Tienes razón, Sócrates.

—Ahora sabes los argumentos que resuenan en mi alma. Creo que no se pueden refutar de ningún modo, pero habla si crees que puedes convencerme.

Critón miró a su amigo y después bajó los ojos.

—No, Sócrates, no tengo nada que decir.

## Capítulo 108
*Atenas, junio de 399 a. C.*

Una fiera expectación había impedido que Anito durmiera aquella noche.

«Perseo estará en mis manos dentro de unas horas.»

Contempló desde la ventana de su alcoba la claridad que se extendía por el cielo. El barco procedente de Delos había llegado el día anterior, por lo que aquel amanecer sería el último para Sócrates.

«Cuando el sol se oculte tras el horizonte, morirá.»

Cerró los ojos y paladeó el sabor dulce de su venganza, que en unas horas sería completa. La acusación de impiedad contra Perseo se presentaría al día siguiente, y después el magistrado al que había sobornado enviaría unos arqueros escitas a detenerlo.

«Alguien podría avisarle antes de su detención, no voy a correr riesgos.»

Abrió un baúl de cedro y sacó del fondo una bolsa de piel. Al deshacer el nudo apareció un centenar de tetradracmas de Atenas, con la imagen de Atenea por un lado y la lechuza que representaba la sabiduría por el otro. Cogió cinco monedas y guardó la bolsa en el baúl. «Veinte dracmas, dos para cada uno.»

Cerró el baúl con llave y guardó ésta debajo de una baldosa del suelo. Había contratado a diez mercenarios para que detuvieran a Perseo. Imaginaba que iría a la cárcel para pasar el último día con Sócrates. Él le haría salir al mediodía con el falso aviso de que su mujer estaba enferma, y cuando se dirigiera a su casa caerían sobre él y lo apresarían.

«Lo mantendremos oculto hasta que mañana se presente

la acusación. Entonces lo pondré en manos de la justicia.» Probablemente Perseo protestara por haberlo secuestrado durante unas horas, pero nadie tomaría muy en cuenta sus protestas cuando ya fuera un acusado de impiedad... y unas semanas más tarde, un hombre muerto.

«Cuando ejecuten a Perseo, Casandra quedará bajo mi tutela.»

La satisfacción inminente de aquel rencor tan prolongado hizo que todo su cuerpo se estremeciera. Había estado a punto de apropiarse de ella hacía catorce años, pero en aquella ocasión lo habían impedido Eurípides, Sócrates y Perseo.

«Esta vez los tres estarán muertos.»

Perseo avanzaba hacia la cárcel con una sensación de irrealidad, incapaz de asimilar que Sócrates fuera a ser ejecutado al cabo de unas horas.

Dos días atrás, después de que Critón tratara en vano de convencer al filósofo de que aceptara el plan de fuga, él había entrado en la celda y también lo había intentado. Al igual que Critón, había sido vencido por la fuerza moral de los argumentos de Sócrates.

«Su vida entera es una lección de justicia, pero hoy la consecuencia de sus enseñanzas es su propia muerte.»

Al acercarse a la prisión vio a una veintena de discípulos frente a las puertas. Critón advirtió que llegaba y se acercó a él, tan encorvado como si en las últimas horas hubiera envejecido diez años.

—Debemos esperar, están quitándole los grilletes y comunicándole que morirá cuando se ponga el sol. Jantipa y los niños están dentro con él.

Perseo asintió con los labios apretados. Todos los discípulos aguardaban en silencio bajo la luz tibia de la mañana, algunos sin poder contener las lágrimas. Uno de ellos sollozaba un poco apartado, tapándose la cara con las manos, y Perseo se dio cuenta de que se trataba del pintor Apolodoro. Dejó de mirarlo y respiró profundamente para contener sus propias lágrimas.

«Platón ni siquiera ha podido venir.» Era uno de los discípulos más cercanos, y con toda probabilidad el que mejor comprendía las enseñanzas de Sócrates, pero la pérdida de su venerado maestro resultaba demasiado dura para su alma sensible. Perseo se había cruzado con él la noche anterior. Platón arrastraba los pies con la mirada perdida, pálido y demacrado, y no se había dado cuenta de que lo había saludado.

—Ya le hemos quitado los grilletes. Podéis pasar.

Los guardias les franquearon la entrada y ellos recorrieron la cárcel en silencio. Encontraron a Sócrates de pie en medio de su celda, con Jantipa junto a él llevando en brazos a su hijo pequeño. Los otros dos estaban abrazados a su padre, uno a cada lado, y Sócrates rodeaba sus hombros mientras hablaba con ellos.

Jantipa vio que habían llegado los discípulos de su marido y apoyó la cabeza en su pecho.

—¡Oh, Sócrates, vas a morir siendo inocente!

—Vamos, vamos —susurró él mientras le acariciaba el pelo—, ¿preferirías que muriera siendo culpable?

Jantipa lo miró a través de las lágrimas e intentó devolverle la sonrisa. Los discípulos permanecieron junto a la puerta y durante un rato sólo se oyó el murmullo de las palabras con las que Sócrates tranquilizaba a su mujer y a sus hijos.

Cuando Jantipa salió de la celda con los niños, Sócrates se sentó en el lecho y sus amigos se acercaron. El filósofo se quedó ensimismado, mirando hacia el suelo sin que nadie quisiera interrumpir sus pensamientos. Después comenzó a frotarse el tobillo que le había lacerado el grillete, y de pronto levantó la cabeza y les habló con un tono alegre.

—El mismo tobillo que hace un momento me dolía tanto ahora me proporciona un gran alivio. —Su mirada penetrante pasó de uno a otro, alentándolos—. El dolor y el placer son contrarios, pero los une un lazo natural. Si Esopo hubiera reflexionado sobre esto, quizá habría escrito una fábula diciendo que el dios quiso reconciliar a estos enemigos, y al no conseguirlo los ató a una misma cadena.

Sonrió a sus amigos y los reprendió cariñosamente.

—Borrad la tristeza de vuestros semblantes y sentaos a mi alrededor para que disfrutemos de las horas que tenemos.

—¿Cómo puedes estar tan tranquilo, Sócrates? —preguntó el joven Cebes, un tebano que provenía de una comunidad pitagórica.

—¿Cómo podría ser de otro modo, sabiendo que la muerte es un sueño profundo o el tránsito a una vida más dichosa?

Cebes frunció el ceño y tardó un momento en responder.

—Entonces, Sócrates, ¿el suicidio es una muestra de sabiduría?

—De ningún modo, mi querido Cebes. —Envolvió a los demás con la mirada—. Todo hombre debe ocupar con valor el puesto que le ha correspondido. Además, los hombres pertenecemos a nuestros creadores, por lo que quitarnos la vida sería disponer de algo que no nos pertenece. Actuar contra la vida propia es atentar de un modo inadmisible contra los sagrados lazos que nos unen con los dioses, con los demás hombres y con nosotros mismos.

Perseo se había sentado en el suelo frente a Sócrates. Apoyó la barbilla en las rodillas y contempló con una sensación de desamparo al hombre que en el momento más duro de su vida se había volcado en él como si fuera un segundo padre.

«También a él voy a perderlo», se dijo notando que una lágrima le recorría la cara.

Cerró los ojos intentando serenarse.

—Piensa en Jantipa —le había dicho la última vez que había estado a solas con él—, y en vuestros tres hijos. ¿No deberías escapar, aunque sólo fuera para evitarles el dolor de tu pérdida?

Aquello había sido lo único que había alterado la templanza en el semblante de Sócrates.

—Eso es lo que más me apena de esta situación. —Sócrates había respondido mirándolo a los ojos, con la voz quebrada de emoción pero con la misma decisión de siempre—. Sin embargo, si me fugara, a la larga causaría a mi familia un perjuicio mucho mayor que el de mi muerte. Ten por seguro que Jantipa y los niños son otro de los motivos por los que no puedo aceptar huir de la justicia.

Perseo abrió los ojos y suspiró mirando a Sócrates. Rodeado de sus discípulos, se había lanzado a una disertación sobre la naturaleza del alma tan animadamente como si no supiera que ése era el día de su muerte.

Anito se asomó al cruce y observó la avenida en la que iban a detener a Perseo.

Al fondo se divisaba el edificio de la cárcel. Estaban en la hora más calurosa del día, cuando la mayoría de la gente se resguardaba del sol. Las únicas personas visibles eran los mercenarios que habían dispuesto a lo largo de la calle.

«Pueden resultar un tanto sospechosos —se dijo dudando—, pero Perseo estará nervioso, no creo que se dé cuenta.»

En realidad, no importaba mucho que se percatara. En cuanto entrara en el tramo de calle que controlaban, le cortarían la retirada y serían diez contra uno.

El jefe de los mercenarios aguardaba junto a Anito. Era un hombre al que la barba y el bigote le ocultaban la boca, lo cual lo hacía inquietantemente inexpresivo. Echó un vistazo a ambos lados de la calle y se apartó de la esquina.

—Creo que deberíamos enviar ya al muchacho —dijo en un tono desapasionado.

—Muy bien —respondió Anito—. Llamadlo.

El hombre se giró hacia atrás, emitió un silbido breve y se acercó corriendo un chico de doce o trece años.

—¿Recuerdas lo que debes decir? —le preguntó Anito.

—Tengo que decir a los guardias que avisen a Perseo de que su mujer se ha puesto de parto, y que ella le pide que regrese de inmediato a su casa.

—Eso es. Vamos, date prisa.

El muchacho se alejó corriendo hacia el edificio de la cárcel.

«Casandra está embarazada de cinco o seis meses —se dijo Anito—, Perseo pensará que está abortando y saldrá al instante.»

Se asomó de nuevo al cruce.

Los mercenarios estaban preparados.

## Capítulo 109
*Atenas, junio de 399 a. C.*

Platón corría alejándose de Atenas por la antigua explanada de los Muros Largos. Las lágrimas hacían que apenas percibiera los restos de los Muros. A su mente acudía una y otra vez el recuerdo de su última visita a Sócrates; habían podido pasar unos minutos a solas, pero le había resultado imposible reprimir el llanto mientras el filósofo lo intentaba calmar.

«Mi vida estaba vacía antes de conocerte, Sócrates. ¿Cómo voy a consolarme de tu pérdida?»

A los veinte años había escrito algunas obras literarias de las que se sentía orgulloso. Una mañana se cruzó con Sócrates y éste le lanzó una pregunta, como hacía a veces con cualquiera que se encontrara. Él procuró dar una respuesta ingeniosa y se dispuso a continuar su camino, pero Sócrates replicó al punto con una nueva pregunta que lo desconcertó. El intercambio se prolongó hasta que se hizo de noche, y cuando regresó a su casa cogió todas sus obras, que ahora le parecían triviales y pretenciosas, y las arrojó al fuego. Mientras se convertían en cenizas, lo único que lamentaba era no haber conocido antes a su maestro.

Se enjugó las lágrimas y siguió avanzando hacia el Pireo. Estaba desolado por la muerte de Sócrates, que tendría lugar al cabo de unas pocas horas, pero había otro asunto terrible que lo atormentaba.

Aquella mañana había salido de su casa, huyendo de la compasión de su familia, y había vagado por las calles de Atenas. El sol brillaba de un modo insoportable para su ánimo lóbrego, lo que le llevó a refugiarse en la oscuridad de una taberna miserable. Pidió una copa de vino para que el tabernero lo dejara en paz y permaneció durante horas con la cara entre las manos, sumido en el horror de que cada instante estaba un poco más cerca el final del hombre más bueno y justo que había conocido.

De pronto se dio cuenta de que oía un sollozo. Miró a su alrededor y vio en una esquina a un hombre que lloraba con los brazos cruzados sobre la mesa y la cabeza apoyada en ellos. Quizá se lamentaba por una mujer o por problemas de dinero, o tal vez fuera un borracho que no recordaba por qué lloraba; en cualquier caso, parecía estar sufriendo y Platón sintió que eso los unía.

El hombre alzó la cabeza al cabo de un rato y a Platón le sorprendió reconocerlo. Tras dudar un momento, se levantó y se acercó a su mesa.

—Salud, Antemión. —El aludido se sobresaltó. Platón sintió una vaharada de alcohol al sentarse a su lado—. ¿Tú tampoco has reunido fuerzas para acompañar a Sócrates?

El semblante de Antemión se descompuso y comenzó a sollozar de forma ruidosa. Platón se dio cuenta de que estaba completamente borracho.

—Tranquilo, tranquilo. —Le pasó un brazo por la espalda y Antemión apoyó la cabeza en su hombro. Entre sollozo y sollozo inspiraba con fuerza como si quisiera hablar, pero el llanto quebraba todos sus intentos.

—No... —Una nueva cadena de sollozos—. No es sólo eso...

Platón esperó a que continuara, notando una curiosidad incipiente. Sin embargo, Antemión se limitaba a mover la cabeza contra su hombro, negando una y otra vez.

—¿Qué más te ocurre, Antemión?

—¡Soy un cobarde! —Gimoteó durante un rato sin levantar la cabeza—. Soy un cobarde. Un maldito cobarde.

—No eres un cobarde, Antemión. —Platón vio que el tabernero les echaba un vistazo y se desentendía de ellos—. Vamos, cuéntame por qué dices eso, quizá pueda ayudarte.

Su acompañante se quedó un momento callado, con el cuerpo en tensión. Luego reanudó sus lamentos.

—Le tengo miedo. Siempre le he tenido miedo... pero tenía que haberlo dicho. ¡Oh, dioses, tendría que haberlo dicho!

—Ya basta. —Platón le cogió la cabeza y lo incorporó. Antemión se retrajo como si temiera que fuese a pegarle—. No voy a hacerte daño, pero dime de qué estás hablando. —Tragó saliva para poder continuar—: Hazlo por Sócrates.

El rostro de Antemión se retorció en un nuevo acceso de llanto. Intentó echarse sobre la mesa y Platón lo mantuvo sujeto.

—Tienes razón, te lo diré. —Antemión lo miró con unos ojos completamente enrojecidos, luego rehuyó su mirada—. Pero ahora ya es tarde.

Platón sintió el aguijón de la urgencia y lo sacudió para que prosiguiera.

—Ayer fui a casa de mi padre. A veces voy cuando no está... para buscar dinero. Mientras me encontraba allí apareció mi padre y tuve que ocultarme. Entonces lo oí —meneó la cabeza—, y no me he atrevido a decir nada.

—¿Qué es lo que oíste, Antemión?

—Mi padre estaba hablando con unos hombres. Desde donde me había escondido no los vi, pero debían de ser mercenarios. —Clavó en Platón una mirada cargada de culpabilidad—. Mi padre les ordenó que capturaran hoy a Perseo. Se va a presentar contra él una acusación de impiedad, para matarlo como a Sócrates. —Platón sintió que la garganta se le secaba—. Los mercenarios retendrán a Perseo hasta que se dé la orden oficial de encarcelarlo, para que no pueda escapar... y también oí a mi padre decir que si conseguían apresarlo sin que hubiera testigos, lo matarían ellos mismos.

Platón apartó las manos de Antemión, que volvió a gimotear.

—Oh, Platón, lo siento. Tendría que haber avisado a Perseo y a la tía Casandra. Lo siento, lo siento... —Volvió a recostar el cuerpo sobre la mesa y Platón se levantó conmocionado.

«Perseo debe de estar con Sócrates... si no lo han atrapado ya.»

Salió de la taberna y recorrió a toda velocidad las calles que lo llevaban a la cárcel. Cuando se acercó a la entrada comenzó a temblar al pensar que Sócrates se encontraba a pocos pasos, pasando sus últimas horas con sus amigos más cercanos.

Habló con los guardias haciendo un gran esfuerzo para que su voz no se quebrara.

—Traigo un aviso para Perseo, debe de estar con Sócrates en este momento. Díganle... —Perseo no querría alejarse de Sócrates, tenía que ser contundente—. Díganle que su mujer ha enfermado y que tiene que regresar a su casa ahora mismo.

Uno de los guardias se internó en la cárcel y al cabo de un momento apareció Perseo.

—¡¿Qué ocurre, Platón?! Me han dicho...

Platón lo interrumpió y le contó todo lo que le había revelado Antemión. Perseo se giró hacia el interior de la cárcel con el corazón desgarrado. Si se iba ahora, probablemente nunca más vería a Sócrates con vida. Después miró con decisión hacia donde se encontraba su casa.

—Tengo que volver con Casandra.

«Ya se ha quedado dormido.»

Casandra contempló el rostro relajado del pequeño Eurímaco. Quería muchísimo a su hijo, pero agradecía que con cinco años todavía durmiera un rato por las tardes y la dejara descansar.

Entró en su alcoba masajeándose la zona lumbar y se acostó con movimientos torpes. El embarazo había sido fácil de llevar hasta que al adentrarse en el sexto mes había comenzado a dolerle la espalda.

«Pobre Jantipa, qué situación tan espantosa. —Quería haber pasado el día con ella, pero el dolor apenas le permitía moverse por la casa. Al menos sabía que estaban con ella su tía y sus primas—. La ayudarán a lavar y a preparar el cadáver de Sócrates...»

«El cadáver de Sócrates.»

Una congoja intensa le humedeció los ojos. Sentía tanta pena por el anciano filósofo como por Perseo, que llevaba varios días con una expresión tan triste que le partía el corazón.

«Seguro que Sócrates les levanta a todos el ánimo hasta el último momento, pero cuando se haya ido...»

Se oyó la puerta de la calle y Casandra incorporó el torso.

La tierra del patio crujió con unos pasos apresurados y de pronto la puerta del dormitorio se abrió sobresaltándola.

—¡Perseo!

—Estás bien, gracias a los dioses. ¿Dónde está Eurímaco?

—Durmiendo. ¿Qué ocurre?

—Anito ha contratado a unos mercenarios para capturarme. —Se enjugó el sudor que le caía por la frente—. Y mañana presentará una acusación de impiedad contra mí solicitando la pena de muerte.

Casandra se puso en pie horrorizada, ignorando el pinchazo de su espalda mientras Perseo seguía hablando.

—Platón ha ido al Pireo para intentar conseguir un barco. —Se acercó a su coraza de bronce y comenzó a ponérsela—. Rápido, coge lo imprescindible, tenemos que marcharnos de Atenas cuanto antes.

Anito aguardó mientras el muchacho hablaba con los guardias en la puerta de la cárcel. Vio que cruzaban unas palabras y luego el chico regresó sin que ningún guardia entrara para advertir a Perseo de que su mujer se había puesto de parto.

«¿Qué está pasando?»

Esperó retorciéndose las manos hasta que el muchacho llegó a su altura.

—Los guardias dicen que ya han avisado a Perseo.

Anito sintió que le faltaba el aire.

—¡¿Cómo que ya lo han avisado?!

—Sí, señor. Parece que alguien ha traído el mensaje de que su mujer estaba enferma. Se lo han dicho y Perseo se ha ido corriendo a su casa.

«Maldita sea, ¿habrá enfermado de verdad Casandra?» Anito vaciló un instante. Fuese o no cierto, lo importante era que allí encontrarían a Perseo.

—Vamos a su casa —ordenó al jefe de los mercenarios—. Di a todos tus hombres que nos sigan. ¡Rápido!

Cruzaron el ágora divididos en parejas para no llamar la atención. Cuando se internaron en las callejuelas del Cerámico, corrieron hasta llegar a unos pasos de la vivienda de Perseo y allí se agruparon.

—Puede que haya algún sirviente —Anito jadeaba tratando de recobrar el aliento—, o algún trabajador de su taller de cerámica, pero el único realmente peligroso es Perseo. —Recordó su mano de hierro aferrándole el cuello y sintió un regocijo oscuro—. Y que nadie haga daño a su mujer, a Casandra la quiero intacta. —Por un momento pensó en mencionar que estaba embarazada, y que dentro de la casa también encontrarían a su hijo de cinco años, pero decidió omitirlo.

Se colocaron sin hacer ruido a ambos lados de la puerta. Anito se mantuvo detrás de los mercenarios y vio que desenvainaban sus armas. El más corpulento se alejó de la entrada y embistió con el hombro.

La puerta cedió con un crujido. Los mercenarios irrumpieron en la vivienda como una avalancha, se oyeron algunos golpes y Anito imaginó a Perseo tratando de defenderse a puñetazos. El jefe de los mercenarios se había quedado bloqueando la puerta y se acercó a él para ver cuanto antes a sus presas.

Uno de los hombres dijo algo desde el interior y el jefe se giró hacia Anito.

—Aquí no hay nadie.

—¡¿Qué?!

Anito traspasó el umbral con una sensación de angustia que de inmediato se convirtió en ira. Los mercenarios estaban saliendo de las habitaciones y reuniéndose en el patio, donde la pared encalada del horno de cerámica relucía como la túnica de un hombre obeso.

—¿Habéis mirado dentro del horno?

Se precipitó hacia la pequeña puerta sin esperar a que respondieran y se asomó al interior del horno. Estaba completamente vacío. Atravesó el patio seguido por la mirada de los mercenarios y fue recorriendo las diferentes estancias, constatando que no había dónde esconderse. Por último entró en el taller y contempló desesperado los tornos vacíos, las artesas, las estanterías llenas de vasijas.

«¡Por Zeus, ¿dónde están?!»

La cólera borboteaba en su interior, le llegaba a la garganta como la lava de un volcán. De pronto sus ojos se detuvieron en una gran crátera de asas onduladas situada en un estante elevado. Mostraba a un hombre y a una mujer divirtiéndose en alguna festividad, sus rostros...

«¡Son ellos, riéndose de mí!»

Anito cogió un taburete y empezó a destruir las vasijas con furia. La crátera de asas onduladas reventó al golpearla. Un trozo grande cayó desde el estante y su borde afilado impactó contra su tobillo. Apenas notó dolor, pero la articulación se dobló con un crujido y se desplomó.

—¡Aaah...! —gritó de rabia aferrándose el tobillo y vio que la sangre brotaba entre sus dedos.

En ese momento el jefe de los mercenarios entró en el taller y le habló como si no se hubiera percatado de que estaba sangrando en el suelo.

—¿Qué hacemos ahora?

Anito apartó las manos y trató de incorporarse. El corte llegaba hasta el hueso, la sangre fluyó con fuerza. Ignoró la hemorragia y se puso de pie, pero al apoyar el peso se le volvió a doblar el tobillo y cayó entre los trozos de cerámica.

—¡Maldita sea! —Se apretó la herida intentando detener la pérdida de sangre—. ¡Tenemos que atraparlo! —Cerró los ojos, esforzándose en pensar con claridad, y enseguida se dio cuenta de lo que debían hacer—. Envía a tres de tus hombres a recorrer el camino hacia Eleusis. —Gimió de dolor con los dientes apretados—. Y tú ve con el resto al Pireo. Seguramente intenten conseguir un barco.

«¿Dónde está Platón?»

Casandra miraba en todas direcciones sin dejar de recorrer el puerto siguiendo a su marido. Con una mano tiraba de Eurímaco y en la otra cargaba con un hatillo de ropa.

Perseo se giró un momento hacia ella y continuó avanzando. Advirtió angustiado que estaban llegando al final del puerto comercial y empezó a pensar que no encontrarían a Platón. Volvió a mirar hacia atrás temiendo que apareciera Anito con sus mercenarios. Él había cogido sus armas y llevaba la armadura completa, pero no podría vencer a un grupo numeroso de combatientes expertos.

Siguió atravesando el puerto apoyándose en la lanza a cada paso; la vieja lesión de su rodilla izquierda lo estaba mortificando. De su cuello colgaba un pequeño saco con algo de comida y la plata que tenía guardada en casa.

—¡Ahí está!

Platón se acercaba corriendo desde el final de la dársena. Al llegar a su altura cogió el hatillo de Casandra y les indicó que lo siguieran.

—Tenemos un barco, pero no he conseguido convencer al capitán de que salgamos hoy. La nave pertenece a Critón, habíamos acordado que dentro de tres días partiría para Sicilia con Euclides, Fedondas y conmigo.

—No podemos esperar, los mercenarios pueden aparecer en cualquier momento.

Al llegar al barco encontraron al capitán dirigiendo la carga de las bodegas. El hombre se quedó un rato pensativo tras escuchar a Perseo. Apenas conocía a Platón, pero sabía que

Perseo era amigo de su jefe y que habían participado juntos en algún negocio.

—Si salimos hoy, Critón perderá varias minas de mercancía que se quedará sin embarcar —repuso finalmente.

—Critón no te responsabilizará por ello —aseguró Perseo—, pero sí de lo que nos ocurra si no salimos cuanto antes.

El capitán los observó ceñudo. Ofrecían una imagen desesperada: sin apenas equipaje, Perseo con su armadura de hoplita y su mujer embarazada llevando de la mano a un niño pequeño.

—No quiero que me hagan cómplice de ningún crimen.

—Te aseguro que no se me acusa de nada. —«Al menos no todavía.»

—¿Lo juras?

—Por todos los dioses.

—Bien, podré argumentar eso si me interrogan. Subid y ocultaos en la bodega, partiremos dentro de una hora.

—¡No! —Perseo miró a lo largo del puerto—. Tiene que ser ahora mismo.

—No puedo navegar sin marineros. Tardaré por lo menos una hora en lograr que se presenten los necesarios. Y tendré que ofrecerles un suplemento de paga que no va a salir de mi bolsillo.

—Ofréceles lo que sea, pero consigue que partamos cuanto antes.

Cruzaron la pasarela del barco y bajaron a la bodega con Platón. Había bastante sitio para acomodarse entre la carga, que consistía básicamente en fardos de tela, cerámicas lujosas y ánforas llenas de aceite. Eurímaco estaba muy asustado y Casandra se dedicó a distraerlo.

—Quedan tres horas para la puesta de sol —murmuró Platón con la mirada fija en el suelo de madera. Cruzó los brazos sobre las rodillas y apoyó la frente en ellos.

«Tres horas...» Perseo negó en silencio. Sabía que Platón no estaba pensando ahora en la fuga, sino en el tiempo de vida que le quedaba a Sócrates. Odió a Anito con más intensidad por privarle de pasar con él sus últimas horas. La llegada del guardia los había interrumpido cuando Sócrates estaba dialogando con algunos discípulos sobre la inmortalidad del alma. Perseo se mantenía al margen de la conversación, pero la firmeza tranquila de Sócrates le influía como a todos los demás.

«No parecía un reo de muerte. Incluso se mostraba más risueño que otros días.»

Probablemente lo hacía para mantener el ánimo general, aunque sus discípulos no podían evitar echarse a llorar al pensar que estaban con él por última vez. Entonces Sócrates los reprendía y encontraba las palabras precisas para aligerar su espíritu.

Cuando el guardia entró para avisar de que Casandra estaba enferma, Sócrates acompañó a Perseo hasta la puerta de la celda.

—Espero que Casandra se reponga pronto. Ve a cuidarla, y no olvides mantenerte alerta contra Anito. —Levantó los brazos hacia él y rio—. Eres demasiado grande para que pueda abrazarte si no te agachas.

Perseo se inclinó y lo estrechó con fuerza. El filósofo le habló con un tono cargado de afecto.

—Sé que soy demasiado despistado, pero cuando murió tu padre traté de ocuparme de ti lo mejor que supe, y te he querido como a un hijo. —Sócrates se separó de él, con los ojos húmedos y una sonrisa en los labios—. Espero que me recuerdes con cariño.

Perseo trató de responder, pero se le había cerrado la garganta. Sócrates asintió acariciándole la mejilla y regresó con sus discípulos.

Critón advirtió que la claridad de la celda estaba disminuyendo. Contempló con profunda pena a Sócrates, su amigo desde hacía más de sesenta años. Derrochaba el mismo ingenio y la misma energía que siempre, parecía imposible que apenas le quedaran unas horas de vida.

Sócrates lo miró mientras concluía su discurso.

—... todo hombre que durante su vida ha renunciado a los placeres del cuerpo, que sólo se ha entregado al placer de la adquisición y el disfrute del conocimiento, y que ha puesto en su alma los adornos que le son propios, como la templanza, la verdad y la justicia; semejante hombre debe esperar con tranquilidad la hora de su partida, y estar siempre dispuesto para cuando el destino lo llame.

Los discípulos reflexionaron en silencio sobre las palabras del filósofo. Éste los miró complacido y se puso de pie trabajosamente.

—Creo que es mejor que me dé un baño, así ahorraré a las mujeres la ingrata tarea de lavar mi cadáver.

Critón intervino haciendo un gran esfuerzo para pronunciar aquellas palabras.

—No nos has dicho qué tenemos que hacer con tu cuerpo.

—Ay, mi querido Critón, creo que no te he convencido de que Sócrates es el que conversa con vosotros, no el que habrá muerto. —Le dirigió una sonrisa afectuosa—. Mientras no digas que entierras o incineras a Sócrates, puedes sepultar mi cuerpo o quemarlo en una pira, como creas más conveniente.

Palmeó con suavidad el hombro de su amigo y se dirigió a la puerta para que el guardia lo condujera al baño.

Anito llevaba horas tirado en el suelo del taller de Perseo. Había desgarrado con los dientes una banda de tela de su túnica y con ella se había hecho un torniquete por encima del corte del tobillo. La herida era profunda y se mantenía abierta, aunque ya apenas sangraba. No obstante, el charco oscuro entre los trozos de vasijas rotas, así como el reguero que había ido dejando al arrastrarse hasta el umbral del taller, hacían patente que había perdido mucha sangre.

Ahora estaba tumbado de lado, con la cabeza asomando al patio, lo que le permitía ver que el sol se pondría dentro de poco.

«Tendré que esperar hasta la madrugada.»

Cerró los ojos, pero los abrió de golpe temiendo desvanecerse y no volver a despertar. El jefe de los mercenarios, cuando le había ordenado que fueran en busca de Perseo, se había limitado a rascarse la barba mientras él sangraba en el suelo como un cerdo.

—Esto se suponía que iba a ser una intervención discreta, una emboscada en una callejuela desierta para capturar a un hombre. —Continuó rascándose la barba—. Ahora nos pides que nos lancemos a una persecución abierta, y que atrapemos a ese hombre en mitad del gentío del Pireo. —Chasqueó la lengua—. Creo que vamos a dejarlo aquí.

—¡Os he pagado para que lo capturéis! —gritó Anito desde el suelo.

—¿Quieres que te devolvamos el dinero? —Los ojos del mercenario eran fríos y duros como la hoja de su espada.

—Os pagaré el doble. ¡El triple!

—No somos ambiciosos. Nos conformaremos con lo que lleves encima.

Se agachó y palpó la túnica buscando el dinero de Anito. Éste se resistió hasta que el hombre le soltó un revés desganado. Los demás mercenarios habían ido entrando en el taller y aguardaban en silencio. Su jefe se levantó con una bolsa de piel, derramó su contenido sobre una mesa y contó las monedas una a una.

—Veintiocho dracmas y dos óbolos —dijo mirando a sus hombres. Reintegró el dinero a la bolsa, y antes de salir miró a Anito como quien echa un vistazo a un perro—. Te desangrarás si no detienes la hemorragia.

Anito había tardado casi una hora en realizar el torniquete. Después se había arrastrado hasta la puerta del taller y allí había decidido que sería más seguro regresar a su casa cuando fuera noche cerrada.

Le acometió una náusea, pero consiguió controlarla. El dolor del tobillo se había extendido por el cuerpo, revolviéndole el estómago y haciendo que le palpitara la cabeza. La náusea regresó con más fuerza y vomitó sobre el suelo de tierra.

«Oh, dioses crueles...»

Se giró hasta quedar boca arriba. El dolor de cabeza se había multiplicado. Por las comisuras de sus párpados cerrados se derramaron lágrimas de rabia e impotencia; Perseo y Casandra se habían escapado y él estaba tirado como un despojo en medio de su casa, herido por una de las malditas vasijas de su enemigo.

En aquel momento, ni siquiera recordaba que Sócrates estaba a punto de morir.

Después de bañarse, Sócrates regresó a la celda, donde los veinte discípulos lo aguardaban como si fueran ellos los condenados.

Apenas hubo entrado, apareció el verdugo.

—Sócrates, ha llegado la hora.

Los discípulos se quedaron helados al escuchar aquellas palabras, pero el filósofo respondió sin alterar su tono tranquilo:

—De acuerdo, cumple tu cometido, estoy preparado.

El verdugo abandonó la celda y al cabo de un momento regresó sosteniendo una copa entre las manos. Se acercó a Sócrates, que cogió la copa y observó su contenido.

—Tú eres el experto en esta materia, dime qué he de hacer.

—Después de tomar la cicuta tienes que ponerte a andar, y cuando sientas las piernas pesadas te tumbas en la cama.

Sócrates miró de nuevo el contenido y elevó la copa.

—Que los dioses bendigan mi viaje y lo hagan dichoso.

Se llevó la copa a los labios, la inclinó y comenzó a tragar el veneno. Sus discípulos se estremecieron y rompieron a llorar.

Sócrates continuó bebiendo hasta apurar la última gota de cicuta.

—¿Qué hacéis, amigos míos? —Le entregó la copa al verdugo—. ¿No habéis oído decir que es preciso morir oyendo buenas palabras? Vamos, mostrad mayor firmeza.

Algunos consiguieron contenerse, otros se dieron la vuelta y siguieron llorando. Sócrates empezó a caminar pausadamente de un extremo a otro de la celda. Sus discípulos se apartaron para no entorpecerlo, excepto Critón, que se puso a caminar a su lado derramando lágrimas silenciosas.

Sócrates continuó andando hasta que de pronto le fallaron las rodillas. Critón se apresuró a sostenerlo y lo acompañó con cuidado hasta el lecho, donde su amigo se tendió boca arriba. El verdugo esperó un momento y presionó uno de los pies del filósofo.

—¿Sientes esto?

—No.

Esperó un poco más y le apretó por encima de la rodilla.

—¿Notas algo?

—No siento nada.

El verdugo miró a Critón.

—Cuando llegue al corazón, Sócrates dejará de existir.

Critón contempló aterrado el rostro de su amigo, que miraba ensimismado hacia el techo de la celda. Poco después, Sócrates intentó mover los brazos sin conseguirlo y desvió la mirada hacia Critón.

—Es mejor que me cubráis —dijo con suavidad.

Colocaron la sábana por encima de su cabeza, tan sólo asomaban algunos cabellos blancos. Al cabo de un momento, su cuerpo se agitó con una breve convulsión.

Critón apartó la sábana y fue incapaz de reprimir un sollozo.

Alargando la mano, cerró los ojos sin vida de Sócrates.


La Acrópolis se hacía más y más pequeña.

En la bodega del barco sólo se había quedado Platón. El capitán entretenía al pequeño Eurímaco mientras Casandra y Perseo permanecían enlazados en la borda, mirando hacia el oeste.

Entre las islas Egina y Salamina, el último gajo de sol se hundía en el mar.

Casandra alzó la mirada al rostro de Perseo. Los ojos de su esposo ardían con un fuego naranja, que poco a poco se apagó hasta quedar sólo ceniza y tristeza.

—Ya está —musitó Perseo.

Casandra apoyó la cabeza en su hombro. La oscuridad se extendía como un manto por toda Grecia.

De pronto el cuerpo de Perseo se agitó y su semblante se descompuso.

—¡Oh, dioses!

—¿Qué...?

—El dios de Delfos nos estaba advirtiendo con sus dos oráculos. —En los ojos de Perseo temblaban lágrimas de plata—.

«Sócrates es el hombre más sabio» y «Sócrates tendrá una muerte violenta, a manos del hombre de la mirada más clara». —Las lágrimas se derramaron al cerrar los párpados—. No era yo, no se refería al color de los ojos sino a la sabiduría.

»El hombre de la mirada más clara era el propio Sócrates.

## Epílogo
*Esparta, septiembre de 399 a. C.*

Calícrates abrió su saco de viaje, apartó el contenido con una mano y colocó al fondo un paquete con la comida que iba a llevar: tocino, queso, cebollas, ajos y algunas aceitunas. Se colgó el saco del hombro y comprobó que no resultara demasiado pesado.

En esta ocasión viajaría sin sirviente, no quería testigos.

Salió del barracón y estuvo a punto de chocar con Leónidas. Su hermanastro se quedó inmóvil a un palmo de él, pero Calícrates aguardó sin levantar la cabeza para mirarlo.

«Es como estar frente a Aristón.»

Al igual que su padre, Leónidas se había convertido en el soldado más grande de Esparta, un gigante al que Calícrates sólo llegaba a la altura del pecho.

—Más vale que te apartes —susurró Calícrates.

Leónidas tenía un carácter agresivo y odiaba a su hermanastro, pero no era estúpido. Sabía que él era un simple soldado de veintidós años y Calícrates ostentaba el cargo de general, además de haberse convertido en la mano derecha del rey Pausanias.

Se echó a un lado y Calícrates siguió adelante sin mirarlo.

«Para Leónidas no soy su hermanastro —se dijo—, sólo el hombre que pudo vengar a su padre y no lo hizo.»

Leónidas había enloquecido al enterarse de que Aristón había muerto. Más tarde llegó a sus oídos que había acabado con él un ateniense llamado Perseo, y que en aquel momento la mujer de Perseo estaba prisionera en Esparta. Cuando supo que Calícrates la había liberado en lugar de despedazarla, juró que nunca lo perdonaría.

741

«Si encuentra una ocasión para vengarse de mí, no la desaprovechará.»

Calícrates pasó junto al templo de Atenea Chalkíoikos y se dirigió hacia el sur mientras pensaba en sus hermanos.

«Es extraño que los tres hijos de Deyanira seamos tan diferentes.» Él se parecía a su padre, Euxeno; Leónidas era como una copia de Aristón; y Perseo era igual que su madre.

Continuó por el curso del río Eurotas en dirección al mar.

«Leónidas y yo también somos completamente distintos en política.» Él era partidario de la línea del rey Pausanias, que pretendía poner fin a la política imperialista de los últimos años y centrarse en el control del Peloponeso. Por su parte, Leónidas admiraba ciegamente al almirante Lisandro, y al igual que éste quería que Esparta se expandiera todo lo posible.

«El almirante nos ha dado la victoria sobre Atenas, pero también nos ha enemistado con Persia.» Lisandro había hecho que Esparta apoyara a Ciro en la lucha por el trono persa. Hacía un par de años que Ciro había muerto y el Gran Rey era Artajerjes, que no olvidaba que Esparta había apoyado a su rival.

«En los próximos años podemos consolidar nuestra hegemonía entre los griegos, o iniciar una guerra con Persia y resultar destruidos.»

Calícrates alejó de su mente aquellos pensamientos, acomodó en el hombro la correa de su saco de viaje y comprobó la altura del sol.

Antes de que anocheciera habría subido al barco que lo llevaría a su destino.


Eurímaco vio que el ratón al que perseguía llegaba a la arboleda y desaparecía. Se detuvo dudando y miró hacia atrás. Su padre estaba hablando con Platón, sin percatarse de lo que hacía él. Se giró de nuevo hacia los árboles, sintiendo la urgencia de continuar tras el animalillo.

«Papá dice que me quede siempre donde él pueda verme.»

Echó otro vistazo hacia atrás y decidió que sólo se adentraría unos pasos.

El follaje era demasiado espeso y enseguida se dio cuenta

de que no encontraría al ratón. Cuando iba a darse la vuelta, surgió ante él una figura alta y encapuchada.

—Hola, pequeño.

Eurímaco se quedó paralizado.

—¿Cómo te llamas?

—Eurímaco —respondió con un hilillo de voz atemorizada.

—Eurímaco... —la capucha se acercó a su cara cuando la persona se agachó—, no deberías alejarte de tus padres.

La cara estaba tapada con una tela, sólo se le veían los ojos y varios mechones de pelo gris. Eurímaco sintió que no podía apartar la mirada de aquellos ojos, que durante un rato lo contemplaron en silencio.

Finalmente, la voz surgió de nuevo tras la tela.

—Te pareces a tu madre. —Alargó una mano y rozó la cara de Eurímaco—. Será mejor que regreses a casa.

El pequeño se dio la vuelta y echó a correr. La persona que se ocultaba tras la capucha se alejó en sentido contrario, y enseguida llegó al lugar donde lo esperaba un hombre a lomos de un caballo.

—Ya podemos irnos.

El hombre extendió una mano para que montara tras él, lo cual hizo con cierta dificultad. Ascendieron un pequeño repecho y el jinete hizo que el animal se detuviera. Más allá de los árboles, vieron a Eurímaco acercándose a su padre.

Las manos se metieron en la capucha y bajaron la tela que ocultaba el rostro.

—Gracias, Calícrates.

Deyanira siguió contemplando a su hijo y a su nieto. Había tardado varios meses en recuperarse de la cuchillada que le había dado Aristón, pero los siguientes años, sabiendo que él no volvería a hacerle daño, había disfrutado de una vida tranquila.

«Y ahora se ha cumplido mi sueño de ver a Perseo... mi bebé de ojos claros», se dijo ensanchando la sonrisa.

Rodeó con los brazos a Calícrates y apoyó la mejilla en su espalda.

—Me has hecho muy feliz.

—¿Estás segura de que no quieres hablar con él?

—Lo mejor para Perseo es que no lo haga, y esto es más que suficiente para mí.

Perseo interrumpió su conversación con Platón al advertir que había un caballo detenido en el camino que bordeaba la villa. Lo montaban dos personas que parecían observarlos. Al fijarse con más atención, el animal reanudó la marcha en dirección a la costa.

—¿Qué estarían mirando?

En ese momento su hijo se detuvo junto a él. Parecía un poco asustado.

—¿Estás bien, Eurímaco?

El pequeño asintió sin decir nada y se quedó a su lado jugando con la tierra.

—Perseo, mira. —Platón señaló hacia la casa. Una esclava libia de piel oscura acababa de salir y se acercaba con pasos apresurados.

—Señor —la esclava inclinó la cabeza hacia Perseo—, la partera dice que ya queda poco, media hora como mucho, y que todo va bien.

Perseo le agradeció la información y se giró hacia la vivienda con los labios apretados.

—Tranquilo —Platón le dio una palmada en el hombro—, dicen que es la mejor partera de Sicilia.

—Lo sé, pero estuve con Casandra cuando nació Eurímaco, y te aseguro que para la mujer es una experiencia realmente dura. No me gusta que esté sola.

—No puedes evitarlo, ya has oído a la partera.

Perseo asintió resignado. La comadrona había dicho que en los partos que ella atendía no podía haber hombres, y cuando Perseo había insistido, había amenazado con marcharse.

—Me han confirmado lo de Heraclea —comentó Platón al cabo de un rato—. También ellos han exiliado a Anito.

Perseo esbozó una sonrisa triste. Tras la muerte de Sócrates, Atenas se había arrepentido y había actuado contra sus acusadores: el poeta Meleto había sido ejecutado, y a Anito lo habían enviado al exilio.

—Él mismo escogió Heraclea para exiliarse. No sé adónde va a poder ir ahora.

Platón respondió con un gesto de desprecio.

—La rabia hará que le hierva la sangre cada día de su vida, sabiendo que Atenas lo ha repudiado a él y ha honrado la memoria de Sócrates. —La ciudad había erigido una estatua de bronce del filósofo, y durante diez días habían cerrado por luto las palestras y los gimnasios adonde solía ir a conversar. También habían rechazado la acusación de impiedad contra Perseo al averiguar que Anito era el instigador.

Se quedaron en silencio y Perseo dirigió una mirada angustiada hacia la casa. Una vez más tuvo que contenerse para no desobedecer a la partera y acudir junto a Casandra. Miró a su hijo y después sus ojos vagaron por el suelo de tierra. El oráculo de la muerte de Sócrates acudió a su mente, como casi siempre que hablaban de él. A veces pensaba que si se le hubiera ocurrido que el hombre de la mirada más clara que mataría a Sócrates era el propio Sócrates, podría haber evitado su muerte. Quizá sacándolo de Atenas para impedir que se presentara al juicio.

«Él nunca lo hubiera permitido», se dijo negando con la cabeza. Sócrates jamás habría actuado contra las leyes. Por muy lejos que se lo hubieran llevado, al enterarse de que había una acusación contra él habría hecho lo imposible por regresar a Atenas y presentarse ante el tribunal. Al menos su ejemplo de entrega y sacrificio en favor de la justicia había resultado tan impactante que el influjo de su pensamiento se había multiplicado entre sus seguidores.

«Su muerte lo ha hecho inmortal.»

Miró de reojo a Platón. El joven aspirante a filósofo había declarado que dedicaría su vida a transmitir el pensamiento de Sócrates.

Se volvió de nuevo hacia la casa al oír la voz de Casandra, gritando.

—Ya asoma la cabeza.

Las palabras de la comadrona hicieron sonreír a Casandra, que descansó la cabeza en el colchón y trató de reunir fuerzas para volver a empujar. Esta vez el bebé no llegaba de nalgas y el parto estaba siendo mucho más sencillo que el anterior.

«Atenea protectora, que nazca sano.»

Habían dejado abiertas la ventana y la puerta de la alcoba, pero aun así el calor era sofocante. Su pelo estaba tan mojado como si acabara de bañarse en el mar.

Tomó aire y apretó con todas sus fuerzas. De pronto notó la misma sensación aterradora de obstrucción que en el nacimiento de Eurímaco. Siguió apretando, con el rostro congestionado, y sintió que la presión cedía.

—Ya sólo queda el cuerpo.

Casandra abrió la boca, esforzándose para que entrara todo el aire que necesitaba.

—Avisad a Perseo —jadeó.

—Todavía no.

Quiso discutir con la mujer, pero no tenía energías. Empujó de nuevo y sintió que el bebé abandonaba su cuerpo.

—¿Está bien? —Se incorporó sobre un codo e intentó distinguirlo entre las manos de la partera. Le parecía más pequeño que Eurímaco.

La mujer no respondió.

Al cabo de un momento, se oyó un gemido.

—Está muy bien. —La comadrona se giró hacia su ayudante—. Dile al padre que ya puede entrar.

Casandra sintió que una emoción cálida le llenaba el pecho y comenzó a reír y a llorar.

—¿Es un niño? —Le habían vaticinado que lo sería, y había acordado con Perseo que esta vez ella escogería el nombre. Pensaba llamarlo Eurípides, como su padre.

—No, es una niña. —La partera la miró con el rabillo del ojo, como si esperara una expresión de disgusto, pero el semblante de Casandra se mantuvo radiante.

—Entonces se llamará Altea.

No había querido elegir el nombre de su madre, que los había abandonado cuando ella era una niña. Altea era el nombre de la mujer que Perseo consideraba su madre. La habían asesinado y él no había llegado a conocerla, pero durante toda su vida se había dirigido a ella cada vez que necesitaba la compañía o el consuelo de una madre.

La partera estaba cortando el cordón umbilical. Casandra aguardaba, ansiosa y feliz, y durante un momento pensó en la verdadera madre de Perseo. A pesar de que la última vez que la había visto se desangraba por la cuchillada de Aristón, tenía la extraña sensación de que Deyanira no había muerto.

Perseo entró en la habitación en el momento en que la partera entregaba el bebé a Casandra.

—¿Todo ha ido bien? ¿Estáis bien?

Ella asintió mientras Perseo se arrodillaba al borde del lecho y la besaba.

—Es una niña. —Casandra acarició su cabecita de pelo oscuro—. Mira, Altea, es tu padre.

—Hola, hija mía —murmuró Perseo.

La niña movió la cara contra el pecho de Casandra como si quisiera frotarse la nariz. Después ladeó la cabeza y pestañeó hacia su padre.

Sus ojos grises eran tan claros como los de Perseo.

## Carta a mis lectores

La pequeña Altea parpadea con sus ojos claros al nacer en el mundo clásico, y con ese parpadeo nosotros despertamos de su mundo y regresamos a nuestro presente. El viaje ha concluido, ha llegado la hora de despedirnos, pero esta novela quedaría incompleta sin unas últimas palabras.

Como lector me gusta que los libros no desaparezcan de mi cabeza cuando cierro la última página, quiero que me sirvan para aprender algo además de entretenerme. Por ese motivo, procuro que mis novelas resulten amenas al tiempo que recrean de un modo riguroso el mundo en el que transcurre la acción. También pretendo que el cuadro que pinto a través de las páginas proporcione una imagen global de ese mundo; es decir, que no sea sólo un decorado fidedigno para ambientar la novela, sino que el lector se construya una idea completa de aquel mundo, en este caso de la Grecia Clásica y de Sócrates como personaje central. Al tratarse de una novela contiene también algunos elementos de ficción, si bien la gran mayoría de los personajes y hechos son reales. Considero fundamental que el lector tenga claro dónde está la frontera entre realidad y ficción dentro de la novela, qué hechos son históricos y cuáles forman parte de la fabulación. Veamos algunos comentarios al respecto.

Sócrates es uno de los personajes más importantes de todos los tiempos, hasta el punto de que a los filósofos anteriores a él solemos llamarlos presocráticos, destacando de ese modo que en la historia del pensamiento, y por tanto de la humanidad, Sócrates marca un antes y un después. En la novela he procurado mostrar los principales elementos conocidos de su vida y de su pensamiento. De hecho, como también ocurría en mi novela *El asesinato de Pitágoras*, el título no sólo es una metáfora de la trama, sino que encierra una paradoja, pues mi intención real no es asesinar sino resucitar a estos filósofos extraordinarios.

Sobre la vida de Sócrates sabemos que, al igual que todos los ciudadanos atenienses, era un ciudadano soldado; es decir, además de su actividad cotidiana —en su caso filosofar— tenía que luchar en el ejército cada vez que lo llamaban a filas. Como hemos visto en la novela, al menos tenemos constancia de que combatió en Potidea y participó en su asedio —donde los habitantes efectivamente recurrieron al canibalismo—; luchó en la batalla de Delio —en la falange de hoplitas bajo las órdenes del general Hipócrates, que murió en la batalla—, y también en Anfípolis —es histórico que en esa batalla murieron tanto el demagogo Cleón como el general espartano Brásidas—. En cuanto a la muerte de Sócrates, una de las que mayor impacto y debate han generado jamás, las fuentes históricas recogen en detalle todo lo que hemos visto en la novela: la acusación, el juicio con los discursos del filósofo y las votaciones que lo condenaron, sus últimas horas en la celda así como su rechazo a fugarse y, finalmente, su muerte por ingesta de cicuta.

Respecto a la esposa de Sócrates, Jantipa, está recreada a partir de los numerosos testimonios que tenemos sobre ella. Algunos autores señalan que se irritaba a menudo con Sócrates debido al poco sentido práctico del filósofo, mientras que Platón indica que no se llevaban mal. He intentado situar su relación en un punto que unifique ambos pareceres. De los tres hijos que tuvieron conocemos sus nombres y sus edades aproximadas, pero no parece que heredaran el genio de su padre, pues Aristóteles afirma que no destacaron en ningún aspecto.

Sabemos que Querefonte era amigo de la infancia de Sócrates y que lo adoraba, además de ser uno de sus discípulos más cercanos. Las fuentes históricas también recogen que fue al oráculo de Delfos para preguntar si había algún hombre más sabio que Sócrates —el segundo oráculo forma parte de la ficción—, y que la pitonisa declaró que Sócrates era el más sabio de todos los hombres.

No es fácil comprender desde nuestra época la importancia que tenían para los griegos los oráculos y las señales que según su creencia les enviaban los dioses. Examinando la literatura de la época, vemos que en catorce de las treinta y tres obras que conservamos de Esquilo, Sófocles y Eurípides se consulta el oráculo de Delfos, y que en la mayor parte de las obras algún personaje recurre a diversas prácticas adivinatorias. Como se ve en la novela, con los ejércitos viajaban adivinos y sacerdotes que realizaban los numerosos sacrificios que se requerían a lo largo de una campaña e interpretaban los fenómenos naturales que pudieran acontecer. A raíz de esas interpretaciones, los historiadores recogen numerosas decisiones que determinaron el desarrollo de la guerra, como cuando los espartanos cancelaron la invasión del Ática debido a un terremoto, o cuando en Sicilia, Nicias decidió, a causa de un eclipse de luna, que permanecerían veintisiete días más acampados en el interior del Puerto Grande de Siracusa en lugar de intentar escapar cuanto antes.

De Platón ya sabemos que no sólo fue el discípulo más destacado de Sócrates, y que tras su muerte recogió la mayor parte de lo que conocemos de su maestro, sino que a lo largo de su extensa obra escrita desarrolló sus propias ideas hasta el punto de convertirse en otro de los gigantes de la filosofía. Durante su larga vida adquirió una gran influencia e intentó transformar su revolucionaria teoría política en un modo de gobierno, lo cual lo puso en peligro una y otra vez. Sus ideas y su vida son tan excepcionales que la idea de escribir una novela sobre él no deja de rondar mi cabeza.

La documentación de que disponemos nos muestra que Anito fue el principal instigador de la acusación contra Sócrates, y parece que el motivo principal fue que consideraba a Sócrates responsable de que su hijo Antemión se rebelara contra él y no quisiera trabajar en su curtiduría como trabajador manual. Según relatan algunas fuentes de la época, Antemión se entregó a la bebida y pasaba su tiempo en las tabernas. En cuanto al propio Anito, hay diversas versiones sobre su final. El historiador Diodoro de Sicilia afirma que fue ejecutado junto a Meleto —el poeta al que Anito convenció para presentar la acusación—, mientras que Diógenes Laercio indica que Anito fue exiliado de Atenas y también de la ciudad que escogió para el exilio. Me he sentido más a gusto escogiendo esta última versión.

*Las nubes,* la comedia en la que Aristófanes presenta a Sócrates subido a un cesto y lo muestra como una mezcla de sofista y filósofo de la naturaleza que niega a los dioses —exactamente lo contrario de lo que era Sócrates—, ha llegado íntegra hasta nosotros. También sabemos en qué año participó en el festival de teatro y el efecto que produjo en los atenienses, todo lo cual me ha permitido recrear con cierto detalle su representación y la reacción del público. En cuanto a las críticas de Aristófanes a Eurípides, parodiándolo, criticando su estilo e incluso haciéndolo aparecer como personaje de sus comedias para ridiculizarlo, todo está recogido en diversas obras suyas que podemos leer gracias a que también han sobrevivido a los dos mil cuatrocientos años que nos separan. Lo que forma parte de la ficción es que Perseo apedreara a Aristófanes por hacer llorar a la hija de Eurípides con sus críticas.

Deyanira y Casandra son personajes ficticios, elaborados a partir de la información que tenemos sobre la vida de las mujeres en Esparta y en Atenas. Las espartanas tenían más libertad y pasaban más tiempo al aire libre ejercitándose, pero en ambas ciudades —como en la mayor parte del mundo— el papel básico de las mujeres era administrar la casa y tener hijos. La escena de Deyanira intentando envenenar a su esposo sería excepcional a menos que el marido fuera tan brutal como Aristón, pero el pasaje de la amarga noche de bodas de Casandra, casada con un hombre mucho mayor que ella al que ni ama ni conoce, sería tan frecuente como sigue siéndolo en las sociedades actuales donde se mantienen los matrimonios de conveniencia.

Alcibíades es el personaje del que me preguntaban con más incredulidad los lectores que iban leyendo los borradores de *El asesinato de Sócrates.* Y siempre se sorprendían cuando les respondía que todo lo que cuento en la novela sobre él es histórico. Alcibíades fue discípulo de Sócrates, al que veneraba, pero finalmente siguió los dictados de su naturaleza ambiciosa y desmesurada. Dotado de una inteligencia aguda, unas riquezas considerables y un carisma al que casi nadie podía resistirse, embarcó a Atenas en la desastrosa expedición a Sicilia; escapó cuando quisieron juzgarlo por sacrílego y consiguió que lo aceptaran en Esparta; volvió a hacer defección y logró que lo aceptaran los persas; consiguió que Atenas lo admitiera de nuevo como general, y otra vez se exilió, en esta ocasión en una finca fortificada de Tracia. He de reconocer que no conozco un caso igual en toda la historia. En cuanto a su final, he recogido una de las tradiciones, pues se creó tantos enemigos que circulan muchas versiones con distintos responsables de su muerte. Entre ellos, el rey Agis, a cuya esposa Alcibíades dejó embarazada. A raíz de esto, Plutarco nos relata que Alcibíades iba vanagloriándose de que sus herederos algún día reinarían en Esparta. En realidad eso no llegó a ocurrir, pues el rumor de que aquel hijo era suyo y no del rey Agis acabó impidiendo que ese heredero bastardo accediera al trono.

Pericles es otro personaje histórico que merece una mención especial. Fue el político griego más importante del s. v a. C., hasta el punto de que a menudo se denomina a esta centuria «el siglo de Pericles». En las tres décadas que estuvo al frente de la Asamblea de Atenas, la democracia se extendió a más ciudadanos que nunca y el imperio ateniense alcanzó su máximo apogeo. Además, embelleció Atenas de un modo que causó admiración en el resto del mundo, y atrajo a intelectuales y artistas que la convirtieron en el principal centro del arte y el pensamiento. Pericles fue un hombre irrepetible, y es difícil no pensar que la guerra con Esparta podría haber tenido un final distinto si la peste no lo hubiera matado en el segundo año de guerra, haciendo que se pusieran a la cabeza de la Asamblea ateniense hombres como Cleón, Alcibíades o Cleofonte. Pericles fue una gloriosa excepción entre los políticos de entonces, como lo sería entre los actuales; lo habitual, entonces como ahora, eran los demagogos que sólo buscaban excitar a las masas para lograr un apoyo que satisficiera sus ambiciones de poder, a menudo con consecuencias desastrosas.

Hay un personaje que tiene una reducida presencia en la novela, pero un enorme peso detrás de ella. Se trata de Tucídides, el general responsable de la flota de Tracia cuando el espartano Brásidas tomó Anfípolis. Tucídides acudió al momento desde la isla de Tasos, pero lo único que pudo hacer fue evitar que cayera también la cercana ciudad de Eyón. La Asamblea ateniense, como era habitual en estos casos, lo condenó al exilio, donde pasó el resto de la guerra. Tucídides, en lugar de dedicarse a contemplar la naturaleza —era un hombre rico, podía hacer lo que quisiera excepto regresar a Atenas—, decidió dedicarse a una tarea que lo convirtió, junto a Herodoto, en el padre de la historiografía, de la historia como ciencia —otro campo en el que los griegos, en estas décadas únicas, produjeron un avance de tal entidad que sólo podemos calificar de milagroso—. Tucídides se dedicó a pagar a testigos, combatientes y a todo aquel que le pudiera proporcionar información de los hechos de la guerra, y recogió por escrito todos los datos que obtenía por este medio. Con esa información escribió el mejor libro histórico de la Antigüedad: *Historia de la guerra del Peloponeso*, que narra con gran detalle y rigor el enfrentamiento entre Atenas y Esparta, analizando con perspicacia las causas verdaderas de los hechos frente a las aparentes o los pretextos, y descartando cualquier explicación divina sobre lo que sucedía. Mientras yo escribía *El asesinato de Sócrates*, en los estantes que me rodeaban tenía numerosos libros sobre la época clásica, pero el libro de Tucídides ha sido el único que siempre ha estado junto a mí en la mesa. Mi pasión por Tucídides no me impide ver que la lectura de su *Historia* resulta ardua debido a su estilo, y no es un libro que recomiende a todos los lectores; no obstante, creo que cualquiera se sobrecogería, como me ocurrió a mí, al menos con la lectura de dos pasajes plagados de detalles y de un realismo dramático: la epidemia de peste en Atenas —no en vano el propio Tucídides sufrió la peste, aunque tuvo la fortuna de recuperarse sin secuelas graves—, y la expedición a Sicilia, donde es imposible no sufrir cuando ves a Nicias decidir a causa de un eclipse quedarse en la trampa mortal del Puerto Grande de Siracusa, o al ver a cuarenta mil hombres famélicos arrastrándose por Sicilia mientras los matan a pedradas y flechazos. Por cierto, no he introducido ningún elemento de fabulación en estos hechos, todo lo que se ve en la novela corresponde con los testimonios que recogió Tucídides de hombres que estuvieron presentes en aquellos terribles acontecimientos.

Al margen de la guerra, he querido que Eurímaco y Perseo fueran ceramistas para hacer honor a la gran importancia que tuvo la cerámica en Atenas, y a la que tiene para nosotros, pues las vasijas de aquella época suponen una de las principales fuentes de información sobre las actividades y costumbres de los griegos. Gracias a su durabilidad, las cerámicas son el único modo de contemplar una representación pictórica de esas actividades, dado que los otros materiales que se utilizaban como soporte para pintar han desaparecido. El esmaltado que se logra con el proceso de cocción es tan extraordinariamente resistente que soporta el paso del tiempo incluso mejor que las esculturas de mármol o bronce. De hecho, hoy en día podemos contemplar miles de vasijas griegas en un estado similar al que tendrían cuando el ceramista las sacó del horno. Durante el proceso de investigación de *El asesinato de Sócrates* he tenido el privilegio de tener en mis manos alguna de esas vasijas, y me estremecía al imaginarme que Eurímaco acababa de sacarla del horno y me la había puesto en las manos para que la examinara. Ojalá la pintura sobre tabla hubiera resultado igual de resistente y pudiéramos contemplar alguno de los cuadros de los griegos. Viendo la perfección que alcanzaron en escultura y arquitectura, no es desdeñable que lograran un virtuosismo similar en pintura. Ahora sólo podemos imaginarlo por las descripciones de los cronistas de la época, y soñar qué se sentiría al visitar la pinacoteca de los Propíleos, probablemente el primer museo de pintura del mundo.

En relación a la pintura, hay un punto que muestro en la novela que me gustaría subrayar. Al contrario de lo que se piensa habitualmente, en la época Clásica las esculturas solían pintarse para que se asemejaran más a la realidad. Asimismo, sus llamativos colores les permitían resaltar del entorno de piedra de los templos. La pérdida de la capa de pintura con el paso de los siglos llevó a pensar a los artistas del Renacimiento que los escultores clásicos dejaban la piedra desnuda, y tratando de imitarlos dejaron sus esculturas sin pintar, lo cual ha contribuido a que en general se piense que los griegos no pintaban sus esculturas. Ahora sabemos que no sólo las pintaban, sino que no era extraño que también les dieran una capa de cera y las cubrieran de vestiduras.

Para no extenderme más, sólo mencionaré que la misma fidelidad con la que he procurado reconstruir los hechos bélicos y a los grandes personajes de la época, la he aplicado al recrear la Acrópolis de Atenas, los templos y las estatuas, el gran teatro de Dionisio o los santuarios de Delfos y Olimpia, así como los rituales que tenían lugar en ellos y el desarrollo de los Juegos Olímpicos. Tenemos la gran fortuna de que hubiera cronistas que describieron cuanto veían con un detalle exquisito, y he buceado a lo largo de más de cincuenta mil páginas de documentación de la época y contemporánea para seleccionar los elementos con los que tratar de revivir aquel mundo único e irrepetible. Si has disfrutado con la novela, el esfuerzo habrá merecido la pena.

Creo que la mejor manera de complementar la lectura de *El asesinato de Sócrates* es hacer un recorrido visual por los escenarios en los que transcurre su trama. En mi página web (www. marcoschicot.com), en el apartado de la novela, he preparado ese recorrido con numerosas imágenes y comentarios. Espero que disfrutes contemplando las esculturas, templos, cerámicas y otros elementos que has ido encontrando mientras acompañabas a los protagonistas del libro.

Aquí terminan los comentarios sobre *El asesinato de Sócrates*, pero hay otra pequeña historia de la que me gustaría hablarte. Al igual que la novela, trata de padres y de hijos, pero se ubica en el presente. Los padres somos mi mujer y yo, y el bebé es nuestra pequeña Lucía. Comienza con el parpadeo atónito de sus ojos marrones en la sala de partos del hospital.

Tras ese parpadeo, la partera la examinó y nos dijo que tenía síndrome de Down.

En ese instante mi vida cambió.

Para bien.

Por supuesto, inicialmente la noticia resultó muy dura,

pero el impacto se debió en buena medida a que nosotros sólo conocíamos del síndrome de Down los prejuicios obsoletos —y afortunadamente mucho más negativos que la realidad— que comparte la mayoría de la sociedad. Ahora Lucía tiene siete años, y lo que ella supone en nuestra vida puedes verlo en la primera parte de la dedicatoria de esta novela: «A mi hija Lucía, porque tu luz es la más brillante». Lucía es la mejor persona que he conocido, y la que más feliz me ha hecho jamás. Desde el primer día nos enseñó que nuestros prejuicios no tenían nada que ver con la realidad, y que el mayor obstáculo que puede tener para llevar una vida plena e integrada son precisamente esos prejuicios.

Esta novela no está dedicada sólo a Lucía, la dedicatoria concluye diciendo: «y a todos los que nos hacen la vida un poco más fácil». Precisamente me gustaría pedirte que te incorporaras a ese grupo de personas al que dedico la novela, de un modo que sólo te llevará cinco minutos de tu tiempo. Como padre y como psicólogo clínico, he preparado un artículo titulado *8 cosas que deberías saber sobre el síndrome de Down*. Contiene información objetiva y veraz sobre la realidad del síndrome (incluso tiene un pequeño vídeo de Lucía con cinco años diciéndome los cuentos que va a pedir a los Reyes Magos). Simplemente echándole un vistazo ya estarás contribuyendo a disolver los prejuicios arraigados en la sociedad y, por lo tanto, a que ésta resulte más acogedora para las personas como mi hija.

El enlace al artículo se encuentra destacado en el encabezado de mi página web (www.marcoschicot.com). Si decides leerlo, estarás prestando una importante ayuda a miles de personas maravillosas.

Un saludo afectuoso,
Marcos Chicot

P.D.: Si entras en mi web verás un área de contacto donde estaré encantado de atender tus preguntas, críticas o sugerencias. También puedes seguirme en Twitter y en Facebook, donde mantengo el contacto con los lectores e informo con regularidad sobre mis publicaciones y otras acciones en las que participo.

Por último, me gustaría recordar que el 10% de lo que obtengo con mis novelas va destinado a fundaciones de ayuda a personas con discapacidad. Esa aportación no sería posible sin mis lectores; por ello, en mi nombre y en el de todas las personas a las que ayudamos, te transmito nuestro profundo agradecimiento.

## Agradecimientos

A Lara, por cuidar a nuestros peques mientras yo pasaba demasiado tiempo escribiendo. Y a Lucía y Daniel, por aguantar que Sócrates os robara a vuestro padre una y otra vez. Prometo intentar compensaros.

A la familia González Catalán, por haberme dejado durante más de un año un lugar donde aislarme del mundo para escribir la versión final de la novela.

A Juan Antonio Santos, que me proporcionó el placer de tener en mis manos y examinar detenidamente varias cerámicas griegas de la misma época y estilo que las que hacían Eurímaco y Perseo.

A Francisco Rodríguez Adrados, por su excelente traducción de la *Historia de la guerra del Peloponeso*, de Tucídides, que ha sido el libro que más he consultado de entre todos los utilizados como documentación de la novela.

A mis distribuidores y libreros en los distintos países, por formar entre todos un equipo para que los libros sigan encontrando a los lectores en este entorno cada vez más complejo.

Finalmente, a las personas que han revisado y comentado el borrador de la novela: Milagros Álvarez, José Manuel Chicot, Lara Díaz, Julián Lirio, Máximo Garrido, Francisco González, Tatiana Zaragoza, Cynthia Torres, Arturo Esteban y Natalia García de Soto.

# Índice